LORD OF MYSTERIES

爱潜水的乌贼 著

诡秘
FACELESS
之王

4
无面人
上

NEWSTAR PRESS
新 星 出 版 社

图书在版编目（CIP）数据

诡秘之主. 4, 无面人. 上 / 爱潜水的乌贼著.
北京 : 新星出版社, 2025.2（2025.8重印）. -- ISBN 978-7-5133
-5814-9

Ⅰ. I247.5

中国国家版本馆CIP数据核字第2024EA8418号

诡秘之主4　无面人·上

爱潜水的乌贼　著

责任编辑	李文彧	**特约编辑**	刘兆兰	
装帧设计	罗智超　江馨华	**策划编辑**	方剑虹　雷　桴	
责任印制	李珊珊			

出版人　马汝军
出版发行　新星出版社
　　　　　　（北京市西城区车公庄大街丙 3 号楼8001　100044）
网　　址　www.newstarpress.com
法律顾问　北京市岳成律师事务所
印　　刷　凸版艺彩（东莞）印刷有限公司
开　　本　685mm×980mm　1/16
印　　张　21.25
字　　数　395千字
版　　次　2025年2月第1版　2025年8月第4次印刷
书　　号　ISBN 978-7-5133-5814-9
定　　价　52.80元

FACE目录LESS

CONTENTS

You can pretend to be anyone,
but you can only be yourself.

第一章
CHAPTER 01
✦ 希望之地 ✦

呜!

汽笛的声音回荡在站台每个角落,巨大如同怪物的蒸汽列车车头拖着二十多节车厢,缓慢地停了下来。

身穿燕尾服正装、戴着半高丝绸礼帽的克莱恩提着与他体形不太相称的、大得夸张的皮箱,步履稳健地踏上了鲁恩王国首都贝克兰德的地面。

这座城市被流向东南入海口的塔索克河斜着分成了两个部分,由贝克兰德桥和渡船连接,拥有超过五百万的人口,是南北大陆最繁华的都市。

克莱恩极目望去,只见到处都是淡黄色的雾气,可视度极差,站台上悬挂的煤气灯早就被一盏盏点亮,驱散着阴沉与昏暗。

"这才傍晚六点半吧?就跟晚上九点十点了一样……"

克莱恩微不可见地摇头,忽然想起了之前在《塔索克报》上看到的一则笑话——一位刚抵达贝克兰德的绅士在浓浓的雾霾里迷了路,只好询问擦肩而过、浑身湿漉漉的先生,问对方"塔索克河怎么走",那位先生非常友善地回答道:"直走,不要停止,我刚从那里游上来。"

每次看贝克兰德的报纸或杂志,那帮记者和编辑都在变着法儿地讥讽这里的空气污染,讥讽越来越多的雾天。之前《贝克兰德日报》还专门做了统计,说类似的天气从三十年前的六十天左右增加到了目前的七十五天上下。为此,不少有识之士成立了"煤烟减排协会""烟气减排协会"等组织,据说今年9月的议案中有一份就是提议组建"王国大气污染调查委员会"……

克莱恩放下硕大的皮箱,伸手捏了捏鼻子,缓解突然产生的不适。然后,他顺着金色的表链,从马甲口袋里拿出了一块金表,啪地按开,看了一眼,确认时间。

在真正告别哥哥和妹妹后,克莱恩特意去了趟百货商店,花费四镑十苏勒买了一块黄金怀表,并配了一条一镑五苏勒的金链。对他来说,不能时刻掌握具体的、清晰的时间,会让他产生恐慌感。

原本克莱恩打算买银制的怀表，觉得这更符合自己的气质，但考虑到"小丑"的真谛，他最终选择了更炫耀、更浮夸的金表。

"六点三十九分……没有晚点多少……"克莱恩揣好怀表，提上手杖和皮箱，跟着人潮缓慢地走出了蒸汽列车站点。

忽然，他毫无征兆地拐了个弯，让某个悄悄跟随于后、试图将手伸向他衣兜的人摸了个空。

克莱恩并未在意这个插曲，沿着水泥铺成的大道，混于拥挤的人群里，走向了前面的十字路口。

那里有街心草坪和花园，它们环绕着一根耸立如同烟囱的柱子。

"不，它可能就是烟囱……"克莱恩看见了从那根柱子顶端喷薄出来的浓烟。这烟气一部分飘向高空，一部分化作细小水滴，洒向了四周。

克莱恩又一次顿步，放下皮箱，展开了另一只手拿着的报纸和地图。

乘坐蒸汽列车的时候，他已经规划好了接下来要去哪里、要做什么。

这段时间的经历和上午假扮小丑的心境体验，让克莱恩终于领悟到了"小丑"的真谛，那就是"虽然能略微预知命运，但依旧对命运感觉无奈，于是用笑脸遮掩所有的悲伤、痛苦、迷茫和沮丧"。那一刻，他明确感受到了"小丑"魔药的消化，相信这样扮演下去，用不了多久就能尝试晋升。

但问题在于，他还不知道对应的序列7魔药叫什么，更别提具体的配方了。

"该怎么获取配方呢？密修会很少出现，他们似乎只对安提哥努斯家族的物品感兴趣，这也是别人对他们几乎没什么了解的原因……

"嗯，考虑两个方面，一是接触本地的非凡者圈子，看能否找到线索；二是主动下套，用安提哥努斯家族的宝藏做诱饵，将密修会的人钓出来，毕竟我掌握着那个由诸多神秘符号组成的诡异竖瞳。

"但这样做风险太大，必须足够谨慎，放的诱饵不能太好，也不能太差。太差，别人不会感兴趣，太好则容易钓到巨鲨，一口就能吞掉我的巨鲨……

"密修会的首领查拉图可是指导过罗塞尔大帝的人物，也许他还获得了那场时代变革盛宴中最大块的蛋糕……当然，那都是近两百年前的事情了，他未必能活到现在……"

想法纷呈间，克莱恩感受到了贝克兰德的阴冷，忍不住打了个寒战，决定尽快找到住的地方。

翻动报纸，他又一次浏览起房屋租赁版，看见了之前圈定的那条："乔伍德区明斯克街15号……联排房屋……每周租金十八苏勒……"

对于居住在哪里，克莱恩是反复思考过的。

虽然贝克兰德有超过五百万的人口，但依然得提防遇到本地值夜者的可能性——不管是新调到这里的戴莉，还是之前就在贝克兰德的洛络塔、艾尔·哈森、博尔吉亚，都肯定能认出他。

所以，克莱恩排除了黑夜女神教会贝克兰德教区总部圣赛缪尔教堂所在的北区，排除了治安最好、监管最严格的皇后区和西区——这两个区属于贵族和顶级富商，而前者更偏向于皇后区。

再排除几个工厂区、码头区，以及贫民聚集的东区和贝克兰德桥区域，克莱恩能选择的地方并不多：一是拥有贝克兰德证券交易所、票据交换所、期货中心和七大银行总部、各种信托基金、各种铁路公司、各种大宗货物商贸公司的希尔斯顿区，它被称为鲁恩王国的经济、商业和金融中心；二是小公司林立、住宅众多的乔伍德区。这两个区的人流量都很大，治安又相对较好，便于隐藏。

克莱恩经过认真的思考，选了租金更便宜的乔伍德区。

他之所以不找"大都市住房改善协会""大都市劳工阶层住房改善公司"等组织，是因为这些都需要一定的身份证明，而他目前拿不出来。

"如果今天没能顺利租到房屋，就找一家不需要身份证明的小旅馆暂时住下……"克莱恩合拢手中的报纸，提上皮箱，根据地图的指示向一个看似百货商店大门的地方走去。

那是贝克兰德地铁的入口。

是的，地铁！

最开始克莱恩从报纸和杂志上看到"地铁"这个名词的时候，委实吓了一跳，没想到在还未进入电气时代的情况下，这种交通工具就成了现实。

它诞生于二十五年前，最早只是连通塔索克河两岸，如今已拓展到主要的几个城区。当然，站点并不多。

通过大门，克莱恩跟着前面的人，一步步走向售票点。排了几分钟的队，他终于看见了有一头漂亮金发的售票员。

这位姑娘没有抬头，指了指挂在窗口附近的价格木牌——

高峰期（上午七点到九点，下午六点到八点）十分钟一班，其余时间段十五分钟一班。一等座六便士，二等座四便士，三等座三便士，往返分别为九、六、五便士；年票是一等座八镑，二等座五镑十苏勒，三等座没有年票。

比我想象中便宜……竟然没有距离的限制……梅丽莎肯定喜欢这个胜过马车，这可是机械的结晶……克莱恩想着想着，忽然有些难受。

他露出灿烂的笑容，掏出四个铜便士，递给了售票员："二等座。"

啪！售票员撕了张票，盖了个章，递给克莱恩。

找到前往乔伍德区的那条线，通过不算严格的检查后，克莱恩沿着阶梯下行，很快来到月台，按照地面的标识找到了二等座对应的位置。

呜呜呜！

没等多久，他就听到了滚滚回荡、如同雷声的汽笛音，看见一个巨大的蒸汽列车头带着磅礴的力量冲破了两侧煤气灯的照耀，哐当哐当地停了下来。它庞大的造型、蜿蜒的身躯、黑铁的色泽和繁复的机械混合在一起，有种独特的美感。

贝克兰德的地铁使用的依然是蒸汽列车，在独特的设计下，喷薄出的烟雾通过上方的管道进入烟囱，奔向外界——这也就是街心草坪和花园的"真正用处"。

伴随着金属摩擦的声音，克莱恩先等待着前面的乘客下来，然后才提着手杖和皮箱缓步走了上去，并接受了乘务员的验票。

与三等座不同，二等座是一人一座，不用担心被人抢了位置。

克莱恩刚刚坐下，放好皮箱，靠住手杖，就听到了一阵急促的脚步声。他下意识侧头望向门边，看见一个身材瘦削、面容青涩的男孩匆匆忙忙进入了车厢。

这男孩穿着不合年龄的老旧大衣，戴着圆顶帽子，背着一个破旧的挎包，脑袋埋得很低。

"对不起，我上错车厢了，我是三等座……"他亮了下车票，对乘务员道了声歉，然后快步向三等车厢的位置行去。

克莱恩收回视线，再次确认起自己的目的地，并等待着车厢门的关闭。

就在这时，他又听到了一阵凌乱而急促的脚步声，随即看见几个身穿黑色外套、头戴半高礼帽的男子冲入车厢。

追刚才那个十五六岁的男孩？克莱恩直觉地冒出了这么一个想法。他微微摇头，继续看起自己的报纸和地图，与车厢内的其他乘客毫无区别。

"你有没有看见一个十几岁的男孩？穿着件老旧大衣！"冲入车厢的几名男子之一恶狠狠地看着乘务员道。

克莱恩用余光瞄见对方瘦削精悍，肤色像是长久接受日晒般偏黑，眼窝比正常的鲁恩王国民众凹陷许多。

高原人？或者混血？他若有所思地点了下头。

北大陆中部的霍纳奇斯山脉起始处是一片气候干燥的高原，它大部分属于费内波特王国，偏西的区域归属因蒂斯共和国，靠近东边的地方则被鲁恩王国占据。这里的原住民干瘦野蛮却骁勇善战，在过去很长时间内都是三个国家最头疼的问题之一，但随着火药武器的改进、战争形式的变化，这些高原人终于认清楚了现实，彻底屈服。他们之中有很大一部分离开高原，进入贝克兰德，进入特里尔，进入费内波特城，进入北大陆各个繁华都市和港口，有的做了工人，有的则成为当地黑帮的新鲜血液，敢打敢杀，不怕事大。

乘务员是个二十来岁的男子，闻言缩了缩身体，指着三等车厢的方向道："我看见了……他去了那里。"

穿黑外套、戴半高礼帽的为首者微不可见地点头，领着几个同伙，噔噔噔冲向了三等车厢，丝毫没有顾忌周围乘客的目光。

如果我是那个男孩，这个时候肯定已经从三等车厢下车了……克莱恩一边看着报纸，一边思绪发散地想着。

又过了一分多钟，"呜"的汽笛声响起，车厢门缓缓合拢。

哐当哐当，蒸汽地铁由慢到快地开始奔驰，可就在这个时候，克莱恩忽有触动，抬头望向了通往其他二等车厢的门。

之前那个穿老旧大衣、戴圆顶帽子、背破旧挎包的十五六岁的男孩缓步走进了这节车厢。他面容青涩，五官秀气，双眼鲜红，目光沉凝而严肃。

"……厉害啊，这是从三等车厢下了车，绕个圈又从一等车厢的位置上来了？怕追赶者还有同伙在地铁站内等待？"克莱恩略感诧异，只觉得眼前这个大男孩处理事情的手段相当成熟，相当谨慎，比许多二十来岁的人都强不少。

轻叩左边牙齿，他悄然开启灵视，扫了那个大男孩一眼，只见对方的身体处于疲惫状态，情绪紧绷低落，但依旧维持着冷静思考的蓝色。

不简单……从年龄上来说……克莱恩无声咕哝一句，继续低头看自己的报纸。

那个大男孩没察觉到自己已经被非凡者审视了一遍，再次往三等车厢行去。

接下来的路程安稳而平静，克莱恩于二十多分钟后抵达了乔伍德区的三个地铁站点之一。他又坐了近十分钟的出租马车，终于找到了明斯克街，按照报纸上的描述，来到15号隔壁的17号，拉响了门铃。

布谷！布谷！

随着屋内铃声的回荡，门上冒出了一只造型算不上好看的机械鸟。它只有巴掌大小，由齿轮等零件构成，不断点着头，发出类似布谷鸟的声音。

挺不错的玩具，就是做工粗糙了点……克莱恩中肯地评价了一句。

十几秒后，深色大门被拉开，一位穿黑白女仆裙的年轻女子颇为戒备地望着克莱恩，问道："请问您有什么事情？"

克莱恩微笑着扬了下裹着手杖杖头的报纸，道："我是来找萨默尔太太租赁房屋的，应该还没有租出去吧？"

报纸上给出的全名是斯塔琳·萨默尔。

"没有。您稍等一下。"女仆礼貌地弯了下腰。

她匆匆忙忙入内向女主人通报，过了一阵，再次出来，引着克莱恩进屋，并帮他把手杖和皮箱放于门厅，将外套和礼帽挂在位于同一个地方的衣帽架上。

温暖的气浪迎面袭来，驱散了克莱恩带入的阴冷，他目光一扫，最先看见了结构独特的壁炉，看见了里面那一块块红色，看见了燃烧着的无烟木炭。

萨默尔家的客厅相当大，几乎等于莫雷蒂家整个一层，某些地方还铺着装饰性的地毯，挂着风景类油画。

女仆带着克莱恩来到沙发区域，对身穿淡黄色长裙的女主人道："太太，客人来了。"

这位女主人三十岁左右，金发蓝眼，容貌娇美，保养得体，手里拿着一把镶银的宫廷羽毛扇。因为是在自己家里，也因为壁炉制造了温暖的环境，她没有穿高领的衣物。

"你好，萨默尔太太。"克莱恩以手按胸，行了一礼。

萨默尔太太矜持地笑道："晚上好，请坐。你想喝咖啡还是红茶？"

克莱恩坐到长沙发上，坦然回答道："红茶，谢谢。"

"朱利安，侯爵红茶。"萨默尔太太吩咐了女仆一句，眼眸微转道，"请问该怎么称呼你？"

"夏洛克·莫里亚蒂。你可以直接叫我夏洛克。"克莱恩早就想好了假名。

这个时候，他闻到了从厨房传来的香味，并看见了那里复杂的管道。

"呵呵，这是我丈夫的设计。虽然他的本职工作是考伊姆公司的经理，但业余是一位机械爱好者，同时也是王国煤烟减排协会的成员。"萨默尔太太注意到克莱恩的目光，噙着笑容解释了一句。

太太，不用介绍得这么详细，我又不是来和你先生相亲的……克莱恩吐槽了一句，脸上笑容不减地开口道："太太，我希望租赁15号那栋房屋。"

萨默尔太太挺直腰背，坐姿优美地笑道："那我必须预先提醒你一些事情。15号那栋房屋没有这样的管道，没有这样的安乐椅，没有牌桌，没有桃花心木基座的餐具柜，没有上好的陶瓷餐盘，没有银制的刀叉，没有镀金的茶具，没有可拆卸的地毯……"

她指着自己屋内的事物，一样一样地做着介绍，末了补充道："它原本属于我的姐姐和姐夫，但我的姐夫生意失败，只能举家搬去南大陆——他们在拜朗还有个种植园。但我并不赞同他们的选择，这对我可怜的外甥和外甥女并不公平，那里没有好的文法学校，甚至没有好的家庭教师。"

太太，这都不是我想了解的事情……克莱恩诚恳地点头，道："除了天气，南大陆没有任何地方能比拟贝克兰德。"

萨默尔太太对他的附和很满意，眼眸轻转道："那栋房屋还有三年的租约，我希望你能一次性支付一年的租金，每周十八苏勒，家具使用费一苏勒，我可以只收一点押金，总共五十镑。"

克莱恩摇头笑道："萨默尔太太，你应该看得出来，我刚到贝克兰德，我并不知道接下来会遭遇什么事情，一次性支付五十镑会让我抵御风险的能力下降，我的极限是半年，二十五镑。"

他还打算在贝克兰德东区另外租个一室的房间，用于更换衣物、进行伪装、摆脱追踪——这是他打算做的那些事情里必不可少的准备。

斯塔琳·萨默尔轻轻颔首，转而问道："你读过文法学校?"

克莱恩轻笑一声道："是的，我后来又自学了历史。"

"你有身份证明吗?"斯塔琳随口问了一句。

"很抱歉，我离家太匆忙，忘了携带。呵呵，刚才忘记介绍，我来自间海郡。"克莱恩故意用上了同学韦尔奇惯常的那种口音。

刚说到"忘记"这个单词，他就想起了队长邓恩·史密斯，脸上的笑容愈发灿烂。

这时，女仆朱利安端着一杯红茶过来，杯子瓷釉洁白，花纹古典，部分地方镀着黄金。

克莱恩接过抿了一口，只觉香味悠远、酸甜适度，明显比自己惯常喝的锡伯红茶好了不少。

"非常纯正的侯爵红茶。"他用挑不出错的语气赞了一句。

斯塔琳·萨默尔太太嘴角微勾，道："那就先租半年吧，二十五镑。"

克莱恩感谢了一句，和对方闲聊了几分钟，直到另一位女仆将制式合同从书房里翻找了出来。

各自签完名，克莱恩肉痛地数出二十五镑现金，推给了萨默尔太太。

斯塔琳摊开默算了一遍，旋即微扬下巴，道："莫里亚蒂先生，你应该是要在贝克兰德寻找工作吧?"

"是的。"克莱恩有点茫然地回答道。

斯塔琳嘴角微勾道："那我可以给你一些建议。周薪低于三镑，是很难居住在乔伍德区的，你的房租、食物开销、交通费用和自来水、煤气、木炭费用等加起来最少有两镑五苏勒。相信我，这就是贝克兰德，剩下的部分还得考虑新的衣服和好的餐具茶具……周薪三镑属于非常勉强的一个底线。"

"周薪如果能达到五镑，你可以雇一个女仆，六镑考虑聘请厨师，七镑加一个男性侍从，八镑可以额外再雇一个女仆……"

萨默尔太太，我觉得你在炫耀……我曾经周薪十镑过……克莱恩保持着笑容，态度认真地倾听着。

这时，房门忽然打开，一名身材魁梧的男子走了进来。他穿着黑色双排扣长礼服，戴着同色皮制手套，嘴唇上方有两撇漂亮的小胡子。

"卢克，这位是莫里亚蒂先生，他现在是我们的邻居了。"斯塔琳·萨默尔迎了上去，介绍道。

明显是男主人的卢克脱掉外套，边递给跟在后面的男仆，边礼貌地笑道："莫里亚蒂先生，愿意接受晚餐的邀请吗？"

这就是什么考伊姆公司的经理、鲁恩王国煤烟减排协会的成员……克莱恩含笑道："很抱歉，萨默尔先生，我在蒸汽列车上吃过了，虽然那味道让人印象深刻。"

略寒暄几句后，克莱恩在女仆朱利安的引领下离开了萨默尔家，进入隔壁的15号。

这里的格局和隔壁很像，一楼有个大客厅，一间采光不错的餐厅，两间客房，一间盥洗室，一间地下室，一间往后延伸出去的厨房；二楼有四间卧室，一个起居室，一个日晒屋，一间书房，两间盥洗室，还有一个大阳台。

"太太说，你可以出租部分，但不能租给那些工人，也不能让这里太嘈杂太拥挤。嗯……干净的被子和床单、枕套，我等下会拿过来的。"女仆朱利安交代了一句就返回了萨默尔家。

一番收拾后，克莱恩终于在贝克兰德安顿了下来。

他坐在空空荡荡的客厅内，忽然有种寂寞的感觉，于是强迫自己去思考接下来要做的事情。

不管他愿不愿意，复仇和提升都不是一眨眼就能完成的事情，所以，他必须有个能获得收益的工作，避免出现财政危机。但是，工作又不能束缚他，影响到他的行动和安排，也就是说得有足够的自由度。

经过斟酌，排除掉不合适的职业后，克莱恩只剩下三个选择——

一是抄袭小说，成为作家。但他身份敏感，知名度越高越致命，只能忍痛舍弃这个选择。

二是去做新闻记者。这在当代属于一份相当体面的工作，但应聘记者需要学历证书等文件，克莱恩对此只能表示无奈。

最终，他选择了第三个职业——私家侦探！这也是他之前取那个假名的用意。

克莱恩在贝克兰德的第一个清晨是从淡色的雾气、可见度很低的天空、阴冷潮湿的环境和一便士一升的廉价茶水、夹着劣等黄油的两片吐司开始的。

他忙碌了整整一个上午，先是去了就在乔伍德区的《贝克兰德邮报》总部，花费三十镑订了一个月的小广告。

从周二开始，《贝克兰德邮报》的忠实读者们将会在第七版和第八版的折缝位置，看到一条小小的告示：夏洛克·莫里亚蒂，擅长处理各种事务的私家侦探，收费合理，严格遵守保密原则，居住在乔伍德区明斯克街15号。

克莱恩之所以不选《塔索克报》《贝克兰德日报》这些影响力覆盖鲁恩王国的大报，是因为他的业务暂时只会局限在贝克兰德这座城市，而且他也不希望知名度变得很高。于是，在本地颇受欢迎、广告价格不贵的《贝克兰德邮报》成了他的首选。

离开《贝克兰德邮报》的总部后，克莱恩手拿地图，从各个草药店、花草店、珠宝店、饰品店分别购买了不同的植物粉末、银制薄片，为举行仪式做好了准备——只要不涉及灵性物品，绝大部分神秘学材料都可以在普通的店铺买到，只不过没那么集中，需要跑很多家才能凑齐。

为此，克莱恩又用了足足五镑，取出来的两百镑巨额财富跌破一百大关，只剩下九十二镑。

"花钱就和流水一样……"克莱恩在附近找了家小餐馆，点了一块八便士的配黑胡椒汁的牛排，两点五便士的土豆泥配猪肉香肠，一便士的咖啡，一便士的蔬菜。因为总额超过了一苏勒，他又加了一便士，得到一份含黄油的超值面包。

下午一点，他回到明斯克街15号，顾不得休息，先用深眠花、龙血草、深红檀香和薄荷等草药粉末调制出了"圣夜粉"，这是用于制造灵性之墙的材料——在买到真正的仪式银匕前，他只能用这种方式凑合。

克莱恩猜测，自己得等到晋升序列7才能摆脱这方面的限制。

"呼，'正义'小姐、'倒吊人'先生、'太阳'同学到现在还没有请假，今天的聚会将按时召集……不知道'倒吊人'先生会给我带来怎样的惊喜，能提供多少页罗塞尔日记……"克莱恩靠躺于卧室的床上，漫无边际地想着各种事情。

私家侦探对他而言是一份兼顾了赚钱和行动的职业，这能让他接触各个行业的人，慢慢发现贝克兰德的非凡者圈子，逐渐找到密修会的线索。

当然，如果运气足够好，他甚至能直接在某些非凡者圈子里弄清楚"小丑"对应的序列7是什么，并买到相应的魔药配方和主要材料。

至于因斯·赞格威尔的行踪，克莱恩暂时不会主动去寻找，甚至可能要稍微躲避着对方。不过，如果能偶然发现这个仇家且没有暴露自身，他不介意做一次好人好事，匿名寄信给黑夜女神教会。

"私家侦探的收益顶多能维持中产生活，要想有足够的钱，足够买到魔药配方和非凡材料的钱，一是看'正义'小姐那里，二是用不记名账户里剩下的一百镑做一定的投资……嗯，身上的九十二镑暂时不能动，说不定我很长一段时间内都没有钱入账……"想到这里，克莱恩忽地翻身坐起，来到一楼，开始阅读之前顺手买回来的各种报纸。

这些报纸上面时常会登载一些消息，比如某某某发明了什么物品，寻求投资；比如某某某希望和人合资，做什么什么事业。

克莱恩依靠自己的地球见识以及对这个时代的了解，认真筛选着项目，可惜的是今天的那些家伙都不太靠谱。

下午两点四十五分，他回到卧室，反锁房门，拉拢窗帘，用"圣夜粉"制造出灵性之墙。

逆行四步，来到灰雾之上，克莱恩端坐于"愚者"那张高背椅，延伸灵性，以回应祈求的方式触碰象征"太阳"的深红星辰。

这算是我彻底改变的生活里为数不多的没有改变的事情了……他忽地感叹了一句。

…………

白银之城外的某个区域，一座半坍塌的黑灰色高塔内。

九位巡逻队成员围在熊熊燃烧的火堆前，闲聊着这段时日的经历，另外还有几位队员守在外围，戒备着黑暗中可能突然爆发的袭击。

不知多少位白银城的非凡者用血的教训告诉他们：任何时刻都不能放松警惕，黑暗里的怪物很可能就在你的背后！

在闪电频率很低的夜晚，必须保持火焰的燃烧，保持光明的照耀，一旦彻底陷入黑暗，全员失踪也不是不可能 —— 谁都说不清楚纯粹的黑暗里会发生多么恐怖的事情，因为事实一次又一次突破了他们想象的极限。

戴里克·伯格保持着内敛的沉默，安静地听着同伴们回忆之前遭遇的那个怪物，那个身上长满了眼睛的人形怪物。为了解决这个怪物，他们这支巡逻队付出了五人受伤且其中两人伤情严重的代价。

突然，戴里克眼前一花，感觉自己被浓浓的灰雾包围了。

而在无法描述的远方，在灰雾的深处，一道模糊的身影端坐于古老的高背椅上，以俯视的姿态看着他。

"准备聚会。"

戴里克耳畔回荡起了"愚者"的声音，但他周围的队友无一察觉。

收回视线，花十几秒观察了周围环境，戴里克移向火堆最边缘的地方，背靠断壁，侧对大家，假装睡觉。

自从发现六人议事团成员、长老洛薇雅都无法发现"愚者"先生的存在后，他逐渐相信只要自己不疏忽大意地暴露出某些问题，那么就算在一道道目光的扫视之下，他也能悄然去灰雾之上参加塔罗聚会。

贝克兰德，皇后区。

奥黛丽借口疲惫，回到了自己的卧室。她克制着激动，没有来回踱步，安安静静地坐于床上，等待着"愚者"先生的召唤。

爸爸忙碌着与别的议员沟通即将提交的议案，非凡者守卫也不再时刻跟着我，感谢女神，我的生活终于恢复了正常！两周过去了，"倒吊人"先生肯定准备好了成年七彩蜥龙的脑垂体……我就要晋升序列8了！奥黛丽眼眸晶亮地想着。

对她来说，这比获得三万镑悬赏和价值至少八千镑的大种植园更让她激动和期待！

终于，她看见熟悉的虚幻的深红光芒如潮水般涌出，淹没了自己。

…………

一艘造型古老的帆船上。

阿尔杰·威尔逊锁住了船长室的门，坐在六分仪、航海笔记的后方，不断记忆着面前那沓厚厚纸张上书写的内容。

度过调查期后，得到高层褒奖的他没有留恋贝克兰德的繁华，主动离开那座大都市，返回了海上，并携带了一批暗中抄录的罗塞尔日记。

"等消化完'航海家'魔药，我就能正常晋升了，我的功劳足够换取配方和材料……但这会暴露我知道了扮演法的事情，有利也有弊……"阿尔杰摇了下脑袋，忽地走神。

就在这时，他感受到了"愚者"的召唤，脑海里霍然浮现了"飓风中将"齐林格斯的脸庞，血肉飞速腐烂、一块块掉落往下的脸庞。

阿尔杰本能地低下脑袋，任由深红色的潮水吞噬自身。

…………

灰雾之上，巨人居所般的宫殿内。

开启了灵视的克莱恩审视着"正义""倒吊人"和"太阳"，确认了他们如今的状态。

奥黛丽正要愉快地问好，忽地看见"倒吊人"做了个手势，抢先开口道："'愚者'先生，我这次共获得了十九页罗塞尔日记。

"在此，我必须感谢您派遣眷者帮助我除掉了齐林格斯，这些日记是我应该付出的报酬！"

十九页？不错嘛……克莱恩没多说眷者的事情，淡然笑道："这就是等价交换的原则。"

不愧是"愚者"先生，一位携带神奇物品的海盗将军根本不被祂放在心上……

看来我没必要提赏金的事情了……不知道"愚者"先生有几位高序列的眷者……奥黛丽不知不觉也开始习惯用"祂"来称呼"愚者"。

听到"愚者"的回答，"倒吊人"阿尔杰谦卑地说："我目前记忆的极限是六页，请允许我分几次给您。"

"没问题。"被浓郁灰雾笼罩着的克莱恩轻轻颔首。

"太阳"戴里克看着"倒吊人"一页页具现出日记，对上面的内容非常好奇。有了前面几次的经验，他相信"愚者"先生感兴趣的物品肯定包含着诸多奥秘。他望了眼"正义"小姐，见对方并没有询问的冲动，又谨慎地保持了沉默。

很快，六页日记具现完成，来到了克莱恩手里。

奥黛丽等人早已习惯类似的事情，开始安静地等待。

克莱恩视线下移，阅读起第一页的内容。

12月16日，再次联络上了那位被困于风暴深处、迷失在黑暗里的可怜家伙。

终于有前面某页笔记的后续了……克莱恩心中一喜，态度更加专注。

他自称"门"先生，试图教导我一个复杂的、困难的仪式，让我帮助他重返现实世界，并承诺满足我三个要求。

他以为我是傻的吗？我两辈子加起来活了六十多年，还看不出这是邪神恶魔一贯的操作吗？

但他描述的第四纪的某些历史，真是让人感兴趣啊。

"门"先生……这取名的风格很像我嘛……不知道这位被困于风暴深处、迷失在黑暗里的可怜家伙真名是什么，相当于序列几。或者，确实如同罗塞尔大帝的预料，是邪神恶魔之一……克莱恩半是腹诽半是自嘲地暗笑一声，他对第四纪的某些历史同样很感兴趣。

我知道第四纪最出名的四皇之战，但对具体细节和主要人物的了解都仅限于各大教会流传出来的那些，比如所罗门帝国的"黑皇帝"。

直到今天，那所谓的"门"先生才解开了我的疑惑，让我知道四皇里剩下的三位是谁：图铎王朝半疯的"血皇帝"，特伦索斯特帝国的"夜皇"，以及南大陆的那位"冥皇"，也就是俗称的死神。

根据"门"先生的叙述，这一场改变了整个世界局势的战争里，"黑皇帝""血皇帝"和"夜皇"相继陨落，"冥皇"攫取到了最大的好处。

说到这里，"门"先生意味深长地补了一句，通过一百多年的消化，死神疯了，但也更强了，于是和原初魔女联手，为北大陆带来了一场"苍白灾难"。当然，这并非他亲眼所见、亲身经历的事情，而是他每个月靠近现实世界的时候倾听到的内容。

死神疯了，但也更强了！

神灵也会疯掉？

这真是让人惊悚的一句话啊！

不过，这也证实了我的一个猜测，那就是第五纪之前，那些神灵会经常降临现实世界，直接干涉南北大陆的局势，甚至可能如同死神一样亲自下场。

我问"门"先生，他参与过那场四皇之战吗？如果参加了，又扮演着什么角色？而七神在这场战争中保持什么立场，发挥了什么作用？

"门"先生没有回答我的问题，只是玩味地说了一句，第四纪的顶级强者比我预想中多不少。

另外，他还提到了两个定律，一是非凡特性不灭定律，二是相近序列内非凡特性守恒定律。这与我从那个最隐秘、最古老的组织里知道的某些事情吻合，与我观察到的一些现象相符。

呵，这能推导出很多有趣的结论，让不少事情的解释呈现出另外的模样，让人恐惧、让人战栗的模样。比如，同一途径内，高序列多了，低序列就会变少，反之亦然。

……非凡特性从源头上就固定了总数，不会增加，不会减少，这是否说明真的有一位创造所有的主、全知全能的神，而一切都源于祂？

这是克莱恩看过的最长的一则罗塞尔日记，它占据了整整两页纸张，可以想象它原本是以正反面的形式存在，但在一次次抄录后变成了单独的两页。

"信息量真大啊……"克莱恩无声感慨道。

作为正常毕业的历史系大学生，他一直以为所罗门帝国、图铎王朝、特伦索斯特帝国是替代性、继承性的关系，中间存在一定的复辟，谁知道，那位"门"先生讲述的四皇之战清楚无误地透露出一点，那就是三大王朝曾同时存在！

"如果这件事情属实，真的会颠覆当前史学界对第四纪的大部分研究。"克莱恩忽地想起了原主，他对考古、对探索第四纪的历史充满兴趣。

今天，我算是帮他达成了一个心愿……不知道四皇之战时的死神是否已成为真正的神灵。根据"门"先生的表述很难判断这一点，只能先假定此时的"冥皇"通过在四皇之战里攫取到的好处，突破限制，成了神灵，但祂也因此而疯掉……

一位神灵也会发疯，真是可怕啊，光是想想细节就让人发自内心地颤抖！难怪见多识广的罗塞尔大帝也要用"惊悚"来描述这件事情……

难道所谓邪神就是疯掉的正统神灵？那会不会有一天，整个世界只剩下邪神……嘶，这是否意味着无法逆转的末日的到来？

克莱恩用微笑掩饰着逐渐凝重的情绪，觉得自己想象的那个未来充满灰暗的色调。与此同时，他调高了对"黑皇帝""血皇帝"和"夜皇"的评价，认为他们已是接近神灵的顶级强者。

"也许他们就是序列1，是位于单条途径顶峰的存在。按照这个逻辑，'黑皇帝'活几百年上千年并不是太让人无法接受的事情，原主之前的一个疑惑也算得到了解释。他从安提哥努斯家族记载的内容推导出与自家导师看法矛盾的结论，认为'黑皇帝'其实是所罗门帝国每一位皇帝的共同称号……或许，'黑皇帝'一直都是那位'黑皇帝'……当然，不排除另外的可能性，比如更替过两三次，但这条途径的序列1就叫'黑皇帝'？

"不知道'门'先生会是第四纪历史里的哪一位……罗塞尔大帝没有详细讲述他错误的实验和偶然的巧合，让我想与那位'门'先生对话都无法办到。

"特性不灭定律，相近序列途径内特性守恒定律，这和队长的感受类同，也许他使用的词汇就是从罗塞尔大帝那里流传下来的。

"根据'门'先生描述的这两条定律，确实能推导出很多有意思的猜测。比如，有那么多圣物、那么多高序列强者的七大教会应该不会有多少低序列的非凡者，但这就和现实矛盾了，唯一合理的解释是神灵的额外恩赐？

"比如，夜之国的灭亡是否正是因为特性守恒，所以怀璧其罪？或者说，他们的存在严重削弱了'黑夜'途径的力量，威胁到了女神的位置？

"比如，从理论上来说，某些封印物也能作为魔药的主材料，甚至就等于魔药，当然，前提是预先清除掉暗藏的隐患和疯狂……

"难怪发掘出的某些文献称第四纪为众神纪元，原来在这一纪里，神灵还有诸多的降临记录。那又是什么导致祂们不再降临，就连神谕都近乎断绝？要不是仪式魔法能获得回应，恐怕不少非凡者会怀疑神灵是否存在……"

克莱恩一下想了很多，觉得自己在神秘领域、在非凡世界又深入了一点。

他快速翻了下后面四页日记，发现不再与"门"先生有关，顿时一阵失望。"小丑"的能力让他很好地掩饰住了情绪，再加上灰雾的阻隔，就连偷偷打量他的"正义"小姐奥黛丽都未发现任何不对。

收敛住杂乱的思绪，克莱恩阅读起第三页日记。

> 9月10日，忍了很久，但还是忍不住抱怨几句：我当初是脑子进了水才选的"通识者"途径吧？
>
> 当然，这确实能发挥出我最大的优势，让我受到教会的重视，但问题在于它前面好几个序列都缺乏实战型的非凡能力，只能依靠神奇物品凑合，太依赖外在的东西了。
>
> 比如序列9"通识者"，只有记忆、学习和实践能力的非凡化；比如序列8"考古学家"，获得的是强健的体魄和相应的古代知识，仅能勉强应用一些仪式魔法；比如序列7"鉴定师"，非凡能力是快速鉴别神奇物品，在使用时可以最大程度规避隐患；比如序列6"工匠"，可以制作机械奇物和不算强的非凡物品，但除此之外，也就是仪式魔法的水平会得到提升，难怪它的现代名称是"机械专家"。
>
> 相较而言，"窥秘人"途径的序列7"巫师"和序列6"卷轴教授"都足够诱人，如果教会掌握的序列完整，如果没有隐匿贤者的存在，那就好了。
>
> 不过，总算也得到了一个好消息。我再次晋升后，就将获得归属于自身的实战型的非凡能力，序列5，"星术师"！
>
> 它的现代名称让我有些害怕，竟然叫"天文学家"……难道我最后会成为一个全能的、疯狂的科学家？
>
> 天可怜见，我高考才上了二本线啊！

不得不说，罗塞尔大帝有些奇怪的搞笑天赋，最近情绪低沉的克莱恩都忍不住抽动了下嘴角，想为这位前辈点一根蜡烛。

"好好学习，天天向上"果然是至理名言……他吐槽了一句，记住了蒸汽与机械之神教会主流非凡者的特点：自身缺乏实战型非凡能力，但擅于制作和使用非凡物品。

翻过只有一则日记的第三页，克莱恩继续着自己的阅读。

> 6月2日，王国一再制造纷乱、挑起战斗，却又无法彻底打垮弗萨克帝国、鲁恩王国和费内波特王国，不得不背负高昂的债务，使经济陷入崩溃的边缘。
>
> 从我观察到的情况看，民众、商人和士兵们都非常不满，暴乱只差

一点火星了！这是我的机会。

　　但我必须足够谨慎。索伦家族见证过第四纪的历史，是个古老的家族，很可能藏着高序列的强者，我要获得教会的支持，并与永恒烈阳教会达成一定的默契。

　　我不能直接出头，先让叛乱者们破坏秩序，再以保护者的姿态结束这一切。罗塞尔·古斯塔夫执政官，我喜欢这个称呼。

　　6月3日，我和爱德华兹他们商量之后，放弃了与永恒烈阳教会达成默契的想法。这很可能暴露我的真实意图，让索伦家族和拥护他们的旧贵族提前察觉，进行针对性的布置，那样事情将变得非常艰难和危险。

　　可惜，格林死在了迷雾海，他是我们之中最聪明的一个。

　　乱吧，乱吧！只有彻底乱起来，我才能得到浑水摸鱼的机会！只有索伦家族再也无法收拾局面，永恒烈阳教会才可能捏着鼻子承认我！

　　我或许该给那些叛党一些帮助，但该如何做到隐蔽，如何让别人无法察觉？

　　6月4日，密修会的查拉图秘密来拜访我，非常突然。

　　后面呢？克莱恩正好奇密修会首领查拉图在叛乱和政变前夕找罗塞尔的目的，结果发现后续两页笔记都与此无关，这让他不得不产生了难以遏制的懊恼情绪。

　　虽然这三则日记中没有太多的细节性描述，只是当事人的平铺直叙，但依然让克莱恩感受到了1173年，也就是一百多年前，因蒂斯那场著名事变的风起云涌。

　　历史教材上清楚地记录了结果，罗塞尔以上校的身份平复了叛乱，顺势发起政变，将因蒂斯王国改为共和国，自任执政官。之后十九年里，他改革法典，鼓励发明，为工业革命保驾护航，极大地提升了国力，并南征北战，将伦堡、马锡、塞加尔等国纳入保护范围，让弗萨克帝国、鲁恩王国、费内波特王国这三个北大陆强国相继低头。

　　在担任执政官即将满二十年的时候，也就是1192年的年底，罗塞尔将共和国改为帝国，自称恺撒。其后不到六年，他陨落于白枫宫，结束了第五纪到目前为止最传奇的一段历史。

　　克莱恩回想起了看过的那些资料，愈发觉得罗塞尔的死亡绝对不像表面那么简单，就如同这场著名的事变背后肯定有非凡者的角力，有超凡势力的介入，再怎么平衡，绝不会等同于教材的描述。

　　"罗塞尔所谓'天启四骑士'之一的格林果然死在了迷雾海上……之前有篇日记里，罗塞尔就记录了这位'骑士'的不对劲，这似乎和他们发现的那个生存着许多超凡生物的小岛有一定关系……不仅是奇遇，更是危险啊……"克莱恩联想到了之前的某则记录，有所感慨地翻到了第五页日记。

这一页记录的内容并没有什么价值，分别是罗塞尔喝到1128年奥尔米尔红葡萄酒后的点评，见到年少时的倾慕对象结果发现那位女士身材走样、容貌老化的幻灭感以及某段时间沉迷于打牌的堕落总结。

第六页也差不多是相仿的日常，但最后那条却让克莱恩眼睛一亮。

> 4月8日，我得派人调查密修会的事情，掌握更多的信息，不能再重复之前的那种被动，不能再被查拉图牵着鼻子走。

所以，你有查到什么吗，罗塞尔同志？

克莱恩没能找到后续的内容，只能强行平静下来，等待下次聚会时"倒吊人"提交另外六页。

克莱恩知道，一百多年前的调查资料多半不可能帮助自己找到密修会相关的线索。毕竟这么漫长的时间过去，除了较为特殊的那些，不少高序列强者恐怕都已经老死，更别提中低层次的成员了。但他相信，这能帮助自己获得灵感，掌握密修会习惯使用的明面身份和活动规律。

放下那六页日记，克莱恩右手食指轻敲着青铜长桌边缘，视线缓慢地从"正义"小姐身上移至"倒吊人"，移至"太阳"。

对了，在刚才的日记里，罗塞尔大帝有一句描述："创造所有的主，全知全能的神。"这和白银城的习惯很接近。他是从哪里听说的？那个最古老、最隐秘的暗中操纵着世界局势的组织？那个组织诞生于神弃之地产生之前？

嗯……忽然，克莱恩有了新的想法，嗓音低沉平和地笑道："罗塞尔在日记上提到了一些被掩盖的历史，提到了一些简单的常识，后者让我想起，我似乎没有告诉过你们。"

奥黛丽恍然，旋即半转身体，惊喜地望向了古老长桌的最上首。

"愚者"先生主动提及罗塞尔日记的内容？上面会记载些什么呢？她又激动又兴奋，完全忘记了自己是一个"观众"。

和她相比，"倒吊人"阿尔杰就要稳重许多，但他不自觉挺直腰背的动作依然无情地出卖了他。

唯有"太阳"戴里克虽然一直认为"愚者"先生感兴趣的物品必然包含诸多奥秘，但他并不知道罗塞尔大帝，不知道这个名字在北大陆究竟代表什么，因此只是好奇，并没有太异常的表现。

"'愚者'先生，罗塞尔大帝提到了什么常识？我可以支付报酬换取这个消息。"奥黛丽忍不住开口问道。

不过，我要求单独交流！她在心里默默补了一句。

克莱恩轻笑一声道："不需要，这都是简单的常识。看到这部分日记，作为塔罗会的召集者，我认为有必要让你们都知道。当然，我很清楚，你们之中有的人早已掌握。"

他指的主要是"太阳"。

白银城有两三千年的历史，不可能没有发现非凡特性不灭定律。而且，他们处于相对极端的环境，即使周围区域不缺乏黑暗里的怪物，但某些时候依然未必能得到想要的、对应的材料，为了传承，为了整座城市的延续，用前人遗骸凝聚出的非凡特性制作魔药并不是特别让人无法接受的事情。对他们来说，这或许还是一种神圣的、荣耀的仪式。

当然，从以前的对答里，克莱恩可以看出"倒吊人"也知道些什么。

可惜啊，不能总是让"正义"小姐支付金镑，将钱转给我的眷者……我的眷者也是需要体面的……不能破坏了阿兹克先生塑造出的强者形象……

嗯，有机会再尝试，毕竟再强大的存在也会有底层跑腿的下属，就像黑夜女神的"不眠者"……从来不会有人因为底层值夜者的弱小，就怀疑黑夜女神不是真神……克莱恩无声叹息了几句。

"太感谢您了！'愚者'先生您真是太慷慨了！"奥黛丽欣喜地回应道。她为自己刚才想用金钱购买消息的庸俗忏悔了三秒。

克莱恩停止手指的敲动，语气平淡地描述道："第一个常识，非凡特性不灭定律。非凡特性不会毁灭，不会减少，只是从一个事物转移到另一个事物。"

我不知不觉间竟然用上了队长的口吻……克莱恩的嘴角下意识地勾了起来。

不会毁灭，不会减少，只是从一个事物转移到另一个事物……奥黛丽咀嚼着"愚者"先生的描述，觉得这简单的一句话里面包含了太多的意思。

她碧绿如同宝石的眼眸一转，看见"倒吊人"和"太阳"都没有惊讶和思考的表现，顿时明白这两位塔罗会成员早就知道了这个定律。只有我不清楚……她略显委屈地想道，但很快就开始赞美"愚者"先生的好心。

这时，克莱恩补充道："所以，失控非凡者死亡后会留下凝聚了非凡特性的物品，它可能是魔药主材料，也可能是需要封印的神奇物品。正常非凡者死亡后同样如此，只是那将等同于没有辅助材料的对应魔药。当然，它本身也会具备一定的非凡能力，可以当作半成的神奇物品使用。"

看似平平淡淡的几句话回荡在奥黛丽的脑海内，层层叠加，不断攀高，最终汇成了一道巨大的响雷。

奥黛丽联想到了"吃人"，联想到了之前询问过"倒吊人"的一个问题，那就是如果材料来源断绝，序列途径是否会跟着中断。现在，她知道了答案，却感觉在做一场噩梦，宁愿自己没有听到！

怎么会这么残忍？怎么会这么黑暗？奥黛丽之前也算见识过一些不好的涉及非凡的事情，但那都源于个人的猥琐和邪恶，比如A先生，比如齐林格斯，所以并未影响她对神秘领域、对超凡世界的向往与喜爱。可是，这一次，她却发现那满是神秘韵味的世界本身就充斥着灰和黑。

醒醒，奥黛丽，你不能再天真了！想想失控吧，"愚者"先生描述的残忍与黑暗是可以预见的……既然选择了这条路，就要勇敢地走下去！奥黛丽自我开解了两句，心情稍微缓和了一些。

她看见"倒吊人"和"太阳"都只是有些习惯性动作，对刚才的内容似乎非常清楚。

哼！"倒吊人"先生太坏了，之前还想用这个消息和我交换！唔……这个消息确实值得丰厚的报酬，相当重要，但这只是对我们而言，在"愚者"先生的眼里，它仅仅是一条简单的常识……奥黛丽忽然有点想笑，心情开始好转，慢慢将刚才想到的各种极端例子抛到了脑后。

对三位成员的反应，克莱恩并不意外，语气毫无波澜地继续说道："第二个常识，相近序列内非凡特性守恒定律。"

非凡特性守恒……"倒吊人"稍微改变了坐姿，觉得自己明白了一些事情，但又无法彻底弄清楚这条定律究竟代表着什么、蕴含着什么。

"正义"和"太阳"的感觉和他类似，同样无法直观地理解这条定律的真正意义。

"为什么是相近序列？"阿尔杰忍不住开口询问。

克莱恩笑笑，回答道："你要付出什么来获取答案？"

他刚才的想法之一就是，常识免费，解释收费，这既符合身份定位，也不会浪费信息——免费的才是最贵的。

如果"愚者"只单纯地提一句罗塞尔日记里记载了些简单常识，"倒吊人"阿尔杰未必会下定决心支付报酬，获取答案。这一方面是因为"简单"这个描述很摧毁好奇心；另一方面则是因为他总是戒备着和"愚者"交换，这会让他想起与邪神恶魔交易的那些例子。可现在，他知道了所谓简单常识的内容，对此产生了强烈的兴趣，却无法理解其中的部分描述，更别说联系实际，深刻把握。

于是，他难以遏制却又绝对恭敬地问道："'愚者'先生，您希望得到什么样的报酬？"

嗯嗯！"正义"奥黛丽幅度很小但频率很高地点头，表示这也是她想问的事情。

"太阳"戴里克虽然依旧保持着沉默，没有多余的身体语言，但不自觉间望向"愚者"的目光却说明了一切。

正等着类似回应的克莱恩微笑道："密修会相关的情报。"

"密修会……""倒吊人"阿尔杰低声自语了一句。

他对这个名词并不陌生，他曾经收取报酬，为"正义"小姐讲解过诸多隐秘组织的事情，其中就包括密修会。

奥黛丽和戴里克都下意识皱起了眉头，前者是因为对密修会的了解仅限于"倒吊人"讲述过的那些，后者则是因为听都没听说过这个组织。

"太阳"的感受，克莱恩早就有所预料，并不意外。在他的推测里，白银城所在的区域成为"神弃之地"应该是在第一块亵渎石板出世后、第二块亵渎石板出世前的那段时间，属于第三纪元的某个阶段，甚至可能就是大灾变的直接诱因或者表现，而查拉图家族在第四纪才登上历史的舞台，创造密修会更是第四纪后半段的事情，两者根本不存在重合的可能性。如果"太阳"知晓密修会，克莱恩反倒会吓一跳，不得不推翻某些猜测，重构对白银之城、对神弃之地、对查拉图家族的认知。

沉默了十几秒，"倒吊人"阿尔杰望向灰雾里的"愚者"，斟酌着开口道："我会接受这个委托，为您搜集和探查密修会有关的事情。您可以提前支付报酬吗？"

一位疑似神灵的存在对一个古老而隐秘的组织感兴趣并不是什么让人奇怪的事情，阿尔杰对此没有一点疑惑。而更加重要的是，经过多次聚会，他心里渐渐有了一个猜测，那就是"愚者"先生的状态并不完美，祂也许正处于一定的困境中，祂做的各种尝试和祂那些眷者于南北陆的行动都是为了让祂摆脱束缚，不再受限。

这甚至可能牵涉到第四纪之后七神不再降临现实世界的大秘密……阿尔杰想法一闪，又有些战栗，感觉自身触碰到了神灵的领域。

听见"倒吊人"的请求，克莱恩往后靠住椅背，轻轻颔首道："没有问题。如果你搜集到的情报超过了答案的价值，我会额外再补偿你。"

至于什么情报算是超过了答案的价值，当然由尊敬的"愚者"先生决定。他有能力支付额外的报酬就算，没有能力就不算……克莱恩在心里默默补了一句。

"正义"奥黛丽顿时眼睛一亮，举了下手，道："我希望加入这个交易。"

克莱恩笑笑道："可以。"

坦白地讲，他主要的目标就是"正义"小姐。因为对方是贝克兰德的地头蛇，而且混了好几个非凡者圈子，在"希望之地"的消息灵通程度超过了初至首都的他，超过了长期活跃在海上的"倒吊人"。

——根据之前占卜得到的启示，克莱恩认为密修会的线索将出现于贝克兰德，而不是其他什么地方。

"太阳"戴里克默默听着，想了下道："我愿意用之前积累的补偿换取答案。"

在之前那场三方交易里，他用序列8的"读心者"配方只换到序列9的"歌颂者"配方，克莱恩承诺会给他补偿，而他当时的选择是积累下来，为后续的魔药配方和主要材料做准备。

克莱恩点了下头，说出了早就准备好的解释："所谓的相近序列，就是指在高序列可以互相替换的几条途径。

"我举一个例子，'死神'途径的序列5'看门人'，不仅可以正常晋升，还可以选择'巨人'途径晋升，也就是'战神'途径的序列4'猎魔者'。这不会带来失控的危险，也不会积累疯狂，和服错魔药并不等同。

"当然，如果不是相近的序列，半疯是最好的结果。"

"可以互换？""正义"奥黛丽脱口而出，又惊讶又喜悦。

让她惊讶的是，序列途径并不是完全被固定，并不是只能沿着原来的道路走下去，并不是想更换就必须付出半疯和从此再也无法晋升的代价，在二十二条神之途径里，存在特殊的情况，存在相近的序列！

让她喜悦的则是，自己以后又有挑选的机会了，就和在菲利普百货商店挑选感兴趣的商品一样。那是一种美好的体验！

原来是这样……阿尔杰无声自语，觉得自己一下想明白了很多事情，解开了之前个人经历里累积的许多疑惑。

这个消息真是太有价值了！不愧是"愚者"先生，所谓简单常识都足以让大部分中低序列的非凡者震惊失态，受益不浅！他暗自感慨了一句。

"太阳"戴里克略有点失望，因为他根本不打算更换序列，他要成为照亮黑暗、驱除诅咒的"太阳"。

不过，他很快就据此回忆起了白银之城的一件往事——前任首席，一位最有可能突破"猎魔者"限制的强者，为自己建了一座陵寝，深入地底的陵寝，然后搬入里面，以此为家。再之后，他越来越少出现，直至陵寝大门再也无法被打开。

当时白银之城的民众都认为那位首席在晋升时出了问题，变成了疯子，接近于失控，最终自己解决了自己。如今结合"愚者"的描述，"太阳"忽然想到了另一个可能性：那位首席也许是在尝试往相近的序列晋升！

也许那位首席于探索黑暗深处的某次经历里获得了"死神"途径的相应配方，而陵寝是特殊的要求……最后他还是失败了？但为什么没有变成怪物？他在那黑暗的陵寝里究竟遭遇了什么事情？白银城没有"猎魔者"之后的序列魔药配方吗？

想法纷呈间，戴里克突然被"正义"小姐故作矜持的声音惊醒。

"'愚者'先生，我想问，'观众'途径可以和哪几条途径在高序列互换？"

序列4"猎魔者"，听起来很不错啊……这很适合我，很适合"正义"！奥黛丽非常欣赏自己知道的第一个高序列名称。

我也想知道……对于"正义"小姐的问题，克莱恩很想这么回答一句。

不等他开口，奥黛丽又理不直气不壮地补了一句："我，我可以支付报酬购买这个问题的答案。您……您觉得多少金镑比较好？我想，我想，您的眷者会需要一定的活动经费……"

说到这里，她一下想起"愚者"先生的眷者轻松干掉了拥有"蠕动的饥饿"的海盗将军齐林格斯，明显是高序列的强者，差点就脱口而出"不好意思，'愚者'先生，当我没问"这句话。

可是，既然已经问出口了，就不能退缩！加油，奥黛丽，也许"愚者"还有比较弱的眷属呢？奥黛丽悄然咬了下嘴唇，默默地给自己鼓气。

金镑？克莱恩认真思考了下道："等搜集到足够多的密修会相关情报，我们再进行这场交易。"

说话的同时，他想起了自己在心理炼金会内部的线人，达斯特·古德里安。

我和队长都，都，唉……达斯特的线人身份再也无法被证实，这不知道算是悲剧还是喜剧……可惜，不能再联络他了，否则从他那里得到"观众"途径相应的情报是最方便的……克莱恩勾起了嘴角。

"好的。"奥黛丽愉快地回答道。

两人的交谈让试图问类似问题的"倒吊人"闭上了嘴巴，等待着足够多的密修会情报被搜集到。

短暂安静了几秒，奥黛丽侧头看了眼"愚者"先生，幅度很小地举了下手。

得到表示肯定的颔首后，她望向对面那位成员，饱含期待地问道："'倒吊人'先生，我的情报让你解决了'飓风中将'，你是否已经准备好成年七彩蜥龙的完整脑垂体？"

这正是我回到海上的原因之一……阿尔杰轻轻点头道："我已经拿到了你想要的这件非凡材料，但我该怎么给你？"

怎么给我？怎么给我……奥黛丽一下愣住，陷入沉思。不可能直接报我的地址……也不能通过休和佛尔思，这会暴露我是非凡者的事实……嗯，也不是不可以，罗塞尔大帝说过，当两个选择都有坏处的时候，就挑选程度较轻的那个……

就在这时，克莱恩心中一动，手指轻敲长桌边缘，微笑道："小姐，先生，在这件事情上，你们是否愿意配合我做一个尝试？"

第二章
CHAPTER 02
✦ 玄学型侦探 ✦

尝试？"正义"奥黛丽一下兴奋起来，矜持而优雅地点头道："我很乐意配合。"

作为一名"观众"，她清楚地记得"愚者"先生只在两件事情上用过"尝试"这个词，一是将自己和"倒吊人"拉入这片神秘空间的时候；二是给出尊名，让自己和"倒吊人"试着祈求的那次。而两次"尝试"的结果都足够成功，并展露出了祂的一些本质。

这次会是什么尝试呢？真是让人期待啊！奥黛丽克制住了自己迫不及待的心情，努力做一名合格的"观众"。

尝试……"倒吊人"阿尔杰的精神霍然紧绷，对"愚者"的提议充满戒备。

祂想做什么？祂的真实目的是什么？这对我有利还是有害？一个个想法涌出又落下，阿尔杰的脑海中浮现了"飓风中将"齐林格斯死亡时飞快腐烂的样子。最终，他低下脑袋，恭顺地回答道："您的意愿就是我的期望。"

旁边的"太阳"戴里克望了望"倒吊人"，又看了看"正义"，不明白他们为什么对所谓"尝试"那样敏感。

克莱恩轻敲青铜长桌边缘的手指顿住，笑笑道："这个尝试将让你们的交易变得简单和安全，并且足够保密。"

他微侧脑袋，看向"倒吊人"，不快不慢地问道："你还记得'太阳'描述过的献祭仪式吗？"

克莱恩故意提及这件事情就是要显示自身的坦荡，让塔罗会的成员难以想到他即将提供的献祭仪式就来源于"太阳"的描述，难以想到他当初费尽心思就是为了骗一个献祭仪式的模板。

"记得，我平时也接触过这方面的事情。"阿尔杰老实地回答，心里却一阵阵地发毛。

由于正统神灵已很少回应类似的仪式，第五纪以来，"献祭"这个单词往往是和邪神恶魔画等号的！想到也许会因此得到某些可怕的结果，"倒吊人"就感觉自己正行走在深渊的边缘，一不小心就会跌落下去，被腐蚀，被吞食。

克莱恩按照预定的计划，没有过多解释，微微点头道："我的想法是，你通过仪式将非凡材料献祭给我，我再赐予'正义'小姐，这样的交易形式对你们双方都有利。"

还，还可以这样？奥黛丽顿时有些傻眼，觉得这超出了自己想象的极限。但很快她就醒悟过来，想明白了这种方式的优点和看似简单的操作之下隐藏的神灵本质！

"愚者"先生真棒！我们塔罗会果然和其他隐秘组织不一样！我们用神灵的办法来交换物资和材料！奥黛丽险些习惯性地在心中来一句"赞美女神"，但最终改成了"赞美'愚者'先生"。

阿尔杰愈发戒备，进入了冷静思考的模式："尊敬的'愚者'先生，我需要怎么做？"他试图从献祭仪式的流程里分析出"愚者"的真实目的。

克莱恩右手轻按道："我说了，这只是一个尝试，未必会成功，所以需要你们的配合。首先，你准备一个祭台，不用太复杂，可以很简陋，唯一的要求是铭刻或者绘制这个象征符号。"

说话间，他的面前具现出一道光幕，其上正是象征隐秘的无瞳之眼和象征变化的扭曲之线组合成的神秘图案，愚者高背椅后面的那个图案。

经过之前没用灵性材料的试验，克莱恩确定自己设计的献祭仪式能在灰雾之上制造出一个虚幻大门，类似召唤之门那种，只不过他自身的力量还不能构建稳定的通道，也就无法借此调用灰雾之上这片神秘空间的特殊力量，让献祭得以完成。所以，他有百分之九十的把握相信仪式最终能够成功。唯一的问题是，用普通的蕴含灵性的材料就可以构建通道，还是必须使用非凡材料，足够的非凡材料。

就让"正义"小姐和"倒吊人"先生来承担这个试验的消耗吧……反正他们最开始就知道塔罗会本身是一个尝试的产物，后续还有别的尝试也是可以预见的事情，而尝试难免有失败，哪怕神灵也不例外……克莱恩决定转嫁成本。

在"倒吊人""正义"和"太阳"试图记忆那个符号的时候，克莱恩轻笑一声，道："如果你们遗忘了，可以向我祈求，然后你们就能回忆起来了。"

"好的！"奥黛丽语气轻快地回答道。

有了"愚者"先生，仪式都不再很累很麻烦！她愉悦地想。

见"倒吊人"跟着点头，克莱恩继续说道："其次，按照正常的流程去做，但不需要额外再燃烧草药、涂抹圣油，不需要挑选特定的时间，诵念我的名就足够了。

"记住，用古赫密斯语或者巨人语诵念，并配合以下祈祷语句：

"您忠实的仆人祈求您的注视，

"祈求您收下他的奉献，

"祈求您打开国度的大门。

"诵念完毕，将含有灵性的材料与咒文造成的自然力量的震荡结合，等待我的回应。

"如果这一步没能成功，就将含有灵性的材料改为非凡材料，从最初的步骤再尝试一次。"

"倒吊人"阿尔杰安静听完，觉得自己之前的猜测很可能接近了真相："愚者"处于一定的困境之中！祂给出诱导性的尝试，一步一步深入，就是想借助自己和"正义""太阳"的力量慢慢挣脱束缚，到最后，祂也许会降临于现实世界！这也就是祂当初拉人进入这片神秘空间并同意成立塔罗会的真实目的！

即使没有之前的猜测，听闻这个一点一点试错的献祭仪式并与以前的尝试进行对比后，阿尔杰相信自己也会得出同样的结论。他唯一想不明白的事情是，"愚者"先生有着强大的眷者，完全没必要利用自己和"正义""太阳"，祂的眷者本身就可以做类似的尝试。

这里面一定有我还不知道也无从猜测的秘密……尝试必须足够隐蔽，而祂的眷者被某些存在注视着？"倒吊人"阿尔杰一时浮想联翩。

克莱恩介绍完仪式，嗓音低沉却缓和地问道："献祭仪式必须有确定的时间，'倒吊人'先生，你准备什么时候尝试？"

这不同于回应祈求，可以延迟答复，献祭仪式制造的稳定通道只能存在很短一段时间，所以克莱恩必须提前在灰雾之上等待。

"我暂时只有七彩蜥龙脑垂体这件非凡材料，含有灵性的材料倒是不少……'愚者'先生，等聚会结束后，我立刻尝试第一种情况。如果失败，我再去搜集别的非凡材料，有了收获之后，我再以祈求的方式告知您，确定一个时间。"阿尔杰说着说着，忍不住望了"正义"小姐一眼。

作为"观众"，奥黛丽瞬间明白了他的意思，毫不犹豫地回答："如果需要付出额外的非凡材料，我事后会补偿给你。唔……我无法保证是你希望得到的特定材料。"

不愧是有钱的"正义"小姐，青铜长桌上首的"愚者"克莱恩忍不住感叹了一句，低笑着开口："交易达成。"

他望向"正义"，想了想道："等'倒吊人'先生的尝试成功，我再将请求赐予的仪式告诉你。"

"好的！"奥黛丽对"愚者"先生的能力非常有信心。

回答完毕，她突发奇想，觉得金钱的交换似乎也能通过这种办法。当然，前提是尝试成功。

不知道不具备灵性的物品行不行……等尝试成功，我再问一下"愚者"先生……奥黛丽嘴角微勾地想着未来的美好场景。

见献祭与赐予的话题已告一段落，她斟酌了几秒，再次开口："'愚者'先生，我发现了两位适合我们塔罗会的女士，她们都是非凡者，在贝克兰德有各自的圈子和资源，而且足够守秘，有不错的性格。您是否愿意让她们加入聚会？"

"正义"要提升自己在塔罗会内部的势力？这是"倒吊人"阿尔杰本能的想法。

"太阳"戴里克则对此很感兴趣，侧头望向"愚者"先生，等待着袖的答复。

克莱恩略微有些为难。在他之前的预想里，塔罗会的成员应该彼此互不相识，然后再各自发展一定的下属，形成相对严密的组织结构。这样一来，即使有某位成员暴露，被抓捕，被通灵，也不会对塔罗会造成太大影响。但是，"正义"小姐刚才的介绍恰巧命中了他的弱点，他正希望认识在贝克兰德有着不同圈子和资源的非凡者，以此寻找密修会和兰尔乌斯的线索。

通过"正义"来做，对方终究会有所保留……但是我并不清楚，仅靠诵念我的名，是否可以让我将她们拉入灰雾之上……为了保持形象，克莱恩没有过多思考，采用了拖延的办法。

他平缓地说道："这需要一定的考查。'正义'小姐，你用隐蔽的、不暴露自身的方式让她们知晓我的名，并对此产生兴趣。"

奥黛丽见自己的提议接近被采纳，当即兴奋地回应道："是，'愚者'先生！"

又交流了一阵，聚会结束，"太阳""倒吊人"和"正义"各自返回，克莱恩则继续待在灰雾之上，等待献祭。

苏尼亚海起伏不定的波浪之上，幽蓝复仇者号就像一片树叶，时而被抛高，时而被卷落，但没有丝毫的倾覆迹象。

阿尔杰·威尔逊站在船长室内，背对着摆放有红葡萄酒、白葡萄酒的架子，无意识地踱了几步。最终，他一咬牙齿，表情严峻地回到红木书桌前，拿开黄铜色泽的六分仪，翻找出纸张和钢笔，俯身描绘起"愚者"给的那个复杂、神秘的象征符号。

凭借"航海家"的记忆力，阿尔杰很快就完成了献祭仪式的第一步。紧接着，他拉开抽屉，拿出蜡烛，按照二元法进行布置，一根放于无瞳之眼和扭曲之线组合而成的象征符号之上，一根位于中央，表示献祭人。

收拾掉桌面的杂物后，"倒吊人"阿尔杰在掌心凝聚清水，将祭台擦拭了一遍，并借助仪式银匕，勉强制造出了环绕书桌的密封之墙。

做完这一切，他用灵性点燃那两根蜡烛，于昏黄的光芒里后退了几步。

本能地吸了口气，阿尔杰低下脑袋，用古赫密斯语诵念道：

"不属于这个时代的愚者啊，

"您是灰雾之上的神秘主宰，

"您是执掌好运的黄黑之王。

"您忠实的仆人祈求您的注视，

"祈求您收下他的奉献，

"祈求您打开国度的大门。

"……"

这古老的咒文回荡于灵性之墙内，激起了盘旋的烈风，带来了自然力量的震荡。

它是人类非凡者创造的最古老的祭祀语言，本身就蕴含着诸多神秘，但对使用者缺乏足够的保护。

阿尔杰忍受着皮肤被刀刮过般的疼痛，从衣兜里拿出一个深棕色玻璃小瓶，拧开盖子，倒出了不少形似芝麻的颗粒。这些颗粒流转着金属光泽，有种难以言喻的美感。

"倒吊人"阿尔杰将这些颗粒撒了出去，撒入了风中。

呜！狂风愈发激荡，却不再酷烈，分别染上了银白和深黑两种颜色。

不断碰撞、不断融合之间，这两种不同颜色的风投入了象征"愚者"的那朵烛火，膨胀撕扯出了一扇正常大小的虚幻之门，它表面铭刻的符号正是阿尔杰刚才描绘的那个。

此时此刻，灰雾之上的克莱恩正目睹着高背椅后方出现了他之前见过的朦胧大门，并感受到灵性的力量在一波波荡开，刺激这片神秘空间。

好像可以……克莱恩忽生预感，当即蔓延出自身的灵性，加入了震荡与刺激。

咣当！

在一道不够真实的声音里，那扇朦胧的大门缓缓开启了！

船长室内的阿尔杰突然看见由风和光构成的虚幻之门敞开了，后方是深沉的黑暗，是无数难以描述的近乎无形的影子，是一道道包含着庞大知识的明净光华，是位于它们之上的浓郁灰雾，是一座俯视着现实世界的古老宫殿。

在这样的场景里，阿尔杰控制不住地开始战栗，那是深刻的畏惧，那是莫名的激动。他忙拿起早就备好的七彩蜥龙脑垂体，以双手持握、脑袋低垂的姿态，将这件不断变换色泽的、表面柔软有丘壑感的巴掌大小的事物递到那扇虚幻之门前。

伴随着一道霍然冒出又瞬间消失的吸力，阿尔杰双手变轻，失去了七彩蜥龙脑垂体带来的微刺感。

他不敢抬头，直到耳畔响起了"愚者"不断荡开的低沉嗓音："做得很好。"

"这是我的荣幸。"阿尔杰毫不犹豫地回答。他再次望向前方，只见虚幻的大门消失了，烈风停止了，烛火也恢复了原状。

按照正常的流程熄灭蜡烛结束仪式后，"倒吊人"阿尔杰表情复杂地坐了下去，无声自语道："最开始只能拉人进入灰雾之上的世界……过了一阵，可以倾听祈求并做出回应……现在则能接受献祭，进行赐予……'愚者'先生一步一步地摆脱着困境，一点一点地深入着现实世界？"

这个猜测让阿尔杰既害怕又担忧，又有点庆幸般的期待。至少我是塔罗会的成员，最早的成员……他叹息般吐了口气。

…………

灰雾之上的恢宏宫殿里，克莱恩正把玩着七彩蜥龙的脑垂体，脸上被映照出了不断交替的各种颜色。

微刺微麻的触觉从手掌部位传来，强烈的成就感萦绕于他的心头，让他露出了一抹真实的微笑。

"以后塔罗会将更加'神奇'……"克莱恩感慨了一句，延伸出灵性，将自身的意念传递给象征"正义"小姐的那颗深红星辰。

…………

回到卧室后，奥黛丽再也无法安静地坐于床边，她时而翻看一下枕旁的书籍，时而目光不够专注地审视一眼镜中的自己。她既期待着"倒吊人"的献祭仪式完成，又害怕结果是失败。

罗塞尔大帝说过，遇到重要的事情，必须平心静气……奥黛丽，来，深呼吸两下……或者去逗逗狗？不过，苏茜会说话能思考了，是有自尊的生物，不能随便逗……奥黛丽漫无边际地发散着思维，手里无意识地揉着一个做工精致、衣饰华丽的布偶。

不知过了多久，她眼前忽然涌出了浓郁的灰雾，而灰雾的深处有一张高高在上的椅子。"愚者"坐在那里，微笑道："'正义'小姐，尝试已经成功，你是否准备好了含有灵性的材料？"

真棒！不愧是"愚者"先生！奥黛丽将"倒吊人"抛到了一边，遏制住自身的激动道："是的，我身边一直都有类似的材料。"

即使在加入塔罗会前，奥黛丽也是这样，但那个时候的她并不清楚哪些材料算具备灵性的品种，只是按照搜集来的各种熏香、精油的配方不断从家族宝库里搬运。

克莱恩轻轻颔首道："你想什么时候举行仪式？前提是确认周围没有非凡者。"

非凡狗算不算……奥黛丽心虚地望了眼紧闭的房门："我现在就可以。"

克莱恩"嗯"了一声："仪式的流程和我之前描述的一样，只是需要把祈祷语句改成：

"您忠实的仆人祈求您的注视，

"祈求您打开国度的大门，

"祈求您赐予力量。

"另外，用二元仪式法。"

奥黛丽回想了一遍，克制住频频点头的冲动，开始准备仪式。

等到那虚幻的大门敞开，等到那比星空更加梦幻的场景呈现，奥黛丽只觉得自己的身和心都醉了。这就是我一直追寻的神秘世界，这就是我一直想要的那种感觉！她由衷地赞美了"愚者"先生一句。

对女神是信仰，对"愚者"先生是崇拜……奥黛丽在心里默默地为自己辩解了一句。

紧接着，她愕然看到祭台上多了一样事物，不断变化着色泽的、布满丘壑的柔软事物。

"七彩蜥龙的脑垂体！"奥黛丽心头一喜，眼睛发亮，就要上前拿取。

但她的礼仪习惯旋即控制住了她，她再次真诚地赞美"愚者"先生，结束掉仪式，才迫不及待地上前，仔仔细细观察了那件非凡材料五遍。

"我们塔罗会比所有隐秘组织都要高一个层次……"奥黛丽暗自得意了一下。

接着，她戒备地望了眼门口，似乎害怕苏茜突然闯进来。她要再接再厉，立刻调制魔药，完成晋升！

几分钟后，奥黛丽手中多了瓶光泽不断变化，似乎能照入每个人心底的液体。她自信地喝下了这瓶"读心者"魔药，顺利地渡过了非凡特性的融入阶段，获得了晋升。

眼前所见似乎一下清晰了许多，额外又增加了许多，奥黛丽熟稔地用冥想的方式收束着散逸的灵性。

等到序列稳定，她嘴角含笑、脚步轻快地走向门边，将金毛大犬放了进来，并看见苏茜的狗脸上露出明显的狐疑表情。

"你比以往花费的时间都要久。"苏茜没有掩饰自己的想法。

奥黛丽坐到软凳上，干笑两声，转移了话题："苏茜，你说我该怎么以隐蔽的、不暴露自身的方式将某件事情告诉休和佛尔思，并让她们对此产生兴趣？"

话未说完，奥黛丽自己也开始认真琢磨起"愚者"先生交代下来的这个任务。然后，她看着苏茜，苏茜看着她，一人一狗，同时陷入了沉思。

完成了预定目标的克莱恩回到现实，稍微睡了一个小时又急急忙忙地出门，花费一镑购买到伪装用的金边眼镜、假发套和可以粘贴、可以扯下的各种胡须——这是他之后伪装的需要。赶在晚餐前，他又去了趟治安最乱、人口最多的东区，租了间一居室的房屋，每周租金四苏勒三便士。他一次性付了两周租金以及等额的押金，共十七苏勒。

直到这个时候，克莱恩才算初步做好了准备。

而东区也给克莱恩留下了深刻的印象，这里大部分地方和廷根下街相同，但占据的范围不知宽广了多少倍。

这里的居民，衣物陈旧都算是比较体面的了，很多人衣衫褴褛、面黄肌瘦，似乎随时会因为饥饿和贫寒变成野兽。所以，在东区，黑帮横行，案件多发。等回到乔伍德区，他感觉就像从地狱进入了天堂。

接下来的两天，克莱恩一边试验着只用自身灵性举行仪式、制作符咒，不再向女神祈求，一边等待着小广告的效果发酵，等待着委托上门。

周四上午，克莱恩终于听到了门铃被拉响的声音。

叮叮当当！被绳索拉扯着的铃铛不断摇晃，将声音传遍了宽敞但相对空荡的客厅。

正坐在沙发上阅读报纸、研究那些投资机会的克莱恩站了起来，白衬衣配黑马甲的他未系领结，很有几分居家的随意。

我侦探生涯的第一单委托？不过，我不可能总是待在家里等着任务上门，嗯……我得弄个留言本挂到门口，配一支吸水钢笔，这样一来，顾客就可以写下再次来访的时间，让我提前做好准备……但这对刚入行没什么名气的新侦探来说，基本就等于没有下次了……哎，只能暂时麻烦一点，每天清晨占卜当日是否有委托，大概在什么时间段，以此进行安排……当然，这或许会错过委托者是强力非凡者的任务。嗯，错过就错过，大概率是好事……

克莱恩边想边走到门口，无须通过猫眼查看，脑海内就自然浮现了外面访客的形象——

一位是戴着黑色毛绒软帽的老太太，她背部略有佝偻，脸庞皱纹很深，皮肤干瘪泛黄，但深色的衣裙正式得体，显得非常整洁。她鬓角已然全白，蓝色的眼眸却相当有神，此时正瞧着旁边的年轻人，示意他再次拉动门铃。

那位年轻人二十多岁，有着一双和老太太相似的眼睛，在愈发阴冷的天气里，他身穿贝克兰德绅士阶层流行的黑色双排扣长礼服，头戴半高丝绸礼帽，打着参加宴会般的领结，似乎任何时刻任何场景都不会放松对自身的要求。

借助"小丑"的预感，在铃铛再次摇晃之前，克莱恩拧动把手，打开了房门，微笑着问候道："上午好，女士，先生。今天是个好日子，到现在为止，我已经看到了五分钟的太阳。"他以略显夸张的方式说着天气，这是贝克兰德流行了上百年的寒暄话题。

"是的，它往常总是害羞地躲在雾气和阴云后面，一直不肯出来。"老太太赞同地点了下头。

而那位年轻人则开口问道："你是夏洛克·莫里亚蒂侦探？"

"是的，你们有什么事情需要委托？抱歉，请进，我们到沙发那里再聊。"克莱恩侧过身体，让开通道，指了指待客区域。

"不，不需要。"那位老太太嗓音略显尖锐地说道，"我不想浪费一点时间，我可怜的布罗迪还在等着我解救它！"

"它？"克莱恩注意到了那个最重要的代词，忽然有了不好的预感。

打扮非常正式的年轻人肯定地点头，道："布罗迪是我奶奶多丽丝女士养的一只猫，它于昨晚走失了，我希望你能帮助我们找到它。我们就住在这条街的尽头，我愿意为此支付五苏勒的报酬，当然，如果你最后能证明你花费的时间与精力超过了这个范畴，我会额外再补偿你。"

找猫？之所以委托我，是因为就在同一条街，非常方便……克莱恩觉得这不是自己想象的侦探生涯。

这让我看起来像个小丑……好吧，开门第一单生意不能推掉，这是占卜家的观点……他沉吟了几秒道："能详细描述一下吗？"

老太太多丽丝抢在那位年轻人开口前说道："布罗迪是只可爱的、活泼的黑猫，它非常健康，有一双漂亮的绿眼睛，最喜欢吃煮熟的鸡胸肉。女神啊，它昨晚就那样出走了……不，它一定是迷路了，我在它的碗里放了许多鸡胸肉，它都不愿意回来再看一眼。"

"……"克莱恩嘴角上翘道，"我很满意你的描述，多丽丝太太。我接受这个委托，好的，现在就去你们家，我需要寻找线索，发现痕迹。你们应该很清楚，推理的核心在于细节。"

多丽丝太太没有征询她孙子的意见，当即点头道："你是我见过最有行动力的侦探，成交！"

克莱恩穿上外套，戴好帽子，拿起手杖，跟着多丽丝女士和她的孙子来到街上。

和廷根不同，贝克兰德很多区的道路都重新用水泥或沥青修筑过，即使遇上下雨的天气，也不会那么泥泞。

趁着老太太快步在前面领路的机会，他的孙子凑到克莱恩身边，压低嗓音道："我希望你能尽最大的努力寻找布罗迪。自从我的爷爷和父母相继过世，它就成了我奶奶生活的支柱之一。布罗迪走失后，我奶奶连精神都出现了问题，甚至产生了幻听，总是跟我说，她听见可怜的布罗迪在惨叫。"

克莱恩郑重地颔首："我会尽力的。对了，还不知道怎么称呼你？"

"于尔根，于尔根·库珀，一位高级事务律师。"那位年轻人回答道。

很快，他们来到明斯克街58号，进入了色调灰暗的房屋。

"这就是布罗迪的碗。这是它最喜欢的箱子，它总是在这里面睡觉。"多丽丝满是皱纹的脸庞上充斥着担忧和期待两种情绪。

克莱恩蹲了下去，从箱子里找出好几根黑色的猫毛。接着，他直起身体，用捏着猫毛的手握住了镶银的手杖。

克莱恩眼眸转深，假装四下观察，口中默默诵念起占卜语句。他的手悄然离开了杖头但又没有完全脱离，让于尔根和多丽丝都无法注意到手杖正自行屹立的事实。紧接着，那根黑色的镶银手杖往侧前方一斜，倾倒的速度很慢，幅度很小。

克莱恩再次握住杖头，看着那个方向，仔细观察了十几秒。然后，他迈开步伐走了过去，走到一个陈旧的橱柜前。

"有发现布罗迪出走的痕迹吗？"于尔根关切地问了一句，老太太多丽丝亦在等待答案。

克莱恩没有答话，半蹲下来，拉开了橱柜最底层的门。

喵呜！一只黑猫从里面蹿了出来，尾巴翘得老高，径直奔向它的碗。

"布罗迪……你什么时候钻进橱柜的？你怎么会被关在橱柜里？"多丽丝太太又惊喜又困惑地喊道。

于尔根愕然侧头，望了克莱恩一眼："你怎么知道它在橱柜里？"

克莱恩笑了笑，嗓音低沉地回答："这就是推理。"

…………

收获了多丽丝太太和于尔根律师的友谊、收获了五苏勒报酬的克莱恩在阴暗的天色里，往自己租住的明斯克街15号返回。

还未靠近，他就看见有道身影在自家门口徘徊。

又有新的生意？克莱恩凝目望去，只见来客身穿不合年龄的老旧大衣，头戴圆顶帽子，是个十五六岁的男孩。

他？克莱恩一下认出对方是自己刚来贝克兰德那天，于蒸汽地铁上遇到的那个被人追赶的大男孩。他当时表现出来的成熟和冷静给克莱恩留下了相当深刻的印象。

会有什么事情委托……咕哝一句，克莱恩走了过去，微笑道："请问，你是来找我的吗？"

那个大男孩吓了一跳，慌忙转身，鲜红的眼眸里有掩饰不住的恐惧。他定了定神，迟疑着开口："你是夏洛克·莫里亚蒂侦探?"

"是的。"克莱恩环顾左右道，"有什么事情，我们进去再说。"

"好的。"大男孩没有拒绝。

进了屋，克莱恩没有脱外套，只是取下帽子，放好了手杖。他领着大男孩来到待客区域，指着长条沙发道："请坐。我该怎么称呼你? 你有什么事情要委托?"

"你可以称呼我伊恩。"大男孩四下审视了一遍，沉默了好几秒才道，"我之前受雇于另外一位侦探，泽瑞尔·维克托·李先生，帮助他搜集一些消息和情报。"

克莱恩坐了下去，双手交握道："你的委托和你的前任雇主有关?"

"嗯。"伊恩郑重地点头，"我前几天忽然发现自己被人跟踪，是不怀好意的跟踪，于是想了个办法甩掉了他们。呃……我想莫里亚蒂先生你应该目睹了那一幕，我一看到你，就认出你是当天在地铁上打量了我好几眼的先生。"

这份观察力，不比"观众"差多少啊……难道是天生具备特殊能力的类型? 或者说就是非凡者? 克莱恩开启灵视看了伊恩几眼，没发现什么古怪的地方。

他点了下头，坦然回答道："你的应对让我印象深刻。"

伊恩没纠结这件事情，继续说道："我怀疑我的遭遇与泽瑞尔先生有关，于是去他的住处拜访他，发现那里看似正常，但很多暗藏的提示有人潜入的小机关都被触动了。从那天开始，我就再也没见过泽瑞尔先生，我怀疑他出事了。

"我试图报警，但他失踪的天数还没有达到要求。我尝试着向认识的其他侦探求助，可他们都回绝了我，理由是他们刚见过泽瑞尔先生，在一场同行的聚会上。这让我非常惊讶，因为我用约定的办法联络泽瑞尔先生，却没有获得一点回应。

"我依然坚持我的判断，打算请泽瑞尔先生不认识的侦探帮忙。嗯，这样一来，我也不认识……不知道该找谁，只能通过报纸了解，于是找到了你，夏洛克·莫里亚蒂先生。"

克莱恩仔细听完，反问了一句："所以，你怀疑那些侦探见到的泽瑞尔是别人伪装的?"

伊恩拿着自己棕色的圆顶帽子，早有思考般回答道："这是一种可能性。但我认为它的难度太高了，高到需要承受极大的风险。聚会是在晚上，灯光确实不算明亮，可参与的人大部分是侦探，有着敏锐观察力的侦探，仅靠假发、胡须、化妆品等很难瞒过他们的眼睛。"

或许某种非凡能力可以办到……就像"蠕动的饥饿"所具备的能力那样……克莱恩刚才的问题有个小小的陷阱，想从大男孩伊恩回答的内容、脸庞的表情和肢体的语言里判断他是否接触过非凡者，是否对神秘领域有一定的了解。

初步的答案是没有。

伊恩见莫里亚蒂侦探微微点头，赞同自己的推理，于是继续说道："我相信那些侦探见到的就是泽瑞尔先生，只不过他并不自由，处于别人的严密控制下，无法传递出求救的信息。他之所以不回应我的联络，就是为了让我警觉，让我找人帮忙解救他。"

"合理的解释。"克莱恩松开交握的手，往后坐了一点，让自己看起来更放松，更让人有信心。

伊恩沉默了十几秒，略显郑重地开口道："我想委托你调查泽瑞尔先生，确认他目前的状况，只需要确认。"

考虑到对方是替侦探搜集情报和消息的半专业人士，克莱恩有心结交，笑笑道："那你打算支付多少报酬？你应该很清楚，这件事情也许会非常危险。"

伊恩动作隐蔽地低头看了眼自己老旧大衣的口袋，斟酌着说道："有两种方式。一是我直接给你足够的报酬，让你满意的报酬，之后不管任务是简单还是困难，都是这个数目，除非你受了相对严重的伤。"

"二是我预先支付五镑，等你完成委托，再视事情的难度追加费用，但这容易造成纠纷，即使有合同约定。"

克莱恩装出思考的样子，过了接近三十秒才声音低沉地说："或许可以这样，你预先支付五镑，等任务结束，再帮我做三件事情。放心，不会是有什么难度的事情，都在你的能力范围内，并且不会让你感觉太为难，这可以在合同里约定。"

伊恩皱了下眉头，旋即站起来，前倾身体，伸出右手道："好的！"

克莱恩与伊恩虚握了一下，从茶几上抽出一份早就准备好的制式合同，拿起圆腹钢笔，将刚才谈好的细节全部添加入内，并按了确认的指印。

签署好合同后，他给了大男孩伊恩一沓白纸，看着对方书写泽瑞尔侦探相关的信息。过了一阵，他边翻着资料，边随口问道："如果有紧急情况，或者确认好了泽瑞尔的状况，我该怎么联络你？"

伊恩抿着嘴巴，好半天没有说话，直到克莱恩抬头望来，才略显僵硬地回答道："不需要联络我，我会在合适的时候出现的。"

他没再多言，从老旧大衣的口袋里掏出了一沓厚厚的钞票，它们似乎严格按照着面额从大到小的顺序层层叠放，非常整齐。

伊恩先从最下面抽出三张1镑面额的钞票，接着又数了六张5苏勒的，最后是十张1苏勒的纸币。

看见对方将钞票摆放得整整齐齐，连几位国王的肖像都必须正面朝上，不能有一点差错，克莱恩忽然有些烦躁。这是强迫症晚期啊……他无声吐了口气，接过了对方推来的报酬。

根据他的目测，伊恩剩下的现金不会超过三镑。

估计是把所有积蓄都带在身上了……如果我刚才要求更多的报酬，他最后会不会逃单？他的长相倒是不像那种人，但人不可貌相啊……克莱恩随意地折起那些钞票，塞了衣兜，没去管整齐不整齐，于是他成功地看见伊恩的表情略有扭曲。

"我争取尽快完成调查。"克莱恩一边站起一边伸手，做出送客的姿态。

"感谢你的帮助。"伊恩诚恳地道了声谢，因为对方给的明显是"折扣价"。

目送比真实年龄成熟许多的大男孩离去，克莱恩摸了摸下巴，若有所思地无声自语道："这件事情的水很深啊。伊恩从头到尾就没提过泽瑞尔侦探最近在调查什么事情，曾吩咐他搜集哪方面的情报……算了，收多少钱，管多少事，我只需要确认泽瑞尔目前的状况。"

他转身走回客厅，随手从裤兜里掏出了一个面额为1/4便士的铜币。

当！铜币翻滚往上，克莱恩眼眸转深，默念着这件事情是否存在超凡因素。然后，他右手摊开，试图接住下落的铜便士。

当！硬币从他的指尖掠过，落到了地上，骨碌碌滚出好远。

这种结果意味着占卜失败。

"看来伊恩隐瞒的事情比我想象中多啊……信息缺乏到连模糊的占卜结果都得不到……"克莱恩往内收紧下嘴唇，上前几步，弯腰拾起了那枚铜币。

…………

当天晚上，凌晨时分，贝克兰德桥区域蔷薇长街138号。

克莱恩换了一身便宜的浅蓝色工人服装，嘴边、下巴和脸颊贴满了黑色的胡须，乍一看竟有种粗犷野蛮的味道。他头戴一顶深色鸭舌帽，帽檐压得很低，几乎快遮住眼睛。

这种帽子原本属于因蒂斯共和国的猎人，和鲁恩王国传统的猎鹿帽有一定区别，但最近开始流行于贝克兰德的中低阶层。

藏在道旁因蒂斯梧桐树的阴影里，克莱恩借助造型典雅的煤气路灯光芒，打量着对面的房屋。

那是泽瑞尔的家。

这位侦探是南威尔郡人，父母、亲戚和朋友都在那边，他只身一人闯荡贝克兰德，逐渐有了些名气。

他还是单身汉，只雇了两名临时的女仆，就是每隔三天过来清扫一次的那种，不用管食宿。此时，他租住的那栋联排房屋没有丝毫灯光，一片漆黑。

克莱恩解下左腕袖口内的银链，让黄水晶吊坠自然垂落。

"里面有危险。

"里面有危险。

"……"

连续七遍之后，他睁开眼睛，看见灵摆在顺时针转动，但速度很慢，幅度很小。

"有危险，并不大。"克莱恩低语一句，再次确认起身上携带的塔罗牌、自制符咒和"圣夜粉"等物品。做完这一切，他环顾四周，趁着夜深人静，敏捷地闪到了对面。

泽瑞尔的家没有外廊，没有花园，没有草坪，直接临着马路旁边的街沿。克莱恩绕到侧方，顺着自来水管道，轻松爬至二楼晾晒衣物的小阳台内。紧跟着，他掏出一张塔罗牌，塞入缝隙，弄开了通往走廊的门。

按照伊恩绘制的房屋布局图，克莱恩脚步近乎无声地来到了泽瑞尔的卧室外面。他轻叩左边牙齿，开启灵视，隔着木门望向里面。

灵视是可以穿透无灵性的障碍看见气场颜色的，但这和自身的水准密切相关。克莱恩目前可以隔着木门观察，却无法透过石墙，并且看到的景象不会太清晰。

在他的视野内，门后的卧室里有三团人形气场，颜色朦胧，分别处于不同的位置。

始终埋伏着三个人……为了抓到伊恩或者别的什么人？卧室并不大……克莱恩立在黑暗里，冷静地思考着观察到的结果。这时，他忽地朝着阳台方向退去，脚步依然很轻。

回到阳台上，克莱恩从衣兜里拿出了一枚银制薄片，这是他下午试做的"沉眠符咒"。他没有向黑夜女神祈求，而是以自己，以"不属于这个时代的愚者"为对象举行仪式，然后进入灰雾之上响应。

由于这种方法难以调动灰雾之上那片神秘空间的力量，克莱恩只能以自身的灵性"回应"，最终做出来的符咒比正常的差，但要好于用"我以我的名义"的方式制作出来的那种，勉强够用。

再次审视四周，克莱恩掩住嘴巴，低声念出了一个古赫密斯单词："绯红。"

感受到符咒一下变得冰冷后，他快速但无声地再次移动至泽瑞尔的卧室门口，一边握住把手，一边将灵性灌入了银制薄片。

吱呀！克莱恩小心翼翼地拧动把手，悄然将房门推开了一道缝隙。紧接着，他把手中的"沉眠符咒"扔了进去。

略一回手，克莱恩重新将房门合拢，开始默数。

"三。

"二。

"一。"

克莱恩猛地推开房门，就地一滚。

因为没有感受到那三个人的动静，克莱恩站了起来，借着窗外照入的绯红月光，开始打量房间内的场景。

这是一个布局正常的卧室，有一张床、一排衣柜、一张书桌、一组小沙发、一个衣帽架。床的另一侧倒着个穿黑色外套的男子，正呼呼大睡，睡得很香；另外，小沙发旁边、衣柜的前方分别还有一个人，他们都进入了沉眠。

确认过那三人的状态，克莱恩放轻动作，走至床头，弯腰找到了几根黄褐色的短发——根据伊恩书写的内容，泽瑞尔侦探正是位有着黄褐色短发的男子。

"应该没错……"克莱恩低语一句，握着那几根掉落的发丝来到小沙发位置，缓慢地坐了下去，在染着些许绯红的昏暗里，打算用梦境占卜的办法寻找泽瑞尔。

后靠住沙发背，他嘴角上翘，无声自嘲了一句："这就是推理……"

昏暗的房间内铺着一层薄薄的淡红月光，所有的事物都影影绰绰，不够分明。

三位穿黑外套的男子分别熟睡于不同的地方，而那组小沙发上，克莱恩半融于黑夜之中，闭着眼睛，似乎也进入了沉眠。

他的梦境是灰蒙扭曲的世界，时而闪过光华。最终，这些光华定格成了一幅画面：那是阴森的角落，地面流淌着污水，黄褐色短发、白衬衣、棕马甲的男子靠躺在墙边，身边围着密密麻麻的灰色老鼠。

这个男子的嘴唇被啃掉了一半，露出里面略黄的牙齿和腐烂的牙龈，他的鼻子只剩下血污，混杂着些许短毛，而喉咙位置似乎被某只野兽啃咬过，缺失了至少一半。

克莱恩勉强辨认出这是泽瑞尔·维克托·李，他和伊恩给的那张黑白照片里成熟英俊的样子已没法等同起来。

泽瑞尔已经死了，再过几天，估计会被啃得只剩骨头，甚至可能连骨头都不齐全……克莱恩脱离梦境，回忆着刚才看见的画面。

过往的一次次经历，让他已经能较为平静地目睹类似的尸体。

望着窗外的绯红之月，克莱恩思考了十来秒钟，决定尝试通灵，对沙发旁边的黑衣男子通灵。

——相应的"安曼达"纯露和"灵之眼"药水，他在前面几天的准备里已分别配制了一瓶；至于"宁静药剂"，克莱恩并不需要，他自身就能在别人入侵梦境和强制通灵的时候保持冷静与理智。

布置好简单的祭台，让幽静安宁的香味发散开来，制造出一种半梦半醒的状态后，克莱恩开始向自己、向"不属于这个时代的愚者"祈求。接着，他进入灰雾之上，用超过三分之二的灵性给予回应。

"等我晋升序列7，类似的祈求应该也能像召唤和献祭仪式一样，略微撬动灰雾之上神秘空间的力量……"环视四周，克莱恩做着粗略的判断，并迅速返回了现实世界。

他穿过宛若星空般的天地和混乱嘈杂的思维风暴，进入了目标男子的心智层面，看见对方虚幻的身影飘浮于半空。

"谁派你们到泽瑞尔家的?"克莱恩望了一眼，沉声问道。

那男子的虚影眼睛无神，浑浑噩噩地回答道："默尔索，默尔索派我来等待一个叫作伊恩的男孩。"

在他的心灵世界里，光影随之变化，构成了一个瘦削精悍、肤色较深的男子，正是克莱恩之前在蒸汽地铁上遇到的追赶伊恩的那群人的首领。

果然是他……克莱恩在回应祈求时消耗了太多灵性，此时已开始感觉疲惫，忙抓紧时间问道："又是谁指使默尔索的?"

"不知道……他是我们兹曼格党的'处刑人'，没有谁能够指使他，除了老大。"那男子茫然地说。

兹曼格……高原语里"勇士"对应的单词……伪历史学家、真神秘学家克莱恩觉得脑袋忽地抽痛，身体不由自主就往着思维风暴外飞去。没用多久，他脱离了通灵状态，只觉脑袋正空洞地抽搐着。

他没有急着离开，有条不紊地收拾好材料和黄褐色短发，打开了凸肚窗的窗户，让阴冷的夜风吹拂入内，驱散着"安曼达"纯露和"灵之眼"药水的味道。

在这个过程中，克莱恩回到阳台位置，将大门从里面锁上，并擦拭了自身触碰过的所有地方。等泽瑞尔的卧室恢复了之前的状态，他才对着那三位依旧熟睡的男子抚胸鞠躬，行了一礼。

直起腰背，克莱恩戴好手套，一撑一跃，敏捷地翻到了凸肚窗外，并踮着脚，借助异常狭小的空间稳稳站住。他将竖直的插销往上抬起，用塔罗牌挡在底部，使用"小丑"的能力，感受着细节，调整着平衡。

过了几秒，克莱恩缓慢抽回了那张塔罗牌，竖直的插销竟稳定在了原地，没有往下掉落。

唰!

他先关上没有插销的那半扇窗户，接着闪了过去，右手猛地往内一推，将另外半扇合拢。这个动作速度之快，让插销直到有所震动才往下掉落，精准地插入了配套的铁孔。

哐当! 难以消除的声音响起，就像有劲风拍到了玻璃表面。

克莱恩知道卧室内的三位男子将缓慢醒来,不再耽搁,直接跳向了街道。

二楼的高度对现在的他来说不会有一点危险,只是落地的时候没法保持无声,制造出了不算明显的动静。

克莱恩快速离开附近,离开了蔷薇长街,但没有直接乘坐出租马车返回乔伍德区明斯克街。他拐了几个弯,向着紧邻的东区行去。

阴冷的夜晚,风凉飕飕地刺入骨头。克莱恩打了个寒战,决定以后的行动得加件毛衣,决定接下来几天要去购买木炭,让壁炉发挥应该发挥的作用。

不知过了多久,没带地图的他凭借直觉,进入了贝克兰德东区。

这里的煤气路灯很少,远远才能看到那么一两盏,要不是今晚乌云未曾遮蔽红月,克莱恩相信很多路段都会漆黑到根本看不清。

走着走着,他忽地看见前方深沉的昏暗里出现了一双双眼睛,有一道道佝偻的身影相继显现出来。他们从模糊的远处摇晃而来,沉默,无声。

活尸?克莱恩猛地停顿,探手握住"安魂符咒"和塔罗纸牌,并迅速开启了灵视。他看到了不健康且很虚弱的气场颜色,也看到了那一道身影的模样。

那些都是活人,正常的活人,只是表情麻木,眼神空洞,动作无力,有男有女。

差不多过了凌晨,他们怎么还在街上走……克莱恩又疑惑又戒备地靠向一边,从街沿越过了这群人,但很快,他又遇到了第二拨、第三拨,同样的麻木中蕴含着痛苦。

他微皱起眉头,正要上去询问,突然听见前方传来一阵喝骂声:"起来!都给我起来!你们这些婊子养的!街道和公园不是给你们这些家伙睡觉的地方!"

克莱恩怔了怔,脑海里旋即冒出"济贫法"相应的单词,明白了是怎么回事……他自身也有过同样的遭遇。

呼……克莱恩吐了口气,加快脚步,往他位于东区黑棕榈街的那个一居室房屋行去。在那里,他睡了两个小时,初步恢复了灵性,然后再次出门,折了根枯萎的树枝作为"卜杖"。

"泽瑞尔尸体的位置。

"泽瑞尔尸体的位置。

"……"

借助黄褐色短发的一次次占卜中,克莱恩走了许久,走到了东区一角,那里有个下水道入口。

——十二年前那场大瘟疫后,鲁恩王国逐步在首都建立起了先进的下水道系统,一举超越了因蒂斯共和国的"罗塞尔遗产"。

移开盖子,克莱恩屏住呼吸,沿着竖直的金属阶梯往下爬去。

因为不是特制的衣服，没有多少口袋，无法带太多的物品，他舍弃了从弗莱那里学来的"克拉格之油"。没有那提神醒脑、排除异味的"克拉格之油"，他此时分外后悔。

十来秒后，克莱恩双脚着地，感受到了地面的黏稠。肮脏的感觉刺激得他手臂和身体都冒出了细密的疙瘩，但他只能强行忍耐着，在空荡安静的下水道内继续向前行走。

前方出现岔路，其中一条相对隐蔽，有浓浓的、比其他地方更加恶心的臭味飘出。克莱恩拐了过去，一直走到尽头，终于看见密密麻麻的灵性光点和气场颜色。无须使用蜡烛，他开启了灵视的眼睛里直接映出了那阴森的角落，映出了那具腐烂的、被啃得破破烂烂的尸体——这与他在梦境占卜里见到的画面一模一样。

吱！

密密麻麻的灰色老鼠四散奔逃，但也有部分舍不得食物，留在原地，不肯离去。

确认是泽瑞尔后，克莱恩只犹豫了一下便快速布置起通灵仪式。

嗯……如果伊恩的描述没有问题，泽瑞尔死亡也就几天，此时通灵应该能收获一定的、粗浅的信息……他颇有自信地想道。

呜！随着风的打旋，随着灵性之墙的建立，老鼠们全部逃走了，克莱恩按部就班地进行着仪式，就像之前那样。

"泽瑞尔的死因。

"泽瑞尔的死因。

"……"

一遍遍低诵着，克莱恩眼眸转黑，不见了瞳孔，不见了眼白，迅速就借助冥想进入了梦境。可是，那一片雾蒙蒙的虚幻世界里，什么也没有呈现。

克莱恩睁开双眼，微皱眉头地做出判断："通灵失败……有人'处理'过泽瑞尔的灵……

"这件事情有非凡者参与啊。伪装成泽瑞尔，让那么多位侦探都未能识破，也从侧面证明了这点。"

沉思一阵，克莱恩做出了决定，那就是调查到此为止，不再深入掺和，反正他的委托算是超额完成了。

"让伊恩报警去。"他低语一句，收起材料，解除了灵性之墙。

第三章

CHAPTER 03

✦ 主使者 ✦

　　克莱恩没去触碰泽瑞尔的尸体，就这样退出了那条岔路。

　　咚！咚！咚！

　　远处突有声响传来，在空洞冷清的下水道内不断回荡。

　　克莱恩侧耳倾听了几秒，果断沿着污水河两侧的肮脏水泥路撤向了出口——对他来说，不涉及自身的事情完全没必要冒险。

　　向上攀爬，离开下水道后，克莱恩重新将铁盖合拢，稍微处理了附近区域，这才返回他在东区租住的那间一居室，换了身衣物，去掉了伪装。接着，他戴上金边眼镜，步行去了另外的街道，乘坐出租马车，于凌晨三点的安静和寒冷里回到乔伍德区，但并非明斯克街。

　　之后，克莱恩又绕了个大圈，确认没人跟踪后才进入自家，一直睡到天色大亮，门铃叮叮当当地响起。

　　他猛地翻身坐起，穿上衬衫，扣好马甲，快步下到一楼，拉开了房门。

　　而在此之前，"小丑"序列的预感已经让他于脑海内自然勾勒出了访客的形象：不太合身的老旧大衣，圆顶的棕色帽子，破破烂烂的挎包，鲜红的双眼，清秀的脸庞，沉静的气质，正是昨天来委托任务的大男孩伊恩。

　　"上午好，莫里亚蒂侦探。"伊恩打了声招呼，左右望了一眼道，"有收获吗？嗯……我就是路过，顺便问一句。"

　　克莱恩郑重地点头："有。"

　　"……"伊恩似乎吓了一跳，竟好半天无法开口。过了一阵，他嗫嚅着嘴唇，愕然道："你确认泽瑞尔先生的状况了？"

　　"是的。"克莱恩顿了顿，正色道，"我发现了泽瑞尔的尸体。"

　　"尸体……"伊恩瞳孔一缩，低声重复。

　　他并没有太明显的惊讶，似乎已经预料到可能出现这种最坏的结果。克莱恩静静地看着，未曾插话。

"呼……"伊恩吐了口气，警惕地环顾一圈道，"你的效率让人惊叹。你可以带我去看一看泽瑞尔先生的尸体吗？"

"没问题，事实上我正打算这么做。"克莱恩想了想道，"我希望你报警的时候不要提到我，就说是你自己发现的，我想你懂得怎么编织理由。"

伊恩对此毫不诧异。他很清楚，不是每一位侦探都喜欢和警察打交道。事实上，除了很出名、时常为警察部门提供咨询意见和相应帮助的大侦探，其他人都受到警察的歧视，被他们排斥，甚至敲诈勒索。这就是鲁恩王国的现状。

"好的。"伊恩爽快地答应了下来。

考虑到要进入下水道，克莱恩换了套普通劳工阶层的衣物，戴了顶猎鹿帽，取了盏马灯。

两人乘坐公共马车抵达东区，在一双双或麻木或恶意的眼睛的注视里，步行半个小时，来到那个偏僻的下水道入口。

"怎么找到的？"伊恩看着克莱恩搬开盖子，往下爬去，半是惊讶半是好奇地问了一句。

克莱恩注视着下方，随口回答道："娴熟的训练，这包括诸多推理、调查、跟踪和盘问的技巧。"

伊恩跟着进入下水道，不见恶心地点了点头："你似乎接受过非常专业的训练。"

克莱恩没有正面回答，拎着早已点亮的马灯，带着伊恩拐入岔路，来到那个阴森的角落。刚刚靠近，他的眼睛就微微一眯，因为泽瑞尔的尸体比昨晚残缺了许多，少了一条胳膊和半边肋骨。

这不是老鼠能够办到的……克莱恩暗自嘀咕了一句，没提醒伊恩。

借助马灯的光芒，伊恩看清楚了尸体的样子。他猛地蹲下，呕吐了起来，逐渐呕出了黄绿色的胆汁。

克莱恩拿出准备好的"克拉格之油"，拧开瓶塞，弯腰将瓶口凑到了伊恩的鼻子前。

伊恩霍然打了个激灵，缓和了下来。十几秒后，他有些虚弱地低语道："谢谢……"

他缓慢站起，又仔细审视了那具残缺不全的尸体几遍："我可以确认，他就是泽瑞尔侦探。"

"很遗憾。"克莱恩礼貌地回应道，"我建议你报警。"

"嗯。"伊恩微不可见地点头，跟着对方返回了地面。

这时，克莱恩拍了下手："我的任务到此为止，之后该怎么做，由你自己决定。"

伊恩沉默了几秒道："我还欠你三件事情，你现在就可以告诉我了。"

"事实上，我暂时只想好了一件。"克莱恩坦然回答道，"我想知道去哪里能弄到枪和子弹，在不需要全类武器使用证的情况下。"

伊恩几乎不加思索地说道："贝克兰德桥区域，铁门街，勇敢者酒吧，找卡斯帕斯·坎立宁，就说是'老头'介绍的。"

"好的，剩下的两件事情等以后再说，我有预感，我们会再次见面的。"克莱恩故作轻松地点头。

伊恩望了他一眼，保持着默然的状态，什么也没说。

两人就此分开，向着东区不同的街道行去，那偏僻的地方再次恢复了寂静。

走了一阵，克莱恩突然转身，原路返回，然后躲于隐蔽的拐角处，窥视着那个下水道的入口。等待了两三分钟，他看见伊恩悄无声息地返回，警惕地四下张望。

克莱恩及时收回了视线，背抵着墙壁，倾听起动静。他听到了铁盖被移开的摩擦声，听到有人正往下爬去。他谨慎地探出脑袋，发现伊恩已重新进入下水道。

泽瑞尔的尸体上藏着线索或者某件物品？这件事情的水果然很深啊……克莱恩若有所思地颔首。

满足好奇心之后，他不再停留，真正地离开，打算过两天再去找卡斯帕斯·坎立宁。

…………

下午茶时分，格莱林特子爵位于皇后区的家中。

书房的大门紧紧关着，将里面的四人与外界参与沙龙的宾客们彻底分开。

"休，佛尔思，这是你们应该得到的报酬。"奥黛丽身穿有诸多蕾丝装饰的淡黄色长裙，将一个鼓鼓囊囊的信封推给了书桌对面的两位女士。

休本想客气两句，但她的手已快一步地抓起了那个信封，感受到了金钱的重量。她只好诚恳地说道："奥黛丽小姐，感谢你的慷慨，你的诚信让你更加美丽。"

说话间，她已解开了信封上缠绕着的细线，看见了里面的钞票。那是颜色整齐划一的灰底黑纹纸币，厚厚的，散发着特殊的、让人心旷神怡的油墨香味。

"十镑……"休抽出一张确认了面额，旁边看似慵懒不在意金钱的佛尔思不知什么时候也凑了过来。

这，至少……休观察厚度，揣摩着一共有多少张。她忍不住和佛尔思对望了一眼，看见了彼此眼中的诧异：这比她们想象的报酬明显要多不少！

奥黛丽浅笑道："一共四百镑，你们自己决定怎么分配。那件事情让你们遭遇了危险，对此我很抱歉。"

四百镑……不，不需要道歉……再来一次，即使知道可能的后果，我也会接受那个委托……就算只是平分，加上我的积蓄，也足够买到"治安官"魔药的配方了……一米五出头的休直愣愣地看着信封里的钞票，恨不得把它们全部抽出来，反复点数。

她相信慷慨的、大方的、美丽的奥黛丽小姐肯定不会克扣报酬，但万一对方数错了呢？每个人都有失误的时候！休抬起右手，顿了几秒，又默默放下。

佛尔思的嘴角止不住地上扬，感慨道："这比我《暴风山庄》这本书到目前为止获得的总稿酬还要多……"

我该赞美奥黛丽小姐，还是自嘲作家的贫穷呢？她无声补了一句。

坐在沙发上的格莱林特子爵也有点艳羡，但不是艳羡休和佛尔思。作为一个财政状况还算良好的子爵，四百镑并不算大数目。他艳羡的是奥黛丽出手豪爽，一点也没有负担。

"咳……"格莱林特子爵清了清喉咙，"如果你们能弄到'药师'的配方，我也会给你们不菲的报酬。"

"我们尽力！"休毫不犹豫地回答道，接着，她望向奥黛丽，"我们最近接触到了疑似心理炼金会的人，你想要的'观众'魔药很快就会有线索。"

休，我已经序列8了，比你厉害……奥黛丽矜持地笑道："我很期待。"

说完正事，四人边闲聊非凡圈子里的种种传闻，边在奥黛丽的示范作用下，各自寻找起想阅读的图书。

忽然，休眼睛一亮，看到了两本硬封皮的图书——《鲁恩王国贵族史》和《纹章学》。与此同时，佛尔思也找到了自己感兴趣的书籍——《弗萨克帝国人物地理志》和《环游北大陆》。

"尊敬的格莱林特子爵，我可以借这两本书吗？我很快就会归还。"休恳求般地望向书房的主人。

格莱林特不甚在意地点头道："没有问题。"

听见他的回答，佛尔思赶紧也提出了请求，同样得到了允许。

目睹这一切的奥黛丽嘴角微勾，矜持地看向了旁边，假作找书。

作为一名合格且获得了晋升的"观众"，在多次接触后，她已准确地把握到了休和佛尔思在某些方面的偏好，借此提前进行了布置——无人察觉的布置。

让受到引导的人觉得那就是自身的意愿，正是"观众"能力的体现。

…………

傍晚时分，休窝在沙发上，向着壁炉，就着煤气灯，翻看着《鲁恩王国贵族史》，佛尔思则参加作家圈子的聚会去了。

看了好一阵子，休突然感觉硬纸封皮有些奇怪，于是小心翼翼地检查了一遍，找到了夹层，找出了一张古旧的纸。纸张正面布满了罗塞尔大帝创造的那些特殊符号，背后则书写着一段古赫密斯文。

"格莱林特子爵的先祖破译了一些罗塞尔大帝的特殊符号？"休猛地兴奋起来。

她艰难地辨识起那段古赫密斯文，默念道：

"不属于这个时代的愚者，

"灰雾之上的神秘主宰，

"执掌好运的黄黑之王。"

…………

乔伍德区，明斯克街15号。

吃饱喝足的克莱恩坐在起居室的安乐椅上，身侧是燃烧着木炭的壁炉。温暖如同初夏的环境里，他穿着白衬衣、黑马甲和薄长裤，双手展开报纸，翻到了各种小广告最多的那版。

"一款新型交通工具，急需投资，具体面议……"克莱恩默念了两遍，伸手从旁边的暗红色小圆桌上拿起一支铅笔，将该条消息圈住。

明后天如果没有委托上门，他就打算去看一看所谓新型交通工具有没有投资价值。这种事情无法预先占卜，因为缺乏足够的信息。

"希望是类似自行车的产品……"克莱恩刚无声自语了一句，耳畔忽地回荡起层层叠加的虚幻祈求。

谁？"正义"小姐？"倒吊人"先生？"太阳"同学？或者贝克兰德银行内某位抄写我密码的职员？

克莱恩念头一闪，放下报纸，回到卧室，反锁了房门。逆走四步，进入灰雾之上，他看见古老斑驳的青铜长桌边缘、"愚者"座椅侧方有明澈的光华一圈圈荡开。

已算经验丰富的克莱恩沉稳地坐下，蔓延出灵性，以回应祈求的姿态触碰那片光的涟漪。他眼前场景霍然变化，呈现出一组模糊的沙发，上面蜷缩着一个身穿见习骑士服装的娇小女性。

没有抄写密码……在看一张纸……克莱恩忽地醒悟，弄清楚了事情的缘由："她应该就是'正义'小姐提到的需要我考查的两位非凡者之一……"

沉吟十几秒，克莱恩没有真正给予回应，打算半夜再进行这一步，然后从对方的反应、态度和处理手法上考查她的性格与能力。

当然，他绝对不会强迫别人加入塔罗会。

…………

"不属于这个时代的愚者……"刚念完那段古赫密斯语的休愣了几秒，腰背一弹，猛地坐直。

这似乎、大概、可能是某位隐秘存在的尊名！

她惊恐地认识到了这一点，而她的神秘学常识和听来的种种传闻都告诉她：一旦诵念了某位隐秘存在的完整尊名，往往就意味着引来了对方的注视！这种注视的后果大概率不会美妙，甚至可能会很凄惨！因为那些隐秘的存在有不少是邪神恶魔的化身！

　　而且我还是用无保护的古赫密斯语诵念的……我真傻，我为什么要用心辨识，认真默念……休惶恐地环顾四周，很怕安静的屋内突然出现言语无法描述的怪物。

　　沙发、茶几、橱柜、餐桌、椅子、油画等物品一一映入她的眼帘，没有任何的改变。

　　警惕了几十秒，休稍微放松了一点，自我安慰道："不用怕不用怕，我刚才只是念了尊名，没有接后续的祈祷咒文。这属于不完整的仪式，应该不会引来注视。而且那尊名有不小的可能性是纸张的主人根据罗塞尔大帝的特殊符号转译过来的，未必正确。

　　"可是，可是我听说邪神恶魔如果产生了兴趣，即使仪式不完整，也会给予回应……我真傻，真的……"想着想着，休又哭丧起了一张脸，感觉自己犯了严重的错误。

　　又等待了几分钟，见没有明确的回应，休鼓了下腮帮子，缓慢地吐了口气。她将纸张夹回《鲁恩王国贵族史》那本书内，心情略显沉重地进入盥洗室，拧开龙头，打算用冷水清醒一下。

　　哗啦啦！

　　近乎透明的水往下流着，休伏低腰背，伸出双掌，捧了少许。她正要将冷水往脸上扑，余光忽地看见洗漱镜内多了一头长长的、微卷的褐发，而她自身是及肩的、杂乱的黄发。

　　霍然之间，休根根汗毛唰地立起。她脚下用力，双手一撑，猛然往后弹出，半转身体，一肘急撞。

　　啪！

　　她靠住了一具温热的身体，撞得对方发出熟悉的惨叫，跌倒于地。

　　休停止了后续的动作，看向正痛得眼泪汪汪、抱着肚子翻滚的好友，嘴角不自觉地抽搐了一下，问道："佛尔思，你什么时候回来的？"

　　佛尔思没立刻回答，缓了一阵才撑着墙壁慢慢站起，抱怨道："我刚……刚回来。休，你疯了吗？都不看清楚就动手！下这么重的手！"

　　"你从哪里进来的？"休尴尬地反问道。

　　"从盥洗室的窗户穿进来的。怎么，有问题吗？作为一名'学徒'，不带钥匙是正常的行为。"佛尔思理直气壮地回答道。

休顿时挺直腰背，将责任全部推了回去："那你为什么不走门？你刚才真是吓到我了！"

佛尔思眨了眨眼睛，道："那样还得绕半圈，太麻烦了，我习惯走直线。"她顿了下，疑惑道，"不过，休，你的反应太激烈了吧？"

休在丢脸和丢命之间挣扎了三秒钟，坦诚地回答道："因为，因为我犯了个错误，致命的错误。"

"什么错误？"佛尔思揉着肚子，又茫然又关切地问道。

休忙将自己发现书皮夹层，找到一张陈旧的纸，不小心辨识并默念出了上面疑似某位隐秘存在尊名的古赫密斯语咒文的事情原原本本讲了一遍。

"你，你的脑子呢？应该……应该没什么事情吧，仪式并不完整，而且谁知道是真是假……"佛尔思打量四周，莫名也觉得有些凉飕飕的。

她跟着休回到客厅，看见了那张泛黄的纸，看见了上面的罗塞尔特殊符号和那段古赫密斯文。

一眼扫过，专业的神秘学研究者佛尔思轻轻颔首道："不是我知道的那些邪神恶魔和隐秘存在，问题不大。而且到现在为止都没有出事，说明应该不会有事。"

见休放松下来，她想到肚子的疼痛，"恶意"地补充道："当然，真要出什么事情，以我们的能力，也无法自救。"

休的脸色唰地变白，她脱口而出道："佛尔思，今晚我们一起……算了，我还是自己睡……"

佛尔思动了下眉毛，呵呵笑道："好吧，其实不用担心，你想，我每逢满月都会听到奇怪的呓语，但也没出现疯狂或失控的迹象。

"嗯……我们研究下另外三册书，如果有同样的纸张和咒文，那就说明很可能是格莱林特子爵的恶作剧。"

两人忙翻出《纹章学》等图书，认认真真检查了一遍，没有额外的发现。休看着佛尔思，佛尔思看着休，气氛又变得沉凝。

"或者，今晚我们潜入圣赛缪尔教堂的弥撒厅睡觉？"休突发奇想地提议道。

这是黑夜女神教会贝克兰德教区的总部。

"为什么不是圣希尔兰教堂？我不认为黑夜女神会庇佑我……"佛尔思下意识回了一句。

那是蒸汽与机械之神教会贝克兰德教区的总部，在圣乔治区，毗邻着东南方向的诸多大工厂。

信仰不同的两位女士又陷入沉默，过了一阵，佛尔思叹息道："而且那会让我们被值夜者或者机械之心盯上，这或许就是那位隐秘存在的目的。好啦，睡吧，等到明早就知道答案了，如果到时候还没有事情发生，就说明真的没有问题了。"

　　…………

　　半夜时分，不算圆满的红月被乌云遮蔽了光芒，而贝克兰德的天空已很少能看见璀璨的繁星。

　　克莱恩本能地醒来，掀被下床，进入了灰雾之上。

　　坐至属于"愚者"的那张高背椅上，他准备回应"正义"小姐的那位同伴，让事情进入"考查流程"。

　　就在这时，他忽然有了个新的想法：也许可以试一试这种情况下能否将人拉入灰雾之上！

　　那位小姐应该睡着了，即使我的尝试成功，她事后多半也会以为只是一场较为清晰的梦……嗯……如果成功，就及时断掉，不让她看清楚周围的景象……

　　反复推敲了一阵，克莱恩以建立联系的方式，伸手点向了那不断荡开涟漪的光圈。突然之间，他只觉自己的灵性在疯狂涌出，让整个灰雾之上的神秘空间都微微颤动。

　　就在克莱恩以为自己的灵性会被完全抽干时，一切平静了下来，青铜长桌边缘浮现了一道模糊扭曲的身影。

　　休睡意浓重地张开眼睛，看见了无垠的灰雾，看见了一张古老的高背椅，看见了俯视着自己的黑影。

　　克莱恩心中一喜，当即按照预定的规划，切断了联系。那朦胧的、娇小的身影消失了，灰白的雾气内却多了一团深红的、虚幻的星辰。

　　克莱恩望着这一幕，确认了一件事情，那就是只要有人诵念自己的名，他就可以将对方拉入灰雾之上，而深红星辰属于建立了稳固联系的表征。

　　"但也有一定的限制。以我目前的实力，顶多再建立一个联系……嗯……根据刚才的体验，我现在的灵性水平顶多能拉入比我高一个序列的非凡者，而且也未必可以，只是初步的判断。和我同序列或者更低的倒是没有问题……"克莱恩满意地想道。

　　他无须再另行回应，刚才的尝试已经足够。

　　…………

　　唰的一下，睡梦中的休坐了起来。

　　她一直担忧着诵念了尊名的隐患，结果刚睡着没多久，就梦到了一片神秘的空间，梦到了居高临下看着自己的灰雾中的身影。

　　这梦是如此的清晰，清晰到让休感觉害怕。她望了眼旁边熟睡的佛尔思，颤抖着想道："是恐惧导致的噩梦，还是因为隐秘存在的注视，有邪灵缠身？嗯……

明晚正好有一个非凡者圈子的聚会，我除了买配方，还得找个擅长驱邪的人净化一下。"

雾蒙蒙的清晨，克莱恩坐在自家餐桌前，将特意买的燕麦面包掰碎，浸入牛奶，改良着吃法。

虽然他的身体早已改变，但对美食的追求和执着却铭刻在了灵魂里。他完全无法适应鲁恩王国单调重复的早餐风格，只能尽量多尝试，不拘泥于吐司、面包、培根、香肠、黄油和奶油这些，努力拓展着边界，丰富着吃法。比如，他的食谱内新增了南方流行的猪肉馅饼、费内波特面、烤玉米薄饼等品种。

"弗萨克帝国的鱼子酱也不错，就是太贵了，只适合正式的餐会……"克莱恩用汤勺舀起泡软的小块燕麦面包，将它塞入口中，稍稍咀嚼，就感受到了流淌出的染满麦香的牛奶，而面包的回口愈发香甜。

吃完早餐，克莱恩放下叉勺，没急着收拾，拿起刚送来的那几份报纸，悠闲地展开阅读。

等下做个占卜，如果没什么事情，就去圣乔治区萨奇街拜访雷帕德先生，看他的新型交通工具有没有投资的价值……贝克兰德还真是大啊，每个区都几乎等同于廷根市，东区尤其夸张，至少超过了廷根市两倍……最便捷最省钱的出行方式还是双脚转蒸汽地铁再转双脚，就是有点浪费时间……克莱恩漫无边际地发散着思维。

贝克兰德的公共马车系统与廷根相似，定价也差不多，唯一的问题是，它们之中很大部分只局限于单独的一个区，如果要从乔伍德区到圣乔治区，途中需要转乘好几次，价格自然也就上去了，这样的状况让新型交通工具的前景变得非常诱人。

咚！咚！咚！

就在这时，巨大如锤的敲门声回荡开来，钻入了克莱恩的耳朵。

"谁啊……都不知道拉门铃……"他嘟囔了两句，理了下领口，来到门边，伸手拉开。

出现于他眼前的是位熟人，之前在蒸汽地铁上追赶小伊恩的那位高原男子，皮肤偏黑，眼窝深陷，瘦削精悍。

根据克莱恩"通灵"的结果，他叫默尔索，兹曼格党的"处刑人"，是位置不低的头目。

"请问，你找哪位？有事情要委托我？"克莱恩故意表现出了些许迷惑。

默尔索穿着黑色外套，头戴浮夸的丝绸礼帽，但一点也不像绅士。他目光冷漠地打量了克莱恩一眼，用带着浓郁高原口音的鲁恩语反问道："你就是夏洛克·莫里亚蒂？"

"是的。"克莱恩简洁地回答道。

默尔索生硬地点头道："我想委托你找一个人。"

"具体什么情况，进来再说。"克莱恩没让自己表现出丝毫异常。

默尔索冷淡地摇了摇脑袋："不需要。"

说完，他的眼睛忽然变得锐利："我要找的人叫作伊恩，伊恩·赖特。他有双鲜红的眼睛，年龄十五六岁，喜欢穿棕色的老旧大衣，戴同色的圆顶帽子，我想你应该认识他。"

克莱恩笑了一声道："我不明白你在说什么。"

默尔索似乎没有听到对方的否认："他是一个小偷，偷走了我一件很重要的物品，只要你能找到他，就可以获得至少十镑的报酬。"

"你们提供的线索太少了。"克莱恩随意找了个借口。

"三十镑。"默尔索给出新的报价。

克莱恩望了他一眼道："不，这有悖我的保密原则。"

"五十镑。"默尔索冰冷地回应道。

"……很抱歉，我不会接这个任务。"克莱恩怔了两秒，最终还是选择了拒绝。

默尔索深深地审视了克莱恩好几秒，目光逐渐变得冷酷和凶狠。他没再给出新的报价，也没有礼貌地告辞，猛地转过身，快步走向了街尾。

这个黑帮的情报能力很不错嘛……竟然知道伊恩曾经来找过我……克莱恩暗自感慨了两句，并没有因此产生太多的担忧和畏惧。

我毕竟是直面过邪神子嗣的人，虽然隔了层肚皮……想着想着，他的笑容忽然变得灿烂，开始抛硬币决定今天是否要出门。

答案是肯定。

…………

圣乔治区，萨奇街。

有轨公共马车转蒸汽地铁再转无轨公共马车后，克莱恩终于抵达了目的地，总计花费了十一便士。

他刚走出车厢，就发现外面飘起了淅淅沥沥的阴雨，而他并没有带伞。

"据报纸和杂志讲，这是贝克兰德的日常，帽子之所以流行就是因为女士和先生们不会随时都携带着伞……"克莱恩按了下自己的半高丝绸礼帽，小步快跑地冲到9号房屋外面，借助屋檐遮挡住了雨水。

他拍掉身上明显的水珠，拉响了门铃，但并没有听到布谷布谷的声音，也未察觉叮叮当当的动静。

"门铃坏了?"克莱恩正要抬手敲门,忽然听见屋内有由远及近的脚步声。

他脑海内自然浮现了来者的身影,一位高瘦的、黑发蓝眼的先生,三十来岁,穿着灰蓝色的工人服装,却显得文质彬彬。

吱呀一声,房门打开,那位先生揉了下额角道:"请问你找谁?有什么事情?"

克莱恩取下礼帽,微微弯腰道:"我是来找雷帕德先生的,我对他的新型交通工具有些兴趣。"

那位先生眼睛霍然一亮:"我就是雷帕德,请进。"

他侧过身体,让克莱恩进入,但门厅位置并未摆放衣帽架。克莱恩只能靠好手杖,不脱外套,跟着雷帕德来到客厅。

不得不说,这位先生的家非常凌乱,仅客厅的茶几上就摆放有许多件与机械相关的物品,比如扳手、轴承和螺丝刀。

"你想投资多少?啊,对了,你想喝咖啡还是红茶?呃……红茶好像没有了……"雷帕德脱口而出。

这位先生有点直白啊,似乎不太擅长人际交往……克莱恩念头一闪,改变了预定的说辞,直截了当地回答道:"我必须先看到你的新型交通工具才能下决定。我没办法在什么也不了解的情况下给予承诺。"

说话的同时,他环顾四周,看见了悬挂于墙上的三角圣徽。这是蒸汽与机械之神的象征,牢固的三角形里面填充着蒸汽、齿轮和杠杆等符号。

雷帕德对克莱恩直奔主题的方式并无反感,当即说道:"我领你去看。"话音刚落,他猛地拍了下脑袋,"差点忘记了,我们必须先签署一份保密合同,确保你不窃取我的发明。"

雷帕德先生,你的记忆力也不太好啊……克莱恩笑笑道:"没问题。"

签署完简单的合同,雷帕德领着克莱恩进入了疑似起居室的屋子。他将这里和隔壁的客房、地下室打通,整体变得宽阔了许多,也空旷了许多。地面凌乱地摆放着诸多零件,一个半人高的近似马车车厢的粗糙事物耸立于中央。

另外,门铃的线也连到了这里,并进行了巧妙的布置:只要有人拉动那根绳索,机械装置就会弹出一颗钢珠,它会沿着特殊的轨道滚动,撞击位于中央的事物,产生"当"的回响。这声音不会太大,但足以惊醒沉迷于机械的雷帕德。

"那就是你发明的新型交通工具?"克莱恩指着位于中央的粗糙事物道。

"是的,我根据罗塞尔大帝的想象发明的!"雷帕德眼神狂热地回答道。

"罗塞尔大帝的想象?"克莱恩愕然反问。

雷帕德用崇拜的口吻解释道:"罗塞尔大帝留下了一部手稿,里面绘制着他对未来各种机械装置的想象。他真是一位卓越的天才，不，大师！里面很多东西都变成了现实！呵呵，这部手稿保存于蒸汽与机械教会，不是虔诚的信徒，没有办法借阅。"

大帝，你还给不给别人留活路啊……克莱恩嘴角一动，险些无法保持笑容。

"具体介绍一下。"他转移了话题。

雷帕德领着克莱恩走到那个粗糙的金属事物前，唰地拉开门道："这是不需要马的交通工具。车夫坐在左前方，不断地踩动踏板，通过杠杆、链条等连接四个轮子，让它们翻滚向前，而在轮子上面，我采用了橡胶充气的办法，这会让行驶变得平稳。"

所以，也就是人力汽车？克莱恩忍不住吐槽了一句。

他斟酌着说道："这么庞大的厢体，加上至少四位的乘客，单纯靠人恐怕无法行驶多远。"

"这正是我接下来的目标，减轻重量并放大杠杆的倍数！但我的财政状况已经不太乐观，无法支撑更多的尝试。"雷帕德希冀地望向克莱恩。

"为什么不考虑别的方式，比如用蒸汽做动力。"克莱恩缓慢地组织着语言道。

雷帕德摇了摇头："这已经有人发明了，但体形非常大，在很多街道上都出现了行驶困难的情况。"

克莱恩等的就是这句话："那么，你为什么不做一个更加简单的？比如，只有两个轮子，只能载一个人，不要外壳的。"

"你是说脚踏车类型的？"雷帕德仿佛在思考般反问道。

罗塞尔的手稿上有？克莱恩沉重地点了下头："是的。"

"其他人发明的那些脚踏车都不太实用……简化这个……好像真的可以，确实不太一样……可是，谁会买？"雷帕德自言自语般说道。

克莱恩毫不犹豫地给出了方向："邮差，有点积蓄的工人阶级，不需要太多体面但能攒下钱的商人……这在贝克兰德有很多。"

雷帕德想了一阵，微微点头道："我可以试一下，但我没钱买零件了……"

"我投资你一百金镑，加上我刚才的建议，我共占据……"克莱恩犹豫着说百分之十的股份还是百分之十五好，毕竟一百镑严格来说不算太多。

"你可以占据百分之三十五的股份！但只限于你描述的脚踏车项目！"雷帕德抢先说道，怕对方提出太高的要求。

"成交！"克莱恩当即笑道，"我们先草拟一份简单的合同，将这件事情定下来，我之后再找事务律师弄正式的合同，添加一些细节性的条款，比如要是再有人投资，必须先得到我的同意。"

"没有问题。"雷帕德迫不及待地回答，只想快点购买零件。

…………

绵绵阴雨带来的昏暗里，克莱恩回到了乔伍德区明斯克街。他进入房屋，直奔一楼盥洗室，舒舒服服地解决了小腹鼓胀的问题。

哗啦啦，水声回荡间，克莱恩弯腰洗手。

就在这时，他脑海内突然呈现出了一幅画面：洗漱镜内映照出了低着头的他、昏暗的环境以及一双位于侧方的眼睛。

一双眼睛！

几乎是本能，克莱恩猛地弯曲膝盖，侧摆腰背，往着另一个方向，也就是盥洗室房门的方向翻滚而去。

嗖！

一支黑羽小箭插在了洗漱台上，箭头仿佛骨制，泛着蓝汪汪的颜色，煞是好看。如果克莱恩刚才出现犹豫，那他必然逃脱不掉这突如其来的袭击！

翻滚稍顿，克莱恩探手摸向衣兜，试图抽出几张塔罗牌。

就在这个时候，他只觉一阵劲风扑面，余光看见一道黑色身影高速靠拢，以超越常人的姿态欺到了他的近前，并绷紧脚背，由下往上，一腿踢出。

见躲避不过，克莱恩忙放弃刚才的想法，手肘一架，挡向了攻击。砰的一声，他只觉整条左臂瞬间变麻，身体难以遏制地被抽飞了出去，就像中产阶级最喜欢打的网球、壁球和目前流行于底层劳工的足球一样。

好大的力量！克莱恩心中一紧，慌而不乱地于半空调整身体，改变姿态，勉强保持住了平衡，就像在表演杂技一样。

咚！咚，咚……这个时候，树皮色的吹管才刚落到盥洗室的地面，弹向了门后，由快到慢。

克莱恩刚要舒展身体，稳稳站住，应对后续的袭击，脑海内突然又闪过了一幅画面：身穿黑衣的敌人速度超过了他的想象，比他预计更快地抵达，沉腰挥臂，一拳轰中了他的胸口。

瞬息之间，克莱恩的身体重新团住，多转了半圈，就像不断落下又不断被抛飞的小球。

啪！

头下脚上的他伸手按向地面，剪刀般张开了双腿，让黑衣人轰来的拳头未能命中任何事物，只穿过缝隙，打爆了空气。

原本以胸口为目标的拳头在克莱恩倒转身体后，只能打向他的双腿，而双腿是可以张开的。

一按一撑，两腿下缩，克莱恩敏捷地跃向另外一侧，终于站稳站直。

啪！

他还未来得及审视敌人，黑色身影已侧身一靠，带起强烈的风声。

反应好快！克莱恩忙上架双臂，挡在身前。

砰的闷响声里，他仿佛被一头黑熊给撞中了，实在难以承受那磅礴大力，只能踉跄着往后退开，双臂险些失去了知觉。

与此同时，克莱恩终于认出了袭击者是谁。

他皮肤偏黑，瘦削精悍，眼窝深陷，正是兹曼格党的"处刑人"默尔索，早晨来找过莫里亚蒂侦探的默尔索！

啪啪啪！默尔索目露凶光，紧追而上，双臂连挥，或左勾，或右摆，展开了狂风暴雨般的攻击。

克莱恩的力量与对方差距明显，无法正面招架，靠着敏捷和预感才勉强躲过了这一套组合拳。

不行！必须发挥我的优势！类似的念头闪过，克莱恩不再进行格斗的尝试，身体一矮，双腿一顿，向着侧方翻滚而出。

咔嚓！一张椅子被默尔索的抽腿踢得四分五裂。

克莱恩手一撑，腰背用力，继续翻滚，想寻找机会拿出塔罗牌和自制的符咒。

噔！噔！噔！

默尔索快步赶上，双腿交替踢出，不比克莱恩慢多少。

他就像一只拥有了敏捷天赋的巨熊，各方面都不存在短板，让翻滚的克莱恩只能先顾着躲避和招架，根本腾不出手抽牌拿咒。

咔嚓，砰，砰！

椅子碎了，桌子翻了，衣帽架倒了，克莱恩绕了大半圈，形势愈发岌岌可危。

不能再这么下去了！他不断躲避，连滚带翻，寻求着一切扭转局势的机会。突然，他的余光扫过了客厅内的茶儿，脑海内一下有了想法。

砰！单手一架，顺势后跃，克莱恩忍着疼痛，翻滚向客厅区域。

而这个时候，默尔索双腿肌肉忽地鼓胀，就像充了气一样。噔！他踩得地面似有摇晃，整个人一跃而出，子弹般射到了克莱恩近前，接着一腿抽出。

克莱恩勉强架了一下，又被抽飞了出去，咣当一声撞翻了茶儿，撞得陶瓷茶具飞向橱柜位置，撞得圆腹钢笔、制式合同和各种报纸散落一地。

眼见穿着黑色双排扣长礼服的侦探被撞得浑身发软，一时难以站起、难以翻滚，默尔索眼中凶光大盛，于瓷器相继破碎的声音里，向前一滑，膝盖顶出。

克莱恩眼眸转深地看着这一幕，手中已然握住了一份制式合同。

他逃向客厅，不顾预感的提示继续翻滚到茶几附近，就是为了拿到一份制式合同，或者一张报纸！

眼见默尔索的膝盖凶猛地顶来，克莱恩的手腕忽然一抖。就在这时，他脑海内再次浮现了一幅画面，默尔索脖子后仰的画面。

嗖！

克莱恩腕部微按，抖出了手中的制式合同。

嗖！

这合同就像精钢打造的飞镖一样，射向了默尔索的喉咙。此时的两人相距不超过一米，而且随着对方的前顶，距离越来越近！

白影映入眼帘，默尔索本能地向后一仰，试图躲避。

噗！

制式合同准确地扎入了默尔索的喉咙，扎入了他的气管。泛着些许泡沫的血液流出，默尔索跌倒在了克莱恩身前，膝盖重重地磕到了地面上。

"嗬，嗬，嗬……"

他抽出那份染血的制式合同，紧紧地捂住喉咙，但他无法止住血液的外流，眼神逐渐涣散。等到最后，他身体抽搐了几下，再也没有了动静。

克莱恩缓了一阵，才有力量翻身站起，他手指之间夹着几张塔罗牌，戒备着可能存在的反扑和另外的敌人。

开启灵视，确认敌人死亡之后，克莱恩环视四周，没发现别的气场颜色。直到这个时候，他的紧绷才缓和了一点，注意到椅子碎了两张，茶几磕破了不少地方，瓷器满地都是，整个客厅、餐厅和门厅一片凌乱。低下头，他又看见长礼服的袖子受损不少，呢制的外层沾了许多灰尘。

忽然，克莱恩小声自嘲了一句："这没法报销啊……哈哈，哈哈哈，哈哈哈！"

他笑了起来，像是遇见了什么能乐一辈子的事情，笑得险些前俯后仰，整个屋子内只有他的笑声在回荡。

几十秒后，克莱恩收敛住笑容，表情深沉地走到了默尔索的尸体旁边 —— 他要让死人开口说话！

在熟稔的通灵仪式和自我回应后，克莱恩闻着清幽的香味，使用梦境占卜的技巧低语道："默尔索行动的主使者。"

很快，眼眸变黑的他进入了梦境，看见一片灰蒙。灰蒙的世界中忽有光影变化，凝出了一幅幅画面和场景 ——

默尔索前方是一位没戴帽子的中年男士，他白色衬衣的领口和袖口有着繁复、层叠的花瓣状装饰，异常华丽，再配上紧身黑马甲和瘦腿长裤，显得花哨而浮夸。

这位中年男士棕发蓝眼，脸庞瘦削带胡茬儿，却颇有味道，是位非常耐看的先生。

他望着默尔索，沉声说道："不管你怎么做，一定要把伊恩·赖特找出来。尽量让他活着，如果死了，请在一个小时以内带到我的面前，最好是十五分钟。"

"是，大使先生。"默尔索没有掩饰自身的桀骜，但依旧低下了脑袋。

画面破碎，克莱恩皱起了眉头：大使先生？这件事情竟然牵涉到其他国家？从衬衣的风格看，这位大使很可能是因蒂斯共和国派驻贝克兰德的大使……

伊恩只是一个大男孩啊……那位先生懂得通灵，至少身边有懂通灵的人……

克莱恩想了想，再次给出梦境占卜的语句："寻找伊恩·赖特的目的。"

灰蒙蒙的虚幻梦境里，克莱恩再次看见了刚才那位中年绅士。

他注视着默尔索，低沉地开口："你不需要知道为什么，只需要按照我的吩咐去做。我给你魔药，给你金钱，让你能够成为兹曼格党的幕后话事人，不是让你来提问的，是让你做事的！嗯……你只需要知道，伊恩·赖特可能涉及一件非常重要的物品。"

随着这场景的淡去，克莱恩又一次退出了梦境。

一件非常重要的物品……真是看不出来啊，伊恩……会是什么呢……魔药……默尔索原来是非凡者，难怪他的格斗那么强那么可怕，他应该是在这方面有专长的非凡者……

想法纷呈间，克莱恩感觉到了疲惫，自己回应自己的祈求确实太消耗他的灵性了。要想恢复到以前的通灵水准，他估计得等到自身成为序列7才行。

结束仪式，解除灵性之墙，克莱恩望向默尔索的尸体，仔细观察了许久。终于，他看见对方喉咙的伤口处有点点灵性光辉在汇聚，慢慢凝成了一片。

小心翼翼地抓起，克莱恩掌中多了一块形似地球上的果冻的深红色物品。

"这就是默尔索遗留的非凡特性？不知道会是什么序列的……这倒是容易确定，去灰雾之上占卜一下就能得到答案……理论上，低序列的非凡特性，即使不用辅助材料，也能直接让人获得对应的能力，只不过服食后容易当场疯狂和失控……低序列魔药的辅助材料几乎不含灵性……"

克莱恩发散着思绪，又强行收回了注意力。一具尸体就这样摆在他的面前，让他对后续该怎么处理非常头疼。

默尔索的尸体躺在那里，眼睛圆睁，似乎还残留着凶光。切断了半个喉咙的伤口原本只有细细一条，但随着刚才非凡特性的凝聚，已撑大了不少，模糊了许多。与此同时，死亡后的失禁现象让他下身散发出了一股恶臭。

克莱恩托着那团如同果冻的深红色物品，对接下来该怎么做充满为难的情绪。

从大的方向讲，他的选择不外乎三种：一是收拾现场，处理伤口，以正当防卫的名义上街报警；二是等到夜晚，将尸体丢进某个下水道，假装什么事情都没有发生；三是立刻放弃当前身份，潜逃去别的区，再次改名换姓。

第一种选择的问题在于克莱恩目前还属于黑户，有见不得光的秘密，报警很容易让他自身也被调查出问题。

第二种选择除了会让他时刻担心着尸体被发现，担心警察找上门来，还蕴藏有另外的危险——默尔索背后的那位大使确认手下失踪或者死亡后，肯定会再次派人来明斯克街15号，到时候，他遭遇的也许就是序列7甚至序列6的敌人。毕竟他面对的那个势力，背后站着的可能是一个国家，一个强大的国家。

第三种选择看似最明智最安全，逃避了所有的风险，但也有不好的地方，那就是克莱恩的肖像很可能上通缉令，而且还是隔壁萨默尔太太、邻居于尔根律师等人眼中的他，未经伪装的他。等到相应的报纸一发行，即使只局限于大贝克兰德地区，克莱恩也很可能被戴莉等值夜者认出来，那就更麻烦了。由于涉及因斯·赞格威尔，涉及封印物0-08，他大概率会被高级执事一级的强者追捕。

当然，第三种选择还有一个分支，那就是隐匿尸体，将证据丢入下水道，之后再行潜逃。但这同样也有被通缉的危险，因为对面的大使在找不到人的情况下，很有可能指使兹曼格党的成员报警，借助贝克兰德的官方势力搜寻——如果他能锁定克莱恩的行踪，事情的发展就等同于第二种选择了。

思前想后，克莱恩很快做出了决定：占卜。

当然，他心里其实已经有了倾向，那就是两害相权取其轻。第一种选择相对风险较小，自身能在一定程度上把握主动权，并可以通过曝光，通过引起官方势力的注意，让那位大使后续的行动受到抑制，不至于太疯狂。

翻出纸张，书写好占卜语句，克莱恩解下左腕袖口内的灵摆，让黄水晶吊坠自然垂落，险些触及表面。

"我应该报警。

"我应该报警。

"……"

默念完毕，他看见灵摆在顺时针转动，幅度不小，速度较快。这表示相当程度的肯定！

又依次占卜了另外两种选择，皆得到否定的答案后，克莱恩不再犹豫，开始处理现场。

他戴上黑色手套，搜查起默尔索的尸体，找出了一把锋利的匕首、一沓不多的现金、一盒卷烟、一个打火机以及一些杂物。

克莱恩将其余事物放回原处，然后摘掉手套，直接握住匕首，将它刺入了默尔索喉咙的伤口处，破坏着原本的形状。接着，他戴上手套，让默尔索抓了下匕首。

做完这一切，克莱恩将默尔索的非凡特性、自制的符咒、塔罗牌、染血的合同、书写占卜语句的纸张和身上、家里的各种材料搜集到一块，装入了纸袋里。然后，他举行自己召唤自己的仪式，变成了特殊的灵体。

携带上"阿兹克铜哨"，让自身灵体变得更坚固、更强大后，克莱恩抱起那个纸袋，结束召唤，返回了灰雾之上。

他将那些现实物品暂时放置于"愚者"高背椅后方，并留下了"阿兹克铜哨"，接着一身轻松地模拟出往下急坠的感觉，重新回到身体内。

克莱恩之所以不把染血的制式合同和书写占卜语句的纸张烧掉，是担心报警之后，事情被转给特殊部门，会有强力非凡者过来进行针对性的占卜。而一旦有了灰雾的阻隔，即使永恒烈阳亲自降临，也不会得到有效的答案。

这也是晋升序列8、灵性得到极大提高后，克莱恩将每周的梳理和总结都放在灰雾之上的原因——他现在可经不起较大的怀疑和深入的调查！

解除灵性之墙，让突然刮起的风吹散了仪式材料残余的味道，克莱恩身上和整个房间内与超凡、与神秘领域有关的物品就只剩下他面前静静燃烧的蜡烛。

但这一次，他选择的是普通蜡烛——反正是自己向自己祈求，自己召唤自己，没必要那么讲究。而一个家庭里，备有蜡烛是很合理、很正常、很符合时代特色的事情，哪怕这家里只有一个单身汉。

熄灭蜡烛，将它放回原处后，克莱恩掏出金色怀表，啪地按开看了一眼，估算了一下默尔索死于多少分钟前，并添加上了警察部门派人勘查、询问并层层上报会耗费的最少时间。他要确保即使后续有非凡者来调查，默尔索的死亡时间也过去了一个小时。

在神秘学里，在通灵领域，这是一个重要的时间节点，超过了它，能得到的信息就相当有限，且非常模糊。比如，能通灵出杀掉默尔索的人是"夏洛克·莫里亚蒂"，却无法得到具体的死亡细节。

至于对方可能占卜是否涉及超凡因素的隐患，克莱恩一点也不担心，因为涉及的主要超凡因素——染血的制式合同——在灰雾之上……

而他自身预感和格斗能力的作用也会因此被混淆——对方的占卜肯定会指向灰雾之上那片神秘空间，肯定会受到干扰。

幸好我也是专业的……感觉真成莫里亚蒂了……克莱恩重新审视了一遍现场，确认没什么问题后，就开始盯着滴答滴答走动的怀表指针。超过估算的界限后，他戴上金边眼镜，又等待了几分钟才拉门而出。

这时，贝克兰德的天空已然黑暗，街上的煤气路灯照亮着阴雨连绵的环境。

明斯克街作为中产阶级聚集的街区，时常有警察巡逻，克莱恩等待了一阵就发现了目标，当即迎了上去。

那是两位肩章只有一个"V"的底层警员，他们挎着枪，带着短棍，撑着雨伞，正四下张望。

"警官！有歹徒袭击我！"克莱恩很有技巧地喊道。

他狼狈的模样让那两位警员不敢怠慢，各自抽出短棍，戒备地看向侧方。

"歹徒呢？"有张圆脸的棕眸警察沉声问道。

克莱恩指着自己的房屋道："他潜入我的家，想杀害我！在搏斗里，我不小心刺死了他！"

刺死……两位警员彼此对视了一眼，审查般地望向克莱恩道："带我们过去。"

"好的！"克莱恩装出劫后余生的模样，领着两位警员来到明斯克街15号，掏出钥匙，打开了大门。

两位警员先是看见了凌乱不堪的景象，接着便注意到了地上躺着的尸体，注意到了对方喉咙处的狰狞伤口，注意到了一把染血的匕首。

"你保护现场，我回警局报告长官。"另一位警员对圆脸棕眸的同伴说道。

"好的。"圆脸棕眸的警员将目光投向了克莱恩，脸上的表情和身体的语言都透露出他的戒备与提防。

过了一阵，穿黑白格制服、肩章有三个"V"的警长领着先前的警员和另外两个下属抵达。

警员们检查现场，搜集线索的同时，那位颌下留着棕黄色短须的警长将克莱恩带到一边，做初步的询问："姓名。"

"夏洛克·莫里亚蒂。这里有我的房租账单，半年的。"克莱恩拿出早就准备好的东西。

警长随意地看了一眼，继续问道："什么职业？"

"私家侦探。"克莱恩坦然回答。

警长皱了下眉头道："你是否认识死者？知道他为什么要袭击你吗？"

"我认识他，他叫作默尔索，兹曼格党的'处刑人'。"克莱恩不等对方再问，自顾自说道，"我之前接受了一个委托，来自伊恩·赖特，他让我调查他先前的雇主泽瑞尔·维克托·李侦探，这件事情正好与兹曼格党、与默尔索有关。"

"我跟踪了默尔索，发现他和一位很有地位的绅士暗中见面，他称呼对方为大使先生。"说完这句，克莱恩不出意外地看见警长的脸色变幻了几下。

"大使……知道他的姓名吗？"警长自语一句，沉声问道。

"不清楚，但如果看见他的照片，我肯定能认出来。"克莱恩说着大实话，"今天上午，默尔索来拜访我，让我寻找伊恩·赖特，基于私家侦探的职业道德，我拒绝了他。结果，傍晚时分，我刚回到家里就遭遇了袭击，差点被他杀害，幸运的是，我的格斗水准还算不错，反应也足够机敏。"

警长沉思片刻，又询问了具体的打斗过程。克莱恩几乎是原原本本地描述，顶多把预感改成了反应，把最后扔出的制式合同改成了对方掉落的匕首。

"嗯……你先跟我们回警局，等待验尸的结果、现场勘查的结论和对相关人士的询问。"警长的心思似乎已不在这件事情上，显得有些敷衍。

他如今只有一个想法：这可是涉及外国大使的重要案件！必须立刻汇报上去！

恍惚之间，他猛地想起一个问题，连忙补充问道："你的信仰是什么？"

"蒸汽与机械之神。"克莱恩毫不犹豫地回答。

风暴教会的贝克兰德总部圣风教堂就在乔伍德区，所以，这里涉及非凡的案件往往都会移交给他们。不过，有一种情况例外，那就是涉案者的信仰统一且非风暴之主。

为了不遇到值夜者，克莱恩只好对不起女神了。

皇后区，一栋不起眼的房屋内。

休和佛尔思随意找了个位置坐好，审视起黑板上的条目，身穿带兜帽长袍的A先生依旧安静地独坐于最前方的沙发上，用居高临下的姿态看着众人。

"序列8'治安官'魔药配方，四百五十镑……"休无声读出了那熟悉的内容，心里长长地舒了口气。

她最害怕的情况之一就是好不容易攒够了钱，结果没人卖配方了！

"我分到四百镑，加上原本的积蓄一百五十镑，足够了……就是后续买主要材料肯定还需要一大笔钱……啊对，也许我可以换个圈子，看有没有非凡者对这个配方感兴趣……"休忽然精神一振，觉得自己找到了发财的办法。

坦白地讲，如果不是急需金钱购买材料，调制魔药晋升，她肯定不会外泄配方。一方面是因为绝大部分人总是希望自身序列的非凡者少，足够特殊；另一方面则由于同条途径的竞争者多了，相应的材料价格就会被抬高许多，后续的配方同样如此。

认真思考了一阵，休慢慢又变得忐忑，因为一个配方挂很久卖不出去是很正常的事情。而且"仲裁人"途径是属于王室、属于军方的序列，各方面都被严格控制着，散落于外的那部分基本都来源于少量破落贵族，他们的配方很难构成完整的中低途径，往往只有其中一两张，再加上主要材料受到管控，难以获得，愿意选择这个序列的非凡者相当稀少。

休混迹贝克兰德几个神秘圈子也有很长一段时间了，却没有发现一位除她之外的"仲裁人"，这一方面可能是对方掩饰得很好，另一方面也或多或少说明了些问题。

呼，想想佛尔思，我已经足够幸运，这么久以来，她就没遇到过"学徒"后续的任何配方……休看见A先生的侍者过来，于是写了张要购买"治安官"配方的纸条给对方。没过多久，她就被引到了一楼的书房，入门之前，从侍者的手上接过一件带兜帽的长袍，罩在了身上。

书房内的卖家也是同样的打扮，他们彼此看不清对方的长相。

"这是'治安官'魔药的配方。我的钱呢？"卖家一手按着书桌上的纸条，嘶哑着嗓音问道。

休掏出早已点数过好几遍的现金，推给了对方。反复检查了真假和总额后，卖家终于松开了按着配方的手。

休当即上前一步，迅猛地抓过了纸条。她的目光直接扫向主要材料部分，这是重点中的重点："恐惧魔虫的眼睛一对，银白战熊的右掌。"

都是知道但没见有谁卖过的非凡材料……休吐了口气，略显惆怅地退出书房，脱去了长袍。

回到客厅，坐至佛尔思身边，完成了一桩心愿的她逐渐忧虑起那个不知来历的尊名和可能纠缠着自身的邪灵。

"十，不，二十镑，不，三十镑，请擅长驱邪的人帮我做净化仪式。"休下定决心，和佛尔思低声交流了几句，招手唤来了A先生的侍者。

等到可以自由交流的休息阶段结束，她们看见黑板上的条目里多了自己刚递交的那条——疑似邪灵缠身，请求擅长驱邪的朋友帮忙，三十镑。

过了一阵，A先生的侍者来到两人侧方，小声地请她们前往一楼的起居室。

里面等待着一位戴白色硬壳面具的男子，他望着两位披宽松长袍不知性别的求助者，轻声笑道："我先做个初步的自我介绍，以免你们怀疑我的能力。"

"不，不需要，我们相信A先生。"兜帽遮脸的休抢在佛尔思开口前说道。她故意压着嗓子，以免童稚的声音暴露身份。

那位戴白色硬壳面具的男子摊手笑道："这是我的习惯。我是一个太阳信徒，你们知道的，在贝克兰德，在整个王国，这并不多见。也只有这种时候，我才能以真实的身份活着。"

由于永恒烈阳教会与风暴之主教会的巨大矛盾，前者始终未能获得在鲁恩王国传教的权利。

"太阳的信徒?"佛尔思慵懒的眼神一下消失,"这还是我第一次看见活着的太阳信徒!呃……地位较高的外交官们我可见不着。"

"那我是不是应该感觉荣幸?"戴白色硬壳面具的男子张开双臂,往上举起,做出赞美太阳的姿势。

佛尔思没有回答他的问题,转而笑道:"驱邪与净化方面,太阳的侍者是专业的,我们很放心,可以开始了。"

那位自称太阳信徒的男子没再啰唆,掏出一个绘有太阳符号的徽章,将它放在了中央的圆桌上,接着以二元仪式法点燃了两根蜡烛。

按部就班地完成前置事项后,他嗓音洪大、异常虔诚地诵念道:

"永恒的烈阳啊,

"您是不灭之光,

"您是秩序的化身。

"我向您祈求,

"祈求您赐予我净化的光芒,

"祈求您驱散邪恶之灵,

"……"

伴随着赫密斯语咒文的回荡,休和佛尔思看见那个太阳徽章上迸发出纯净、温暖、明亮的光芒。它源源不断,化作潮水,涌向两人,将她们同时淹没。

几十秒后,一切恢复了正常,休和佛尔思只觉浑身暖洋洋的,非常舒服,非常安心,就像泡了次温泉,或者做了场日光浴。

…………

乔伍德区,莱斯警察分局。

克莱恩正和一帮小偷、醉鬼挤在很矮的长条凳上,非常不体面。

忽然,手背位置似有暖意传来,贝克兰德夜晚的阴冷随之被驱散了不少。克莱恩低头望去,发现象征灰雾之上那片神秘空间的四个黑点并没有出现。

"谁这么好心,知道我刚才有点冷……"他半开玩笑半是疑惑地咕哝了一句。

作为曾经的督察,他望了眼左边被铐在管道上的窃贼,又看了看右侧随时可能吐出来却一直嚷嚷要打人的醉鬼,对目前的处境一阵唏嘘,不知什么时候才能脱身。

"接下来应该还有一次考验,只要通过就成功了……希望警察们的注意力都在大使和兹曼格党身上,忽视掉我这个小小侦探的身份来历问题。理论上来说,希望很大,只要萨默尔太太、于尔根律师等人没说出什么让警察感兴趣的事情……嗯,他们和我也是刚认识,不可能知道太多……"

"默尔索的非凡特性被我拿走，藏到了灰雾之上，而他自身也未残留奇怪的地方，没人能发现他曾经是位非凡者，也就不会怀疑我的实力……嗯……超过一个小时了……"

克莱恩自我宽慰中，看见先前那个颌下有棕黄短须的警长走了过来。

"夏洛克·莫里亚蒂，跟我去审讯室。"这位警长没有解释，直接吩咐道。

来了……克莱恩暗道一句，起身跟随。

绕过拐角，警长停在一扇铁门前，示意克莱恩进去。克莱恩吸了口气，又缓缓吐出，拧动把手，开门而入。

里面是个狭小的房间，四周的墙壁似乎非常厚重，中间摆了张小桌，两侧各有椅子。

在典雅煤气灯的照耀下，克莱恩看清楚了对面的审讯官，那是一位穿着少见的黑衬衣的男子。他没套马甲，披了件非正装的黑色外套，眉毛稀疏，蓝眸冷漠，脸庞的线条仿佛一片片刀锋，刚硬到缺乏足够的柔和。

这位男子指了下对面的椅子，沉声说道："我问你答。"

他话音未落，克莱恩就感受到了难以想象的压迫力，只觉得精神内似有一道道电流窜过，仿佛带刺的鞭子，不断地抽打灵魂。这种感觉又痛又麻，仿佛源自大脑深处，让人无法抵御，只能膝盖变软、瑟瑟发抖。克莱恩险些跌倒，忙撑住小桌坐了下来，额角一阵一阵地抽搐。

这……这是非凡能力……普通人或许会以为刚才是自身的紧张和审讯官的威严共同造成的精神问题，克莱恩却清楚明白地辨认出这是一种非凡能力，直接攻击别人精神的非凡能力！

他忙回忆以前看过的资料，迅速确认了怀疑的对象："仲裁人"途径的序列7，"审讯者"！

事情是转给了军方的特殊部门？克莱恩略感放心地想道。只要不是值夜者，一切都好说。

"你辨认这几张照片，找出与默尔索见面的那位大使。"

冷漠刚硬、一身黑色的男子将七八张黑白照片摊开于小桌上，克莱恩只觉精神内的电流鞭子似乎正高高举起，以极致的疼痛预告让他不敢也不愿意撒谎。

当然，克莱恩根本没必要撒谎，稍加辨认就往审讯官的方向推出了一张照片，正是那位衣着华丽到浮夸、长相很有味道的中年绅士。

审讯官看了一眼，没有任何表示，再次问道："你之前的口供是否全部属实？"

克莱恩就像被强行入梦时一样，保持着清醒和理智，没有屈服于精神里的"鞭子"，诚恳地回答道："全部真实。"

审讯官身体前倾，双手撑着小桌道："你最后一次见到伊恩·赖特是什么时候?"

"昨天，昨天清晨。"克莱恩艰难地说着，额头沁出了一滴滴冷汗，"我跟踪默尔索，找到了泽瑞尔侦探的尸体。因为不想和警察先生们打交道，我带着伊恩辨认尸体后就让他自己报警了，泽瑞尔的尸体在东区铁碳街底部右拐的那个下水道入口里。"

短暂的沉默后，审讯官终于点了下头，克莱恩顿觉庞大的压迫力和精神内的"鞭子"一起消失不见了。

"你可以出去了。"他语气毫无起伏地吩咐道。

克莱恩站起身，开门而出，没有掩饰自身脚步的虚浮。他觉得这比和默尔索打了一场还累，稍有差错，心灵就会被彻底压垮，对方问什么，就会老老实实回答什么。

不，如果不是我自身灵体特殊，长期接受呓语和嘶喊的考验，可以在某些状况下保持冷静和理智，刚才多半已经垮掉了……克莱恩背部凉飕飕地回到走廊里。

这时，之前那位警长过来道："和我去办手续，于尔根律师等着保释你。"

呼……克莱恩暗自吐了口气，彻底放松了下来。

他知道危险终于过去了。

第四章
CHAPTER 04

✦ 入侵 ✦

　　克莱恩在莱斯警察分局的一个办公室里见到了于尔根·库珀，这位年轻的高级事务律师依然穿得非常正式，就像时刻准备去参加上流社会的晚宴一样。双排扣黑色长礼服，硬领的白色衬衣，硕大的领结，崭亮的皮靴，让警察们对他非常客气。

　　于尔根拿着半高丝绸礼帽，蓝色的眼眸望向克莱恩道："手续都办好了，你去缴纳十镑保释金就可以离开了。"

　　"谢谢。"克莱恩没有多说，跟着长相不错但让人感觉古板的于尔根律师来到旁边的警察局财务室，掏出皮夹，抽了两张5镑的钞票。他分外庆幸自己将所有的现金——九十五镑——都带在了身上，否则可能还要向好邻居于尔根借。

　　当然，最为严重的是，如果现金放在家里，经过警察的现场搜查，最后还能剩多少，克莱恩实在没有信心，但他又不能放入灰雾之上，因为最后说不定得靠贿赂脱身。

　　当前诸多报刊、杂志一直都在诋毁警察，认为他们缺乏监督，做事粗暴，贪污成风，时常勒索，凶狠毒辣，克莱恩不敢全信，但也不敢都不信，毕竟默尔索身上的钱很可能就便宜了这个警局的人。

　　交完保释金，克莱恩跟着于尔根走出了警察局，被迎面吹来的湿润冷风激得打了个哆嗦。

　　"等结案后，你的保释金会退还给你的。当然，你不能期待他们主动来通知你，嗯……过一周，如果没人来把你找回警局，你就可以到这里索要保释金了。理论上，你最后还能获得相应的赔偿，从对方的遗产里。如果有的话。"于尔根向着停在旁边的一辆马车走去。

　　白天连绵的阴雨到夜晚终于停止了，但红月依旧被乌云遮掩，街道上只有煤气路灯的光芒。

　　"好的。"克莱恩差点以为这十镑要不回来了。

　　他忍不住计算了下伊恩的这件委托，报酬有五镑，但房间内很多家具和茶具被打坏了，自己必须购买新的，或者找人来修好，再加上耗费的材料、马车的支出与接下来的衣物修补开销，似乎、大概、可能要亏本……如果这十镑保释金拿不回来，那就亏大了！嗯……默尔索遗留的非凡特性倒是值不少钱……克莱恩登上马车，微皱眉头。他一直以为用自身住处做办公点的私家侦探顶多没有委托，不会亏损，结果……

克莱恩侧头望了眼端正坐好的于尔根律师，诚恳地开口："谢谢，谢谢你主动来保释我，我该为此支付你多少报酬？"

于尔根很正式地点头道："这一单免费。我听法辛警长说了你的事情，相信我们以后还有很多的合作机会。"

以后还有很多的合作机会……克莱恩失笑道："于尔根律师，我觉得你是在诅咒我。"

于尔根郑重地摇头："不，不是你想的那个意思，私家侦探有一位固定合作的律师是很正常的事情。"

先生，你真没有幽默感……虽然你看起来很年轻……克莱恩腹诽了两句，微笑道："刚好我想找个律师帮我拟一份投资合同。"

"投资合同？"于尔根语气略显愕然地反问道。

"我知道这不是私家侦探的业务，但我正巧遇到一个好的投资机会。"克莱恩简单解释了一句，"于尔根律师，按照你的收费标准，这样一份合同需要支付多少？"

"一般是根据合同总金额和难易程度来定。"于尔根严谨地回答道。

"总金额一百镑，需要的条款有……"克莱恩详细描述了自己的需求，包括优先认购、否定权等。

于尔根认真思考了几分钟道："两镑，周一上午给你。"

"好的。"克莱恩没再多说这件事情，转而问起于尔根打听到的有关今晚这桩案件的消息。

一路回到明斯克街，克莱恩主动支付了三苏勒的出租马车费用，告别那位年轻但严肃的律师，走向了自己那栋房屋。

开门入内，看见一片凌乱的景象，克莱恩一阵心累。他私家侦探生涯的开端竟然是亏损。

就在克莱恩脱掉外套、埋身收拾残局时，门铃忽然被拉响。他疑惑地开门，看见了身穿黑白裙的隔壁女仆朱利安。

"你好，莫里亚蒂先生，萨默尔先生和太太想邀请您过去聊聊之前的事情。"朱利安略显害怕地说道。

来了……赔偿的问题……克莱恩露出笑容道："好的。"

他换了件完好的、干净的外套，跟着女仆来到隔壁，卢克·萨默尔和他的夫人斯塔琳·萨默尔正坐在客厅的沙发区域等待。

身材魁梧、留着两撇漂亮小胡子的卢克站起身，朝克莱恩伸手，低声笑道："晚上好，莫里亚蒂先生。我竟然才知道你是私家侦探，作为一个邻居，真是不合格啊。"

"不，是我自己的问题，因为我并不知道我是否适合这个行业，也许什么时候就找别的工作去了。"克莱恩与男主人握了下手道，"今晚的事情我很抱歉，我会赔偿的。"

"这只是意外。"卢克宽慰了一句。

金发蓝眼、容貌娇美的斯塔琳好奇地问了一句："你真的打死了一个入侵者？呵，我知道你是要红茶，对吧？"

克莱恩点了点头："或许只是一个小偷。"他没说事情源于自己接受的委托，免得萨默尔夫妇心里有芥蒂。

既然警察没有告诉他们，我也就没必要多此一举……克莱恩默默补了一句。

卢克·萨默尔笑道："你肯定拥有出色的格斗能力，作为邻居，我感觉很安全，或许以后我们也会有事情委托你。"

克莱恩半真半假地自嘲道："其实我差点被杀死。"

"不管怎么样，最终的胜利者是你。"卢克说道。

就着这个话题聊了几句后，斯塔琳端起白瓷镶金茶杯喝了一口道："我很好奇，私家侦探一周能有多少委托，收益多少？"

克莱恩没有隐瞒，呵呵笑道："这得看情况，就和农田有丰收也有歉收的时候一样。我上周收入五镑五苏勒，但有了昨晚的事情，也许，还会亏损。"

斯塔琳似乎没听到他后面半句话，自顾自说道："如果能维持这个收入，每周五镑可以让你在贝克兰德、在乔伍德区拥有相当不错的生活。不需要再分租房间，能够雇一位女仆做杂活，每隔一周听一次音乐会或者看一次戏剧、歌剧，每周打一次网球或者壁球，参加一次读书沙龙，去一次不错的餐厅……当然，如果你已经在为婚姻做准备，就需要节省一点，五镑的周薪距离真正的体面还差一些。"

"那真正的体面需要周薪多少？"克莱恩配合着问道。

"七镑，至少七镑。"斯塔琳微抬下巴道。

克莱恩转而望向卢克，随意闲聊般问道："我听你夫人讲，你在考伊姆公司做事，不知道你们的主营业务是什么？"

"无烟煤和木炭。"卢克微笑着回答。

难怪你能成为煤烟减排协会的成员……克莱恩沉吟了下道："在贝克兰德，经理级的薪水会有多少？我看报纸和杂志很少提到这点。"

"哈哈，这必须看是什么行业、什么公司以及具体的职位。贝克兰德银行的第一经理年薪是五千镑，而我算上奖金也才四百三十到四百四十镑之间。"卢克随口说道。

也就是周薪八镑的样子……难怪……

克莱恩还没来得及开口，斯塔琳·萨默尔就抱怨了一句："其实，我们可以住到郊外，那样我会拥有一个花园、一个草坪，而卢克也将得到一个马厩，买下他想了很久的崭新马车和两匹年轻的马，不过这会让他在上下班的路程上浪费太多的时间，而时间更加宝贵。"

一辆新马车带马大概一百镑啊……周薪八镑确实了不起，可惜我涨薪水后没多久就……克莱恩只能微笑以对。

又寒暄了几句，他告辞离开，心里暗暗感叹道：萨默尔先生和太太本质上还是好人啊，换作刻薄点的房东，出了今晚的事情，早就扣费退钱让我滚蛋了……

回到家里，克莱恩开始劳动。他没急于去灰雾之上审视先前手背暖流的事情，也没急于占卜，因为担心军方特殊部门还在暗中盯着他。与此同时，他决定明晚就去伊恩说的那个酒吧购买枪支，以应对某些人可能铤而走险的袭击。

克莱恩甚至打算借此找渠道雇用保镖——非凡者保镖，强力的非凡者保镖。这一是能趁机在不暴露自身的情况下接触非凡者圈子，二也是害怕那位大使找的后续袭击者有能力瞒过军方特殊部门。

虽然作为一位序列8的非凡者、一位暗中的"复仇恶灵"，需要找保镖，是件略显滑稽的事情，但对克莱恩而言，安全最重要。

如果价格太贵，我就吹铜哨找阿兹克先生。当然，这可能更加危险……我对封印物0-08不够了解啊……收拾房间的过程中，克莱恩无声嘟囔了一句。

…………

净化仪式结束后，戴白色硬壳面具的男子对休和佛尔思道："不管什么邪灵，都已经被我驱除了。呵，如果它达到了恶灵的程度，让我无法驱除，那它刚才会给出反应，然而并没有。"

说话间，他将太阳徽章上凝聚的水滴倒入一个金属小瓶，递给休，道："回去洒在房间里，消除一切残余。"

"谢谢。"休心疼地付了钱，但也安心了不少。

她和佛尔思刚回到客厅，就有侍者传来一张纸条："购买了'治安官'配方的'仲裁人'小姐，愿意到书房聊一聊吗？我可能有你需要的东西。"

谁？为什么会知道我购买了"治安官"配方？休墨绿色的瞳孔一缩，愕然环顾四周，但没有发现任何可疑的注视。

根据A先生的说法，在他这里交易应该很安全、很保密……到了最后，休忍不住望向那张单人沙发，只见用兜帽阴影遮掩住五官的A先生依旧安静地打量着众人，没有表现出丝毫异样。

她用手肘轻撞了一下佛尔思，低声问道："我该不该去？"

佛尔思拿过那张纸条瞄了一眼，毫不犹豫地回答道："去。至少现在还有A先生看着，没人敢对你做什么，你可以趁机弄清楚对方的目的究竟是什么，说不定真能获得你想要的魔药材料呢？"

"有道理……"休本身就是很有行动力的人，当即对侍者点了下头，再次跟着对方来到书房外，披上了带兜帽的长袍。

这帽子能把我整张脸都遮住，快看不见前面的路了……休戴好兜帽，开门而入，瞄见书桌后面坐着一位穿黑色燕尾服的男子。这男子脸上戴了一张黄金般的面具，只露出眼睛、鼻孔、嘴巴和两颊，让人无法想象他原本的样子。

那位男子藏在金色面具后的浅棕色眼眸一转，指着书桌对面的椅子道："坐。"他的嗓音故作沉哑，但没有额外的特殊之处。

休反手关上书房的门，挺胸抬头、不输气势地坐至他指定的位置，开口问道："你有'治安官'魔药的主要材料？"

面具男低笑一声道："是的，恐惧魔虫的眼睛和银白战熊的右掌，我都有。事实上，那张'治安官'魔药的配方就是我找人代卖的。"

难怪……休虽然常被好友嘲笑没脑子，但能在非凡者圈子、在东区的黑帮和贫民间活下来，也不是完全鲁莽的人——她对危险有种野兽般的直觉。

她沉声问道："你为什么要这样做？"

"筛选合适的帮手。"面具男轻笑道，"以你的财政状况，很难在短期内凑够这两种非凡材料需要的金钱。当然，你能够去别的非凡者聚会里转卖配方，但请相信我，这会给你带来不必要的危险，我们的圈子不一定重叠，但我并不是一个人。"

休皱起眉头道："既然你有庞大的组织，有'治安官'甚至'仲裁人'魔药的配方，为什么还要找我帮忙？"

"有的事情，我们并不想自己出面，这有很多原因，但我没必要告诉你，而每一位靠自己踏入非凡者道路的'仲裁人'背后或多或少都有些贵族关系，这也是我们需要的。"面具男大概解释了两句。

看来他不知道我的来历，甚至不清楚我在东区的名声……休稍微放松了一点。

面具男继续说道："你就当是非凡者聚会外的委托，我会给你一些任务，支付你相应的报酬，如果你觉得危险，可以拒绝。这是公平的、自由的交易，等到你攒够了钱，就能来我这里购买材料。"

这……正为财政状况烦恼的休顿时怦然心动，矜持了九秒钟，道："只要我拥有拒绝任务的权利，我可以考虑。"

"没有问题。"面具男哈哈一笑道，"我们现在就可以约定将来见面的地点和方式，为了让你放心，主导权交给你。"

"好。"休虽然还是满头雾水，并不理解对方为什么要找自己做事，但还是答应了下来——至少她目前看不出明显的危害。

…………

整个周日的白天，克莱恩忙碌着买椅子、买茶具、缝补衣物，总共花费六镑九苏勒，让客厅、餐厅和自身恢复了原状。

"真是亏本了啊，希望警察部门最后能从默尔索的遗产里赔偿我的损失。唉，希望不大，顶多赔偿一部分。"克莱恩将发票、收据等整整齐齐放好，等待着之后有用上的机会。

当然，纯粹从收入的角度讲，克莱恩其实赚了不少——默尔索的非凡特性至少值三百镑，甚至不止。而这一切的前提是，他能接触到非凡者圈子。

晚餐之后，穿好纯色毛衣和灰蓝色的工人外套，戴上鸭舌帽，克莱恩再次出门，换乘两次，来到了贝克兰德桥区域的铁门街。

没走几步，他就看见了勇敢者酒吧，看见了似乎很沉重的黑木大门和一个环抱双臂、接近两米的壮汉。壮汉打量着他，并未阻止他推门而入，只是在听见里面的欢呼和干杯的声音时，喉头蠕动了一下。

这个时间段正是酒吧生意的高峰期，克莱恩还未进入就感觉到了扑面而来的热浪，闻到了浓烈的麦芽酒香，听见了喧闹嘈杂的声音。

不出意外，他看到酒吧中央有两个台子，一个正上演着狗抓老鼠比赛，一个则有两位拳击手耐心等待，准备着即将开始的战斗。

酒香夹杂着汗味飘来，克莱恩抬了下金边眼镜，捏了捏鼻子，边保护身上的财物，边奋力挤向吧台位置。

不等酒保开口，他抢先说道："一杯南威尔啤酒。"

这是鲁恩王国自产的最好的啤酒。

"五便士。"酒保熟稔地回答道。

克莱恩掏出一把硬币，数了五便士给对方，换来一个装着金黄色酒液的大木杯，啤酒的香味浓郁诱人。

"在它面前，很多啤酒甚至不能称为酒，只能算饮料。"酒保呵呵笑道。

克莱恩端起一喝，只觉清冽爽口，先是苦中带香，接着麦芽的味道奔腾而出，回口则有点甘甜。

放下杯子，望了眼细腻洁白的泡沫，他趁机问道："卡斯帕斯·坎立宁在哪里？"

酒保停下擦杯子的动作，抬头审视了他几秒钟，指了指侧方："三号桌球室里。"

克莱恩本着不浪费的精神，端上杯子，走到了三号桌球室外。他只是轻轻一敲，房门就吱呀一声向后敞开，里面拿着桌球杆的两个男子停了下来，齐齐望向门口。

"我找卡斯帕斯·坎立宁。"沉默的气氛里，克莱恩忙又补充了一句，"'老头'介绍的。"

听到这句话，那个长着大鼻子、穿着亚麻衬衣的半百老者沉声说道："进来吧。"

他脸上有一道翻口的、巨大的伤疤，从右眼角一直延伸到了右侧嘴边，他的鼻子是典型的酒糟鼻，几乎完全染上了红色。

克莱恩端着杯子缓步而入，只见坎立宁的桌球对手熟稔地放下杆子，离开了这个房间，并顺手关了门。

卡斯帕斯·坎立宁一瘸一拐地绕了过来，开口问道："你想要什么？"

"一把大威力的特制左轮和五十发子弹。"克莱恩又喝了口南威尔啤酒。

"三镑十苏勒。"卡斯帕斯报出了价格，"这肯定比正规的武器商店贵，它包含了我承担的风险。"

"成交。"克莱恩从裤兜里拿出早就准备好的五张1镑面额的钞票，数了四张给对方。

卡斯帕斯随手检查了下真伪，点了点头道："你比你的外表看起来爽快，等我五分钟。"他将钞票放在桌球台上，靠好杆子，瘸拐着走向门边。

目送卡斯帕斯出去的克莱恩回头无聊地审视了一眼当前流行的桌球，发现和地球上成熟的斯诺克非常一致。一定是你，罗塞尔大帝……他险些摇头失笑。

等待了一阵，卡斯帕斯推门而入，手里拿着一个牛皮纸包着的物品和两张5苏勒的纸币。

克莱恩接过钱和物，当场拆开，眼睛里映入了一把枪管偏长的银白色左轮，它的握手似乎是由胡桃木制成的。除此之外，还有整整齐齐放在盒子里的五十发黄澄澄的子弹。

克莱恩试了下空枪，装好五发子弹，将左轮塞入早就买好的腋下枪袋里，然后收拾起剩余的子弹，抬头望向卡斯帕斯，斟酌着说道："如果我想雇一个厉害的保镖，该找谁？非常厉害，超越了人类极限的那种。"

卡斯帕斯揉了揉自己发红的大鼻子，目光一下变得森冷。他认真审视了克莱恩两分钟，用沉默的态度制造着骇人的压迫感："我可以帮你问一下，但不保证会有人接这个任务。"

似乎认识不止一位非凡者啊……克莱恩上翘嘴角道："不管结果是什么，请允许我预先表达我的感谢。"

卡斯帕斯收起桌球台上的钞票，再次走出了这里。足足十分钟后，他才返回房间，而克莱恩已无聊地喝完了那一大杯南威尔啤酒。

"他想见一见你再做决定。"卡斯帕斯沉声说道。

"没有问题，换作我也要先评估任务的难度。"克莱恩微笑着颔首。他跟在走路艰难的卡斯帕斯后面，穿过拥挤的拳击台侧方，进入了酒吧靠厨房的位置。

卡斯帕斯忽然顿步，轻敲起一扇门，得到允许后，领着克莱恩推门而入。

这是一间纸牌室，里面有十几个人在玩德州扑克。看到卡斯帕斯和克莱恩进来，一个穿白衬衣黑马甲的男子缓慢站起，打牌的其他人则都停止了动作，没有一个发出声音。

一眼扫过，克莱恩微不可见地皱了下眉头。他发现除开站起的那位男子，其余牌客都有种难以言喻的诡异——他们脸色苍白，眼神宛若野兽。

轻叩左边牙齿两下，克莱恩悄然开启了灵视。他的肌肉霍然紧绷，险些无法控制自身的表情，因为那些牌客的气场颜色都为深黑！这说明打牌的十几个人里面，除了起身的那位男子，其余都是死人！

不，不是单纯的死人，死人没有气场颜色！这些都是活尸！

腐烂的感觉扑面而来，白衬衣黑马甲的男子走到了克莱恩面前。他的脸色同样苍白，眼神里仿佛藏着浓浓的恶意。

一个活人和十几具死尸在灯光昏暗的房间内打了半个晚上的扑克，这样的场景让人越想越恐怖，头皮一寸寸发麻。克莱恩遏制住源于本能的恐惧，看向面前脸色苍白、褐眸内藏着浓浓恶意、整个人透出些许癫狂的二十八九岁的男子，假装被对方的气势所慑，向后退了一步。卡斯帕斯则离开了纸牌室，关上了房门。

那名男子声音低沉地问道："是你要找保镖？"

"……是的。"克莱恩故意吞咽了口唾沫。对方的诡异既让他害怕，又给他带来了一定的安心情绪。保镖越强越厉害，他自然也就越安全！

脸色苍白的黑马甲男子抬起下巴道："为什么要找保镖？你愿意为此支付多少报酬？"

克莱恩没立刻回答，思考了几十秒才道："我先告诉你任务的具体情况，你评估以后给我一个价格，如果我能支付，或者拥有等价的物品，那交易就将达成，情况相反的话，我只能放弃，另外找别的人。"

目光充满恶意的男子没有开口，轻轻颔首，示意克莱恩讲述。

克莱恩刻意望了眼那些活尸，将他们当作正常的牌客，用眼神询问"回答之前，是否要把那些家伙赶出房间"。

"不用。"脸色苍白的男子沉声说道。

克莱恩斟酌了下，如实讲述道："我得罪了一个大人物，背后可能有一个国家支撑的大人物。"

纸牌室内突然没有一点动静，完完全全的无声，眼藏恶意、略显癫狂的男子僵硬在了原地，似乎化成了石膏雕像。

过了近一分钟，他缓慢地开了口，道："这个任务无价。你出去吧。"

啊？克莱恩第一时间竟没有反应过来，直到对方转身走向牌桌，他才明白交易未能达成。

你拉着一帮活尸在房间内打牌，表现得位格颇高、实力很强，结果这样就被吓退了？你明明略显疯狂的……克莱恩不知该哭还是该笑地补充道："那位大人物在贝克兰德并不那么自由。"

黑马甲男子没有理睬他，重新坐了下来，那些活尸又开始发牌、看牌、扔筹码。

克莱恩吐了口气，退出房间，看见卡斯帕斯·坎立宁这个有着酒糟鼻和狰狞伤口的半百老者在外面等待。

"没能达成交易。"克莱恩摊了下手道。

卡斯帕斯并未露出惊讶的情绪，沉吟几秒道："他开的价格太高？"

"不，他觉得任务太困难。"克莱恩没有隐瞒。

卡斯帕斯眉头微动道："马里奇是我认识的人里面最可怕的一个，他甚至不害怕子弹，既然他都认为任务困难，我想我没办法再帮你联络别的厉害家伙了。"

"很遗憾。"克莱恩叹息道。

卡斯帕斯握紧右拳，击了下左胸道："愿风暴与你同在。"

那我就死了……克莱恩苦中作乐地笑道："谢谢。你可以尝试着帮我问一问其他地方的厉害家伙，我会支付你一定酬劳的。嗯……我明晚再来一次。"

得到肯定的回答后，他略显惆怅地离开了勇敢者酒吧，甚至没有兴趣去玩一局桌球。

我是不是太诚实了？如果将委托描述得简单一点，刚才的马里奇应该就同意了……就是不知道他会索要多少报酬……哎，让别人在被隐瞒的情况下帮我直面危险，这不是我的风格……作为一个非凡者，如果总是违背内心的真实想法和自身的原则，恐怕距离失控就不远了……克莱恩半是唏嘘半是释然地换乘马车，返回明斯克街。

…………

洗漱完毕，克莱恩没浪费木炭，直接进入卧室，拉拢窗帘，让房间与外界隔绝。

回来的路上，他仔细想了一阵，发现可能出现的危险并不是不能化解。

对那位不知名的大使先生而言，他最主要、最核心的目的是找到伊恩·赖特，之所以派人对付我，是因为想获得伊恩的线索，在正面交流无法得到答案后，才考虑起杀人通灵……如果能让他知道我其实也找不到伊恩，那么在军方特殊部门可能存在的监控下，他犯不着为了一个打手冒险……

当然，我的出现、我超乎他预料的实力让他们的行动被曝光，遭受了严重的挫折，换作我是那位大使，肯定也会想一想报复泄愤的事情，但绝对不是现在，不是局势紧张、暗流汹涌的现在……嗯，前提条件是那位大使有脑子，不是纯粹靠关系、只知道赌气的草包……能让他主持这么重要的事情，说明他应该还是比较可靠的……也就是说，问题的症结在伊恩·赖特的下落！

嗯……还存在一点隐患：那位大使最终失败后，会不会故意向军方特殊部门透露默尔索是非凡者的事情，让军方知道我的实力值得怀疑，借军方的手报复我……这只是顺嘴的事情，没有一点难度，必须提防……

克莱恩分析清楚了自身的处境，忽然有买凶杀掉那位不知名大使的冲动。但想想对方身边可能存在的强力非凡者，他又一阵沮丧。

"不知道信使能不能在不经过阿兹克先生同意的情况下接受我的委派……应该不行……密切关注这件事情，找机会灭口？他既然派人来杀我，我杀他也不会有一点心理负担……对了，可以考虑在塔罗会上颁布这个任务，看'正义'小姐和'倒吊人'先生有没有办法……也许，能花大价钱请动那位A先生或者同等序列的强者……"克莱恩忽然灵光一闪，想到了塔罗会。

有了主意，他安定了不少，翻找出纸张和钢笔，写下了占卜语句：伊恩·赖特的下落。

确认房间内没有隐藏的非凡者后，克莱恩望了眼挡住外在窥探的窗帘，边回忆伊恩的长相和打扮，边默念占卜语句，向后靠住椅背。

他很快进入梦境，于那虚幻朦胧的天地里看见了一个黑暗、狭小、肮脏的房间，里面有高低床，有地铺，一共睡了四个人。伊恩位于高低床最上方，蜷缩着身体，压着那个陈旧的挎包，正在熟睡。

梦境破裂，克莱恩睁开眼睛，解读启示："这样的住宿环境只存在于东区和贝克兰德桥区域，但那是异常庞大的地方，即使贝克兰德的警察全部出动，也无法真正地排查完……伊恩很小心啊，没有遗落什么事物在我这里，否则我就能靠卜杖法找到他了……"

思考了几分钟，克莱恩拿起钢笔，在占卜语句前后各添加了一段内容，让它变成了辩解般的陈述：我不知道伊恩·赖特的下落，发现泽瑞尔的尸体后，我就再也没有见过他。

这纸张就那样被放于书桌上，边缘被钢笔压着。

做完这一切，克莱恩站起身，回到睡床附近，用不那么明显的弹硬币的方式快速确认了是否有人正在观察自己的一举一动。得到否定的答案后，他快速逆走四步，默念咒文，进入了灰雾之上。

那座古老巍峨的宫殿内，克莱恩顾不得审视周围的状况，先重复了一遍刚才的占卜。见否定的答案未变，他不再那么紧张，抬头望向旁边，发现新增加的那团深红星辰的核心位置染上了些许阳光般的金色。

"这就是我感到的那股暖意的来源？"克莱恩蔓延灵性，以回应祈求的方式小心翼翼地触碰过去。

光影变幻，他眼前迅速浮现了一个模糊的场景：被他尝试着拉入灰雾之上的那位娇小姑娘和一个褐发微卷的女士正站在"祭台"前方，有个戴白色硬壳面具的男子低声诵念永恒烈阳相应的尊名，制造出温暖、纯净的光芒。

这是在找人驱邪？克莱恩险些失笑。

这个时候，他终于弄明白了之前状况的缘由。并不是有人穿透灰雾锁定了他，这类同于"正义"等人诵念尊名，进行祈求，而灰雾接收到信息后，会自然且本能地反馈给他，只不过由于并非祈求，虚幻层叠的声音变成了一股暖流。

"提示，这属于提示，而非伤害和影响……"克莱恩做出了明确的判断。

与此同时，他也大概确定了一件事情，那就是灰雾之上这片神秘空间与"正义"小姐他们建立联系的方式并非绝对的诡异，不在这个世界的规则内，它依旧会受到一定的约束，会在某种程度上被特定的方式影响到。

克莱恩继续看着眼前的画面，听着说话的声音，愕然发现这持续的时间比以往任何一次都要久。在此之前，他是无法主动窥探深红星辰对应目标的，只有对方进行了祈求，他才能接收到相应的场景。还有一种情况是，他给予反馈时，能看到现场的画面，听见同步的声音，可一旦回应结束，就再也无法获取额外的信息了。而如今，他就像在看一段录像，维持了很久的、打满了马赛克的真人秀录像。

他目睹那位娇小的女士和一个戴金色面具的男子在书房交谈，听见她的同伴称呼她为休，明白她正在寻求"治安官"魔药相应的非凡材料……

一直到那两位女士回家，克莱恩遗憾于看不清楚她们的门牌号，"录像"才告一段落。望着那渐渐消散的阳光般的金色，他若有所思地点了下头，隐约明白了为什么会出现这种异常。

"也就是说，净化的力量帮我维持住了相应的通道？休的三十镑花得挺值嘛……不知道什么时候我才能自己维持住……"克莱恩摇头一笑，具现出纸笔，打算在灰雾之上继续占卜伊恩·赖特的下落。

同样是梦境占卜，但克莱恩这一次看到了更多的场景。

第一幕依旧是那个狭小、黑暗、肮脏的房间和熟睡在高低床上铺的伊恩·赖特。

第二幕则是两人同时去过的那个下水道，伊恩蹲于泽瑞尔残缺不全的尸体前方，伸手摩挲着那两排白森森的牙齿，取下了其中一颗。

第三幕是热闹嘈杂的大街，路人都衣着朴素，甚至陈旧或破烂。街心有花园和草坪，簇拥着喷薄雾气的低矮烟囱，穿老旧大衣、戴圆顶帽子的伊恩警惕地张望一阵后，进入了距离街心不远的电报局，斜对面是商场般的蒸汽地铁入口。

画面飞快变淡，直至透明，克莱恩睁开双眼，食指缓敲起青铜长桌边缘，做出初步判断："从那颗牙齿和拍电报的行为来看，泽瑞尔和伊恩不是偶然卷入危险事件的侦探组合，他们背后有一个组织！应该可以确定第三幕场景对应哪里……"

克莱恩没急着深入分析，因为他并不想在灰雾之上待太久。离开属于"愚者"的那张高背椅，他来到侧方角落，从之前送入这里的纸袋内翻找出了默尔索的非凡特性。

托着那果冻般的深红色物品，克莱恩重新坐下，书写了一条新的占卜语句：对应的魔药名称。

默念之时，他一手握住那团非凡特性，一手拽着写有占卜语句的纸张，借助冥想进入了沉眠。

灰蒙迷幻的梦境里，那位衣着华丽到浮夸、脸庞瘦削有胡茬儿的大使先生又一次出现于克莱恩的眼中。他拿着一瓶深红色的液体，对默尔索道："喝下它，喝下这瓶'猎人'魔药，你就能主宰兹曼格党。当然，金钱也是不可缺少的，罗塞尔大帝曾经说过，一手大棒，一手胡萝卜。"

"猎人？贝克兰德是大都市……"默尔索微皱眉头，疑惑地反问。

在他这个文盲的认知里，猎人是属于野外、属于动物的。

那位中年大使呵呵一笑道："最大的都市，也是最大的黑暗丛林。在这里，每个人都有两重身份，一是猎物，一是猎人。再弱小的猎人也是猎人，也可能伤害到强大的猎物。去吧，加入这场盛大的狩猎吧。"

画面碎开，化作无数光影，克莱恩低头望向手里的那团深红色的非凡特性，无声自语道："原来是'猎人'魔药，难怪默尔索那么能打，还使用了淬毒的吹箭。难怪他能追索到我这里……

"不过，他似乎并没有真正地理解'猎人'的精髓，没预设陷阱，没使用武器，没发挥相应的特长……这一方面是因为他不知道我也是非凡者，而且是序列8的非凡者，有所轻视，另一方面也说明他服食魔药并不久……

"'猎人'途径同时被原因蒂斯王族索伦家族、弗萨克帝国统治者艾因霍恩家族以及最近两三百年才出现的隐秘组织铁血十字会掌握着，加上衣物风格，那位大使的身份几乎可以确定……因蒂斯共和国的高级外交官，驻鲁恩王国大使……不知道他想拿到的那件重要物品会是什么……"

思绪翻滚间，克莱恩用灵性包裹自身，往下急坠。

刚回到房间内，他立刻警惕地审视四周，没有发现任何异常的变化。呼，他无声吐了口气，对明天下午准时召集塔罗会成员一事又多了点信心。

克莱恩翻找出在蒸汽列车上买的贝克兰德地图，寻找着地铁沿线且距离街心不远的电报局。

贝克兰德目前也就几条地铁线，克莱恩很快就确定了三处目标，一个在西区，一个在圣乔治区，一个在东区与贝克兰德桥区域交会的地方。他回想了下梦境里大多数行人的穿着打扮和阶层定位，得到了最终的答案：第三处！东区与贝克兰德桥区域交汇的地方！

有的时候，解读启示也需要丰富的现实知识和相应的推理能力……克莱恩自嘲一句，来到书桌附近，在之前写的那段陈述后又加了一句，让纸张上的内容变得更加丰富：我不知道伊恩·赖特的下落，发现泽瑞尔的尸体后，我就再也没有见过他。不过，我通过自身的渠道得知，伊恩·赖特曾经出现于白朗姆街的电报局。

写完之后，克莱恩并没有收起纸张，也没有用灵性将它点燃，而是任由它摊开于书桌上，肆意地展现着上面书写的内容。

深深凝望了一眼，克莱恩返回床边，脱衣睡觉。

紧闭的窗帘外，红月钻出了层云，光辉皎洁，圆满无缺。

…………

希尔斯顿区，一栋房屋内。

与休分开睡觉的佛尔思突然坐起，伸出双手，捂住了自己的脑袋。她还算不错的脸庞已扭曲到了极点，狰狞得仿佛一个恶魔。

佛尔思按住两侧耳朵，不断在床上翻滚，似乎正对抗着虚幻的呓语。她的额头沁出了一滴滴汗水，她的手背暴凸出一根根青筋。她的身体时而绷紧，时而滚动，原本有着戏谑和慵懒味道的淡蓝色眼眸充满了痛苦，而在那瞳孔的深处，似乎有无数的光影在变化，在层叠。

"不！"佛尔思终于忍耐不住，发出了低沉的惨叫。她的双手也不再捂住耳朵，转而抓扯头发，似乎要以疼痛对抗疼痛。

身体扭曲地蠕动了好几分钟，佛尔思终于停止了下来。她松开双手，看到那一把一把的微卷褐发，虚弱地自嘲一笑道："我欺骗了休，我告诉她每个满月的呓语对我没有什么坏的影响……至少掉头发是个很严重的问题……"

佛尔思艰难地靠坐起来，望向半遮住窗户的帘布，透过缝隙，看见了外面那轮梦幻般的绯红圆月。

"一次比一次严重，下一次会不会因此而失控……"佛尔思低语了一句，再也无法抑制平时深埋在心里的软弱。

她试过将那根能让人借助灵界进行传送的手链和自身分开，但这也无法换来满月呓语的消失。她试过服用镇静剂，试过诵念蒸汽与机械之神的尊名，试过某些仪式魔法，可都没能改变她逐渐往深渊滑落的现状。

"如果能听懂那呓语是什么就好了……我希望明白地死去，而不是糊涂地被下葬……也许，也许，晋升序列8之后，会听得更清楚一点？但是，我从未见过有人卖'戏法大师'的配方。"佛尔思怔怔地望着窗外，眼眸被月华染上了一层红色。

…………

周一清晨，睡得并不安稳的克莱恩早早醒来，翻身下床。他走向书桌位置，准备拉扯帘布，打开窗户，让光和外面的风同时进来。

就在这时，他余光扫到了书桌上摊开的那张纸。它朝向窗户，依旧保持原状地摊着。

可是，克莱恩清楚地记得，昨晚自己睡觉前，这纸张是朝向椅子、朝向床铺的！仅仅一觉之后，它就颠倒了过来，改变了朝向！

克莱恩瞳孔紧缩，猛地伸手拉开帘布，看见凸肚窗依旧紧闭，没有一缕风入内！

无风的情况下，纸张自己转了半圈？不，有人进来过，在我没有察觉的情况下！克莱恩只觉一股凉意沿着自己的脊椎涌向了头部。

睡梦中的他，对此竟然毫无反应！这意味着他当时几乎任人宰割，生死只取决于对方的心情和想法！

是军方特殊部门的成员，还是大使派来的强力非凡者？从纸张没有恢复原样、保持着颠倒来看，更可能是后者，是表示一定的警告……能这样无声无息地潜入，很厉害啊……我是不是该感谢他的善良？不，顺手的事情却不做，肯定有必然的原因……不想惊动监控周围的军方特殊部门成员？克莱恩念头涌动，难以遏制地想了很多。

他昨晚书写那些话语，让纸张摊开于书桌之上，为的就是让人看见，让大使得到想知道的事情，让可能的报复延后到事情结束，让他自身获得更加宽裕的准备时间。

然而，克莱恩原本预想的是，对方应该趁自己出门、趁军方特殊部门对房屋的监控随之减弱的机会潜入，谁知道，对方竟然能绕过周围的非凡者，悄无声息地进入卧室，而自己依然熟睡。

这种生死被别人掌握的感觉，非常不好受！

"很强大，或者能力很诡异的非凡者……"克莱恩转过身体，背对凸肚窗，掏出了一枚1便士的铜币。

"昨晚有人潜入这个房间。

"昨晚有人潜入这个房间。

"……"

他默念语句，借助身体的遮掩，往上弹出了硬币。

硬币翻滚跳跃，没超过克莱恩的肩膀就往下急坠，落于他摊开的掌心。这一次是数字朝上。

这表示否定！表示昨晚没人潜入他的卧室！

纸张不会无缘无故地转向……难道我梦游了？不，我连队长入侵梦境都能保持清醒……克莱恩顿时皱起了眉头，想到了两个可能性："一是占卜结果被干扰被误导，二是潜入的不是人！"

大致有了猜测后，克莱恩没急着去证实，只装作什么事情都未发生，将纸张的朝向转了过来，正对着自己。

他书写的有关伊恩·赖特的情报都绝对真实，哪怕用占卜的技巧来确认，也会得到肯定的答案，所以他相信大使那边的人会顺着这条线查下去，并得到一定的收获，短时间内也没动力、没工夫来报复自己。

同样的，他会继续让纸张摊开于书桌上，让军方特殊部门的监控人员看到，引导他们放松对自身的关注，将重心转移至伊恩·赖特身上，与那位大使争分夺秒地找人。这样一来，克莱恩会更加安全。

"感觉在走钢丝绳，这难道就是'小丑'的特殊体质？"他失笑摇头，打开凸肚窗，想呼吸两口清晨的新鲜空气，但外面浓郁的、呛辣的雾霾让他又默默关上了窗户。

用墨水瓶压住写有伊恩情报的纸张后，克莱恩到隔壁盥洗室快速清理了自己，随即取下衣帽架上悬挂的黑色双排扣长礼服和半高丝绸礼帽，一路来到一楼。

他和于尔根律师约好了今天共进早餐。

从门厅伞架上抽出黑色镶银手杖，克莱恩在能见度不超过十米的雾气里，沿着街道的边缘，一路来到明斯克街58号，拉响了那栋灰暗房屋的门铃。

叮当之声回荡中，他脑海内忽然浮现了一只高翘着尾巴的碧眼黑猫。

黑猫布罗迪走着一字步，来到门后，蓄了两秒势，猛然跃起，伸掌抓住了门把手。之后，它不可避免地下落，靠体重扮动把手，打开了房门。

吱呀一声，清晨的风吹来，大门缓缓后退。黑猫布罗迪高傲地望了克莱恩一眼，自顾自地走向了旁边。

"真是一只聪明的猫。"克莱恩对套着白色围裙的老太太多丽丝赞美道。

多丽丝笑得皱纹一一舒展:"这得看它的心情,大部分时候它会装得很愚蠢,似乎听不懂你在说什么。噢,我给你准备了我最拿手的豆子芜菁浓汤,用面包蘸着吃。"

豆子芜菁浓汤……听名字像是黑暗料理……克莱恩微笑道:"我很期待。"

说话间,于尔根律师从盥洗室内走了出来。即使在自己家里,即使刚起床没多久,他依然穿得一丝不苟,白色衬衣笔挺,棕黄色马甲紧身,裤腿的线条则似乎刚刚熨烫过。

"你要的合同拟好了,你看一下有没有遗漏的地方。"于尔根蓝眸一扫,没有寒暄,直入主题。他的棕发整齐地往后梳着,能明显看到头油的光泽。

"好的。"克莱恩靠好手杖,摘下帽子,脱掉外套,跟着于尔根进入了一楼的书房,接过了一份厚实的合同。

他立在那里,随手翻阅,越看越是头疼,最终只匆匆扫过了重点条款。

我希望有的都有了,之前疏忽掉的条款也有添加,比如不是一次性支付雷帕德一百镑,而是设立三个时间点,根据进度分期给予,第一期是五十镑……不错,这样我就暂时不用去贝克兰德银行将我不记名账户里剩下的一百镑取出来,靠身上的钱就足够了……克莱恩合拢文件,对于尔根笑道:"我很满意,你的专业素养比我想象中更好。"他边说边拿出了准备好的两张1镑纸币。

于尔根接过钞票,将剩下的几份合同也给了克莱恩,严谨正经地说:"如果签名时出现错误,这里有额外的两份,最终剩下的合同记得用碎纸机处理。"

当前的碎纸机是手摇式机械碎纸机。

克莱恩正要点头,餐厅内的多丽丝老太太却高声喊道:"两个棒小伙儿,该用早餐了!"

"我奶奶的听力有些下降了。"于尔根解释了一句,做出请的手势。

克莱恩跟着他进入餐厅,看见多丽丝老太太从黑色汤锅里舀出了一勺黄中带绿的浓稠液体,倒入了对应的餐盘里。

"来,尝尝,豆子芜菁浓汤。这是你的面包。"多丽丝太太笑容满面地指着那堆可疑的食物道。

克莱恩看了眼于尔根,只见他的表情比刚才更加严肃,心头顿时咯噔了一下。强撑着坐好,克莱恩掰下一块白面包,蘸了点那黄绿色的浓汤,以冒险家的精神塞入口中。

"……"他惊讶地发现味道竟然相当不错,淡淡的咸味里透着刺激食欲的甜,刚好引出了面包的松软香浓,层次很明显。

"我奶奶曾经是一位出色的厨师。"于尔根动作舒缓地品尝着早餐，随口说了一句。

那你为什么要板着一张脸……看你吃东西真没有食欲……克莱恩腹诽了两句，投入了美食带来的放松与愉快里。

从于尔根家离开后，克莱恩先是转乘转乘再转乘地去了圣乔治区萨奇街，和雷帕德正式签署了协议，支付了第一笔五十镑的款项，而第二笔三十镑将在两周后视对方的进度给予。

至此，克莱恩身上只剩下二十一镑八苏勒。

接着，他返回乔伍德区，到这里的公立图书馆翻看过去一年的《塔索克报》，寻找因蒂斯驻鲁恩王国大使有关的新闻。接近中午的时候，他终于看到了对方的黑白照片，确认就是自己在梦境占卜里见到的那位。

"贝克朗·让·马丹。"默念着因蒂斯共和国大使的姓名，克莱恩走出图书馆，随意找了个小餐厅解决午餐。

…………

下午两点五十分，克莱恩假作休息，拉拢窗帘，逆走四步，进入了灰雾之上。

他抢先占卜了军方特殊部门对自身的监控是否放松，得到了肯定的答案，接着才书写下早晨就想好的一条占卜语句：昨晚的潜入者。

后靠住椅背，默念着语句，克莱恩眼帘垂下，进入了沉眠。

虚幻、支离、灰蒙的世界里，克莱恩的卧室浮现了出来。就在这时，他看见房门底部的缝隙处有黑影蠕动！

一条细长的铁黑色线虫钻了进来，身体的中央位置高高拱起又平复，不断循环地向书桌位置前行。它的动作非常僵硬，就像一帧一帧的慢动作，有种诡异的味道。

这条铁黑色线虫蠕动至书桌前，爬到了最上方，沿路留下了一条快速蒸发的黏液道路。它停在了书写有伊恩·赖特情报的纸张前，头部忽地扬起，中央部分随之高竖，只剩尾端支撑着身体。这一刻，它像是人类！

审视了一阵，这铁黑色的线虫推动起纸张转向，接着原路返回，消失不见。

原来是这样……也就是说，昨晚的潜入者不是不想报复我，纯粹是没那个能力……除非这铁黑色的线虫有剧毒……克莱恩恍然点头，又用占卜的办法确认了那操纵铁黑色线虫的非凡者源于因蒂斯大使贝克朗·让·马丹的指派。

做完这一切，克莱恩用灰雾彻底笼罩了角落的纸袋，然后给"太阳"戴里克传递去信息。等到怀表的指针就位，他将"正义""倒吊人"和"太阳"同时拉入。

这一周的塔罗会如期而至！

熟悉的灰雾和朦朦胧胧的人影映入眼帘，晋升成功并位居序列8的奥黛丽半起身，虚提裙摆，愉快地问候道："下午好，'愚者'先生！下午好，'倒吊人'先生，下午好，'太阳'先生！"

早已开启灵视的克莱恩，借助灰雾之上的特殊，注意到"正义"小姐以太体深处的星灵体表层又有变化，统一的色泽纯粹了不少，于是轻笑道："欢迎你，我们的'读心者'小姐。"

奥黛丽矜持一笑，谦虚了两句，转头望向对面："'倒吊人'先生，你该提交这一周的六页日记了。"

也许"愚者"先生看到之后，又会联想起什么，再告诉我们一点"常识"……她嘴角微翘地期待着。

阿尔杰点了下头，开始在克莱恩的帮助下具现出六页罗塞尔日记。

之前他想过是否要请示"愚者"，用献祭的方式直接提交剩余的日记，但见对方似乎没太大兴趣，也没主动提过，便放弃了这个打算。而这很符合他的认知，罗塞尔日记对神灵般的"愚者"先生有一定作用，但作用不是太大，祂会搜集，但绝不急切。

六页日记很快具现完成，阿尔杰正要献给青铜长桌最上首的"愚者"，忽地想起一事，忙恭敬地开口："'愚者'先生，我打听到了一条密修会相关的情报。"

大海大洋之上，消息并不闭塞，只是不够及时。那些大海盗同样重视情报，时常会派人登上殖民岛屿，交换各自搜集到的消息，阿尔杰正是从这个渠道知晓了一件密修会相关的事情。

"很好。"克莱恩轻轻颔首，示意"倒吊人"讲述，没有避忌"正义"小姐和"太阳"同学的存在。

这有助于前者搜集密修会的其他消息，而后者根本有听没有懂。

与此同时，他让那六页日记闪现到了自己的掌心。

"倒吊人"阿尔杰不快不慢地说道："密修会与因蒂斯共和国存在一定的关联。"

因蒂斯共和国……也是，罗塞尔大帝是因蒂斯人，查拉图是在因蒂斯首都特里尔找上他的……密修会后续还参与了因蒂斯那次著名的事变……嗯，密修会到今天依然和因蒂斯共和国存在一定关联并不是太让人意外的情况……克莱恩前后印证，确定"倒吊人"提供的消息是真的。

呵，正好，我接下来要对付因蒂斯共和国的大使……克莱恩没急着看罗塞尔日记，抬头望向仅有的三位成员。

第五章

CHAPTER 05

✦ 颁布任务 ✦

随着克莱恩对神秘学、对超凡领域的了解加深，随着他逐渐试验出灰雾之上这片空间的部分能力，他面对"正义""倒吊人"和"太阳"时，慢慢不再像以前那么心虚，不再一味地想着保持高深莫测的形象，免得塔罗会的成员敏锐地戳破他的伪装。

他现在知道，这个世界的神灵虽然强大诡异皆备，但绝不是全知全能的，这个描述也就只有传说里创造一切的造物主才有，只有白银城还在诵念。

神灵有局限，神灵也可能陷入困境，这是克莱恩目前可以确认的一点。无论《风暴之书》，还是《夜之启示录》，都或多或少地涉及相应的内容。

所以，克莱恩在最近的塔罗聚会里有意识地添加着"人设"，要一点点将自身塑造为接近神灵但由于某个原因无法自由行动的受限强者。这样一来，他就算偶尔表现出对某些事情不够了解，偶尔请求帮助，也不会引起塔罗会成员的怀疑了。

当然，这一切的前提是，他通过以往的尝试和"眷者"阿兹克展现出的强大实力将近乎神灵的形象无可置疑地植入了"正义""倒吊人"和"太阳"心里。

呼，希望这种塑造能够成功，那之后就不用太担心回答不上他们的问题了……当然，属于"常识"的东西，还是得绷着，不能露怯……克莱恩手指轻敲了下古老长桌的边缘，低笑道："我要颁布一个任务。"

任务？"正义"奥黛丽耳朵微动，眼睛睁大，又惊讶又期待又忐忑。她清楚地记得，这是"愚者"先生第一次正式地颁布任务！

虽然祂前面也做了些委托，但都是预付报酬的类型，看起来像是随便找了点搜集任务以符合等价交换的原则……这次祂用了"颁布"这个单词……作为"读心者"，奥黛丽已非常擅长从只言片语里品读出隐藏的意味。

与此同时，她敏锐地发现"倒吊人"看似没什么变化，实际却异常紧张，而"太阳"懵懵懂懂，将这当成了一件很正常的事情。

"你们可以选择接，或者不接。"克莱恩借助"小丑"的能力，让自己的语气显得颇为轻松，"我另外一位眷者抵达了贝克兰德，他希望完成一件事情，但又不方便自己出面。"

另外的眷者……"倒吊人"仿佛在思考般点了下头，对此并没有丝毫的惊讶。在他眼里，"愚者"先生这种神灵级的强大存在，拥有多个眷者是默认的事实。

不知道"愚者"先生这位眷者有序列几……唔，我其实还欠祂上一位眷者赏金……虽然"愚者"先生的报酬是由"倒吊人"支付，祂也看不上金钱，但我当时确实是抱着求助的心态祈祷的，而且"飓风中将"是被那位眷者杀掉的……祂的眷者还是需要一定活动经费的……"正义"奥黛丽略有点心虚地想着。

坦白地讲，在她眼里，三万金镑加一个大种植园确实属于巨额财富，可也就那样，不会对她的生活造成太明显的影响。有很好，没有也没关系。唔，还是会有点心疼，一点点……奥黛丽诚恳地在心里对自己点了下头。

作为暂时还未真正成年的少女，不提大种植园，即使剩下的那三万金镑，她其实也没有绝对的主导权，只能根据父亲霍尔伯爵的安排，买了贝克兰德军火集团的些许股份，投资了一家力图将铁甲舰部分技术引入商用船舶领域的公司。这让她最终拿到的可以作为零花钱的赏金只有五千镑，不过，她的固定年金收益在原本的一万五千镑到两万五千镑水准上提升了至少两千镑。

见"正义"等人没有说话，克莱恩颁布出了任务："他要完成的事情是，刺杀因蒂斯共和国驻鲁恩王国大使，贝克朗·让·马丹。"

"刺杀因蒂斯共和国大使？""正义"奥黛丽一下没能控制住自己，愕然反问道。

这是会引起两国纷争甚至爆发战争的行为！作为一个合格的贵族小姐，她最先想到的是国际关系。

至于"愚者"先生不亲自动手的问题，她觉得理所当然。哪有总是帮下属做事的大人物？王国在拜朗东海岸的战争失败后，也没见国王陛下亲自出征，顶多换一个将军，重新派出部队。唔，据说国王陛下倒是挺想自己出征的，但被贵族和大臣们给拦了回去……

"倒吊人"阿尔杰对这个任务只是微有诧异，他的关注点在另外的部分。

"愚者"先生果然还无法深入地干涉现实世界……我的猜测是正确的……不知道祂对建立了联系的我们能影响到什么程度……可以轻松剥夺生命？略有点自得的阿尔杰逐渐发散开思绪。

"太阳"戴里克则听得两眼茫然，暗自道："因蒂斯共和国是什么？大使又是什么？这拼凑般的巨人语很奇怪啊！"

克莱恩环视一圈，保持着刚才那轻松的态度，询问道："你们谁愿意接受这个任务？想获得什么报酬？"

呃……让我没有原因地去杀一个无辜者，我无法说服自己……而且这很可能导致一场灾难，源于战争的灾难……想举手的"正义"奥黛丽出现了犹豫。

就在这时，"倒吊人"嘿了一声道："我听说这位贝克朗大使同时也是因蒂斯共和国在王国的情报头子，他暗中支持着流血的游行，策划了一些破坏贵族与富豪关系的事件，并且大量传播谣言，煽动民众与政府对立。"

他似乎看出了"正义"的犹豫，详细讲述了贝克朗的阴暗面。接着，他补充道："我不清楚这位大使是否为非凡者，但许多线索表明，他很可能是。他身边有不少非凡者，隶属于因蒂斯情报机关的非凡者，而这个部门长期受到原王族索伦家族的影响，掌握着'猎人'途径的前面部分序列。

"而且，两国之间是否会爆发战争，只取决于双方上层想不想打，与一位外交官的生死无关。"

在罗塞尔大帝被刺杀后，因蒂斯经过几次大震荡，最终维持了稳定的共和体制。索伦家族因为在罗塞尔时期受到残酷打击，各方面实力下降得非常厉害，只能无奈地接受这个现实，改目标为争夺议席，并暗中影响国家情报部门和少量军队。

听完"倒吊人"提供的消息，奥黛丽心中的犹豫一下消失，优雅地点头道："最近几年，弗萨克帝国扩张得很厉害，接连在拜朗东海岸、星星高地打败了王国和因蒂斯共和国。事后只要将问题推给他们，对因蒂斯共和国的高层和民众来说，都是可以接受也愿意相信的。"

奥黛丽对政治了解不深，但有个上院议员加世袭伯爵的父亲，终究还是会耳闻目睹不少事情。不管是推卸责任，还是转移国内矛盾，一向不受欢迎的北方蛮子是贵族、大臣们最喜欢也用得最顺手的靶子。至于是不是他们做的，那并不重要。

当然，在一百多年前，这个角色是由因蒂斯和罗塞尔担任的。

沉吟了几秒，"正义"奥黛丽有点忐忑有点心虚地望向青铜长桌最上首："'愚者'先生，我可以尝试完成这个任务，但不保证一定能成功。"

她一方面打算找父亲确认贝克朗大使是否真为因蒂斯情报头子，另一方面则压根儿没想过自己去做。无论"观众"，还是"读心者"，都不是擅长战斗的类型，她只能在上流社会尽量多地搜集贝克朗大使的情报，然后将任务委托出去。

嗯，可以让休和佛尔思去请A先生动手……或者找其他几个非凡圈子的主持者……不能暴露我……事情必须隐秘，说不定那些圈子内就潜伏着因蒂斯的情报人员……不知道要付出多少金钱，五千镑也许不够……奥黛丽已开始想之后的计划。

克莱恩没奢望序列8的"正义"小姐一定能成功，微微点头道："你希望获得什么报酬？"

"'心理医生'的配方。"奥黛丽脱口而出，接着，她有些犹豫地补充道，"以及相应的非凡材料。唔……这个可以等任务完成后再讨论，如果没能成功，消耗由我自己承担。我，我还欠，欠您的眷者一份赏金。"

赏金？原来赏金给了"正义"小姐……一万金镑啊，对半分有五千镑……笼罩着灰雾的克莱恩思考了几秒钟贝克朗大使究竟值多少的问题，最终认为他肯定比"飓风中将"齐林格斯贵。

"可以。"克莱恩语气平常地回答。

这时，"倒吊人"阿尔杰道："我也领取这个任务，报酬可以等完成后再确定。"

"你不是回到海上了吗？"奥黛丽诧异地问了一句。

"我不在贝克兰德，不表示我没办法刺杀贝克朗大使。"阿尔杰笑了笑，没做正面的解释。

旁边的"太阳"戴里克一直没能融入这个话题。

克莱恩颔首同意道："好。"

他旋即将目光投向了手中的罗塞尔日记。

10月29日，密修会的首领查拉图再次拜访了我，并没有提到具体的事情，只是随意地聊了会儿天。我无法猜测他的真实用意，他似乎只是想加强双方的沟通和对彼此的了解？

已经见过两位教会高序列强者的我，感觉查拉图比他们更加强大、更加神秘，于是不抱什么希望地随口问了一句，问他处在序列几，结果，他竟然回答了我！他说他是序列2的"奇迹师"！

序列2？在教会的划分里，这可是天使阶，近乎神灵的位格！果然比我之前见到的"炼金术士"和"奥秘学者"强大！

不过我直觉地认为查拉图并没有说全部的真话，序列2也许只是他以前的位置，或者，他即将晋升。

"奇迹师"？擅于创造奇迹的大师？这个魔药的名称让人浮想联翩啊！这就是"占卜家"对应的序列2，操纵命运的"奇迹师"？

我试探着又问了查拉图，所谓奇迹是否为命运的奇迹？"占卜家"途径是否属于逐渐了解命运、掌握命运、操纵命运的途径？

查拉图略过了第一个问题，他告诉我，命运只是"占卜家"途径的一部分，甚至不属于主体，真正代表命运的途径是"怪物"！他为此举了几个例子，都是"怪物"途径的魔药名称，序列7"幸运者"，序列5"赢家"，序列2"先知"，以及序列顶端的那个——"水银之蛇"！这又被称为

086

"命运之蛇"。

这是我知道的第一个序列1，完全戳中了我！

据我所知，"怪物"途径应该是被生命学派掌握着，这个学派似乎还有"药师"途径的部分序列，他们主张绝对理性世界、灵的世界和物质世界的三重划分。嗯，挺酷的。

查拉图告诉我，生命学派擅长占星，追寻着用药物、音乐、光、酒和芳香调和灵魂，消除不利星象、不利命运的道路，认为灾难、疾病都是人与自然层面、人与自身心灵层面失去平衡导致的。

他还意味深长地补了一句："生命学派崇拜月亮。"

为什么是崇拜月亮，而不是更进一步的黑夜女神？

这则日记占据了两页，明显也是从原本的正反面抄录下来的。

"信息量很大啊……"克莱恩由衷地无声感叹了一句。

这也是他第一次知道序列1层次的魔药名称。"水银之蛇""命运之蛇"，确实很容易让人心生向往之情！

"而这同样是我第一次知道某个序列2，知道'占卜家'对应的序列2……'奇迹师'这个名称还不错，意蕴丰富，位格不低。当然，比起'先知'来说，感觉要差一点……

"命运只是'占卜家'途径的一部分，甚至不是主体，我得记住这一点，时刻对照着审视自身，不能走偏到命运那边，这可能会导致扮演失败……查拉图的话前后印证着看，没什么问题……'怪物'途径才是真正的命运之路……'先知'原来是序列2，这么想想，我以前也算知道一个序列2……"

克莱恩的目光虽未移开纸面，却开始认真思考自身序列链条的事情。

因为"占卜家"和"小丑"两份魔药的消化体验，因为从窥视命运、敬畏命运到略微预知命运却依旧对命运感觉无奈的演变发展，他逐渐将自身非凡途径的核心精髓等同于在命运上的深入，如果不是这则日记，他很可能会以此为前提去理解和扮演之后的序列。

至于查拉图是否撒谎的问题，克莱恩目前能肯定的一点是，"怪物"途径绝对是命运序列，这符合他从值夜者内部资料上看到的描述，也符合他早就听说过的魔药名称"先知"。既然有了一个命运序列，"占卜家"途径大概率就不会与对方重复，这会造成某种程度上的重叠，与当前各个序列表现出来的各有差别的特点不一致。所以，克莱恩倾向于相信查拉图的话，倾向于相信命运只是"占卜家"途径的一部分，甚至不属于主体。

这两页日记的价值对现在的我不可估量……"炼金术士"和"奥秘学者"应该是"通识者"途径的高序列，从罗塞尔的语气看，它们肯定不属于序列2和序列1，也就是说，一个是序列4，一个是序列3……暂时无法确定谁是序列4，谁是序列3……克莱恩收回思绪，翻动日记，往下阅读。

至于生命学派为什么只崇拜月亮，不信仰象征绯红之月的黑夜女神，他碍于相应情报不多，无法深入思考。

第三页日记是罗塞尔发明实用型蒸汽机的心路历程，他一下担心被人打压，一下害怕成果被大人物夺取，字里行间都透露出别人要迫害他的意思。

想不到自认为时代主角的罗塞尔大帝也有这么忐忑、这么忧虑的一面……克莱恩动了下嘴角，翻到了第四页日记。

> 4月18日，玛蒂尔达怀孕了。
>
> 这是预料之中的事情，因为当时我感觉到了非凡特性的减少。
>
> 一旦受孕成功，我自身的非凡特性会遵循神秘的联系，部分转移到我的孩子那里。
>
> 那次之后，我担忧地询问了范·艾斯汀大主教，他告诉我这是正常的现象，序列7及以下，非凡特性不会遗传给后代，但不是绝对；序列6和序列5会自然地遗传一部分，但并不多，不会太影响自身的实力，而那个孩子将天生具备一定的非凡能力，接近序列9，但相应地，他的途径也就固定下来了。
>
> 到了高序列，非凡特性的遗传是能够控制的事情，可以选择遗传，或者不遗传，也可以选择遗传一点、三分之一、一半或者全部。也就是说，高序列强者的孩子可能天生就是非凡者，至于序列几，则由他的父亲或者母亲决定。
>
> 不知道神灵后裔是否也这样……

看完这则日记，克莱恩脑海里只有两个词组："非凡特性不灭定律"和"非凡特性守恒定律"。

这就是那些超凡生物的存续规则？难怪有的神奇动物在临死前才生产……难怪会有生育后杀戮和嗜血欲望增强的现象，目标是同族甚至伴侣，这是在补充非凡特性啊……根据这个逻辑一直往上推，最初最早的非凡特性又是从什么地方来的？凭空产生？创造一切的造物主？

因为"正义"小姐已晋升为"读心者"，克莱恩控制住点头的冲动，继续翻阅。

第五页日记是罗塞尔的吐槽，吐槽这里没人能欣赏他的流行音乐，认为他在制造噪音，与此同时，他感慨爽文是不同世界不同人民的共同追求，抄袭自《基督山伯爵》的小说大受欢迎，让他创立的报纸得以蓬勃发展。

大帝，还有什么是你没做的……克莱恩面带微笑地翻到第六页，也就是最后一页。

> 11月10日，我在白枫宫秘密接见了大海盗萨维尼·所罗门。我希望他在新航道上劫掠我的对手们，打击弗萨克、鲁恩和费内波特的船只，而我允诺帮助他晋升高序列。
>
> "黑皇帝"这条非凡途径的魔药名称和"魔女"途径一样的奇怪，腐化，混乱，堕落，弑序……不过，为了呼应"黑皇帝"，他们自作主张地添加了后缀："腐化男爵""混乱导师""堕落伯爵""弑序亲王"……为了让萨维尼将来名副其实，我决定秘密册封他为宫廷伯爵。
>
> 萨维尼有个孩子叫作纳斯特·所罗门，我的直觉告诉我，他将来会纵横五海。

纳斯特·所罗门……"五海之王"纳斯特？自称所罗门帝国后裔的纳斯特？他竟然在罗塞尔时期就出生了！克莱恩一阵愕然。

因为罗塞尔提到了"新航道"这个词语，克莱恩轻松就确定了相应的年份。

发现新航道、找到南大陆是1194年的事情，而罗塞尔被刺杀是1198年，刚才那则日记只能在这两者之间，也就是距今一百五十一到一百五十五年。如果"五海之王"纳斯特真是罗塞尔提到的纳斯特·所罗门，那他差不多一百六十岁了……这是有另外的原因，还是高序列者的寿命本来就会有一定的延长？

克莱恩若有所思地想了片刻，才敛起各种猜测，让日记从手中消失，望向"正义"等人道："你们可以自由地交易或者交流了。"

"愚者"先生今天没有常识要告诉我们……"正义"奥黛丽略感失落，眸光一转，看着斜对面的"太阳"道："我能从你那里交换巨龙有关的情报吗？"

她清楚地记得，"太阳"先生称呼"观众"途径为"巨龙"途径，并表示它发源于巨龙一族。

"可以，我想得到'歌颂者'途径的序列8魔药配方。"一直沉默的戴里克犹豫着回答道。

他本来想以此交换"正义"和"倒吊人"他们生活的那个世界的情况，免得每次都听不懂，但眼见消化进度接近完成，他还是将晋升放到了首位。

对于"太阳"的要求，奥黛丽并不感觉意外。既然白银城普及了扮演法，那算算时间，对方也差不多接近消化的尾声了，寻求后续的魔药配方肯定是优先级最高的事情之一。

不知道"歌颂者"要怎么扮演？每天唱诗？遇见战斗躲到一边，用歌声为同伴带去勇气和力量？或者先祝福自己，再提着钉锤长剑，往前冲锋？不知道这会不会带来歌唱能力的提升，如果可以，那绝对是出色的歌唱家或者歌剧演员……奥黛丽饶有兴趣地瞎想着，故意没急着表态，以示自身的为难，免得"太阳"临时再加价。

这不属于她家教的内容，也不是在非凡圈子聚会上学到的东西，纯粹是她晋升"读心者"后自己琢磨出来的技巧。

"我会尽快为你找到'歌颂者'途径对应的序列8魔药配方，但不是今天，你能够接受吗？"奥黛丽斟酌着说道，随即望了古老长桌最上首一眼，"我们可以请'愚者'先生见证。"

这时，克莱恩笑笑道："'正义'小姐，或许我可以替你支付'祈光人'配方。"

奥黛丽顿时眼睛一亮，幅度小而快地点头道："没有问题！那我又该拿什么和您交换呢？"

我暂时没想好……克莱恩轻笑道："这个不用着急，或许我的眷者们之后还会有事情需要帮助。"

他考虑的问题很简单，如果让"正义"小姐在她的几个非凡者圈子里得到"祈光人"魔药配方，那他付出险些被烧焦的代价从永恒烈阳处偷窥来的知识不就白白浪费了吗？至少在塔罗会内就派不上用场了！

"好的，我会尽我的能力帮助他们！"奥黛丽愉快地承诺道。

克莱恩将手一按，面前出现了一张黄褐色的羊皮纸，上面是"祈光人"魔药的配方，包含可替代材料和古代名称，并且全部转译成了巨人语：主材料，光辉石一块或者炽白之魂的粉末，镜猸的血液或者熔浆巨怪之心；辅助材料，金边太阳花一朵，附子汁液三滴……

随着他轻轻一推，那张羊皮纸出现在了"太阳"面前。

虽然知道即使完全遗忘，也能通过祈求"愚者"先生回忆起来，戴里克还是认真地背诵着配方，好一会儿才道："'正义'小姐，我们可以交流巨龙的事情了。"

"'愚者'先生，我请求单独的交流。"奥黛丽快速举了下手。

她原本想的是，"太阳"将相应的内容具现到纸上给自己阅读，但这样不方便她提出疑问，还得写下来重新推给对方，交流将变得非常复杂。

单独的交流？若是真正单独的交流，你恐怕听不懂"太阳"在说什么，"太阳"

也一样……克莱恩语气不见波澜地点头道："好的。"

在非凡者圈子里，赫密斯语是必须掌握的知识，古赫密斯语属于能够学到且比较受欢迎的内容，巨人语、巨龙语、精灵语等就相对小众，没几个懂的。

话音未落，克莱恩屏蔽了"倒吊人"，让他既看不到，又听不见。

阿尔杰对巨龙的情报有一定的兴趣，但没到愿意付出代价去旁听的地步，于是保持沉默，安静地等待。

见"愚者"先生做出可以开始交流的手势，"太阳"戴里克沉默几秒，组织了下语言道："巨龙一族是巨人王庭的死敌，它们都长得像放大的蜥蜴，通体覆盖着不同颜色的鳞片，四肢粗壮有力，翅膀宽大得足以带动它们的巨型身躯快速飞行，是天空的统治者。

"它们有的拥有火焰吐息，有的能驾驭闪电，有的会带来腐蚀，有的则可以制造冰霜，但这些都不是巨龙一族的主流。数量最多的巨龙是以'巨龙之王'安格尔威德为代表的心灵之龙，源于心灵之龙的非凡途径就是'观众'，在白银之城，我们一般称呼它为'巨龙'途径。"

对于类似的交易，戴里克最早是准备照搬通识课的历史教材，但发现"正义"小姐、"倒吊人"先生和自身似乎不在一个世界后，他逐渐认识到了白银城那些常见历史的价值，所以，他这次只提巨龙，不讲巨人、精灵、异种、不死鸟、吸血鬼等相关的情报。

"巨龙之王"安格尔威德……这和教会典籍里记载的一致……奥黛丽轻轻颔首，礼貌地没有打断"太阳"讲述。

戴里克回忆着教材，道："当时巨龙一族最强大也最可怕的就是'巨龙之王'安格尔威德，它又被称为'空想之龙'。除此之外，它的儿子阿勒苏霍德也是笼罩着天空、俯视着大地和海洋的著名强者，它的称号是'噩梦之龙'。

"关于'空想之龙'安格尔威德，有这样的传说：它所想象的物品，必将具现而出；它所幻想的国度，必将降临于物质世界；它所宣称的未来，必将上演，成为现实。"

这……旁听的克莱恩忽地皱起了眉头，如果不是"正义"奥黛丽正专心致志地倾听"太阳"的话语，肯定能发现他的异常 —— 即使隔了浓浓的灰雾。

刚才的描述让他想到了封印物0-08！宣称的未来必将上演……特点有些吻合啊！克莱恩往后靠住椅背，看似更加放松，实际愈发专注。

"空想之龙"，很酷炫啊……这就是神灵的表现吗？奥黛丽听得眼眸晶亮，又亢奋又期待。

戴里克停顿了几秒，继续说道："它的儿子，'噩梦之龙'阿勒苏霍德同样可怕。

它能支配每个生物的心灵，让他们按照自己的意志行事，而这些生物很难察觉，认为那就是他们真实的想法；它还会在现实里编织真正的噩梦，让许许多多的生灵无意识地加入，然后给予这些生灵最残酷最惊悚的结局。

"传说它特别喜爱恶作剧，它会让王子去吻醒公主，但苏醒的公主已经腐烂了大半；它会让普通人家的女孩穿上舞鞋，在王子面前跳舞，但再也停不下来，直到死亡；它会制造各种各样的巧合，让许多生灵的命运转向悲剧。"

各种各样的巧合……这个听起来更像封印物0-08……当然，我对那个封印物并没有太多的了解……克莱恩克制住了伸手摩挲下巴的冲动，努力让自己看起来就像一口古井。

"真是一条恶劣的巨龙……不过，它的能力很有趣。"奥黛丽半是感叹半是兴奋地开口道。

这就是"观众"途径的未来？不，我得称呼它为"巨龙"途径！我不想转到别的序列了！奥黛丽恨不得立刻成为序列7的"心理医生"，并继续飞速晋升。

"太阳"戴里克诚恳地回答道："巨龙一族与巨人王族的时代已过了两三千年，我所知道的都来源于课本、来源于传说，不保证真实。"

"至少你们的历史没有断代。"奥黛丽心情不错地宽慰道，"后来呢？"

"后来？创造一切的主苏醒了，'空想之龙'和'噩梦之龙'等著名巨龙从天空坠落，失去了它们的一切，包括生命。这让阳光有四十九天没有照耀大地，让无数的火山喷发，让淹没所有的洪水肆虐，而巨龙一族从此衰败，只能退缩到各个险恶的地方，再之后，巨人王庭也被主摧毁了。"戴里克语气有些沉重地述说道。

这和我知道的历史不一样啊……不是风暴之主、永恒烈阳、知识与智慧之神带领人类击败巨龙、击败巨人，分别杀掉了它们的王者吗？奥黛丽一阵迷糊，觉得时空与历史有些错位。

克莱恩对此也充满疑惑，觉得真实的历史遍布谜团，尤其这是比古老更古老的第二纪历史。教会典籍记载的神话传说应该有很大部分是假的，但白银城流传的历史也不能尽信……真实的历史会是什么样的？他收敛思绪，微笑着开口："交流完了吗？"

"我只知道这些。""太阳"戴里克略感愧疚地回答道。他觉得自己提供的情报有点不匹配"祈光人"魔药配方的价值。

奥黛丽悄然吸了口气，嘴角上翘道："我很满意。"

我知道了未来的方向……她愉快地在心里补充了一句。

几位成员又交流了一阵之后，克莱恩宣布这周塔罗会结束。送走"正义"小姐等人，他没有过多停留，迅速返回了卧室，降低被人察觉的风险。

皇后区，霍尔伯爵家的豪华别墅内，奥黛丽心情愉快地来回踱了几步，打算奖赏苏茜几块狗零食。

就在这时，她听见有人敲门。从之前的脚步声和相应的节奏，她辨认出是自己的贴身女仆安妮。

"进来。"奥黛丽望了眼镜子，理了下发丝，挺直了腰背。

安妮拿着一张纸进来，微笑道："小姐，您的电报，来自南大陆。"

南大陆？阿尔弗雷德？奥黛丽忽地想到了哥哥，欣喜地接过纸张，凝眸细瞧。

这果然是她的二哥阿尔弗雷德·霍尔从南大陆拜朗帝国东海岸拍来的电报，上面写着："已找到你要的七彩蜥龙，共两条，请等待接收。"

可是，我已经不需要了啊……奥黛丽一下傻住，眨了眨眼睛，猛地侧头看向苏茜。

金毛大狗摇着尾巴，一脸茫然。

好吧，虽然我已经不需要，但可以给苏茜，也可以拿来交换别的非凡材料……唔，苏茜的魔药还差法尔斯曼兔的脊髓液……有的事情交给苏茜去做，比我自己方便很多……每位"大侦探"都是需要一个好助手的，嗯嗯！奥黛丽迅速做出了决定，对她而言，这已经不是自身特别在意的事情。

放下电报，她的愉悦随之沉淀，现实的烦恼逐渐涌现。

我还欠"愚者"先生密修会的情报、刺杀因蒂斯大使的任务以及他眷者们的一个要求，我终于体会到了背负着沉重债务的感觉……奥黛丽，不能再拖延了！开始行动吧！女孩悄然握了下拳头，打算翻找出纸笔，写一封信给格莱林特子爵，让他尽快安排自己和休、佛尔思见面，将事情委托出去。

提起钢笔，蘸了下墨水，奥黛丽忽然悬住腕部，没有书写。

她刚才想到了一个很关键的问题，那就是自身对因蒂斯大使贝克朗的了解很少，这种情况下很容易错判难度，要么找不到愿意接受委托的人，要么委托给了不适合的对象，让任务刚开始就迎来失败。

至于因此会膨胀的代价，倒不是她关注的重点，她相信"愚者"先生给予的报酬会更加好，更能帮助到自身。

沉吟片刻，奥黛丽转头对女仆安妮道："告诉嘉丽雅伯爵夫人，我接受邀请，明晚将准时参加她的舞会。"

嘉丽雅是沃尔夫伯爵的太太，她即将到来的舞会邀请了各国驻鲁恩的大使，包括贝克朗·让·马丹。奥黛丽本想以生病为借口推掉，现在却对舞会充满兴趣。

等观察过贝克朗大使，搜集到足够多的情报，再与休、佛尔思见面！奥黛丽突然有种参与大事，开始梦寐以求的冒险之旅的激动！

罗思德群岛的首府，"慷慨之城"拜亚姆。

返回现实世界的阿尔杰·威尔逊换了套因蒂斯共和国略显浮夸的华丽衣物，从旅馆后门进入小巷，绕行了几条街。

他停在一栋没有花园和草坪的房屋前，拿出一个常见的白色硬壳面具戴于脸上。紧接着，他伸手敲动房门，三重两轻，间隔则两长两短。

等待了十几秒钟，房门吱呀一声打开，有包着海盗头巾的男子探出脑袋，快速地左右观望。

"进来吧。"这男子让开道路，沉声说道。

阿尔杰没有说话，安静地走入了屋子。

哐当！房门霍然关闭。

…………

明斯克街15号，克莱恩打开窗帘，坐到了书桌前。

"倒吊人"给予的密修会情报让他知晓目标很可能与因蒂斯共和国还存在一定的关联，与此同时，他联想起了"倒吊人"以前对安提哥努斯家族的描述，"诡异"与"可怕"。

"昨晚利用铁黑色线虫潜入我房间，偷看信息并留下警告的非凡者表现得确实有点诡异……安提哥努斯家族掌握的序列链条正是密修会的'占卜家'途径，两者可以等同……也就是说，可以做这么一个猜测，昨晚那位非凡者是密修会成员兼职的因蒂斯共和国间谍？或者不属于密修会，但借助因蒂斯共和国与密修会的联系，获得了相应的配方和魔药？"克莱恩开始大胆假设，小心求证。

"这能够解释我的'小丑'预感在诡异的铁线虫入侵时没发挥作用的问题，因为同一途径较高序列者对我有压制……当然，也有铁黑色线虫并没有实质上威胁到我的原因……

"同样，这也可以解释为什么我刚写好伊恩·赖特的情报，当晚就有铁黑色线虫潜入，并直奔书桌……对方具备'占卜家'能力会让事情变得足够合理……"

反复推敲之后，克莱恩觉得自己的猜测很可能接近了真相。

"如果确实是'占卜家'途径的较高序列者，他会是序列几？魔药名称又是什么？能操纵铁黑色线虫，难道是马戏团另外的巨头，比如'驯兽师'？"克莱恩半是自嘲半是好笑地无声摇头。

"也许我后续的魔药配方将从他那里得到……这就是我之前占卜获得的启示想表达的真实意思？贝克兰德，还真是'希望之地'啊……"克莱恩自语了两句，开始考虑接下来该做什么。

刺杀因蒂斯大使贝克朗、彻底掐灭隐患的任务，已经委托了出去，自身必须避嫌，而且也没那个能力。将伊恩·赖特的行踪泄露给双方后，克莱恩相信贝克朗大使短时间内没空报复自己，也不会额外再增加麻烦。找到他口中非常重要的物品显然才是这位大使最关注、最在意的事情。

"换句话说，在那件物品被找到前，我是安全的，不用急着雇用强力的非凡者保镖……嗯，即使后续报复，大使也不可能请高序列强者来对付我，这既不经济，也没必要，毕竟贝克兰德不是他的主场……

"最大的可能性是，依然交给昨晚利用铁黑色线虫潜入我房间的那位非凡者，他至少是序列7，甚至可能达到序列6、序列5，有足够的实力且熟悉情况……我到时候按照这个标准请保镖就行了……希望在此之前，大使就永远下达不了命令了……"克莱恩望着窗外终于消散的雾气，状似发呆。

他决定今晚继续去勇敢者酒吧，一是借助卡斯帕斯接触别的非凡者，为挑选合适的保镖打基础；二是找机会把默尔索的非凡特性卖出去，凑集些资金；三是看有没有人卖厉害的神奇物品，以此提升自己的实力，这是永远不会过时的计划。

确定了想法后，克莱恩装出悠闲翻看报纸的模样，一直等到天色变黑才慢慢起身，为自己做了一道西红柿牛尾汤。

吃饱喝足，他依照惯例拉上卧室窗帘，决定今晚都不再打开。接着，他自己召唤自己，自己响应自己，变成了一个特殊的灵体，将灰雾之上的"阿兹克铜哨"、默尔索非凡特性、自制符咒、各种材料和塔罗牌搬回了现实世界，只留下染血的制式合同等少量物品。

做完这一切，装备好相应的东西，克莱恩的实力重新回归了巅峰，再次成为半个神秘学专家。整理了一下衣领，他拿上帽子和手杖，离开了明斯克街15号。

铁门街，勇敢者酒吧内。

用一杯啤酒换到消息的克莱恩在某间纸牌室里找到了卡斯帕斯，对方正一边玩"斗邪恶"，一边押注外面的某位拳击手，过得相当惬意。

这熟悉的环境让克莱恩想到了上次遇见的和十几个活尸玩德州扑克的马里奇，忽然庆幸自己之前没带"阿兹克铜哨"。

"如果我当时带着阿兹克先生给的铜哨，估计马里奇的那十几个活尸会当场叛变，热情好客地'招待'我……不知道他会是什么表情……"克莱恩立在门边，一边暗想着，一边对卡斯帕斯·坎立宁点头示意。

卡斯帕斯盖住纸牌，爆了句粗口，起身走到门边，压低嗓音道："我领你去一个地方，那里的人虽然不如马里奇，但都相当厉害，至于能不能谈成交易，与我无关。不过，我必须提前警告你，不能惹怒他们，否则你很可能见不到明天的太阳。

当然，在9月份之后的贝克兰德，想看见太阳不是一件容易的事情。"

"我需要支付你报酬吗？"克莱恩诚恳地问。

卡斯帕斯满意地点头道："两镑。"

这在武器商店都能买一把左轮了……虽然他们会标价三镑多，但基本能还价到两镑左右……克莱恩咕哝了一句，给了卡斯帕斯两张1镑的纸币。

卡斯帕斯回头对牌友们说了一声，然后领着克莱恩，一瘸一拐地走向酒吧的厨房位置，从那里进入后面的巷子，绕到了一个黑灯瞎火的房屋前。

他拿出一个只能遮住上半张脸的铁面具，递给克莱恩，轻笑道："就视作你两镑买的。"

两镑我能买好多个……克莱恩戴上铁面具，故意弄乱了自己的发型。

见他已准备妥当，卡斯帕斯很有节奏地敲响了房门。

七八秒钟后，门上有块小木板突然被拉开，露出了后面的棕褐色眼睛。

被审视了好一阵子，克莱恩终于看见大门向后敞开。

一个戴铁面具的男子立在那里，递给了克莱恩一套带兜帽的长袍，嘶哑着嗓音对卡斯帕斯道："下次记得提前告诉我，否则……哼！"

他关上门，转过身，领着克莱恩穿过黑暗的客厅，进入了一楼的起居室。

那里的茶几上点着一根蜡烛，昏黄微弱的光芒照得整个房间影影绰绰。茶几周围的沙发和椅子上分别坐了十来个人，都是兜帽长袍、铁色面具的打扮。

套好了长袍的克莱恩安静地找了张角落的椅子坐下，听见一个脸庞胖乎乎的男子抱怨道："最近下水道内多了群野兽，啃掉了我种的好多药草。它们很聪明，有毒的都没碰，我需要有人帮我清理一下。你们知道的，这不是我的特长，我只擅长调配药剂，给你们治病。"

擅长调配药剂、给人治病，还在下水道里种了不少草药……这是"药师"吧？不知道是生命学派的成员还是大地母神的信徒。当然，更有可能是野生的……克莱恩若有所思地旁听着，没有胡乱开口。

在鲁恩王国，因为风暴教会排斥永恒烈阳、知识与智慧之神，黑夜女神教会与战神教会水火不容，所以，外来的宗教只有大地母神获得了传教的权利。但是在三大教会默契的打压下，他们只有零零星星的几座教堂，信徒少得可怜，甚至没有必要组建非凡者小队，而就算建立了，也得不到政府的认同，无法和警察部门合作，属于非法武装。

据值夜者内部资料记载，大地母神教会掌握着"耕种者"和"药师"两条序列途径，不过后者似乎不太完整。

那位疑似"药师"的男子兜帽后敞，露出戴着铁黑色面具的脸庞，但这面具只遮住了鼻梁以上的部位，让他两颊的肥肉清晰呈现，似有抖动。

"我再重复一遍，我需要有人帮我清理下水道内新出现的野兽，只用管贝克兰德桥区域。我会付出四瓶珍贵的药剂当报酬，其中两瓶能有效止血，促进伤口的愈合。相信我，这比去诊所做个缝合手术更好，六个月内都能发挥作用。"疑似"药师"的男子说出了自己的要求和相应的条件。

他忽地低笑一声，继续道："另外两瓶，一个半月的有效期，能让男士重新找回十七八岁时的冲动，变成床上的非凡者。嘿嘿，你们懂我的意思，即使超过了有效期，它同样能产生效果，只不过会从那里扩散到全身，使用者将变得异常狂暴，力量、速度和敏捷度会大幅度增长，呃，半个小时后会陷入虚弱。"

怎么像是在电线杆上贴小广告的假中医……而且还毫不羞耻地推销过期药……克莱恩忍不住腹诽了两句。

说完之后，那位疑似"药师"的男子见起居室内一片沉默，依旧没人开口，只好咬牙道："在四瓶珍贵的药剂之外，我额外加三十镑！"

终于，一位坐在沙发边缘的男子出声了。他环视一圈，低沉道："我接受这个委托，你预付两瓶药剂，两种各一瓶，由'智慧之眼'先生做见证人。"

"没有问题。"单人沙发上的一位老者点头道。

这位老者两颊的法令纹很深，皮肤略显干瘪，嗓音带着苍老的味道，克莱恩由此判断他是位年纪不小的先生。

"好的。"疑似"药师"的男子松了口气。

这笔交易达成后，聚会似乎活跃了一点，很快就有一位脸庞完全被兜帽阴影遮掩的女子道："我要出售两件武器。"

武器？克莱恩调整了下坐姿，愈发专注。暂时还无法晋升的他要想提高实力，只能从外物着手。

"一件是符文钢剑，由永恒烈阳教会制造，带有净化和驱邪效果，是水鬼、怨魂、活尸等不死生物的克星，还能使用三年。当然，它的锋利也足够杀人。"那位女子的声音时高时低，明显是在掩饰特征，"支付五百镑，或者提供序列8'野蛮人'的配方，你们就能得到它。"

好贵……对我来说，没有必须获得的理由……真要遇到我目前无法对付的不死生物，吹响铜哨是更好的办法……即使不找阿兹克先生，光那位信使应该就能震慑住许多不死生物……克莱恩暗自摇头，听着那位女士介绍第二件武器。

"锯肉刀，拥有精巧的机械结构，可以变形，容易携带。这是实战利器，由杰出的工匠打造，并不多见，二十五镑。"

有超凡效果的武器和没有这方面效果的同类武器在定价上差别真大啊……克

莱恩旁观着后续，直至那柄符文钢剑被另一个角落的阴沉男士买走，而锯肉刀成了"智慧之眼"先生的收藏。

之后的几桩交易有的成功，有的失败，唯一让克莱恩心动的是"发财配饰"——能让人在三个月内财运上行的超凡物品，但这不是他的主要目的，价格也相当不美丽。

见场面重归沉默，他缓缓吐了口气，压着嗓音道："我要卖一件物品。"

吸引到众人的目光之后，他拿出一个铁制的卷烟盒，推出了那团如同果冻的深红色非凡特性。

无须组织语言，早就打好腹稿的他介绍道："这是我从一具尸体上得到的东西，我并不清楚它有什么作用，只是觉得似乎很神奇，或许各位之中有人认识它？"

克莱恩故意没提这是非凡特性，也没讲手中的深红色"果冻"可以代替"猎人"魔药的主材料。这涉及非凡特性不灭定律，他可不想便宜这个非凡者聚会的成员。

另外，克莱恩还抱着试探的想法，想看这里是否有人知晓非凡特性不灭定律。这样的家伙肯定比其他人更强，或者更有背景，适合委托保镖任务。

与此同时，他继续伪装成对非凡圈子不够了解的普通人，虽然这里的聚会成员无法穿透铁面具看清他的模样，但卡斯帕斯·坎立宁是知道他长相的，而起居室内不少人应该都认识这位黑市武器商人。

"小心"和"谨慎"是克莱恩今天出门前后一直对自己强调的单词。

一道道目光审视起克莱恩手中的那团深红色事物，但他不是"观众"，无法分辨出具体的意味。

十几秒过去了，依旧没人开口，起居室内安静得仿佛墓园。

就在这时，单人沙发上的"智慧之眼"老先生咳嗽道："我大概知道它是什么，也清楚它有什么作用，但知识是需要付出报酬来交换的。我出四百镑，相信我，这是绝对公道的价格，当然，你有拒绝的权利。"

序列9魔药的主材料大概在一百五十镑到两百镑之间，共需要两件，加起来差不多是四百镑……给的报价很合理……这位代号"智慧之眼"的老先生似乎认出了这物品属于"猎人"序列……不用占卜，直接认出，难道是"通识者"途径的序列7"鉴定师"？克莱恩想了下道："成交。不过，先生你不需要急着付钱，我还有一个委托。"

"什么委托？""智慧之眼"嗓音苍老地问道。

克莱恩斟酌着说道："事情是这样的，我得罪了一个，呃，按照你们圈子的说法，应该是序列6，也许是序列5的家伙，我想请一个保镖。"

"序列6，也许序列5？你为什么不自己安静地死去？如果我们达到了这个层次，为什么还要参加类似的小聚会？"疑似"药师"的男子脱口而出，惊讶之中带着几分嗤笑。

其他聚会成员虽然没有说话，但从无人接受任务来看，他们的想法和疑似"药师"的男子相差不多。

"智慧之眼"老先生呵呵笑了一声，道："或许你对我们圈子了解得还不够多，序列6，或者序列5，是非常强大非常可怕的人物。是的，曾经确实有不少序列8、序列9杀掉这个层次强者的事情发生，但那都属于难以复制的经历，我想在座各位没有谁愿意冒极大的风险保护你，呃……如果能确定对方只有序列6，且没相应的神奇物品，也许会有人挑战这个任务。"

"好吧，我无法确定……"克莱恩摊了下手，转而说道，"那我只能努力自救了。四百镑能买到什么……呃，就是你们刚才说的神奇物品？"

"相信我，四百镑能买到的神奇物品肯定无法对付你的敌人，甚至还会给你带来额外的危险。我建议你找对方道歉，诚恳地道歉，或许四百镑能买到他的谅解。""智慧之眼"老先生真诚地给予忠告。

坦白地讲，我考虑过，但我想他们是不会接受的……克莱恩正待回答，之前接受了清理下水道野兽任务的那个男子忽然笑道："也许，你可以赌一赌运气。我这里有一件神奇物品，就四百镑卖给你。

"它能让你听到伟大存在的声音，如果你运气不错，从中解读出了有用的信息，你会变得非常强大，保护自己不再是难题。嗯，如果你运气很差，解读出的是诅咒，或者无法解读，你将受到伤害，甚至死亡。你要赌一把吗？"

他话音未落，"智慧之眼"老先生就低沉地吼道："黑蛇，不要提你那件不祥的物品！"

"黑蛇"呵呵一笑道："我没有撒谎，我没有违背这里的规则，我将好处和坏处都告诉了他，让他自己选择。嗯，解读出有用信息的概率大概，大概只有百分之十，你要赌吗？"

超凡界的俄罗斯轮盘……听到伟大存在的声音……这是极光会的"倾听者"吧？"秘祈人"对应的序列8"倾听者"失控后遗留的物品？克莱恩望着疑似极光会成员的"黑蛇"，联想到了许多事情。

或许可以赌一把？不，不能叫赌，因为我要将这件物品带到灰雾之上去使用……我已经可以把现实物品带入灰雾之上了……这样一来，能最大程度规避危害……只不过，这仅是序列8非凡者的遗物，对应的收获未必会多好……四百镑可不便宜……心念电转间，克莱恩郑重点头道："成交。"

只有一根蜡烛照耀的起居室内，气氛静默得如同凝固。

好几秒后，那位疑似"药师"的男子才嘟囔了一句："你为什么不留下地址，这样我还能从你的尸体上得到点东西。"

看似诅咒，实则规劝……克莱恩假装没有听懂，看着"黑蛇"道："不赌，我没有活着的可能性，赌了至少还有那么一点希望。我不会坐着等待死亡的降临。"

听到这句话，本待开口的"智慧之眼"老先生闭上了嘴巴，因为他无法提供别的希望。

"我很欣赏你这种性格！""黑蛇"哈哈笑了一声。

"我也很欣赏，我以前好几个朋友都是这种性格，我现在每年都会去他们的墓碑前放一束花。"疑似"药师"的男子明附和暗讥讽实规劝地低语道。他毫不在意"黑蛇"比自己能打，想说什么就说什么。

"药师"先生肯定因为他的脾气吃过亏……克莱恩暗自感激了一句。他将装有"猎人"非凡特性的铁制卷烟盒交给了领他进来的那位侍者，看着对方走到"智慧之眼"面前。

那位老先生从身旁的皮箱里点数出四百镑现金，让侍者拿给"黑蛇"。

"黑蛇"随意看了一眼道："我相信'智慧之眼'先生。"接着，他从怀里拿出一个小木盒，弯腰放到地上，用力一推，让物品滑到克莱恩面前，没有经过侍者。

克莱恩的手指刚一接触到盒子表面，立刻就出现了轻微的幻听现象，产生了一种剧烈颠簸导致的眩晕感。对他而言，这并不是难以接受的事情，程度甚至还比不上"正义"等人祈求带来的虚幻声音。

重新坐直后，克莱恩小心打开木盒，看见里面放着一只"耳朵"！这"耳朵"宛若真实，只是皮肤颜色泛黑，有几处腐烂流脓的地方。

"我该怎么使用它？"克莱恩问道。

"黑蛇"漫不经心地回答："你不戴手套握住它，就等于在使用它。呵，你最好回家再尝试，一个人独处的时候再尝试。"

克莱恩没再多问，将盒子关上，放入了衣兜，并故意苦笑道："这东西让人感觉头晕。"

短暂的沉默后，疑似"药师"的男子突然大声喊道："我要买精灵之泉的髓质结晶，谁有？"

嗓音回荡中，无人回答。

"药师"吧嗒了下嘴唇，咕哝道："真是的，每次问都没有。"

"也许你可以订船票去苏尼亚岛。""智慧之眼"老先生微笑着打趣了一句。

精灵之泉又称苏尼亚金色泉，从名字就知道它产于哪里。精灵之泉的水液常见，是富有灵性的事物，髓质结晶却属于非凡材料，不是那么容易买到的。

之后，聚会又有几桩交易流产，"智慧之眼"老先生拍了下手掌道："今天就到这里吧，按照惯例，一个一个地离开，彼此间隔三分钟。"

一个一个离开，彼此间隔三分钟……这是怕有人出门就跟踪甚至打劫其他聚会成员？克莱恩接收到"智慧之眼"的提示，站起身，在侍者的引领下离开起居室，来到大门旁。

他脱掉带兜帽的长袍还给对方，然后沿着记忆中的道路，返回了勇敢者酒吧的后门，接着摘除铁面具，穿过厨房，在狗叫人吼的噪音里，看见了站在纸牌室外面的卡斯帕斯。

"你能回来，我感觉很欣慰。"这位红鼻头的老者明显松了口气，他脸上那狰狞的伤口似有抖动。

克莱恩靠拢过去，压低嗓音道："之后还有这样的聚会吗？"

"看来你并没有得到你想得到的，风暴在上，我认为你没必要再浪费时间。"卡斯帕斯扫了这位不让人省心的顾客一眼，道，"或许得几天之后了，具体我也不清楚，看你能不能赶上吧。"

克莱恩点了下头，转而问道："马里奇在吗？"

"你要试图说服他？不，这只会惹怒他！"卡斯帕斯沉声警告道，"他就在你后面那间纸牌室里。"

不，我不打算说服他，而是要尽量远离他，免得他的活尸造反……克莱恩摸了下衣兜里的"阿兹克铜哨"道："我明白了。"他当即离开勇敢者酒吧，到东区那个一居室周转了一阵才回到明斯克街。

而纸牌室内，马里奇梭哈了所有筹码，信心满满地翻开了底牌。他三条"K"，一对"9"，对面跟他的那个活尸牌面则是一对"6"，一个"8"。

突然，活尸主动亮出了底牌，一对"6"！

这一局，四个"6"胜！

脸色苍白的马里奇愣在了那里，旋即感觉周围所有活尸的目光都冷幽幽地望向了自己。

几分钟后，他脚步虚浮地离开纸牌室，险些跌倒在门口，而往常簇拥着他的"下属"们在屋内倒了一地。

"今天凌晨前，不要让人进去。"

马里奇看着愕然的卡斯帕斯，嗓音沙哑地吩咐道。他掏出白色的手帕，擦了下嘴角，上面迅速染上了幽蓝带红的色泽。

得到卡斯帕斯肯定的答复后，马里奇随意找了张椅子坐下，要了桶南威尔啤酒，目光发直地喝着，呆滞了许久。

明斯克街15号，克莱恩按部就班地洗漱回房，拉拢了窗帘。等待了十几分钟，确认周围确实没有灵性光点后，他才开始自己召唤自己，自己回应自己，将那只黑色的"耳朵"连木盒一起带到了灰雾之上那片神秘空间。

虚幻的深红星辰点缀于下方，没有丝毫闪烁，克莱恩坐到古老长桌的最上首，打开了木盒。这一次，他没再出现幻听，也未产生眩晕，无边无垠的灰雾似乎隔绝了外来的所有声音。

克莱恩顿时松了口气，对接下来的尝试多了不少信心，安全方面的信心。他意念一动，屏蔽了自己的听力，并做了几个实验来确认效果。

不错……克莱恩满意地点头，伸手抓起了那只有腐烂痕迹的"黑色耳朵"。冰冷滑腻的触感入脑，他并未听见"黑蛇"所说的"伟大存在的声音"。

"被彻底隔绝了？这样不行……光靠使用不行……"克莱恩疑惑地自语，思考起该用什么办法来激发效果。

十几秒后，他具现出纸笔，打算模仿之前"窥视"永恒烈阳的过程。那次借助的是神血，结果直视了永恒烈阳，这次用的仅是"倾听者"遗留的物品，肯定没有那么危险……

克莱恩笃定地写下了占卜语句：这件物品的来源。

然后，他吸了口气，握住"黑色耳朵"，向后一靠，默念起占卜语句。七遍之后，他眼眸转深，进入了沉眠。

模糊、破碎、灰蒙的世界里，克莱恩看见了一个在地上挣扎的男子，他翻滚着，惨叫着，眼睛凸了出来，身体膨胀成了气球，无数的毛发变得又黑又长。紧接着，一阵邪恶到极点、污秽到极点的声音传入了克莱恩的耳朵，瞬间将他激醒。

与进入灰雾之上这片神秘空间前的呓语和嘶吼不同，这声音更有穿透性，更有目的性，更有主动性！

克莱恩捂住耳朵，隔绝了后续，但脑海里回荡的还是刚才那个声音。他看见自己的血管和青筋凸了出来，似乎变成了蠕动的、粗大的毒蛇。

砰！他的血管爆开，青筋脱离了身体，往外延伸，成了一根根滑腻的、充满邪恶花纹的触手，灰雾则轻微晃荡，让巨人居所般的宫殿出现少许腐蚀迹象。

与直视永恒烈阳那次不同的是，克莱恩还残存着理智，没满地翻滚。他紧抓住扶手，苦苦忍耐。过了几秒，微晃的灰雾恢复了平静，脑海内回荡的邪恶声音彻底平息了，那一根根触手掉落了下来，他的伤口开始急速愈合。

"和神灵打交道真是一件危险的事情，不管用哪种方式……还好这次没有直面真实造物主，要不然疯狂和失控多半会残存一点，并影响到现实世界的身体……"克莱恩虚弱地靠住椅背，无声自嘲道。

这样的状况基本在他的预料之中，整体并未超出他的控制。唯一让他感觉意外的是，真实造物主似乎要比永恒烈阳强一些……

就在克莱恩思绪即将发散时，他看见掌中那只"黑色耳朵"突然崩溃，变成了一粒一粒的细小光点，浅黑色的光点。

回归纯粹的非凡特性？克莱恩疑惑之中，余光瞄到了地上还在抽搐的、有邪恶花纹的一根根触手，那是从他身上剥离的疯狂与失控。这些触手逐渐变得透明，即将消失。

克莱恩忽然灵光一闪，将掌中那一粒粒浅黑色的细小光点撒向了那一根根滑腻的触手。虚幻的黑气腾起，化作一片不断有闪电划过的天空，背景则是浓郁到极点的幽暗。

这一切迅速消失在克莱恩的眼中，地上多了块有诸多象征符号、魔法标识、邪异花纹和扭曲灵数的铁黑色符咒。

克莱恩弯腰拾起，只觉里面似乎封印着不断嘶吼的疯狂之人。他借助占卜的技巧，从启示里勉强解读出了这枚符咒的用处，那就是让对手倾听到可怕的嘶吼，感染上疯狂。至于最后会出现什么结果，则要看目标在这方面的抵御能力，强的话，或许会获得好处，代价是成为真实造物主的虔诚信徒；弱的话，则会当场崩溃，惨叫着死亡。

"就叫'污秽之语'吧……"克莱恩低语一句，设置了开启咒文。

周二清晨，睡到自然醒的克莱恩给自己准备了两片吐司、一块黄油、一份培根和一杯咖啡，悠闲地边看报纸，边用早餐。有了"污秽之语"这枚可怕的符咒，他安心了不少，不再像之前那么紧绷。

哗啦！克莱恩翻完《贝克兰德邮报》，拿起《塔索克报》，在第二版看见了一条新闻——今日凌晨两点，东区红砖巷发生了激烈的枪战，据警方介绍，这可能涉及两个黑帮的冲突，其中一个是臭名昭著的兹曼格党。

兹曼格党……东区红砖巷……克莱恩忽然产生了一个想法，离开餐桌，找来了贝克兰德的地图。他只是瞄了一眼，就发现红砖巷距离白朗姆街并不远，而伊恩·赖特曾经在白朗姆街的电报局出没。

红砖巷是伊恩·赖特躲藏的地方？发生激烈冲突的是军方特殊部门和因蒂斯的情报人员？不知道结果怎么样……克莱恩叉起最后的培根，放入口中，慢慢咀嚼。

自己昨天清晨才将占卜到的情况"告诉"双方，他们当晚就锁定了伊恩的位置，效率不可谓不高。喝了一口咖啡，克莱恩放下报纸，陷入沉思。突然，他听见门铃叮当作响，不断回荡。

"谁?"克莱恩用餐巾擦了下嘴,疑惑地走向门口。

难道是新的委托?我这几天为了因蒂斯大使的事情,都在外面奔波,不知道错过了多少委托,丢失了多少潜在的客户……简直浪费我的广告钱……再这么下去,我的财政情况要捉襟见肘了……克莱恩一下联想到很多,伸手打开了房门。

外面站着两位女士,一位是穿着晨服、相当正式的萨默尔太太,她脸上画着精致的妆容,比在家里时更为娇美,半点也看不出来已三十左右;一位戴着垂下细格黑纱的宽檐帽,衣裙颜色偏深,较为蓬松。

"莫里亚蒂侦探,我有朋友希望得到你的帮助。"斯塔琳·萨默尔手里抓着纱帽,蓝色的眼眸里没有丝毫的笑意。

"请进。"克莱恩指了下客厅区域,趁转身的机会将衬衣最上方的扣子系好,理了理黑色的马甲。

斯塔琳轻轻颔首,没再开口,领着黑纱遮面的女士进入房间。她对这里非常熟悉,无须克莱恩提醒就轻松找到了沙发,坐了下来。

克莱恩本待立刻发问,但想了想斯塔琳·萨默尔的风格,还是含笑问了一句:"咖啡,还是红茶?"

他眼中的萨默尔太太是个追寻生活品质、处处要体现优越感的女士。

"不需要。"另一位女士摘掉了带细格黑纱的宽檐帽。她的五官单看都不错,但组合起来却让人失望,另外,她颧骨太高,外表显得比实际年龄要大不少。

一点愤怒,一点悲伤,一点徘徊,一点恐惧……克莱恩读出了那位女士的情绪。这不是因为他突然具备了"观众"的能力,而是因为对方表现得太明显。

"是的,无论咖啡,还是红茶,都无法让事情得到解决。"斯塔琳学着杂志上的姿势,努力让自己坐得更有气质一点,"这位是玛丽·盖尔太太,她是考伊姆公司的股东。"

"盖尔太太,你想委托什么事情?"克莱恩坐至单人沙发,身体略微前倾,双臂搁在了大腿上。

"不要叫我盖尔太太,直接称呼我玛丽吧。"玛丽·盖尔抿了下嘴唇道,"我希望你跟踪我的丈夫,确认他是否有个情妇,最好能拿到实质的证据。"

因为黑夜女神教会多年以来的积极推动,鲁恩王国在婚姻法上比弗萨克、因蒂斯、伦堡等国家更为激进,规定背叛了婚姻的人必须为此付出金钱上的代价,也就是说,他们在财产分割方面将处于绝对的劣势。

听说别的私家侦探,十起委托里至少有四起是查婚外情……没想到我也遇上了……克莱恩斟酌着说道:"实质的证据并不好拿。"

"我会先借给你一台最新型的便携式相机。"玛丽毫不犹豫地回答,"只要你能拿到证据，我将支付你十镑的报酬；如果仅是单纯地确认了他有没有情妇，那就只能拿到三镑。"

你是指有我三分之二个脑袋大的所谓便携式相机吗？十镑，这个价格可不低啊……克莱恩最近在关注创业，对最新型的相机也有所了解。他犹豫了两秒钟道："好的。但你必须提供你丈夫的详细资料，以及他的活动规律。"

"……没有问题！"玛丽呆了一秒，接着鼓起全身力气般说道。

"谢谢你的帮助，希望你不要把这件事情告诉别人。"斯塔琳在旁边叮嘱道。

听到这句话，克莱恩顿时叹了口气，道："我是一个很有保密原则的人，常常为此惹上麻烦。"

…………

沃尔夫伯爵家的大厅内，一位位男女在小提琴拉出的旋律里翩翩起舞。

奥黛丽端着一杯色泽淡金的香槟，"偶然"地碰上了因蒂斯共和国驻鲁恩大使，贝克朗·让·马丹。

"你是我见过最为美丽的小姐。"脸庞瘦削、残留些许胡茬儿的贝克朗礼仪性地虚吻了奥黛丽戴着白纱手套的手背一下，目光热情而大胆。

奥黛丽眼眸一转，轻笑道："这就是因蒂斯的说话风格吗？"

"是的，对美丽的事物，我们从不吝啬赞美。"贝克朗呵呵一笑，"如果不是考虑到鲁恩王国的风气，我或许会称呼你为我的天使。"

老色狼……奥黛丽保持着优雅的笑容道："鲁恩人和因蒂斯人确实不太一样。"

"呵，这让我想到了一个笑话，请允许我的冒昧。"贝克朗挤了下眼睛道，"在和美丽的姑娘共度美好的时刻后，大部分鲁恩男人会说，噢，亲爱的，我想抽一根烟，而大部分因蒂斯男人会说……"

见他故意停顿了一下，奥黛丽微歪脑袋，忍着恶心，装出懵懂的样子问道："会说什么？"

"大部分因蒂斯男人会说，噢，宝贝，我得回去了，不能被我的妻子发现。"贝克朗举杯笑道。

"……会自嘲的人总是有额外的魅力。"奥黛丽礼貌地浅笑，接着，她漂亮晶莹的碧绿眼眸忽地望向了贝克朗大使的后方，"抱歉，有位朋友找我。"

"和你聊天是件愉快的事情。"贝克朗欠了下身体，往旁边让开。

奥黛丽步伐优雅地前行，再没有回头看一眼。

就在她考虑着要找谁做刚才那个借口的对象时，一位年轻的绅士靠拢过来，压低声音提醒道："奥黛丽，不要被那个贝克朗大使迷惑，他是个老淫棍！不知道骗了多少女士上床。"

贝克朗贪恋美色？这和我观察的结果一致……这是一个弱点……奥黛丽转眸一笑，没掩饰自身的嫌弃："康斯，你是对我有什么误解吗？女神啊，我怎么会被那个贝克朗大使迷惑？他喷的香水刺激得我想呕吐，他的话语是如此的肮脏，他的品位就像一只雄孔雀。"

康斯是李尔森子爵的小儿子，他们家和霍尔家的交情相当好。据奥黛丽了解，康斯从廷根大学毕业后就进入了军情九处，变得神神秘秘。

她原本的计划是和贝克朗大使聊一阵，做近距离的观察，接着以恼怒对方为借口，找康斯等踏入了情报界的朋友打听更多的消息，谁知道，不需要她去寻找，康斯·李尔森就自己过来了，并且主动开启了相关的话题。

"你的感觉没有错。"康斯露出由衷的笑容，环视一圈，低声说道，"而且，贝克朗还是一个非常危险的家伙。"

"有多危险？"奥黛丽配合地好奇反问。

"你听说过非凡者吧？我知道你对这方面一直很感兴趣。"康斯斟酌着说道。

奥黛丽轻巧地点了下头："我了解不少，大部分是格莱林特告诉我的。"

康斯望了正和一位贵妇闲聊的贝克朗一眼，表情凝重地说道："他是因蒂斯在王国的情报头子，干了不少坏事，但我们一直没有拿到有用的证据。他自身属于序列6，'阴谋家'。"

康斯没和圈外人奥黛丽讲得太细，没提"阴谋家"属于"猎人"途径。然而，奥黛丽对此早有了解，故作天真地感慨道："他真厉害啊！"

"他暗中还有位助手，也许达到了序列5。另外，因蒂斯在王国的所有情报人员都归他管理，里面有不少非凡者，可惜，我们目前只掌握了那么几个……"康斯略略提了一句，"即使贝克朗赞美你，你也不要高兴，这不是他真实的想法，他只是想借此拿到更多的情报。"

你这句话我就不是那么喜欢听了……奥黛丽往上看了眼华丽的吊灯，思考几秒钟道："贝克朗很聪明吗？你们一直都没有拿到他的证据……"

"他确实擅长策划阴谋，但他也有不少的问题，比如喜欢追逐女士，喜欢浪漫的感觉，做事冒险，相当激进……如果不是大使的身份让我们的很多行动无法展开，他早就被抓了。"康斯撇了下嘴巴道，"不过，他很快就会被替换了，很快。"

"为什么？"奥黛丽诧异道。

"亲爱的、美丽的小姐，这不是你该知道的事情。"康斯坚持住了保密原则。

舞会临近尾声，又搜集了不少情报的奥黛丽找到格莱林特子爵，让他帮忙联络休和佛尔思。

第六章
CHAPTER 06
✦ 保镖小姐 ✦

周三上午，乔伍德区，考伊姆公司对面。

克莱恩坐在嘉德列百货公司门外的木制长条凳上，一手抓着纸袋——里面是附近最有名的辛记迪西馅饼，一手握着杯甜冰茶。

他的身旁有流浪汉蜷缩在长凳另一侧睡觉，但十几分钟后就被商场的安保人员弄醒并撵走了。

克莱恩鼻梁上架着没什么度数的金边眼镜，头戴半高丝绸礼帽，与附近来往的大多数绅士没什么区别。他悠闲地望着马路对面的考伊姆公司，抬起右手，狠狠咬了口辛记迪西馅饼，只觉肉香汁浓，满口余味。

这种来自迪西海湾的馅饼之所以能在南方诸多款馅饼里脱颖而出，靠的就是舍得放油、舍得用肥肉，但又剁得很碎，肥瘦混杂，不会腻味。那带着浓浓肉香的汁液浸入外层的饼皮里，中和了干燥，弥补了缺点，让麦香层次分明地呈现出来，而夹杂的小块碎苹果，则用微酸带甜的口感刺激食欲，化解油味。

还可以……贝克兰德虽然天气不好，污染严重，但其他方面真是远胜廷根，不同地方不同风格的美食都能找到，只要不怕花钱，各种歌剧和戏剧都可以看到……虽然未必会去吃、会去看，但至少拥有选择的权利，这就是大都市的好处……克莱恩端起甜冰茶，舒坦地喝了一口。他的视线始终没有离开考伊姆公司的大门，为了那十镑收入，他早上八点就坐在了这里，早餐都是路上买的。

当然，对大部分私家侦探来说，一单委托能收入十镑绝对是让人羡慕的买卖，这相当于正常中产阶级三周左右的薪水了！

根据玛丽·盖尔提供的资料，她的丈夫目前担任着考伊姆公司的第一经理，是卢克·萨默尔的上司，但是，他们持有的考伊姆公司股份源于玛丽的父亲，是她继承的遗产。

她怀疑丈夫有情妇的直接原因之一就是公司内有职员向她透露，多拉古·盖尔每周三和周五的上午会独自离开，直到下午才回来，另外，他每周还有两天会提前下班，而玛丽从来没有见过她的丈夫在七点前踏入家门。

吃过早餐，克莱恩又等待了一个多小时，终于看见目标人物走出了考伊姆公司。对方戴着黑色礼帽，身穿呢制的双排扣大衣，打着标准的领结，身材微胖，鬓角淡黄，眼眸微褐，脸有些长。

多拉古·盖尔……克莱恩默念了一遍目标的姓名，唰地站了起来，提上手杖和那沉重的便携式相机，走向了对面。

多拉古没有让自己的车夫来接，立在路边，四下张望，寻找着出租马车。

趁此机会，克莱恩穿越道路，来到他的身旁，假作粗心，与对方撞了一下。

"对不起，我在找路。"克莱恩低头道了声歉。

多拉古顿时皱起眉头，但保持住了沉默，摆了摆手，示意没什么。克莱恩忙弯腰欠身，行了一礼，然后往街口行去。

克莱恩刚才撞多拉古那一下，不是为了窃取对方的随身物品，以便用卜杖法轻松完成跟踪，这样太容易被发现、被察觉了。碰撞的瞬间，他只做了一件事情，那就是借助"小丑"的敏捷，将自己双排扣长礼服的备用纽扣悄然塞入了目标其中一个装饰性衣兜。

拐过街道，克莱恩停住脚步，回头望去，正好看见多拉古登上一辆出租马车。他没有急于跟踪，耐心等待了几分钟才慢悠悠地上了另一辆马车，对车夫道："跟着我的指示走，先到这条街的街尾。"

"好。"车夫没问为什么。

车厢内，克莱恩杵着手杖，开始占卜。他的占卜语句没有指向多拉古·盖尔，而变成了"我这件衣服备用纽扣的下落"！

卜杖法最初也是最实际的用途是寻物，只有"占卜家"才能借助它寻人，克莱恩这一次让它恢复了原本的用途，而最方便也最容易找到的则是归属于自身的物品！

一路行去，克莱恩不断让车夫调整着方向，终于抵达了一栋位于希尔斯顿区的临街房屋前面。刚才绕过来的时候，他注意到这栋房屋后面有花园，有草坪，与一般的住宅不同，而他的卜杖法告诉他，多拉古·盖尔就在这栋房屋内。

付了两苏勒的车费，克莱恩走向有大理石雕像的门口，看见那里站着两位身穿黑白格制服似乎在模仿警察的男子。

"我不认识您，您的会员证明呢？"其中一位有南大陆血统、肤色棕黄的男子伸手拦住了克莱恩。

"会员证明？"克莱恩将沉重的相机藏到身后，微皱眉头地反问道。

肤色棕黄的男子顿时板住了脸孔："这里是克拉格俱乐部，只有我们的会员和会员携带的客人才能进入，仅限一位。"

克莱恩"嗯"了一声："那该怎么加入你们的俱乐部？"

"只有获得两位会员的推荐，才能加入。"棕黄皮肤的男子没有粗暴地驱赶，而是耐心地回答了对方的问题——他不能保证对方会不会转头就加入了俱乐部。

"好的。"克莱恩抽了下嘴角，决定启用B计划。

他在克拉格俱乐部附近找了家旅馆，要了一间为期四个小时的短住房。接着，他反锁房门，拉拢窗帘，进入灰雾之上，让面前具现出黄褐色羊皮纸和圆腹钢笔。

吸了口气，克莱恩写下了与刚才一模一样的占卜语句：我这件衣服备用纽扣的下落。

这一次，不再是卜杖法，而是梦境占卜法！

之所以不在外界进行，是因为克莱恩觉得所谓克拉格俱乐部看起来挺高端的，怀疑里面可能有比较强力的非凡者，为了不浪费时间，干脆上灰雾占卜，务求一次到位。

灰蒙蒙的梦境世界里，克莱恩最先看到了多拉古那件呢制的黑色大衣。它挂在衣帽架上，前方是一张放于地毯上的圆桌。画面拉伸，一双翻滚的男女映入了克莱恩的眼帘，男的正是多拉古·盖尔，女的金发灿烂，年纪较轻，顶多二十出头。

她皱着眉头的痛苦表情相当妩媚……我为什么总是要看见这种画面……克莱恩揉了下眼睛，苏醒了过来。

多拉古有情妇的事情应该可以确定了……但是该怎么拿到实质的证据……用回应祈求的方式？但这仅限于自身获得，只能靠素描，无法通过相机……我总不可能徒手画一张照片出来吧？看来今天是不行了，等下跟踪那女的，弄清楚她的地址和姓名，我就不信他们每次约会都在克拉格俱乐部里面……侦探克莱恩迅速有了接下来的思路。

就在他准备离开灰雾之上这片神秘空间时，忽地想到了另外一件事情，那就是要不要顺便再做个占卜，确认潜入自身房间的那条铁黑色线虫是否受到"占卜家"途径的非凡者操纵。

他之前没这么做，是觉得相应的消息太缺乏，难以无中生有，肯定会出现占卜失败的结果，即使在灰雾之上也一样。再加上前面几次进来，都各有要事，实在无暇顾及别的事情，就一直没管，而现在闲着也是闲着，占卜一下又不会死。

至于联络阿兹克是否有风险的问题，他很早就占卜过了，答案是肯定，有风险，且不小，只能作为最后最不得已的选择。

书写好对应的占卜语句，克莱恩解下袖口内的银链，让黄水晶吊坠悬于纸面。

"之前潜入我房间的铁黑色线虫被'占卜家'途径的非凡者操纵着。

"之前潜入我房间的铁黑色线虫被'占卜家'途径的非凡者操纵着。

"……"

默念七遍之后，克莱恩睁开眼睛，看见灵摆在顺时针转动，速度快，幅度大。

肯定……答案是肯定！

不是应该失败吗？克莱恩没想到会获得这样的答案，根据他占卜家的本能，这样的占卜大概率会失败。

为什么呢？他皱起眉心想了好一阵子，决定换种占卜方法，换个占卜目标。他要直接占卜那位操纵者，用梦境占卜法！

这一次，克莱恩在梦里什么也没看到，无法获得那位"占卜家"途径非凡者的相应启示。

"这才对嘛……"他低语一句，回头再看之前的占卜，陷入了沉思。

由于缺乏条件，应该会占卜失败的，就和后面那次一样……难道，难道这片神秘空间自己补上了必要的条件？它蕴藏着"占卜家"途径的一些东西？克莱恩忽地灵光一闪，有了个大胆的想法！也许，灰雾之上这片神秘空间与"占卜家"途径有一定关联！

嗯……克莱恩轻敲起古老长桌的边缘，思前想后却无法找到其他证明，只能暂时按下这个疑问，准备回归现实世界。

"不管怎么样，至少确定了一件事情，那就是大使身边有'占卜家'途径的中序列非凡者，而他是不是密修会成员并非重点……这也许就是我获得序列7甚至序列6魔药配方的机会！"克莱恩蔓延出灵性，包裹住自身，坠入了灰雾里。

…………

与此同时，格莱林特子爵家的书房内。

奥黛丽让主人在外面守门，自己看着休和佛尔思，沉吟几秒道："我有个任务需要你们帮忙。"

"什么任务？"休眼睛一亮，似乎闻到了钞票的油墨香味。

奥黛丽露出礼仪性的笑容："刺杀因蒂斯驻王国的大使，贝克朗·让·马丹。"

"什么？"佛尔思摸了下耳垂，怀疑自己听错了。

美丽、天真、好奇、懵懂的奥黛丽小姐竟然会给出刺杀类任务！目标还是北大陆强国因蒂斯的大使！

休对此比较迟钝，犹豫着回答道："我们的实力，不……不足以完成这个任务。"她最先衡量的是任务难度！

奥黛丽忽略了佛尔思的问题，让她们自己去想象理由，酒窝浅浅地说道："我不是让你们自己接受委托，而是希望你们去找有能力完成的非凡者，比如A先生。

我会为此支付四千金镑的报酬,当然,这只是我初步的报价,具体还可以商量。

"如果事情最后能够成功,我将给你们五百镑费用;即使失败,也有两百镑,因为你们承担了风险。"

她累积的还未投资出去的年金余额加剩下的赏金,一共有一万三千镑的样子,但一下动用太多,肯定会引来霍尔伯爵的关注,甚至连巴伐特银行也会做一定的调查,经过计算,她认为五千镑是临界点,最好不要超过。

四千金镑……休听到了自己粗重的呼吸声,但她很快就变得沮丧,她很清楚自己不可能接得下这个任务。

仅仅只是用我们的名义去请别的非凡者并保密,就有五百镑的报酬……奥黛丽小姐是我见过最慷慨最大方最美丽的姑娘!休迅速回到了现实。

佛尔思心动之余,则是满脑子的疑惑:奥黛丽小姐为什么要委托这样的任务?贵族圈子的倾轧?预谋挑起战争的前奏?以霍尔伯爵为代表的某些大人物希望局势变得混乱?……

两人通过约定的渠道,很快联络上了A先生,于下午三点,罕见的阳光穿透雾气照亮了整个贝克兰德时,来到之前参加聚会的那栋房屋,看见了戴着兜帽、跷腿而坐却给人居高临下感的A先生。

"你们说找我有重要的事情?"A先生的目光在两位女士身上来回移动。

听说有的女性非凡者用身体从A先生那里换到了魔药材料……他真是一个恶心的变态啊……佛尔思嘴角微勾地笑道:"有一笔大买卖,不知道您感不感兴趣?"

A先生扫过休的脸蛋,低笑一声道:"说吧,让我听一听是什么大买卖。"

忍住拔出三棱刺的冲动,休用仲裁人的口吻道:"刺杀因蒂斯驻王国大使,贝克朗·让·马丹。"

A先生顿时陷入了沉默,但由于表情被兜帽阴影盖住,休和佛尔思无法猜测他在想些什么。

过了一阵,他缓慢地后靠,沉声说道:"所以,报酬是什么?"

"四千金镑。另外,我们会提供相应的情报,比如贝克朗大使是'猎人'途径的序列6'阴谋家',有位可能是序列5的助手,比如他的弱点是美色。"休竭力让A先生觉得这个任务有希望完成。

A先生低笑道:"我可以接这个任务,但报酬必须提高。第一种选择,'无暗者''灾难主祭''预言家'或者'操纵师'的魔药配方,当然,它们的价值都高于这个任务,不需要完整,有部分就行。

"第二种选择,一万金镑。呵,这是'飓风中将'齐林格斯的悬赏金额,贝克朗的实力肯定比不上他,但有厉害的助手,而且,相信我,他身上绝对有神奇物品。"

合理的价格，但也是夸张的价格……休和佛尔思对视一眼道："我们回去商量一下，明天这个时候在这里给你答复。"

"可以。"A先生做出送客的手势。

被侍者带出房屋后，佛尔思疑惑地低语道："那些都是高序列的配方？坦白地讲，我很奇怪，我以为A先生只会要配方或者魔药材料，钱对他来说应该不是必需品。"

休侧头望了好友一眼："佛尔思，你果然只是一个单纯的诊所医生和作家。你要知道，A先生肯定有不少手下，他们需要房屋睡觉，需要填饱肚子、购买衣物、发泄欲望，这些都必须用金钱换取，而且，对某些破落的贵族来说，只要有金镑，什么不能卖？

"没有手下的A先生虽然会同样可怕，但他的消息将非常闭塞。这是东区那些小黑帮都知道的事情。"

佛尔思皱了下脸庞道："休，你也不是那么笨嘛……"

傍晚时分，两人在预定的地方见到了那条熟悉的金毛大狗，将A先生的答复转达给了奥黛丽。

奥黛丽看完纸条，不仅没有为难，反倒长长地松了口气。能用一万金镑就解决大使的事情，对她来说简直太美好了！

我这边暂时只能动用五千镑，还得给休和佛尔思五百镑的报酬……嗯，先向格莱林特借，借六千镑，不，八千镑，我的日常开销不能暴露问题……然后分四到五个月归还他，利息一千镑……到新年前，我都会相当拮据，每个月只能用一千镑……奥黛丽迅速做出决定，然后烧掉了原本的纸条，用新的纸张书写道：第二种选择，预付两千镑，等任务完成再给予剩下八千镑。

明斯克街15号，克莱恩在下午茶时间再次见到了玛丽·盖尔——他主动通过斯塔琳·萨默尔太太约了对方。

"玛丽女士，经过跟踪，我发现你的丈夫去了克拉格俱乐部。因为我不是他们的会员，所以无法进入，但据我观察，在你丈夫离开后半个小时，只有一位年轻的小姐出来，她叫艾丽卡·泰勒，住在希尔斯顿区新年路126号，曾经在考伊姆公司工作过一段时间，目前依旧是失业状态，我有拍下她离开克拉格俱乐部的照片。"

"失业还能住在希尔斯顿区……"斯塔琳冷笑了一声。

玛丽表情阴郁地默了几秒，道："你必须弄到他们亲密的实质证据，嗯……是克拉格俱乐部，对吧？我会找两位会员引荐你入会，但你的资料必须填'知名大侦探'，不让人带你进去是因为时间上很可能凑不到一起。"

"好。"克莱恩犹豫了下，还是问了出口，"会费由谁来交?"

"最初的会费我负责，这是对你效率的答谢。之后如果你希望留在俱乐部，那每年的年费由你自己承担，大概是十五镑。"玛丽的眼睛内仿佛有火焰在燃烧。

年费十五镑，那最初的会费至少五十镑……高端俱乐部啊……玛丽女士你真是太慷慨了! 克莱恩当即点头道:"我会尽快把证据给你。"

…………

用过晚餐，克莱恩再次出门，继续前往贝克兰德桥区域的勇敢者酒吧。

这一是为了在军方特殊部门和暗中监控的警察面前表现自己的惶恐与无助，似乎什么自救的办法都想尝试一下，二是为了欺骗大使手下那位"占卜家"途径的中序列者。

涉及灰雾的事情，克莱恩相信那位先生或者女士肯定占卜不出来，包括自己的死而复生和前尘往事，包括那枚借助真实造物主制作成功的"污秽之语"符咒。这是绝对可以影响到对方的强力物品，克莱恩必须让自己保持没有安全感、疯狂抓着各种稻草的状态，以此误导对方，提高胜算。

深黑的天色里，克莱恩进入了酒吧。他还未来得及去要一杯啤酒，就看见卡斯帕斯这个酒糟鼻老头抱胸站在"狗抓老鼠"的竞技台前。

"刚好，马里奇找你。"卡斯帕斯瞄到克莱恩，立刻一瘸一拐地挤了过来。

"马里奇找我?"克莱恩愕然反问道。

他下意识地摸了摸衣兜内的"阿兹克铜哨"，考虑该以什么借口婉拒。或者说，用自身灵性包裹住铜哨，就不会引起活尸的异变? 阿兹克先生以前不是没去过墓园，也没见有尸体袭击他……

克莱恩的精神霍然紧绷，还没来得及想好借口，他就看见脸色苍白、眼睛仿佛藏着恶意的马里奇从另外一边过来，身旁没有簇拥活尸。

他的活尸呢? 克莱恩半是疑惑半是松了口气地想道。

马里奇指了指纸牌室，当先走了过去，克莱恩远远眺望，见里面没有活尸，才跟着入内。

"有什么事情吗?"克莱恩抢先问道。

白衬衣黑马甲的马里奇一屁股坐到牌桌上，盯着克莱恩的眼睛问道:"你那个委托还有效吗?"

"啊?"克莱恩一下没能反应过来。

"我有位朋友最近缺钱，愿意接受这个委托。她比我强大，应该能保护到你，不过，她只保护你三天，代价是一千镑。"马里奇嗓音低沉含糊地说道。

为什么在我有了"污秽之语"后才出现愿意接受委托的非凡者……不过这样

也好，更加能迷惑大使那边的非凡者，等他费尽心思击败了马里奇的朋友，我成功的概率将变得极高……唯一的问题是，怎么确定马里奇的朋友可靠……嗯，去灰雾之上占卜一下……克莱恩沉吟一阵道："给我时间考虑和筹集资金，这不是一个小数目。还有，保护我时最好要隐蔽，不能让人知道，至于是哪三天保护，也得由我决定，肯定在这两周内。"

当然，"占卜家"绝对能察觉……克莱恩默默地补了一句。

至于钱的问题，他最初就考虑过，如果变卖默尔索的非凡特性还不够，就向"正义"小姐要，反正他早就做好了铺垫，罗塞尔日记里也还有不少知识可以贩卖。当然，如果价格实在无法承受，那就只能算了。

现在嘛，虽然默尔索的非凡特性变成了"污秽之语"符咒，但"正义"小姐还在，还欠价值序列8"祈光人"配方的钱，还欠密修会的情报，两者综合下来，一千镑足够了！

明斯克街15号，回到家中的克莱恩没急于去灰雾之上占卜，而是装作什么事情都没发生地看着报纸。

在这个过程中，他听到了虚幻层叠的祈求声，并隐约辨认出这来自女士。

经受过真实造物主呓语的摧残后，我在这方面的能力似乎提升了一点……克莱恩若有所思地翻动报纸，稳稳地半坐半躺于安乐椅上，没有动弹。直到怀表的指针靠近十点，他才放下手中的事物，去二楼盥洗室清理了自己。

进入卧室，拉拢窗帘，克莱恩熟练地来到灰雾之上，看见象征"正义"的那颗深红星辰在不断膨胀和收缩，并带起一声声祈求的回荡。

克莱恩蔓延出灵性，接触而去，眼前当即浮现身穿浅白色丝绸睡裙的"正义"小姐。她的形象依旧很模糊，似乎正靠躺于床上。

诵念完尊名，奥黛丽切入主题："贝克朗大使是'猎人'途径序列6的'阴谋家'，有疑似序列5的助手……

"我拿到详细情报后，找人询问了A先生，他同意接手刺杀贝克朗大使的任务，但条件是一万金镑，或者'无暗者''灾难主祭''预言家'和'操纵师'其中之一的魔药配方，配方不需要完整，有一部分就行。

"我选择了前者，预付两千镑。尊敬的'愚者'先生，我的决定正确吗？"

一万金镑……克莱恩嘴角动了一下，旋即强迫自己将思路转到别的方向：序列5的助手，应该就是那位"占卜家"途径的潜入者吧？先当他是，料敌从宽……

A先生是否有那个能力，会不会拿钱不办事……

"灾难主祭""预言家""操纵师"与"无暗者"并列，应该都属于序列4，这是高序列的门槛……

A先生很有可能是极光会二十二位神使之一，能被派驻贝克兰德这万都之都，说明他的地位仅次于最高层的五位圣者，是神使里的佼佼者……

极光会掌握着"秘祈人"途径，这是直接靠近真实造物主的道路，作为神使，他大概率是这个序列链条上的非凡者。基于贝克兰德的地位，可以初步判断，他有序列5，是"牧羊人"，当然，也可能是低一点的"蔷薇主教"，但在别的方面，比如头脑上，更加出众……

必须提醒"正义"小姐，不能和A先生过多接触，"秘祈人"途径的非凡者不是已经表现出异常的疯子，就是隐藏得很深的疯子，几乎没有例外……这条途径的序列8"倾听者"可是经常会听到真实造物主声音的……嗯，也只有疯子才会大胆地接受刺杀因蒂斯大使的任务，有那个勇气去完成……

我这里有部分"无暗者"魔药配方以及相应的进阶仪式，这可以让"正义"小姐节省一万金镑……

A先生为什么只要"无暗者""灾难主祭""预言家"和"操纵师"的配方？这是可以和"秘祈人"途径在高序列互换的道路？有点多啊，这么一算有五条了……

"无暗者"是永恒烈阳的，"灾难主祭"听名字像是风暴之主或者黑夜女神的……我之前判断永恒烈阳、风暴之主、知识与智慧之神各自的途径属于相近序列，所以，祂们互相敌视，这么看来，"灾难主祭"属于风暴之主，是"水手"途径的序列4，"预言家"则是知识与智慧之神的……

"操纵师"又是哪条途径的？它们竟然都可以和真实造物主对应的序列互换，这就有点意思了……

嗯……不能把"无暗者"的配方给A先生，部分也不行。极光会的成员都是那种随时在找机会报复世界、危害公共安全的疯子，战略性事物不能交易给他们……这不仅是底线的问题，还涉及自身安全，极光会那帮疯子一旦时机成熟是真可能献祭整座城市的……

就让"正义"小姐花那一万镑吧，这里面有她预定要分给我眷者的报酬，其余的我能以知识补偿她……

克莱恩伸手捏了下自己的脸颊，他暂时没回应"正义"，而是具现出纸笔，准备占卜。

马里奇口中的那位朋友，克莱恩完全没有了解，只能从代词"她"判断是女性，要想直接占卜对方是否可靠，失败是不可避免的结果。

但是，克莱恩可以间接占卜，以自身安危间接占卜，这样成功率会高很多。至于是否会受到干扰，结果的准确性有多高，因为有灰雾的阻隔，他一点也不担心。

斟酌了十几秒，克莱恩落笔写道：我聘请马里奇那位朋友做三天保镖有风险。

放好钢笔，解下灵摆，克莱恩收敛精神，迅速做了占卜。再次睁开眼睛，他看见黄水晶吊坠在顺时针转动，不过幅度很小，速度很慢。

有一定的风险，但相当低……可靠……克莱恩轻轻颔首，改为占卜A先生。

同样，他和A先生没有直接接触，所有的了解都基于转述和推断，想确认对方是否有能力、是否愿意遵守承诺，是很难得到答案的，只能从另外的方面入手，间接占卜。

作为算得上出色的"占卜家"，克莱恩很快确定了方向，那就是占卜贝克朗大使！这位大使与他有相当多的牵扯，对应的情报更是较为详细，就连对方卷入了什么事情，他也很是了解，作为占卜目标是没有问题的。

思考了一阵，克莱恩写道：贝克朗·让·马丹会受到来自A先生的致命威胁。

这是个把握不大的占卜，克莱恩尽量模糊了语句，没预设确定的结果，免得占卜失败。这一次，他看见灵摆依旧顺时针转动，但速度变快，幅度变大。

说明A先生会去完成任务，并且有不小的成功可能性……克莱恩缓缓地吐了口气，开始回应"正义"小姐的祈求："可以。

"你的决定没有问题。

"绝对不要自己出面。

"我的那位眷者希望得到一千镑的活动经费，还是以之前的方式，最好明天能完成。

"这将抵消掉'祈光人'的配方，你也不需要再去搜集密修会的情报了，不过，如果你能额外获得相应的消息，我会与你交易。"

知道那位潜入者是"占卜家"途径的非凡者后，克莱恩对密修会有关情报的需求就不那么迫切了。

他原本是想要比一千镑更多的金钱，但考虑到"正义"小姐得为刺杀大使的事情支付一万镑，经济状况肯定会变得捉襟见肘，于是只能给出底线。

做完这一切，克莱恩没多逗留，当即返回了现实世界。

…………

窗外红月若隐若现，奥黛丽正拿着一本乐谱，轻哼着旋律。忽然，她眼前冒出浓浓的灰雾，有一道人影高踞于古老的椅子上，俯视着下方，低沉开口。

听完"愚者"先生的回应，奥黛丽顿时松了口气，不再那么忐忑。

一千镑……我在"愚者"先生那里的债务接近于还清了……感觉一下轻松了好多……奥黛丽将乐谱靠于胸口，酒窝浅现地想着。

虽然她之后很长一段时间内的零花钱只有每月一千镑，非常窘迫，但咬咬牙，挤个一千镑出来还是没问题的。向格莱林特多借一点，分期数多一些……

奥黛丽在这方面有着不错的家教，毕竟她的父亲是幕后的大银行家。

…………

周四中午时分，克莱恩又听见了虚幻的祈求声，经确认，"正义"小姐已经将钱存入了那个不记名账户。而贝克兰德范围内的银行对账和清算，当天就能完成，也就是说，克莱恩从周五开始，可以于贝克兰德银行在市区的每一个分理处取出那笔现金。

用过午餐，克莱恩又一次见到了玛丽·盖尔。她带着克莱恩来到克拉格俱乐部外面，两位会员正等待在那里，一位是知名外科医生艾伦·克瑞斯，一位是贵族的马术教师塔利姆·杜蒙特。

彼此问好后，戴着金边眼镜、个子瘦高、较为冷淡的医生艾伦当先进入俱乐部，留着棕色短卷发的马术教师塔利姆则边走边笑道："如果不是玛丽提到你，我都不知道贝克兰德多了一位出色的侦探，以后如果有什么事情需要委托，我会找你的。"

"那我提前在这里感谢你。"克莱恩笑着回应道。

根据玛丽在车上的介绍，他知道塔利姆原本是贵族子弟，祖上有子爵的爵位，可惜的是，他的家产都被祖父给挥霍光了。他的父亲有近十个兄弟以及超过六个的姐妹，而作为土地贵族，当拥有的土地降到标准线以下后，世袭的爵位是会被降低的，不过也得看国王的心情。

塔利姆无法像别的贵族子弟那样，在成年后得到一笔数额不菲的钱经商，也由于祖父的名声，没有渠道进入政府做雇员，或者去别的贵族家庭担任管家，只能发挥特长，成为不少贵族子弟的马术教师，收入还算丰厚，每年有四百镑上下。

"哎，离婚真是一件让人贫穷的事情。"塔利姆不知是在暗指玛丽·盖尔的事情，还是想到了他那位更像因蒂斯人的祖父。

克莱恩没法接话，只能跟着对方进入克拉格俱乐部，看到了一个宽敞明亮的大厅。

艾伦和塔利姆各自填写了推荐表格，相继离开了克拉格俱乐部。今天不是周末，他们一个下午还有两台手术，一个得去教导康纳德子爵的小儿子马术，务求刚成年的对方在下半年的贝克兰德社交季里不会因此丢脸。

克莱恩看着穿红马甲的男仆和衣裙美丽的侍女来回好几趟，终于等到了属于自己的会员证明和一枚铭刻着白霜星座符号的徽章。

"入会费五十镑，今年还剩三个半月，年费四镑。"穿红马甲的男仆将那两件东西推到了克莱恩的面前。

克莱恩拿出玛丽·盖尔给的五十七镑现金，数了五十四镑给对方。

会费和年费之外的金额是玛丽给予的第一笔报酬，她对克莱恩很快就弄清楚多拉古·盖尔的情妇是谁并拍下了照片之事非常满意。

　　五十镑的会费……玛丽夫人真是一位慷慨的女士啊！克莱恩边看着男仆和侍女验证钞票的真伪，确认具体的数目，边想着斯塔琳·萨默尔私下里的介绍。

　　玛丽的父亲是考伊姆公司的联合创始人，占据百分之二十的股份。原本这只是一家小公司，勉强能赚一点钱，但随着贝克兰德的污染状况加剧，无烟煤和木炭的需求变多，考伊姆公司迅速壮大，成了首都地区该行业内能排进前十的大公司，玛丽的身家随之暴涨。

　　唯一的问题是，她嫁给多拉古·盖尔那会儿，公司还处在没什么名气的阶段，她的父亲将股份作为嫁妆时并没有太在意，所以没有进行"财产赠予保护"，而是采用了当前更流行的"遗嘱回赠"方式。前者是指嫁妆作为独立的、分离的女方财产存在，所有权不属于男方，就连使用权也得看女方的心情；后者则是将嫁妆归属于整个家庭，但男方必须立下有效的遗嘱，承诺若自己先于伴侣死亡，在分割遗留的财产时，将优先支付妻子等于两到四倍嫁妆的财产，之后再按正常的继承法进行分割——这能有效保证遗孀的生活。

　　正因如此，如果玛丽在没有拿到多拉古背叛婚姻的证据前就起诉离婚，那考伊姆公司的股份将由双方平分。

　　克莱恩记得当时斯塔琳很是艳羡地说道："仅是这些股份目前的价值就接近两万金镑，再加上其他的一些财产，玛丽是真正富有的女士，一旦离婚，绝对会成为贝克兰德众多男子追求的对象，其中甚至会包括某些贵族。"

　　这笔钱仅仅够"正义"小姐刺杀贝克朗大使两次……克莱恩忽地联想开来，看到红马甲男仆和容貌不差的侍女对自己行了一礼："莫里亚蒂先生，欢迎您加入克拉格俱乐部。"

　　听到这句话，克莱恩才拿起了面前的会员证明和白霜徽章。

　　前者是由弹性很好的硬纸制成，仿佛一张卡片，上面写着克莱恩的姓名和入会的日期。按上食指的印记后，这张会员证明就可以正常使用了。

　　后者是克拉格俱乐部的独特徽章，因成立于11月初而得名，对应着白霜星座，正面是象征符号和"192"这个数字，后面则有"夏洛克·莫里亚蒂"的铭文。

　　"俱乐部现在有一百九十二位会员？"克莱恩随口问了一句。

　　"是的，我们俱乐部不接受无推荐的人。"红马甲男仆笑容满面地介绍道，"一楼有自助餐厅、酒吧、图书馆、壁球室、会议厅、纸牌房，您都可以免费使用，食物和酒水也能免费品尝；二楼有十六个休息室、两个小会议厅，同样免费，只要有空余就能使用。"

容貌不错的女仆指着后方道："草坪上有两个网球场，完全免费，地下有两个射击练习场，您只需按照器材租赁的价格支付。

"如果您对简单的自助餐不满意，可以自行点餐，我们有专属的厨师，您只用支付材料费用。"

包吃，包住，包玩……不愧是高端俱乐部……克莱恩在心里由衷地感谢了玛丽太太一句。他温和地笑道："你们派一个人领我转一转，熟悉下环境，然后给我一间休息室午睡。"

"好的。"红马甲男仆做出请的手势。

熟悉了克拉格俱乐部的环境后，克莱恩进入休息室，仔细研究了这里的格局，发现接近于后世的酒店房间，据说是因蒂斯风格。

得考虑下明天怎么弄多拉古婚外情证据的事情，那照相机的闪光简直无法掩饰啊……也就是说，只有一张照片的机会……而且要是暴露了，肯定会被驱逐出俱乐部的，得考虑个稳妥的办法……等下去翻报纸，争取能从新闻里判断出伊恩事件的进展，从而确定该保护哪三天……克莱恩来回踱步，陷入思考。

就在这时，他忽然心悸，整个人一下变得紧绷。

这是"小丑"的预感？但脑海里什么画面都没有啊……克莱恩只觉四周的空气变得凝重，有暴风雨在酝酿。很快，这种感觉消失不见，就像什么事情都没有发生一样。

难道是有危险即将来临？可是，我之前被默尔索袭击时没出现类似的状况啊……克莱恩疑惑不解地掏出一枚硬币，占卜自己最近几天是否将遭遇袭击，答案是否定。

想了几秒，克莱恩拉拢窗帘，装作午睡，逆走四步，进入了灰雾之上。他坐了下来，考虑许久，低声默念道：

"最近几天我将有极大的危险。

"最近几天我将有极大的危险。

"……"

反复诵念里，他再次弹出硬币，看见那黄铜色泽的事物翻滚着落下，落到了他摊开的掌心。

这一次，国王头像朝上！这表示肯定！

我刚才的反应真的是危险即将来临的预兆……克莱恩微眯着眼睛，向后靠住椅背。

他对这件事情相当不解。无论是"占卜家"，还是"小丑"，之前从未表现出类似的能力，即使可以预知危险，也是因为目标就在面前，就在旁边！

我附近什么人都没有……从我的占卜结果被干扰、被误导来看，这件事情肯定涉及较高序列的非凡者，很大可能是贝克朗的助手……结果反倒激发了我的预知？这不科学，呃，这不神秘学……这里面肯定还藏着别的什么因素，只是我目前还无法弄清楚……

克莱恩环顾四周，只见灰雾无垠，深红静谧，宫殿亘古不变般屹立。他放下疑惑，暂时不去考虑为什么，将注意力集中到了行将发生的袭击上。

又占卜了好几次，克莱恩发现自己只能确认最近几天会有极大危险，无法缩短到三天内、两天内或者五个小时内，也就是说，他只能得到较为模糊的启示。

而在梦境占卜里，他看见了伊恩，穿着老旧大衣的伊恩，看见对方立在街道上，背后是典雅的煤气路灯和模糊的红月……除了这幅画面之外，什么也没有。

"这究竟该怎么解读呢？"克莱恩想了一阵，只能认为这是危险的前奏。

他没再耽搁，立刻返回现实世界，离开克拉格俱乐部，赶到附近的贝克兰德银行希尔斯顿区分行取出了账户里剩下的那一百金镑——"正义"给的一千镑还未通过清算和对账，相应的信息还没有发下来，账户情况未能同步。

理论上来说，这有个漏洞，那就是克莱恩可以在取了一百镑后，换家分行再取，抓各家分行账户不同步的时间差。但这仅仅是在理论上。为了规避类似的行为，各家银行对不记名账户有不少规定：一是加强同城间类似消息的传递；二是限制单次取款的额度，最高不超过五百镑；三是上次取款记录不在本地的，必须拍电报询问。克莱恩今天就遇到了第三种情况。

收好钞票，克莱恩乘坐马车来到贝克兰德桥区域，进入了勇敢者酒吧。

在卡斯帕斯的引领下，他看见了坐在纸牌室内的马里奇，对方身边依然空空荡荡，没有活尸簇拥。

克莱恩收起用灵性包裹"阿兹克铜哨"的想法，将一百镑钞票拍到了桌子上，对脸色苍白的马里奇道："我同意交易。我会预付一百镑，之后每保护我一天，我再支付三百镑。保护从现在开始！"

马里奇的目光越过了他，看向他的后面，微微点头道："好的，她答应了。"

啊？克莱恩愕然回望，只看见了门板，看见了空气。他悄无声息地开启了灵视，依旧什么都没有发现。

马里奇将那一百镑收入口袋，漠然道："你可以回去了，她已经开始保护你了，以隐蔽的方式。"

如果我没有提前占卜过，肯定以为你们是骗子……克莱恩左右环顾一圈，做出咬牙离开的模样。一路之上，他时而开启灵视，时而关闭灵视，不断地观察车窗之外，但还是没能找到马里奇所说的保镖。

回到明斯克街15号，克莱恩关上房门，进入盥洗室，拧开水龙头，清洗双手。哗啦啦的声音消失，他甩了下水滴，用毛巾擦着手掌，并抬头望向洗漱镜，审视自己现在的样子。

就在这时，他看见镜中的自己忽然晃荡，变化成了一个穿着黑色宫廷长裙的女子。

这女子头发淡金，眼眸蔚蓝，容貌相当精致，但脸色异常苍白。她戴着一顶小巧的黑色软帽，提起裙摆，微欠身体，对克莱恩行了一礼。

这……克莱恩没有掩饰自己的惊讶，故意倒退了几步，抵住了墙壁——他刚才已经醒悟，这可能就是他用一千镑雇来的保镖。

镜中的画面迅速暗淡，克莱恩又看见了自己，一切恢复了正常。镜中人影清晰，却再不见刚才那位身穿黑色宫廷长裙的女子，她似乎从未出现过。

克莱恩悄然开启了灵视，却什么都没有找到。

我不会请了个女鬼当保镖吧？这比女鬼还诡异，至少灵视是可以看见鬼魂的……克莱恩若有所思地摸了下衣兜里的"阿兹克铜哨"，只觉阴凉和冰冷依旧，没有额外的变化。

未受铜哨的影响，看来不是死灵类的家伙……不过，也不能肯定，当初铜哨跟着我下葬，周围一圈的死者也都没有出现异常……因为埋葬在墓园的都是经受过牧师和主教安魂的？它到底什么时候起作用，什么时候不起作用……等大使的事情完结，如果我还活着，就去墓园做下试验，争取弄清楚范围和限制，不能总跟带个定时炸弹一样……克莱恩洗了把脸，转身走出了盥洗室。

他在客厅拿上报纸，准备去起居室或者卧室翻看，忽然听到门铃被拉响。

叮叮当当的声音里，克莱恩忽地绷紧精神，异常戒备地穿上有各种材料的外套，向着门口行去——他清楚地记得，最近几天会有危险降临！

站在门后，等待了一下，克莱恩脑海内自然浮现了外面的场景：天空中的红月若隐若现，街道两侧典雅的煤气路灯照亮着湿润的道路，身穿老旧大衣的男孩立在那里，鲜红的眼眸深沉中带着些许迷茫。

伊恩·赖特？他怎么出现了？这不是我梦境占卜里见到的画面吗？这是危险来袭的前兆？克莱恩拉开房门，警惕地向后退了两步。

"莫里亚蒂侦探。"伊恩摘下棕色圆顶帽，欠了欠身体道，"我是来向您说对不起的，很抱歉让您卷入了这么危险的事件。"

克莱恩微皱眉头道："你最该做的是去警局。"

伊恩环顾四周，略埋脑袋道："我刚从军情九处出来。"

啊？这就是军方那个特殊部门的名称？克莱恩让开道路，指着客厅道："也许我们可以聊一聊。"

我至少得知道我是因为什么事情才落到这么被动的局面……他在心里叹息了一句。

伊恩没有客气，跟着克莱恩进入客厅，坐到了上次那个位置。

他正要开口，克莱恩突然补充道："如果你想说的事情会让我陷入更大的危机，那就不用讲了。"

"不会，一切都快结束了。"伊恩有着不符合年龄的沉稳。

克莱恩松了口气，疑惑地问："那么，究竟发生了什么？"

他话音未落，忽地看见客厅对面的凸肚窗玻璃上浮现了一道人影：黑色宫廷长裙，淡金长发扎髻，眼眸蔚蓝，容貌精致，脸色苍白，正是之前在洗漱镜里对克莱恩打招呼的那名女子。

这名女子似乎找了张虚幻的高背椅坐下，左掌撑着右肘，右手托着脸颊，摆出没什么表情的倾听模样……克莱恩一时竟不知该做什么反应。

这时，沉默了几秒的伊恩低声说道："其实，泽瑞尔侦探是弗萨克帝国的间谍，他收养了好几个流浪的孩子，教导他们搜集情报的技巧，这里面就包括我。"

原来是这样……我卷入的是一起间谍大案……克莱恩一阵恍然。

伊恩目视茶几，继续说道："我们有年龄的优势，常常不被别人注视，能搜集到很多有用的情报。两周前，我偶然发现了赫尔莫修因手稿的线索。"

"赫尔莫修因？"克莱恩觉得这个姓氏有些耳熟。

伊恩抬起头望着他，解释道："图兰尼·冯·赫尔莫修因，罗塞尔大帝之后最伟大的科学家、数学家、机械学家，第二代差分机之父。"

原来是他！克莱恩顿时记起了相关的介绍：这不仅是伟大的科学家，更是疯狂的科学家，他认为人类存在本质的缺陷，只能借助机器来得到最终真理；他酷爱吃糖，似乎将这作为自身的能量来源；他于研究第三代差分机的时候神秘失踪，是各国努力寻找的一位重要人物。

"他的手稿？涉及第三代差分机的手稿？"克莱恩试探着问道。

差分机是一种用于计算的机械装置，能有效提高科学研究和各种工程的效率，在克莱恩看来，这是蒸汽时代的另类电脑，当然，目前只具备计算能力。

伊恩摇头道："我不清楚，我并没有实际看到，也许有一些相关的思路吧。"

他顿了顿，再次说起事情的经过："我将这件事情汇报给了泽瑞尔侦探，他非常高兴，让我跟着那条线索调查下去，他则立刻向他的上司报告。

"我花费了一些时间，终于确定了手稿的下落，但我害怕危险，没有直接去偷，决定返回泽瑞尔侦探那里。之后就是我告诉过您的事情了，泽瑞尔侦探的家被人潜入，很多小机关没有复原，他也未回应我的联络请求，兹曼格党的人更是试图抓住我……

"通过您的帮助，我确认了泽瑞尔侦探的死亡，从他的尸体上拿走了一颗假牙……嗯，在我们分别之后。"

"泽瑞尔侦探告诉过我，那颗假牙内侧铭刻有紧急联络他上司的方式，就连他自己都不知道的方式，只有发生意外才会取下。"

克莱恩轻轻颔首道："所以你就拍了电报过去？"

伊恩少见地闪过愕然，问道："军情九处的人告诉您的？"

"不，我一个朋友正好在白朗姆街看到你。"克莱恩随口编了个理由。

"嗯。"伊恩沮丧地点头，"我通过电报和泽瑞尔侦探在贝克兰德的上司联络上了，并用密文约定了见面的时间、地点与方式，但很快我就被兹曼格党找到了……不，准确地说是因蒂斯的情报人员。这是军情九处的人告诉我的。

"幸运的是，军情九处的人及时赶到，双方陷入了混战，我趁机逃掉了。可是，我今天下午和泽瑞尔侦探的上司见面的时候，再次遭遇了因蒂斯情报人员的埋伏，不幸被他们抓到……我，我很怕死，将知道的事情都告诉了他们，然而，他们并没有遵守承诺，依然要杀我，这个时候，军情九处终于找了过来。"

这种时候，你才像个十五六岁的大男孩啊……克莱恩刚有感慨，突然从伊恩刚才的话语里想到了一个问题。

之前发现泽瑞尔的尸体上还遗留着似乎很重要的物品且被伊恩顺利拿走时，他只是认为对面的非凡者水平不高，实力不行，通灵的效果不好，未能得到很多有用的信息，从而出现错漏。可是，确认大使手下有位"占卜家"途径的中序列非凡者后，这件事情就变得非常奇怪了——在强有力的"通灵"下，那颗假牙不可能没被发现。

而尸体被丢在那么偏僻难找的地方，也不像是预设的陷阱，再结合伊恩刚才的描述，答案呼之欲出。

克莱恩点了下头道："你有没有想过，泽瑞尔的上司身边有背叛者，投靠了因蒂斯情报机关的背叛者？这就是泽瑞尔在得到手稿线索后暴露并死亡的原因，也是你们被埋伏的原因。"

正因为因蒂斯大使那边掌握着泽瑞尔上司的情况，所以才对假牙内侧铭刻的紧急联络方式不甚在意！泽瑞尔向上司的汇报，直接导致他出事！

伊恩听得呆了一下，好半天才懊恼地握了握拳头，努力保持平静地说道："我竟然没有想到这点，您真是一位优秀的侦探……"

他悄然吐了口气，转而补充道："我也将手稿的下落告诉了军情九处，还有别的所有的事情。他们顺口提了您的遭遇，呵，他们竟然没有怀疑我撒谎，也没派人看管我，全部去抢夺手稿了。不过，在那种压力下，没有人能够撒谎。"

说到这里，伊恩站了起来，深深鞠躬道："请允许我再说声抱歉。对不起，让您卷入了这种事情，其实你没必要替我隐瞒什么的。"

明白了前因后果的克莱恩笑笑道："不，在这件事情上，主要是我自己犯了错，所以才落到当前的处境。"

他刚才边听边根据伊恩的讲述和这几天的反省复盘了整件事情，确认自己犯了两个错——

发现伊恩的事情水有点深，但依旧接下委托，这没有问题。当时自己只是感觉涉及黑帮，顶多会有一两位藏在阴影里不敢曝光的非凡者，而由于缺乏足够信息，占卜结果是失败……这在自身可以解决的范畴内，正常来说，不会有什么麻烦，说不定还能趁机和贝克兰德的非凡者接触上。找到泽瑞尔的尸体，确定水很深以后，考虑到自己身份敏感，立刻果断退出，让伊恩自己处理后续，这更没有问题，是相当谨慎的选择。

我犯的错误之一是，在默尔索上门的时候，没有果断"从心"并抖出伊恩相关的事情。但当时我只以为对面是黑帮，是黑帮背后的几位非凡者，谁知道会涉及因蒂斯大使这种人物，更没有想到默尔索竟然那么莽，在委托任务不成后，竟然没有威胁或恐吓，没走别的流程，直接上门杀人通灵，根本不给我反悔的机会，我的处境由此恶化。所以，这不是一个太主观太严重的错误。

真正导致我如此被动的一个错误，是最开始的一个小错误——以夏洛克·莫里亚蒂的名义租房和接受委托的时候没有伪装！

这就导致我在非凡者身份暴露给大使后不敢逃跑，即使在表现出惶恐和慌乱、让军情九处和警察部门认为我逃跑是顺理成章的事情后也不敢逃跑，害怕大使找不到报复的对象，顺口对官方提一句。而根据我做值夜者的经验，大部分执法人员对不受控制的非凡者都抱有敌意，肯定不会因为我序列低而忽视我，必然会展开调查。到时候，我的长相就是明明白白清清楚楚的证据，将因为涉及0级封印物并死而复生被女神教会的高序列强者追捕。

这种事情不可能寄希望于对方突然遗忘，或者没放到心上，必须提前做最坏的打算。要是等大使那边采取了什么行动再应对，肯定已经来不及了，不管是刺杀还是找保镖、买物品，都需要足够的时间。只有大使死掉，他的助手也跟着死掉，或者将注意力转移至调查大使死因上，我才能解决这个隐患。他的助手没有官方身份，不能和官方直接接触，为了小小一个序列9、最多序列8且不知所终的家伙，肯定不可能大费周折地举报。当然，助手死掉是最好的结果，那就没有隐患了。

和找阿兹克先生帮忙，重新被0-08纳入视线并被高序列强者追捕相比，刺杀大使是相对最简单的选项……如果失败，只能承受这两个结果之一了……

哎，一切的一切都源于最开始的一个小疏忽。我只想着到了这个五百多万人的大都市，一个没什么人认识自己的大都市，且避开了值夜者，没必要天天都伪装，这反而容易会被人看出问题，结果为了这么一个小错误，最后要付出一万多金镑的代价，而且未必能解决……真像一个小丑啊，犯下一个错误，引起连锁反应，接着竭力挣扎，努力平衡，以此取悦观众……

这就是吃了没经验的亏，我两辈子加起来，这还是第一次做"逃亡犯"。等这件事情彻底解决后，我哪怕暴露了非凡者的身份，也没那么危险了。他们只会以为我是在最近找保镖的过程里得到了魔药，而不会怀疑我的来历问题。当然，之后得习惯戴眼镜、蓄胡须，让周围的人逐渐习惯我的新形象，等以后被人问起我时，他们只能想到这样的形象。

想明白了整件事情，克莱恩笑得愈发明显，笑得连伊恩都感觉他怪怪的。

"我该走了，我要消失一阵子，否则我很可能被投入监狱。"伊恩戴上帽子，告辞离开。

克莱恩没有阻止他，看着他消失在了绯红的月色里，而凸肚窗上那位女士不知什么时候已然隐去。

双方都知道了赫尔莫修因手稿的下落，这件事情今晚就会出现结局，大使也就能抽得出手，有余力进行报复之类的行动了……这就是危险即将降临的原因？克莱恩大概明白了之前的占卜结果和莫名其妙的预兆。

如果没有"污秽之语"符咒，没有一千镑三天的强力保镖，他现在多半会死皮赖脸去警局，或者去蒸汽与机械之神教会的贝克兰德总部圣希尔兰教堂"暂住"，避开可能的袭击，直到大使被刺杀——至于刺杀行动能否成功，克莱恩也没有把握，反正他已经考虑过最差的结果，也有一定的预案。

但如今，既然有了双重准备，他毫无疑问不会采取躲避的策略，而是待在家里，装作什么都不知道。在他心里，甚至还期待着袭击者上门。

序列9的"猎人"默尔索被我杀死，再派人来，至少会是一个序列7，甚至可能是序列6、序列5，或者堆数量。不管怎样，只要解决了他们，我将获得配方，获得非凡特性，挽回一些损失……嗯，我会告诉我的保镖小姐，我运气不错，从买来的"黑色耳朵"那里得到好处，成了非凡者。毕竟如果战斗激烈，我根本无法隐瞒这点，而且我说的几乎是真话，我确实从那个"黑色耳朵"上面得到了不小的收益……克莱恩思索着接下来的事情，几乎本能地要在胸口画出绯红之月。

愿女神庇佑，来的是那个"占卜家"途径的非凡者！他默默地祈祷了一句。

想到这里，他环视房间，想寻找自己的保镖——他担心对方听到了事情的原委后，悄无声息地跑了。

客厅餐厅内灯火温馨，照亮着茶几、沙发和椅子，除此之外，没有他人。

就在克莱恩渐渐忐忑起来时，他忽然看见客厅区域煤气灯的玻璃罩上浮现了一张脸孔，发色淡金，容貌精致，脸庞苍白。

这位女士对自己的实力还是很有些自信嘛……克莱恩的心灵一下安定了，状似自语地低声说道："我也是非凡者。

"我通过卡斯帕斯参加聚会，购买了一件赌运气的物品，获得了一定的好处，当然，只是对我这种人而言的好处。"

他这两句话都是真话，无论面对什么检验方法，都经受得住考验。但这两句放在一起，就会让人以为是那个好处让他成了非凡者。

出现在煤气灯玻璃罩上的那张脸孔微微点头，迅速消失，没有别的什么反应。

克莱恩外表看似未变，内心却悄然吐了口气。他回到沙发区域，没脱外套，拿起一份报纸，随手翻看了起来。

过了一阵，叮叮当当的声音再次回荡，又有人拉响了门铃。

谁？克莱恩的精神瞬间紧绷，双手插入衣兜，分别触碰到了塔罗牌和"污秽之语"符咒。

他缓步走向大门处，借助"小丑"的能力，预感到了开门后将要看到的场景：绯红之月依旧若隐若现，典雅的煤气路灯没有改变，一位穿黑白格制服、肩章有三个"V"的警长不耐烦地等待在门边。他的颔下有棕黄短须，正是之前处理"夏洛克·莫里亚蒂正当防卫案"的那位警长。

于尔根好像提过他的名字，法辛警长？嗯，我明后天就可以去要回那十镑保释金了……他来做什么？军情九处派他找伊恩·赖特？或者通知我去什么地方暂避危险？疑惑之中，克莱恩握住了把手。

第七章
CHAPTER 07
✦ 全黑之眼 ✦

　　位于贝克兰德西区的因蒂斯大使馆内部灯火通明，各种香水和酒液的味道伴随着悠扬的旋律，向各个角落扩散着——这里正在举行一场舞会。

　　贝克朗在担任大使的这几年里，经常在使馆举行舞会，邀请鲁恩王国的银行家、大工厂主、大慈善家以及其他有名的富豪与大律师参与，并随机给某些次一级的商人机会。在这样的氛围里，他会给客人们讲特里尔的繁华和开放，讲因蒂斯共和国已经不再由贵族主导，银行家、工厂主、律师等人群才是国家的主人，他们直接和间接地包揽了大部分议席，决定着国家政策的走向，享受着真正的自由，拥有崇高的地位。

　　今天的贝克朗也在做类似的事情。他端着酒杯，不断出现于各位宾客面前，似乎想以此证明他这个时间点在宴会上，没有外出。

　　应该已经拿到手稿了吧……从那位害怕得不断发抖的侦探处知道伊恩·赖特出现于白朗姆街的电报局后，我就在布置一切，现在该是收获的时候了……脸庞瘦削但很有味道的贝克朗喝了一口血一般的奥尔米尔葡萄酒，向着阳台位置行去，打算吹一下夜晚的凉风。

　　了解到伊恩发过电报后，作为资深的"阴谋家"和专业的情报人员，贝克朗敏锐地想到对方在联络上司的上司，于是赶紧让潜伏于弗萨克帝国情报机关贝克兰德小组的双面间谍调查，得到了伊恩和组长约定的见面时间、地点和方式。之后，他装作没有这回事，继续派人在白朗姆街附近寻找伊恩，成功发现了对方，也引来了军情九处的阻击。

　　按照他的布置，现场情报人员故意放跑了伊恩，以此让军情九处认为双方在同一起跑线上。麻痹住主要对手后，他抽调另外的、没暴露的情报人员，埋伏伊恩和弗萨克帝国那位组长，想在军情九处毫无察觉的情况下找到手稿，将之带出鲁恩王国。

　　事情的进展原本如同他预料的一样顺利，可傍晚时分传回来的消息让他的心情变得异常沉重——军情九处的人竟然出现了！本该被瞒住的他们竟然出现了！

有罗萨戈在，肯定不是占卜的因素，而且军情九处根本不擅长占卜……这说明我们内部有蛀虫啊……希望罗萨戈能抢先一步拿到手稿，交给"阴影"带走……

贝克朗为了避嫌，故意组织了舞会，也就无法再干涉事情的进展，只能祈求下属得力。

根据他的安排，罗萨戈得手后会立刻把物品转移给另一位情报人员，一位之前从未被起用过的情报人员，然后，罗萨戈将引开军情九处的人，并通过制造一些事端持续干扰对方，为同伴打掩护。在这个过程里，贝克朗要求罗萨戈顺手干掉那个小侦探。

如果不是那个家伙，事情根本不会被军情九处的人知道，一切将非常顺利，我与兹曼格党有关联的事情不会暴露，也就不会被调回国内……他竟然没有逃跑，是以为军情九处的人会一直保护着他，留在家里比逃跑更安全？贝克朗揉了下自己的脸庞。

他已经收到命令，在手稿对应的行动结束之后，他就得将情报相关的事情交给大使馆的一等武官，等待新大使上任交接。

贝克朗相当舍不得这里，贝克兰德虽然天气差、污染重，却是全世界最繁华的都市，没有之一。而且这里的小姐和夫人都较为保守，不是国内那些荡妇，慢慢勾引她们上床、一点点除去她们的保守是非常有成就感也非常让人迷恋的事情，可惜，我就要告别这些美丽的人儿了……贝克朗略感郁闷地想着，愈发怨恨那个竟敢反抗的小侦探。

至于罗萨戈自身的安危，贝克朗一点也不担心。他相信对方只要愿意，只要没有被高序列强者锁定，想逃脱就能立刻逃脱——因为罗萨戈有特别的非凡能力。

想着想着，贝克朗忽然眼睛一亮，看见一位穿深红色长裙的年轻姑娘端着酒杯，站在阳台边缘。她有着秀丽的脸庞和文雅的气质，墨色的头发飘逸光滑，浅棕色的眼眸仿佛藏着许多话语。

贝克朗当即走了过去，熟稔地和对方攀谈起来，了解到这位姑娘是个木材商人的女儿，名叫艾琳，她的父亲算不上太有钱，正竭力往上层钻营。

借助因蒂斯大使的身份，贝克朗很快收获了艾琳倾慕的目光。共同跳了两场舞蹈后，两人的肢体动作也变得亲密起来。

"美丽的小姐，我想邀请你去我的房间品尝奥尔米尔葡萄酒，1286年的。"贝克朗暗示道。

艾琳几乎没有犹豫就回答道："好的。"

两人离开舞会大厅，悄悄来到二楼，进入了贝克朗的房间，并让守卫远离，不要打扰。

所谓1286年奥尔米尔葡萄酒还没出现，贝克朗就热情地将艾琳带到了床上。她的双手抓着贝克朗的肩胛位置，指甲和静脉处忽然长出了黑色的、细细的、毛茸茸的"蜘蛛脚"！

砰！

艾琳的眼睛忽地微凸，口中泛出了白沫。贝克朗收回击中对方腹部的拳头，从床上站了起来，一脸的冷酷，再没有刚才急匆匆的表现。

"谁派你来的？"贝克朗低沉地问。

艾琳想站起，却疼痛得难以成功，眼神又惊恐又愕然。

看到这位漂亮姑娘的表情，贝克朗笑笑道："我确实很迷恋美丽的女士，但我自己也知道这个问题，所以，每次面对美丽的女士时，我都特别小心。

"说吧，是谁派你来的？不要想着忍耐，我非常擅长用火。"

艾琳紧闭嘴巴，愤怒里带着点恐惧地看着脸庞瘦削、笑容和煦的大使先生。

贝克朗伸出右手，上面覆盖了一层橘红色的火焰，静静跳跃的火焰。他上前两步，做出要将这只手掌按到艾琳皮肤上的姿态。

这让艾琳想到了很多小说里的描写，那些残忍的审讯官会用烧红的铁块烙目标的身体，给目标带来极度疼痛的体验。

"不，对美丽的小姐不能这么粗暴。"贝克朗忽然停住前伸的右掌，轻笑了一声。

他猛地一抖，将那层橘红色的火焰抖成了一条赤色长鞭。这长鞭烧灼着四周的空气，节节生有倒刺。

啪！

贝克朗挥出火焰之鞭，抽到了艾琳身上，抽得她衣物焦化绽开，皮肤出现了一条深黑色的、烙印般的痕迹，抽得她脸庞扭曲，惨叫出声。

"是谁派你来的？"贝克朗用温柔的口吻再次问道。

艾琳的嘴唇嗫嚅了几下，终于张了开来："是……"

就在贝克朗下意识倾听答案时，他眼中突然映出了一片血色。

不好！贝克朗猛地向后一仰，落地翻滚。

而在他之前站立的位置，一丛火焰腾地蹿起，组成了一面熊熊燃烧的墙壁。它们之中有部分穿透了那层火焰，在地上铺就了一条稀疏的血色斑点路。

这条路的尽头正是重新站起的因蒂斯大使贝克朗。他看见艾琳的腹部被撕扯开来，看见里面伸出了两条沾满了黏稠液体的手臂。

这两条手臂猛然一撑，一道身影从美丽小姐艾琳的肚子里钻了出来，那身影通体沾满了血色的液体，有普通成年男人大小。

很难想象，作为正常女性且腹部未有隆起的艾琳体内竟藏着这么一个东西！这怎么藏得下！

砰！

艾琳头部以下的身体彻底炸开，化作纯粹的血肉，涌到了那个人形之物上，和不断滴落的液体混合成了一件怪异的红色长袍。

那道身影终于露出了自身的面貌，漂亮妖异宛若女性的面貌，它身上的血色长袍，在火光照耀下就像一朵盛开的鲜花。

"蔷薇主教！"作为资深的情报人员，贝克朗立刻就联想到了对应的序列名称。

"秘祈人"途径的序列6，"蔷薇主教"。

每一位"蔷薇主教"都是血肉魔法的专家！这个序列的非凡者能诡异地躲到其他人体内，借此规避各种侦查，但当其钻出来的时候，宿主会因此失去生命。

"为了主！"艾琳仅剩的头颅低喊一声之后，永远地闭上了眼睛。

"蔷薇主教"伸出右手，在胸口点了四次，按照下上右左的顺序。他映着血色和火光的眼睛随即望向了贝克朗，右脚霍然前迈一步，穿过了那面火墙，未受一点燃烧的伤害，只是有暗红色的液体在不断滴落。

贝克朗再次向后，忽地拔高嗓音："来人！帮忙！"

虽然他最得力的助手罗萨戈和几位情报人员已经被派了出去，但大使馆里依旧不缺乏非凡者，那是得到鲁恩王国允许的武官们，是这里明面上的保护力量：一位序列5，一位序列6，三位序列7，以及加起来接近十位的序列8和序列9。

贝克朗的声音在房间内不断回荡，却怎么也传不出去，外面的音乐未变，舞会未停——这里似乎成了独立隔绝的世界！

"这……"贝克朗理智地停下呼喊，眯起眼睛审视四周。

那位"蔷薇主教"没急于动手，低笑一声道："这是你自己的意愿，自己制定的规则。你之前告诉守卫，不要打扰，不要靠近，不要让人过来。"

"嗯……我放大了你的意愿、你的规则，稍微做了点扭曲，你要想打破这种规则，必须先战胜自己。"

贝克朗脸色微变，从这种看似遵守规则、实际却进行扭曲，并不断汲取秩序力量为自己服务的特点，想到了另一个序列的名称。

"腐化男爵！"贝克朗低吼出声。

这是"律师"途径，也就是"黑皇帝"途径的序列6。

话音未落，贝克朗的脸色忽然变得极端阴沉，脱口补了一句："牧羊人！你是牧羊人！你是极光会的谁？A先生？你们为什么要刺杀我？"

那位"蔷薇主教"，不，"牧羊人"呵呵一笑："你不需要知道我是谁。接受主的眷顾吧……"

他话未说完，身体忽地僵住，关节仿佛长满了铁锈，整个人一顿一顿，似乎变成了木偶。

贝克朗笑了起来，刚才的阴沉瞬间消失不见，他抽出左胸口袋里的白色手帕，擦了下嘴角道："很高兴你能和我聊这么多，给了我足够的时间。"

白色手帕被取走后，他左胸口袋里露出了一个拇指大小的脑袋，那是眼睛全黑的木偶脑袋！

那位"牧羊人"张开嘴巴想说话，却只听见一道仿佛从远处传来的空洞嗓音："你……"

顿了一下，他的身体霍然膨胀，皮肤变得深黑，头上长出了两根弯曲的、有邪异花纹的山羊角，背后扑扇起弥漫着硫黄味道的翅膀。

"牧羊人"一下变高，接近三米，变成了一个恶魔化的生物。但就算这样，他依旧像是被人牢牢拴住了每一个关节，动作僵硬而迟缓，思绪也开始模糊。

"你还有'恶魔'的能力？不愧是'牧羊人'，让我送你去见你的主吧。"贝克朗没再废话，右掌凝聚出了一柄火焰长枪，尖端炽白的火焰长枪。他弯腰摆臂，就要扔出长枪，将那"牧羊人"钉死在墙上，并烧成灰烬。

"阴谋家"对应的序列7叫"纵火家"，古代名称是"火法师"！

咳！咳咳咳！

就在这时，贝克朗剧烈咳嗽了起来，咳得仿佛要吐出心脏和肺部，咳得火焰长枪失去控制、寸寸消散，咳得脸色通红、额头发烫。他借助神奇物品对敌人的影响也随之解除，那位"牧羊人"摆脱了滞涩，恢复了正常。

"你以为我为什么要和你聊这么多？严重肺炎和止不住的咳嗽感觉怎么样？"那恶魔般的脸庞勾着嘴角问道。

一听到这句话，贝克朗霍然就想起了敌人刚出现时漂亮妖异宛若女性的模样，悔恨出声道："咳咳，疾病！你，咳咳，杀了一个，咳咳咳，'痛苦魔女'！"

"牧羊人"解除了恶魔化，身体变得影影绰绰，层层叠叠。他"呵"了一声道："不，我只是接受了幽暗圣者的馈赠。我知道'阴谋家'总有各种各样的办法，所以，接下来我要用我最强的能力了，不让你抱有任何不必要的希望。"

他的身前浮现了一本书册，透明模糊的书册。这古老的书册飞快翻动，并伴随着低声的吟唱："我来到，我看见，我记录。

"只要我记录过的，我就能使用一次，这是幽暗圣者特意向我展示的能力。虽然只能有原本一半的效果，但也足够了。"

"牧羊人"的声音变得空灵，身体被书册上涌出的黑暗包裹。他很快变成了一个两米三四的小巨人，通体覆盖着冰冷的黑色盔甲，只有眼睛位置闪烁着两团深红的光芒。

这黑暗骑士举起手中笔直幽沉的大剑，向前跨出一步，猛地就是一个劈斩。

"不！为什么……"

在贝克朗的惨叫声里，他体内涌出的层层火焰被劈开了，不断爆发的各种光芒被劈开了，他的身体也被劈成了两半。

咚！贝克朗倒在了地上，断口没有丝毫血液溢出，就连他的灵魂也似乎被那黑暗幽沉得仿佛不存在的长剑给腐蚀了、泯灭了。

轰隆！轰隆！轰隆！

贝克朗体内喷薄出的那些火团失去控制，炸得房间出现垮塌，震得玻璃哐当作响，而这个时候，因为他自身意愿所产生的隔离已经随着他的死亡消失不见了。

那位"牧羊人"没有停留，也未等待非凡特性析出，恢复了刚才影影绰绰的样子，抓住大使馆的武官们还未赶来的机会，穿过层层墙壁，奔入了外面的黑暗。

…………

明斯克街15号，克莱恩握住把手的右掌停顿了一下。他决定在开门前，还是保险地扔一次硬币。既然伊恩已经来过，梦境占卜里见到的启示画面已经出现，那危险就随时可能降临！

默念着"外面的访客会带来危险"的话语，克莱恩往上弹出了一枚四分之一便士的铜币，并看着它落到掌心，数字朝上。

"否定……"克莱恩无声自语一句，探掌拧动了把手。

但他并没有因此放松警惕，他知道大使那边有位可以干扰自己占卜的同途径中序列者，如果是对方，得到错误的答案很正常！

可惜，没时间也没机会去灰雾之上确认……克莱恩用灵视隔着木板看了一阵，没发现什么问题，然后拉开房门，向后退了两步。

外面那位穿黑白格制服的法辛警长取下帽子，一脸严肃地说道："上面的人派我来告诉你，今晚以及明天注意安全，小心陌生人。"

"好的。"克莱恩郑重地点头。

法辛警长摸了下自己的短发，道："另外还有些安排，我详细给你解释，你自己下决定。"他的目光望向了客厅区域。

克莱恩不失礼貌地做了个请的手势，看着法辛警长关门入内，走到沙发旁边，坐了下来。

"有什么安排?"克莱恩没脱外套，两只手仍然插在衣兜里。

法辛的身体略微前倾，双手交握，道："你应该很清楚，你惹到了那位大使，今晚或者明天将是你最危险的阶段。上面的人给你三个选择，一是去圣风教堂待两天，我知道你是蒸汽与机械之神的信徒，但圣希尔兰教堂太远了，路上很容易出问题。"

克莱恩微不可见地颔首，等待着对方给出第二个选择。忽然，他视线一花，脑袋发木，只觉四周像是多了层厚厚的玻璃。他看见法辛警长嘴巴的张合变得缓慢，发现自身的思绪逐渐滞涩。

这种感觉是如此熟悉，克莱恩一下想到了当初那个安提哥努斯家族的木偶，封印物2-049！

当时，他屡次受到类似的影响，但被队长邓恩·史密斯等人唤醒——为了让别人及时察觉异状，他们一直做着屈伸手臂的动作！

安提哥努斯家族掌握着"占卜家"途径……这位的能力和安提哥努斯家族的木偶相似，他是那位"占卜家"途径的中序列者……果然是他……克莱恩瞬间醒悟，但这个时候已没有邓恩·史密斯来唤醒他。

法辛警长脸庞的肌肉开始诡异地蠕动，他很快变成了一位黑发蓝眸的先生，有着英俊的脸庞和淡淡的络腮胡痕迹。他用微笑的表情说道："只要给我时间，这是高序列以下最难对付的能力之一。"

他说话的同时，克莱恩看见凸肚窗的玻璃上浮现了那个穿黑色宫廷长裙的女子。她僵硬迟缓，一顿一顿地走出了玻璃，淡金的头发、精致的容颜和苍白的脸色让她不像活人，更像人偶。

"我没想到你竟能请到这么厉害的保镖，如果不是我提前占卜出问题，或许我会死在这里。你究竟付出了什么报酬？对了，我叫罗萨戈。"罗萨戈没有回头，笑着看向克莱恩，但没奢望被自身控制的对方能流畅地开口回答。

这时，他忽地感觉脖子处有冷飕飕的凉风吹来，吹得他根根汗毛立起，颗颗疙瘩凸出——他的背后似乎有个无形的人正对着他的脖子呵气！

罗萨戈笑了一声，抬起左手，打了个响指。啪！他的背后霍然腾起火焰，一道透明的幽影熊熊燃烧起来，很快化成灰烬。

在克莱恩的视线里，这些动作都分解成了一格一格的画面。这并非是因为对方变得缓慢，而是因为他的思绪愈发滞涩。

他已经控制住了我……为什么不直接……干掉我……反派都爱聊天吗……不，他不是愚蠢的人……他在以聊天掩饰什么……克莱恩竭力思考，寻找问题，但念头的起伏不可遏制地放缓。

他专注地看着罗萨戈，观察对方每一个细微的地方。终于，他看见罗萨戈的两边眼睛里各自浮现了一道身影，淡金头发、蔚蓝眼睛、苍白脸色和深黑哥特式宫廷长裙共同组成的身影！

而这个时候，那位女子还在罗萨戈的背后，还在靠近凸肚窗的位置，向着这边一顿一顿地走来，仿佛被人操纵的木偶。

他还没有真正地控制住她……她还在努力反抗和挣扎……他们正于神秘领域不断拉锯……我需要做一点事情……让天平的倾斜改变……克莱恩将注意力移到了左手握着的"污秽之语"符咒上，那冰凉滑腻的感觉满是邪异。

他很庆幸，自己一直没有放松警惕，一直保持着随时能战斗的状态。

只能伤己连带伤人了！克莱恩鼓起力量，挣扎着说话。

他的声带似乎已经腐烂，他的喉咙蠕动是如此艰难。他嗓音嘶哑着略有间断地诵念出了那个古赫密斯语单词："污秽！"

声音回荡之中，克莱恩的左掌掌心感受到了腐蚀般的疼痛，耳畔听到了虚幻层叠让人疯狂的呓语。

这是他熟悉的状态，并未影响他接下来的尝试。这尝试就是将绝大部分灵性灌注入那枚"污秽之语"符咒中，这不需要肢体动作的配合。

三秒之后，真实造物主的声音将降临于物质世界，钻入离祂最近的那个生灵的耳朵里！

"三！"

前奏般的、嘈杂的、虚幻的、邪恶的呓语瞬间扩散，克莱恩头皮发麻，脑海嗡嗡作响，只觉血管在不断跳动，思绪再也难以集中。

与他只隔了张茶几的罗萨戈表情忽有恍惚，脸皮一鼓一胀，眼睛内的女子身影陡然清晰。

"二！"

罗萨戈背后那个穿黑色宫廷长裙的苍白女子动作一下加快，但旋即就皱起眉头，露出了痛苦的神色。

此时此刻，克莱恩如愿感受到了影响的减弱，找回了顺畅的思绪，发现关节里重新灌满了"润滑油"！

久经呓语考验的他忍着疯狂，忍着痛苦，连抽带扔地将左手上的"污秽之语"符咒扔了出去，扔向了对面的罗萨戈。

"一！"

那枚铁黑色的、有着诸多象征符号和邪异花纹的符咒熔化了，罗萨戈刚找回点状态，试图扑向旁边，就看见了浓浓的幽暗，听到了一声蕴含着诸多知识与极致疯狂的呓语。

没有人类能够具体描绘出这个声音，罗萨戈头部的所有血管全部凸了起来，似要爆炸。他翻滚倒地，扭曲着挣扎，皮肤一寸一寸地裂开，露出了里面的血肉。

与此同时，没直接听到真实造物主声音的克莱恩和那位发色淡金、眼眸蔚蓝的女士亦难以承受地栽倒，各自发出惨叫，痛苦得像是被人用铁钎插入了太阳穴。他们的眼睛霍然充血，鼻端流下了鲜红的液体，既看不见东西，又感受不到外在的世界。

类似经验丰富的克莱恩最先恢复过来，摇晃着、挣扎着站起，看见罗萨戈撕碎了身上的衣物，脱去了外皮，裸露出全部的血肉和经脉。他就像传说里的被剥皮的红色怪物，不断翻滚着、痛哼着，似乎即将失控。

克莱恩没等待结果出现，因为他承受不起对方可能获得的好处——变成真实造物主虔诚信徒的可能性，他相信那位邪神对自己肯定也充满怒火。

抽出左轮，调整击发位，克莱恩前跨两步，绕到茶几旁边，将枪口抵在了罗萨戈的脑袋上。

乓！乓！乓！乓！乓！

穿黑色双排扣长礼服的他注视着敌人，连开了五枪，看着对方头部膨胀并后仰，看着对方脑袋炸开，红的、白的、黑的洒满一地。

队长，感谢你以前的示范……克莱恩垂下左轮，大口喘气，脸现笑容。

在他面前，罗萨戈无头的尸体摇晃了一下，往后倒在了沙发旁边。

直到这个时候，那位穿黑色哥特式宫廷长裙的女子才慢慢停止惨叫，翻滚挣扎的动作亦放缓下来，但她的皮肤似乎透明了不少。

看见罗萨戈尸体上的血肉还在蠕动，克莱恩毫不犹豫地使用了自制的"安魂符咒"。平静宁和的感觉荡漾开，那具尸体终于静止了下来。

目睹这样的场景，克莱恩念头一转，又拿出枚符咒，低声诵念道："绯红！"

然后，他灌注些许灵性，将这枚符咒丢向了自己的保镖，丢向了那位发色淡金、脸庞苍白的女子。

让人沉眠的力量传出，还未摆脱余音影响、处于虚弱状态的苍白女子一下变得安静，昏睡了过去。

克莱恩不太放心，又补了一枚"沉眠符咒"，害怕对方打扰自己接下来的尝试。

明斯克街15号又恢复了夜晚的安宁，这次没有东西被打坏，只是地面有所污染，因为三方的较量诡异而隐秘。

看了眼罗萨戈的尸体，又望了望沉眠的保镖，克莱恩自嘲地笑道："经常作死也是有好处的，至少能获得一定的免疫力。"

克莱恩没有飞快地尝试通灵仪式，因为此时的罗萨戈受到了真实造物主的污染，直接通灵等于自杀。但这不表示他没有办法，他打算去灰雾之上通灵，带着罗萨戈一起去！

以他现在的灵体水准，即使有"阿兹克铜哨"的加固，也无法搬动便携式照相机，更别提沉重好几倍的尸体，但通灵不是通尸体，通的是对方残存的灵性！

克莱恩拿出蜡烛，快速布置仪式，自己召唤自己，自己响应自己，化成了特殊的灵体。

变成灵体后，他看到了罗萨戈模糊隐约的残存灵性，发现自己的保镖小姐身体状态有些奇怪，和目前的他相当接近，但又有很大不同。

克莱恩没浪费时间思考，携带着"阿兹克铜哨"，包裹住罗萨戈残存的灵性，进入了灰雾之上。

具现出相应的仪式物品，布置好简单的祭台后，克莱恩飞快地开始进行通灵仪式。在这个过程中，他愕然发现，自己无须再祈求谁，直接就能通灵，就像真正的"通灵人"一样！

呼……这就是我在灰雾之上这个神秘空间的特殊权限？克莱恩念头一闪，诵念出了占卜语句：

"'占卜家'途径的魔药配方。

"'占卜家'途径的魔药配方。

"……"

克莱恩后靠住椅背，以梦境占卜的技巧尝试着通灵。

灰蒙虚幻不够真实的世界里，一盏煤气灯忽然亮起，照出了地面上铺着的石板，照出了摆放有一卷羊皮纸的书桌。"占卜家"和"小丑"的配方相继闪现后，罗萨戈身穿袖口蓬松的衬衣，立在旁边，听着不知从哪里传来的声音。

"晋升之前，我要提醒你一点，你最近太依赖占卜了。

"占卜是启示，是结果，无法告诉我们过程。比如，你占卜一只铁路股票是否能赚钱，得到的答案是肯定，于是就投入了所有的资金，但实际上，那启示的真正含义是，从长期来看，在三十年后，这只铁路股票会赚钱，而那之前，跌胜过涨。命运不是那么好掌握的，很多时候没办法定性定量，占卜不是万能的。

"另外，占卜也会被干扰、被误导，这个世界上存在太多令人无法理解的事物，如果你完全依赖占卜，那你将来必然会因此而死亡。

"占卜是启示，必须配合自身的小心、谨慎和克制。"

罗萨戈就是因为"污秽之语"涉及灰雾之上这片神秘空间，无法占卜出相应的危险，所以才死在了我的手上。要不然，以他那诡异的能力，我和保镖小姐今天很难幸免……这同样也是对我的提醒，即使我有灰雾隔绝干扰，也不能大意，再笃定的行动也要留点余地……

从这些话语来看，他们当时似乎还不知道扮演法，否则有些话可以直接概括为"敬畏命运"……心念电转间，克莱恩听到罗萨戈回答了对方，并展开了羊皮纸。

序列7"魔术师"

主要材料：迷雾树人的真实根茎一块，邪纹黑豹的全部脊髓液。

辅助材料：纯水60毫升，迷雾树人的汁液30毫升，水形宝石粉末3克，迷幻草精油4滴。

"魔术师"……这也是马戏团的啊，可以和占卜家、小丑组成马戏团三巨头了……克莱恩先是吐槽了一句，继而想起之前遇到过的那个燕尾服小丑。

看来他就是"魔术师"，能力好像有打响指发空气弹、火焰跳跃、抽纸为兵……挺不错的嘛……仅是可以快速施法这一点，就能极大地提升我的战力……

念头闪烁之中，克莱恩看见场景发生了变化。

这一次是富丽堂皇的房间，周围有各种金色的雕塑和装饰，同样是之前那道声音，同样是一定的提点——

"根据我的经验，服食这份'无面人'魔药后，你必须记住一点，你能假扮成任何人，但你只能是你自己。"

无面人？"占卜家"途径的序列6是"无面人"？这应该就是让罗萨戈能够变化成法辛警长的那种非凡能力……这么看来，假泽瑞尔侦探也是他扮演的……

"蠕动的饥饿"让齐林格斯可以变化成不同容貌的人，和这种非凡能力很吻合，看来是某个"无面人"死在了他的手上……这种能力不会提升正面战斗水平，但在很多场合，比百分之九十的非凡能力有用……难怪罗萨戈敢过来杀人，不害怕落入陷阱……这个能力对我意义重大！

想到这里，克莱恩下意识地睁大了眼睛，看见罗萨戈拿起一片薄薄的黄金书页，上面写着诸多赫密斯文字：

序列6"无面人"

主要材料：千面狩猎者异变的脑垂体，人皮幽影的特性。

辅助材料：千面狩猎者的血液80毫升，黑色曼陀罗汁液5滴，龙牙草粉末10克，深海娜迦的头发3根。

千面狩猎者？这好像是巨龙的一种，不是特别厉害的类型……应该不是心灵系巨龙，但也非常稀有，接近绝种了……克莱恩瞬间回忆起了对应的神秘学知识。

这个时候，他眼前的场景未变，但罗萨戈的穿着和位置改变了。只见罗萨戈戴着白色假发套，身穿深黑燕尾服，脸上有着浓密的胡须。

"这次晋升不再像之前那么简单，魔药必须配合仪式来服食，一旦成功，你将获得高序列以下最难被克制的非凡能力之一。"说话的人已经改变，嗓音更加苍老。

罗萨戈有所预料地问道："什么仪式？"

"去海上，找一条美人鱼，在她的歌声里服食魔药。"说话的老者打开了一本描绘有无数神秘符号的古老书册。

这书册表面忽有光芒流动，于半空中勾勒出一行行古赫密斯语：序列5，"秘偶大师"。

刚看到这里，克莱恩忽然一阵头疼，这是灵性接近枯竭的表现。

在之前的战斗里，光是"污秽之语"符咒就消耗了他大部分的灵性，后来他不仅用了三枚黑夜女神领域的符咒，还自己召唤自己，自己响应自己，能支撑到现在，已说明他比过去有了长足进步，在"小丑"魔药的消化上有了长足进步。

画面闪烁摇晃，行将破碎，克莱恩强行撑住，将配方剩下的内容扫入了眼帘。

主要材料：古老怨灵的粉尘，六翼石像鬼的核心结晶。

辅助材料：苏尼亚岛金色泉的泉水80毫升，龙纹树的树皮10克，古老怨灵的残余灵性，六翼石像鬼的眼睛1对。

晋升仪式：在美人鱼的歌声里服食魔药。

咔嚓，克莱恩不再强撑，让梦境化作无数虚幻的光点消失。

他捏着额头，险些昏迷过去，在罗萨戈残余灵性和些许疯狂感觉齐齐泯灭的同时，他被无形的力量推回了现实世界。

沾满血液、脑浆、头发和各种碎片的地面映入克莱恩的眼帘，他弯腰干呕了两下，稍微清醒了一点。看来没有灵性会直接退出灰雾之上那片神秘空间……

克莱恩环顾四周，发现保镖小姐还在沉眠。他连忙熄灭蜡烛，收拾好仪式相关的事物，然后喘着粗气，缓了片刻，终于感到灵性滋长恢复了一点。

就在这时，一阵阴冷的风吹到了他的脖子上，吹得他瑟瑟发抖，思维僵化。他猛地扭头，再次望向凸肚窗位置，看见身穿黑色哥特式宫廷长裙的保镖小姐已然苏醒，飘浮了起来。她淡金的头发和苍白的脸色似乎暗淡了一些，整个人愈发虚幻，皮肤隐有些透明。

克莱恩按照早就想好的说辞，慌忙解释道："我打爆他的脑袋后，发现他的身体还有蠕动，害怕他会尸变，就赶紧把身上所有的符咒都用了！我，我当时很紧张，很慌乱，可能波及你了。"

这大概就是之前占卜里昭示的风险吧……要是她不满意，认为我袭击了她，那我就完了……克莱恩略有些忐忑地想道。而这真实的忐忑心情，让他的表现更加完美。

保镖小姐低头看了眼自己，语气飘忽没什么起伏地开口道："最开始的是什么符咒？"

"我在聚会里买了一只'黑色耳朵'，四百镑，说是可以听到伟大存在的声音，如果足够幸运，能获得不少好处，要是倒霉，会当场死亡。我当时没能请到保镖，又有这样的危险，只好赌一把，结果还不错。"克莱恩用绝对的真话回答，"我听到伟大存在的声音后，那只黑色的'耳朵'就自己破碎了，变成了这么一枚符咒。"

保镖小姐蔚蓝的眼眸缓慢地扫过了他，屋内一片安静，有种凝固般的沉默。终于，这位穿黑色宫廷长裙的女士点了下头："你最好找位心理医生。"

意思是我已经成为潜在的疯子了？嗯，她猜到是"倾听者"的遗物了，也明白罗萨戈的灵性肯定被真实造物主污染了，不会怀疑我故意让她沉睡，趁机通灵……这也能解释我为什么能比她更快地摆脱呓语的影响，毕竟我是真实造物主制造的潜在疯子……克莱恩勾了下嘴角。

"我们快点收拾现场吧，也许军情九处的人会过来看一看。"他指着罗萨戈的无头尸体道。

说话间，克莱恩戴上手套，靠拢过去，蹲下来快速寻找起遗物。他很快找出了十几镑现金，一些精油和草药粉末，两个剪裁粗陋的纸人，以及一张奇怪的纸。

那纸呈橘黄色，上面用太阳对应的象征符号、魔法标识圈出了一个空白的长方形，仅是握在手中，就让人感觉很温暖、很安稳。

"这是什么？"克莱恩没有掩饰自己的疑惑。

保镖小姐不知什么时候已飘浮到了他的背后，简单地回答道："'公证人'对应的神奇物品。"

"'公证人'？"克莱恩先是愕然，旋即想到罗萨戈是因蒂斯共和国的情报人员，那边信仰永恒烈阳、蒸汽与机械之神，而永恒烈阳同时也是契约之神。

这是"歌颂者"途径的序列6，还是序列5？

"公证有效，非凡能力短暂提升；公证无效，非凡能力被强行驱散。"保镖小姐没多加解释，只粗略地说了下作用。

克莱恩正要说话，忽地看见罗萨戈的无头身体和血液脑浆内有点点幽邃的光芒析出，彼此吸引着凝成一团，化作了一只没有瞳孔的全黑眼睛。

"这，又是什么？"克莱恩故作无知地再次问道。

"没有价值的事物。"保镖小姐保持着特有的说话方式。

"没有价值?"克莱恩皱眉反问。

其实克莱恩明白保镖小姐的意思。正常来说,如果罗萨戈最终失控,会留下诡异的、可怕的封印物,要是没有,他的这些非凡特性则能作为序列5"秘偶大师"的魔药主材料,总之会有很高的价值。可问题在于,他既没有失控,又受到了真实造物主的污染,于是他残留的特性成了有邪神烙印的魔药主材料,用它来调配"秘偶大师"的魔药,克莱恩相信那是在服毒自杀。

保镖小姐看着那只全黑的眼睛,嗓音低而飘忽地说:"被邪神污染了,没有价值了。"

真有价值而且价值很高的话,我还得担心您会不会顺手解决我……克莱恩指着罗萨戈的遗物道:"这是我们共同的战利品,一人挑一些,你先。"

保镖小姐侧头瞄了他一眼,什么也没说,飘过去拿走了那张"公证书"。

和我想的一样……以后得寻找和学习去除邪神污染的神秘领域知识……克莱恩拿出铁制卷烟盒,弯腰捡起了那只全黑的眼睛。

克莱恩的手指刚触碰到那只全黑的眼睛,就出现了幻听,脑袋阵阵抽痛。但与此同时,他的视野里多了些奇怪的东西。那是数不清的黑色虚幻细线,从保镖小姐和他自己身上、从肉体的每个部位蔓延而出,穿透虚空,通往无穷远处 ——这是一幅能让密集恐惧症患者晕过去的惊悚画面。

克莱恩忽地龇牙,再也承受不住那种被腐蚀、被污染般的感觉,将那只全黑的眼睛放进了铁制卷烟盒。一切恢复了正常,他的负面状态得到缓解。

直到这个时候,克莱恩才有余力开始猜测:那就是"秘偶大师"非凡能力的本质,能看见并控制每个人身与灵上的某些线?可惜啊,被污染了,副作用太大,没法当成神奇物品……

暂时不考虑到灰雾之上尝试净化,这算第二次在那里招惹真实造物主,很有可能被有所准备的祂找过来……到时候,估计复活都没法复活了……先学习和掌握了相关方面的知识再做决定……

呼,他吐出一口浊气,在保镖小姐选了那简陋的纸人和相应的材料后,再次弯腰拾起那十三镑五苏勒八便士的现金。

然后,他看向罗萨戈无头的尸体和满地的血污,颇感头疼地说道:"我们清理现场吧。"

淡金头发、苍白肤色的保镖小姐飘浮于旁边,语气平淡地说道:"我来。"

你来?克莱恩半是愕然半是疑惑地停下动作,侧头望去。

只见保镖小姐半飘半走地来到罗萨戈身旁,蹲了下去,趴到了那具尸体上。

她慢慢沉了进去，她和那具尸体合二为一了！

这时，罗萨戈尸体的手指动了两下，周围的血污、脑浆和碎片纷纷倒流，重新于脖子处汇聚出了一个脑袋。

这脑袋布满了纵横交错的无数裂缝，就像是用一块块细小碎片拼成的恶心的玩具。它如同被打裂却没有立刻碎开的玻璃制品，里面依稀有血污和脑浆在流淌，依稀有手枪子弹的弹头反射光芒。

克莱恩忍不住倒退了一步，觉得这能成为所有鬼故事里排位靠前的惊悚形象。

罗萨戈的尸体爬了起来，拿起那顶警察软帽，半遮住脸孔，而周围的杀人现场已干干净净，再无丝毫痕迹。

无与伦比的专业！克莱恩在心里赞叹了一句。

他看着保镖小姐驾驭那具尸体，软帽遮面、步伐沉稳地走向门口，下意识就叮嘱了一句："不要坐马车，不要走路灯很亮的地方。"

那会吓坏车夫，吓坏行人的！

保镖小姐没有停顿，完全无视了他的话语。

突然，克莱恩想到一件事情，想到之前疏漏的一点，忙补充道："你回来的时候，去莱斯警察分局、法辛警长的家里或者明斯克街周围找一找罗萨戈原本的衣物。"

罗萨戈是穿警察制服过来的，而"无面人"的能力很显然只涉及自身，所以，他之前的衣服在哪里呢？他今晚不可能一直都穿警察制服！要是被军情九处和警察部门在附近找到了罗萨戈的衣物，而我没受什么损伤，事情就会有点麻烦……保镖小姐可不是隶属于合法非凡者小队的强者，一名普通侦探能拿出一千镑请保镖也足够引人怀疑……克莱恩不断思索，想将所有漏洞提前堵住。

就在他打算以占卜能力帮保镖小姐寻找罗萨戈原本的衣物，并把丢失的警察制服送回去时，罗萨戈的尸体停顿了下来，用摩擦铁锈般的嗓音回答道："我知道。"

咦，很有信心的样子嘛……对了，保镖小姐的状态介于肉体和灵体之间，而占卜的原理就是星灵体遨游灵界，所以，她全凭本能就会占卜……

克莱恩有所恍然，没再多说，将左轮手枪里的弹壳也给了对方，然后目送罗萨戈的尸体自己开门，自己远去，并很轻很礼貌地关上了大门。

我挑选的战利品是被真实造物主污染的非凡特性，相信没有谁能占卜得出来，就算有，也会提前感受到危险，不敢占卜……克莱恩边复盘边走回沙发区域，坐了下来，颇感后怕。

刚才那场战斗前后不超过一分钟，也没有激烈到破坏什么东西，但暗藏的汹涌和危险却仅次于他面对梅高欧丝和她肚子里婴儿的经历。即使有很厉害的保镖小姐，即使有"污秽之语"，他也差点被罗萨戈控制住，没有反抗之力地被杀死。

"秘偶大师"的能力真的很诡异，很强大！根据非凡特性守恒定律，罗萨戈遗留的非凡特性应该包含序列5、序列6、序列7、序列8和序列9的全部魔药主材料，如果不是有邪神的污染，它配合辅助材料，可以让一个普通人直接成为序列5的非凡者。当然，这种拼运气的晋升方法早就被历史抛弃了，毕竟这是最原始也最危险的方法……

按照序列一步一步晋升是无数先辈用生命验证出来的最好办法……如果将来可以除掉真实造物主的污染，我必须也只能在序列6升序列5的时候用罗萨戈遗留的非凡特性，而多余的那部分特性则能让我更加强大，就像队长那样……

克莱恩回想着之前的事情，抬手捏了下额头，转而思考更重要的方面。

罗萨戈出现，说明赫尔莫修因手稿的争夺已经结束……他身上没有符咒，是因为在之前的战斗里用了？在这么重要的时候过来，他应该有转移视线的想法……呵，军情九处的人估计没想到他会在这种情况下这么大胆地来报复，都没派人监控，只能被动地等待罗萨戈给予"信号"……

罗萨戈是贝克朗的助手，他的行动应该只受贝克朗的指挥，在他死亡之后，只要贝克朗也跟着死掉，整件事情就再也没有一点隐患了……不知道刺杀有没有展开，有没有成功……

嗯……今天晚上，由于争夺赫尔莫修因的手稿，贝克朗身边的保护力量将处于最弱的状态，如果是我，肯定不会放过这个机会，贝克朗肯定没有想过会有人来刺杀他！

克莱恩闲着没什么事情，索性掏出枚硬币，低声诵念道：

"贝克朗已经死了。

"贝克朗已经死了。

"……"

铮！

1便士面额的硬币翻滚着腾跃，又落了下来，掉到克莱恩的掌心，人头朝上。

这表示肯定！

贝克朗死了？那边成功了？克莱恩心中一喜，紧绷的状态霍然放松了下来。没有罗萨戈的干扰，他相信这个结果是正确的！

这件事情终于，终于结束了……克莱恩吸了口气，缓缓吐出。他慢悠悠地往后倚住沙发靠背，又疲倦又轻松地望向窗外那若隐若现的绯红之月。

第八章

CHAPTER 08

✦ 复盘 ✦

因蒂斯共和国的大使馆内,两位武官半蹲在贝克朗的尸体旁,检查着他的死因。

他们的同伴、他们的上司已经追了出去,试图抓住那位刺客,但是,所有人都明白,已经晚了,没什么希望了。

"肺部有严重的损伤,疑似疾病……致命一击非常强,比我见过的所有序列5非凡者的攻击都要强……"其中一位武官低声说道。

"疾病?地面和床上有明显的血肉魔法痕迹,但墙上没有,而打斗的声音和动静都未能传递出来,再加上那致命一击的腐蚀和泯灭的特点,至少有四种不太关联的非凡能力了……"另一位武官站了起来,自言自语般描述着现场的状况。

他忽然停顿,与另外那位武官对视了一眼,同时开口道:"'牧羊人'!"

默然几秒,蹲着的武官皱着眉说道:"也许是一个团伙,至少有四位不同的非凡者……"

"那我们就等着被审判吧!单独的'蔷薇主教'通过秘法混到大使身边,我们没有发现还算正常,另外三位是怎么混进来的?这是不可能的事情!"站着的武官否定了这个猜测,迟疑着说道,"但我听说另一种序列也能制造类似的效果,好像,好像是叫'记录官',我不知道是哪条途径的,也不知道属于哪个组织。"

蹲着的武官点了点头,道:"'牧羊人'的嫌疑最大,极光会又都是些疯子,做出什么事情都不奇怪!我们从引诱大使的那个女人的身份开始调查……该死,鲁恩王国肯定不会让我们自己调查!"

"极光会那帮该死的,该被驴干屁股的疯子!"站着的武官懊恼地摇头。

大使被刺,他们必然会受到一定的惩罚。

…………

明斯克街15号,克莱恩装作什么事情都没有发生,忍着疲惫翻看报纸。

过了二十多分钟,他忽地看见凸肚窗上浮现了穿黑色宫廷长裙、留淡金长发的保镖小姐。

"弄好了？"克莱恩下意识地问了一句。

保镖小姐轻轻点头，没有开口。

呼……克莱恩想了想道："感谢你的保护，这件事情到这里结束。剩下的四百镑，我分两天支付你，你知道的，取钱有限额。还是交给马里奇？"

那位脸色苍白的女士张合起嘴巴，声音仿佛穿透虚幻而来，飘忽着回荡："直接给我。我承诺的是保护你三天，而不是一次。"

女士，你真有契约精神……可是，这样我就很不方便了啊……难道你明天跟着我去捉奸？三天，今天是周四，到周日下午结束，嗯，不影响塔罗聚会，还好……克莱恩揉了下额角道："好吧，我该怎么称呼你？"

"你不需要知道。"保镖小姐提了下哥特式宫廷长裙，微微行了一礼，从凸肚窗上消失了。

真是……很有风格！面对保镖小姐的回答，克莱恩上翘嘴角，露出了明显的笑容。

嗯，能短暂抗衡罗萨戈这位"秘偶大师"，甚至在一定程度上形成拉锯，她多半也是序列5的强者，不知道是哪个序列的，魔药名称叫什么，状态相当奇特啊……要是没有她，我根本连使用"污秽之语"的机会都没有……克莱恩随手拿起旁边的报纸，装作翻看，实则思考。

不过他很快就将重点转回了自己是否还有漏洞的事情上，比如，罗萨戈遗留的被污染的非凡特性具备强烈的灵性光彩，仅靠铁制卷烟盒的阻隔，很可能遮掩不了，会在别人灵视的窥探下直接暴露。

克莱恩悄然开启灵视，低头望向衣兜，只见铁制卷烟盒内有隐隐约约的光彩透出，但并不明显，相当稀薄。这与他自身的气场颜色混杂在了一起，难以分辨，难以察觉。

"不错，至少得高序列强者才能隔着两重干扰看出来……难怪草药粉末和相应的精油、纯露等各种材料都必须用金属小瓶来装，而不是木制的容器，因为它们之中有部分蕴含着灵性，而灵视水平较高的话，是可以穿透木板看见气场颜色的……"克莱恩忽然明白了一些神秘学领域的注意事项。他以前是按章办事，没考虑为过什么，现在则明白了规则背后的真实含义。

反复确认无误后，克莱恩放下报纸，走向二楼。

他原本打算脱衣洗浴，彻底放松一下，但想到家里有个不知道会出现在哪里的保镖小姐，又觉得有些不自在，干脆只洗脸刷牙，用热水泡了个脚。

回到卧室，脱掉外套，藏好物品，克莱恩倒在了床上。因为太过疲惫且强撑了好一阵子，他的精神颇为紧绷，反倒无法飞快入睡。

睁眼望着天花板上的绯红月华，克莱恩没试图用冥想的方式进入深层沉眠，而是漫无目的地展开思绪，就像骑着马没拉缰绳一样。

　　想着想着，因为在廷根市遭遇了太多巧合，而且事后明白了这与封印物0-08有很深的关系，所以他迅速注意到了一个问题："我抵达贝克兰德后的第二个案子就让我获得了接下来三个序列的魔药配方，这会不会太巧了？

　　"虽然这符合我占卜得到的启示——变强的希望在贝克兰德，但也太快太简单了吧？简单不是指难度，而是指事情的周折程度。这件事情很困难，很危险，但并不复杂，所以显得简单。

　　"按照我的预期，应该是通过'正义'小姐、'倒吊人'先生、休小姐和她同伴对密修会情报的搜集，一点点抓到这个古老组织的尾巴，经过多次波折，才终于获得配方。这至少以三个月为期，谁知道，这还不满三周就成功了……不会又是被谁安排得明明白白了吧？

　　"嗯……从头再复盘一次：密修会与因蒂斯共和国有一定关系的事情并非偶然，罗塞尔大帝的日记从侧面证实了这一点；'占卜家'和'无面人'的能力很适合情报组织，类似途径的中序列者成为贝克朗这个情报头子的助手是合理且正常的事情，不存在巧合；大使派人报复我，应该有转移视线的想法，那么让最容易得手也最容易逃脱的罗萨戈过来，是有效降低风险的选择，并不让人意外；伊恩在认识的侦探都不接受跟踪泽瑞尔的任务后，从报纸上找新的侦探是相当正常的想法，当时打广告的新侦探并不多，甚至可能只有我一个，嗯，《贝克兰德邮报》上只有我一个……

　　"就像之前总结的那样，问题是默尔索太莽了，和我担心日常不好伪装，反而容易引人关注，没去遮掩容貌，这两点虽然都存在被影响的可能性——尤其是前者，但符合相应的性格、心态和出身来历。而且，这不是重点，这不能解释我遇到的第二个案子就涉及'占卜家'途径中序列者的问题。

　　"命中注定？感觉不对啊。再往前想一想，我穿越过来以后，被卷入的第一个第二个案子也都与'占卜家'途径有关，当然，这能用0-08的安排来解释。

　　"对了，安提哥努斯家族的笔记还污染了'厄运布偶'，让它将那个涉及安提哥努斯家族宝藏的复杂竖眼符号展示给我看。我当时想到的理由是，在安提哥努斯家族的血裔绝种后，它将身为'占卜家'且接触过它还活着的我视作了传承的对象。现在想想，这个理由非常儿戏，万一我是虔诚的黑夜女神信徒呢？不过当时我也只是做了个猜测，没进行确认。

　　"安提哥努斯家族的宝藏明显涉及了'占卜家'途径。再想深一点，为什么我会穿越过来，为什么我刚好附身在克莱恩身上，而不是别的什么人……那个时候，克莱恩正好进行了黑占卜，被安提哥努斯家族的笔记控制着自杀，而那本笔记很显然与'占卜家'途径有关。另外，我看到的第一份罗塞尔日记就有后悔没选'学徒''偷盗者'和'占卜家'的内容，这很巧合。

"从头梳理到尾，除了涉及0-08的部分，其余的事情都显得很凌乱，不像是有意识的安排，更接近于一种……一种被动的吸引，互相的吸引，有间断的吸引。我吸引着和'占卜家'途径相关的事和物，同时被它们吸引着？

"想想挺诡异的，这种吸引甚至能间接影响命运，让阿兹克先生都看不出来？我身上有什么奇怪的特性吗？这种特性让我能有限地死而复生？"

想到这里，克莱恩顿时有去灰雾之上占卜确认的冲动。

但他很快否定了这个念头，不仅是因为保镖小姐也许正在镜中看着，还由于他认为自己最大的特性就是拥有灰雾之上那片神秘空间，所以，用它来占卜它自己，显然不可能会有答案。

至少目前来看，没有明显的操纵痕迹，单纯只是吸引的话，还能接受……而且我已经选定了非凡途径，序列4之前都没法再更改，暂时走一步看一步吧……

嗯，先坚定地不去霍纳奇斯山脉找安提哥努斯家族的宝藏……呵呵，我有种预感，我将来会说"真香"……克莱恩无声自嘲了一句，感觉缓过来的疲惫逐渐涌出，让他的眼皮止不住地合拢。

他睡着之前的最后一个想法是：多参加各种非凡聚会，以及通过"正义"小姐、"倒吊人"先生和"太阳"同学搜集"魔术师"对应的非凡材料，有"无面人"的也不拒绝；另外，尽量弄一件负面效果不严重的神奇物品，在消化完成、实力提升前，多点自保之力……除此之外，投资、接委托、攒钱并寻找兰尔乌斯，用他作为复仇的起始，也算是练手……这就是之后的打算。

上午七点，克莱恩自然醒来，外面依然阴沉沉，雾蒙蒙。他起身走向门口，路过全身镜时，看见保镖小姐突然浮现了出来。

她戴着那顶不变的黑色软帽，脸色一如既往地苍白，声音穿透玻璃虚幻飘忽地钻入了克莱恩的耳朵。

"昨晚，军情九处的人来过。"

呃……我该说"警察"果然迟到了，还是感谢他们迟到了……克莱恩微笑着问："他们没有发现什么吧？"

对于答案，他非常笃定，如果军情九处真有什么发现，他哪能睡到自然醒。

"没有。"保镖小姐身影变淡，消失在了镜子里。

她这种能力很厉害啊，用灵视都发现不了……也许可以用罗萨戈遗留的非凡特性看到？发现那些隐秘的丝线，从而找到保镖小姐？克莱恩心中一动，回到床边，从枕头下方掏出了那个铁制卷烟盒。

他刚刚入手，还未来得及打开，后颈处忽有刺骨凉意袭来，让他整个人瞬间汗毛耸立，浑身颤抖。啪！他手一松，铁制卷烟盒掉在了地上。

这是保镖小姐的警告……克莱恩干笑两声，装作什么事情也没发生地将铁制卷烟盒塞进了裤兜。

洗漱完毕，穿好衣物，他来到一楼，从门外的报箱里取出了订阅的那几份报纸。

展开《塔索克报》，克莱恩看见了醒目的头条：因蒂斯大使贝克朗遇害，恐怖组织极光会宣称对此负责！

结果出得这么快？而且极光会明明只是接受委托，为什么要宣布负责？嗯……恐怖组织也是要讲体面、要树立形象的，这样才能吸引到足够多的新鲜血液，这与秘密传教相辅相成……A先生很厉害嘛，应该是"牧羊人"……克莱恩立在门厅处，详细地阅读着新闻。

根据新闻所述，现场有极光会袭击贝克朗大使的证据，而后续追查时，也找到了极光会故意遗留的书信，宣称负责的书信。

在新闻的最后，记者大概介绍了极光会，列举了他们做过的一些违法事件，让他们的名气瞬间超过了绝大部分隐秘组织。

不管怎么样，事情彻底结束了……克莱恩吐了口气，侧头望向窗外，看见淡薄的雾气弥漫，稀疏的阴雨滴落。

"这种时候，不是应该来点灿烂的阳光、晴朗的天气应个景吗？"克莱恩自嘲失笑。

而接下来，他得出门去捉奸了。

皇后区，霍尔伯爵的豪华别墅内。

奥黛丽垫着白色的餐巾，看着用餐女仆为自己切割培根，摆放双面全熟煎蛋，在松软面包上涂抹果酱，为烤蘑菇添加酱汁。

在真正的贵族家庭里，女仆分成很多种类，除了贴身侍女，还有不同卧室的女仆、书房女仆、起居室女仆、客房女仆、服装女仆、鞋子女仆、珠宝女仆、用餐女仆、浆洗女仆、厨房女仆，务求严格对应，一事一仆。虽然这在很大程度上浪费了人力，但对贵族而言，体面就是一切，不到债务众多的地步，不会降低类似方面的要求。

奥黛丽喝了口色泽褐红的茶水，让那淡淡的麦芽香和玫瑰香在口腔里回荡。

这时，她听见她的父亲、王国上院议员、大银行家霍尔伯爵对着手里的报纸嘟囔道："极光会真是疯狂啊。"

极光会？奥黛丽眨了下眼睛，好奇地问："他们做了什么事情吗？"

"噢，宝贝，你不会想知道的。他们竟然刺杀了因蒂斯的大使贝克朗，这对他们没有任何好处。"霍尔伯爵边翻报纸边摇头。

奥黛丽的大哥、伯爵的长子希伯特·霍尔咽下口中的烤蘑菇，发表着自己的意见："或许他们想破坏王国和因蒂斯的关系，让战争从殖民地蔓延到北大陆。"

这位贵族子弟有着英俊的脸庞和灿烂的金发，不管从哪个角度看，都有种古典雕塑般的美感。

"不，如果是这样，他们就不会留下那么多显而易见的证据。而且王国最近有太多的新政策将进入实施阶段，需要一段时间的稳定环境，我们不会贸然发起战争的。昨晚发生的事情，今早就见报，并且有详细的经过和具体的凶手，足以说明国王陛下和大臣们的想法。"霍尔伯爵指点着自己的孩子。

奥黛丽怔怔地听着父亲和哥哥讨论这个问题，好一会儿才反应过来：贝克朗被刺杀了？A先生成功了？他果然是极光会的？

他故意暴露是极光会做的，就是为了证明这件事情由他完成了，并非欺骗尾款？这也太快太有效率了吧，我昨天下午才支付了第一笔款项，今早就听见了结果，一个好的结果！

奥黛丽惊愕之余是难以遏制的欣喜，而欣喜之余是本能的畏惧。

"愚者"先生那位眷者委托的任务这么轻松这么简单就完成，绝对是值得欣喜的事情，但A先生和他背后的极光会展现出来的实力和行动力，让奥黛丽下意识地感觉害怕。

唔，还好我昨天已经和格莱林特沟通好，达成了借款协议，作为一位子爵，他应该已经在不引人注意的情况下筹集成功了……这两天就把尾款给A先生，得通过休和佛尔思，我绝对不能自己出面……这一两个月内也不能再去参加A先生的聚会了，还好，我还有别的圈子……奥黛丽矜持地咬了口涂着果酱的松软面包。

等早餐接近尾声，有奶油、樱桃和草莓的小蛋糕送到了她的餐盘里，平静下来的她才忽然有些自得。

"倒吊人"先生还说想参与这个任务，但他现在可能才刚刚完成初步的委托……事情已经结束了……谁叫他在海上呢！奥黛丽心情愉快、眉眼蕴笑地品尝起了甜点。

…………

希尔斯顿区，休和佛尔思看着面前的报纸，许久没有额外的动作。

"这……这是A先生做的吧？"休又震惊又疑惑地望向好友。

佛尔思转了下腕部镶嵌着石头的手链，同样茫然地摇头："也许。我知道极光会，但我不知道A先生是不是极光会的成员。"

"应该是，毕竟我们昨天才给了他两千镑，应该没别的人想刺杀那个贝克朗大使了吧……"休不太确定地说道。

佛尔思默然几秒，忽然哀叹道："不管是不是A先生做的，我们都得将剩下的八千镑给他。目前没有人能证明不是他做的，如果我们还想混这个圈子，就不能赖账！"

"反正不是我们掏钱……而且我们还有五百镑的酬劳！"说着说着，休一下高兴了起来。

"问题是，我总觉得再去找A先生会很危险……"佛尔思沉吟道，"交付尾款的时候，我自己去，这样对我们都好。"

"可是……"休本能地有点不放心。

"你跟着会影响我逃跑的。"佛尔思晃了下腕部的手链，用嫌弃的口吻说道。

"好吧。"休抓了抓自己毛糙的金色短发，无奈地回答道。

就在两人为这件事情忐忑的时候，A先生的新消息通过隐秘的联络渠道传递给了她们，让她们不用去找他，将剩余的尾款分别存入不同银行的几个不记名账户里就行了。

呼……休和佛尔思同时松了口气。

而在一个宽敞到仿佛神殿的地下室内，A先生身穿带兜帽的黑色长袍，跪坐于幽暗里，虔诚地低语着什么。

他的面前有一尊接近三米的雕像，那是一个双腿被链条绑着连接往上的倒吊之人。这倒吊者有着巨人独特的竖直单眼，双臂横伸，摆成了十字。

这时，有黑袍罩体的男子进来，谦卑地禀告道："A先生，我已经将消息传递过去了。"

"很好。"A先生没有侧头地说道。

那位黑袍罩体的男子疑惑地问了一句："为什么不让我们调查是谁委托的这个任务？"

A先生埋着脑袋，语气淡漠地开口道："不需要。你们必须记住，这是一个关键的时期。我们要让大陆混乱，我们要尽量吸引别人的目光，以此迎接主的回归！哈哈哈，咳咳咳……"

A先生忽然笑了起来，接着剧烈咳嗽，咳得整个人都匍匐到了地面。"咳咳！"他咳出了一团团血色的碎片，而这些碎片落地之后还在蠕动，仿佛活物。

黑袍罩体的男子当即低下头颅，装作什么都没有看到。

过了许久，A先生终于平静了下来。他匍匐着行进，嘴巴贴着地面，将刚才咳出来的血色碎片又全部舔食了回去。

…………

希尔斯顿区新年路126号。

一身轻松的克莱恩这次没去跟踪多拉古·盖尔，而是选择了他的情妇艾丽卡·泰勒为目标 ——反正偷情是需要两个人的。

那位漂亮的金发女郎脸上画着精致的妆容，早早就乘坐出租马车抵达了克拉格俱乐部，克莱恩提着装有便携式照相机和各种伪装物的皮箱跟随入内。

"还有休息的房间吗？"胸口戴着俱乐部白霜徽章的他询问起今天负责接待的秀气侍女。

身穿黑白裙的侍女礼貌地笑道："有的，您跟着这位侍者上楼就行了。"

克莱恩轻轻颔首，在红马甲侍者的引领下，沿着阶梯一步步来到二楼，正好看见艾丽卡·泰勒进入一间靠着街道的休息室。

"你想看街上的行人还是后面的网球场？"红马甲侍者殷勤地问了一句。

"临街吧。"克莱恩故作随意地回答道。

在红马甲侍者的安排下，他和艾丽卡·泰勒的房间隔了两个屋子，同样能看见俱乐部大门外的街道。

等下该怎么拍照呢？找机会潜入，藏到房间里面，还是翻窗爬外面的管道？这两个办法都无法掩饰那夸张的闪光，但后者可以伪装成外来的偷拍者，不让人怀疑我、驱逐我……不过，这都容易被多拉古和艾丽卡察觉啊……用符咒使他们沉眠？不行，这会让照片缺乏足够的说服力，必须是过程中的画面……

只有拍一张照片的机会，必须拍得足够好……这不是我擅长的领域啊，我可不是艺术大师……换作老尼尔，肯定会试图构造新的仪式魔法，专门用来遮掩相机闪光的仪式魔法，当然，女神未必会响应他……

克莱恩正在推敲接下来的行动，忽然看见房间内一面银镜上浮现了保镖小姐。她依旧穿着那身黑色哥特式宫廷长裙，头戴同色小巧软帽，头发淡金，脸庞苍白，容貌精致。

"你有办法掩饰照相机的闪光吗？"克莱恩随口问了一句。

他话音未落，就看见银镜表面荡起涟漪，一只略显透明的手掌忽然伸出。

保镖小姐女鬼般从银镜内钻了出来，走到克莱恩面前，微微点头道："可以。"接着，她俯下身体，靠了过去，就那样一点一点融入了相机的镜头里！

克莱恩嘴巴微张地看着这惊悚的画面，好半天才回过神来，拿起便携式照相机，在自己的休息室内试拍了一张。效果出乎预料的好，闪光被限定在了镜头附近，成像的效果也相当不错。

也许它现在该叫"灵异相机"……克莱恩腹诽一句，拿着相机，来到窗边，耐心等待。

没过多久，他看见多拉古·盖尔乘坐马车抵达。

另外一边的艾丽卡·泰勒也看到了情夫，忙离开休息室，去一楼迎接对方。

克莱恩抓住机会，用塔罗牌弄开了目标的房间，小心翼翼地躲到了放备用床单和被子的橱柜里。

周围的黑暗让他想起了昨晚，想起了那位诡异又可怕的"秘偶大师"罗萨戈。昨晚危险重重，今天却跑来捉奸，人生真是奇妙啊……

在吐槽自己的同时，克莱恩听见了开门的声音。他蜷缩于橱柜内，悄然开启了灵视，只见两团气场颜色有所纠缠地进来。

"艾丽卡，我给你带了礼物。"一道沉厚的嗓音在房门关闭后响起。

果然是鲁恩王国的绅士，即使偷情也显得有点古板，换作因蒂斯的男人，肯定已经"甜心""宝贝""我的天使"之类地乱喊了……克莱恩忍不住在心里吐槽了一句。

当然，他这都是基于报纸、杂志和小说上的相关内容形成的刻板印象。

艾丽卡·泰勒语含惊喜地问道："让我猜一猜……是，是法斯曼的眼霜、面霜，还是精华？或者莱奇妮的？"

这都什么啊……克莱恩听得有点蒙。

很显然，多拉古·盖尔也没能瞬间反应过来，七八秒后才道："……不是，是丝袜。"

在这个世界，由于还没有发现石油，没有相应的廉价化工产品，丝袜是真丝织成的高档物品。

"还不错，我看看。"艾丽卡的喜悦并没有减少什么。

"我昨天去菲利普百货商店买的，一双三十苏勒，一共五双。"多拉古略显炫耀地说道。

"真贵。"

好贵！

艾丽卡和克莱恩一个出声，一个暗叹，表达的是同样的意思。

班森工作了那么多年，周薪也才一镑十苏勒，也就是三十苏勒，仅仅相当于一双丝袜，而他就靠着这样的薪水，让弟弟和妹妹都得到教育，吃得还算饱，有睡觉的地方……至于有点技术的普通工人，周薪不过二十苏勒上下……克莱恩一阵咋舌。

"不，不贵，丝袜就值这个价钱，我还额外给了五苏勒的小费。"多拉古说话的同时，自身气场的颜色鲜明了几分，克莱恩据此揣测他已经脱掉了外套。

"那我试一试。"艾丽卡·泰勒嗓音柔媚地说道。

又有种看"小污片"的感觉，还是现场直播的那种……而且，保镖小姐也在这里……克莱恩嘴角微抽，看着红色在红色上游走，看着双方的情绪光芒很快变得赤如烈火。

紫色靠近了红色，一直往上……红色包裹住了绿色，包裹住了橘红色……克莱恩一边听着喘息声和低笑声，一边通过气场颜色的位置变化来判断外面两人的动作与体位。

觉得差不多后，克莱恩无声推开橱柜的门，望向了睡床方向。

多拉古和艾丽卡已经纠缠在了一起，衣裙半解，动作激烈。克莱恩抬起"灵异相机"，瞄准那对热情似火的男女，等待着能同时看见双方脸孔的场景。当多拉古和艾丽卡相拥着倒向睡床时，克莱恩终于捕捉到了最适合的画面，按下了拍照的键位。

咔嚓的声音并不明显，强烈的闪光和其他异象都被局限在了很小的范围内，没有惊动那对男女。

由于对自身的拍照技术没有信心，克莱恩又补了好几张，好让自己事后有挑选的余地。他只准备给雇主一张照片，因为太多的照片会让律师质疑这对男女为什么没能发现有人在拍照。

内衣轻飘飘地落地，喘息的声音陡然加剧，克莱恩抱住便携式相机，熟稔地翻滚出橱柜，顺手关上了那里的门。他连续翻滚，一直到了休息室的房门旁边，然后悄然拉开门，回到走廊上。

搞定！克莱恩松了口气，礼貌地无声合拢了大门，接着以手按胸，对着房间内睡床的方向欠了欠身体。接着他不再耽搁，回到了自己的休息室。

那七镑尾款很快就能拿到……而且还额外赚了张价值五十多镑的克拉格俱乐部会员证明，包吃包住包玩，不，这比五十镑贵多了，没人介绍，没有人脉，拿着一百镑都加入不了这个俱乐部……这个任务真不错啊，又简单又安全，赚得又多……克莱恩放下便携式相机，由衷地在心里感慨了两句。

就在这时，相机的镜头里忽然伸出了一只手。穿黑色宫廷长裙的保镖小姐慢慢钻了出来，重新飘浮于半空，脸色依旧那么苍白。

想到带着对方看了点"小污片"，克莱恩有些不好意思地转移话题道："我打算去自助餐厅吃点东西，你要一起吗？"

每位会员可以带一名客人。至于怎么解释客人突然出现的问题，克莱恩的计划是，先出去转一圈再回来。

保镖小姐语气没什么起伏地回答道："我可以两周不吃东西。"说话的同时，她转过身体，背对着克莱恩，飘向镜子，瞬间消失。

她到底是什么序列……克莱恩一边颇感好奇地想着，一边将便携式相机放回皮箱内。

做完这一切，克莱恩去了趟盥洗室，解决掉了个人问题。

洗过手，擦了擦脸，他望向镜子，审视起自己目前的模样：嘴上和颔下因为今早没有剃须，多了点青黑色的胡茬儿，头发呈三七比例向两侧分开，脸上架着一副金边眼镜，斯文、书卷气里有着几分成熟。

和以前有了一定区别，但仔细观察还是能辨认出来。等胡须长到一定程度，就不用太担心了……以后晋升至序列6"无面人"，就更不用害怕什么了……克莱恩掏出金色怀表，按开看了一眼，然后走出盥洗室，提上皮箱，来到一楼的自助餐厅。

此时刚过九点，还在早餐的供应时间内，克莱恩拿了个双面半熟煎蛋、一个白面包、一块黄油、一个迪西馅饼、一份培根以及一杯沉浮着柠檬片的侯爵红茶。

寻找座位的时候，他忽地看见一位熟人——推荐他加入俱乐部的外科医生艾伦·克瑞斯。这位个子高瘦的先生独自坐在角落，已经用完早餐，正边翻报纸边喝咖啡。

"上午好，克瑞斯医生。"克莱恩走了过去，向性情有些冷淡的艾伦打了声招呼。

这位外科医生推了推鼻子上架着的镜框，说道："叫我艾伦就可以了，莫里亚蒂侦探。"

"根据对等原则，你得叫我夏洛克。"克莱恩顺势坐了下来，"今天有什么新闻吗？我出来得太匆忙，还没看报纸。"

"因蒂斯大使被刺杀，一个叫极光会的恐怖组织宣称对此负责……唉，现在的世界越来越乱了，迟早会有一场波及南北大陆的全面战争。"艾伦有感而发道。

"先生，战争从未停止，只是我们能享受到和平。"克莱恩吃掉煎蛋，笑着回应，"真是遗憾啊，这种重要的案子不可能邀请我们这些私家侦探帮忙。"

艾伦翻动着报纸道："这条新闻和我们关系不大。真正重要的事情是，今天或者明天，上下议院经过长久的争执，终于要通过一些事情了，一是《政府雇员统一考试法案》以及相应的章程和实施计划，二是成立大气污染调查委员会，三是设立单独的碱业检察官，后两者都是应对污染的。神啊，他们终于开始重视这个问题了，医院的病人里，罹患肺部疾病的数量一直在攀升。"

总算要通过了吗？不知道班森准备得怎么样了……会不会被我的死亡影响到……克莱恩的笑容忽然灿烂道："这是好事。"

"对玛丽来说，这是非常好的事情，她想让自己或者她的丈夫多拉古成为王国大气污染调查委员会的一员，她的希望更大。她没有担任商业公司的职位，并且是女神的信徒，而不管任何机构总是需要平衡的。"艾伦提起了克莱恩的雇主，"我建议她最近常来俱乐部，我们这里有好几位下院议员。"

在鲁恩王国，下院议员的构成以有钱的富豪和某些贵族的代理人为主，但同时也有不少专业人士，比如医生、律师、牧师、教师、科学家、会计师。克拉格俱乐部正是以中产阶层的各种专业人士为目标对象，不区分党派。

克莱恩对类似方面不是太了解，随口应和了几句，转而聊道："艾伦，今天是周五，你不需要回医院吗？"

"不，我请假了，最近真是糟透了。"艾伦忽地皱眉道。

"发生了什么事情？"克莱恩喝了口红茶道。

因为贝克朗刚被刺杀，罗萨戈的尸体被扔进了远方的下水道，不知什么时候会被发现，克莱恩顾忌着余波和自身伪装的未完善，最近不打算接什么太困难的、容易暴露自身的任务，所以，他对潜在的、简单的、报酬丰厚的事情很感兴趣。

艾伦放下报纸，叹了口气："我最近太不走运了，连续几台手术出现失误，还好没造成太严重的后果，否则我可能已经被吊销执照了。"

虽然在当前时代，外科医生做手术死人属于常见的事情，不是什么大新闻，但如果因为自身的失误造成严重的事故，处罚还是相当严厉的。

好吧，我帮不上什么忙……嗯，其实，我懂一个转运仪式，只不过它的效果是把你送到灰雾之上……克莱恩低下头，啃起面包。

用过早餐，他告别艾伦，先去取了五百镑现金，给了保镖小姐三百镑，接着回到家中，一边等待照片洗出，一边希望有什么简单的委托上门。可惜，暂时没遇上。

傍晚时分，克莱恩准备再一次出门，目标是勇敢者酒吧。趁着有保镖小姐在，他希望接触更多的非凡者圈子。

临出门前，克莱恩随手抛了次硬币，询问今天是否不利于去勇敢者酒吧。得到否定的答案后，他环顾一圈，对着空气低声说道："今天有人监控我吗？"

沉默了几秒，保镖小姐虚幻飘忽的声音突然从他背后传来："没有。"

克莱恩下意识地回头望去，还是未能发现保镖小姐的身影。

他的注意力迅速转移至答案上，忍不住在心里"嘿"了一声：军情九处这是根本没把我放入嫌疑名单啊！确认罗萨戈未曾找过我之后，就完全将我抛到了一边。我是该感觉荣幸，还是认为受到了侮辱呢？

也是，一个忙着找猫捉奸的侦探，怎么都无法和刺杀一国大使、干掉序列5

强者等事情关联起来……而且军情九处或多或少也监控了我一阵，我的慌乱，我的无助，我努力挣扎的自救，都被他们看在了眼里，这样的我明显无法对大使造成实质性伤害……

思绪纷呈间，克莱恩戴好半高丝绸礼帽，提上黑色镶银手杖，走出了明斯克街15号，花费两苏勒，乘坐出租马车抵达了位于贝克兰德桥区域铁门街的勇敢者酒吧。

他熟稔地入内，穿过围在拳击台旁边呼喊加油的酒客，来到吧台前，敲了下桌子："一杯南威尔啤酒。"

酒保抬头看了他一眼，咕哝道："卡斯帕斯在3号纸牌室。"

克莱恩露出微笑，摆出五个1便士的铜币，推给了对方。接着，他端上木杯，喝着泡沫洁白细腻的南威尔啤酒，绕过最拥挤最热闹也有最浓的汗臭味的两个竞技台，敲响了3号纸牌室的门。

卡斯帕斯正在和一帮人玩无限注的德州扑克，面前的钞票摞得老高，黄澄澄的硬币堆得让人眼花。

注意到克莱恩的目光，这位脸上有巨大伤疤的黑市武器商人抽动红通通的大鼻子，随口说道："我不喜欢用筹码，那让我觉得不真实，还是钞票的质感和硬币的重量让人沉醉，和干女人一样爽！"

嘟囔完这句话，卡斯帕斯微微皱起眉头："你又来做什么？"

克莱恩没直接回答，努嘴示意到外面说。

"该死！我这一把要清空他们！狗屎，我不跟！"卡斯帕斯将面前的两张纸牌扔到牌桌中间，接着一瘸一拐地来到门口，对克莱恩道，"你最好有足够的理由！"

出了纸牌室，来到角落，克莱恩压低嗓音道："我想知道最近的聚会在什么时候，和上次那种一样的。"

卡斯帕斯狐疑地审视起他："马里奇不是和你谈好了吗？"

"不是请保镖的事情，是我对那种……呵呵，你知道的，有了很大兴趣。"克莱恩说的全是真话。

卡斯帕斯犹豫了下，说道："今晚就有一个聚会，组织者还是上次那位，但你需要等待半个小时以上，我先过去通知他们。你上次展现了信誉，我想问题不大。"

"没问题，我会支付你酬劳的。"克莱恩摸了下衣兜里的钞票。

"这次只需要一镑。"卡斯帕斯一副"我很慷慨"的样子。

"很值得。"克莱恩两边嘴角同时上翘地说道。

支付过报酬，他找了个位置坐下，一边喝麦香浓郁的南威尔啤酒，一边欣赏着拳击台上的较量。

"我能同时把他们两个都干趴下……"克莱恩迅速得出了这么一个结论。

过了十几分钟,卡斯帕斯回到酒吧,环顾一圈,压低嗓音道:"那边答应了。我们半个小时之后过去。风暴在上,希望你没有忘记那张面具。"

对此,克莱恩做出了肯定的答复。他放慢了喝酒的速度,一小口一小口地抿着,用了半个小时才喝完五百毫升的大杯南威尔啤酒。

依旧是上次的道路,依旧是那栋没有灯光的房屋,克莱恩戴好只遮掩上半张脸的铁面具,看着卡斯帕斯很有节奏地敲响大门。

和上次不一样,敲门声一直在变化啊……克莱恩仔细听了一阵,看见门上的小木板打开,有一双眼睛望了出来。

没什么区别的流程后,他披上带兜帽的长袍,将整个脸庞藏到了阴影里。

还是那间起居室,还是一根摇曳不定、光芒昏暗的蜡烛,克莱恩随意找了个位置,安静地坐下。但和之前不同,他这次不再压抑,不再紧绷,反倒悠闲地环视了一圈。

吹到脖子后的阴冷之风让他确定保镖小姐也跟着进来了,没被谁察觉。

这里聚会的成员果然没有序列5的强者,甚至可能连序列6的都没有……克莱恩若有所思地想道。

旁听了一阵,他看到那位脸庞圆润的"药师"改变了坐姿,似乎想发言。

果然,露出半张胖乎乎脸蛋的"药师"快速举了下手道:"'黑蛇'好像死在了下水道里……那些野兽还在肆掠。"

"黑蛇"死了?听到这个消息,克莱恩颇感愕然。

"黑蛇"就是那位卖给他"倾听者"遗物、让他成功制作出"污秽之语"符咒的男子,疑似极光会的成员。他实力不会低,竟然死在了简单的清理下水道野兽的任务里……

克莱恩疑惑地皱眉,忽地想起一件事情——他发现泽瑞尔的尸体时,听到下水道深处有咚咚咚的动静,等他领着伊恩南过去,泽瑞尔的尸体已经被奇怪的野兽啃掉了一部分。那是在东区铁碳街的底部,和贝克兰德桥区域隔得相当远,不知道有没有关联……

不过,克莱恩完全没有去验证这件事情的冲动。

"黑蛇"死了的消息在昏暗的起居室内迅速发酵,引发不少人的窃窃私语,渲染出了几分感同身受的恐惧。

那位"药师"拍了下手掌道:"所以,我该怎么做?"

低语的声音陡然消失,房间内沉默得仿佛空气已经凝固。

因为"药师"上次不怕得罪人的劝诫,克莱恩想了想,主动开口道:"如果我是你，我想我会放弃剩下的草药，再也不去那里。"

"为什么？它们很快就会成熟了。那些野兽躲在下水道深处，一般不会出来。""药师"有点犹豫地反问道。

克莱恩故意嘶哑着嗓音道："'黑蛇'背后应该有个组织，他的死亡必然会引来调查，我想你应该不愿意和他们打交道吧？"

拥有"倾听者"遗物不表示"黑蛇"一定是极光会的成员，但他称呼真实造物主为"伟大存在"，从侧面证实了这点。而且这种事情，宁愿相信是，也不能抱有侥幸的心态。

"嗯。""药师"微微点头，似乎已经做出了决定。

克莱恩又补了一句："如果是我，我还会匿名将这件事情通报给警察。"

"什么？"不少聚会成员惊愕出声。

克莱恩语气不变地解释道："既然下水道的野兽能让'黑蛇'死亡，那就说明它们具备很高的危险性，而大家都居住在贝克兰德，如果真因此造成什么大的灾难，很难保证不波及自身。

"所以，最好的选择是，引起警察注意，让官方处理这件事情。我们不用冒险就可以享受好的结果，不是很棒吗？"

他话音刚落，"智慧之眼"老先生就鼓掌道："非常棒的想法！我们害怕官方非凡者，但同样也能利用他们，不要什么事情都想着自己处理。"

这是因为我是官方非凡者出身，思路和你们这种纯野生的肯定不一样……克莱恩含笑腹诽了一句。

发言之后，他回归旁观的态度，听着别人兜售或求购物品、材料，看着一桩桩交易或成功或失败，里面没有他感兴趣的东西——他暂时没把自己需要的非凡材料挂出来，打算再观察这个圈子几次。

时间一分一秒流逝，"智慧之眼"老先生开始安排人离开，三分钟一位。

克莱恩上次最先出去，不知道后续的事情，如今才注意到这里至少有五个出口，"智慧之眼"的侍者会带不同的人走不同的通道，尽量岔开，延长时间。

大半个小时后，起居室内剩下了三位聚会成员，除了"智慧之眼"老先生，另外两人分别是克莱恩和疑似"药师"的男子。

"智慧之眼"望了下克莱恩，嗓音苍老地笑道："看来你运气不错。"

他认出了我是上次购买"黑蛇"那件不祥物品的人……克莱恩笑笑道："是的，我赌赢了。"

听到两人的对答，"药师"一下瞪大眼睛，审视起克莱恩，好半天才道："难道你另外还有幸运类的神奇物品？我之前已经把你当成死人了。"

你说话可真直接啊……克莱恩委婉地回答道："或许我本身就足够幸运。"

其实，他也很想有件类似的物品。

"智慧之眼"叹息道："小伙子，不要总是赌运气，尤其在这种事情上。即使你之前赢了很多次，可只要输掉一回，就不会有翻盘的机会。"

"我知道，所以我才来参加这次聚会，看能不能买到有用的物品。呵，我和你们算是同类了。"克莱恩状似随意地说了一句。

"同类？""药师"夸张地叹息道，"我当初就应该听我老师的话！"

老师……他本人疑似"药师"……"药师"途径分别被大地母神教会和生命学派掌握着……生命学派的传承方式是师徒制……克莱恩心中一动，好奇地问："为什么这么说？"

"药师"感叹了一声道："我老师让我选择那条能让人变得足够幸运的道路，但我最终还是成了一个调配药剂的，结果，我整整两年都还没找齐下个序列的魔药主材料，你的幸运让我嫉妒。"

让人变得足够幸运，这很像"怪物"那条序列途径……真是生命学派的人啊……克莱恩笑笑道："你选择的理由是什么？"

"药师"忽地挺直腰背道："这是男人的选择！知道可以调配出提升那方面能力的药剂后，我就没有犹豫地选择了这条路！"

神一般的理由……听到"药师"的回答，身为"小丑"的克莱恩都没能控制住自己的表情变化，幸运的是，他脸上还有一张铁制的面具。

"药师"没注意到克莱恩和"智慧之眼"老先生的反应，自顾自地发散开来："所以，我很喜欢贝克兰德。这里有众多的站街女郎，她们出没于音乐厅、戏剧场外面，等候于大街小巷内；她们有的是职业的，有的是兼职的，原本是女工女仆，有着不同的风味。据说在西区的某些地方，偶尔还会出现破产的贵族小姐，真是让人向往啊。"

"……"克莱恩推了推遮住上半张脸的铁面具，赶紧转移了话题，"你老师对你的选择有意见吗？"

"药师"微摇脑袋道："没有，他只是在教完草药领域的知识后一脚把我踢出了门，让我游历大陆，体验人生。该死的，他都没告诉我后续的魔药材料去哪里找！"

说到这里，"药师"望向克莱恩，补了一句："如果你知道哪里有精灵之泉的髓质结晶，请务必告诉我，我会支付你报酬。当然，你也可以先买下，再加价卖给我，你是一个幸运的家伙，说不定能帮助我完成愿望。"

"好的。"克莱恩随口答应了下来，若有所思地询问，"到时候，我能用它交换'药师'的魔药配方吗？"

在他看来，"药师"是非常有用的辅助职业，可以拿来培养帮手。

不算太胖只是颇为圆润的"药师"飞快摆头道："不行！我只能教导我的学生。"

这是生命学派的规矩？说不定还以某位隐秘存在为见证，立下了誓言……克莱恩并不意外地想道。

就在这时，那"药师"嘿了一声："但我可以告诉你去哪里能弄到'药师'的配方，就在贝克兰德。"

"非常好。"克莱恩对此颇感惊喜。

发现"智慧之眼"老先生又要开口送客，他忙又问道："'药师'先生，你有治疗精神狂乱等问题的药剂吗？"

克莱恩这是表演给保镖小姐看的，让她更加笃定他受到真实造物主的少许影响，变成了潜在的疯子，正努力寻求治疗。

"有，镇静剂，十苏勒一支，下次聚会我给你带四支来。相信我，这绝对比医院里那种有用很多，我添加了一些灵性材料。""药师"毫不犹豫地回答。

真贵啊……廷根的地下交易市场上，源于医院的镇静剂是一到二苏勒一支，从值夜者小队、代罚者小队、机械之心小队流出来的品种则是四到五苏勒一支……念头闪烁间，克莱恩演戏演全套地望向"智慧之眼"道："尊敬的先生，我能参加下次的聚会吗？"

"可以，你这两次的表现证明了你的善意。小伙子，留心每天的《贝克兰德早报》，当第五版出现了恩斯特商行收购货物的广告，就表明第二天的晚上八点在这里有聚会，敲门的轻重和间隔根据报价来，第一个数字是重的次数，第二个是轻的次数，第三个是间隔长的，第四个是间隔短的，之后的数字没有意义。""智慧之眼"老先生颔首道。

说完信息，他叹了口气道："不属于官方且没有组织的非凡者，过得并没有你想象中那么美好。一方面必须隐藏秘密，躲避官方，随时保持谨慎和小心的状态；另一方面则要对抗失控，对抗疯狂，我们有太多太多的同类死在这两件事情上。即使顺利避开了官方的注意，躲过了失控和疯狂，我们也随时会陷入缺乏材料、找不到想要物品、无法获得足够知识的困境。

"我组织这样的聚会，就是为了让大家互相帮忙。可惜的是，现在属于神秘匮乏的时代，许多非凡材料已很少再出现。"

是啊，但我有知道某些原始岛屿坐标的"倒吊人"先生，有时刻对抗着黑暗深处各种怪物的白银城"太阳"同学，部分非凡材料可以依靠他们……克莱恩礼貌地半起身，对着"智慧之眼"老先生行了一礼："您的品格让人敬佩。"

重新坐下之后，克莱恩忽然想起一事，斟酌着问道："两位先生，你们有神奇的物品吗？就像'黑蛇'卖给我的那种一样，但不要有太严重、太负面的问题，我想有点自我保护的能力。"他打算先找到感兴趣的事物，并弄清楚价格，再据此确定目标。

虽然我现在没钱，但不表示将来没有……没钱就不能问价格吗？克莱恩默默地在心里补了一句。

"药师"摊了下手，示意自己没有或者有也不会卖，"智慧之眼"老先生则呵呵笑道："我倒是有一些，不知道你希望买到什么样的？给我一个大致的范围。"

有一些……他多半就是依靠外物的"通识者"途径非凡者……克莱恩没掩饰艳羡情绪地说道："要比我自己强的，不是提升格斗水准的，最好有神奇的能力。"

他没说得太详细，以维持自身初入者的形象。

"智慧之眼"笑道："我有一件物品非常适合你的要求，它曾经的代号是2-081。"

"2-081？"克莱恩疑惑地反问。

他的疑惑只是表面的伪装，内心更多的是惊愕。这是从女神教会、从查尼斯门后流出来的封印物？克莱恩没想到会在这里遇见熟悉的数字类代号。

"智慧之眼"随口解释了几句："很多神奇物品都有较为明显的隐患，会造成一定的危害，所以，七位正统神灵的教会都在搜集并封印它们，将它们称为'封印物'，并用数字代号做区分。

"经过漫长的争执和交流，七神教会形成了统一的命名法，以'0''1''2''3'来标识不同的危险等级，其中，0级最危险，据说是一些可以毁灭国家甚至世界的可怕物品。

"七位正统神灵的教会在0级和1级封印物上会互相通报，告诉对方自身拥有哪些，所以，0级和1级的代号是不会重复的，2级和3级则各自排序，不同教会可能有同一个代号。"

克莱恩早就在值夜者内部知晓大概的情况，但对其中一个问题非常不解："互相通报自身所拥有的0级和1级封印物的代号？"

这不是泄露家底吗？会让其他教会知道自身有几张底牌的！当然，这也能看作一种战略性威慑，避免七神教会之间产生直接的冲突……克莱恩思考着可能的理由。

"是的，虽然我无法理解这么做的理由，但它确实发生了，据说是第四纪末第五纪初，七大教会达成的协议。""智慧之眼"老先生语速不快不慢地说道，"我的2-081出自知识与智慧之神教会，它能让你了解很多，懂得很多，即使是敌人的非凡能力，你也可以迅速辨识出具体情况，明白其长处和缺陷，并有概率在一定程度上进行模仿，对手越强，失败的可能性越高。当然，就算成功，肯定也与原版有很大差距。"

听起来很强啊……知识等于力量的实证？发展到最后，是不是会出现全知等于全能的情况？嗯……我收回之前的判断，"智慧之眼"老先生未必是"鉴定师"，他对物品的辨识或许依靠的是封印物2-081……克莱恩暗自咋舌，颇感兴趣地问道："那么，我该付出什么来买到它？它有什么缺陷？"

"它会让你的脑袋始终处于高速运转的状态，一旦超过限定的时间，你就会变成白痴。""智慧之眼"很简单地回答道，描述的内容不够详细。

这时，旁边的"药师"嘟囔了一句："也许你的脑袋已经被弄坏了，总是讲你的收藏物，迟早会有人抢劫你、干掉你的！"

先生，你劝人的话语总是不那么动听……克莱恩忍不住腹诽了一句。

"智慧之眼"则哈哈笑道："你怎么知道我不是故意说的，故意等待贪婪的人动手？嗯，就像罗塞尔大帝曾经描述过的钓鱼执法一样。"

笑声停止后，他拍了下沙发扶手，叹息道："作为一个爱好收藏的人，无法向别人炫耀藏品是件非常痛苦的事情。"

他随即望向克莱恩："很抱歉，我不会卖2-081，它是我最好的收藏品，当初花费六千八百镑买到的。这个等级的封印物，四千到两万镑不等，视具体的作用和隐患而定，不过，绝大部分时候有钱也买不到。"

那你说这么多做什么……克莱恩控制住了嘴角的抽动。

"智慧之眼"老先生似乎察觉到了他的反应，呵呵一笑道："我真正想推荐的是两件物品。一件是胸针，能让你获得驱邪、净化以及使用部分太阳领域法术的能力，缺陷是只要你佩戴着它，你就永远感受不到凉爽的滋味，永远都处于南方的炎热夏季中；一件是可以变化形状的帽子，戴上它，你就可以自由地在水下活动至少半个小时，并运用一些水和风领域的类法术，缺陷是你会渴望水，如果行走于大地之上，你会越来越虚弱。"

"类似物品的价格在一千五百镑到三千五百镑之间，同样地，有的时候，即使你给出翻倍的价格也不一定能买到，因为它们很少出现。我用了三十多年，才搜集到几件。"

克莱恩轻轻点头："我考虑一下，以后的聚会里再决定。"说到这里，他故意笑道，"而且我现在也没那么多钱。"

…………

水泥砌成的道路因长久的阴雨变得肮脏，两侧成年男子高的煤气路灯由于玻璃罩的湿润，散发着明亮但氤氲的光芒。

一辆出租马车行驶于夜色中，周围的行人或戴帽或撑伞。

克莱恩侧靠厢壁，闲着没事地欣赏着晚上的贝克兰德街道。就在这时，他忽地感觉车厢内部的温度下降了不少，阴冷的风打着旋徘徊。猛然扭头，他看见身穿黑色哥特式宫廷长裙的保镖小姐不知什么时候坐到了对面。

她嗓音虚幻而飘忽地说道："那个'智慧之眼'察觉到我的存在了。"

果然……克莱恩并不意外地点了下头："他有好几件神奇物品，或许是靠这些东西才察觉的，我甚至怀疑，他的背后有个组织。"

否则光靠"智慧之眼"自身的力量，即使花费三十多年的时光，也不太可能搜集到好几件相对强力的神奇物品。之前的"飓风中将"齐林格斯，作为七大海盗将军之一，也仅有一件"蠕动的饥饿"。当然，后者更有可能是眼光高，看不上一般的神奇物品，毕竟靠"蠕动的饥饿"就可以做到全面且没什么弱点。

嗯，"智慧之眼"很有钱也是合理的解释。组织那么多场聚会，发现合适的神奇物品就不计代价地拿下，三十多年过去，有好几件收藏品也不算太匪夷所思的事情……唉，这是家里有矿或者开银行的节奏啊……克莱恩在心里吐槽了一句。

他没具体提自己猜测"智慧之眼"是蒸汽与机械之神教会或者知识与智慧之神教会的人，怕在保镖小姐面前暴露自己不是刚成为非凡者的事实。

淡金头发的保镖小姐轻轻颔首，似乎在赞同克莱恩的怀疑。忽然，她眉头微皱，望向对面的车窗外面，道："很浓的血腥味。"

很浓的血腥味……克莱恩疑惑地回头，看向窗外。

第九章
CHAPTER 09
✦ 地下建筑 ✦

稀疏的薄雨中，那里有一条僻静的小巷子，靠近巷口的位置，倒着一个身穿艳丽长裙的女子。

这时，有行人路过，仔细瞄了一眼，突然发出一声尖叫。尖叫声里，马匹受到少许惊吓，车夫连忙勒紧了缰绳，马车行驶的速度随之放缓。

借着煤气路灯的光芒，克莱恩看见那个倒在巷口地面上的女子脸色青白，腹部有一道深深的口子，里面的内脏似乎被人掏空了。她四周的地面上，血液正缓缓流淌，赤红而浓郁。

这……作为一名合格的前值夜者，他迅速就联想到了很多作案手法类似的事例，这些事例往往都与恶魔崇拜有关！

而只要提到恶魔崇拜，就很难绕过一个古老的组织——最早出现于第四纪的拜血教！

根据资料记载，这是一个因崇拜恶魔而形成的松散联盟，内部有好几个所谓的恶魔家族，比如诺斯、安德雷拉德和贝利亚家族，彼此互不统属。他们执着且广泛地传播着恶魔信仰，制造了很多起血案，廷根市值夜者小队的会计师奥利安娜太太正是其中一位受害者，但幸运地得到了拯救。

当然，并不是所有相似的案子都是他们做的，不少人觉得那些事情很酷，所以开始模仿犯罪。

"很像拜血教做的。"保镖小姐低语了一句，身影飞快变得透明并彻底消失，没管克莱恩听没听懂、理不理解。

这个时候，马车已经越过了案发现场，克莱恩也发现有巡逻的警察赶来，于是遏制住了下车观察的想法，只当自己是一位路过的普通市民。

嗯，市民莫里亚蒂先生……

拜血教掌握着"罪犯"途径，又称"恶魔"途径，据说在序列7之后，相应的非凡者会逐渐恶魔化，但只在特定的场合、特定的情况下才表现出来……

序列9"罪犯"，有着强壮的身体、敏锐的直觉和各种犯罪能力，但良知还未泯灭……序列8，古称"冷血者"，现代名称是"折翼天使"，意思是从此失去良知，与恶欲同流，身体更加非人，并能得到一些恶魔的类法术能力……序列7"连环杀手"，掌握了崇拜恶魔的诸多知识和仪式，喜欢用特殊的连环杀人案取悦恶魔……再往后的序列，我就不知道是什么了……

关于拜血教和"恶魔"途径的知识在克莱恩脑海中一一闪过，外面的细雨似乎大了一点，车窗上的雨水汇聚着往下滑落，整个世界都因此变得安静，变得不够清晰。

"我想这么多做什么，这种事情肯定会有非凡者小队接手，也许是代罚者，也许是值夜者，不需要我担心。"克莱恩摇头失笑，在心里咕哝了一句。

回到明斯克街15号时，他已经把刚才那起案子抛到了脑后，先是到隔壁敲了萨默尔家的大门，请斯塔琳太太转告玛丽，让她明天下午来拿证据，接着洗漱看报，了解当前的局势和贝克兰德的各种新闻。

第二天，也就是周六上午，克莱恩慢慢悠悠地用过早餐，出门取了刚洗出来的照片，挑选了一张最能看清楚多拉古·盖尔和艾丽卡·泰勒的脸庞，也最能体现他们热情似火的照片。

放好照片，他抢在玛丽太太上门前，又去了趟莱斯警察分局，顺利要回了那十镑的保释金。这个过程中，他还在那里看见了真正的法辛警长，颇有点不自在。

取出账户里剩下的五百镑现金后，忙碌了整整一个上午的克莱恩终于没什么事情了。准备午餐前，他一口气将剩下的六百镑费用给了保镖小姐，自己身上总计还剩一百四十六镑八苏勒五便士，这是他可以动用的全部财产。

除了"正义"小姐那里，没什么债务了……克莱恩放松地给自己煎了块带骨的牛排，并浇上了黑胡椒汁。

正当他心情不错地品尝七分熟口感的牛排时，门铃突然被人拉响，叮叮当当之声连绵回荡。

"玛丽太太？太早了吧？"克莱恩疑惑地放下刀叉，走向门边。他停顿了两秒，脑海内自然浮现了门外访客的形象。

那是一位穿浅灰色大衣、戴半高丝绸礼帽、提黑色镶金手杖的老派绅士，他有一对锐利的蓝眼，鬓角染上了点点斑白，法令纹则深深铭刻于脸庞，让肌肉都显得下垂。

"请问，您找哪位？"克莱恩开门问道。

那位老派绅士用浓重的间海东岸口音道："你是夏洛克·莫里亚蒂侦探？"

"您有事情要委托？"克莱恩点了下头，让开道路，领着老绅士来到客厅。他犹豫了两秒，还是出声问道："您要咖啡还是红茶？"

"一杯热水，谢谢。"那位老派绅士已摘掉帽子，坐了下来。

很好，这很简单……或许我得考虑请个助手，专门添茶倒水，打扫房间……克莱恩思绪发散地想着，转头去厨房冲洗了一个杯子。

他将热水放到老绅士的面前后，走至单人沙发，双手交握着坐下道："我该怎么称呼您？"

"米勒·卡特。"老绅士语言简洁地回答道。

"卡特先生，您有什么事情想委托？"克莱恩没有寒暄，直接问道。说话的同时，他悄然开启灵视，观察起对面这位绅士。

这位老绅士的身体还算健康，左腿关节的气场颜色有点问题，大概是关节炎……情绪以冷静思考的蓝色为主，带着点焦虑……克莱恩只是扫了那么一眼，便大致得出了结论。

米勒·卡特端起洁白的瓷杯，摩挲着外层，道："事情是这样的，我在威廉姆斯街买了栋房屋……呵，我来自间海郡，因为生意的缘故，以后定居贝克兰德。"

威廉姆斯街……在哪里？到贝克兰德还不到一个月，出门要么查地图要么靠直觉的克莱恩努力让自己表现得沉稳可靠。

米勒·卡特看了他一眼，在他目光的示意下，继续说道："那栋房屋据说原本是一位破产子爵的——这是二三十年前的事情——经过几次转手，最终被我买了下来。我打算做一点符合现代风格的改造，结果发现地下室有一扇隐蔽的暗门，通向一片很大的地下建筑。考虑到里面可能不安全，我暂时停止了施工，不让工人和仆人们贸然探索。我希望你能帮忙确认那片地下建筑内部的状况。"

地下建筑……古代遗迹？秘密宝藏？克莱恩想了想道："您为什么不报警呢？警方可以调动的资源比我一个私家侦探多几十几百倍，探索的效果肯定会更好，也更有保证。"

米勒·卡特揉了揉两眼之间的位置："我不希望太多人知晓这件事情，尤其是政府部门。如果确认那片地下建筑内部没什么危险，我打算将它作为整栋房屋的一部分，重新规划用途。

"我知道，这对你来说有较高的风险，我愿意为此支付五十镑，但你找的助手不能超过三个人。事后根据具体的遭遇，我还可以做出一定的补偿。"

五十镑，价格开得很高嘛……如果我是普通侦探，这已经相当于我两三个月的收入了……他初到贝克兰德，不认识别的侦探，只能看报纸雇人，所以找上了我……克莱恩斟酌几秒道："我考虑一下。"

他突然露出抱歉的笑容，指了指后方道："我去下盥洗室。"

米勒·卡特微不可见地点头，喝了口热水。

进入盥洗室，关上木门，克莱恩望着洗漱镜，掏出了一枚二分之一便士的铜币。因为有保镖小姐在，他没法去灰雾之上确认，只好纯靠自身的占卜水平。

"我应该接这单委托。

"我应该接这单委托。

"……"

克莱恩默念七遍，弹出了铜币，眼眸转深地看着它翻滚下落。啪！铜币掉在了他的掌心，国王头像朝上，表示肯定。

克莱恩微微颔首，对着空气低语了一句："你的直觉呢？"

镜子内迅速浮现了保镖小姐的身影，她依旧没什么表情地回答道："有一定危险，但不大。"

很好……克莱恩收起硬币，洗了个手，转身走出盥洗室，进入客厅。他看向米勒·卡特，笑笑道："我接这个委托。"

与米勒·卡特签署完合同并收取了十镑的预付款后，克莱恩并没有急于去威廉姆斯街，而是与米勒约了下午四点。对此，米勒非常理解，在他看来，单枪匹马的夏洛克·莫里亚蒂侦探肯定要招募人手才能展开探索。

等这位老派绅士离开，克莱恩立刻回到餐桌旁，将已经变冷的牛排切割并塞入肚中。

真是的，他都不用吃午餐吗，非得挑这个时间点上门……勉强填饱肚子，克莱恩很是心酸地开始收拾。

下午两点，玛丽太太按照预定时间来拜访，眼睛略有红肿，但脸色愈发阴沉，陪伴着她的斯塔琳·萨默尔都不得不保持默然。

克莱恩将精心挑选出的那张照片放在信封里递了过去："女士，你确认一下。"

玛丽迟钝两秒，缓缓地吸了口气，才接过信封，抽出照片，仔细审视。

"……很好，非常好，你是我见过做事最有效率最负责任的侦探，我很荣幸将你介绍给克拉格俱乐部的成员……这是七镑的尾款，这是你应得的。"玛丽从皮制手提包里掏出个钱夹，点数出一张5镑两张1镑的钞票。接着，她没等克莱恩回应，将照片塞进信封里，放入手提包中，猛然起身离开。

噔噔噔，她的无纽扣皮靴踩出了急促的声音，斯塔琳·萨默尔努力追赶，才勉强能够跟随。

开门出去的时候，玛丽忽然绊了一下，险些摔倒，幸运的是，斯塔琳正好扶住了她。有了这个插曲，玛丽明显放缓了动作，似乎已变得沉静。

女士，你忘记拿便携式照相机了……我之后给萨默尔太太，让她带给你吧……

克莱恩默默地看着这样的场景，略微摇头，什么也没说。

他返回二楼，小睡了个午觉，在附近教堂大钟准点的敲击声里舒服地醒来。

克莱恩之前已经翻过地图，确认威廉姆斯街在西区和皇后区交界的地方，属于贝克兰德核心且宜于居住的位置。

西区和希尔斯顿区一栋不错的房屋要价是两千五百镑左右，米勒·卡特的家靠近皇后区，又是前子爵的产业，面积肯定不小，整体买下至少得三千五百镑，甚至可能达到五千镑，这都能换一件相当好的神奇物品了……他过来拜访我，竟然没带管家，没有侍从，是因为初到贝克兰德，各方面都还没有步入正轨？克莱恩穿上双排扣长礼服，戴好帽子，提着手杖，出门进入了明斯克街。

此时，煤气路灯尚未亮起，街道竟然比傍晚还阴沉，但空气还算可以，没东边那几个区呛鼻。

乘坐出租马车来到威廉姆斯街，克莱恩在8号那栋房屋外看见了等待的男仆。

这男仆穿着红色马甲、浅色长裤，恭敬地对来客行了一礼："下午好，请问是莫里亚蒂侦探吗？"

"是的，我和卡特先生约好了时间。"克莱恩轻轻颔首，跟着男仆进入了前有草坪侧有花园的豪宅。

这栋房屋共两层，一楼相当凌乱，摆着不少建筑材料，有工人来往做着改造。

米勒·卡特没戴礼帽，掩着鼻端迎了过来："非常抱歉，这里太乱太脏了，但我希望在我的家人抵达贝克兰德前，一切都可以变得美好，所以只能催促他们不停地工作。"

说完，他望向男仆，吩咐了一声："你继续看着他们。"

难怪之前没带仆人，仆人都成监工了……克莱恩笑笑道："我认识不少医生，他们告诉我，刚改造过的房屋不适合立刻入住，至少得通风三个月，否则身体不够强壮的老人和孩子很容易生病。"

"是吗？"米勒边领着克莱恩走向地下室，边疑惑地反问。

"我没有验证过，但我选择相信权威，据说这源于罗塞尔大帝流传下来的话语。"克莱恩随口编撰道。

米勒点了下头，又回身看了眼门口，忍不住皱眉问道："侦探先生，你没带助手？那片建筑里面也许藏着不小的危险。"

我有助手啊，只是你看不见……克莱恩腹诽一句，正色道："这是第一次探索，我会很谨慎地前进，有什么问题立刻撤退。

"在这方面，我有丰富的经验，不会让自己陷入危险的处境，而配合不够熟练的助手，反倒容易让我的行动不够灵活，不够果断。"

米勒怔了怔道："你很专业。"

专业忽悠……克莱恩默默地补了一句。

米勒不再怀疑什么，引着莫里亚蒂侦探穿过杂乱的客厅，沿着往下的阶梯，进入了一个相当宽敞的地下室。

这里没有煤气管道，但墙上镶嵌有四个金属烛台，昏黄的光芒摇曳不定。

踏在地面的石板上，克莱恩忍不住在心里感慨了一句：不愧是贵族的房产，就连地下室都"精装修"过，而且差不多有我现在房屋的客厅那么大……

这时，米勒指着最前方道："那里有一扇密门，工人改造的时候发现的。"

克莱恩凝目望去，借助不算明亮的烛光，看见角落里有一扇灰白色的石门，它原本应该与墙壁形成整体，现在却暴露了出来。

"接下来交给你了，注意安全。"老派绅士米勒给了克莱恩一盏已点亮的马灯，并叮嘱了一句。

"预先通过风没有？"克莱恩谨慎地问道。

米勒微不可见地摇头，道："里面并不算特别沉闷，但我没让工人走太远。"

"好的。"克莱恩检查了下随身物品，戴好一只黑色手套，在米勒的目光里不快不慢地提着马灯，夹着手杖，靠近那扇石门，将其推开。

略显沉重的吱呀声里，他借着这边的光芒，看见了一条铺着深色石板的甬道。甬道两侧和尽头分别有几扇木门，它们已出现腐朽的痕迹，但勉强还能用。

不算太古老……不过门的浮夸风格和石板的深沉厚重不太契合，以前那个子爵家族更换过？克莱恩悄然开启灵视，握紧手杖，提着马灯，一步一步地前行。

光芒驱散了黑暗，路过两侧的房间时，由于米勒雇的那些工人未曾深入探索，他能通过敞开的大门看见里面略显空荡的场景，看见和门的风格相当一致的长凳和桌子。

没什么灵光闪烁……克莱恩略微检视，没有停顿地继续往前，一直来到尽头的黑色对开石门前。伸出戴着手套的右掌，他半夹手杖，缓缓用力，推动门扉。

让人牙酸的摩擦声回荡开来，石门渐渐裂开了一道缝隙，克莱恩的眼中突然浮现点点灵光，映照出纠缠交错的无数气场颜色。他心中一紧，猛然发力推门，接着向后退了几步。

石门的缝隙迅速扩大，一截黑色的、滑腻的生物忽然从上方掉了下来。

那是条长着三角脑袋，有红色花纹的长蛇！它直起上半身，吐着信子，用冰冷的棕黄眼眸看着克莱恩。

啪啪啪，一条又一条的蛇从门上掉落，堆在了入口位置。

越过它们，克莱恩看见里面是一处大厅，大厅中央有数不清的各种颜色的蛇蠕动成一团，形成了一个十来米长宽的夸张的蛇窝，那滑腻、恶心的感觉扑面而来。

克莱恩顿时头皮发麻，忍不住又退了两步，甚至想移开眼睛，不敢直视。

虽然他是一个男人，但他依然怕蛇，而且最怕的动物就是蛇。

这源于他的一个心理阴影，当他还是小孩子的时候，本该睡觉的他喜欢偷偷推开房间的门，透过缝隙和父母一块儿欣赏电影。很不幸，他父母有一次看的是蛇灾片，里面有一个场景是拆除建筑，结果挖出了一大窝蛇，那密密麻麻的蛇蠕动的场景至今仍深刻地烙在他的脑海里。

用"沉眠符咒"能影响这么多蛇吗？克莱恩艰难地吞咽了口唾沫，对着空气说道："你有什么办法？"

保镖小姐穿黑色哥特长裙的身影迅速浮现于他的身侧，嘴巴紧抿，什么也未说。

克莱恩看了她一眼，她看了克莱恩一眼，谁也没有开口。等到有蛇缓慢地往外游走，克莱恩终于咳了一声，再次重复道："你有什么办法？"

保镖小姐没有回答，飘浮了起来，甬道内突然刮起冷冽的风。

呜！

风声激荡，吹入大厅，这里的温度飞快下降，逐渐接近外界。

呜！

大厅中央那密密麻麻的蛇猛然散开，向着四面八方游走，寻找着更加温暖、更适宜生存的地方。两三分钟之后，大厅和甬道表层结出了薄薄的冰霜，那数不清的蛇已不知钻去了哪里。

呜！

风声还没有停息，克莱恩打着寒战道："差，差不多了。"

激荡的寒风缓了下来，阴冷的感觉并未减弱，保镖小姐的身影则消失于半空中。

克莱恩抬起夹着手杖的右手，捂住嘴巴和鼻子，打了个喷嚏，接着提高马灯，小心翼翼地穿过石门，进入那宽阔的大厅。

这里的风格与外面的甬道一致，以深黑的石板为主，耸立着八根同色的圆柱。高高的穹顶上垂着一根根金属圆杆，圆杆底端是雕刻成不同生物的烛台。

倒立的烛台……作为历史系的大学生，作为这个领域勉强能被称为精英的人物，克莱恩通过这独特的布置做出了初步的判断："第四纪的建筑？"

北大陆各国的历史学界都公认第四纪笼罩着浓厚的迷雾，让人看不清真实的模样。关于这段历史的各方面记载，有太多的缺失和含糊之处，出土的陵墓、古城和文献则少之又少，无法形成有效的印证。但这并不表示相关的研究无人去做，少之又少的意思是，终究还是有些遗迹和资料的。

原本的克莱恩是第四纪历史的狂热爱好者，看过非常多的论文和图书，如今的他还记得不少内容——

不管是所罗门帝国，还是图铎王朝、特伦索斯特帝国，都有着接近的建筑风格，以违背常理、凌乱不对称、喜爱黑色为特点。其中，最有代表性的就是从天花板垂落的烛台和黑色墙壁上劈砍般的花纹烙印。

正因为如此，克莱恩举起马灯，看见那一根根从穹顶蔓延往下的金属圆杆和镶嵌在它们底部的烛台时，第一反应就是这片地下建筑属于第四纪，属于那段笼罩着厚重迷雾、让诸多历史学家和考古学家惋惜遗憾的古老时光。

"有几篇论文提到过，在不同的建筑物内部，烛台的数量是不一样的。那三大帝国虽然崇尚不对称的美，但似乎在各方面都有着严格细致的规定……左三右二是普通民众能享受的最高规格，这是从建筑格局和遗存的房屋判断的……"克莱恩抬起手臂，将马灯举高，边缓慢地往前走，边数着两侧的烛台。

这座大厅比他预计的更加宽广，他走了至少百米才看到前方那高出地面半米的平台，才看到那标志着尽头的厚重墙壁。

"左边四十一个倒立的烛台，右边四十个，这……这有点夸张啊，这里属于哪个阶层？大贵族？嘶，安提哥努斯家族、查拉图家族可都是第四纪的贵族……他们同时也是强大到可怕的非凡者家族，其他大贵族应该也不差……"克莱恩举着马灯继续往前，看见了那个半高平台侧方的阶梯，看见了它表层的黑色石砖上刀削斧砍般的烙印痕迹。

真是第四纪的遗迹？克莱恩在念头闪烁间，靠着敏锐的视力，靠着马灯的光芒，发现那高出地面半米的平台上面安放着两张铁黑色的座椅，巨大、古老的座椅，正俯视着下方。

竟然是两张！

两张？为什么会有两张？按照布局，这里的座椅应该属于此地位置最高、权力最大的那位，但竟然有两张？难道是并列的大贵族？双伯爵，双公爵，双王子？克莱恩觉得自己的历史知识开始不够用了。他清楚地记得，很多论文提到过，所罗门、图铎和特伦索斯特三大帝国内部有着严格的等级划分，阶层分明，不可逾越，从这个理论出发，在一个势力内部不应该存在并列的首领。

"奇怪……"克莱恩咕哝了一句，算是说给保镖小姐听。

"有什么奇怪的？"

背后突然响起了虚幻飘忽的声音，在黑暗宽广、空荡寂静的古老大厅内，显得分外瘆人。克莱恩嘴角抽动了一下，将自己观察到的形制特点、相应的历史知识和疑惑的地方如实告诉了对方，末尾则补充道："这里通风很好，不知道是否还有别的入口。"

半融入黑暗的保镖小姐安静地听完，深深看了克莱恩一眼道："你为什么会懂这么多？"

因为我是历史系的大学生……克莱恩在心中吐槽了一句，笑笑道："如果不是选择做侦探，或许我会成为有良心的青年历史学家。"

保镖小姐没有回应，也没再消失，当先飘上了那个半高平台。克莱恩提着马灯紧随其后，发现半高平台非常大，横有近四十米，竖则十米上下。

"建筑风格恢宏和巨大化也是第四纪的特点之一。"他随口提了一句，小心谨慎地来到那两张铁黑色的巨大座椅之前，提起马灯认真审视。

"似乎是给身高三四米的巨人坐的……椅背上有徽章般的图案，这边是一顶黑色的皇冠……这边是一只握着权杖的手……不知道分别象征着什么……"克莱恩自言自语般说道，并没有奢望保镖小姐回答。

可是，双脚离地飘浮着的那位女士却突然开口道："这是图铎家族的徽章。"

"啊？"克莱恩愕然望去，发现保镖小姐指的是那只握着权杖的手。

图铎家族？这是第四纪图铎王朝的遗迹？这是皇族哪位成员的宫殿？

克莱恩微皱眉头，问道："另外一个徽章你认识吗？"竟然能与图铎家族的成员并列！

保镖小姐摇了下头，没有说话。

见此情状，克莱恩只好暂时放弃了研究的想法，转而说道："图铎和特伦索斯特家族分别建立帝国后，都保持着原本那种来源于所罗门帝国的风格，比如倒立的烛台、劈砍的烙印等，这不符合正常的认知。如果我是皇帝，就算很多东西必须继承之前的，也会做一定的改变，以标示自身的特殊。这是否意味着三大帝国有潜藏的、不变的联系？"

他猜测所罗门、图铎和特伦索斯特家族都掌握着"黑皇帝"，也就是"律师"途径，类似的风格是扮演的需要！

保镖小姐默然几秒，吐出了几个单词："只有皇帝才能被称为皇帝。"

这是证实了我的想法？克莱恩没再多问，提着马灯，绕着两张铁黑色的巨大座椅转了一圈，未有额外的发现。

"我们再往前看一看。"克莱恩提议道。

他话音未落，保镖小姐已自行往半高平台的尽头飘去，周围的阴冷和冰寒却未有改变。

往前走了好几米，克莱恩借助马灯的光芒，看见大厅底部的墙壁上有七扇高大沉重的黑色石门。它们依次排开，左边两扇，中间一扇，右边四扇，完美符合了第四纪在不对称这一方面的追求。克莱恩将手杖交给提马灯的手，随意抛了个硬币，低声念道："应该从左边开始。"

铮！铜便士翻滚下落，掉在他的掌心，人像朝上。

"我们去左边。"克莱恩当先迈步。

保镖小姐默然跟随，直到靠近最左侧那扇门，才飘忽着说道："从右边也一样。"

也就是说，占不占卜无所谓……克莱恩勾了下嘴角，举高马灯，审视起那扇门上的符号和图案：深黑为底，点缀璀璨，簇拥着被遮住一半的绯红之圆。

这……克莱恩的瞳孔陡然收缩。这是黑夜圣徽！这是黑夜女神的象征！在第四纪的时候，女神教会支持的是图铎王朝？

他若有所思地将手按在了石门上，吱呀，生涩沉重的摩擦声响起，黑色的石门缓缓往后敞开。

马灯的光芒照入，内里的场景一点点勾勒于克莱恩的眼中：最先是几米长宽的空地，同样铺着深黑的石板，接着是个近一米高的平台……

克莱恩小心谨慎地往前行走，并举高马灯，让它照出平台之上的事物。

几秒之后，染着火色的光辉勾勒出了一尊巨大的雕像，它长有四五米，几乎占满了房间的尽头。

那是一位脸庞朦胧却异常秀美的女士，她右手支头，躺在平台之上，穿着层叠却不繁复的黑色古典衣裙，脑袋下方有一圈放射线条构成的圆形。

这位女士的衣裙上闪烁着点点辉芒，那是一粒粒明净璀璨的宝石碎片。一眼望去，克莱恩就像是看见了黑夜，看见了星星。如此衬托之下，那位女士脑袋下的圆形就如同一轮满月。

这……克莱恩的思绪仿佛被凝固、被冻结了，但脑子里面有一个猜测在疯狂冲撞，即将闯出。

"黑夜女神？"保镖小姐的语气里带上了少见的疑惑。

不管从象征意义还是实际表现来看，这都似乎是女神的雕像！克莱恩的那个猜测终于成形，响亮地回荡于他的脑海中。

他记得自己曾经问过队长邓恩·史密斯，问邪神和正神的区别，答案之一就是前者有近似智慧生灵的形象，而后者只有以象征符号组成的圣徽。而今天，此时此刻，他在这古老的、诡异的地下建筑里，见到了一尊疑似黑夜女神的雕像，完完全全的人形雕像！

这代表着什么，光是想想，就让克莱恩不寒而栗。

难道女神曾经是邪神？不……也许是其他的黑夜领域的邪神……但门口的黑夜圣徽与现在的没有区别……或者说，具备智慧生物形象并不是划分正神和邪神的标准？队长毕竟层次不够，了解得不够准确。

还有可能是图铎家族的人故意亵渎女神！嗯，也可能是借此布置什么诡异的仪式！

一个个想法在克莱恩的脑海中跳跃，让他既疑惑、忐忑、紧绷，又觉得这里有种说不清楚、无法描述的怪异感。

"我们再去另外的几扇门后看一看。"环视一圈，没其他发现的克莱恩吸了口气，主动开口道。

不知道剩下的六扇门又分别对应着什么，是否同样邪异和古怪……他颇为凝重地想着。

保镖小姐缓慢地点了下头。

出了房间，克莱恩谨慎地将手杖和马灯置于同一只手，空出了左掌，以便有突发情况时能第一时间取用同侧衣兜里的物品。那里有符咒，有"阿兹克铜哨"，有部分塔罗牌，除了另外存放的罗萨戈遗留特性"全黑之眼"之外，集齐了他的所有应对手段。

克莱恩和保镖小姐仅仅侧走了一步，马灯的光辉就照亮了旁边大门上的徽章，那是由麦穗符号、鲜花符号和泉水符号簇拥着的一个简笔婴儿。

"大地母神的圣徽……"克莱恩凝重而低沉地说道。作为前值夜者，分辨其他教会的象征符号是基本功之一。

保镖小姐微不可见地点头，似乎在表示肯定。

她那身黑色哥特式宫廷长裙在这种环境和氛围里愈发显得阴森恐怖，苍白的脸庞则被马灯的火光照得宛若怨魂。如果有别的冒险家来到这里，看见这一幕，肯定会被吓得跌跌撞撞，狼狈逃跑。

克莱恩屏住呼吸，伸出左掌，用力推开石门，并举高了马灯。他发现这里的格局和之前那个房间非常一致，像是小型祈祷室和巨型雕像的完美融合。

越过铺着麦穗色石板的空地，克莱恩用马灯照亮了前方的三层台阶。

台阶之上有一尊四五米高的洁白石雕，雕刻的是一位丰腴柔美的女士，她脚底生长着麦穗，环绕着泉水，衣裙飘逸外荡，插着各种草药花朵，并描绘着不同动物的形象。这位女士双手抱着一个藏于襁褓的可爱婴儿，整体圣洁而端庄。

"不会是大地母神的雕像吧？"克莱恩嘴角微勾地低声说道。

保镖小姐未作回答，也没有否定。

检查了一圈，两人退出这个房间，打开了紧挨着的第三扇门。这扇门之后是一条能供四人并行的甬道，前方黑沉幽深、神秘诡异，不知通向哪里。

"我们先确认右边的四扇门后面是什么情况。"克莱恩提议道。

他不敢贸然深入。

保镖小姐向后飘走，以行动给出答复。

两人依次打开了右边的四扇石门，分别看见了以狂风和海浪符号构成的风暴圣徽，节节线条簇拥而成的太阳圣徽，由黄昏符号和剑型标志组成的战神徽章，以及用一本打开的书册和一只全知之眼表现的知识与智慧圣徽。

与此对应，房间内是四尊疑似的神灵雕像：有身穿黑色盔甲，脚踏海浪，身绕暴风，背披闪电，手持三叉戟的威严中年男子；有纯白长袍罩体，一手握着契约之书，一手托着太阳般金球的年轻人，外形英俊而富有朝气；有高踞王座，将长剑杵在面前的战士，他的脸庞藏于面甲之后，全身盔甲有种难以言喻的破败感；有拿着书册和全知之眼，戴着兜帽，只露出嘴巴、皱纹和长长的白色胡须的老者。

除了蒸汽与机械之神，正统的六位神灵都在这个诡异的大厅内有祈祷室，有人形雕像！考虑到蒸汽与机械之神教会在罗塞尔出现前的弱势地位，这个问题似乎有了某种解释。

"真够邪异的……"克莱恩半是忍不住半是想试探保镖小姐反应地感叹道。

这么一座进深百米的恢宏大殿内竟集齐了六位正统神灵，这在当前时代是不可想象的事情！六位真神的教会怎么可能让自己的主和别的神灵存在于同一座建筑物内！

这是古老的第四纪才有的风俗？还有，那人形雕像是怎么回事，虽然看起来都很正常，不像原初魔女、真实造物主的神像那么邪异，但还是感觉怪怪的……

究竟发生了什么事情，让六位神灵的形象演化至当前的抽象符号……不，也许本身就是，只不过这里的主人，疑似图铎家族成员的大贵族，出于某个目的故意塑造了六位神灵的人形雕像……嘶，我想到了上辈子看过的小说里的一个物品，六魂幡……等待保镖小姐回答的同时，克莱恩漫无边际地发散开了思绪。

保镖小姐未作这方面的回应，飘忽平淡地开口道："还有一扇门。"

是啊……克莱恩忽地有些畏惧。

在他看来，置于中央的门往往都有特别的含义，或许是这片古老建筑最核心的区域。当然，这多半也意味着最危险。

"你对那里有什么直觉？"克莱恩犹豫两秒，直接开口问道。

不用灰雾排除干扰的情况下，他觉得保镖小姐的灵感和灵性直觉要比自身目前的占卜水准可靠，毕竟对方的状态很特殊，接近灵体，可以无障碍地沟通灵界，得到启示。

保镖小姐闭住眼睛，过了几秒才回答道："很危险，但这危险被约束着。深入之后，不要贸然动任何物品。"

被约束的危险……这是不是可以等同于里面封印着什么？克莱恩猜测着，和保镖小姐一块儿来到中央那扇石门，踏上了深黑色的地板。

马灯的火光似乎变微弱了一点，非常艰难地驱逐着前方的黑暗，克莱恩已将左手揣进衣兜，握着"阿兹克铜哨"和几枚符咒。

走了大概三十步，保镖小姐忽地停顿下来。克莱恩举高右手的马灯，发现前面被巨石和泥土堵住了。左右两侧分别有一扇与大厅同形制的石门，右侧半敞开着，里面被泥石填满了。

"也许这片古建筑当初是建在地面的，后来不知道为什么沉入了地底，并有些垮塌。"克莱恩咕哝了一句，"我们能选择的方向只剩一个……"

他话音未落就看见保镖小姐飘至前方，贴到巨石上，融了进去，消失不见。

克莱恩嘴角抽搐了一下，开始耐心等待。过了几分钟，保镖小姐从右侧的泥土里钻了出来，身上未沾染半点尘埃。

"彻底垮塌了。"她表情平淡地给出了结论。

克莱恩一时竟无言以对，只能露出笑容。接着，两人同时望向了左侧那扇没有完全合拢，留着一道缝隙的石门。

克莱恩靠近过去，小心翼翼地透过那三厘米左右的缝隙，望向里面。

先前被石门阻隔的灵视顿时有了发现：里面闪烁着至少四团强烈的、耀眼的灵性光辉，有两团接近暗金的色泽，有两团深蓝如海。

开启灵视之后，克莱恩正常的视觉里跟着浮现了一幅"狭窄"的场景：穿入房间的火光映照出了黑色的石板，石板之上有一堆堆盖着腐朽衣物的白骨，其中几具内有暗金和深蓝的光芒透出。

凝聚的非凡特性？神奇物品？念头闪烁间，克莱恩的视线扫到了房间的尽头，那里的深色墙壁上矗立着一扇对开的大门，一扇血淋淋的对开大门！

这扇门上似乎还残留着新鲜的血液，它们映照着火光，正不断往下滑落。

克莱恩原本打算让保镖小姐探路，忽地感觉掌中握着的"阿兹克铜哨"出现变化，原本冰冷柔和的触感一下变得刺骨，深沉而死寂！

这……克莱恩眯了下眼睛，本能地往后退了一步。紧接着，他发现自己的右小臂又麻又痒，开始鼓胀。脑海内画面一闪，他当即用左手掏出一张塔罗牌，唰地在右小臂上割出了一道伤口。那道伤口内涌出的不是血液，而是一条条蠕动的细小黑虫！

嗞！

这些黑虫掉在地面，冒出了点点被腐蚀般的烟雾。它们挣扎着抱成团，但最终还是消融在了马灯的火光里。

过了几秒，克莱恩伤口处那一条条黑虫终于流完，开始有赤色溢出。他蠕动肌肉，控制住这不大的伤口，没让血液外流。

保镖小姐静静地看着这一幕，好看的眉头少见地皱了起来。

克莱恩刚想说话，却发现"阿兹克铜哨"的寒冷和死寂并未减弱。与此同时，他的目光扫到了保镖小姐的影子——她原本是没有影子的！

"跑！"克莱恩低喊一句，当即向着大厅位置奔逃。保镖小姐迅速飘了上来，两人看见身前的马灯火光逐渐被一团黑影吞没。

噔噔噔！

克莱恩发力狂奔，在四周越来越暗淡的光芒里，跑得像是一团飓风。

噔噔噔！

黑影越来越大，越来越近，越来越浓，火光即将被完全吞噬，而此时，他们离大门还有好几米。

就在这时，克莱恩依据本能，猛地合身前扑，旋即接一个翻滚，越过了石门。

火光陡然明亮起来，他心头的不安感瞬间消散，掌心的"阿兹克铜哨"也恢复了柔和冰冷的触感。

保镖小姐飘浮在他身边，回身望着重又陷入深沉与黑暗的甬道，语气里带着不太确定的意味道："恶灵……"

恶灵？克莱恩听得险些倒吸了口凉气，还好"小丑"非常善于控制自身的表情和反应。

在神秘学领域，恶灵是非常恐怖非常可怕的怪物，其中的佼佼者甚至可以和高序列强者画等号！

徘徊于古老建筑内的恶灵？出于某种原因被约束或者说被束缚在那个房间内的恶灵？嗯……如果真是恶灵，就能够解释阿兹克先生的铜哨为什么有反应了，恶灵也算不死生物的一种……克莱恩站直身体，同样看向那条被幽暗淹没的甬道，只觉里面似乎有一双冰冷的眼睛在盯着自己！

冰冷阴寒的大厅内，克莱恩忽地打了个寒战，收回视线，对保镖小姐道："回去吧。"

以刚才"阿兹克铜哨"的表现来看，最里面那个房间内多半有恐怖的恶灵存在，危险程度很可能在"秘偶大师"罗萨戈和"飓风中将"齐林格斯之上……它徘徊了几百上千年，也许已经等于高序列强者，如果不是它的力量难以透出房间，我现在已经是个死人了……就算保镖小姐属于序列5里的佼佼者，我加上她也几乎没什么希望翻盘……做人要有自知之明，不能被疑似非凡者遗留特性和神奇物品的"宝藏"诱惑……贪婪往往导致死亡……克莱恩默默找着理由，说服着自己。

保镖小姐侧头看了他一眼，目光没什么情绪地问道："之后呢？"

之后？克莱恩悄然龇了下牙，斟酌着语言道："让米勒·卡特报警。谁知道那恶灵什么时候能够脱困，能尽快解决它就尽快解决它。不，不行，卡特先生知道的不多，以这样的方式报警，警察部门不会太重视，第一批来探索和检查的人将死伤惨重，甚至可能间接帮助恶灵摆脱束缚。还有，看见了这样的雕像，我这个侦探也许会被灭口……呃……你看见房间内的白骨和灵性光彩了吗？"

保镖小姐重新将目光投向半开石门后的幽暗甬道，幅度很小地点了下头。

克莱恩心念电转，道："我猜测那些都是之前探索者的尸体，他们被恶灵杀死在了那个房间内，其中的非凡者遗留下了神奇物品。这可能与原本居住在外面房屋的子爵家族有关，我打算问清楚他们的姓氏，去图书馆翻找资料，并寻访他们的后裔，看能否获得有用的线索。

"等初步确认好状况，我将视严重程度做出选择，可能弄点炸药把门毁了，不让其他人进来，也可能投匿名信给警察部门，详细讲述恶灵的存在，不过必须得预先想好办法，规避掉风险。这都不是太急迫，可以慢慢来。"

保镖小姐安静地听完，目视前方，语气飘忽地说："你不考虑组织人手净化那个恶灵吗？就算没有遗留的神奇物品，仅是恶灵消散后残存的部分也足够珍贵。"

我第一次见你说这么多话……大概……克莱恩毫不犹豫就回答道："风险太高了，我认为我的生命和健康更加重要。"

他组织了下语言，补充道："我认识的最厉害的强者就是你，而从刚才的表现看，你似乎也不是那个恶灵的对手，我想象不出来在报警之外还有什么办法解决它。"

保镖小姐转过身体，苍白的脸庞略显透明。"你还有理智。"她平静淡漠地评价了一句，接着飘向古老大厅的出口。

除了疑似被真实造物主影响，我哪里像疯子？克莱恩腹诽一句，提着马灯和手杖，紧紧跟随在保镖小姐身后。

整个过程中，他始终觉得自己被幽暗甬道内的冰冷目光注视着，一直到走出那扇有远古气息的石制大门，这种感觉才霍然消散。

克莱恩转过身体，关上大门，将倒立的烛台、刀劈般的烙印和邪异的六神雕像统统封闭在里面，让它们继续沉睡于上千年不变的黑暗与寂静中。

拍了下衣物上的尘埃，他将马灯换了只手，然后快步返回米勒·卡特的地下室，而保镖小姐已习惯性地消失于空气里。

米勒·卡特正在地下室内踱步，看见克莱恩出来，忙开口问道："怎么样？里面是什么状况？"

克莱恩早已想好说辞，露出后怕的表情道："非常糟糕，有很多的蛇，不少地方还出现了坍塌。我打算搜集些资料，找齐人手，做好准备，再做第二次探索，这段时间内，你最好不要派人进去。相信我，毒蛇多得超乎你想象。"

老绅士米勒轻吸了口气，略显惊惧地问道："它们会游过来吗？你认识对付蛇的专业人士吗？"

克莱恩当即点头道："我会找人合作，尽量处理好这件事情。现在已是寒冷的秋天，蛇都不愿意动弹，只要你不派人进去惊扰到它们，就不会有什么事情。"

"好的，请尽快，这段时间我会关好这扇门，不让任何人进去。"米勒闻言，稍微放松了一点。

克莱恩见真实但非全部的话语唬住了雇主，忙放下马灯，推了推金边眼镜道："接下来，我会搜集些资料，先初步弄清楚那片地下建筑的布局再做探索。这需要你告诉我，这栋房屋原本的主人是哪位子爵。"

米勒正是冲着前贵族产业的名头才买下这栋建筑的，当即回答道："庞德子爵。"

"对于他和他的家族，你知道哪些事情？"克莱恩摆出专业的姿态追问。

米勒思索着道："我了解的不多，只知道他们是在'背誓之战'里获得的爵位，曾经有过显赫的时光，但几十年前不知为什么突然败落，连续失去继承人，只能找旁支的亲戚来保留爵位。而新的庞德子爵是个……呵呵，总之，他挥霍光了大部分家产，被国王降为从男爵。他目前应该还在贝克兰德，但随时可能破产。"

背誓之战？第五纪738年开始的背誓之战？顺利毕业的历史系大学生克莱恩条件反射地回忆起了相应的知识。

那场六百多年前的战争是一场牵涉宗教的战争，南方的费内波特王国原本同时信仰着大地母神和知识与智慧之神，但在某些因素的影响下，两大教会出现了严重的对立，信徒们也时常发生冲突。

它北边的两位邻居，鲁恩王国和彼时的因蒂斯王国抓住这个机会，借口保护信仰自由，开启了战争，后期弗萨克帝国加入，试图破坏鲁恩和因蒂斯的图谋，但依旧没能扭转局势，遭遇了失败。

战争的结果是，分别位于鲁恩和费内波特交界处、因蒂斯和费内波特交界处的伦堡、马锡、塞加尔等国独立了出来，以信仰知识与智慧之神为主，费内波特王国内部只剩下大地母神教会的信仰。

因为战争的双方都指责对手背弃了第四纪末的《神圣誓约》，所以，这场持续了五年的冲突被称为背誓之战。

在那之后，北大陆有了超过三百年的和平时代。这倒不是说国与国之间不存在冲突，只是不再有那么大规模的战争，这一切持续到罗塞尔发明蒸汽机，改良了帆船和火炮。

这就是历史课本上记载的内容……现在想想，既然涉及信仰，必定有教会的非凡者卷入，暗地里肯定爆发了一场激烈的超凡战争……不过，那个时候据说已经是超凡稀少的年代，非凡者的数量并不多……小队式的战斗？庞德家族几十年前突然败落，连续失去继承人，会不会和发现地底那座古老建筑有关？

克莱恩若有所思地问道："那你知道庞德从男爵目前居住在哪里吗？"

"抱歉，我不清楚。"米勒微微摇头。

克莱恩又询问了几句，见无法得到更多的情报，于是告辞离开，返回了明斯克街15号。

此时五点过半，天色阴沉昏暗，宛若夜晚，克莱恩想着各个公立图书馆应该已经关门，于是暂时将地底建筑的事情放下，为自己准备起晚餐。

他原本想根据报纸上的菜谱学做费内波特面，结果做出了拌肉拌酱拌素菜的拌面，味道意外地不错。

吃饱喝足，克莱恩随手抛了硬币，占卜目前是否应该报警，得到了不应该的答案。

夜晚的贝克兰德和其他城市一样宁静，至少乔伍德区是这样的。

克莱恩正睡得很香，模糊地徘徊于不同梦境里，突然，他一下惊觉，深刻地意识到自己在做梦。

有人入侵了我的梦境？克莱恩克制住皱眉的冲动，假装迷糊地审视起四周。

他发现自己置身于一片滚烫的黄色沙漠里，天空忽地传来一声嘶吼，一只黑中染金的巨大怪物翱翔而来。这怪物有着粗壮的蜥蜴般的身躯，背后长着一对宽阔的覆皮翅膀，它越来越低，遮住了天空中的太阳。

一条巨龙！强大的巨龙！克莱恩看到了盘碟大小的鳞片，看到了冒着纯净光芒的巨口，看到了两只暗金色的竖瞳。

吼！

这巨龙吐出了光芒，无边无际覆盖一切般的光芒，大片的沙漠随之泯灭。

光芒之中，一道人影跳至半空。他有三四米高，却没长巨人独特的竖直单眼；他有张英俊的、年轻的脸庞，身上穿着被泼洒了鲜血般的黑色全身盔甲。

这位巨人般的骑士由下往上挥出了手中的阔剑，无数青白显紫的火焰随之凝成长枪，密密麻麻地射向了那条巨龙——他似乎有整整一个军团的虚幻非凡者在配合作战！

流星火雨里，那巨型骑士跃到了巨龙的头顶，往下做出劈砍的动作。他之前拖出的道道残影瞬间重叠，剑光变成了交汇的闪电。

啪！

大地疯狂摇晃，巨龙跌了下来，血液暗金。

这个时候，画面陡然改变，呈现出一扇血淋淋的大门，正是克莱恩下午在那片古老建筑最里面看到的那扇血色大门。

吱呀一声，那血淋淋的大门敞开了一条缝隙，让人隐约能瞄到一张黑色的高背椅。高背椅上坐着一位体形正常的男子，他低着脑袋，安静而死寂。

视角越来越近，克莱恩看清楚了这男子的穿着，他似乎正是刚才那位击杀了巨龙的骑士，他依旧穿着染血般的黑色盔甲，唯一的不同是，他不再有三四米高。

就在这时，这男子忽地抬起了脑袋，年轻英俊的脸庞之上有一块又一块腐烂见骨的可怕痕迹，眼睛则冰冷而无情。

克莱恩吓了一跳，霍然惊醒，睁眼看见了穿透窗帘的绯红月华。

第十章
CHAPTER 10

✦ "世界"先生 ✦

朦胧暗淡的绯红月光里,克莱恩掀开棉被,爬了起来。

对一位占卜家而言,重视梦境是最基本的素养,而刚才那场梦绝对无法用单纯的噩梦来解释。

他穿着还算舒适的衣物,来到全身镜的前面,低声说道:"我梦见了那个房间内染血的门。"

保镖小姐的身影缓慢地勾勒于镜子上,没什么表情地回答道:"恶灵气息的影响。这会逐渐减弱,直至消失。"

这样啊……克莱恩微微点头,回到床边,拿起金壳怀表,按开看了一眼。见时间还早,他又躺下睡觉,这一次梦境支离,再没有刚才的遭遇。

第二天,也就是周日清晨,克莱恩神清气爽地给自己做了个溏心蛋,以此搭配涂奶油的面包。

在鲁恩王国,或者说,在北大陆各国,早餐时看报纸是绅士们必做的事情,克莱恩也不例外地摊开了订阅的《塔索克报》《贝克兰德邮报》和《贝克兰德早报》。

"《政府雇员统一考试法案》正式在上院通过,初次考试将于12月初进行,第二轮考试在明年1月底,再过两周是最终面试……一周内,政府会公布本次考试涉及的职位和要求,开始进行报名工作……记者猜测,这些职位大部分都会在贝克兰德……"克莱恩一行行扫视着内容,端起杯子,喝了口锡伯红茶。

他难以避免地联想到了班森,在心中自语道:"9月底通过法案,10月上旬公布职位,11月初完成报名,12月初开始考试……时间安排得很紧凑,很不合理,足以看出国王和首相的急迫。

"但这对班森很有利,他比别人提前了两个多月准备,就算比不上那些大学毕业的精英,也肯定能胜过绝大部分普通人,而那些精英想谋求的职位和他不会重合。他应该没有问题……"

克莱恩本想在胸口点四下,画个绯红之月,说一声"愿女神庇佑他",可想到保镖小姐就在附近，又强行忍住了冲动，毕竟夏洛克·莫里亚蒂宣称的信仰是蒸汽与机械之神。

吃掉最后一口面包，他继续看起报纸："上下两院通过了设立王国大气污染调查委员会的议案，允许政府组建这个机构……未来一个月将是各方争夺委员资格的关键时期……

"单独的碱业检察官职位被批准，目标是生产酸和碱的工厂，以最大程度降低它们的污染程度……

"第五版没有恩斯特商行收购货物的广告，明晚不需要考虑参加非凡者聚会的事情……"

…………

廷根市，水仙花街2号。

班森反复默读着报纸上的那条新闻，完全忘记了餐盘里的面包。

"统一考试法案通过了？"梅丽莎穿着黑色的长裙，侧头望向表现异常的哥哥。

之前几天的报纸已经在陆续渲染这次会通过的议案。

班森终于放下报纸，抹了把黑色的头发，缓缓吐气道："是的。"

这时，两人突然陷入了沉默，房屋内一片安静，就连刀叉碰撞餐盘的声音都没有。

难以言喻的气氛被从厨房出来的女仆贝拉打破，班森笑笑道："这是可以预见的事情，其实，更重要的是之前的一条新闻。"

"嗯？"梅丽莎的表情异常沉静。

班森啃了口面包，微笑道："贝克兰德技术学院改组成大学的新闻。它会在明年正式招收学生，不设置文法和古典文学的考试，以技术方面的内容为主，很适合各地技术学校的毕业生和在校生。梅丽莎，我认为你可以尝试一下。"

"可是……"梅丽莎下意识想反驳。

班森打断了她的话语，含笑说道："它的学费将比廷根、珀斯、霍伊、贝克兰德等大学便宜一半，等同于间海郡的康斯顿工业大学，而且有更多的获得奖学金的机会。梅丽莎，你不是喜欢机械，喜欢蒸汽，喜欢这方面的内容吗？这是你接触更先进、更深入的知识的最好机会。

"试一下，怎么样？不要担心浪费金钱，那笔，那笔钱虽然可以让我们不用工作就维持现在的生活，但我们还年轻，不能就这样定义我们的人生……嗯，定义我们的人生。你看，和几个月前相比，我的文法水平提高了很多。

"呃……换个环境，也许会更好。我知道你舍不得廷根，舍不得这里，嗯，我们终究会回来，但不是年轻的时候。"

梅丽莎侧头望了眼茶几上的各种零件，嘴唇翕动了几下，道："那贝拉怎么办……"

克莱恩过世以后，她原本不想再聘请杂活女仆，可想到贝拉失业后生活上可能出现的惨状，又放弃了这个打算，反正每周五苏勒的额外开销，对年金收入至少能有三百镑的莫雷蒂家而言，已经不算什么。

对此，班森摇头笑道："还有好几个月，可以让贝拉提前去寻找新的工作，在此之前，我们会继续支付她报酬，给她卧室。而且，她的厨艺比以前好了很多，完全可以去应聘家庭女厨师了，可惜……呵呵，当然，一切的前提是，你能通过贝克兰德技术大学的入学考试。"

他本想说可惜贝拉没能学太久的厨艺，但望了眼梅丽莎沉郁的表情后，又强行改变了话题。

不等梅丽莎再说，班森笑着摸了下自己的头发："我打算明天就辞职，专心准备考试。这次的职位据说大多数都在贝克兰德，这正是我的目标，希望我们能一起去那里。"

梅丽莎沉默片刻，终于缓缓地点了下头。与此同时，她放好刀叉，拿起餐巾擦了擦嘴巴道："我去盥洗室。"

"好的。"班森目送妹妹起身离开餐桌，脸上一直堆着的笑容飞快消失。他掏出那个有枝蔓花纹的银色怀表，仔细凝望了一眼，非常小声地叹了口气。

…………

整个周日的白天，克莱恩奔波忙碌于乔伍德区的几个公立图书馆，想寻找庞德子爵相关的资料，但是，这个子爵家族并没有单独的传记，也未引起哪位历史学家进行专门研究的兴趣。他们的一切散落于各种历史资料的不同角落，没有搜索功能的克莱恩面对那浩如烟海的图书和论文集，只觉脑袋在一阵一阵地抽痛。他花费六个小时，翻看了诸多资料，依旧没能获得有用的信息。

"必须找一位对贵族历史有广泛研究的人帮忙，或者贿赂警察部门的人，拿到庞德从男爵现在的居住地址。他是贵族，警察部门肯定有相应的记录，贵族的数量可不多。"克莱恩回到家里，站在洗漱镜前，对着空气说话。

镜子表面迅速勾勒出了保镖小姐那身哥特式宫廷长裙和头顶的黑色软帽。她微不可见地颔首，似乎在对克莱恩的想法表示赞同。

紧接着，她虚幻飘忽的声音传了出来："雇佣结束了。"

我知道，满三天了……克莱恩想了想道："如果我能在庞德家族的事情上收获什么线索，你是否愿意知道？"

保镖小姐没有回答，但轻轻地点了下头。

"嗯……通过马里奇转告?"克莱恩问道。

再次点头后,保镖小姐弯下腰身,提起裙摆,行了一礼。之后,她的身影迅速消失,镜中倒映的一切再没有任何特殊。

克莱恩环顾一圈,并未就此放松,而是按部就班地准备起晚餐,填饱了肚子。

等到夜深人静,回到卧室,拉拢窗帘,他才拿出铁制的卷烟盒,伸手触碰罗萨戈遗留的那只"全黑之眼"。一阵阵虚幻的嘶吼当即肆掠他的脑海,似乎要撕裂他的精神,摧毁他的思绪。

克莱恩艰难地抗衡着这种让脑袋快要炸开的痛苦,又一次看见了从自己身上不同部位蔓延出去的黑色细线。它们密密麻麻,虚幻可怖,一直延伸到了无穷远处。

克莱恩环顾四周,没找到别的黑色细线,终于确认保镖小姐已经离开。他连忙松手,逃离那负面影响,缓了几十秒才彻底恢复正常。

"呼,总算可以去灰雾之上,去验证之前产生的那个灵感了……"

克莱恩无声自语了一句,飞快地布置仪式,自己召唤自己,自己响应自己。然后,灵体状态的他携带"阿兹克铜哨",抱起那个铁制卷烟盒,回到了灰雾之上。

克莱恩坐于古老长桌的最上首,用手指搓出灵性火焰,烧掉了角落的染血文件等不再需要的物品。做完这一切,他打开铁制卷烟盒,不出意外地发现那"全黑之眼"变得沉静,不再时刻透出疯狂,但是,那种影响、那种污染依旧凝结于内,仅仅是不再活跃,仿佛冬眠。

"果然没法直接分离……"

克莱恩低语一句,旋即在古老长桌对面那张椅子上具现出了一位穿着兜帽长袍的男子。和之前制造分身时的尝试一样,这男子呆滞僵硬,一看就不是真正的人,没法蒙骗塔罗会的成员们。

不过,克莱恩对此已经有了灵感。他伸手握住了那枚"全黑之眼",耳畔一阵宁静,没再出现恐怖的嘶吼。借助这聚集的非凡特性,他看见对面那个假人身上同样有根根黑色细线往外飘荡。

紧接着,克莱恩小心翼翼地让灵性通过"全黑之眼"蔓延出去,触碰向其中几根虚幻之线。霍然之间,他产生了握住的感觉。这时,他念头一动,那假人当即抬了下手。

果然可以!我可以借助"秘偶大师"的能力制造出一个虚假的塔罗会成员!只是,这消耗很大,我没法维持第二个……嗯,椅背的象征符号不会发生对应的改变,但"正义"小姐他们又看不到……克莱恩欣喜地开始反复练习,甚至掌握了操纵对方的喉咙和嘴巴让它说话的技巧。

等到灵性接近枯竭,他微笑着看向对面的假人,道:"欢迎你,新的成员,你想抽哪张塔罗牌？"

说完，他闭上了嘴巴，对面那假人则抬手摸了摸下巴，嘶哑地笑道："世界！我选'世界'这张牌。"

如果说"愚者"是塔罗牌的开始，那"世界"就是结束，表示圆满和升华。克莱恩把自己的小号命名为"世界"，就是希望有个一头一尾的美好寓意。

以后很多我不方便说的事情或提的要求，都能让"世界"代劳了，这会极大地降低"愚者"形象坍塌的可能性……有"马甲"，不，有小号的人生才是完整的人生！克莱恩心情舒畅地暗赞一声，挥手让"世界"消失。接着，他蔓延灵性，包裹住自身，坠入灰雾，回到了现实世界。

——他将罗萨戈那枚"全黑之眼"留在了灰雾之上，反正他平时也没法使用这件非凡物品，还得时刻担忧着被人发现或者丢失。

收拾好召唤仪式的材料，克莱恩抬头望向透出绯红月华的窗帘，对明天的聚会充满期待。

论起对贵族的了解，他相信"正义"小姐绝对能胜过百分之九十九的鲁恩人。而有了小号"世界"的他，可以直接向对方询问庞德家族的事情了，不必担心会影响"愚者"的形象！

当然，也得委婉一点，毕竟夏洛克·莫里亚蒂侦探同样在寻找庞德家族的资料，而有了足够的信息，他才能到灰雾之上占卜。

呼……克莱恩认真思考了一阵，放松地倒头睡觉。

去过灰雾之上后，那恶灵气息残存的影响似乎彻底消失不见了，克莱恩一觉睡到了天亮，不过未看见太阳，因为外面弥漫着稀薄的雾气。

他按照预定的计划，继续跑贝克兰德的其余公立图书馆，但不再询问管理员，不再提"庞德家族"，只是自行翻阅涉及贵族的那些资料。

下午两点四十分，克莱恩提前进入了灰雾之上的神秘空间。

恢宏古老的宫殿里，他坐到属于"愚者"的位置，又在斑驳铜绿的长桌对面具现出假人"世界"，熟悉起操作感。

过了好几分钟，克莱恩掏出怀表看了一眼，给象征"太阳"同学的深红星辰传递去了准备聚会的意念。

等待的时候，他把玩起那只"全黑之眼"，给它"装"了一条银链，然后缠绕于右手手腕，用衣服袖口进行遮掩。

下午三点，一道道光芒腾起于巨人居所般的宫殿内，"正义""倒吊人"和"太阳"分别投影出了染着微赤的模糊身影。

"下午好，'愚者'先生！下午……"奥黛丽正要向塔罗会每一位成员打招呼，视线突然扫到了坐在最末端的那道身影。那是一个披着兜帽黑袍的陌生人，他同样虚幻而朦胧。

"这位是？"奥黛丽有些疑惑又有些欣喜地望向"愚者"先生。

塔罗会再次发展壮大了吗？是佛尔思，还是休？不，身高不符……或者是别的什么人？

奥黛丽思绪纷呈间，克莱恩悠闲地靠着椅背，道："这是新的成员，'世界'先生。"

与此同时，他通过灰雾加成的灵视发现"太阳"同学的星灵体表层颜色更纯粹了，但又没达到序列8的水平，初步判断对方应该是彻底消化了"歌颂者"魔药。

"你好。""正义"奥黛丽礼貌地打了声招呼，好奇地审视起那位新晋成员。

她很快从朦胧灰雾里透出的些许细节读出了相应的信息："世界"先生是位情绪内敛的人，很少有肢体动作，一直板着脸孔……不知道他来自哪里……鲁恩，因蒂斯，或者像白银之城那么神秘的地方？奥黛丽若有所思地点了下头。

——经过一次次聚会，她从"太阳"的口型对不上他的话语这个现象判断出了一件事情，那就是对方说的很可能不是鲁恩语，自己等人听到耳朵里的内容大概率来自"愚者"先生的转译。

在"倒吊人"阿尔杰、"太阳"戴里克分别和"世界"打过招呼，而那位新晋成员相当冷淡地回应后，克莱恩望向"正义"道："你提议的两个人选，还在考查中。我给你一个简单的任务，你以你的名义委托给她们，这是考查的一部分。"

就应该这么严格……奥黛丽不仅不觉得失望，反倒认为理所当然。

塔罗会的成员必须是经过严格挑选的，不是谁都可以！她骄傲地想着，旋即有些心虚地默默补了一句：而我能在最开始就被"愚者"先生拉入，说明我足够幸运，幸运也是特质之一！

"好的，请您颁布任务。"奥黛丽给出了肯定的答复。

克莱恩右手前伸，按到桌子上，具现出一张描绘有兰尔乌斯长相和打扮的图画。

"打探画上之人的消息，他就在贝克兰德。"克莱恩让那张肖像画闪现到了"正义"小姐的面前。

奥黛丽凝眸望去，看见了一个黑发整齐后梳，露出饱满额头，戴圆框眼镜的年轻男子。这是一幅彩色的油画，那双噙着嘲讽意味的棕色眼眸异常突出，下方还标注着"曾用名兰尔乌斯"等信息。

一个简单的任务，这说明目标并不强……不过，能让"愚者"先生知晓他的存在，他肯定也有特殊的地方……虽然是简单任务，但背后也许藏着"愚者"先生更深层次的目的……他这种位格的大人物，应该不会只是考查……奥黛丽一时竟浮想联翩，过了几秒才道："我会委托给她们的。"

嗯……那两位小姐在贝克兰德似乎有很广的关系网，这对寻找兰尔乌斯是极大的帮助……确认好复仇之事的克莱恩恢复沉默，故意让小号开始表演。

"世界"环顾一圈，嘶哑着嗓音道："'愚者'先生告诉我，可以在这里颁布任务和搜集材料，是吗？"

"是的。""正义"奥黛丽优雅地颔首，"但你必须耐心等待，接下来属于'愚者'先生的阅读时光。"

我完成了"刺杀因蒂斯大使贝克朗"的任务，都没抢先提出来占据这段时间……她微抬下巴地在心里想道。

"正义"小姐，你很有主人翁精神嘛……等下我得付出一定的知识，让刺杀贝克朗的任务真正收尾……克莱恩好笑地收回目光，望向"倒吊人"。

因为新来了一位成员，"倒吊人"阿尔杰·威尔逊没盲目开口，保持着沉默，暗中进行观察。此时见"愚者"先生望来，他忙谦卑地行了一礼，道："这次还是六页，最后的一页下次给您。"

"可以。"克莱恩轻轻颔首道。

"倒吊人"忙收束精神，回忆内容，给予表达出来的强烈意念。他很快"书写"好六页日记，看见它们霍然消失，出现在"愚者"的手中。

克莱恩低头望去，扫过了第一页的内容。

2月9日，我有了第三个孩子，我给他取名为博诺瓦。

我的长女贝尔纳黛是幸运的，我和她的母亲当时都只是低序列的非凡者，她可以自由地选择她想走的道路。

我的长子夏尔是最不幸的，他只遗传了很少的非凡特性，却不得不重复我的道路。也许，他可以在序列4的时候做出改变，但高序列永远不是那么容易成就的。

我的次子博诺瓦是介于贝尔纳黛和夏尔之间的，我给予了他相当于序列5非凡者的特性，这让我减轻了负担，能更快地消化魔药，加速晋升，而刚出生的他已经是能展现各种特异能力的"星术师"。

查拉图暗中来恭贺我，称赞博诺瓦是一个可爱的天使，我问这位占卜大师，博诺瓦将来会有什么成就，他只是笑了笑，没回答我。

我又问他夏尔的未来，他终于开了口，告诉我，死亡是不可避免的结局，但这也许是好事。真是的，占卜家的话语永远都是这么含糊，让人想撬开他的嘴巴。

我最后问了贝尔纳黛的未来，他忽然变得很严肃，他说，她将憎恨我，厌恶我，背弃我，她将成为神秘世界的一位大人物。

有的时候，真的不应该去问占卜的结果。我很难相信，我可爱的、善良的、爱护弟弟、崇拜爸爸、心疼妈妈的贝尔纳黛会憎恨我，厌恶我，背弃我。这到底是因为什么，难道是我做了过分的事情？或许她有了我不满意的爱慕对象，而我弄死了那个臭小子？

不，查拉图又不是先知，占卜的结果有可能是错误的！忘记这件事情吧，罗塞尔！

我好像闻到了家庭狗血剧的味道……看完第一页日记的克莱恩忍不住腹诽了一句。

与此同时，他脑海内自然浮现了查拉图对贝尔纳黛未来的描述——神秘世界的一位大人物，这是指超凡者的世界吗？到底什么层次才能被称为"大人物"……克莱恩若有所思地将日记翻页。

5月22日，索伦家族的弗洛朗竟然想让我做他的手下！

我看起来像是会做跟班狗的人吗？他的态度简直让人无法接受。我发誓，将来一定要让他为今天的傲慢付出代价。

不过，他提到的一些事情倒是很有意思，很值得琢磨。

弗洛朗说索伦家族的历史超过两千年，比工匠之神教会还要漫长，他们见证了第四纪所有的合作与纷争、光明与黑暗，并一直存续到了现在。除了鲁恩的奥古斯都家族、弗萨克的艾因霍恩家族、费内波特的卡斯蒂亚家族，其余与他们并称过的那些强大家族，比如安提哥努斯家族和查拉图家族，要么已经变成了历史的尘埃，要么成了下水道里的老鼠，躲躲藏藏，见不得光。

他说，让我做他的手下，做古老而荣耀的索伦家族的手下，是对我的恩赐。我当时就想干他八辈子的祖宗。

不过索伦家族有超过两千年历史的事情很让人意外啊！第四纪又被称为"众神纪元"，不管是当前正统的七位神灵，还是死神、原初魔女、宇宙暗面、真实造物主，都还活跃于现实世界，据说时常展现着神迹，索伦家族能存续至今并占据高位，绝对不是一件容易的事情。

漫长的历史赋予他们的绝不仅仅只有傲慢，他们肯定藏着不少秘密，也许还有极端恐怖的封印物。

这真是一个耸立于大地之上，让人不敢直视的庞然大物啊。

看到这里，克莱恩一下有了诸多想法：罗塞尔最后能推翻索伦家族的统治，自任执政官和保护者，必然经历了惨烈可怕又惊心动魄的斗争。索伦家族就算没有0级封印物，1级的也肯定不会缺，再加上可能存在的高序列强者，即使蒸汽与机械之神教会全力支持罗塞尔，也未必会有好的结果……难道在此之前，索伦家族已经衰败和虚弱，因蒂斯的动乱正是这种状态的外在表现？

那段时间，他们经历了什么？封印物丢失了？高序列强者死亡了？于是引来了一位位野心家的注视？

嗯……从这则日记看，鲁恩的奥古斯都家族对安提哥努斯和查拉图不会感觉陌生，他们内部应该有相应的记载。

"太阳"提到过，白银城在深暗时代坚持了两千五百多年，根据我的初步判断，这正是大灾变距今的年数。索伦家族在近两百年前就号称历史超过两千年，不知道是否能追溯至大灾变以前……等下找机会故意提一提索伦家族，看"太阳"的反应，如果"太阳"还是一脸茫然，就间接说明索伦家族崛起于大灾变之后……或许他们正是从大灾变里攫取到了极大的好处，才能成为第四纪的贵族、第五纪的王族……呃，就算"太阳"不知道，也不能完全证明这一点，也许是他历史没学好。

克莱恩翻到第三页，发现上面记载的内容应该写于罗塞尔担任因蒂斯共和国执政官的初期。

从这一页上的几则日记可以看出，罗塞尔制定并颁布新的《民法典》、鼓励发明、保护贸易、孵化工业革命，并不是只为了满足自身扮演拿破仑的恶趣味和改变世界的野心，他在通过这种方式与永恒烈阳教会和解。

永恒烈阳同时也是契约之神、商业的守护者，更完善、更贴近时代的《民法典》和更加繁荣的贸易正符合他教会的需求。

"从这部分日记看，罗塞尔与永恒烈阳教会的关系在逐渐化冻，开始好转，他在十几年后悍然称帝，自号恺撒，应该是同时得到了两大教会的背书，否则就太冒险了。那么，他究竟又是因为什么被刺杀的？"克莱恩略感疑惑地将目光投向了第四页纸张。

8月11日，弗洛朗这个蠢货又在炫耀了。

他说他是索伦家族这一代最有希望成就高序列的人，因为他与他的曾曾祖父很像。这有什么必然的联系吗？我上看下看，左看右看，都看不出这家伙哪里有天赋。

而且，在非凡领域，天赋很重要吗？呃，擅长领悟扮演的精髓算是很核心的天赋，但这并不是必须的，只要懂得扮演法，不蠢到领悟错意思，不去做容易失控的事情，就有希望彻底消化魔药，也就是多花费点时间而已，有生之年，成为高序列强者不是没可能。

通往高序列的障碍主要在于非凡材料获得的难度和对应仪式的麻烦。当然，必须承认，那种天生的非凡者有更多的时间去准备。

弗洛朗的曾曾祖父是位高序列强者？像他就意味着有天赋？

看得出来，写这则日记的时候，罗塞尔还很青涩，并不懂得非凡特性不灭和守恒两大定律……克莱恩微不可见地点了下头。

以他现在的见识，大概能明白弗洛朗·索伦话里潜藏的意思：高序列强者遗留的非凡特性有其自身的精神烙印，这也是以此为材料调配的魔药容易让人失控的原因之一，而很像原主的人，可以最大程度地规避这种负面影响，晋升成功的概率比一般人要高不少，于是被称为有天赋。圣物认主应该也属于类似的情况。

这和扮演法有异曲同工之妙啊，只是没法普及……晋升成功后，同样还得按照魔药名称扮演，将特性彻底消化……克莱恩若有所思地瞄向这一页后面的两则日记，发现罗塞尔大帝非常喜欢因蒂斯开放的风俗，但又很忧虑未来的妻子同样开放。

轻微的哗啦声里，克莱恩把第五页纸张置于了最上方。

4月20日，我再一次参加了那个古老组织的隐秘聚会，那一位位成员依然让我震撼，很难相信他们竟然都是这个组织的人。

这一次，我知道了这个古老组织的部分理念：

他们认为人总是在一点点地失去自我，直到"睡着"，因此必须努力观察自己、记得自己，依靠这个和各种知识获得净化，以应对最终的末日。

他们保守和传承着几千上万年来的秘密，认为黄昏必然来临，末日无法避免。

他们信仰最初的那位造物主，认为祂并没有真正死亡，等到黄昏，等到一切的终结出现，祂将从沉眠里醒来，让所有都归于自身，并开创新的世界、新的历史。

这个组织的成员的所有行为都基于以上理念而来，可以看出，他们很敌视真实造物主，毫不吝啬地用各种表现堕落和邪恶的词语描述祂。

他们掌握着第二块衰渎石板，掌握着二十二条神之途径，却规定成员只能选择其中几条，加入时已经是非凡者的除外。

> 这几条途径有什么秘密吗？我先记录下来，以后再回头分析，这几
> 条途径是"歌颂者""水手""阅读者"和"观众"。
>
> 哈哈，我以后得改变对序列途径的习惯性称呼，这种叫法在那个古
> 老组织内部显得很LOW（低级）。

这和我从敌对关系、A先生要求里分析出来的"歌颂者""水手""阅读者"和"秘
祈人"途径可以在序列4互换的猜测很接近啊……"操纵者"是"观众"途径的高
序列？为什么很多隐秘组织都宣称末日必将来临，比如魔女教派，比如这个古老
组织，而他们本身又不靠这个传教，是洗脑的需要，还是真的会有所谓黄昏？克
莱恩联想到了很多，却碍于资料不足，无法得到肯定的答案。

与此同时，他还是忍不住腹诽了一句：罗塞尔，你就不能把那个组织的名字
写出来吗？

克制住表情变化和肢体动作，克莱恩翻过这页内容较少的纸张，看向最后一页。

> 1月1日，这是新一年的开始，我正好完成了我的第一张亵渎之牌的
> 制作。
>
> 我会将二十二条神之途径蕴藏的终极秘密藏在这些不同的亵渎之牌
> 内，并把它们分散到各个地方，如果事情失败，这将是我孩子们最大的
> 依仗。
>
> 哈哈，我会把你们想要的秩序统统破坏掉，把神的奥秘传播出去！
>
> 这些亵渎之牌将拥有反占卜、反预言的特性，除了留给我孩子们的
> 那部分，其他的有缘者得之！
>
> 我这个人向来有怨报怨，有仇报仇，我死后，哪管洪水滔天！嗯，
> 这句话不是我创造的。
>
> 总之，神秘世界的格局越混乱越好！
>
> 我得考虑下怎么为即将成套的亵渎之牌命名。神之途径有二十二条，
> 塔罗牌的主牌也有二十二张，正好可以对应，不过，部分名称并不满足
> 要求，我必须做一定的改变，以符合原本的魔药名称。
>
> 那个古老的组织是我最后也是最大的依仗，不知道他们会不会支持
> 我，以什么样的方式支持我。
>
> 我至今仍然记得第一次看见亵渎石板时的震撼。
>
> 原来非凡途径真的是"神之途径"，原来"亵渎石板"真的在亵渎神灵。
>
> 在每条途径的序列1之上，还有一个序列0！还有相应的魔药配方和

> 仪式！
>
> 每条途径只能有一个序列0！
>
> 而序列0就是真神所在的序列！
>
> 比如，序列0，"太阳"！

序列0？序列1之上还有个序列0？

序列0等于真神？每条途径只能有一个序列0？这就是"神之途径"的真实含义？

只要服食对应魔药，举行好仪式，并依据扮演法去消化非凡特性，普通人也能一步一步地成神？这还真是亵渎啊……

会不会到了最后，魔药的主材料就是永恒烈阳的神性、神血和身躯？……

最后那则日记的信息量太大，震得克莱恩差点无法思考，险些有额外的肢体动作。

二十二条神之途径对应着二十二个序列0……序列0"太阳"，听起来就很厉害的样子……也许还有个序列0，比如"死神"？不知道女神与风暴之主对应的序列0名称又是什么……按照罗塞尔大帝的描述，这些牌有部分和塔罗牌的主牌相同，但有一部分又不一样，他制作的亵渎之牌以魔药名称为准……这已经不能叫魔药了吧……

大帝后悔没选"占卜家""学徒""偷盗者"途径，是因为它们对应的序列0还没有产生？那象征意义上的神灵隐匿贤者突然人格化又是因为什么？

罗塞尔最后在谋划什么大事？给人一种举世皆敌的感觉，似乎只能依靠那个神秘而古老的组织……

"原初魔女"就是"魔女"途径的序列0称号？

克莱恩逐渐找回了思绪，约束住了心里的狂风与巨浪。他知道自己不能沉浸于这件事情，必须尽快恢复正常，否则"正义"和"倒吊人"等成员将发现问题，感觉到古怪——"愚者"先生看那一页日记看得太久了！

真想得到一张罗塞尔大帝制作的亵渎之牌，看看里面除了蕴藏成神的魔药配方、相应仪式，还有什么……克莱恩压制住了惊骇、疑惑等情绪，让罗塞尔的日记消失于掌中。

他敲了青铜长桌边缘一下，望向侧方道："'正义'小姐，你做得很好，不到一周就解决了贝克朗。按照约定，你希望得到什么样的报酬？"

贝克朗死了？这么快？"倒吊人"阿尔杰最近几天远离岛屿，还没收到相应的情报，一时间颇为惊讶，这让暗中观察的"正义"奥黛丽一阵舒畅。

——就算阿尔杰在罗思德群岛的首府、"慷慨之城"拜亚姆，也未必能及时知道，因为有线电报可以传递的消息有限，不是特别紧急特别重要的内容，总是会延迟几天才拍发，某些时候，罗思德群岛的殖民者们甚至要隔一两个月才可以获知北大陆的"最新"状况。

收敛住种种想法，"倒吊人"望向浓郁灰雾里的"愚者"先生，恭敬里隐含谦卑地说道："很抱歉，我才联络好人手，没能帮上忙。"

"这是委托，不是帮忙，不用在意。"克莱恩轻笑一声，将目光再次投向"正义"小姐，等待着她说出想要的报酬。

愿女神庇佑，"正义"小姐的要求不会太棘手，最好能用知识来偿还……我从罗塞尔的日记里知道了很多了不得的事情……克莱恩默默地向女神祈求了一句。

当然，他很清楚，有灰雾的隔绝，黑夜女神肯定听不到他的祈祷。

奥黛丽转了下眼珠，斟酌了几秒。做人要诚实，不能贪心，奥黛丽，你要坚持自己的原则！她勾起一个浅笑，道："不，应该是我还欠您，不，欠您的眷者报酬。

"'飓风中将'齐林格斯的悬赏总共是三万金镑，我该分给您的眷者一万五千镑，其中，刺杀贝克朗花费了一万镑，我还需要额外支付五千镑。不过，因为贝克朗的事情，我最近的财政状况不是太好，这笔报酬需要等待几个月。'愚者'先生，可以吗？"

说完之后，奥黛丽悄悄吐了口气，觉得心里压着的一块小石头终于没有了。

虽然在"愚者"先生面前讨论金钱、计算报酬是不太适合的行为，但我不能隐瞒祂眷者的收获……奥黛丽无声叹息了一句。

至于那价值超过八千镑的大种植园，因为是尼根公爵对她提醒的感激，属于私人谢礼，所以不算悬赏。

五千镑？我还能拿五千镑？齐林格斯的总悬赏竟然有三万镑！克莱恩听得怔了一下。旋即，他陷入了激烈的心理斗争。

按照常理来说，我该把报酬给阿兹克先生，但我很长一段时间内都不能联络他……把钱单纯地放着，是浪费的行为……还不如用这笔钱尽量提升自己，到时候以提供帮助抵消……克莱恩于三秒之后做出了决定，对着"正义"小姐轻轻颔首道："可以。"

听到"愚者"先生的回答，奥黛丽优雅的坐姿未变，心里却彻底放松了下来。

这时，靠着椅背的克莱恩不再多言，以居高临下的态度暗中操纵起小号。

"世界"轻咳一声道："我现在可以说话了吗？"

"正义"奥黛丽望了眼"愚者"先生，见他没有表示，遂微微颔首道："可以。"

与此同时，她又一次读取信息，对新晋成员"世界"先生做出判断。

刚才提到贝克朗大使被刺杀之事源于我接受的委托时，他没有表现出任何的惊讶和意外……他要么不知道这件事情的重要性，不明白一位大使的分量，要么非常沉得住气，擅于隐藏自己的情绪和肢体动作……他的口型和他说的话语无法匹配，应该也是经过了"愚者"先生的转译，这让我无法获得他原本的口癖信息，也难以知晓他日常使用的是哪门语言……一个个想法闪烁于奥黛丽的脑海，而"世界"先生嘶哑的嗓音也随之响起。

"我希望得到迷雾树人的真实根茎，至少六十毫升的相应汁液，以及精灵之泉的髓质结晶、邪纹黑豹的全部脊髓液。

"你们谁能提供，或者有相应的线索？你们希望我用什么事物来交换？"

克莱恩将"药师"需要的非凡材料加入了自己的委托，免得被塔罗会的成员们猜出配方的主体。

在"正义"和"倒吊人"反应过来前，一直沉默的"太阳"开口道："我知道哪里有迷雾树人，也可以帮你获取材料，不过，必须等我完成晋升，有了足够的实力，并加入相应的巡逻小队。"

他最近一直在积攒功勋和报酬，为从白银城官方、从私人交易市场换取"祈光人"魔药的主要材料而努力，目前缺口还比较大。

不愧是怪物众多、环境险恶的白银之城……克莱恩暗赞一声，让"世界"问道："那你希望获得什么？"

"太阳"戴里克毫不犹豫地回答："一件适合我、能提升我战斗能力的武器。"

他没提出"祈光人"对应的材料是因为白银城都有，通过自身的努力就能获得。

而听到这样的要求，克莱恩瞬间就想到了"智慧之眼"老先生组织的那个非凡者聚会里出现过的符文钢剑。它足够锋利，并有驱邪和净化的效果，还能使用三年，价值五百镑，完美符合"太阳"的描述。

怎么不早说……已经被人买走了……克莱恩沉默地注视着几位成员，而"世界"则点了下头，道："我会尽快寻找到符合你要求的武器，这个交易由'愚者'先生见证？"

克莱恩微微颔首，以示同意。

这时，"正义"奥黛丽望了眼"太阳"，提醒了一句："除了迷雾树人的汁液，'世界'先生要求的材料都是序列7对应的非凡材料，价值在五百到七百镑之间。"

她这是觉得"太阳"单纯，担心他被深沉的"世界"先生用价值不高的武器给骗了。

虽然"愚者"先生是公正的，一直提倡等价交换，但如果双方都同意，他也不好阻止，毕竟有些物品属于价值不高但有人急需的类型，溢价很正常……奥黛丽暗自想道。

"序列7的配方在四百镑左右。""倒吊人"阿尔杰跟着补充道。他对新晋的成员有着本能的排斥。

克莱恩非常吃力地翻译着，因为他不知道"镑"这个货币单位对应着白银城的什么东西，只能以序列9的魔药配方来类比。

"我知道了。""太阳"戴里克微微点头，接着小声地补了一句，"……谢谢。"

"世界"保持着阴沉的风格，对刚才的事情没发表意见，他转而望向"正义"和"倒吊人"，等待着他们的回答。

奥黛丽思考了几秒道："'心理医生'的魔药配方，以及相应的非凡材料，嗯……这是'观众'途径的序列7。你可以先搜集资料，不用急着购买，等我有了邪纹黑豹、精灵之泉髓质结晶的线索再行动。呃……如果你愿意以此换取金镑，我随时都可以买下。"

虽然我最近没有钱，但真要急着使用，还是能筹出来不少的……奥黛丽在心里安慰着自己。

"倒吊人"阿尔杰沉吟道："'水手'途径序列6'风眷者'的魔药配方，这比你需要的非凡材料加起来都贵。如果你能找到，可以预先想好额外的补偿是什么。"

"我不保证一定能帮你搜集到那些材料，哪怕之一，你也不需要提前为此耗费什么。"

咦，"倒吊人"先生和风暴之主的教会应该有很密切的关系才对……他通过正常途径就能拿到"风眷者"的配方吧？这是想隐瞒自身快消化掉"航海家"魔药的事实？克莱恩听得怔了一下。

"好的。""世界"低沉地回答，转而说道，"我还有一个委托。"

"世界"环顾一圈道："我希望得到鲁恩王国所有破落贵族的资料，包括他们目前的住址，越详细越好。"

没直接提庞德从男爵，是因为夏洛克·莫里亚蒂侦探正好接手了一起涉及庞德家族的地下建筑调查案，克莱恩可不希望"正义"据此弄清楚"世界"的身份。

不能忽视每一个细节！他又对自己强调了一遍。

"正义"奥黛丽听得怔了一下，再次审视起青铜长桌末端的那位成员，试探着问道："你想做什么？"

"世界"嗓音嘶哑地笑道："你不需要担心，我只是在寻找一些东西，不会对他们造成伤害，这一点，我可以发誓，由'愚者'先生见证。"

"世界"先生真的很能克制自身的肢体语言……他的职业是"观众"和"读心者"的克星？奥黛丽若有所思地颔首，道："破落贵族的资料，我知道一些，但不够详细、不够具体、不够全面，我需要一定的时间来完善，得三四天，可以吗？"

作为贵族，对同层次的人士有所了解是必修课，而参加各种舞会、宴会、沙龙时，奥黛丽总是能听到有趣的故事。不过这都呈现碎片化的状态，难以形成整体，毕竟她不是研究这方面内容的专家，还需要翻书、打听和查资料来填充细节，且不遗漏任何一位破落的贵族。

"没有问题。""世界"低沉地笑道，"那你希望得到什么报酬？我目前能立刻支付的有第四纪的一些隐秘历史、关于某些非凡途径的知识以及几份配方。不过坦白地讲，我并不认为那些破落贵族的事情能与序列8、序列7的魔药配方等价，呵，如果你提出别的要求，我会试着去完成。"

与序列8、序列7的魔药配方不等价，也就是说，我不能提出"心理医生"相应的要求……"正义"奥黛丽认真地思考起来。

在这个过程里，她悄悄看了古老长桌最上首的"愚者"先生一眼，希望能得到一点暗示，结果，她发现"愚者"先生被灰雾笼罩着，什么反应都没有，就像神灵在注视大地。

好吧……奥黛丽终于做出决定，浅笑道："我想听关于某些非凡途径的知识，但前提是我并不知道这些。尊敬的'愚者'先生，您可以做评判吗？"

"可以。"克莱恩平淡地回答道。

"那我们单独交流。"奥黛丽望向了"世界"。

这时，克莱恩轻敲了下桌子，隔绝了"太阳"和"倒吊人"的视线和听觉。他故意对小号点了点头，示意现在已经是单独交流的状态。

"世界"看着"正义"小姐，用一贯的嘶哑嗓音道："你对魔女教派有什么了解？"

奥黛丽回忆着上次花费一千镑从"倒吊人"阿尔杰那里买来的资料，有所戒备地简短回答："我知道她们信奉什么，起源于哪个年代，掌握着什么非凡途径，以及高层有什么倾向。"

"世界"沙哑地笑道："我明白了，你的了解并不多。魔女教派掌握着'刺客'途径，序列8是'教唆者'。"

"这我清楚。"奥黛丽半是提醒半是期待地说道。

"世界"抬起手，摸了摸下巴道："那你知道对应的序列7是什么吗？"

奥黛丽幅度很小地摇了摇脑袋："我很乐意听你讲述。"

"'刺客'途径的序列7叫'女巫'。""世界"简洁地说。

"女巫？"奥黛丽被这个单词吓了一跳，脑海内自然有了相应的联想，"如果，如果男性服食了这份魔药，那该怎么扮演？"

穿漂亮的裙子，画精致的妆容，一举一动都模仿女士？她有些恶心又莫名觉得有趣地在心里低语道。

"不，'正义'小姐，当男性服食了这份魔药，他就不能被称为男性了，他已经成为真正的女士。"克莱恩忍着"啧啧"的冲动操纵着"世界"回答。

"女神啊，'女巫'魔药能改变人的性别？"奥黛丽脱口而出。

这，这真是让人想象不到啊！"愚者"先生没有否定，说明是真的！这简直是奇迹！这就是神秘和超凡的世界，这就是充满各种不可思议的世界！这就是我向往的世界！我，我为什么会有点兴奋……稍微平静了一些后，奥黛丽快速而心虚地望了"愚者"先生一眼，为自己竟然在祂面前诵念黑夜女神的名号而小小忏悔。

"世界"低哑道："是的，但只能让男性变成女性，女性则会相应地提高自身的魅力，无论长相容貌，还是皮肤状态，都会在原本的基础上显著地变得更好，这就是魔女教派的高层都是女性的原因。"

"那它有什么缺点？"奥黛丽忽然心动。

"世界"语速不快不慢地回答道："扮演的要求是，成为带来灾祸、疾病和痛苦的邪恶者。"

奥黛丽小小地吐了口气，略感失望。她思绪转得很快，立刻又有了新的疑惑："如果，我是说如果，有动物服食了'女巫'魔药而未死亡或失控，那它的魅力提高是指变成人类，还是增加自身种族的吸引力？比如，一只让所有公猫、所有爱猫之人都疯狂喜欢的母猫？"

"世界"一时竟不知该怎么回答，过了几秒才道："我没有研究过这种事情。"

不等奥黛丽再问，他补充道："'女巫'对应的序列6是'欢愉'，又称'欢愉魔女'，扮演的要求是给男性和女性带去欢愉，并以此控制或者说影响他们。这个序列的'魔女'很擅长使用奇特的蛛丝。"

奥黛丽张了下好看的嘴巴，旋即又默默地合拢，对自己刚才的向往深感后悔。

"知道了这些知识，将来你就能有效分辨'魔女'。呵呵，你对这份报酬还满意吗？""世界"开口问道。

奥黛丽轻轻颔首道："这对我很有帮助，嗯……交易达成，我会尽快帮你搜集破落贵族的资料。下次聚会的时候给你？"

"世界"沉吟了下道："能尽快吗？"

"那我搜集完成就奉献给'愚者'先生，请祂赐予你，'愚者'先生，可以吗？"奥黛丽侧头问道。

浓郁灰雾里的克莱恩点了下头，表示同意。

与此同时，他很忙碌地操纵"世界"低语道："祂？"

这是从人称代词的不同上品出了问题。

察觉到"世界"的诧异，奥黛丽嘴角微勾，眼眸上转，故意没去解释。

克莱恩则敲了下青铜长桌，表示单独交流结束。

接着，他再次操纵"世界"道："我还有一个问题。"

新人果然积攒了很多需求……奥黛丽并不意外地望了过去。

"倒吊人"阿尔杰和"太阳"戴里克也分别有了表示倾听的肢体语言。

"世界"沉哑地说："我想知道因蒂斯的索伦家族是否还有高序列强者。"

"世界"说话的同时，克莱恩用余光扫过了"太阳"，发现这位少年并没有额外的反应。

看来白银城大概率没有索伦家族相关的记载……这个家族多半崛起于大灾变之后……克莱恩若有所思地环顾一圈，发现"正义"和"倒吊人"彼此对视了一眼，明显不知道答案，而"太阳"毫无疑问地又茫然又沉默。

于是，他再次轻敲桌子道："这个问题，我来回答，你能支付什么报酬？"

话音未落，克莱恩又连忙操纵起"世界"开口："一份配方，一份序列7的配方。"

"可以，成交。"克莱恩制造出单独交流的环境，和自己的小号默默对视了几秒。

被屏蔽的"正义"奥黛丽和"倒吊人"阿尔杰再次感受到了"愚者"先生的深不可测，他们都对答案有些好奇，但又觉得这对于自身没什么用，不值得用序列7魔药配方等价的事物来交换。

单独交流结束之后，克莱恩故意让"世界"行了一礼，嘶哑着嗓音道："尊敬的'愚者'先生，感谢您的解答，这对我很有帮助。"

"这是等价的交换，不需要感谢。"克莱恩忍着突然泛起的鸡皮疙瘩，语气淡漠地回答道。

之后的自由交流维持了不到十分钟，他宣布这次塔罗会到此结束，随即切断了与那一颗颗深红星辰的联系。

等到"正义""倒吊人"和"太阳"的身影化作流光消散，克莱恩望向对面的"世界"，轻笑了一声道："有了小号，很多事情确实方便了不少。只不过，'全黑之眼'没法在灰雾之外使用，可惜了。"

说话的同时，他操纵"世界"起身行了一礼，然后让它消散在巍峨宏伟的宫殿内。

因为之前要分心操纵小号，克莱恩灵性的消耗很大，所以他没有继续停留于这片空间，取下"全黑之眼"并将它放至青铜长桌表面后，立即返回了现实世界。

此时，紧闭的窗帘外有着贝克兰德秋冬季少见的阳光，克莱恩没去欣赏，倒头睡了半个小时，恢复了部分精力。

睡醒之后，因为有"正义"小姐的承诺，加上事情也不紧迫，他没打算再去图书馆查找资料，决定抢在天黑前，去贝克兰德郊外的众多墓园之一。

克莱恩这是要去试验"阿兹克铜哨"的影响，弄清楚它的范围和限制！

当然，试验会在天黑以后进行，之所以现在就去，是因为傍晚再雇马车去墓园会显得很古怪，非常引人注目。

乘坐蒸汽地铁抵达塔索克河南岸后，克莱恩雇了出租马车，前往南区郊外的奥斯顿墓园，那里归蒸汽与机械之神教会管理。

傍晚的昏暗光线下，墓园四周的树木张牙舞爪，遮蔽光芒，仿佛黑夜里潜藏的一只只怪物。

车夫收下克莱恩支付的四苏勒费用后，望了墓园一眼，嘟囔着问道："需要在这里等你吗？"

"不，不需要，我是来拜访一位朋友的。"克莱恩随口编了个理由，旋即发现车夫的脸色陡然改变。

这里是墓园……来拜访一位朋友……天已经黑了……车夫听到了自己心脏扑通扑通跳动的声音。

克莱恩这才回过神来，笑着补了一句："他是这里的守墓人。"

车夫顿时松了口气，却不敢再停留，忙驱赶马匹，快速离去。克莱恩则绕着墓园转了大半圈，直到夜色真正降临。

天黑以后，烟尘的排放量减少了许多，再加上凛冽的寒风，半空的雾气稀薄了不少，虽然还是看不到几颗星星，但绯红的月亮却隐约透了出来，将轻纱般的光辉覆于地面。

克莱恩在胸口顺时针点了四下，画出绯红之月，然后戴上手套，一按一撑就翻过铁栅栏，进入了墓园。

他高度戒备地环顾一圈，随意找了个僻静的角落，将"阿兹克铜哨"掏出，握在掌中。

面前不远处有一块墓碑，上面的照片已经肮脏，墓志铭在月色下也显得非常模糊，克莱恩仔细辨认了几秒，才弄清楚书写的究竟是什么：

"路过的朋友，请拉我一把，谢谢！"

很幽默的绅士……就你了！克莱恩停住脚步，背靠附近为墓穴遮挡阳光和雨水的树木，在阴冷森寒的夜里耐心地等待起来。

他抛高"阿兹克铜哨"，又稳稳接住，再次抛高，再次接住，就这么打发着时光，直到二十分钟以后。

没有尸变的迹象……克莱恩啪嗒合拢怀表，审视四周，确认了结果。

"过两天再来这里看看有没有额外的变化，如果确实没有，就说明阿兹克先生的铜哨无法影响接受了牧师或神父安魂仪式的尸体。"克莱恩无声自语了一句，将那枚古老而精致的铜哨揣回了衣兜。

在鲁恩王国，下葬方式一般有三种——

第一种有棺材，遗体完整，适合生活较为宽裕的中上阶层。

第二种是将遗体直接火化，装入骨灰盒下葬，这是能支付火葬费用但觉得棺材太浪费的下层中产阶级和技术工人的选择。但有的时候也存在宗教和政府因素的影响，比如永恒烈阳的信徒火葬居多，比如接受政府帮助的贫民死后全部都是火葬，只收取少量费用。

第三种只属于贫民，既买不起棺材，又不想火化，就随便裹点什么下葬。

而克莱恩刚才从墓碑、墓穴的形制已经判断出自己试验的对象是有棺材、遗体完整的那种。

如果"阿兹克铜哨"真能引发尸变，即使目标早已腐烂成白骨，也不会毫无反应，就算掀不开压着厚土和石板的棺材盖，至少可以制造出咚咚咚的沉闷声音。

迈开脚步，走向围栏，克莱恩忽然想到了刚才试验里一个不严谨的地方："嗯，得分类。这是埋葬很久的尸体，还得找一个刚下葬的目标，只有这样才能做最准确的判断。"

之后，克莱恩和守墓人捉着迷藏，找到了一个白天才完成下葬仪式的坟墓。这一次，他等待了半个小时，依然没有发现异常现象。

"呼，基本可以判断阿兹克先生的铜哨无法影响接受过安魂仪式的尸体。这有点弱啊，不，不对，这铜哨本身就不是拿来制造尸变的，它的作用是召唤信使，影响尸体属于负面效应！"克莱恩紧了紧双排扣长礼服，向着铁栅栏走去。

他打算回家换身衣服，进行第二组试验。

第二组的目标是没接受过安魂仪式的、死亡没多久的尸体，这样的目标往往存在于医院的停尸房。

翻出围栏，克莱恩在凄清深沉的夜色里一步一步向着南区返回，周围死寂而安宁，只有那覆盖着粉尘的常绿树木轻轻摇曳。这让他想起了自己死而复生的那晚，当时他同样是从墓园走向城区。

唉……克莱恩叹了口气，突然开始跑动，似乎想把那种惆怅远远甩开。

大半个小时后，他在南区雇到了出租马车，目的地是最近的蒸汽地铁站点——还有差不多一个小时，蒸汽地铁才会停运，这能让他节约不少钱。

第十一章

CHAPTER 11

✦ 金玫瑰 ✦

　　凌晨时分，克莱恩换了身灰蓝色的工人制服，戴着顶鸭舌帽，舍近求远地来到贝克兰德桥区域的圣艾斯汀医院。

　　这是属于蒸汽与机械之神教会的慈善医院，不少底层的贫民病死在这里，家中又无处安放尸体，只好被寄存于医院的停尸房内，等待政府火化或者捐赠给医学院。这种现象在夏天尤为普遍，凉快下来后的秋冬季却不多。

　　不过，在没冷气、没低温装置的时代，医院的停尸房也不会让尸体放太久，愿意捐赠的，赶紧进行防腐处理；要下葬的，隔天就会清理一批。当然，这是夏天的规矩，秋冬季相对会宽松不少，所以这段时间，停尸房内每晚还是有不少尸体过夜的。

　　圣艾斯汀医院的停尸房在地下一层，即使是夏天，这里也相当凉爽，秋冬季更是阴冷刺骨。

　　克莱恩根据在值夜者小队学到的知识，倚仗"小丑"的灵活和平衡，熟稔地潜入，避开值班的医生和护士，进入了地下一层。还未靠近停尸房，他就感觉附近冷飕飕、阴森森的。

　　快速闪过看门人的房间，克莱恩拿出根铁丝，轻巧地打开了停尸房的门锁——这就是潜入和跟踪的技巧之一！

　　他用戴着黑色手套的右掌缓慢而无声地推开了停尸房的大门，与此同时，他蔓延灵性，包裹住"阿兹克铜哨"，想确认这种方式是否能消除负面影响。

　　停尸房内的温度似乎比走廊还要低，这里的死者大部分都被装在尸袋里，放置于四周不同的铁柜中，只有少量摆在中央空地的长条桌上，仿佛在等待检查。

　　身为序列8的"小丑"，克莱恩对这种场景已没多少畏惧，只是本能地感觉不适。他保持着谨慎，小心地关上大门，绕着那几张长条桌转了一圈又一圈。

　　过了十几分钟，克莱恩呵出寒气，确认尸体未生异变。差不多了……他掏出金壳怀表，按开看了一眼。

做好准备后，克莱恩收回灵性，不再用它包裹"阿兹克铜哨"。

不知道是不是心理作用，他莫名觉得周围变得更加沉寂了。作为"占卜家"，他充分相信直觉，停止来回走动，向后退到了大门附近。

时间一分一秒过去，克莱恩认为大概有两分钟了。就在这时，长条桌上的一具尸体突然坐了起来！

砰！砰！砰！

周围那一个个铁柜里随即传出密集的拍击声，似乎有什么东西将要孵化！

砰！砰！砰！

克莱恩听着这样的动静，看着坐起的一具具尸体，忽地低沉地开口："绯红！"紧接着，他将灵性注入"安魂符咒"，扔了出去。

冰蓝色的火焰静静燃烧，安宁柔和的黑色弥漫开来，那一具具尸体重新躺了下去，铁柜里传出的拍击声戛然而止。

经历过类似场景的克莱恩并没有松懈，再次使用了一枚"安魂符咒"。由于这里尸体众多，保险起见，他又用了第三枚，用光了身上的存货。

"不错……果然是只影响没接受过安魂仪式的、刚死没多久的尸体，活尸也包括在内，用灵性覆盖铜哨则可以屏蔽这种效果。"克莱恩微笑地想着。

他见尸体再没有异常反应，准备拉门离开。这个时候，他忽然听见外面有脚步声传来，看见微弱的光芒渗透入内——看门的老者被停尸房内的拍击声吸引，提着马灯靠拢过来！

克莱恩环顾一圈，手按大门，灵活地跳跃攀爬，停留于门与天花板的间隔位置。他用手指抠着凸起和缝隙，保持住了非常好的平衡。

吱呀！

看门老者用钥匙打开大门，进入了停尸房。他往前走了几步，举高马灯，审视起铁柜和长条桌，审视起那一具具尸体。

而他的背后，克莱恩轻巧跃下，落地无声。

抓住这个机会，克莱恩快速逃出停尸房，先借助看门人的小房间躲避了几秒，然后才小心翼翼地返回上层。

看门老者检查了一遍，没发现什么异常，他有点害怕尸体地嘟囔了一句，而后飞快离开，锁住大门，不再逗留。

回到看守室，他裹上薄被，用了好几分钟才平复下急促的心跳，低声自嘲了两句："那帮老家伙总是跟我说停尸房发生过的异常，想吓唬我，刚才那奇怪的声音应该也算……也没怎么样嘛，那些尸体也没活过来嘛！呸，哪有活尸和怨魂这些东西！"

与此同时，克莱恩正心情舒畅地走在安静深沉的街道上，为解决掉一个隐患而开心。

他望了望两侧典雅的煤气路灯，分外期待起之后的非凡者聚会。只要能得到一件有特殊效果的武器，他就可以获得"魔术师"的主材料之一！

嗯……虽然我目前没什么钱，但还是有不少可以用来交换的资产，比如"读心者"魔药的配方，比如"歌颂者""祈光人"的配方，而我"小丑"魔药的消化进度，因为连续的事件和领悟了精髓的扮演，比预计快很多，接近完成了……夜色里的贝克兰德街道上，克莱恩漫无边际地发散着思绪。

皇后区郊外，一处占地宽广但没有观众的赛马场内，奥黛丽·霍尔牵着一匹枣红色的小母马，故意凑到角落，假装和格莱林特子爵商量事情。

她穿着白色的长裤和及膝的黑靴，上半身则是装饰简单的女士衬衣配收腰的黑色夹克式骑手服，再加上同色调的保护头盔，整个人显得异常飒爽，有种不同于往常的美丽。

金毛大狗苏茜则乖巧地蹲在她的脚边，似乎背着一个皮制小包。

伪装成格莱林特子爵侍从的休艳羡地瞄了眼奥黛丽又长又直的双腿，不自觉地踮了下脚。

"单纯的马术没有任何意义，只有与狩猎结合在一起，它才具有生命力。当然，我是指男性的马术，美丽的小姐骑着马不管做什么都是一道风景。"格莱林特打量了奥黛丽一眼，半是感慨半是开玩笑地说道。

奥黛丽回以浅笑道："距离下一次狩猎还有好几个月。"

每年的6月到新年，鲁恩王国的贵族会按照传统前来贝克兰德，参加各种宴会、舞会和沙龙。这是对他们而言非常重要的活动，很多事情都将在这几个月内敲定，一年又一年过去，这种传统逐渐有了固定的名称，叫作"贝克兰德社交季"。而新年之后，土地贵族们将陆续返回封地，返回属于自家的豪邸古堡、乡村庄园、大种植园，度过悠闲美好的时光。

在这样的时光里，最受欢迎的游戏就是狩猎。贵族们会邀请身份相当的客人，共同享受骑马奔跑和追逐猎物的乐趣，只要财政状况允许，他们总是不吝啬购买猎犬，猎犬里面最著名的则是猎狐犬。

"我已经很想念那样的生活了，贝克兰德是个让人感觉拘束的地方，它的空气更是无法言喻的糟糕，当然，它的繁华、它的奢靡依旧让我喜爱。"格莱林特子爵戴上手套，往后退了一步，方便奥黛丽和休、佛尔思交谈。

"尊敬的奥黛丽小姐，你这次找我们来有什么事情？"休收回目光，主动问道。

她最近的大笔收入都来自奥黛丽，对方诚实守信，慷慨大方，是少见的好雇主。

我似乎又闻到了钞票的油墨香味……希望不是太困难的任务……奥黛丽小姐什么都完美，只有一点不好，就是每次的任务都让人意外，非常危险……休又期待又忐忑地想着，忍不住侧头望了佛尔思一眼，发现伪装成侍女的同伴正好看向自己。

而双方眸子里映照出的表情是如此相像。

奥黛丽拿着手套，矜持而优雅地笑道："这次是一个简单的委托。"说话的同时，她用目光示意休和佛尔思去打开苏茜身上的皮制小包。

一直以行动力强著称的休当即上前两步，弯腰探手。

这短暂的过程里，她原本想抚摸下苏茜的脑袋，以表现自身的善意，结果右掌刚刚伸出，苏茜已经扭过了脑袋，半转了身体，将那个皮制小包送到了她的面前。

我平时很受动物欢迎的……比如，蚊子……休维持着表情不变，扯动拉链，从皮制小包里取出了一沓纸张。

她站直身体，摊开一看，发现上面描绘的是个面容普通的年轻男子，但那整齐后梳的头发、圆圆的眼镜、噙着嘲讽笑意的棕眸，都让她觉得异常眼熟。

我肯定在哪里见过！休目光下移，看见了相应的文字描述：曾用名，兰尔乌斯，被通缉的诈骗犯。

我知道在哪里见过他了！休顿时醒悟，险些做出拍额头的不雅动作。

在认识奥黛丽之前，她收入的主要来源之一就是翻看报纸，研究通缉令，借助在东区、在不少黑帮内的关系，寻找那些价值不菲的罪犯。

我曾经想过找这个兰尔乌斯，他的赏金有一百镑，而且他卷走了超过一万镑的现金！不过之后忙碌着奥黛丽小姐的委托，把这件事情给忘记了……休和佛尔思对视一眼后，坦率地开口道："委托的金额有多少？"

委托的金额？奥黛丽怔了一下。

她完全忘记了要支付报酬的事情，因为在她看来，这是"愚者"先生的考查，考查哪有反倒给对方钱的？

"呃……一百镑？"奥黛丽斟酌着给出了一个数字。

"成交！"休和佛尔思同时回应道。

如果能抓住兰尔乌斯，不仅可以拿到奥黛丽小姐的一百镑报酬，还能领取同样数额的悬赏……真是一个不错的任务！休眼睛发亮地随口问道："你为什么要找这个诈骗犯？他欺骗了你的金钱？"

我甚至都不知道他是谁……果然是简单的委托，一百镑就成交了……这件事情没必要再和"愚者"先生说……才一百镑……奥黛丽带着礼貌的笑容，忽视了休的问题，转而提及："我收到消息，他就在贝克兰德。"

"啊对，这里有十几张肖像画，不同的肖像画。我考虑到兰尔乌斯肯定会伪装，所以分别给了他没戴眼镜、蓄了胡须、改变了发型的画像，嗯……猜想的画像。"

我同样很擅长素描和油画！奥黛丽微微扬起下巴。

休顿时忘记了刚才的疑惑，惊喜地说："这真是一个非常好的消息！"她似乎已经看见那两百镑的赏金在向她招手了。

——之前在A先生聚会上认识的那个神秘人士一直还没有和她建立联系，她只能继续自身的攒钱大业。

奥黛丽微不可见地点头，沉吟道："心理炼金会的事情有线索了吗？"

佛尔思理了下自己的长卷发，望了旁听的格莱林特子爵一眼，道："我最近加入了一个新的非凡者聚会，据说里面曾经出现过'观众'和'读心者'的魔药配方，我怀疑那个聚会的成员中有心理炼金会的人。等到下次再有聚会，我会提出申请，带你一起去。"

"好的。"奥黛丽故意没掩饰自己的欣喜。

她刚才从休和佛尔思的气场颜色、肢体动作、细微表情，读出了她们真实的心理状态，从而判断她们对任务充满热忱，在心理炼金会的事情上也没有撒谎。

格莱林特子爵则嘟囔道："奥黛丽的事情快要成功了，我的'药师'配方呢？"

"这个真的暂时没有线索，'药师'途径大多在南方，在费内波特王国。"佛尔思做了个深表遗憾的手势。

"好吧，我还年轻，我才二十岁出头，我还有时间等待。"格莱林特幽默地回了一句。

"好了，感谢你们的帮助，我们下次见。"奥黛丽优雅地行了一礼，戴好手套，翻身上马，沿着跑道前行。

苏茜欢快地跟在后面，似乎找到了玩耍的方式。

因为熬夜做"试验"，克莱恩睡醒时已经是周二上午的九点三十四分。

他叼了块涂奶油的面包，穿上外套，戴好帽子，匆匆忙忙走出了大门，并在铃铛拉绳旁边悬挂的留言簿上写道："主人外出，下午五点后回来。"

其实，他并没有什么事情需要去做，纯粹是为了防备米勒·卡特那位老先生突然来访。对方要是发现用足五十镑聘请的侦探没有忙碌着寻找资料、组织人手、确认建筑布局，而是悠闲地在家里喝茶、看报纸、看小说，肯定会撤销委托，不再支付四十镑的尾款！

我真的没什么好做的，只等着"正义"小姐的资料……克莱恩站在街道口，望着半空中的阴霾，无奈地于心里自语了一句。

他昨晚已经想好今天该去哪里打发时间：上午到克拉格俱乐部练枪，看报纸，顺便蹭顿免费的午餐；下午小睡一会儿，通过壁球等运动锻炼锻炼身体；等到勇敢者酒吧开门，再乘车过去，看能否从卡斯帕斯那里知道更多的非凡者聚会。

克莱恩没打算找马里奇，虽然对方肯定有不止一个非凡者圈子，但他怕保镖小姐也属于那些圈子——这会引起高度怀疑，不方便他贩卖魔药配方。

真实造物主既然给了你占卜的能力和强壮的身体，难道还会赐予你自身用不上的魔药配方？想想就不可能！克莱恩脑补了一下，登上了去希尔斯顿区的公共马车。

大半个小时之后，他进入克拉格俱乐部，看见了一位熟人。那是推荐他加入俱乐部的马术教师塔利姆·杜蒙特，玛丽·盖尔的好友。

穿着黑色呢制大衣，有一头棕色短卷发的塔利姆迎了过来，上下审视起克莱恩，笑意古怪地说道："上午好，玛丽和多拉古正在协议离婚。"

这是怀疑我加入俱乐部的目的？克莱恩依靠"小丑"的能力，轻松做出了惊讶的表情："是吗？这真让人意外啊！"

塔利姆狐疑地、深深地看了他一眼，忽然笑道："我有位朋友最近正在为一件事情烦恼，我想知道你的枪法和格斗水准怎么样。"

一个委托？只问枪法和格斗，没提推理，这是涉及暴力的委托啊……

克莱恩笑笑道："我正好打算去靶场练枪，你可以跟着看一看，但格斗是需要对手才能看出水准的。"

"我学过格斗。"塔利姆跃跃欲试地回答。

…………

乒！乒！乒！

克莱恩单手持握从克拉格俱乐部租来的左轮，连续扣动扳机，准确地命中靶子，最差也在八环以上。

经过许多发子弹的喂养，再加上成为"小丑"后对身体有超越普通人的控制能力，他的枪法已算得上相当不错。

再继续这么练上几个月，我都可以被称为神枪手了……克莱恩满意地打开转轮，抖出弹壳，在叮叮当当的落地声里侧头望向塔利姆·杜蒙特，微笑问道："还满意吗？"

"非常好。"马术教师塔利姆已脱掉了黑色呢制外套和浅灰色毛衣，摆出拳击的架势道，"来吧，让我认识一下你的格斗水准。我可以坦白地告诉你，我从小就接受见习骑士的训练，之后一直没有荒废。"

身为非凡者，要是连一个只接受过训练的普通男士都打不过，那，那我就不做人了！

克莱恩吐槽了一句，没脱双排扣长礼服，放好左轮，侧走两步，对塔利姆做了个可以开始的手势。

他本想勾勾手指，渲染下气氛，可一想到对方的实力，又懒得浪费精神了。

塔利姆对此颇有点兴奋，原地小跳了几下，猛地快步向前，打出一记右侧的摆拳。克莱恩左手一挡一抓，顺势矮身转腰，探出右掌，流畅地来了个背摔。

扑通，塔利姆飞了出去，背部着地——克莱恩最后没有发力，只是用惯性将对方甩离身体。

"厉害！"塔利姆迅速站起，竖了下拇指，"不愧是知名大侦探，你的枪法和格斗都非常出色。"

只是打败了你这么个"弱鸡"而已，你从哪里看出我格斗水准很高的？克莱恩腹诽一句，含笑问道："既然已经了解，你可以告诉我你的朋友有什么委托了吗？"

"呵呵，他等下就到俱乐部，你们自己聊。"塔利姆反手揉了揉背侧，"具体是什么委托，我也不知道。对了，他是个记者，《每日观察报》的新闻记者迈克·约瑟夫，大概是希望得到短期的保护。"

"好的。"克莱恩不再多问，继续练枪，但不只是左轮，还包括猎枪、单发步枪、连发步枪，务求将来遇到状况时，周围有什么枪械都可以飞快上手。

接近十二点的时候，克莱恩回到一楼，进入自助餐厅，拿了一份烤鸡和一块煎牛小排，以及俱乐部今天限量供应的奶油芝士焗龙虾。放好这些东西，他又取来费内波特海鲜饭、水果沙拉、牡蛎清汤和侯爵红茶。

面对这丰盛的午餐，他忍不住吞了口唾沫，在心里赞美了句女神。如果在外面吃，这一顿恐怕得花三苏勒……

克莱恩交替使用着银制的刀叉和勺子，吃得非常满足。就在他差不多解决掉桌上的食物时，塔利姆·杜蒙特领着位穿厚重大衣、戴半高礼帽的男子走了过来。

"莫里亚蒂侦探，这就是我说的那位朋友，迈克·约瑟夫。"塔利姆微笑着为双方做了介绍，"迈克，这位是知名大侦探，夏洛克·莫里亚蒂先生。"

"很高兴认识你。"迈克取下帽子，行了一礼。

他外表年龄接近三十，眉毛较为稀疏，皮肤相当粗糙，毛孔异常明显。不过，他的五官还算不错，蔚蓝的眼睛尤其迷人，再加上两撇漂亮的小胡子，很有几分成熟的韵味。

克莱恩忍不住摸了下自己嘴唇周围变浓变多的胡茬儿，起身请对方坐下，并微笑着说道："今天的奶油芝士焗龙虾还不错，你们可以试一试。"

"好的。"迈克·约瑟夫也不推辞,拿着餐盘绕了一圈,取了很多食物。

"他急着过来,还没吃午餐。"塔利姆笑着替朋友解释了一句,并将一沓报纸放到了餐桌上。

"看得出来。"克莱恩搁好刀叉,用餐巾擦了擦嘴巴,悠闲地喝起了红茶——刚才这一顿,他吃得非常满足。

这时,迈克·约瑟夫端着两盘食物走了回来,飞快地吃了几口,垫了垫胃,然后抬头望向克莱恩:"莫里亚蒂侦探,你听说过最近的连环杀人案吗?"

"取走内脏的?"克莱恩心中一动,简略地反问道。

坐在旁边的塔利姆点了下头,感慨道:"果然,每一位侦探都在关注这起连环杀人案。"

迈克则翻出其中一份报纸,推给克莱恩:"这是最新的报道。"

克莱恩接过一看,发现正是迈克供职的《每日观察报》,他们在头版头条写道:"11!又一位女士遇害!西维拉斯场束手无策!"

——贝克兰德警察厅的总部在皇后区边缘的西维拉斯街,所以,他们又被称为"西维拉斯场"。

"11"?第十一起案子了?克莱恩忍住皱眉的冲动,疑惑地往下阅读,发现果然和自己遇到的那起一样,目标为女性,都穿着艳丽长裙,并被剖腹取走了内脏。

这是有明显的崇拜恶魔痕迹的案子,西维拉斯场肯定已经转交给了值夜者、代罚者或者机械之心小队,他们要占卜有占卜,要通灵有通灵,还具备各种奇特的、有效的非凡手段,怎么到现在都还没有破案?

没有抓到罪犯?难道那家伙有丰富的反侦查能力,破坏了死者的灵魂?或者说,死者灵魂连同内脏一块儿被带走了,属于恶魔仪式的需要?

嗯,他肯定可以干扰占卜……也是,"恶魔"途径的非凡者要是没有类似的能力,哪敢连环杀人……

克莱恩若有所思地对迈克·约瑟夫道:"你想做私人的调查?很抱歉,我不能接手,没有警方的邀请,我不能接手,我得和他们维持良好的关系。"

所谓良好关系,就是请我去警察局喝茶的关系……克莱恩自我吐槽了一句。

他拒绝的真正原因是,掺和进这起连环杀人案的调查会很容易碰到官方非凡者,其中也许就有女神教会贝克兰德教区的值夜者们。

"不,不是调查。不,准确的描述是,并非寻找凶手的调查,我只是想完成我的报道。"迈克·约瑟夫吞咽完虾肉,解释了一句。

"报道?"克莱恩放下白色釉瓷茶杯,双手交握,姿态悠闲地问道。

迈克·约瑟夫道:"如果你明天或者后天购买《每日观察报》,将看到我对这起连环杀人案做的深度报道，其中最重要的一部分就是揭示遇害者的共同点，提醒相似的人注意。"

"嗯，有什么共同点？"克莱恩好奇地问。

迈克喝了口咖啡，道："除了'女性'和'穿色彩艳丽的长裙'，还有一个很重要的共同点。

"我对受害者的职业做了深入的调查，发现了一件有趣的事情。她们有的是女仆，有的是纺织女工，有的是裁缝，有的是女教师，表面上看没有任何重合的地方，但实际上，她们都做过站街女郎。"

"站街女郎？女教师？"克莱恩略显愕然地反问。

在鲁恩王国，教师属于中产阶级的组成部分，待遇最低也能达到周薪两镑的标准，足以让一位女士过得还算不错，完全没必要去做站街女郎。

迈克动了下嘴角，叹息道："是曾经。她们在找到可以养活自己的工作前，也许都有着非常艰难的时刻。

"我之前做过一个调查，在贝克兰德，十五岁到五十五岁的女性里面，有六分之一的人正在做或者曾经做过站街女郎。呵，这就是我们的国家，所有外国人来到这里都会感觉诧异，一个很保守的国家，一个繁华的大都市，竟然到处都是站街女郎。"

这，这数据有点夸张啊……如果是真的，只能说现实比小说更夸张……这该死的世道……

克莱恩一阵咋舌，想了想，故意说道："问题是，凶手怎么知道被害者做过站街女郎？她们身上又没有贴标签，你也需要深度调查才能发现。"

"不愧是大侦探，这或许就是线索。"迈克·约瑟夫并不意外地回答。

不，如果是"恶魔"途径的非凡者，那他挑选的标准也许就是看起来堕落但又没完全堕落的类型。而他们对"堕落"应该有着敏锐的直觉，说不定可以直接看到相应的灵体的颜色，再加上"色彩艳丽的长裙"这个触发点，基本就能锁定目标了……

克莱恩在心里自己回答了自己，转而问道："那么，你还想调查什么？"

迈克点了点头道："这十一起案子里，有十位女士曾经是站街女郎，但有一位不是，她现在还是妓女。嗯，就是年龄最小，只有十六岁的希贝尔。

"这显得很奇怪，很奇怪，我想去'金玫瑰'，也就是她，呃，她工作的那个地方做深入的调查，看能否发现点什么。

"我担心询问时会惹恼那里的人，所以打算请你短暂地保护我。你不需要教训他们，只用在最关键的时刻保护我逃走。如果什么都没发生，我给你一镑的报酬，要是有了打斗，就提升到五镑。你的意见是什么？"

克莱恩笑笑道："我去洗个手再答复你。"

他礼貌欠身，慢悠悠地前往盥洗室，然后抛出硬币，得到了肯定的答案。

…………

乔伍德区，希望路19号。

这里靠近穿过贝克兰德的塔索克河，行人能透过房屋间的缝隙，看见略显浑浊却异常宽阔的水面。

《每日观察报》的记者迈克·约瑟夫走下马车，指着前方那栋足有三层的灰蓝色建筑，对身旁穿黑色双排扣长礼服、戴半高丝绸礼帽、架金边眼镜的克莱恩道："那就是金玫瑰，乔伍德区加贝克兰德桥区域最好的合法妓院，每天下午三点开门，一直营业到凌晨两点。"

乔伍德区和贝克兰德桥区域最好的合法妓院？也就是说，这两个区有比它更好但不合法的？克莱恩无声咕哝了一句，瞄到那栋建筑的门口镶有一朵金色的玫瑰，没挂招牌。

"这种应该不算站街女郎吧？"他随口回应了一句。

"当然，档次更高。"迈克轻车熟路地领着克莱恩走到那栋建筑前方，推门而入。

刚一进去，克莱恩就闻到了略显刺鼻的混杂香味，听见了舒缓但暧昧的旋律。他本能地环顾一圈，发现入口两侧和大厅各个角落都站有穿黑色外套、戴半高礼帽的打手，作为一个合法经营的地方，这些显然都是用来对付醉鬼和莽汉的。

金色的大厅四周摆放着各种沙发和椅子，甚至还有一台钢琴，中央则围出了供人跳舞的地方。

此时，发色或金或棕或淡黄或黑色、衣裙或繁复或简单或艳丽的一位位女士就坐在不同的地方，她们有的成熟风韵，有的羞涩稚嫩，有的青春动人，有的相当美貌。这些女士或托腮欣赏着旋律，或彼此嬉笑着说话，或安静地翻看报纸杂志，或陪伴男子翩翩起舞。

因为才下午三点半，顾客并不多，只有那么寥寥几位，一眼望去，这里更像正规的舞会，而不是妓院内部的场景。

"如果在晚上八点之后来，你可以看到一些有趣的表演。呵呵，如果你看中了哪位女士，就过去邀请她跳舞，在优美的旋律里询问她的价钱，要是双方能够达成一致，你们就可以去二楼或三楼的某个房间度过一段美妙的时光。嘿，只要舍得花钱，你可以在这里睡整整一晚。"迈克左右侧了下脑袋，突然不见了之前的沉稳和绅士，变得略显轻浮。

他笑着走入大厅，向一位年龄不大、最多十六岁的青涩女孩靠拢。

这，这是现出本性，还是专业的表演？克莱恩看得颇有点瞠目结舌，下意识地跟随在迈克·约瑟夫的身后。

"遇害者希贝尔只有十六岁，理论上来说，年龄相仿的女孩和她更有可能是朋友，知道的事情更多。"迈克压低嗓音，解释了一句。

他旋即挑了下略显稀疏的眉毛，恢复正常的音量，问道："你看中了哪位女士？"

"我只是你的保镖。"克莱恩按照正常的逻辑回应。

迈克微不可见地点头，忽然笑道："我做那种事情的时候，不习惯有人旁观。"

"我会守在门外的。"克莱恩明白了迈克的意思，摆出严谨而专业的姿态。

迈克不再多说，来到那位青涩女孩面前，弯腰伸手，邀请她跳舞。

在这个年纪就成了妓女，贝克兰德真是又光鲜又肮脏……嘿，竟然有位气质很不错的中老年绅士光顾这里，他两鬓都花白了啊……克莱恩垂下双手，站得笔挺，目视着迈克和那个青涩女孩用缓慢的舞步徜徉于舞池。

过了几分钟，迈克走了回来，略显懊恼地对克莱恩道："太贵了。"

当两人靠近后，他又低声补了一句："那个女孩认识希贝尔，但这里的老板洛佩兹女士禁止她们和别人交流这件事情，否则将遭受严厉的惩罚。

"神啊，提到'惩罚'的时候，那个可怜的女孩甚至在本能地发抖，我可以想象那有多么恐怖。"

克莱恩同情却没有办法地叹了口气，压着嗓音反问道："所以，你打算怎么做？"

"我不想为那些女孩招来不幸，我打算直接去找洛佩兹女士。"迈克拍了下克莱恩的肩膀道，"保护好我！"

克莱恩侧过身体，郑重地叮嘱了一句："如果遇到危险的情况，你必须听我的，明白吗？听我的！"

"好的，好的。"迈克将双手举到肩膀位置，频频点头。

说话间，他向着角落位置的单人沙发走去，那里坐着一位容貌妩媚、衣裙艳丽、化着浓妆的女士。

"如果你不想在跳舞之后选择放弃，在那些女孩面前丢脸，我建议你先找洛佩兹女士谈一谈，弄清楚不同女孩的价格。"迈克抬高了声音。

那位女士听到两人的交流，侧头望了过来，并缓缓起身，堆出笑容："下午好，两位先生，我就是洛佩兹。你们有看中的女孩吗？"

"有。"迈克忽然上下打量起对方，轻笑一声道，"我很欣赏你。"

我也很欣赏你，在这种地方竟然能表现得像回家一样……克莱恩的嘴角抽动了一下。

洛佩兹的表情呆滞了一秒，旋即假笑道："对不起，我今天身体不舒服，你应该知道，女性每个月都有不舒服的时候。"

见没办法将洛佩兹拐到房间交流，迈克沉默几秒，突然变得正经起来："洛佩兹女士，我是一名记者，我想向你了解希贝尔的事情，这是我的证件。"

洛佩兹的脸色顿时变得阴沉，不耐烦地回答道："我知道的都已经告诉警察了，你应该去找他们！

"希贝尔是个流浪的孤儿，被我收养，那天晚上，她接受了一位客人的邀请，去对方的家里过夜，死在清晨回来的途中。好了，请你们离开吧！或者去邀请女士跳舞。"

说话间，洛佩兹挥手让旁边的两位打手过来。

克莱恩跨了一步，挡在迈克·约瑟夫的身前，护着他向大厅返回，那两名打手见状，没有鲁莽地直接驱赶。

走了几步，克莱恩压低嗓音道："她在撒谎。"

"嗯?"迈克愕然侧头。

"她说话的时候视线很游移，不敢直视你，但又会悄悄地打量你，这说明她在撒谎并观察你的反应。另外，她的站姿是非常有防备性的那种，并且显得很焦躁。"克莱恩沉静地给出了分析。

迈克张了张嘴巴，过了几秒才感叹道："你果然是位大侦探，只有同时具备敏锐的观察力和杰出的推理能力，才能发现这些有用的细节。"

这只是因为我开了灵视，观察到洛佩兹的情绪颜色不对劲，其他都是事后找的理由……

克莱恩笑笑道："谢谢你的夸奖，我们该走了。"

迈克·约瑟夫回头望向洛佩兹，发现她正走向大厅的侧门，似乎要去属于自己的休息室。

那扇侧门在角落的角落，附近非常冷清，从大厅的很多位置都看不到那里发生的事情，它的外面同样守着两位打手。

"也许我们该跟着洛佩兹女士，观察她事后的反应，也许刚才的焦虑会让她做些什么……"迈克忽然侧头看着克莱恩，"你能很快解决那两个打手吗?"

"先生，我只负责保护你，而且这是违法的。"克莱恩微笑着回应道。

"我加钱！按照有打斗算，总共五镑！如果我们逃离的时候还有打斗，就十镑！"迈克·约瑟夫咬了咬牙齿道。

"成交!"克莱恩主动伸手，与对方握了握。

接着，两人绕了个圈子，避开之前那两位打手，悄然来到侧门附近。

"客人止步，请离开这里。"其中一位打手上前一步，拦住了克莱恩和迈克·约瑟夫。

"对不起，我们立刻……"克莱恩很礼貌地弯腰道歉。就在这时，他的右拳突兀地打了出去，重重击在眼前打手的腹部。

那名打手本能地捂住小腹，身体弯成了弓形，而重新站直的克莱恩则竖起左掌，顺势劈在了对方的脑后。

啪！那名打手直接倒地，晕厥了过去。

他的同伴明显未料到会出现这样的状况，呆愣愣地看着，没来得及做出有效反应。克莱恩当即一个滑步过去，伸右掌捂住对方嘴巴，出左拳击向对方腹部。

呕！

那名打手猛然弯腰，吐出了还未消化的食物，而克莱恩及时抽回了右手，竖掌下劈。与此同时，他的左手扶住了对方，让那名打手缓缓倒地，没发出扑通的声音。

和迈克·约瑟夫对视一眼后，克莱恩拧动把手，推开侧门，闪了进去，迈克·约瑟夫则埋下身体，快步跟随。

你为什么这么熟练……你只是个记者啊！克莱恩腹诽之中，脚步轻但频率快地前行在铺着地板的走廊上。

忽然，他们听到了洛佩兹的声音："告诉卡平，最近不要送人过来！"

卡平？送人？克莱恩看向身侧的迈克，发现他同样很疑惑。

这个时候，他们又听见了洛佩兹往走廊走来的脚步声。

"走！"克莱恩拉了把迈克，头也不回地奔向入口，跑了出去。

这个过程里，他关上了侧门，顺手弄坏了锁，让里面的人一时半会儿出不来。接着，两人装作什么事情都没发生地快步穿过大厅，靠近出口，在隐隐约约的愤怒声音里扬长而去。

来到外面的街道，迈克松了口气，由衷地赞叹道："我经历过不少类似的场景，但从来没有一次像今天一样简单和轻松。感谢你，我得回去了解卡平是谁了。"

说话的同时，他掏出钱包，取了一张5镑的钞票，嘟囔道："但坦白地讲，你的价格真的很贵，这相当于我大半周的薪水了。"

"但你可以报销，不是吗？"克莱恩嘴角上翘地回应，旋即有些担心地问道，"你不害怕洛佩兹根据你的证件找到你的报社，报警抓你？"

"那是假的证件。"迈克·约瑟夫熟稔地摊了下手。

"……"克莱恩只能深表佩服。

目送迈克上车离开后，他走向斜对面，一边等待公共马车，一边密切注意有没有人追出来。

就在这时，一辆出租马车缓慢地行驶过来，停在了克莱恩的身前。

一位穿黑色大衣的中老年男性走出车厢，对克莱恩点了下头。他蓝眸瘦脸，两鬓斑白，正是克莱恩在金玫瑰里看见的那位老绅士。

他不是金玫瑰的顾客……和我们一样……克莱恩突然闪过了这么一个明悟。

"你好，我是协助警察部门处理这起案件的侦探艾辛格·斯坦顿，我们能聊一聊吗？"那位中老年男士指着马车道。

侦探？同行啊……不过，他能协助警察部门处理这么严重的案子，说明是真正的知名大侦探，至少在西维拉斯场内部是非常有名的……呃，连环杀人案涉及恶魔崇拜，不是应该移交给了值夜者、代罚者或者机械之心吗？警察部门出些助手就行了，为什么还要自己请私家侦探帮忙？

嗯，连续十一起杀人案肯定已经引起轰动，西维拉斯场背负着很大的压力，不愿意就那样煎熬地等待？

克莱恩瞬间闪过了诸多想法，表面却露出了笑容："好的。"

他登上了艾辛格·斯坦顿雇来的马车，看见里面还有位气质干练的褐发年轻人。

"这是我的助手。"脸庞消瘦、棱角分明的艾辛格介绍了一句，"请坐。"他没有关闭车厢的门，也未让车夫驱使马匹前进，以示自己不含恶意。

克莱恩故意局促地坐下，有点不安地问道："斯坦顿先生，你想和我聊什么？"

艾辛格拿出一个深色的烟斗，说道："我想知道你们跟踪洛佩兹女士的收获，你们听到或者发现了什么？"

"这……我也是一名侦探，你应该知道我们这行有保密约定。"克莱恩故作为难地回答。

"我是代表西维拉斯场在问你，这和保密约定无关。"艾辛格用拇指摩挲着烟斗道，"一镑，嗯……两镑怎么样？"

有了之前默尔索事件的教训，加上确实没有保密的必要，克莱恩顿时毫不犹豫地回答道："可以。"

"好的。"艾辛格微笑着从衣兜里拿出了两张1镑的纸币。

克莱恩做出回忆的样子，坦然道："我们只听见了一句话，洛佩兹女士试图派属下告诉卡平，让他最近不要再送人过来。"

"卡平？"艾辛格略显恍然地点头，"我知道了。"

"你认识卡平？"克莱恩没掩饰自己的愕然。

艾辛格将钞票递了过去，笑容很淡地说道："他是乔伍德区一位饱受争议的富豪。在贝克兰德，经常有天真的少女失踪在僻静无人的街道，而很长一段时间后，她们也许会偶然地被发现于各个或合法或非法的妓院。大量的谣言指向卡平，认为他是满手血腥、浑身肮脏的罪犯头目，但因为没有足够的证据，他至今依然自由，并且认识了不少大人物。"

如果是真的，这家伙该死一万遍……

克莱恩点了下头，叹息道："这就是鲁恩，这就是贝克兰德。斯坦顿先生，我该告辞了。"

"谢谢你的配合。"艾辛格礼貌地半起身相送，"对了，你的格斗水准相当出色，也许我们以后会有合作的机会。我该怎么称呼你？"

"夏洛克·莫里亚蒂。"克莱恩简洁地回答，走下了马车。

等他登上刚抵达的有轨公共马车，艾辛格·斯坦顿才让助手关门，并吩咐车夫去希尔斯顿区。

侧头望向窗外，这位两鬓花白的中老年绅士放好深色的烟斗，从衣兜里取出了一件黄铜饰品，握在手里缓缓摩挲。

那件黄铜饰品是一本袖珍的、摊开的书，中央还有只竖着的眼睛。

"刚才那位莫里亚蒂先生的样子和装扮有些不协调，他戴着很斯文的金边眼镜，却故意在嘴巴四周蓄着胡须，显得粗俗和野蛮，这不太符合正常的想法。如今这个时代，愿意戴金边眼镜的人往往都很在意自身的形象，有知识有气质的形象，也许，他，在刻意掩饰着什么……当然，也可能他就是一个审美异于常人的绅士……"艾辛格似自言自语，又仿佛在教导助手。

此时此刻，公共马车上的克莱恩背靠厢壁，无声嘀咕道："那个艾辛格·斯坦顿侦探有点问题啊，从我开灵视起，他就一直保持着理智思考的蓝色和淡漠疏离、灵性占据主导位置的紫色，很少有其他的情绪颜色。

"对正常人来说，除非在专心致志地研究难题，否则很难保持太长时间的类似状态，必然会有其他的情绪颜色出现，区别只是出现多久而已。

"嗯……要么艾辛格·斯坦顿侦探就是这么一个时刻在观察和推理的奇才，一个天赋异禀的家伙，要么，他，是非凡者？"

…………

分为上下两层、载着四十多个乘客的有轨公共马车向着贝克兰德桥区域前行，克莱恩逐渐收回了思绪，将目光投向窗外，欣赏着街道对面两到三层的各式建筑。他偶尔还能看见五六层高的棕色房屋，这昭示着贝克兰德最新的潮流和王国最前沿的建筑技术。

换乘一次后，克莱恩抵达了铁门街，在勇敢者酒吧对面走下马车。

因为还没到酒吧最热闹的时候，他刚一进去，就看见了坐在吧台位置喝酒的卡斯帕斯。

这位酒糟鼻老头要了杯烈朗齐，品味着麦芽的香味和刺激喉咙的灼热，满足地眯起了眼睛。

克莱恩靠拢过去，敲了下吧台，微笑问道："马里奇在吗？"与此同时，他单手插兜，握住"阿兹克铜哨"，用灵性屏蔽着它的负面影响。

但他话音未落，却突然感觉有目光扫过自己，充满审视的意味。等他问完，那视线又移了开来，似乎望向了卡斯帕斯。

脸上有巨大疤痕的老头睁开眼，看见是克莱恩，没好气地说道："他没来，昨天也没来。"

没来……克莱恩顿时松了口气，不再用灵性包裹"阿兹克铜哨"。

刚才我提到马里奇的时候，有人在看我……等听清楚我是在询问马里奇的下落，那目光又转移了……这是有人在找马里奇啊……克莱恩忍住回头观察的冲动，于心里分析着之前的异常。

再结合原本的一个疑惑，他觉得问题似乎有了大致的答案。

我上周就很困惑，应该有序列5水准的保镖小姐为什么要接一千镑三天的保护任务。倒不是说价格太低，而是达到类似层次的已经能算强者，在女神教会里足以担任值夜者执事或者教区主教，如果还能获得圣物的青睐，甚至可以竞争大主教和高级执事的席位……

在各个隐秘组织和情报机关里，序列5也往往能获得大区域负责人或该区域二三号人物的身份，哪怕是没组织的野生非凡者，有这个实力的强人也足以建立属于自己的小组织……不管从哪个角度讲，保镖小姐都可以享受属下的奉献，没必要亲自"接单"……

我当时觉得最有可能的是请到一位序列6的"安保人员"，能在贝克朗派来的强者手下支撑一会儿，给我创造机会，谁知道，保镖小姐强得吓人……

从今天的事情看，保镖小姐、马里奇也许和我差不多，身份敏感，必须东躲西藏。嗯，他们的处境甚至可能更差，必须时刻担忧着追捕……嘶，能追捕保镖小姐，那个组织就算没有高序列强者，也肯定有圣物或者多位序列5……

当然，这都是我的猜测，也许是马里奇的非凡者身份曝光，被机械之心小队盯上了……

想法纷呈间，克莱恩遗憾地出声："这样啊，我还想找他打牌呢。"

听到这明显不符合对方风格的话语，卡斯帕斯一下警觉，同样没去观察四周，而是笑呵呵地说："我晚上会组织一场牌局，德州，你要参加吗？"

"不，我就想从现在玩到晚餐。哎，我还是老实地回家吧。"克莱恩叹了口气，酒也没点就离开了勇敢者酒吧。

他原本打算向卡斯帕斯询问其他非凡者聚会的情报，但出了这样的状况，他谨慎地放弃了这个想法。

其实他完全可以去纸牌室等相对封闭的地方和卡斯帕斯交流相关的问题，但保险起见，他决定等下次再说。

克莱恩没急着回家，而是去了在东区租的那个一居室，到灰雾之上进行了占卜，确认无人跟踪自己。放下心后，他在天色全黑前抵达了明斯克街，发现报箱里塞满了他订阅的各种报纸。

"今天急着出门，都没来得及看。在克拉格俱乐部练完枪，用好餐，小睡了一会儿，又被塔利姆拉着打了几场网球，呵，技术不够，身体素质可以弥补……"克莱恩无声咕哝了两句，开门入屋，拧动煤气闸门。

他拿着那几份报纸，进入客厅，坐至沙发，点燃壁灯，随意翻看起来。

克莱恩最先浏览的是《贝克兰德早报》，他直接翻到第五版，看见了一条广告，恩斯特商行收购货物的广告！

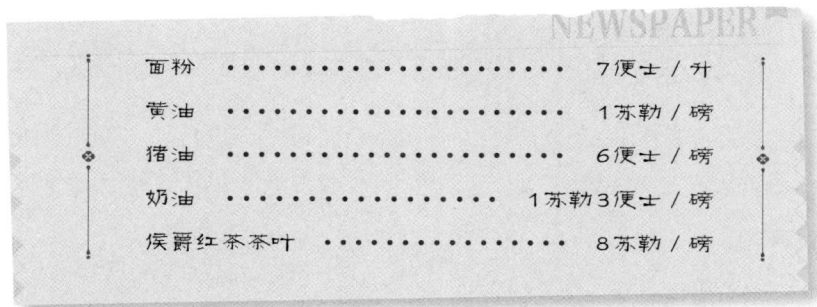

面粉	• • • • • • • • • • • • • • •	7便士／升
黄油	• • • • • • • • • • • • • • •	1苏勒／磅
猪油	• • • • • • • • • • • • • • •	6便士／磅
奶油	• • • • • • • • • • • • • • •	1苏勒3便士／磅
侯爵红茶茶叶	• • • • • • • • • • •	8苏勒／磅

也就是说，明晚八点在老地方有非凡者聚会，开门暗号是重敲七下，轻敲一下，间隔则是六长一短，依次进行……后面的"3"和"8"没有意义……克莱恩解读出内容，往后靠住沙发背，开始期待起明晚的聚会。

他要卖出部分配方，看能否买到相应的材料或物品！

周三晚上，七点五十五分，勇敢者酒吧后巷。

克莱恩根据记忆，绕了一阵，终于找到了那栋灯火黑暗的房屋。

他今天做了一定的伪装，穿的是灰蓝色工人制服，戴的是鸭舌帽，脸庞贴满了胡须，为的就是让别人无法将他和之前买"黑蛇"物品赌运气的那个家伙联系在一起。

最好"智慧之眼"老先生和"药师"那个家伙也认不出我，否则一个刚靠幸运成为非凡者的新晋之人，才过了一周就能拿出好几种魔药配方，总是会让人不得不产生怀疑，甚至联想到很多……克莱恩将双手插入衣兜，摸到了阿兹克铜哨、普通塔罗牌和重新补足的符咒。

他这件工人制服也是找裁缝专门改过的，有不少用来塞放金属小瓶的小口袋，里面分别是草药粉末、纯露、精华等事物。

吸了口气，又缓缓吐出后，克莱恩从衣服内侧掏出那个只能遮住上半张脸孔的铁面具，初步完成了伪装。接着，他借助"小丑"的能力，控制住自身的表情和身体的细微动作，改变了走路的姿态，麻痹了面部神经，务求与以往的自己有明显区别。

我不清楚"智慧之眼"老先生是靠什么认人的，只能做到这种程度。唉，如果我已经是"无面人"就好了……但要是这样，我也没必要来参加这种低端的非凡者聚会了……克莱恩立在外面，平静了几秒，抬起右手，咚咚咚敲响了大门，七重一轻，六长一短。

几乎没怎么等待，门上的小木板就被无声拉开，一只眼睛出现于后方，上下审视着来访者。

两三秒后，大门吱呀一声被打开，"智慧之眼"的侍者将一件带兜帽的黑色长袍递给了克莱恩。

克莱恩保持着没什么表情的状态，飞快套好长袍，拉低兜帽，让阴影遮掩住面孔。往起居室走去的路上，他刻意采用了不习惯的步伐幅度，并努力消除着别扭的感觉。

房间内只有一支蜡烛的光芒在轻轻摇曳，显得昏暗深沉。聚会成员已到了不少，克莱恩没像以前那样挑个角落的位置，而是大大方方坐到了靠近中央的高脚凳上。

总之，他一切的外在表现都要与前两次不同！而这正是"小丑"可以在脑海内映照自身并初步控制的那种能力擅长的领域。

起居室内的气氛安静沉默到近乎凝固，时间一分一秒过去，终于，"智慧之眼"老先生看了看墙上的挂钟，嗓音苍老地开口："时间到了，我们开始吧，不用等迟到的朋友了。"

他话音刚落，克莱恩当即沉哑着嗓音道："我要卖魔药配方。永恒烈阳教会的序列9'歌颂者'和序列8'祈光人'，前者两百二十镑，后者四百五十镑。"

这是他思考后认为最适合的方案。

"观众"和"读心者"涉及心理炼金会这个在鲁恩王国、在贝克兰德还算活跃的隐秘组织，贸然拿出，说不定会引起他们的关注，而永恒烈阳教会被风暴之主教会挡在了鲁恩王国外面，相应的非凡者很少出现于贝克兰德，几乎没法做什么事情，是非常安全的选择；"占卜家"途径的魔药则涉及克莱恩自身，他当然不愿意就此暴露自己的特点。

在亲身经历和旁观见识了那么多次非凡者战斗后，他逐渐有了某种明悟，那就是高序列以下，不同途径的非凡者各有特点，不会相同。也就是说，各有擅长，也各有短板，而且擅长和短板都如此明显，强确实强，弱也相当弱。

比如"观众"途径缺少正面搏斗的能力，但要是忽视他们，不自觉间受到引导，那即使格斗水准和超凡技能再强，也可能出现死都不知道为什么会死的情况。

一个鲜明的例子就是"飓风中将"齐林格斯，明明拥有"蠕动的饥饿"这件神奇物品，综合战力达到了序列5，但最终还是死得莫名其妙。这里面大部分功劳归属于阿兹克的强大，但也不能忽略"观众"发挥的作用。

正因为高序列以下的绝大多数非凡职业特点鲜明却短板明显，肉体也很脆弱，所以，如果能隐瞒自身擅长的方面，并提前弄清楚敌人的情况，针对敌人的短板进行有效布置，那以弱胜强并不是不可能的事情。在非常的极端情况下，序列9杀死序列5也是有很小概率发生的。

当然，这个例子属于完美假设，实际上几乎不可能发生。序列5已经能被称为强者，相应的非凡能力各有足以被称为神奇的地方，长板可以有效掩护短板，不到序列6，很难对他们产生影响。

另一方面，高序列以下的许多非凡者都很怕被围攻，哪怕对手全部低于自身序列，因为一旦手忙脚乱，顾此失彼，短板就会变成致命的因素。

这也就是"牧羊人"能在高序列以下排第一档的原因，他们的非凡能力太全面了，如果组合搭配得够好，几乎不存在短板！

等我晋升了序列7，有了各种魔术般的非凡能力，那就算遇上序列6，也可以正面抗衡一阵子，甚至有取胜的可能性……遇到序列5，也有机会逃跑……思绪纷呈间，克莱恩环顾一圈，期待着有人开口。

如果"歌颂者"和"祈光人"卖不出去，那就只能退而求其次，考虑卖"观众"和"读心者"，考虑卖非凡特性不灭和守恒等知识……自身途径的配方绝对不能卖，"魔女"途径的也不行，那会造成很多惨案，不管"教唆者"，还是"女巫"，都是得主动作恶的类型……克莱恩安静地等待着，内心有点忐忑，脸上却依旧没什么表情。

"其实我可以考虑买下。"这时，脸庞胖乎乎的"药师"笑了一声，"我可以再收个学徒，给他这两份配方，让他专门给我的草药祈求光照，完美！奢侈！"

他的话语打破了房间内短暂的沉寂，角落里一位兜帽拉得很低的男子用刻意变得尖锐的嗓音说道："或许我可以给我的孩子，至少比我的序列强。序列9两百镑，序列8四百镑，如果同意就成交。"

能一口气拿出六百镑，真是有钱啊，这都能在廷根市区买房了……克莱恩假装思考，看向别的聚会成员，观察他们的反应。

见没谁有抬价的想法，而对方的报价也达到了自己的心理底线，克莱恩斟酌了下道："附加一个要求，你不能在这个聚会内卖这两种配方，其他地方你随意。"

那男子尖锐着嗓音道："好的，由'智慧之眼'老先生见证。"

克莱恩不知道该怎么证明配方是真的，又不想开口询问，怕暴露自己没参加过几次聚会的事实，只能沉默地拉起长袍，拿出早就写好的两份魔药配方，交给了旁边的侍者。

那侍者没走向角落，而是来到中央的单人沙发前，将叠好的纸交给了"智慧之眼"。

这位老先生摊开纸张，却没有多看一眼，只是将它放在了旁边的小圆桌上。接着，他掏出手帕，擦了擦右掌，从衣兜里取出了一枚仿佛镶嵌了诸多细碎钻石的戒指。

这戒指造型繁复而精美，中间簇拥着一颗碧绿如同眼睛的宝石，光是远远地瞄了一下，克莱恩就有脑袋发涨、身体不适的感觉，和以前看见数学试卷时一样。

"智慧之眼"老先生将那枚戒指郑重地戴在右手中指，然后闭上眼睛，仿佛在酝酿着什么。

突然，那枚戒指上的碧绿宝石绽放出灿烂的金色，阳光般的金色。"智慧之眼"老先生迅速伸出右手，让那枚宝石触碰到克莱恩书写的魔药配方，道道金芒越来越纯粹，最终衍化成了一个印章般的投影。

"真实，有效！""智慧之眼"老先生沉声宣布，旋即取下了那枚戒指，不敢多戴一秒。

这口吻，很像"公证人"啊……那枚戒指就是"智慧之眼"老先生最好的藏品，封印物2-081？它模拟出了"公证人"的能力？克莱恩若有所思地看着，颇为眼馋。

经过"公证"，交易迅速达成，克莱恩拿到了厚厚一沓现金，全是10镑面额的钞票。整整数了三遍后，他没将那些纸币对折塞入衣兜，而是握在掌心，等着接下来有机会花出去 —— 他打算先观察一阵，确认没有需要的物品再开口求购。

这个时候，圆润的"药师"左右看了一眼，道："我带来了几支镇静剂。"

真带来了？我都忘记这件事情了……为了区别于以往，克莱恩只能假装不在。

喊了好几声，见没人回应，"药师"嘟囔道："那家伙这次没来？也许他死在了哪里。"

谢谢你的"祝福"……不过你没能认出我是一件让人高兴的事情……克莱恩稍微松了口气。

"药师"又习惯性地求购了一遍精灵之泉的髓质结晶，依然没有收获。

等到他暂时闭上嘴巴，一名脸庞全被兜帽阴影遮掩、脚旁放着两个盒子的女士开口说道："我有两件具备非凡效果的武器。"

这是上次卖符文钢剑的那位女士吧？"占卜家"的灵性直觉告诉我是……她又有两件类似的武器了？她背后是超凡者军火集团吧……嗯，也许她背后有一位"工匠"，又被称为"机械专家"的"通识者"途径序列6"工匠"……克莱恩颇为期待地望了过去。

他答应的是给"太阳"一件价值五百到七百镑、能有效提高对方战力的非凡武器，并没有承诺具体的类型和特点，所以，等会儿只要差不多，凑合着能用，就可以买下，反正"太阳"不会挑剔。

脸庞都被兜帽阴影遮住的女士环顾一圈道："这一次的两件武器都是便于随身携带的类型。一件是'缓慢之鞭'，它仿制于某件神奇物品，能不断制造无形的束缚，一点点影响你们的对手，让他的动作逐渐变得迟缓，战斗持续得越久，它的效果越明显。它还能使用两年，四百五十镑，或者'野蛮人'的魔药配方。"

这条鞭子听起来还不错啊，感觉有点接近"欢愉魔女"蛛丝方面的能力……不过，小"太阳"用长鞭会不会显得有点奇怪？克莱恩哑着嗓音，低沉的开口问道："这种无形的束缚能影响灵体类生物吗？比如，怨魂。"

那位女士缓缓地摇头："不行。"

不等别人再问，她继续介绍道："第二件武器叫'飓风之斧'，它能提高使用者的动作频率和奔跑速度，并有百分之十五的概率对敌人产生一定的麻痹效果，有百分之五的概率制造出一道闪电，如果在雷暴雨中使用，闪电出现的概率最高可提升至百分之五十。

"这都是做过试验，从大量的数据里总结出来的。这件武器的效果还能维持不超过一年，五百二十镑，或者'野蛮人'的魔药配方。"

这比缓慢之鞭要强不少，如果不是非凡效果只有一年，恐怕不止这个价钱……对了，根据小"太阳"的描述和我隐约看见的景象，白银城及周围区域的半空中随时都有闪电划过，频率高的阶段为白天，频率低的时候算晚上，这和所谓的雷暴雨环境很接近……如果真的有效，那这把飓风之斧在小"太阳"手里算是真正的神奇物品了，每一斧都有百分之五十的概率劈出闪电，绝对厉害！

即使这样不行，光看飓风之斧最基础的非凡效果，它也属于相当不错的兵器，很符合小"太阳"需求……至于只能用一年的问题，更容易解决，等到一年之后，以小"太阳"的消化进度和白银城的非凡资源，只要魔药配方跟得上，他怎么也得有序列6了吧，到时候武器肯定要随之更新换代了！心念电转间，克莱恩基本确定了要买下飓风之斧。

这个时候，"药师"嘟囔了一句："斧头便于携带？我感觉听到了一个笑话。我觉得做成扳手可能更合适，我说，你们为什么不能卖点有非凡效果的手枪？"

"我会尽量搜集类似的物品。"那位女士在"搜集"这个单词上发了重音，"好了，愿意购买这两件武器之一的朋友请出价。"

克莱恩还未来得及开口，就听见长沙发边缘的一名男子道："飓风之斧，五百二十镑。"

那名女士等待了几秒，再次问道："还有人要出价吗？"

"五百三十镑。"克莱恩加了十镑。

刚才那位男子立刻回应道："五百五十镑。"

这……小"太阳"，如果他抬到六百镑以上，我就不买了，给你换鞭子！有了确定的策略后，克莱恩非常平静地喊道："五百六十镑。"

他努力地表现出不管对方怎么报价，自己都会额外加十镑的姿态，而他刚才收入的六百镑正好可以给对方无形的压力。

听到最新的报价，长沙发边缘的那个男子默然几秒，耸了耸肩膀道："好吧，它属于你了。"

呼……克莱恩暗自松了口气。

"还有朋友要出价买飓风之斧吗？"脸庞完全被阴影遮住的女士又一次问道，而起居室内一片安静。

"成交！"那名女士不再犹豫，将右脚旁边的那个盒子拿给了靠拢过来的侍者。

侍者先让"智慧之眼"老先生做了鉴定，然后才将盒子捧到克莱恩面前，一手交现金一手交货。

收起剩下那四张10镑面额的钞票，克莱恩打开盒子，看见了一把能别在背后、夹于皮带内侧的斧头。它通体呈铁黑色，厚实坚固，刃口锋利，在灵视里有明显的气场颜色，可以看出制作者使用了大量有灵性的材料。

这把斧头的表层还有诸多象征符号和魔法标识，它们嵌入内部，变成了闪电和飓风般的花纹，克莱恩伸手触碰时隐约有点刺痛的感觉。他点了下头，将盒子就这样放置于自己的膝上。

它能换取迷雾树人的真实根茎和汁液，我的"魔术师"只差邪纹黑豹的脊髓液了……我最近的几次委托赚了不少，加上原本的积蓄和刚才的剩余，身上总计有两百零九镑五苏勒五便士……序列7对应的非凡材料价值在五百到七百镑之间，呵，还得卖配方或者知识啊……嗯，这周抽空去看下雷帕德，确认下他的自行车发明进度……克莱恩不再喊价，安静旁观。

后续，有人以四百八十镑的价格买下了"缓慢之鞭"，而一件叫作"羽人之心"的非凡材料由于要价高达一千六百镑，无人问津，交易失败。

根据掌握的神秘学知识，克莱恩知道这件非凡材料被划分在序列6那个档次。

接下来的交易有的成功，有的失败，前者少，后者多，毕竟大部分来参加聚会的非凡者都有着明确的目的，不会随意浪费金钱和资源，不像克莱恩那样，只要有非凡效果且还算不错的武器都来者不拒。

"我要卖魔药配方，序列9'收尸人'，两百三十镑。"临近尾声，一位安静坐在角落椅子上的男士沉着嗓音道。

"收尸人"？我记得这个魔药配方只有女神教会、战神教会和灵教团有……这是卧底进来的值夜者，还是试图复活死神的灵教团成员？当然，低序列的配方流失到外面也不是太奇怪的事情，这并非很保密的内容……我记得老尼尔提过，"收尸人"的配方里有风干的黑斑青蛙……克莱恩控制着自己，没露出笑容，只若有所思地看着前方，发现那份"收尸人"的魔药配方很快就卖了出去。

序列9的魔药配方很好卖啊……之前有个单独的序列8"暴怒之民"配方好几次都没能成交，而我搭配序列9"歌颂者"的"祈光人"配方就卖得相对轻松了……

也是，一般的非凡者，如果有闲钱，肯定会搜集序列9的配方，给自家的孩子和学生更多的选择机会，让他们能走自身更擅长、更喜欢的道路。在这个前提下，序列8的配方如果没带基础的序列9，就只能等试图晋升的对应非凡者出现，而这种人一两年都未必有一个，毕竟非凡者圈子很分散，绝大部分人又不懂扮演法……

嗯，他们还不懂非凡特性不灭和守恒定律……克莱恩默默地想着，没有开口。

又过了十五六分钟，眼见聚会即将结束，他试探着问了一句："谁有邪纹黑豹的全部脊髓液？"

安静，无声，起居室内没人开口。

克莱恩想了想，又补充道："我会给出对非凡者而言无法拒绝的报酬。"

比如非凡特性不灭和守恒定律……可惜，我已经对女神发过誓，不能外传扮演法……呃，我都死了一次，不知道那个誓约有没有解除……克莱恩强行将发散的思绪收回，却依然没听到有谁说话。

"好吧，下一位。"他故意做出平时不会做的耸肩动作。

"药师"轻咳一声道："我带了不少药剂来，你们看看有什么想要的，价格都不贵，也就几镑，甚至几苏勒。"

卖非凡武器的那名女士听到这句话，疑惑地开口："我想知道下水道里的危险野兽被清除掉了吗？"

"药师"顿时"嘿"了一声："你问对人了！"说完，他摊了下手，"我也不知道。

找人通报给警察部门后，我就再也没去过下水道了。"

老哥，你好欠揍……你能健健康康地长这么大，肯定很不容易……这么看来，你选"药师"职业是非常明智的！克莱恩忍不住在心里用中文腹诽了几句。

那名女士则吸了口气，缓缓吐出，不再言语。

等"药师"带来的各种古怪药剂卖得差不多了，"智慧之眼"老先生宣布这次的聚会到此结束。他将克莱恩安排在了第五个离开，走地下室的秘密通道。

看来"智慧之眼"也没认出我……

克莱恩略感欣慰地脱掉带兜帽的长袍，将它丢给了侍者，自己则走出密道，熟练地绕着圈子。

等确认没有跟踪者后，他取下铁面具，离开僻静的街道，拿着装飓风之斧的盒子，一路往东区行去。

第十二章
CHAPTER 12
✦ 爆炸 ✦

东区黑棕榈街，附近没有煤气路灯，天暗以后就仿佛深渊。

这里某栋公寓的某个一居室内，克莱恩用灵性之墙封锁房间，然后自己召唤自己，将飓风之斧带到了灰雾之上。

如果它再重一点，我即使有阿兹克先生的铜哨加固灵体，也没法携带，只能改用献祭仪式……克莱恩咕哝一句，向对应"太阳"的虚幻星辰传递去意念："'世界'已经将武器献祭给我，你可以准备请求赐予的仪式了。"

白银之城，戴里克·伯格看见灰雾，听到"愚者"先生的吩咐后，顿时翻身坐起，忙碌着做准备。

举行请求赐予的仪式前，他沉默地拿出自己的骑士直剑，做了几个竖劈动作，以此缓和心里的期待情绪。

不知道会是直剑、阔剑还是巨剑？戴里克不自觉地停住动作，难以遏制地想着，并下意识在脑海内勾勒出了自己使用那件强力武器时的样子。

过了片刻，仪式之中，他看到了那件属于自己的非凡武器。

那是一把斧头。

"尊敬的'愚者'先生，请转告'世界'先生，我会尽快为他搜集到迷雾树人的真实根茎和汁液。"

收到"太阳"的回应后，克莱恩微不可见地点了下头，无声自语道："看来他对武器还算满意。即使没有环境加成，飓风之斧也是相当不错的。"

他刚才已经将那件非凡武器的特点和限制用具现文书的方式传递给了"太阳"，没有直接描述，是为了不显得啰唆，维持好自身的形象。

做完这一切，克莱恩没多停留，当即返回现实世界，更换衣物，离开黑棕榈街。

…………

东区，达拉维街，一个逼仄但热闹的酒馆。

休·迪尔查捂着鼻子和嘴巴，挤了进去。对她而言，这个地方不仅充满酒香和汗臭，还很容易碰到个子比她高很多的人，让她不得不直面对方的腋下，而那里浓郁的味道简直能熏晕正常人。

费了很大的力气，甚至用上了"仲裁人"的能力，休终于挤到了吧台前面，看见了自己想找的那个人。

那是位二十来岁的青年，脸型瘦长如马，眉毛杂乱凶恶，五官却相对柔和。他正大口地喝着酒，不时和周围的客人高声说笑。

"威廉姆斯，我有事找你。"休重重地敲了下吧台的木制桌面。

这粗鲁的动作顿时引来了一道道怒视的目光，但它们很快就在"仲裁人"的严厉目光下默默退缩了。

"噢，休，好多天没见你了。我想想，这有一周，不，至少三周……要来一杯吗？'一半一半'？"那个叫威廉姆斯的年轻人半醉半惊讶地说道。

"一半一半"是东区最流行的一种酒精饮料，由麦芽啤酒和酒精加强的葡萄酒调制而成，因为刚好有两种成分，比例也差不多，所以俚语称为"一半一半"。

"你真的要让我喝酒？"休挑了下眉毛。

"不，他不想！"吧台内擦拭酒杯的老板慌忙替威廉姆斯回答。

他清楚地记得对面的少女喝醉之后会有多大的杀伤力，她会用拳头劝说这里的客人戒酒，并把他们一一扔出去。

威廉姆斯撇了下嘴角，摊了摊手道："说吧，你找我有什么事情？"他是东区的消息人士之一，与多个黑帮有联系。

休皱了皱眉头道："威廉姆斯，你就不能戒酒吗？好好攒钱，娶个不错的姑娘，每天回家都有热水、菜肴和温暖的问候，你能和她分享你见到的各种事情，她则告诉你家里发生的那些琐碎小事，还有可爱的小孩亲你的脸颊，围着你玩耍，这样的温暖不好吗？"

她初到贝克兰德那会儿，能迅速在东区立足，多赖于威廉姆斯帮忙，所以她一直都希望对方能过得更好。

"温暖？"威廉姆斯嗤笑了一声，"那是建立在我带回去的钱上的！我早就看透了，如果我每周能拿回家二十苏勒，那我肯定我的家庭是温暖的，是你描述的那样，可要是不行，主啊，女人的尖叫和辱骂，孩子的哭闹和嘶喊，会逼疯我的！我妈就是一个榜样，我家老头每次回家都伴随着打骂和吵闹。既然这样，我还不如用身上的苏勒和便士换酒喝，在这里没人管我挣多少，大家喝酒聊天，气氛非常非常棒，要是想女人了，外面还有那些可爱的站街女郎，她们不会和你吵闹的。"

休抽了下嘴角道："你真是一个无可救药的风暴之主信徒，你总有一天要死在酒精和某些奇怪的疾病上。"

"至少我已经享受过了。"威廉姆斯毫不在意地回答,"我快三天没有开工了,我不会给你折扣的。"

休不再劝说,摸了摸杂乱的金色短发,将奥黛丽给的那些兰尔乌斯的肖像画递了过去:"帮我留意这个人,尽快找到他。这里面有他不同的形象。"

威廉姆斯醉醺醺地展开纸张,瞄了几眼,啧啧道:"他长得太普通了,东区的人又那么那么多,随时都有人死去,有人离开,有人前来,有人成为流浪汉,很难找到的。"

"总之,你帮我留意,一发现相似的人立刻通知我。"休掏出五苏勒的纸币递给对方,"这是酒钱,如果能找到画像上的人,我,呃,再给你十镑。"

"十镑?"威廉姆斯吹了声口哨,"休,你什么时候这么大方了?还是说这个人值更多?"

"他的悬赏就是这样,提供线索十镑。"休假装观望酒馆内环境,回答道,"你不要忘记了这件事情,我隔几天会再来找你的。"

她已经跑了小半个东区,向认识的黑帮头目和消息灵通人士颁布了这个任务,预付出去了好几镑。

只要有一个成功,我就能赚回来,赚很多!休默默地给自己鼓了下气,捂住嘴鼻,转身往酒馆外走去。

而这个时候,某些醉鬼的争吵变成了冲突,场面逐渐混乱。休无奈地扫视了一眼,拔高声音道:"停止!"

那威严的感觉回荡于酒馆之内,醉鬼们就像遇到了克星,忙不迭地重新坐下,有的甚至抱头蹲地。

呼,不知道什么时候才能晋升为"治安官"……休半是满意半是期待地感叹了一声。

…………

周四上午,克莱恩去了趟遥远得仿佛在另外一个市的圣乔治区,关心自己的第一笔投资。

有了他上次的提点和罗塞尔手稿的启示,雷帕德在自行车项目上的进度非常快,已经制作出了一辆粗糙的原型,这和克莱恩印象里的自行车已经非常一致了。

试骑之后,克莱恩又提供了几个改进意见,表示下周就来支付第二阶段的投资,并希望能早日引入新的投资人,让这个项目尽快进入工厂化阶段。

唯一的问题是,雷帕德认为自己是发明者,有权命名产品,他对"自行车"这个称呼不满意,打算采用更通俗的"脚踏车"。

克莱恩对此毫不在意。

中午时分，回到明斯克街15号后，他还未来得及摘掉帽子，就听到了虚幻层叠的祈求声。

"正义"小姐的？这么快就搜集好了破落贵族的资料？克莱恩若有所思地准备进入客厅，前往二楼。就在这时，他又听到了门铃的声音，忙回身开门，看见了隔壁萨默尔家的女仆朱利安。

"莫里亚蒂先生，萨默尔太太想邀请您周日去参加午宴，到时候会有不少邻居。"这位女仆背诵般说道。

昨晚回来后，克莱恩已经将便携式相机给了萨默尔太太，和对方交流了几句，但没有得到午宴的提示。

也是……杂志上说，中产阶级请人赴宴不会当面提，都是很正式地派侍从或者女仆上门邀请……这很符合萨默尔太太的做派……克莱恩先是疑惑，旋即明悟，答应周日会准时前往。

有免费的午餐，谁不乐意？而且萨默尔先生和太太也不是太难相处的人，只要能不在意他们的炫耀……克莱恩在心里悄然补了一句。

目送女仆朱利安离开后，他关上大门，走向楼梯口，途中视线扫过了略显凌乱的客厅、餐厅和厨房。

有好几天没有大扫除了……我一个单身汉，能维持这种程度的整洁很不错了……我有太多秘密，说不定还会遭遇袭击，专门请个杂活女仆住在家里不是太好，呃……不如周日和萨默尔太太商量一下，让她每周派自己的女仆过来清扫两次，我支付相应的报酬……很多租客和房东都有类似的约定……克莱恩步伐沉稳，不快不慢地进入二楼的卧室，拉拢了窗帘。

进入灰雾之上后，他发现那祈求果然来自"正义"小姐。

这位贵族少女坐在钢琴凳上，双手按着琴键，但没有弹奏，而是低声诵念"不属于这个时代的愚者"的尊名，而后道："……我搜集齐了落魄贵族的资料，请求举行献祭仪式，请您转交给'世界'先生。"

好快……不愧是"专业"的……克莱恩立刻给出了回应。

刚从王室纹章官员和研究这方面的专家那里回来的奥黛丽略有点生疏地完成了献祭仪式，将厚厚的手稿丢入了那扇虚幻的大门。

"我会转交给'世界'的。"克莱恩语气淡漠地切断了联系。

这一次，他没急于返回现实世界，而是就地翻起手稿，找到了庞德家族对应的那部分。

庞德家的子爵爵位确实来自背誓之战，之后，他们成了忠实的王室簇拥者，在军队和自身封地范围有不小的势力。但三十二年前，这个家族连续有两位继承人感染重疾而死，当时的老子爵只能将旁支的一个孩子接到家里。

没过多久，老子爵去世了，那孩子因为年纪不大，在侍从的诱惑和教唆下，更换了管家，变成了纨绔。只是七八年的工夫，他就败光了大部分财产，被降为男爵，连家族在贝克兰德的房屋都变卖了。之后的几年内，他的爵位再次被降低，变成了从男爵。

"感染重疾而死？恐怕连尸体都找不到了吧，都在那片地下建筑最里面的房间，在那血淋淋的大门外……老子爵肯定是有意隐瞒了这件事情，没让王室、军方和教会调查……

"这么看来，庞德家族也是三十多年前才偶然发现了那片第四纪的地下建筑，也许，也许地下室的密门就是他们修建的……

"但，最里面那个房间的尸体不止两具啊……在古老的年代里，还有人进去过，探索过？嗯，得找庞德从男爵聊聊，以不暴露身份的方式……"

克莱恩停下思绪，望向最后那段，看见了想要的内容："庞德从男爵，现租住于皇后区西维拉斯街29号。"

西维拉斯郡位于鲁恩王国西部，与因蒂斯共和国相隔霍纳奇斯山脉，而在贝克兰德，则有一条以它命名的街道，位于皇后区边缘，是首都警察厅总部所在。

不少人选择这条街道定居，为的就是安心，拉夫特·庞德正是其中之一。

门牌号为29的临街房屋内，这位从男爵披着棉绒睡衣，站在暖烘烘的起居室里，立于紧闭的窗户旁，凝望着斜对面的西维拉斯场。他刚四十出头就已经两鬓斑白，眼袋浮肿，皱纹明显，身上似乎随时随地都在散发着酒气。

拉夫特背后的地板上乱扔着一些撕坏的女性内衣，与此遥遥相对的则是燃烧着火焰的壁炉。

这位从男爵抬高手里的酒杯，一口气喝掉了剩余的液体，接着慢悠悠地走向门口，想回卧室睡觉。

因为没有给壁炉附加传输热量的管道，他一离开起居室，就感受到了深秋那渗入骨髓般的寒意。

"该死的！"拉夫特·庞德低声咒骂了一句，摇摇晃晃地来到卧室门口，拧动了把手。

卧室之内一片昏暗，只有微弱的绯红光辉洒入。拉夫特正要关上房门，倒向床铺，目光忽然凝固。

窗帘旁边的椅子上，正安静地坐着一道人影！

这人影穿着灰蓝色的衣服和裤子，戴着顶深色的鸭舌帽，整个人全部藏在了阴影里。

察觉到庞德从男爵的注视，这人影缓缓地抬起脑袋，望了过来。他脸上涂满红黄白等颜色的油彩，就像最滑稽的小丑！

拉夫特正要大声呼唤，掉头逃走，却看见了一把对准自己的左轮手枪，听到了两句低沉喑哑的话语："我建议你不要做不明智的事情。如果好好配合，我不会伤害你，也不会拿走你的财物——如果你还有的话。"

拉夫特·庞德脸色变幻了几下，非常老实地关上了卧室的门，然后半举起双手，坐到床边。

"你，你想让我做什么？"他打了个酒嗝，身体微颤地提醒道，"对面就是西维拉斯场！"

"我知道，但我想，我离你比西维拉斯场离你更近。"做了小丑伪装的克莱恩改变着嗓音和腔调，警告了一句，"而我的目的只是问你些问题。"

——来西维拉斯街前，他在灰雾之上那片神秘空间内占卜过此行是否危险，得到了很安全的答案。

"问题？"拉夫特嘴唇翕动了一阵，苦涩地笑道，"又来了……我永远都逃不开这个噩梦吗？"

"有很多人来问过？"克莱恩顺着他的话语问道。

"不，不只是问过！我的堂伯父、受人尊敬的老子爵过世之后，我身边发生了太多的事情。和蔼的老管家没有缘故地辞职，不知道去了哪里；那些侍从和女仆毫无征兆地换了一个又一个，变得陌生而冷酷。他们在寻找着什么，对，寻找什么……我当时还不到十岁，只能那样看着，不敢告诉别人，我害怕我再也醒不过来！"拉夫特颇为崩溃地回答道。

寻找什么？是寻找那片地下建筑，还是庞德家族的宝藏，比如埋葬在那恶灵附近的非凡特性和神奇物品？王室和教会不该没有察觉啊，高层肯定知道非凡特性不灭和守恒定律，既然庞德家族破败了，类似的东西应该会被收回吧？除非老子爵花费很大的代价，额外购买了同序列的非凡特性和神奇物品，以此将地下建筑的事情隐瞒了过去……克莱恩平静地听完，产生了不少猜测。

他看似放松，实则随时可以动手地问："这样的日子维持了多久？"

"我不知道，我不知道！周围都是我不认识的面孔，我怎么确认剩下的人是不是同伙？呵呵，我假装什么都没发现，战栗地过了好几年，然后在他们的诱导下酗酒、玩女人、赌博、吸大麻，做各种各样让自己像是个废物的事情！"拉夫特·庞德有些神经质地笑道，"他们终于放心了，不再盯着我，等到我连那栋房屋都卖掉，他们，呼，离开了，不知道去了哪里。不，他们肯定还在暗中监视我，不让我报警，对，不让我报警!"

这家伙有精神方面的疾病啊……也不知道他说的是真是假，情绪颜色的变化很符合逻辑，但万一他只是觉得自己愧对老子爵，于是幻想出了这么一幕戏剧，为自己的堕落寻找理由，之后就不断自我暗示，让自己彻底相信了……作为合格的"键盘强者"，什么都懂一点的克莱恩上辈子看过类似的案例。

他想了两秒道："这些人问过你什么?"

"他们问我老子爵的两个孩子究竟是怎么死的，问老子爵那几年有什么异常的表现，我当时还不到十岁，我根本什么都不知道!"拉夫特挥动手臂，按按不住嗓音地低吼道。

"冷静，请冷静。"克莱恩左手下压，转而询问起别的事情，试图从多个角度确认庞德从男爵是否知道那片地下建筑。

一问一答中，时间飞快地过去，克莱恩哑着嗓音道："你看起来确实什么都不知道。"

"很抱歉，打扰你了，我该告辞了。"他站起身，微微鞠躬，行了一礼，显得非常有教养。

而几乎同时，拉夫特·庞德脸上崩溃和激动的情绪瞬间消失，浅蓝色的眼眸变得异常深邃，如在审视。眼见那小丑打扮的入侵者即将重新站直，他立刻又恢复了刚才的表现，悲愤，疯狂，苦涩，神经质。

就在这时，他耳畔忽地响起了一道充满神秘感的声音。

"绯红!"

克莱恩将灵性灌注入"沉眠符咒"，用没持枪的左手将它扔向了拉夫特。

细碎的燃烧声里，浓郁而强烈的安宁蔓延开来，笼罩了那位从男爵，让他的眼睛控制不住地闭上，让他的身体软软地倒在了床上。

"对不起，刚才的询问只是为了与之后进行对比，接下来还有入梦和通灵等程序。"克莱恩拍了拍对方的睡衣，以手按胸，再次行了一礼。接着，他使用"梦境符咒"，像"梦魇"一样进入了对方的梦里。

灰蒙片段不断闪现的世界中，克莱恩清醒而理智地行走于拉夫特身旁，看着他遇见一个个脸庞空白、没有五官、让人感觉异常惊悚的侍者和女仆，看着他总是在侧头或回头时目睹一张无声注视着他的苍老面孔，看着他蜷缩于角落瑟瑟发抖，看着他被阴影一点点一点点地笼罩。

这和他刚才的描述很一致……克莱恩尝试着进行引导，试图弄清楚事情的原委，但庞德从男爵似乎对那些事情有非常严重的心理阴影，稍有刺激就会在梦里神经质地大喊大叫，并疯狂奔跑，这让克莱恩根本没法获得更多的信息。

于是,他退出梦境,给拉夫特·庞德又补了一张"沉眠符咒",然后拿出"安曼达"纯露等材料,准备起通灵仪式。

自己响应自己后,克莱恩的灵性穿过思维风暴,看见了对方的虚幻身影,基于心智体的虚幻身影。

"老子爵在临死前,可有对你说什么?"克莱恩斟酌了下,开口问道。

拉夫特·庞德浑浑噩噩地回答道:"他让我维持家族。"

"还有呢。"克莱恩故意用肯定的口吻再问。

"让我牢记祖上的荣光。"拉夫特茫然地回应着。

克莱恩轻轻颔首,转而问道:"那些人在寻找什么?"

"我不知道。"拉夫特依然是刚才的答案。

克莱恩继续发问,与之前进行着对比,得出了庞德从男爵没有撒谎,刚才所言都足够真实的结论。

到了这个地步,他不再停留,穿透对方的思维风暴,让蔓延出去的灵性回到自己的身体内。紧接着,他有条不紊地收拾好现场,并拿出"阿兹克铜哨"抛了几下,利用它的位格来干扰后续可能存在的占卜调查。

"很感谢你的配合,从男爵先生。"做完这一切,涂着小丑油彩的克莱恩又一次弯腰行礼。然后,他转身打开窗户,跃入街道,消失在了茫茫夜色里。

过了片刻,拉夫特·庞德突然睁开了眼睛,那浅蓝色的眼眸四周,有一圈爆裂的毛细血管!

他猛地翻身坐起,凝神望向敞开的凸肚窗。

…………

去东区绕了一个大圈后,克莱恩洗掉伪装,换上正常衣物,像什么事情都没发生过一般回到了乔伍德区明斯克街15号。他没有就此休息,也未思考接下来该怎么处理那片地下建筑,而是再次进入灰雾之上。

古老长桌的最上首,克莱恩缓缓摊开手掌,显露出几根褐色头发,那是拉夫特·庞德的头发,是他入梦对方前搜集的头发。

还有最后一道程序,在灰雾之上占卜确认……克莱恩无声自语了一句,具现出纸笔,书写下之前就考虑好的内容:

拉夫特·庞德的未来。

我要看看你将来会发生什么事情,以此与过去印证!克莱恩向后靠住椅背,默念起占卜语句。

因为那片古老建筑涉及六位正统神灵,他害怕直接占卜有关的内容会出现问题,所以换了个思路,帮拉夫特·庞德问一问将来!

默念七遍之后，克莱恩握着那位从男爵的头发，闭上眼睛，借助冥想，进入了沉眠。

灰蒙蒙的天地里，他看见了一个狭窄的、不规则的洞口，眼袋浮肿、两鬓斑白的拉夫特·庞德以手肘支地，像爬行动物般匍匐前行，从洞口钻了出来。

紧接着，画面一闪，他不知从哪里拿起一枚黑铁徽章，戴在了胸口。那枚徽章之上雕刻着一根权杖，以及一只紧握着权杖的手！

"图铎！"克莱恩猛然从梦境里醒来，坐直了身体。

根据保镖小姐的介绍，那黑铁徽章上雕刻的是第四纪图铎帝国的皇室纹章，这与他在那片古老建筑里见到的一模一样！

"拉夫特·庞德绝对不像之前表现出来的那么简单……"克莱恩揉了下额头，低声自语道。

作为一名"占卜家"，他对刚才梦境里见到的启示有属于自身的解读：一方面，他知道那是拉夫特·庞德会在未来做出的行为；另一方面，他认为这说明拉夫特·庞德与图铎家族有很深的联系！

经过正面询问、入梦探查、通灵交流这三重考验，拉夫特·庞德都没有暴露出任何问题，也没让我察觉到丝毫异常，如果不是我还留了一手，恐怕就被他欺瞒了去，嗯……也许，也许他现在真的什么都不知道，刚才是本色演出，等到未来才偶然遇到机会，与图铎家族产生联系……

但更有可能的是，他已经从老子爵那里了解到不少事情，在没有把握之前，他故意堕落，装疯卖傻，而他之所以能瞒过我的入梦和通灵，则是因为某种非凡能力在发挥作用，呃……他当时应该不是表演，而是真的陷入了浑浑噩噩的状态，否则早就在类似经验很丰富的我面前露出马脚了……

会是什么非凡能力呢？他有序列几？或者是天生具备一定非凡能力的那种？

克莱恩一路这么思考下去，感觉自己进入了死胡同，忙抽离出来，换了个角度，无声自语道："拉夫特·庞德与图铎家族有很深的联系……是否可以做个大胆的假设，他其实就是图铎家族的后裔？如果他和老子爵的血缘关系是真实的，那事情就有趣了。

"整个庞德家族是改名换姓逃避追杀的图铎家族的一支？他们建立功勋，获得爵位，一步步重返权力的中心，与此同时，他们暗中寻找着当年图铎帝国留在贝克兰德的秘密遗迹。不知道过了多少年，他们终于有了收获，于是买下了目前属于米勒·卡特的那栋房屋，并修建夸张的地下室，以此探索周围的区域。

"三四十年前，他们找到了遗迹，修了一道通向那里的密门。但是，探索遗迹的过程出现了意外，那个恶灵根本不认所谓图铎家族后裔，老子爵的两位继承人先后死在了最里侧那个房间，连非凡特性和神奇物品都没能抢救出来。

　　"虽然老子爵花费巨大的代价买了相似的非凡特性，让两位继承人的死亡显得较为正常，但连续的暴毙在王室和教会眼里还是有些可疑，所以，在老子爵死后，拉夫特·庞德就故意将当年暗中的调查夸大并扭曲，把自己'吓'出了心理问题，开始放纵于酒色和赌博中，以此逃避关注。

　　"这可以解释我之前很疑惑的一件事情——堂堂子爵家族，竟然被不知从哪里来的神秘人士控制，当王室和教会是瞎的吗？就算要控制，也会用更温和更不会被察觉的方式，比如使用我这个途径的序列6'无面人'的能力。

　　"一个小孩都可以察觉异常，何况王室和三大教会的强者？他们之所以'不知道'，唯一的解释就是那些人是他们派去的。

　　"嗯……我当时猜测图铎家族、特伦索斯特家族掌握的也是'黑皇帝'途径，所以，基于扮演的需要，他们建立的王朝才会保留所罗门帝国的风格和特色，这一点，保镖小姐似乎从侧面证实了。

　　"'黑皇帝'途径的序列9是'律师'，是一个非常擅长利用秩序的非凡职业，呃……拉夫特·庞德瞒过入梦和通灵的能力正是来源于这个，或者更进一步的序列？他充分地配合我，但在梦境和浑噩状态里，依然下意识地利用了秩序的漏洞，让结果往他希望的方向发展？

　　"仔细想想，在通灵的过程中，拉夫特·庞德好像真的没有说谎，只不过那仅是部分的真话……维持家族，牢记荣光，可以指庞德家族，也可以指图铎家族……"

　　克莱恩的思路一点点变得清晰，对事情有了一个整体的判断：从拉夫特·庞德目前的态度看，没有外在帮助的话，那恶灵应该没法脱困，否则这位从男爵早就该想办法自救了。不管恶灵会不会来找他，只要对方逃离封印，制造出灾难，那片地下遗迹的事情就瞒不过王室和教会，到时候，他必然受到牵连……对面的房间垮塌，却没有影响束缚恶灵的力量，这说明只要不直接破坏最里侧那个房间，恶灵是无法脱困的……

　　嗯……计划很明确了，找卡斯帕斯买些炸药，把入口炸塌，让谁都进不去，让那个恶灵永远被埋在地下。呵，等我有了足够的实力，可以考虑去解决它，帮贝克兰德的市民彻底除掉这个隐患，顺便收获些有价值的物品……

　　不过，怎么爆破才最安全？我一点都不懂啊……也许，卡斯帕斯认识哪位爆破专家，毕竟他是黑市武器商人。

　　克莱恩迅速敲定好方案，决定明天傍晚再去找卡斯帕斯，争取这周内就把地下遗迹的事情彻底解决。至于庞德家族和图铎家族的真实关系，至于拉夫特·庞德的异常，他根本不想深究。

"关我屁事！"克莱恩嘟囔一句，迅速坠入灰雾，返回了现实世界。

············

周五上午，克莱恩依旧早早出门，装得非常忙碌。而实际的情况是，他又一次来到克拉格俱乐部，练习射击，阅读报纸，过得相当惬意。

下午茶时分，已经在这里混了快一天的他准备离开，却意外地看见玛丽·盖尔这位前雇主和塔利姆·杜蒙特这位马术教师同时进入俱乐部。和他们一起的还有许多穿双排扣长礼服的先生和衣裙漂亮、妆容精致的女士，其中就有《每日观察报》的记者迈克·约瑟夫。

"噢，莫里亚蒂侦探，真是巧啊。"有着一双迷人的眼睛，但皮肤相当粗糙的迈克主动打了招呼。

克莱恩笑笑，回应道："记者先生，你的调查新闻完成了吗？"

"完成了，多亏你的帮助！我给你们介绍，这是知名大侦探夏洛克·莫里亚蒂先生，塔利姆的好朋友。"迈克挥了下手臂道。

等那些人和克莱恩打了招呼后，迈克继续对克莱恩说："我大概弄清楚卡平是谁了，有空我再详细地告诉你。总之，我已经有充分的理由相信希贝尔的死亡源于模仿犯罪，并不是那位连环杀手干的，哈哈，明天，明天你就能在报纸上看到我的调查新闻。"

"和我的猜测一样。"克莱恩微笑着回应。

这时，迈克似乎想起了什么，侧头对玛丽·盖尔道："我和你约一个专访吧，关于贝克兰德大气污染情况和解决方案的。不过，你必须和我们报社的总编先生提前沟通一下，敲定版面和时间。"

玛丽顿时眼睛一亮，道："好的，太感谢了！迈克，我怎么没想到这个好办法！"

这是在为进入王国大气污染调查委员会宣传和造势？迈克这位记者经验很丰富嘛……《每日观察报》虽然不是最好的那几种报纸，但发行量也相当大……玛丽今天突然到这里，是因为参加了这个俱乐部的那几位下院议员要过来？私人俱乐部这种形式真的很适合政治和商业啊……克莱恩有所恍然地提出了告辞。在成为"无面人"前，他不想掺和进这种接近王国高层的事务。

············

傍晚时分，东区某个公寓内。

忙碌了一天的威廉姆斯进入租住的那个狭小房间，打算换件外套，拿点钞票，去酒馆好好喝上一顿，顺便在那里解决晚餐。

阴沉昏暗的环境里，他穿外套的动作忽然停滞——他看见窗户旁边站着一道黑影，脸庞被兜帽阴影完全遮掩的黑影。

"谁让你寻找兰尔乌斯的？"那黑影低沉缓慢地问道。

威廉姆斯快速穿上外套，吞咽了口唾沫道："我一个朋友，赏金猎人。"

赏金猎人就是指以各种悬赏为主要收入来源的冒险者，在东区，在贝克兰德，有不少这种人。

"他为什么突然又开始寻找兰尔乌斯？这是很久之前的悬赏了。"那黑影非常高，一步步地走到了威廉姆斯的身前。

"我不知道，也许，她只是换个悬赏试一试。"威廉姆斯幅度很小地后退着。

那黑影沉哑地追问道："她是谁？"

威廉姆斯顿时陷入了挣扎，过了几秒才颤抖着回答："休，休·迪尔查，我不知道她住哪里。"

"很好，很诚实。"那黑影伸手拍了下威廉姆斯的身体，不再多问，往门口行去。

威廉姆斯悄然松了口气，认为丰富的黑道经验帮助了自己 —— 不该逞强的时候不要逞强！

就在这时，他看见那黑影打了个响指。

啪！

威廉姆斯的思绪凝固了，他的身体瞬间四分五裂，往四面八方散开，地上和墙上都是血肉。

紧接着，那黑影弄断了这里的煤气管道。在嗞嗞嗞的声音里，他拿起威廉姆斯桌上的蜡烛，摩挲了下烛芯。

黑影随即离开，几分钟后，那蜡烛突然自行点亮！轰隆一声，爆炸声淹没了一切。

晚餐之后，勇敢者酒吧，桌球室内。

克莱恩穿着一身和这里风格比较搭的黑色简单外套，戴着深色鸭舌帽，端着杯南威尔啤酒，随手关上房门，走到正俯下腰背试着击球的卡斯帕斯对面。

在他挤出微笑开口招呼前，卡斯帕斯已停下动作，直起身体，瞄了他一眼："马里奇不在。"

"没有额外的你想要的那种聚会。"

"除了武器，我什么都没有。"

套路很熟嘛！还好我今天的目的不同……克莱恩扯动嘴角道："我就是来买武器的。"

马里奇又不在……看来是这个据点曝光了，他们被仇家盯上，干脆转移了地方……那我就没法联络到保镖小姐了啊……而且我打算用来唬米勒·卡特的帮手是马里奇的活尸，又保密又听话又不害怕死亡……嗯，听话的前提是用灵性屏蔽"阿兹克铜哨"的影响……说话的同时，克莱恩脑海内闪过了一系列的想法。

卡斯帕斯略有些惊讶，狐疑地靠好球杆，揉了揉自己的酒糟鼻，问道："你要买什么武器？之前的子弹打完了？练习得很频繁嘛。"

不，我练习用的都是在克拉格俱乐部额外买的子弹……克莱恩噙着笑容道："我想买炸药，广泛用于矿山的那种。"

"你想做什么？"卡斯帕斯脱口而出，表情随之变得沉凝和严肃，"我警告你，不要试图做什么该死的大事，我不会允许我的顾客挑衅西维拉斯场的！当然，你可以不从我这里购买武器。"

能做黑市武器商人并活到现在，从某种程度上来说，卡斯帕斯还是很守规矩的，至少不会卖东西给那种疯狂的家伙……克莱恩习惯性地以值夜者的立场给出了评价，同时笑笑道："你好像误会了什么，我并不想去炸银行金库的门，也不打算制造轰动的新闻，我只是帮人做建筑拆除，方便后续进行改造。"

"那他为什么不找正规的建筑公司？"卡斯帕斯没有放松警惕。

"哈哈，那是一个密室，他不想被外人知道。"克莱恩转而又问，"你认识什么可靠的爆破专家吗？我并不擅长这种事情，我怕把整栋房屋都给弄垮了。"

卡斯帕斯见对方还考虑着保持房屋的完好，心里的疑惑顿时消散了不少。

就在他斟酌着该如何回答的时候，房间内突然响起一道虚幻飘忽的声音："不需要。"

熟悉的感觉涌现，克莱恩忙扭头望去，发现保镖小姐不知什么时候已坐在了角落的椅子上。她依然穿着黑色的哥特式宫廷长裙，戴着同色的小巧软帽，脸庞一如既往地苍白，淡金的头发和精致的容貌则互相映衬出了彼此的优点。

"晚上好，女士。"克莱恩微微弯腰，行了一礼。

"晚上好，莎伦女士。"卡斯帕斯做出同样的动作。

原来她的名字是莎伦……克莱恩若有所思地等待着对方开口。

被称为莎伦的保镖小姐却望向卡斯帕斯，道："马里奇之后不会再来这里了。如果你有事想找他，就按约定的第三种办法留言。"

"好的，莎伦女士。"卡斯帕斯这个明显见过风浪的老头对保镖小姐似乎有着本能的畏惧。

听到这里，克莱恩插言道："如果，我是说如果，我想找马里奇帮忙，该怎么联络他？"

"找卡斯帕斯。"莎伦非常简洁地回答。

"好吧。"克莱恩摊了下手，"嗯"了一声道，"你刚才说不需要爆破专家是什么意思？"

莎伦蔚蓝的眼眸没有丝毫波动："我就是。"

你就是？你就是爆破专家？等等，你不是能力特殊，大概有序列5的非凡者吗？怎么还兼职爆破专家……克莱恩愣了一下，竟不知该怎么接话。

最终，他选择相信保镖小姐，斟酌着说道："我去拜访了……"他话未说完，拿目光扫向卡斯帕斯，意思是接下来的话题不适合这位普通人。

从身体的本质来说，黑市武器商人也确实算普通人……克莱恩默默补了一句。

莎伦侧头望向卡斯帕斯："你去准备炸药。两镑的。他出。"

"是，莎伦女士。"卡斯帕斯扫了克莱恩一眼，一瘸一拐地离开了桌球室，没忘记随手关门。

见保镖小姐就那样看着自己不说话，克莱恩有种被女鬼注视的感觉，忙组织了下语言道："我打听到了庞德从男爵的地址，半夜去拜访了他……"

把拉夫特·庞德的话语原原本本转述了一遍后，克莱恩开始秀推理，从结果倒推过程的推理："我认为他在很多地方撒了谎，一个子爵家族不可能那么轻易就被人暗中控制，就连一个小孩都能发现异常，王室和教会怎么会毫无察觉？

"拉夫特·庞德堕落之后，有非常多的与外人、与其他贵族接触的机会，只要他稍微有点勇气，就可以很轻松地解决掉问题。所以，我认为他肯定隐瞒了一些事情，而这些事情大概率与那片地下建筑有关。

"从他的状态看，那个疑似恶灵的家伙很长时间内都没法脱困，所以我打算弄点炸药，把入口破坏掉，不让其他人有机会进去……呃，我害怕他们误放恶灵。"

"嗯。"保镖小姐莎伦没肯定克莱恩的想法，但也没否定。

这时，克莱恩犹豫了一下，问道："我不懂爆破，所以准备绘制布局图，请爆破专家给出安放炸药的位置和分量。如果，如果再次让你帮忙，我需要支付多少报酬？"

太贵的话，我还是找一般的爆破专家比较好，毕竟我这一单才五十镑，而保镖小姐三天一千镑……克莱恩早已想好预案。

"免费。"莎伦的回答还是能省单词就省单词的风格。

免费？克莱恩顿时吓了一跳。在他的常识里，免费的才是最贵的！

莎伦安静地坐在那里，过了几秒才略略解释了两句："炸垮入口后，能够进出那里的只剩下我。这本身就是我希望做的事情。"

也就是说，你打算在有足够的把握后去除掉恶灵，收获里面的物品？炸垮出口其实是在帮你排除干扰和可能的觊觎，毕竟其他序列的非凡者没法像灵体一样穿过巨石和泥土……嗯，"学徒"途径的除外，但他们不知道那片地下建筑啊……

克莱恩有所恍然地点头道："成交！"

说完之后，他忙又补了一句："嗯……你再从马里奇那里借几个手下，嘴巴足够严的手下，这是展示给米勒·卡特的帮手。"

"好。"莎伦没有拒绝。

克莱恩故意没提要为此支付的报酬，露出笑容道："那就明天上午十点。我们得预先勘探下周围的地形，不能让爆破造成明显的破坏。"

莎伦轻轻颔首，身影逐渐变淡，消失不见。

…………

周六上午，休·迪尔查再次乘坐公共马车前往东区，阶段性确认自己的委托是否有收获。

等待换乘的时候，她突然有了买份报纸看一看的冲动。于是，她掏出一便士的硬币，从旁边的报童手里买了份《贝克兰德邮报》，飞快地翻看起来。

突然，她的目光凝固了，因为第三版的一条新闻：

"本报讯，昨晚七点十分，位于东区达拉维街1号的公寓发生了一起严重的爆炸，疑似煤气泄漏造成。爆炸发生于三楼6号房间，租客当场死亡，甚至没有留下完整的尸体。截至半夜，这场爆炸共造成三人死亡，十六人受伤……"

达拉维街1号……公寓三楼6号……这，这不是威廉姆斯租住的地方吗？他死了？死于煤气泄漏造成的爆炸？不，不！绝对不是这样！他根本不会奢侈地用煤气，即使那里有安装！

他刚接受了我的委托……难道是因为这个？可是，兰尔乌斯本身就是通缉犯，发现有人在找自己，换个地方就是了，根本没有必要杀人来保守秘密，这反倒容易暴露问题……

这样的做法太奇怪太激进了，像是疯子干的……明明只是一个诈骗犯……

可怜的威廉姆斯……我，我一定会为你报仇的！一定会查出真相！

休悲伤而凝重地望着停在面前的公共马车，没有上去。她知道，现在去东区会非常危险。

她打算立刻回去告诉佛尔思，让她临时搬到备用的那间出租屋，自身则乔装打扮，潜入东区找熟人问询，初步弄清楚事情的原委，抓住凶手留下的痕迹。

哎，奥黛丽小姐的委托果然没有不危险的……是我觉得既然是已经被通缉的诈骗犯，只要不堵着他，不让他逃跑，他是不会凶恶地反击的……

是我疏忽大意了，是我害死了威廉姆斯……嗯，也不排除他同时还在搜集其他事情的信息，并因此惹来灾祸的可能性……休闭了闭眼睛，穿过马路，走向对面的等待点。

十点十四分，克莱恩和保镖小姐莎伦确认好那片第四纪建筑对应的地表状况，来到了威廉姆斯街8号那栋房屋外。

莎伦已消失不见，米勒·卡特看见的是穿灰蓝色工人制服、戴鸭舌帽的夏洛克·莫里亚蒂侦探和他的三个沉默寡言、膀大腰圆的助手。

"这样方便探索。"克莱恩解释了一句。

米勒·卡特的目光扫过那三位一看就很能打的助手，满意地点了下头："你的准备工作比我预计中快。他们里面有驱蛇专家？"

"是的，他们都非常擅长驱蛇。"克莱恩毫不犹豫地给出肯定的回答。

活尸怎么可能害怕被蛇咬？

深沉幽暗的地下建筑内，克莱恩提着马灯绕了大厅一圈，仔仔细细地检查有没有另外的入口。当然，他没敢进入通往最里侧房间的甬道，而重新聚集起来的蛇群又一次被凛冽的寒风吹跑了。

得到期待的答案后，他主动退至大门边，和那三具活尸一起儿看着保镖小姐莎伦在不同的位置安放炸药。

"很专业的样子。"克莱恩低声感慨了一句。

那三具活尸毫无疑问地没有回应他。不过，这也是有理由的 —— 他始终用灵性屏蔽着"阿兹克铜哨"的负面影响，否则他将遭遇异常热情的"附和"。

他原本不打算带这枚古老而精致的铜哨，但考虑到要提防恶灵暗中作祟，只好牺牲一些灵性。

"保镖小姐，不，莎伦小姐说她是爆破专家，还真不是吹牛……她原本就从事这个行业？或者，她非凡途径里的某个序列让她擅长类似领域？

"根据我在值夜者小队时看过的资料，类似序列大致有序列9的'罪犯''囚犯''战士'和'猎人'，序列8的'治安官'，序列7的'武器大师'和'守知者'。呵，"守知者"有个昵称叫作'侦探'，属于知识与智慧之神的教会……其他的我就不清楚了……

"不知道莎伦小姐会是哪条途径的，看起来都不太像啊，她这次还表现出了指挥活尸的能力……"

在克莱恩漫无边际地联想时，莎伦完成了布置，顺手点燃了引线。

顺手？点燃？喂喂喂！怎么不提醒一声！克莱恩这才回神，吓了一跳，慌忙退出大厅，进入外间的走廊，那三具活尸则不慌不忙地跟在他身后。

"这里很安全。"莎伦突然浮现在他的旁边。

克莱恩稍微松了口气，转而问道："这里会有灰尘被震下来吗？"

"有。"莎伦用一个单词给出了肯定的答复。

"那就好。"说话的同时，克莱恩又退了一步。

嘶嘶嘶，引线燃烧的声音传入了他的耳朵，让他有些烦躁。这种情绪不是因为他害怕接下来的爆炸，而是因为有只靴子始终没有落地。

"一。"莎伦突然开口说了一声。

"啊？"克莱恩一下没能明白对方的意思。

轰隆隆！

大地剧烈地颤抖起来，烟尘从上方霍然掉落，克莱恩的耳朵内嗡隆一片，短时间内竟听不见别的声音。要不是他是"小丑"，此时恐怕已失去平衡，倒在地上。

咳咳咳！因为转移了注意力而未能做好准备的他咳嗽了起来，看见前方有巨石和泥土飞快落下，瞬间堵住了入口。

残余的震颤里，克莱恩紧握住阿兹克先生给的那枚铜哨，观察它的反应。

虽然他已预先占卜过，得到了此行没什么危险的结果，但这里毕竟涉及六位正统神灵的人形雕像，哪怕是在灰雾之上获得的启示，他也不敢尽信，况且解读本身也有可能出错，所以，他谨慎地以"阿兹克铜哨"判断起恶灵有没有因此脱困。

铜哨表面冰冷却柔和，一直没有异常的变化。克莱恩彻底安下心来，望向旁边的活尸，从它们的眼眸里确认了一件事情——自己目前非常灰头土脸。

这就好，很符合我之后要对米勒·卡特老先生做的解释……没有浪费我特意换了套衣物才来的用心……他走向入口，确认那里已完全堵死。

在不弄出大动静的情况下，将来确实只有"学徒"途径和类似莎伦小姐的非凡者才能入内，她排除了许多潜在的竞争对手，难怪免费……克莱恩凝望着那些石头和泥土，暗自感叹了一句。

当然，我也可以，我有类似灵体的状态！他含笑在心里默默补了一句，表面却不动声色。

"收工。"克莱恩浮夸地打了个响指，领着三具活尸匆忙而仓皇地往房屋的地下室返回，而莎伦不知什么时候已消失不见。

宽敞的地下室内，米勒·卡特正紧张担忧地来回踱步，时不时眺望密门。

看到莫里亚蒂侦探和他的助手人数齐整地出来后，米勒顿时长长地吐了口气，急声问道："里面发生了什么事情？"

克莱恩故意喘着气道："那片地下建筑太，太古老了，太久没有修葺，我们原本正在驱蛇，只是动作稍微大了一点，就引发了剧烈的垮塌，整片的垮塌！还好我们靠近门口，及时逃了出来。"

"风暴在上！那片建筑这么危险？"米勒·卡特握拳击了下左胸。

"是的，保存完好的古代建筑永远只有那么一些，剩下的都垮塌在了历史的长河里。"克莱恩回应道，"我领你进去看一看吧，确认下情况。"

"还有垮塌吗?"米勒谨慎地问了一句。

"没有，这边比较坚固。"克莱恩刻意拍了下身上的灰尘，咳嗽了两声，然后领着雇主进去转了一圈，停留于被彻底堵住的入口。在他们的位置，可以看到靠近大厅的那些墙壁同样已经垮塌，后面都是石头和泥土。

"你可以使用这一部分。"克莱恩指了指走廊区域。

米勒默然几秒，感叹道："幸亏我没有贸然让人进去探索，而是找了你这位专业人士，否则我将背负上好几条人命。好的，这次的委托到此结束，我把剩余的报酬给你。"

说话的同时，米勒·卡特已拿出钱夹，数了一下，有些尴尬地发现只有三十几镑现金。

"还好，我还有别的钱，否则就要去趟银行了。"米勒嘟囔了一句，抬头望向克莱恩，"你介意收金币吗?"

"不，我不介意收任何形式的钱。"克莱恩笑笑道。

鲁恩王国的金镑，除了是大额的钞票，还可以是金币，这也是纸币面值的保证。

不过，自罗塞尔称帝之后的一百多年里，北大陆民众越来越习惯使用纸币，甚至有议员想让铜便士也有对应的钞票。真正意义上的金镑已经很少在市面流通，只有某些老派绅士会给自己怀表表链的另一端附加一个固定用的盒子，里面放些防备意外的金币——这既是安心，也是习惯。

米勒点了下头，顺着衣物上的金色表链，从某个口袋内掏出了一个闪烁着金光的盒子。啪，他打开盒子，拿出五枚金币，和先前数出的钞票一起递给了面前的侦探先生。

克莱恩没有避忌什么，点数一遍后，忽然往上弹出一枚金币，并潇洒地摊掌接住了它。

"谢谢你的慷慨。"他瞄了眼朝上的人像，露出由衷的笑意，然后以手按胸，对着米勒·卡特弯腰行了一礼。

嗯，如果是别的侦探，就算此时炸垮了入口和通道，回去以后肯定也会做噩梦，精神变得虚弱，觉得房子有异响，或者感觉随时有人在盯着自己。这是因为恶灵气息的侵染，要很长一段时间才能消失。但我们不同，莎伦小姐本身就跟女鬼一样，我去趟灰雾之上也就彻底没事了，至于那三具活尸，连死都不怕，还害怕什么? 克莱恩心情不错地无声吐槽几句，旋即告别米勒·卡特，转身离开了房屋。

来到街上，那三具活尸在没和他打招呼的情况下，自顾自往另一个方向行去。

莎伦小姐走了……真的没收活尸的佣金……

242

克莱恩微笑着抬臂，对着那三具活尸的背影挥了挥手。之后，他回家换上正常的衣物，前往克拉格俱乐部练枪。

顺便吃了顿晚餐作为任务圆满结束的犒劳后，克莱恩乘坐公共马车，返回到明斯克街。

阴沉昏暗的环境被一盏盏煤气路灯照亮，他拿着手杖，悠闲地漫步于街边。突然，他有了种不算好但也不算很坏的预感。

什么情况？克莱恩抬头前望，发现两位警员正牵着一条警犬过来，沿途似乎在做盘查。

盘查？带着警犬的盘查？那起连环杀人案造成的影响？现场留下了丁香和醋栗的味道，所以加派了警犬？克莱恩忍不住腹诽了一句。

——警犬的历史最早可追溯至罗塞尔时期，但数量一直不多。

考虑到自己身上有很多物品，考虑到刚才的预感，克莱恩打算绕个路，从另外一边走。可就在这时，那两名警员看见了他，示意他停步，他嘴角抽了一下，笑容满面地等待于原地。

"例行的调查。"靠近之后，其中一位警员出示了自己的证件。

"好的……"克莱恩话音未落，那只警犬突然咆哮了起来，对着他吠个不停。

这，这是闻到了我身上的火药味道？下午练枪残留的火药味道？克莱恩瞬间明悟，望了两位警员戒备的表情一眼，计上心头，笑容可掬地说道："是这样的，我在路上捡到了一把左轮手枪，还附带有腋下枪袋和子弹，正想交给你们。"

他动作缓慢地取出自己那把左轮，举双手至肩膀位置，笑得很认真地补充道："警官，我真的不是非法持枪。"

一位警员高度戒备，另一位警员接过手枪，凝重地说："你必须跟我们回一趟警局。"

"好的。"克莱恩回以灿烂的笑容，"但我有个要求，请通知我的律师于尔根·库珀先生，只有在他的见证下，我才能接受搜身。"

东区一个角落里，喝得醉醺醺的吉恩面朝墙壁，褪下裤子，舒服地滋养起青苔。

解决完问题，吉恩的肩膀突然被人拍了一下。他忍不住打了几个哆嗦，慌忙提着裤子，半转身体望去，看见了一个穿帆布外套、戴鸭舌帽的矮个头男孩。

那男孩抬起脑袋，却露出一张肮脏不堪但不掩柔和精致的脸庞。

"休？你怎么打扮成了这个样子？"吉恩愕然脱口。

休竖起食指，抵在唇前，示意对方噤声。紧接着，她压住嗓子道："我问你答，小声点。"

被那威严所慑，吉恩只剩下点头的想法。

"威廉姆斯认识的那些家伙里，最近两天还有谁死了？"休沉声问道。

吉恩用被酒精麻痹的大脑仔细回忆了一阵道："盖文！盖文今早被发现淹死在塔索克河里了！他应该昨晚就掉下去了，这可怜的家伙完全不会游泳，还喜欢在喝醉以后去河边吹风。"

休的目光霍然变得锐利，不假思索地追问道："盖文是否接受了威廉姆斯的委托，寻找通缉犯兰尔乌斯的委托？"

"当然，我们都从威廉姆斯那里得到了这个委托。反正，反正又不是什么麻烦的事情，只需要把画像给所有认识的人看一看，让他们注意下有没有类似的家伙就行了，就行了。噢，威廉姆斯，他还说，还说，如果有线索，请我喝三天的酒，吃三天的肉！这可怜的家伙，竟然死在了煤气爆炸里，所以，所以我坚决不让房东装煤气管道！呃……这都是好几个月前的事情了，我现在只住得起廉价旅馆。"吉恩絮絮叨叨地说着。

"盖文是负责什么区域的？他和你提到过什么吗？"休侧头望了眼旁边，抿了抿嘴唇，旋即盯着吉恩的脸问道。

"他，他一般去码头区的东拜朗船坞附近。他昨天傍晚还和我见过一面，说是去那里的工人联盟酒馆把寻找兰尔乌斯的消息传播了出去，并且给在场的人看了兰尔乌斯的肖像。"吉恩打了个酒嗝道。

贝克兰德有许多码头，它们大部分被划入码头区，被命名为各种船坞。

"之后呢？盖文说过他之后要做什么吗？"休疑惑地皱眉，再次问道。

"当然，当然是喝酒！他打算好好喝一顿，然后找个地方睡觉！噢，这可怜的家伙一定是喝得很热，想去河里洗个澡，结果忘记自己不会游泳了，而且这都快冬天了！"吉恩又一次发出惋惜的嗟叹。

这……盖文什么都没查到啊，就是去东拜朗船坞的工人联盟酒馆散发了寻找兰尔乌斯的传单，结果就遇害了，还牵连到威廉姆斯……凶手这反应已经不能用"过激"来形容了，简直就是疯子……

换作我是兰尔乌斯，最好最简单的选择就是立刻换个地方，避开搜索。除非，除非他陷入了某件事情，很长时间内都无法离开……但是，找他的又不是只有我一个人，还有很多赏金猎人，他杀得了威廉姆斯，杀得了那么多人吗？他有本事就去把颁布通缉令的西维拉斯场杀得干干净净！

休觉得自己完全无法理解这件事情，就像她难以接受威廉姆斯的死亡一样。最终，她决定先向奥黛丽小姐汇报下遭遇的问题，接着乔装打扮去东拜朗船坞的工人联盟酒馆，不询问，只观察，看看有什么可疑的人。

乔伍德区，莱斯警察分局，克莱恩又一次和小偷醉鬼们挤在了一张有靠背的长条凳上。

真是倒霉啊，竟然遇到了警察临检，还没能及时更换路线……都怪那该死的连环杀手！

克莱恩一边诅咒某个家伙，一边思考该怎么把身上的符咒和没法解释的草药粉末藏起来，躲过接下来的搜身。

他试图把这些东西都装在黑色手套里，然后找机会塞入这个警察分局的隐蔽之处，等离开的时候再取回。

就在这时，他眼睛一亮，看见头发整齐后梳、打扮正式得像是去参加宴会的年轻律师于尔根·库珀在一位警员的陪同下走了过来。

"你去签个字就可以走了。"于尔根用一贯的严肃正经的表情说道。

"这样就行了？"克莱恩诧异地反问。

于尔根微微点头道："是的，他们知道你是一个知名侦探。"

这是什么理由？克莱恩没敢多问，当即起身，跟在穿黑色呢制长礼服的于尔根后面，不快不慢地签字出门。

和他上次被对方领出警局时的天气不同，此时没有阴雨，只有厚厚的云雾遮蔽红月和星辰，街道全靠两侧的煤气路灯照亮。

"真是太感谢了！又一次麻烦你了！"克莱恩快走两步，来到于尔根的身旁。

于尔根不苟言笑地侧头望向他道："不用感谢，这是我的职业。两镑。"

"……"克莱恩认真打量了对方一眼，露出笑容道，"好的。"

他最近的钱包很鼓，当即拿出了两张1镑面额的钞票。

于尔根没有客气，接过报酬道："如果你愿意建立正式的合作关系，那之后每次来警局，我只收一镑，当然，这不包括案情严重的那种。你必须明白，我收取的费用得上交很大一部分给事务所。"

说得我以后会经常被请到警局喝茶一样……呸，他们根本就不给茶，连水都没有一杯！

克莱恩还没来得及回答，就听见于尔根律师补充道："对一名私家侦探来说，进出警局是隔段时间就会遭遇的事情，属于职业特点。嗯，我很清楚，每一位私家侦探都存在非法持枪、非法入侵别人住宅等问题。

"你这次的应对非常好，警察找不到足够的证据证明你非法持枪，而你身上有火药反应的解释相当充分，克拉格俱乐部这个名称足以取信他们，否则你很可能得上一趟治安法庭。所以，你并不是嫌疑人，而是好市民，捡到枪支后主动上交的好市民，不需要再被搜身检查。"

好吧……但我亏了一把左轮和相应的子弹，好几镑啊，还有律师费……克莱恩挤出笑容道："我明白了，于尔根律师，我们建立正式的合作关系吧。"

于尔根扯动嘴角，用非常职业的笑容伸手道："合作愉快。我由衷地希望能少在警局看见你。"

这不是我能决定的……克莱恩自嘲一笑。

…………

回到明斯克街15号，克莱恩用泡热水澡的方式让自己舒缓了下来。可就在这时，他又一次听见了虚幻层叠的祈求声，依稀来自女性。

"正义"小姐？这次是兰尔乌斯的事情有线索了？克莱恩忽地从浴缸内弹起，快速擦干身体，披上衣物，就这样进入了灰雾之上。

望着那不断膨胀和收缩的深红星辰，他蔓延出灵性，选择了倾听。

"不属于这个时代的愚者啊……

"尊敬的'愚者'先生，兰尔乌斯的调查出现了问题……"

不知道为什么穿了身白大褂的"正义"将东区达拉维街的爆炸事故和盖文失足溺死的事情原原本本地说了一遍。作为已经入门的"读心者"，她没有添加自己的猜测，以免影响"愚者"先生的判断。

认真听完之后，克莱恩皱起了眉头，感觉凶手的反应过激到难以想象。

这和"飓风中将"齐林格斯不同，兰尔乌斯作为一名诈骗犯，一发现风吹草动就立刻转移才是职业本能，他没理由反向追索并杀害寻找他的人。照这样的做法，东区的赏金猎人得死掉百分之八十，那会引起轰动，让案件被值夜者、代罚者或者机械之心小队接管的！

嗯……兰尔乌斯在祈求真实造物主降下子嗣的那个仪式里获得的好处，让他疯了？这很符合真实造物主的风格……可问题在于，一个疯子很难隐藏自己，潜在的除外……克莱恩陷入思考，没急着回应"正义"小姐。

他看过报纸，知道那起爆炸事故，于是用梦境占卜的方式回忆起了具体的内容。紧接着，他写下了新的占卜语句：达拉维街爆炸案的线索。

默念之中，他靠住椅背，进入梦境，看见了一栋三层的灰蓝色公寓。那栋公寓的三楼有个房间失去了窗户，垮掉了半边墙壁，布满了爆炸的残痕。

画面迅速破碎，克莱恩苏醒了过来，手指轻敲长桌边缘，无声自语道："线索在案发现场？这启示的意思也可能是凶手还在盯着案发现场，想解决来探查这件事情的人。嗯……这样他就有机会找到最近颁布兰尔乌斯悬赏的人。

"我可以乔装打扮过去转一圈，不进案发现场，就在周围转一圈，看能否发现凶手。就算他不是兰尔乌斯，也必然与兰尔乌斯有一定的联系，我可以借此找到兰尔乌斯。

"可是，他肯定藏得很隐蔽，我该怎么在不引起他注意的情况下找到他呢?"

念头一闪间，克莱恩的目光望向了青铜长桌上那只"全黑之眼"，这是"秘偶大师"罗萨戈遗留的非凡特性。

在现实世界里，我没法用这件物品操纵那些奇怪的丝线，因为有真实造物主残余的精神污染，超过一定限度的接触会带来无法逆转的伤害。但如果只是短暂使用，通过丝线找到隐藏的人，我还是可以承受的，就像之前用来确认保镖小姐走没走一样……克莱恩眯了眯眼睛，取下灵摆，做了个此行是否危险的占卜，答案是肯定，但旋转的幅度不大，速度不快。

"可以接受……"

克莱恩默然几秒，返回了现实世界。接着，他用自己召唤自己的方式，将那枚"全黑之眼"装入铁制卷烟盒，带回了卧室。

换好衣物，贴上胡子，做足准备的克莱恩来到穿衣镜前，审视起现在的自己。那淡淡的书卷味已经被满脸的胡须彻底遮住，褐色的眼睛则仿佛古老的潭水，似乎正深藏和封印着什么。

与在廷根市那会儿相比，克莱恩险些认不出自己。

——伸展手指，又紧紧握成拳头，他对着镜子，嗓音低沉沙哑地说道:"队长，这是为你、为我复仇的第一步。"

话音未落，他看见镜中的自己咧开嘴角，露出了灿烂的笑容。

北区偏西的郊外，一座快被废弃的三层房屋内。

这里原本属于贝克兰德医学院，但后者的主体目前已经搬迁到了更好更合适的地方，只留下少量教学人员和当届没能顺利毕业的同学"看守"此地。

奥黛丽身披白色大褂，脸罩同色口罩，润泽的金发亦被盘起，塞入了色泽冰冷的手术帽内。她眼眸一转，看向同样打扮的佛尔思·沃尔，总觉得对方有种特别的气质，似乎比自己更适合这样的装束。

呃……就是那种随时能拿起手术刀剖开病人肚子的气质……奥黛丽没有说话，落后半步地跟在佛尔思身旁进入了前方的教室。

从佛尔思那里得到休反馈过来的情报后，她很是吓了一跳，因为"愚者"先生说过那是一个简单的任务。

考虑到"简单"或许只是相对"愚者"先生自己而言，奥黛丽趁独自伪装的机会，诵念尊名，小声祷告，将事情的经过原原本本汇报了上去。不过，到现在为止，她还没有得到回应。

穿过大门，进入房间，奥黛丽本能地先环顾了一圈，发现这里并不是普通的教室——里面竟然摆放着四具骨骼标本和四具玻璃制成的棺材，棺材里面灌满了防腐剂，泡着四具肤色苍白、通体赤裸的尸体。

教室的最上方还竖着一个透明的玻璃柱，里面同样填满液体，沉浮着一具穿黑色学士服的男尸。这具尸体的衣物紧紧地贴在身上，给人极重、极沉的感觉，他没有软倒，就那样竖直地沉浮于中央。

像是直接被溺死在里面，而不是死后再放进去……奥黛丽以"观众"的态度，做出了初步的判断。

另外，她看见房间内各张长条桌的四周稀稀拉拉地坐着好些白大褂、白口罩、手术帽打扮的人，他们都不发一言，与周围的尸体和白骨一样。

望了眼外面终于透出一角的绯红之月和昏暗阴沉的夜色，奥黛丽再回看教室内的景象，一时竟忍不住有些战栗——这是来自本能的害怕。但同时，她又感觉兴奋和激动。

这才是一位非凡者该有的生活……奥黛丽无声嘀咕了一句，跟着佛尔思找了个角落的位置坐下。

又等待了一阵，教室最前方那个竖直玻璃柱内，穿黑色学士服的"男尸"突然睁开了眼睛，让声音透过重重障碍传出："开始吧。"

第十三章

CHAPTER 13

✦ 午夜钟楼 ✦

东区，达拉维街。

克莱恩身穿沾染着尘埃的灰蓝色工人制服，头戴鸭舌帽，行走于煤气路灯只有那么寥寥几盏还在发挥作用的昏暗街道上。

两侧公寓内有些许烛光洒下，这与艰难穿透云雾的绯红月华交织在一起，勉强勾勒出了路上行人的轮廓。

克莱恩遇见了一个个衣物陈旧而破烂、表情麻木中透着绝望的路人，他们是被警察驱赶的流浪汉。他们没有地方睡觉，只能漫无目的地行走在街道上，偶尔能逮到机会，找个不引人瞩目的角落或公园内的行道椅休息一会儿，但很快又会被轰走。阴冷深沉的夜色之中，克莱恩觉得他们比自己见过的活尸更像活尸，而整个东区比神话传说里的深渊更像深渊。

他急促地吸了口气，结果喉咙被刺激到，忍不住咳嗽了两声。他忙收敛思绪，用余光观察起街口那栋公寓，那栋有明显爆炸痕迹且还未修葺的公寓。

"要想监控案发现场，最好最隐蔽的地方就是正对面的那栋公寓，三层、四层和楼顶都符合要求……"克莱恩以自己在值夜者小队学到的知识分析着状况，整个过程里，他没有放慢脚步，免得被人怀疑。

来到街口，克莱恩顺畅地越过门牌号为"1"的公寓，进入了它对面的那栋建筑。

类似的地方，他并不陌生。他在东区租的那个一居室就位于相仿的公寓内，而之前在廷根市的时候，他和哥哥班森、妹妹梅丽莎也住了很久的档次只高那么一点的公寓——这既是他的亲身体验，也源自原主的记忆碎片。

思绪纷呈之间，克莱恩拉低鸭舌帽，埋下脑袋，不快不慢地踩着吱嘎作响的楼梯，一路来到三楼。

由于傍晚那倒霉的遭遇，他现在没有左轮，只能一手插入衣兜，用指缝夹住几张塔罗牌。

只有些微月色的三楼过道里，克莱恩没急着前行，先认真观察了下布局。正对着案发现场的是左边，监控视野最好的应该是从这里数过去的第三个房间……

克莱恩开始小心翼翼地缓步前行，走过两个房间后，他将右手也插入了口袋，轻巧地打开了铁制卷烟盒。瞬息之间，他的手指触碰到了那枚"全黑之眼"，耳畔当即响起撕裂精神、撑爆大脑般的呓语。

而与此同时，借助这被污染的物品，克莱恩看见了一条条黑色的诡异的细线。这些细线飘荡于虚空，虽然有一定的交错和少许的缠绕，但溯源望去，依旧能分辨各自属于谁。

相应的身影映入了克莱恩快要被"煮熟"的大脑内，有睡在高低床上的男女和小孩，有躺于地铺上的好几位租客。除此之外，没有特殊的地方，也不存在隐藏的人物。

克莱恩忙缩回手，不直接触碰到那只"全黑之眼"，他脑海里的幻觉和耳畔的幻听才慢慢消失。

他忍着痛苦，继续前行，稍有缓解，又立刻观察起另外的房间。可惜，他搜查完了整栋公寓内便于观察对面那个案发现场的地方，都没有一丁点儿收获。

呼，呼……克莱恩缩到阳台角落里，双手撑着膝盖，剧烈地喘起了气。他不停地流泪，鼻涕时不时蹿出，就像突然发病了一样。

这是短时间内频繁接触那"全黑之眼"的后果，以克莱恩在这方面的抗性，也无法完全免疫。唯一让他满意的是，这只是刺激而非污染，否则他早就放弃，不敢再尝试了，毕竟那样会直接导致他疯狂。

休息了一阵，克莱恩终于平复了反应，换了栋视野没这里好的公寓，但依旧没有收获。

难道我的解读错了，线索在案发现场？克莱恩回到街上，疑惑地用余光打量那栋有爆炸痕迹的公寓。

抱着随便试一试的心态，他又将手插入口袋，手指顶开并探进了铁制卷烟盒内——他要查看进入案发现场所在公寓的地方是否藏着人。

嗡的一声，克莱恩的脑袋就像被砸了一下，身体都有点摇摇晃晃。他仿佛醉鬼，踉跄向前，望向了那栋有爆炸残痕的公寓。

因为隔得太远，他无法看清那些黑色细线，也不能溯源找到归属，只能勉强分辨哪些地方有细线聚集，而这样的地方就表明有人。

没有，没有，没有……克莱恩快速扫过，粗略判断。忽然，他发现位于三楼的案发现场有黑色细线飘荡出来，伸入了半空！

这……克莱恩瞳孔一缩，做了确认，接着快速抽手，不再接触那"全黑之眼"。

被炸毁的房间内竟然有人！

那个凶手竟然疯狂到在现场等待探查者？他就不怕有官方非凡者在顺便查这个案子吗？我刚才判断出错，一直没找到他，是因为我和疯子的逻辑完全不同……

一个个想法飞快闪现，克莱恩缓缓地吐了口气，装作没事人般绕了一圈，绕到了那栋公寓的入口前。这个时候，他的不良反应也全部平息了。

控制住脸庞表情和肢体语言，克莱恩就像回家一样来到三楼，脚步快速中透着些许源于疲惫的沉重感。

昏暗的走廊里，他一眼就看见了那个没有门的、垮了大半墙壁的房间，然后"漫不经心"地往公共盥洗室的方向走去。快接近那个房间的时候，他一直插在口袋里的手触碰向"全黑之眼"。

又是那让人脑袋分裂般的呓语，又是晃动模糊的各种幻象，克莱恩用余光瞄到了一根根黑色的虚幻细线从案发现场延伸出来。溯源而去，他发现了一个彻底融入阴影、气场颜色同样深黑的男子。

这男子非常高，接近两米，嘴角略微下垂，显得相当孤僻。他的眼睛宛若野兽，冷漠里是掩饰不住的凶狠。

不是兰尔乌斯……克莱恩缩回手指，放松紧绷的身体，表情正常地忽略了可能存在着的注视，没有停步地走至过道尽头，进入了公共盥洗室，未惊动那位男子。

公共盥洗室与案发现场不在一侧，他擦了把冷汗，稍微平复了负面影响就直接翻出窗户，熟练地攀爬往下，然后快步离开，不再停留。

他知道，再过几分钟，那男子就会发现去盥洗室的某人没有回来，从而警觉地追赶，所以必须尽快远离达拉维街。

克莱恩不是不想原路返回，但他不知道自己能去哪个房间，那同样会暴露问题。

"小丑"飞快地奔跑，绕了个大圈后，进入了他在东区租的那个一居室，并来到灰雾之上，确认了没有被追上的危险。

那家伙应该和兰尔乌斯有很深的联系……克莱恩略微沉吟，具现出了刚才那位男子的画像，用意念传递给象征"正义"小姐的深红星辰。

紧接着，他威严而低沉地说道："这是线索。"

…………

即将废弃的医学院教学楼内，奥黛丽已结束聚会，正绕着圈子离开。突然，她恍惚了一下，看见了熟悉的浓郁灰雾和高踞灰雾中央的那道模糊身影。

"这是线索。"

伴随"愚者"先生低沉嗓音的是一幕相片般的场景，而且还是有色彩的相片！

一个接近两米但不算壮硕的男子身穿黑色教士服立在阴影里，淡黄的头发柔软微卷，深棕色的眼眸冷漠中藏着凶恶，嘴角微微下垂，孤僻如同恶狼。

线索？东区达拉维街爆炸案和盖文失足溺水事件的线索？这是凶手？奥黛丽怔了怔，旋即有所明悟。

"愚者"先生这就有线索了……他真厉害，不，无所不能……暗自感慨了一句后，她扭头望向身旁的佛尔思。

佛尔思取下口罩，摘掉手术帽，刚坐进马车，就察觉到奥黛丽小姐略显奇怪的目光，当即疑惑地问道："我脸上有什么东西吗？"

"没有。"奥黛丽收回视线，跟随着坐下，缓慢去除伪装。

佛尔思回想了之前的聚会，有些好奇地问："奥黛丽小姐，你为什么没有求购'观众'的配方？这样你才可能和心理炼金会建立起联系。"

她记得慷慨大方的奥黛丽小姐几乎整场都保持着沉默，绝大部分时候在倾听，仅仅卖出了一些含有灵性的材料，并购买了另外的品种。

奥黛丽浅笑道："这是我在这个圈子的第一次聚会，我认为观察和等待更加重要。我很期待魔药的配方，更加期待神奇的物品，但我告诉自己，没必要这么急，先熟悉再行动是更好的策略。"

这也是"观众"途径的职业习惯，而且也没出现邪纹黑豹脊髓液、精灵泉髓质结晶等"世界"先生想要的非凡材料……奥黛丽默默地补了一句。

佛尔思望着还未满十八岁的少女，觉得对方比以往任何时候都要成熟。她忽然自嘲一笑道："如果我当初能像你这样，就不会浪费宝贵的机会了。"

奥黛丽矜持一笑，给予回应，转而说道："我明早会去询问某些特殊的朋友，看他们是否有达拉维街爆炸案的线索，你和休在老地方等待消息。"

"好的。"佛尔思没有怀疑地点了点头。

…………

克莱恩没有趁夜返回明斯克街，而是直接睡在了东区黑棕榈街的一居室内。

他害怕那个穿黑色教士服的疑似凶手的男子还有同党，此时正满大街地寻找自己。虽然遇上的概率不高，他之前也做了伪装，对方多半认不出来，但既然占卜的结果表示有一定的可能性，那就谨慎为上，凑合着在东区睡一晚。

天刚蒙蒙亮，克莱恩换上另一套深蓝色的工人制服，戴好浅棕色的鸭舌帽，离开房间，走下楼梯，进入了街道。

此时，淡白泛黄的雾气弥漫于四周，来往的人影模模糊糊，清晨的阴冷浸入了衣物。克莱恩埋低脑袋，匆忙赶路，和周围那些早起工作的行人一模一样。

行走之间，他看见前方有位四五十岁、两鬓斑白、穿厚夹克的中老年男子正不断哆嗦着原地踏步，并颤颤巍巍地从衣物内侧口袋里摸出一根卷烟和一盒很空的火柴。

他刚打开火柴盒，右手忽然一抖，那皱巴巴的卷烟就掉在了地上，滚到了克莱恩身前。克莱恩停下了自己的脚步，顺手拾起，递给对方。

"谢谢，谢谢！这可是我的老伙计，没剩几根了。"那中老年男子诚恳地道谢，接过了卷烟。

他脸色青白，胡须像是许久没有刮过，疲惫之意从眉梢眼角毫无保留地展现了出来，哀叹着补了一句："又一晚没睡觉了，我不知道还能坚持几天。希望主保佑我，让我今天能够进入济贫院。"

这是被驱赶的流浪汉……克莱恩随口问道："国王和大臣们为什么不允许你们在公园睡觉？"

"谁知道呢？不过这样的天气在外面睡觉，很可能就再也无法醒来了。还是白天好，可以找个暖和点的地方，哎，但这样就没时间没体力去找工作了。"那中老年男子点燃卷烟，美美地吸了一口。他的精力似乎因此恢复了一点，和克莱恩并肩而行，往不知是雾气尽头还是雾气深处的地方迈步。

克莱恩没有寒暄的想法，打算加速摆脱他，可就在这时，他突然看见那说话条理清楚的中老年男子弯下腰，从地上捡起了一个黑乎乎的东西，似乎是被啃得很干净的苹果核。

那中老年男子吞咽了口唾沫，将手里肮脏的、裹满泥土的果核塞入口中，啪叽咬得稀烂，然后熟练地全部吃下，没有丝毫残留。

看着克莱恩诧异的目光，他抹了下嘴，耸了耸肩，苦涩地笑道："我快三天没吃东西了。"

这句话霍然击中了克莱恩的心灵，让他有了难以言喻的触动。他无声地叹了口气，微笑道："不好意思，刚才没有自我介绍。我是一名记者，正在做关于流浪汉的报道，我能采访你吗？我们去前面那个咖啡馆。"

那中老年男子愣了一下，旋即笑道："没问题，里面比街上温暖很多。如果你能在采访完多停留一会儿，让我在里面睡半个小时，不，一刻钟，那就更好了。"

克莱恩张了张嘴，竟不知该如何回答，干脆就那样沉默地领着"采访对象"进入了街口的廉价咖啡馆。

咖啡馆的桌椅都相当油腻，由于有墙壁和窗户，里面的体感温度确实要高于街上许多，客人也不少。

那中老年男子抓了抓喉咙，掩饰自己因为香味而蠕动的喉结。

克莱恩示意他坐下，自己来到点餐的地方，要了两大杯茶水、一盘嫩豌豆炖羔羊肉、两条面包、两块吐司、一份劣质黄油、一份人工奶油，总计十七又二分之一便士。

"吃吧，吃饱才能采访。"等到食物配齐，克莱恩将它们端回了自己那张桌子。

"给我的?"那中老年男子又期待又惊讶地问道。

"除了一块吐司和一杯茶水，其他都是你的。"克莱恩微笑着回应。

那中老年男子擦了擦眼睛，略显哽咽地说道："你……你真是一位好心人。"

"饿了很久的情况下，不要吃太急。"克莱恩叮嘱道。

"我知道，我有个老伙计就是这样死的。"那中老年男子努力地放慢速度吃着，时不时端起茶水，咕噜喝上一大口。

克莱恩简单地解决了吐司，就那样安静地看着，等待对方吃完。

"呼，我有三个月，不，半年没吃这么饱了。在济贫院里，食物只是刚好够吃而已。"过了一阵，那中老年男士放下了勺子，面前是空空的餐盘。

克莱恩假装自己是记者，随口问道："你是怎么成为流浪汉的?"

"这是一件不走运的事情。我原本是个还算不错的工人，有个妻子，有两个可爱的孩子，一个男孩一个女孩，但几年前，一场传染性疾病夺走了他们，我也住了很久的院，失去了工作，失去了财富，失去了家庭。从那开始，我就经常找不到工作，没钱租房，没钱吃东西，只能流浪在不同的街道和某些公园，这让我变得很虚弱，也就更难找到工作……"那中老年男子麻木里带着些许回味和悲伤地说着。

他喝了口茶水，叹息着再次开口："我只能等待进入济贫院的机会，但你知道的，每个济贫院都有数量限制，如果运气好，排队及时，我就可以好好过上几天，稍微恢复点体力，然后找到一份临时的工作。嗯，临时的，很快，我又会失业，再次重复之前的过程。

"我不知道我还能这样坚持多久……我本该是个好工人的。"

克莱恩想了想，问道："你还有几根香烟?"

"没几根了。"中老年男子苦涩地笑道，"这是我最后的财产，是我被房东赶出来的时候仅剩的东西。呵，进济贫院是不能带它们的，我会将它们偷偷藏在衣服的缝隙里，只有最艰难的时候，我才拿出来吸一根，让自己有个盼头，我不知道我还能坚持多久。我给你讲啊，我当初可是个好工人。"

克莱恩不是专业的记者，一下竟不知道该问什么。

他扭头望向窗外，看见了一张张有明显饥饿感的脸孔。有的还算清醒，这是东区的居民；有的麻木疲惫得不像人类，这是流浪汉。

两者并没有明显的区别，前者很容易就变成后者，比如我面前的先生……克莱恩回过头来，却发现那位中老年男子睡着了，蜷缩在椅子上睡着了。

默然了几分钟，克莱恩才过去拍醒对方，给了他一把铜便士："这是采访费用。"

"好，好的，谢谢，谢谢！"中老年男子一时没有回过神来，等克莱恩走到门口，他才拔高声音道，"我会去廉价旅馆洗个澡，好好睡一觉，然后找工作。"

…………

中午时分，克莱恩在萨默尔家参加宴会，客人一共十位。

这里有苹果汁配牛排，有烤鸡，有炸鱼，有香肠，有奶油浓汤，有许多美食和两瓶香槟、一瓶红葡萄酒。

他从盥洗室回来的路上，遇到了斯塔琳·萨默尔太太，于是诚恳地感谢了一句："很丰盛的午餐，感谢你们的招待。"

"总共花了四镑八苏勒。最贵的是那三瓶酒，不过它们都是卢克的收藏，他有一个酒柜。"容颜还算娇美的斯塔琳太太微笑着回应道。

不等克莱恩开口，她转而说道："仅仅玛丽那件事情，你就收入了十镑，如果能维持这样的好运，你很快就可以举行类似的宴会。对我们这个阶层的人来说，每个月都要请一次朋友，以及被朋友请。"

克莱恩早已习惯对方的风格，客套地恭维了一句："嗯，不过得等我年收入稳定在四百镑的时候，才能像你们这样。"

斯塔琳顿时微扬下巴，努力让笑容显得浅淡："四百三十镑，得有四百三十镑。"

码头区，东拜朗船坞，工人联盟酒馆。

休穿着垫高了许多的靴子，贴上了浓密的胡须，让自己看起来像一位矮个子的男人。

她回忆着从奥黛丽小姐那里看到的肖像，力图将疑似凶手的那位男子的模样牢牢印在脑海中。如果盖文也是他杀的，那他很可能经常出没于这家酒馆……

休要了杯黑麦啤酒和一份午餐，缩在角落里，慢悠悠地吃着，时不时隐蔽地打量四周，寻找目标。

过了一阵，酒馆的大门再次被推开，休条件反射地望了过去。这一看，她瞳孔猛地收缩如针尖，整个人险些变成了石像。

进来的那个顾客身高接近两米！

休在赏金猎人这行已经混了很长一段时间，许多事情不需要过脑子，身体直接就能做出下意识的应对。

一看见进来的那位顾客身高接近两米，她就本能地低下了脑袋，什么事情都没发生般地继续吃着猪肉香肠和炸薯条。

食物进入嘴里，休却品尝不出任何味道，她苦苦地忍耐了几十秒，才慢慢抬头，假装随意地环视了一圈。很快，她看见刚才进来的那位顾客就坐在吧台前，正等待着酒和午餐。

柔软微卷的淡黄头发，野兽般的深棕色眼眸，略有下垂的嘴角，孤僻凶恶的气质……一处处细节映入休的瞳孔，与她脑海内的形象逐渐重叠。

是他！

就是那个疑似凶手的人！

杀害威廉姆斯的凶手！

休又一次埋低脑袋，将剩余的食物缓慢地塞入口中。好几分钟之后，她把餐盘连同酒杯一起放到了吧台上，接着目不斜视、头也不回地离开了工人联盟酒馆。

——因为靴子垫高了许多，她有效遮掩住了最明显的特征。

到了外面，休放缓脚步，就近找了个僻静的位置，观察起出入酒馆的人。等待了一阵，她终于发现了一位熟人，住在东区、工作于东拜朗船坞的技术工人伯顿。

这位年轻人喜欢在中午或者下午给自己点一杯劣质的黑麦啤酒，他的薪水也只能承担这种啤酒，而且还不能每天都喝。

休动作敏捷地蹿了过去，拍了下伯顿的肩膀，压低嗓音道："是我，休。"

"休？"伯顿上下审视起侧后方的矮个头男子，差点没认出这是东区某些街道很有名的"仲裁者"，休·迪尔查。

"我有事情要问你。"休指了指旁边的角落。

伯顿疑惑地跟随，到了隐蔽处才有所恍然地问道："你在做悬赏任务？"他听说休同时也是赏金猎人。

"嗯。"休敷衍地点了下头，掏出五个1便士的铜币，抛了抛道："你认识酒馆那个很高的男人吗？"

"你是说这么高，淡黄头发，很凶的那个？"伯顿比画了一下。

"是的。"休旋即拿出折叠好的肖像画，展开道："你必须完全确认。"

"就是他，他最近两三个月经常到这边酒馆来，以前倒是没见过他。他很凶，根本不讲道理，打架非常厉害，你最好不要惹他。"伯顿仔细瞄了画像几眼，诚恳地规劝了一句。

嗯，我刚才看到那个人，就像小时候遇见猛兽，有种很危险、不是对手、必须立刻避开的感觉……休暗自吐了口气，道："你知道他和什么人有密切联系吗？"

"不知道，他很不合群，很少说话，甚至没人清楚他叫什么。我们自己给他取了个绰号，叫作'巨人'。"伯顿撇嘴摇头。

休想了想，又问："除了酒馆，你还在哪里遇见过他？你可以去询问你的朋友同样的问题，记住，必须是足够信赖的朋友。"

伯顿回忆着说："我去码头工会办事的时候，嗯，就在东拜朗船坞的码头工会，偶尔会看到他在周围出现。

"休，你为什么不是工会的人？你是如此公正，而那帮家伙不仅每周要收我们一苏勒六便士的会费，遇到其他船坞罢工而我们不得不养家的时候，还会让我们交出一半的薪水！

"主啊，这都算了，为了好的生活，我们必须互助。可是，他们刚组织起罢工，回头就和那些有钱人派出的律师达成了一致，我们的处境根本没有好转！"

"停，停止。"休压了压右掌道，"除此之外，你没在别的地方见过那个'巨人'？"

"没有，我的朋友们应该也没有，毕竟我们经常会私下讨论他。"伯顿用很肯定的口吻给予了回答。

休没再多说，将那五个铜便士给了对方："请你喝酒。我刚才问的事情，你不要告诉任何人，这会非常危险。"

话音未落，她已转身走出角落，向着位于东拜朗船坞的码头工会行去。

十来分钟后，休看见了那栋两层的黄色小楼。她把身上的帆布外套反过来穿，露出里面的补丁，让自己瞬间从矮个头工人变成了流浪汉。

望了眼街角蜷缩的那几个流浪汉，休捏了下鼻子，过去和他们坐在了一起，视线则间歇性地扫过对面的码头工会 —— 在那里有人进出的时候。

时间一分一秒过去，休忍耐着冷风，忍耐着恶劣的环境，坚持不懈地观察着码头工会及周围区域的状况。

她清晰地记得威廉姆斯在喝酒上的坚持，更记得那天看见报纸的心情，这种心情让她比以往更能忍耐。

这时，码头工会出来了七八个人，他们成群前往对面的咖啡馆，准备享用午餐。休眯起眼睛，仔仔细细扫过每一位路过者，确认他们的长相。

没有可疑的人……休准备收回视线，等待下一批。

吱呀，咖啡馆的门被拉开，里面的热流猛然涌出，一位男子忍不住取下了自己的金边眼镜，用袖口擦拭镜片上的雾气。

休随意望了一眼，目光忽然凝固。

那双眼睛！

那个嘴角！

始终噙着嘲讽笑意般的形象！

兰尔乌斯？休猛然回头，不敢再看。

刚才那位男子肤色古铜，头发短粗，脸庞棱角分明，与肖像画上的模样区别很大，唯有那双眼睛和嘴角给她熟悉的感觉 —— 嘲讽着所有人的感觉！

是兰尔乌斯吗？会是兰尔乌斯吗？休埋着脑袋，凝望着街边的石板。

萨默尔的家里，丰盛的午餐后，主人和宾客聚集在起居室内闲聊，并约定等下一起玩德州扑克。

一些有趣的传闻和好笑的故事间歇性回荡，克莱恩保持着笑容，时不时插嘴几句，并看着萨默尔家的两个小孩活泼地进进出出。而他身旁的于尔根·库珀依旧是严肃正经的表情，偶尔为大家的讨论提供法律意见。

克莱恩笑了笑，微侧身体，压低嗓音问道："你会不会感觉无聊？"

"不会，他们的话题很有趣。"于尔根认真地点了下头。

克莱恩顿时愕然，脱口再问："那你为什么不笑？"

于尔根微皱眉头，疑惑地看着他，道："为什么要笑？"

"……"克莱恩嘴角抽动了一下，竟不知该怎么回应。

他本想开一句玩笑，说于尔根很像他们家的猫布罗迪，永远都那么严肃，耳畔却突然响起了虚幻层叠的祈求声。

女性……"正义"小姐这么快就根据我提供的线索找到了有用的资料？克莱恩站了起来，微微欠身道："我去趟盥洗室。"

进了盥洗室，克莱恩反锁房门，逆走四步，进入了灰雾之上。他的判断非常准确，祈求声来自"正义"小姐。

克莱恩忽然有些紧绷，半是期待半是凝重地蔓延出灵性，倾听对方的话语。

惯例的尊名后，"正义"如实描述道："她们在码头区东拜朗船坞的工人联盟酒馆发现了您提供的线索，对方的绰号是'巨人'；根据'巨人'的出没规律，她们又在东拜朗船坞的码头工会发现了疑似兰尔乌斯的人，但无法确定。

"她们暂时不敢接触兰尔乌斯，因为'巨人'很强大很危险，只能继续等待机会。她们同时询问，确认是兰尔乌斯之后，她们是否可以通报警察部门，领取悬赏？"

兰尔乌斯有个很强大很危险的帮手……他还有没有别的帮手？他的背后是否存在某个势力？为什么会那么过激地杀人，他在码头工会里谋划着什么？一连串的疑问闪现于克莱恩的脑海，让他觉得事情充满了迷雾，比预想中复杂很多。

至于最后一个要求，他的答案毫无疑问是同意，甚至会建议对方直接向黑夜女神的教会通报，因为警察部门那边存在泄密的可能性。

让女神教会的值夜者杀死兰尔乌斯，同样算是复仇！克莱恩无声自语了一句，心里涌起一种强烈的冲动，想立刻去确认那个人是不是兰尔乌斯，免得等待太久，出现变数。他吸了口气，按捺住情绪，解下了袖口的灵摆。

"去码头工会确认兰尔乌斯的事情有危险。

"去码头工会确认兰尔乌斯的事情有危险。

"……"

闭目默念七遍后，克莱恩睁开眼睛，望向那枚黄水晶吊坠，发现它一动不动，完全静止。

占卜失败？克莱恩顿时皱起了眉头。

他换了另外的语句，换了占卜的方式，结果依然是失败。

仔细思索了一阵，他找到了三个原因：一是信息不足，无法占卜；二是码头工会根本没有兰尔乌斯，占卜难以成立；三是兰尔乌斯就像因斯·赞格威尔一样，有能屏蔽占卜的物品。

屏蔽占卜的物品……是他从那个神子仪式里获得的好处？比如真实造物主的一点神性？克莱恩沉吟几秒，决定不管怎样，自己都得去码头工会走一趟。

有的事情，明知道危险，还是要做！那两位女士都能暗中观察，不被发现，我也可以……我只需要和兰尔乌斯照一次面，就能借助占卜确认……

当然，这同样不能鲁莽，我必须预先做好准备：比如，把"全黑之眼"送到灰雾之上，不随身携带，免得真实造物主的精神污染和祂的神性产生共鸣；比如，垫高自己，让那个"巨人"无法从身材上认出我就是昨晚"路过"的家伙；比如，找一个合适的、充分的、不引人怀疑的理由，嗯，可以假扮记者去采访，我等下先找迈克·约瑟夫借他的假记者证……

克莱恩嘴角缓缓勾起，以灵性覆盖自身，坠回了现实世界。

…………

下午三点，东拜朗船坞，码头工人协会。

克莱恩身穿厚毛衣，外套棕黄色夹克，头戴简单的软帽，让自己的形象更贴近于常见的调查记者，而不是时常参加宴会或采访有身份、有地位的对象的那种 —— 这样的装束额外花费了他一镑十苏勒。

此时，他戴着金边眼镜，闪烁着油膏光泽的头发整齐后梳，脸上没有了乱七八糟的胡须，只有绕嘴唇一周的青黑胡茬儿，身高则比原来多了至少五厘米，力求与昨晚的工人形象有明显区别，让不是特别熟悉他的人根本无法产生联想。

而他衣服和裤子的口袋里，没有了"全黑之眼"，没有了各种符咒和草药精油，只有一副塔罗牌，一沓便签，一支灌水钢笔，一个皮夹，一把零钱，一串钥匙，以及一张假记者证。

—— 他不知道兰尔乌斯目前的状态，也不清楚围绕着对方的那些强力非凡者来自哪里，所以谨慎为上，不带任何会引起怀疑的物品。

望向前方的那栋二层小楼，克莱恩穿过街道，假装没发现有好几道目光在注视自己。

他推开大门，发现码头工会的布局相当简陋，没有负责接待的女士，也没有宽敞的大厅，通往二层的楼梯位于中央，两侧是密布着办公室的走廊，地上没铺木板，更别提毯子，纯粹只是用水泥砌了一遍。

克莱恩侧头看了眼守在门边的男子，靠拢过去，道："我是《贝克兰德日报》的记者，我想采访你们协会的工作人员，了解你们的诉求和渴望。"

那男子穿着有不少补丁、部分边角甚至露出肮脏棉絮的外套，内里只有一件亚麻衬衣。

听到"记者"这个单词后，他顿时变得警惕，一叠声回答："没有！我们最近没有组织罢工，没有！"

"我想你误会了，我是同情你们的人。我打算做一份专题报道，讲述工会在帮助工人这方面做的事情和遇到的实际困难，相信我。"克莱恩借助"小丑"的非凡能力，让自己的眼神显得异常诚恳。

"这样啊……你去找兰德先生，他是我们负责宣传的委员。右拐，右手边第二间办公室。"那男子犹豫了几秒才道。

"谢谢。"克莱恩假装松气地行了一礼，感觉到阴暗角落里注视着自己的目光消失了。

他背部略有些冷汗地拐向右侧，敲响了对应办公室的门。

吱呀，房门打开，一个毛发稀疏的中年男子疑惑地看着他道："请问你是?"

"是兰德先生吗? 我是《贝克兰德日报》的记者斯坦森，这是我的记者证，我想以工会为主题做一期报道，帮助你们获得更多的关注。"克莱恩几乎快要相信自己就是一位记者了。

"我就是兰德。"那中年男子看了眼记者证，明显不太乐意，犹豫着说道，"我很难相信你们记者是来帮助我们的。"

"我出生在东区，我知道工人们的生活有多么悲惨。如果你不相信我的意图，可以始终跟着我，监督我的每一个问题。"克莱恩忽然笑笑，补充道，"基于实际采访资料做出的报道，总比什么都没有、全凭想象写的新闻要好，至少你们可以阐述你们的观点，将事情往你们希望的方面引导。"

兰德摸了下自己的头皮，迟疑着回答道："好吧。我会全程跟着你。"

"谢谢！"克莱恩险些没能控制住自己的情绪。

之后，他在兰德的引领下进入了一间又一间办公室，按照预设的问题采访着工人协会的人员。

右侧走廊没有收获，左侧走廊没有收获……克莱恩表情如常地踏上木制阶梯，来到二楼。

这次，兰德带着他进入了正对楼梯口的那间办公室，对里面的人介绍道："这是《贝克兰德日报》的记者，斯坦森先生。他想对你们做一些采访，不过我必须预先提醒你们，有些问题，你们有权拒答。"

克莱恩堆着笑容上前两步，做出要和这个办公室的人员一一握手的姿态。就在这时，他看见了一道略感熟悉的身影。

虽然对方的皮肤变成了古铜色，平凡普通的圆脸变得棱角分明，眼镜也从圆框换成了金边长框，但克莱恩还是凭借"占卜家"的灵性直觉，发现了一丝莫名的熟悉感。紧接着，他的身体有所颤抖，脸上的笑容差点失控。

"不，不好意思，我忽然，忽然肚子痛，请问，请问盥洗室在哪里？"克莱恩用没拿钢笔和便签的手捂住腹部，尴笑着问道。

兰德和办公室内的人员都没有怀疑，纷纷指着门外道："出去，左转，走到尽头，就可以看见标识。"

克莱恩一边赔笑一边后退，出了房门后，脚步飞快地直奔盥洗室。进去之后，他挑了最靠窗的那个厕间，坐到马桶上，反锁住木门。

他弯下腰背，嘴角咧开，无声地笑了起来，笑得直不起腰，笑得有一滴滴晶莹的液体落到地面。

克莱恩已经确认，那就是兰尔乌斯！

这并非基于那很少的熟悉感，而是因为他在对方身上察觉到了另一种气息，让他印象深刻到极点的气息！

而这也是他刚才差点当场失控的主要原因。

他身体的战栗来源于本能的畏惧和害怕！他情绪的崩溃来源于记忆深处的惊悚和悲伤！

那是，那是……那是真实造物主的气息！

克莱恩洗了把脸，假装什么事情都没发生地继续采访，哪怕面对不知为什么变化那么大的兰尔乌斯，他也按部就班地提出问题，记录答案。做好这一切，他告辞离开了码头工人协会，走出了采光不佳、略显昏暗的房屋。

外面阴云层叠，薄雾弥漫，就像提前进入了傍晚。

真实造物主的气息只可能来源于祂自身、祂的子嗣以及在这个基础上延伸出来的东西，比如祂赐予的物品，比如祂的神性……

这很符合兰尔乌斯对胡德·欧根说过的话语，再加上那一丝莫名的熟悉感，我不用去灰雾之上占卜，也能确认是他……

如果不是我已经和真实造物主打了好几次交道，并经常接触祂的精神污染，我根本没法辨认出那不蕴含力量和位格的气息属于祂……克莱恩心情非常凝重，外表却很轻松。

他站在街上，故意整理了下采访便签。在这个过程中，他瞄到对面的流浪汉中有道让他略感熟悉的身影。

休女士？

克莱恩结合事情的经过，瞬间做出了猜测。他没有停留，收好便签，向着有轨公共马车的站点行去。

就在这时，一辆马车突然停在了他的面前。

"我们又见面了。"

坐在马车里的是位消瘦但儒雅的中老年绅士，他两鬓斑白得很有气质，正是能协助警方查案的大侦探艾辛格·斯坦顿。

而克莱恩此时的样子与平常没多大区别，只是高了一点，换了身衣物。

"真巧，我正在想上次采访你的事情。"克莱恩故意这么回答。

艾辛格一下领悟，笑着岔开了话题："我是到这边来查案的，希贝尔的死亡案件被剔除了出来，主要由我负责，而她的死亡地点和东拜朗船坞很近。"

"果然是模仿犯罪吗？"克莱恩假装自己刚刚才知道。

寒暄了几句后，他坐上有轨公共马车，没直接回家，而是转乘着前往希尔斯顿区的克拉格俱乐部。

俱乐部的休息室内，克莱恩快速去灰雾之上，确认了没人跟踪自己。到了这一步，他才彻底放松下来，感觉到了后怕。

真实造物主的气息就像噩梦一样，萦绕于他的脑海，让他背部的贴身衣物干了又湿，湿了又干。

为了确保万一，克莱恩于面前具现出一张黄褐色的羊皮纸和一支深红色的圆腹钢笔，然后熟稔地写下了早就考虑好的占卜语句：之前那种莫名熟悉感的来源。

放下钢笔，后靠住椅背，他边默念边进入了梦境。

在那片灰蒙虚幻的天地里，他看见了一个人。这人五官普通，戴圆框眼镜，始终噙着俯视和嘲讽的笑意，正是兰尔乌斯！

总算找到你了！克莱恩不再用"小丑"的能力控制表情，咬牙切齿地自语了一句。旋即，他坐直身体，准备回应"正义"小姐的祷告。

克莱恩控制了下情绪，嗓音低沉而淡漠地开口道："无须确认，那就是兰尔乌斯。

"可以通报给黑夜女神教会，并告诉他们，兰尔乌斯身上有堕落造物主的神性。"

…………

正和苏茜一起观看父亲训练猎犬的奥黛丽听到"愚者"先生的回应后，当场愣了一下。

堕落造物主……这不是真实造物主吗？那个诈骗犯身上竟然有真实造物主的

神性？这，这么一个简单的任务竟然牵扯到了真实造物主的神性！

果然，我就说"愚者"先生另外藏有深层次的目的……祂在针对真实造物主……不愧是"愚者"先生！奥黛丽瞬间涌现了诸多想法。

已经与休、佛尔思约定好紧急联络方式的奥黛丽，很快就通过金毛大狗苏茜，将"愚者"先生的提示当作自己从另外渠道获知的情报转达给了两位女士。

一座旧教堂的角落里，休一边思索该怎么确认兰尔乌斯的身份，该如何制造混乱，抓住机会为威廉姆斯报仇，一边展开了纸团。

……无须确认，那就是兰尔乌斯？休的眼睛霍然睁大，急忙扫过接下来的内容，只见纸张上清清楚楚地写着：只能通报给黑夜女神教会。提醒他们，兰尔乌斯身上有真实造物主的神性。

"神性？真实造物主的神性？"休脱口而出，愕然地看向面前负责送信的金毛大狗，发现对方也是一脸茫然。

"什么？"佛尔思听着听着，忽然感觉有点不对，忙劈手拿过纸张，飞快阅读。

过了片刻，她嗫嚅着嘴唇，不知该笑还是该气地说道："这……这是在开玩笑吧？我们怎么就掺和进了有关邪神有关神性的事件？"

这只是抓个价值两百镑的狡猾诈骗犯而已！

对于佛尔思的问题，苏茜只能用无辜的眼神来表达"我只是一条狗，我也不知道这是怎么回事"的意思。

佛尔思也没期待一条狗能解答自己的疑惑，她侧头对休说道："奥黛丽小姐恐怕没有我们想象中那么天真和单纯，她有着不少的秘密。这也许是贵族与教会、与邪教组织的博弈。

"不过，可以明显看得出来，她之前也不知道神性这件事情，她也被人利用了，嗯……利用她的人或许就是她的父亲，霍尔伯爵。

"值得庆幸的是，事情到此为止，你不用再冒险了，找人通报黑夜女神教会后，你就可以安心领取悬赏了。"

休怔了怔道："是啊……希望，希望值夜者能帮威廉姆斯复仇，他们那么强大，肯定可以，肯定可以……"

话音未落，她忽然扭头望向旁边，似自言自语般道："我还是太弱了，太弱了……"她猛地抬手，捂住了自己的嘴巴和鼻子。

…………

我还是太弱了，否则我会选择亲手复仇，但现在只能退而求其次……不提兰尔乌斯身边的"巨人"和那些隐藏的帮手，光是得到了"神性"的他，我都应该没法对付……

只要收到了情报，以值夜者的反应速度，今晚应该就会动手。贝克兰德教区是仅次于教会总部的地方，有很多封印物，还有很多强者，不需要再等待额外的帮手……

交代完事情的克莱恩回到现实世界，贴了点胡子，换了个发型，对着镜子发了好几分钟的呆。他有些期待，有些激动，也有些惆怅和无力。

傍晚来临之前，他离开克拉格俱乐部，返回明斯克街，途中去了趟杂货市场，随意找了个生意很好非常忙碌的摊位，买了几张面具，其中包含一张小丑的。

他决定今晚去旁观围捕兰尔乌斯的行动，他要亲眼看着对方为之前的疯狂付出代价！

当然，以他的实力，肯定只能很远很远地眺望，连靠近的权利都没有。

等到十一点，等到许多人已进入梦境，克莱恩换上灰蓝色的工人制服，像昨晚一样进行了伪装。接着，他戴上鸭舌帽，绕到几条街外，乘坐出租马车前往贝克兰德桥区域。到了那里，他改成步行，一路抵达东拜朗船坞。

他昨天的采访提问中包含有"目前住在哪里""周围的环境怎么样"等问题，所以，他很清楚兰尔乌斯夜晚会住在码头工人协会提供的宿舍内。

不过，克莱恩没有靠近那里，而是谨慎地绕开，目的地是东拜朗船坞的钟楼。

——在贝克兰德，除了大型教堂会带高耸的标志性的钟楼，许多政府建筑也会额外配一个，不一定太高，不一定恢宏，不一定华丽，以实用为主，比如东拜朗船坞的这个。和周边最高三层的建筑相比，它就像巨人一样耸入夜色，俯视着这片区域。

克莱恩轻松翻入钟楼内部,沿着盘旋往上不见尽头的阶梯,在黑暗里飞快前行。

终于，他来到了目的地，来到了那巨大的壁钟上方，四周是深黄色的围栏，头顶是伸手能够触碰到的尖顶。

上前几步，克莱恩藏到阴影里，分辨位置，眺望向码头工会的宿舍。

那是一栋砖红色的两层建筑，偶尔路过的行人在克莱恩的眼里已经接近黑点。他凝视几秒，退后一步，更加融入了黑暗，与此同时，他取出新买的面具，戴在了脸上。

这是一个嘴角高高上翘、鼻头涂着红色油彩的小丑。

开心的小丑。

克莱恩就那样戴着小丑面具，站着浓郁的黑暗里，耐心地等待着预定的好戏。

这一等就是两个小时。

当下方大型壁钟的指针越过一点后，他忽然看见远处飞来一样事物，那是一艘有着深黑涂装的巨大飞空艇！

如果不是微薄的月华照耀，它将与夜色难分彼此。它不像报纸和杂志上描述的那样会发出夸张的机械轰鸣声，它的桨叶悄然旋转着，整体安静得如同一只发现了猎物但还没找到机会的秃鹫。

坚固而轻盈的合金撑起了棉布的骨架，下方悬挂着配有机枪口、投掷口和炮口的厢体，一看就充满了威慑力。

没有声音……这是用超凡手段进行了临时处理吧？戴着小丑面具的克莱恩望着缓慢下降的飞空艇，心里有了一定的猜测。

此时此刻，他最大的不解是，城市人口密集区域的小规模非凡战斗，教会竟然派出了飞空艇！不怕大面积误伤周围的市民吗？不怕造成恐慌吗？

很快，飞空艇悬浮在了十米左右的半空，这样一来，克莱恩就更加不用担心自己会被发现了，他的位置比飞空艇高出许多！

他观察着下方的情况，忽然有了个猜测，那就是飞空艇多半不会投入战斗，而是以制空的方式监控现场，为行动人员提供更好的视角，防备意外的发生和目标可能出现的逃窜。

这个时候，那两层的砖红色小楼前悄然出现了三道穿着黑色风衣的身影。

为首之人没戴帽子，有一头剃得很短的金棕色头发，墨绿眼眸深沉得仿佛无风无光的湖泊。他衬衫和风衣的领口高高竖着，双掌戴着一双鲜红如血的手套，一个银白金属铸就的手提箱正通过同色的链条缠绕于他的左手。

这正是黑夜女神教会值夜者队伍九位高级执事之一的克雷斯泰·塞西玛，他同时也是红手套队伍的三巨头之一，这段时间正好在贝克兰德。

塞西玛望了前方一眼，侧头对左边的手下道："使用封印物1-63。"

"是，塞西玛阁下。"那名值夜者半蹲下来，帮助塞西玛解开了缠绕着银白手提箱的链条。

整个过程里，克雷斯泰·塞西玛的肌肉都非常紧绷，似乎在对抗着什么。

左侧的值夜者无声吸了口气，猛地往下一按，那银白箱子的表面顿时有虚幻的波纹裂开。四周的光芒霍然消失，似乎全被吸入了箱子内，一柄不到一米的骨剑散发着润泽的纯白光芒，徐徐飘浮了起来。

它的剑身托着一面古朴的镀银镜子，镜子之内映照出的景象一层又一层，不断叠加，没有尽头。

左侧的值夜者拿起那面镜子，将它对准了砖红色的小楼。小楼清晰映照入内，一切似乎都没有改变。

塞西玛却缓缓地吐了口气，伸出左手，握住了那柄不到一米的骨剑，周围的光照随之恢复了一些。

266

"我们进去吧。"他迈开脚步，向着砖红小楼的入口靠近。

三位值夜者打开大门，进入了阴沉昏暗的房屋，目标直指通向二楼的阶梯。

就在这时，一道高大但瘦削的身影浮现于角落的阴影里，他穿着一身黑色的教士服，有淡黄微卷的头发和野兽般的深棕色眼眸。

"你就是女神之剑？"接近两米的"巨人"声音低沉地开口，与此同时，他的右掌猛然握紧。

砰！砰！砰！

这栋砖红色小楼内的工会人员在睡梦中一个接一个地炸开，连惨叫都没来得及发出。

他们的身体四分五裂，化成了黏稠的浓郁的血肉，一半涌向"巨人"自己，要织成能抵御法术、减少伤害的披风，一半凝聚成长毛的巨毯，覆盖向三位值夜者。

克雷斯泰·塞西玛只是静静地看着，什么都没有做。

无声无息间，那些血肉消散了，崩溃了，如同雨点般落下，却没有染红地板。而各个房间内，一道道人影重新浮现，依然在熟睡。

"这是镜中的世界，只针对非凡者的镜中世界，你预设于那些普通人身体内的血肉炸弹在这里都是虚幻的。"塞西玛将那柄圣物骨剑交于右手，扬了起来，四周彻底没有了光芒。

"哼！""巨人"突然用右掌抓住左肩，猛地将整条胳膊撕扯了下来，然后连骨带血地丢往正前方！

与此同时，他左肩断口处，血肉开始疯狂蠕动，缓慢长出了一条新的胳膊，暂时还没有皮肤的、血淋淋的胳膊。

那些血色雨点准确地避开了塞西玛等人，落到了地板上，飞快腐蚀出又深又黑的痕迹。但不管它们怎么努力，总是与三位值夜者差之毫厘，就像命中注定的一样。

"我的敌人，往往都不够走运。"塞西玛嘴角微翘，脚步一滑，瞬间就闪现到了"巨人"身前。

"巨人"目光一凝，身体忽然如蜡烛般熔化了，化成了黏稠的血肉，飞快地渗入地板。

塞西玛顺势单膝跪地，将手中的圣物骨剑插入了地面。

"不！"

浓郁的黑暗里，一道蕴含着疼痛与恐惧的怒吼刹那间爆发，旋即被安宁与沉静彻底吞没。

塞西玛站直身体，抽出骨剑，看见它的尖端有一滴暗红的血液缓缓下坠，而地板之上，血肉沁出，凝固成了一张绝望的脸孔，正是嘴角微微下垂的"巨人"。

啪！啪！啪！

塞西玛的身周连续有三道身影闪现，但他们都莫名其妙地跌倒了，被许许多多的无形之物强行拽倒了！

乓！乓！乓！

另一位值夜者开枪了，银白的子弹表面似乎铭刻着黑夜圣徽。三位躲于阴影准备刺杀的袭击者现出了身形，抽搐着失去了气息。

"'蔷薇主教''隐修士'……极光会的人。"塞西玛皱了皱眉头，没有转头地低沉开口道，"这件事情有点不对，很奇怪，你们要小心。"

他话音未落就听到了哒哒哒的脚步声，回荡于安宁和寂静中的脚步声。旋即，他看见穿亚麻衬衣、脸庞棱角分明的兰尔乌斯沿着昏暗的楼梯走了下来，表情淡漠而平静，没有一丁点恐惧。

"我很疑惑，对极光会而言，你应该是亵渎者才对，他们为什么会派人保护你？"塞西玛似乎没察觉到异常地随口问了一句。

兰尔乌斯露出标志性的嘲讽笑容，说道："这很简单。因为我不再是纯粹的兰尔乌斯。"

他顿了顿，目光突然变得冷酷："我现在更是，真实造物主！"

他霍然拉开自己的亚麻衬衣，露出胸腹间没有皮肤的深红色血肉，这些血肉连在一起，构成了一个倒吊着的人影！

轰然之间，四周的虚空玻璃般破碎了，所有的场景崩溃式瓦解了。

这是神灵的气息。

第十四章

CHAPTER 14

✦ 死战 ✦

　　东拜朗船坞的钟楼上，戴着小丑面具、藏于深沉黑暗里的克莱恩一直安静地凝望着码头工人协会的宿舍，凝望着悬浮于它上方的飞空艇。

　　他看不见具体的战斗过程，更无从得知砖红色小楼内的行动进展到了哪一步，只能强行忍耐，从周围场景的变化、从偶尔路过的黑色小点来判断状况是好是坏。

　　就在这时，他看见那片区域的一盏盏煤气路灯霍然熄灭了，全部熄灭了！

　　那里变得一片漆黑！

　　紧接着，一种让他印象深刻到极点的感觉从砖红色小楼内爆发往外，哪怕隔着很长一段距离，克莱恩也忍不住浑身战栗，双腿发软，腰背下弯。

　　那是从本质上俯视着、碾压着生灵的感觉，那是无法抗衡无法面对的感觉！

　　不，不可直视神……恍惚之间，克莱恩仿佛回到了当初，回到了黑荆棘安保公司的大厅，似乎自己正开启灵视，想窥探梅高欧丝的精神状态，窥探她肚子里的婴儿。

　　那种感觉与现在一模一样！

　　不，现在更极端，更可怕！

　　怎么会这样？兰尔乌斯不是只有一点真实造物主恩赐的神性吗？顶多再加一两件相应的物品！怎么会弄出邪神正在降临的味道？

　　克莱恩还未来得及摆脱身体的战栗和思绪的脱缰，就突然感觉到一片深沉、宁静、幽邃的黑色吞没了先前那不可直视、不可窥探、不可对抗的味道。两者同时泯灭，周围的一盏盏煤气路灯相继又跃出了还算明亮的火光，刚才止不住下坠的飞空艇重新浮了上来。

　　所有的所有，都恢复了最开始的状态，似乎没有半点改变。

　　但克莱恩不这么认为，他用力站直身体，明白砖红色小楼内发生了至关重要的事情。不再有那种本质和层次都超越非凡者的感觉，不再有邪神降临般的味道，这说明真实造物主，或者兰尔乌斯的谋划失败了……但值夜者那一方应该也遭遇

269

了沉重的打击，未必还有余力……

这时，克莱恩心中一动，忙解下左腕袖口内的灵摆，单手持握，低沉出声："目前的兰尔乌斯不再具备危险性。"

快速重复了七遍后，他睁开眼睛，看见黄水晶吊坠在做逆时针旋转，但速度不快，幅度不大。这表明兰尔乌斯现在依然是危险人物，但程度已相当低。

克莱恩更关注的则是另外一点：占卜没再失败！这说明兰尔乌斯已经与真实造物主赐予的神性有了分离，有了本质上的分离！

浸入骨髓的冷风吹过，克莱恩霍地打了个寒战，觉得似乎有电流瞬间从他的脚底钻入了他的脑海。

也许，我可以做点什么！他猛然闪过了这么一个念头，不再犹豫，于黑暗的钟楼顶层逆走四步，进入了灰雾之上。

他没浪费时间，直接坐了下来，具现出一张黄褐色的羊皮纸，具现出一条占卜语句：兰尔乌斯的逃跑路径。

克莱恩向后一靠，飞快默念，进入了深沉的梦境。

在那片虚幻、支离、迷蒙的世界里，他看见了流着污水的沟渠，看见了昏暗肮脏的通道，以及一根根有了锈迹的金属管道。

那里是局促的、封闭的，那里是下水道！

克莱恩一下苏醒，当即用灵性覆盖自身，坠入了灰雾之中。一返回现实世界，他立刻退后了几步，来到钟楼背对飞空艇的那侧。

克莱恩未走盘旋的楼梯，直接翻出了深黄色的围栏，借助建筑物表层的平台、凸起和装饰，一层一层地往下跳跃，身体平衡得就像行走于地面。只用了很短的时间，他的双脚就踩在了厚实的街边石板上。

…………

砖红色小楼内，两位戴红手套的值夜者倒在了门边，昏迷不醒；那面古朴的镀银镜子滚到了角落，不再有丝毫特殊，完全看不出来是1级封印物。但可以明显感觉到，它正一点一点地恢复着。

克雷斯泰·塞西玛单膝跪于交叉口，两侧眼角各有一行似血似泪的液体滑落。

他金棕色的短发无力地耷拉着，竖着的风衣和衬衫领口已变得破破烂烂，露出了他较尖的下巴和薄而刚硬的嘴巴。伴随着不断的喘息，他每颗牙齿上都浮现了一张面容扭曲的半虚幻半透明脸孔。

塞西玛用戴着红手套的左掌支撑着地面，艰难地挺直脖子，望向前方。他的正前方是通往二楼的阶梯，阶梯之上站着亚麻衬衣完全敞开的兰尔乌斯。

兰尔乌斯直挺挺地立在那里，胸腹之间插着那柄纯白的、润泽的圣物骨剑。

那些没有皮肤的血肉，那些勾勒出了倒吊人影的血肉，此时全部消失不见，只留下一片空洞。隐约之间，甚至能通过这片空洞，从兰尔乌斯的身前看到他的背后。

兰尔乌斯非常困难地动了一下，突然大声而疯狂地笑道："哈哈，哈哈，感谢你们！我真的要感谢你们！

"真的，看我诚恳的眼睛，我确实要感谢你们！如果不是你们及时发现并赶到，再有几个月，我就真正成为真实造物主降临的载体了，那时候，我的状态和死了有什么区别？"

塞西玛听得明显愣住，不敢相信被自己奋力破坏掉最大依仗的家伙此时竟那样高兴。他此时想站却站不起来，想反抗又无力反抗。

兰尔乌斯看出了他的疑惑，咳嗽着笑道："你知道吗？对我这种人来说，做了一件很值得自豪的大事后，无人分享是最难过的。

"咳，我在廷根市的时候，被真实造物主骗了，祂不仅想通过制造子嗣来回归，还隐蔽地在我身体内种下了'树苗'。

"不，我甚至认为，梅高欧丝的孩子只是祂的幌子，祂甚至没有要求极光会的成员去保护她，去引开官方的注意，祂似乎一开始就知道这件事情会失败。

"祂真正的降临布置在我身上，祂赐予我的神性在我抵达贝克兰德后，突然与我体内的'树苗'结合了，哈哈，你能想象吗？我在被一点一点替换，被祂一点一点替换！等到最后，我就会成为真实造物主。

"我还没想出办法，就被极光会的人根据神性的感应找到了，还好，他们都是些脑袋简单的疯子，哈哈，愚蠢的人总是那么多。"

咳咳咳！兰尔乌斯吐了一口淤血，似乎恢复了些许行动力。他艰难地往前走了一步，棱角分明的脸庞不知为什么突然柔和了许多，与原来更像了。

兰尔乌斯伸掌按住楼梯扶手，充满嘲讽意味地笑道："还好，真实造物主想彻底降临，想完全地替换掉我，需要大量的悲观、绝望、麻木、愤恨和原始的恶，只有贝克兰德，只有东区、工厂区加码头区，才能满足祂的要求，这就给了我机会，给了我与其他人接触的机会。

"我知道，单纯通过接触的人报警是不现实的，因为我接触的人很可能也是极光会的成员。

"我最开始想煽动罢工，让警察部门注意到我，结果被极光会的人警告了，还被折磨了一顿，只能匆忙结束。

"我装作有点失控，得到了去下水道发泄的机会，在这个过程里，我隐蔽地用血液污染了一些居住在那里的生物，让它们变成了凶恶的变异怪物。可惜，在你们借此查过来之前，这件事情又被极光会发现了，他们好像有成员死在了变异怪物的手上。哎，我现在没有了神性，没有了'树苗'，血液不再有这样的效果了。

"在那之后，我被控制得更加严格了，但我还是找到了一个机会。我杀了个妓女，用最残忍的办法，想引起警方的关注，谁知道极光会的人竟然把这件案子伪装成了连环杀人案的一部分，我还是没能等到解救。

"我没有类似的机会了，只能换更巧妙的办法。我主动要求最凶恶最疯狂最激进的极光会成员来看管我，而这正符合他们的想法。嘿嘿，他们就不能用脑子想一想吗？这种疯子随时会惹出事，果然，你们来了！"

呼……这时，兰尔乌斯吐了口气，活动了下身体，似乎终于摆脱了残余的影响。

他抽出插在胸腹间的圣骨剑，惋惜地说道："真是遗憾啊，不能带走它，否则我很快就会被你们锁定并找到。"

那柄纯白骨剑完全离开了他的身体，夸张的伤口却没有流下一滴血液，消失的部分似乎并不属于兰尔乌斯。

兰尔乌斯右手按胸，对着克雷斯泰·塞西玛等人行了一礼："外面飞空艇上的人应该快恢复了，我不能再停留了。

"感谢你们，由衷地感谢。

"虽然你们很愚蠢，但终究帮到了我。对你们这帮愚蠢的家伙来说，这是你们的荣幸。"

说到这里，他直起身体，噙着满是嘲讽意味的笑容，说道："再见，愚蠢的值夜者们。用你们的生命为我送行吧。"

他握着那柄圣物骨剑，猛地上前几步，试图刺向克雷斯泰·塞西玛。可这个时候，他的眼皮开始变沉，变重，整个人只想倒下睡觉。

"原来你还有点力量，这就麻烦了……"兰尔乌斯轻咬舌头，突然将手中的圣骨剑扔了出去，投向昏迷在门边的值夜者！

"不！"

塞西玛用好不容易积蓄起来的力量挥手，让无形的事物引偏了圣物骨剑。

兰尔乌斯抓住这个机会，噔噔噔跑向侧方，从走廊尽头的盥洗室窗户翻出了砖红色的小楼。紧接着，他搬开街边的井盖，迅速攀爬往下，进入了下水道。

兰尔乌斯对这里似乎非常熟悉，哪怕周围一片漆黑，他也能奔跑、跳跃、转弯，飞快地向着迷宫般的下水道深处逃去。

突然，他本能地停步，后仰了下身体。

噗！一张纸牌深深地插入了他的右胸，边缘迅速有血液流出。

兰尔乌斯抬眼望去，借助自身的黑暗视觉看见了袭击者。

那是一个穿工人制服的、中等身材的男子，他脸上戴着嘴角高翘、鼻头通红的面具，那是一个快乐的小丑。

视线对上的刹那，兰尔乌斯猛然弯腰，合身前滚。

当！

一张牌面为天使与号角的塔罗牌如同飞刀，锐利地插在了下水道的墙壁上，而它的高度正好与先前兰尔乌斯的脖子平齐。

当！当！当！

兰尔乌斯或翻滚，或侧跃，或前扑，动作异常敏捷地避开了接连而至的三张纸牌，让它们与墙面、与石板、与水泥激烈碰撞，发出金属敲击般的回响。

与此同时，他余光看到那个戴小丑面具的男子身形不比自己慢多少地紧紧跟随着，一手握住厚厚的一摞纸牌，一手熟稔地发牌派牌。

纸面上那长出了五官的太阳映入眼帘，兰尔乌斯左手在墙上一撑，整个人腾空跃起，大幅度变向。

就在这时，他听到了嗖的声音，脚踝突然一阵剧痛！

发了两张牌？一张稍微滞后，正好对准了我躲避的方向？他能预知我的动作？兰尔乌斯心头一凛，刚一落地就忍着疼痛再次翻滚。

当！

他原本所在的那个位置又插上了一张塔罗牌，正不断地颤抖着。

直到这个时候，兰尔乌斯才瞄到自己右边脚踝深深嵌入了一张纸牌，上面描绘的星辰、水瓶和圣水已染上了鲜红。

嗖！嗖！嗖！

兰尔乌斯根本没有思考和处理伤势的机会，一张接一张的塔罗牌化身犀利的飞刀，射向了他身体的不同部位。很快，右脚和胸口的伤势，胸腹间那片空洞的残余影响，先前至少半神级的碰撞，让序列9是"偷盗者"，以速度、敏捷著称的他开始变得迟缓。

啪！一张纸牌被他打飞了出去，但他的腕部却被割出了深深的伤口，正不断流淌着鲜血。

值夜者和军方人员很快就会追过来，不能再耽搁了！此时此刻，兰尔乌斯的头脑非常清醒。

突然，他停在原地，不再闪避，任由一张表面描绘着恶魔的纸牌准确命中了他的脖子。几乎是瞬间，他身上插着的那一张张纸牌被弹飞了出去，他脖子、右胸、腕部、脚踝的狰狞伤口有血色在疯狂蠕动，长出了一个又一个肉芽，形状恶心的肉芽！

兰尔乌斯的皮肤上刹那凸起了密密麻麻的小疙瘩，它们泛着铁色，似乎连成了一套全身盔甲。

当！又一张塔罗牌射来，被细密的疙瘩直接弹开。

眼眸染上了血红的兰尔乌斯望着对面停下动作、收起纸牌的小丑，半笑半讥讽地说道："不管怎么样，被神灵这么折腾了一次后，总是有些收获的。"

话音未落，他左脚一蹬，跃过了流淌的污秽的河水，扑向了对面的敌人。

戴着小丑面具的克莱恩像是早有预料般侧闪了一步，左手随之从衣兜里抽出，紧紧握成了拳头，炮弹般冲着兰尔乌斯的太阳穴打去。

砰！

兰尔乌斯侧身挥肘，竖起小臂，准确地反打中了对手的拳头。

那狂暴的力量山洪倾泻般袭来，克莱恩竟一下被带动了身体，脚步出现了踉跄。

啪！啪！啪！

一声又一声脆裂的爆响在克莱恩耳畔炸开，一记比一记重、一记比一记快的拳头不断映入他的眼眸。他似乎忘记了保持平衡，顺着脚步的踉跄，猛地向侧方扑倒，然后借助左肘的支撑，变向滚动。

啪啪啪！砰砰砰！

兰尔乌斯拳打脚踢，又快又猛，克莱恩好几次险些被击中，但总能依靠夸张的平衡能力以违背常理的动作幸运闪避。他时而在墙上，时而在地面，似乎正表演杂技。

他表现得非常沉稳，一点也不急躁，好像打定了主意要尽量拖延战斗，等值夜者和军方人员追赶过来。可一旦兰尔乌斯出现夺路而逃的迹象时，他又必然死死纠缠，不给机会。

啪！

兰尔乌斯一拳逼得克莱恩借助墙壁的反弹做了回空中飞人，自身则毫不犹豫地转向，往另一条通道逃遁。

克莱恩脚尖点地，身体即将如炮弹一样飞射出去，直扑兰尔乌斯的背心。

这个瞬间，他的脑海内突然浮现了一幅画面：兰尔乌斯像是没有骨头般，强行让上半身扭转了过来，一拳打在了他的身上。

这是属于"小丑"的直觉预感！没有迟疑，没有犹豫，克莱恩主动减少了后续的力量。伴随着啪的一声，他依然扑了出去，但比预计的力度小了不少。

咔嚓！

让人牙酸的摩擦声响起，兰尔乌斯双腿未动，上半身霍然扭了回来，脸朝正后，脚尖指前。

这样惊悚的画面中，兰尔乌斯一拳前冲，轰向克莱恩的头部，力量猛烈到连空气都发出了爆炸般的响声。

轰！

他的拳头命中了虚空，距离克莱恩的脸还有二三十厘米的距离。

荡起的劲风吹动了克莱恩的头发，但他没借助这个机会攻击敌人，反倒低沉嘶哑地诵念出了一个古赫密斯语单词："绯红！"

符咒？兰尔乌斯额角一跳，当即扑向侧方，试图躲避。

但这个时候，克莱恩并没有扔出符咒，而是紧紧握着左拳，跟随兰尔乌斯行动。他同样扑向了侧方，同样跟着打滚，两人的距离只稍微拉开了一点。

他在欺诈我？兰尔乌斯刚闪过这么一个念头，眼眸内就清晰倒映出了小丑那高高翘起的嘴角，以及他左拳内不知什么时候燃起的暗红火焰。

这……兰尔乌斯的目光顿时凝固，轻微的噼里啪啦声随即传入了他的耳朵，深沉宁静的感觉瞬间弥漫，同时笼罩了克莱恩和他。

他想做什么？他想让两个人……同时被影响……以便后续的……值夜者和军方人员……赶到……兰尔乌斯的眼皮沉重地垂落，他之前强压下去的疲惫和虚弱借此疯狂反抗。他竭力支撑着不让自己睡着，想依靠现在身体的特殊性，强行度过沉眠效果最强烈的阶段。

而克莱恩没有丝毫抵抗，迅速进入了沉眠。

但是，当他不自然睡着的时候，他会本能地清醒！这是他对抗通灵和入梦时的特殊之处，这是他当初侥幸从雪伦夫人手上逃过一命的依仗！

刚才的战斗里，他在纸牌飞刀无效后，立刻就拿出了"沉眠符咒"，紧紧地握在掌心，等待使用的机会，等待影响自己也影响敌人的机会！

仅仅一刹那，梦里异常理智的他强行挣脱了出来，双眼内清晰映照出了摇摇晃晃的兰尔乌斯。

呼！克莱恩整个人忽然变得非常冷静，就像面前只是一个靶子。他猛地吸了口气，转动腰背，拉扯肩膀，往前刺出了拳头，用尽全力地刺出了拳头！

砰！咔嚓！

他的拳头狠狠打在了兰尔乌斯的咽喉位置，打出了骨骼破碎的声音，打出了血肉飞溅的效果。

兰尔乌斯倒退两步，贴住了墙壁。那剧烈的疼痛让他终于摆脱了沉眠的影响，但是，他身上细密的铁色疙瘩却全部褪去了。

而克莱恩一拳命中之后，左手已探入口袋，抽出了两张纸牌。嗖！嗖！两张塔罗牌各自插入了兰尔乌斯的一只眼睛，血色液体瞬间往下流淌。

兰尔乌斯竟然忍住了这种疼痛，没发出凄厉的惨叫。他猛然前扑，要做最强烈的挣扎！

克莱恩没有顺势攻击，早有预料般地侧过身体，退了一步。紧接着，趁兰尔乌斯扑到空处的机会，他两步赶至对方身后，双手一搭，缠住了敌人的脖子。

咔嚓！克莱恩双臂发力，猛然转身，就此扭断了兰尔乌斯的脖子！

做完这一切，他退后两步，看着对方。

兰尔乌斯插着纸牌的双眼无力前望，身体缓缓软倒，与此同时，他非常疑惑地断断续续地问道："为什么……要……杀……我……"

戴着小丑面具的克莱恩注视着眼前的仇敌，相当淡漠地回答道："不为什么。"

"不……"兰尔乌斯双眼圆睁，难以释怀地倒至下水道的地面，气息终于散去。

就在这时，似乎非常平静的克莱恩猛然上前一步，紧绷右腿，用尽全身力气踢出一脚，踢在了兰尔乌斯的脑袋上。

砰！

本就血肉模糊、骨骼破碎的脖子再也无法承受这种压力，兰尔乌斯的脑袋皮球般飞了出去，重重地撞在墙上，撞出了红的白的一片！

克莱恩望着这一幕，忽然伏下了腰背。

"哈哈哈，哈哈哈……哈哈哈哈哈！"他疯狂地低声笑着，脸上的那张"小丑"面具是如此的快乐。那高翘的嘴角，那鲜红的鼻头，那抹白的脸庞，是如此的快乐。

"哈哈，哈哈……哈哈哈……"克莱恩笑得上气不接下气，笑得比哭还要难听。

过了几秒，他终于平息了下来，缓缓直起身体，对下水道内最幽暗的地方挤了下左眼。然后，他翘起嘴角，无声自语道："队长……你看，我们又拯救了鲁恩一次……"

一滴又一滴液体悄然滑过，落在了他的衣领上。

这一刻，他感觉到自己的"小丑"魔药彻底消化了。

没有光照的下水道内，克莱恩擦了下脖子，重新将注意力转回了兰尔乌斯破裂的脑袋和无头的尸体上，转回了插在对方双眼上的两张塔罗牌。

他原本想将扔出去的"飞刀"全部收回，抹掉相应的线索，但却发现了一个非常现实非常严肃的问题——他没有黑暗视觉。

他能够在一片漆黑的下水道内疯狂赶路，并与兰尔乌斯激烈战斗，依靠的是灵视！

他能看见兰尔乌斯的气场颜色，能看见各种生物的灵性光辉，并隐约把握到它们"照亮"的地方，借此辨别道路。可惜的是，他现在用的这副塔罗牌并非当初来源于值夜者小队的那副，没有灵性银纹，普普通通，毫无特点。

在这样的环境下，克莱恩可以借助自身的气场颜色和灵性光辉分辨四周很小范围内的事物轮廓，却没办法在隔着一段距离的情况下，看见插在墙上地面、散落于各处的纸牌——刚才他和兰尔乌斯一路激战，并没有局限在某个地方。

当然，他相信，只要给自己充足的时间，找齐扔出去的塔罗牌并不是什么太艰难的事情，可问题的重点在于，追捕兰尔乌斯的值夜者和飞空艇上的那些军方人员，或许下一分钟就会赶到！

不能在这方面大意……我一直戴着手套……这副塔罗牌又是来贝克兰德之前买的，属于全国统一款……我平时基本没用过它……即使随身携带，大部分时候也是和阿兹克先生的铜哨放在一起的……不管用什么办法，都很难通过它们定位到我，顶多借此还原一部分战斗场景，而我脸上有面具，鞋子也垫高了……

各种想法瞬间闪现，克莱恩迅速就有了决定。他转向兰尔乌斯的无头尸体，蹲了下来，探出戴着黑色手套的右掌，飞快寻找起对方身上的遗留物品。

——克莱恩没有进行通灵仪式的想法，一是因为之前邪神降临般的感觉让他印象深刻，不敢盲目通兰尔乌斯的灵，除非带去灰雾之上；二是因为值夜者和军方人员随时可能赶到，他不觉得有足够的时间布置仪式，自己召唤自己，自己响应自己，然后到灰雾之上通灵。

该放弃时就放弃……克莱恩无声自语了一句，将手从兰尔乌斯身上收了回来。

这个疯狂的诈骗犯逃跑得似乎非常匆忙，没带现金，没带材料，没带符咒，只贴身放着一个眼珠大小的徽章，上面有轻而薄的灵性光辉在静静闪耀。

克莱恩不害怕这件物品能被定位，因为他打算等下就丢到灰雾之上慢慢研究，于是边站直身体，边将徽章放入了衣兜。

他凝望了兰尔乌斯的尸体一眼，没等非凡特性析出，用戴着黑色手套的左手将剩余的塔罗牌拿了出来。接着他伸直左臂，让手掌处于兰尔乌斯尸体的正上方。霍然之间，他松开手掌，任由那一张张塔罗牌哗啦啦掉落，叶子般覆盖到了那具无头的尸身上，它们有的表面朝上，绘着图画和数字，有的背部暗红，花纹隐现。

做完这一切，克莱恩又拿出"阿兹克铜哨"抛了几下，然后才头也不回地向下水道深处跑去。

过了快两分钟，一道道人影终于抵达了这个地方，他们有的穿着黑色厚风衣，有的则是一身设计有型、剪裁得体的类军服。

为首者是提着纯白骨剑的克雷斯泰·塞西玛，他的红色手套沾染着尘埃，坚毅的脸庞透出明显的疲惫与虚弱。

他们停在了距离尸体几米的地方，借助黑暗视觉看见了兰尔乌斯的尸体和位于墙边的脑袋。

那脑袋上插着两张塔罗牌，一张是"皇帝"，一张是"命运之轮"。

无头的尸体表面则覆盖着更多的纸牌，其上分别描绘着"胜利者驾驭的战车""披着长袍，提着灯的隐士""骑着白马，穿着盔甲的死神"，以及更多的圣杯数字牌、权杖数字牌等。

周围的墙上和地面，同样或插或躺着"恶魔""太阳""审判"等塔罗牌。

这一切看起来就像是某个诡异仪式的现场，兰尔乌斯属于那个注定被牺牲的祭品。

克雷斯泰·塞西玛无声吸了口气，眉头紧紧地皱了起来，他周围的非凡者则被黑暗环境中这幅既惊悚又神秘的画面弄得短暂没能回神。

············

远离兰尔乌斯的死亡现场后，克莱恩迅速找了个出口离开，扯下小丑面具，在煤气路灯的阴影里向着东区快步前行——在此之前，他已经处理过鞋底的污迹。

一直到进入东区，抵达黑棕榈街，他才稍微松了口气，然后于租住的一居室房屋内，快速举行了自己召唤自己、自己响应自己的仪式。

灵体状态的克莱恩将今晚穿的全套衣物，剩余的符咒、草药、精油，连同从兰尔乌斯那里拿到的徽章一起搬到了灰雾之上，用灵性火焰烧掉了相应的线索。呼……他吐了口气，终于有空闲看一眼得自兰尔乌斯的那枚徽章长什么样子。

这徽章只有眼珠大小，正面绘刻着命运与隐匿的象征符号，背后则是一圈紧凑细小的古赫密斯语铭文：持有此物，即可加入。

什么意思？兰尔乌斯还是某个隐秘组织的成员？克莱恩揉了揉额角，在身心都很疲惫且时机并不合适的情况下果断放弃了研究，打算等塔罗聚会之后再琢磨。

他迅速离开灰雾之上这片神秘空间，换上另一套衣物，除去了之前的伪装。不过，他没急着返回明斯克街，打算睡到第二天早上再走，这是因为凌晨之后在街上行动本身就容易引来查探，而刚才又发生了那么一起事件。

躺至床上，克莱恩望着窗外月光收敛的夜色，心灵逐渐沉静。

完成初步的复仇后，他觉得自己卸除了很大的包袱，丢掉了许多压抑，比起前面一段时间，精神状态明显好了不少。

"因斯·赞格威尔和封印物0-08都不是目前的我能够应付的，而且差距非常大，只有成为高序列强者，成为半神半人式的存在，我才有资格掺和这件事情……晋升序列4之前，我会假装他们并不存在……

"嗯，我未来很长时间的目标就是努力提升自己，我现在已经彻底消化掉'小丑'魔药，等非凡材料集齐，就能晋升为'魔术师'了。

"之后还有'无面人''秘偶大师'，以及我还不知道名称的对应序列4。

278

"除此之外，做个正常的侦探。"

克莱恩心境宁和，思绪发散地想着未来一段时间的安排，不再那么急躁，不再那么压抑。

想着想着，他嘴角微微上翘，无声自语道："队长，班森，梅丽莎，你们应该更喜欢看到我现在这个样子吧……"

…………

天刚蒙蒙亮，码头工人协会的宿舍门口就来了一批戴手术帽和白口罩、做医生打扮的人。

为首那位一看就很有经验的老者对迷惑茫然的住客们说道："你们这栋房屋发现了传染性疾病，已经有一个叫凯文的人因此过世。我们会提供免费的治疗，这种传染性疾病有特效药，只要你们及时服用，就不会有事。"

"凯文？"一位位住客惊愕出声，左顾右盼地寻找起那位叫凯文的同事，但未有任何发现。

那是兰尔乌斯的化名。

见这个慈善医疗组织有认识的警察陪同，住客们不再怀疑，开始忐忑地排队领取药物。

第一个是有着一把大胡子的中年男人，他非常紧张地问东问西，害怕一瓶药剂无法对抗那种烈性传染病。

直到医生们表现出不耐烦的情绪，他才仰头喝下了那瓶色泽蔚蓝的特效药。接着，他被扶到旁边，将嘴巴对准了一个只有同样大小的孔洞。

呕！呕！呕！

这男子突然反胃，剧烈呕吐，吐出了一团酸臭血腥的东西。

他半撑着身体移动视线，正想看一眼自己吐出了什么，却被两位有力的护士强行架开了。

那嘴巴大小的孔洞位于一个铁黑色的金属桶上，桶的底部昏暗深沉，几乎没有光照。而就在那里，静静地躺着一摊黄绿色的液体，液体的中央是一小块血色的肉，肉上长满了细密的黑毛！

呕！呕！呕！一位位住客服下了药剂，于不同的金属桶前痛苦地呕吐。

…………

皇后区，霍尔伯爵家的豪华别墅内。

"你怎么突然这么早来拜访？"奥黛丽望了望外面的天色，又看了看面前的格莱林特子爵道。

格莱林特环顾一圈，只发现了一条蹲在旁边的金毛大狗，于是压低嗓音道："我本来打算去赛马场的，结果路上遇见了康斯，他告诉了我一件很有趣的事情，真的很有趣，我想着正好会路过这里，就过来分享给你。"

"什么事情？"奥黛丽饶有兴致地问道。

格莱林特没注意用词，直接回答："你应该听说过极光会吧？就是刺杀因蒂斯大使的那个极光会，他们被逮住了，死了好几个重要成员，一个非常大的图谋因此而失败。"

我还以为是涉及真实造物主神性的事情，休她们昨天傍晚就找人通报上去了，夜里正好行动……等等，极光会崇拜的好像就是真实造物主！奥黛丽眼睛一亮，矜持地追问道："什么图谋？"

"我不知道，康斯不肯说，他只告诉我，策划这个图谋的是一个被通缉的诈骗犯，叫兰尔乌斯的诈骗犯。"格莱林特摊了下右掌。

果然……奥黛丽微不可见地颔首，没有掩饰好奇地问道："他被抓住了吗？"

"他死了，但不是死在我们的人手里。"格莱林特顿了顿，道，"这就是我说的很有意思的地方，他的尸体被发现的时候，上面覆盖着许许多多的塔罗牌，周围也是。你想象一下那个场景……"

塔罗牌？尸体覆盖着许多塔罗牌？

奥黛丽先是一怔，旋即明悟：这是我们塔罗会做的！这是"愚者"先生的眷者做的！

认为自己知道了真相的奥黛丽难以遏制地想象起了格莱林特子爵描述的那幅场景：兰尔乌斯倒在黑暗中、泥泞里，身上覆盖着一张又一张塔罗牌，有"愚者"，有"正义"，有"倒吊人"，有"太阳"，有"世界"，有其他主牌和众多数字牌。它们有的逆位，有的正位，有的还未翻开，只是露出背面，就像在进行一场大型的、诡异的塔罗占卜。

这样的画面肯定非常震撼！不知道"正义"这张牌会落在哪个位置……

军情九处和教会的非凡者会怎么看待这件事情？会不会觉得有新的隐秘组织出现了？

兰尔乌斯身怀真实造物主的神性，他和极光会图谋的事情肯定不小，如果成功，必然会给贝克兰德、给王国带来可怕的灾难，而这样的图谋就如此轻巧、如此平淡地被中止了，被"愚者"先生颁布的一个简单任务中止了！

这就是神灵层次的博弈？"愚者"先生和真实造物主属于死敌？难怪祂称对方为堕落造物主……

一个个想法飞快闪现，奥黛丽的身体隐约有了些难以察觉的战栗。

"你在想什么？"坐在对面的格莱林特子爵终于忍耐不住，疑惑地开口。

奥黛丽猛然回神，略歪了歪脑袋，笑道："不是你让我想象尸体被塔罗牌满满覆盖的场景吗？"

"哈哈。"格莱林特尴尬一笑，转而感叹道，"也不知道是哪个隐秘组织的成员杀的兰尔乌斯，真是太符合我对类似事情的想象了，太……太酷炫了！"

是我们塔罗会！奥黛丽无声回答了一句，浅浅笑道："也许是没有组织、单独行动的强力非凡者呢？"

"不管怎么样，我喜欢这种风格！你催促一下休和佛尔思，问她们我的'药师'配方什么时候才能找到！"格莱林特相当兴奋地说道。

奥黛丽微微睁大眼睛，环顾一圈，压低嗓音道："安静，小声。你怎么能在这里说魔药配方的事情？"

格莱林特不甚在意地笑道："放心，这没什么。我刚才已经确认过了，这里除了你和我，只有一条狗。"

金毛大狗苏茜不自觉地改变了一下坐姿。

…………

贝克兰德北区，圣赛缪尔教堂地底的一个房间内。

穿着黑色兜帽长袍，涂着蓝色眼影和腮红，显出一种妖异冷艳美感的戴莉随意找了个位置坐下，拿起了桌上的文件。

她一眼扫过，目光突然凝固，旋即眉头紧皱，压抑着什么地问道："兰尔乌斯？为什么我不知道这件事情？为什么昨晚的行动没有通知我？"

坐于主位，重新将下巴和嘴唇藏入竖直衣领的克雷斯泰·塞西玛低沉地开口："我担心你无法控制自己的情绪，这会给行动带来不必要的隐患，所以没让人告诉你。

"我很理解你的感情，廷根小队有位值夜者正在圣堂接受指导和训练，准备加入红手套，他的表现和你差不多。但作为行动的负责人，作为值夜者的高级执事，我必须把不稳定的因素排除在外。"

戴莉望了眼被召集过来的其他值夜者小队队长和执事，"呵"了一声道："你为什么觉得我会无法控制自己的情绪？我很冷静，我不会冲动的！我的愤怒只会在兰尔乌斯被抓住之后才爆发！这是一位资深值夜者、一位执事的专业素养！

"如果我抓住了兰尔乌斯，我会让他明白男人也很脆弱！我会让他的屁股后面有一具冰冷腐烂但浑身僵硬的尸体，我会让他的身体前方有一具充满倒刺和恶臭的白骨，我会让那些阴冷的小家伙出入他身上每一个可以出入的地方！

"该死！你们就这样让他死掉了！"

克雷斯泰·塞西玛平静地望着戴莉，默默地听完了她的话语，然后才叹了口气，道："你忍耐多久了？"

戴莉怔了一下，突然像泄了气的皮球一般沮丧低语："很长一段时间了……"

塞西玛收回视线，望向别的执事和小队队长："有什么收获？"

"我们初步确认，杀掉兰尔乌斯的人是密修会的成员，位阶为序列8，魔药名称是'小丑'，擅长用纸牌做飞刀。"一位执事如实汇报道，"不过，我们无法肯定这个猜测。撒在尸体上的塔罗牌不像是在掩饰什么，毕竟那个非凡者没有同时处理插在墙上和兰尔乌斯脑袋上的纸牌，我们都认为最后的场景更接近于某种仪式或者说象征，所以，我们怀疑那个非凡者或许属于一个我们还不了解的组织。当然，那场景也可能是他个人的特殊习惯。"

塞西玛微微点头道："可以从这方面入手，进行后续的调查。艾尔，对举报者的调查有什么发现？"

很有中年男士魅力的艾尔·哈森翻动着手中的纸张道："我们调查了那位举报者，发现他的行动源于一位赏金猎人的指使。

"在寻找通缉犯兰尔乌斯的过程中，那位赏金猎人的同伴被极光会的成员杀害了，她为了复仇，暗自进行调查，最终在东拜朗船坞的工人联盟酒馆锁定了目标，并根据目标的活动轨迹，发现了兰尔乌斯。

"她的行动基本都有证人侧面证实，并没有奇怪的地方，我们同时用超凡手段确认了，她和杀掉兰尔乌斯的人缺乏关联。

"她现在躲了起来，很难找到。"

塞西玛思考着补充道："这很符合兰尔乌斯的描述，激进疯狂的极光会成员对他的脱困是一种助力。当天下午去工人协会采访的那个记者有没有问题？"

另一位值夜者小队队长汇报道："他是一个假记者。从警察部门传递过来的消息显示，他其实是一位私家侦探，之前在帮助《每日观察报》的迈克·约瑟夫记者调查希贝尔被杀案。我们猜测，他获得了某条线索，查到了码头工会，于是乔装打扮地接触疑似凶手的每一个人。这个猜测已经得到了艾辛格·斯坦顿的证实。"

塞西玛"嗯"了一声，转而问起最近接触过兰尔乌斯的其他人，相继得到了没有问题的回答。

临近尾声，他斟酌着说道："兰尔乌斯被杀事件缺乏足够的动机，让我非常迷惑，那个神秘的凶手值得关注，你继续跟进这件事情。

"另外，根据常识，极光会在贝克兰德这种大都市肯定不会只有'蔷薇主教''隐修士'层次的非凡者，至少会有一位神使，甚至可能是圣者。他们迎接真实造物主降临的谋划失败了，以他们疯狂、不理智的特点，我担心他们会做出一系列的报复行为。最近你们必须高度戒备，我也会留在贝克兰德。"

"是，塞西玛阁下。"一位位执事和小队队长严肃地回应着。

克雷斯泰·塞西玛停顿了几秒，补充道："廷根的梅高欧丝事件和昨晚的兰尔乌斯事件都透露出一个问题，那就是工厂区、码头区和东区成了邪神降临和孕育的温床。你们分派人员进行调查，搜集最真实的状况。

"如果确实和兰尔乌斯描述的一样，我会在枢机会议上提出这件事情，正式对王国和政府施加压力，推动相应的变革尽快实现。"

克莱恩睡到很晚才起床，可外面依旧不够明亮，依然蒙着淡淡的雾气，阴暗而湿冷。

"这不符合我有些灿烂的心情……"他嘟囔了一句，换好衣物，拿上钥匙，一路没受什么关注地返回了明斯克街。

等把工人制服更改为家居的衬衣毛衣，并确认没人来调查自己这个私家侦探后，他彻底放下心来，悠闲地出门去肉店、菜店购买食物，为自己准备了一顿丰盛的午餐。

午后的贝克兰德有了些阳光，克莱恩慵懒地晒着太阳，一时之间似乎什么都不想做。

等到两点四十五分，他才掏出金壳怀表看了一眼，回到卧室，进入灰雾之上。

具现出"世界"这个假人，重新熟悉了操作技巧后，他端坐上首的高背椅，给"太阳"同学发去了准备参加聚会的提示。

贝克兰德时间三点整，一道道深红光芒腾起于恢宏而古老的宫殿内，勾勒出了同样模糊的不同身影。

"正义"奥黛丽直接望向上首，轻快地开口道："下午好，'愚者'先生。您委托的那个'简单'任务完成了。"

她故意在"简单"这个单词上加了重音，就是想从"愚者"先生那里确认兰尔乌斯是不是袍的眷者除掉的，那铺满塔罗牌的死亡场景是不是塔罗会的标志性象征。

克莱恩故作平淡地笑笑道："我已经知道了。"

说完这句，他悠然叹息道："这样的时代，这样的贝克兰德，这样的东区、码头区和工厂区，真是邪神降临的温床啊。"

什么？"倒吊人"阿尔杰听得愣了一下，怀疑自己耳朵出问题了。

一个简单的任务为什么会扯到"邪神降临的温床"上？我记得"愚者"先生给的简单任务只是为了考查两位可能加入聚会的人员，大概的内容是找到画像上的人，而那个人确定在贝克兰德……阿尔杰·威尔逊努力回忆着上次聚会时发生的事情，愈发不能理解这和"邪神降临的温床"有什么关系。

不就是找个人吗？而且还是危险程度不高的那种……"愚者"先生的简单任务背后隐藏着深层次的目的？这是一次神灵间的无声较量？

"倒吊人"瞬间想到了很多，险些脱口询问"正义"，试图花费代价了解事情的具体经过。

但作为一名资深的官方非凡者，作为驾驭着一条古代幽灵船的"航海家"，他经验丰富，城府极深，强行忍耐下了冲动，打算先通过风暴教会的内部渠道问一问贝克兰德最近发生了什么大事。

而"正义"奥黛丽对"愚者"先生的感叹却是一听就懂，瞬间把兰尔乌斯的事情想得明明白白。

原来兰尔乌斯拥有的那点神性是真实造物主降临现实世界的初步凭依……而东区、码头区、工厂区的恶劣情况，则是让凭依飞快孕育并壮大的温床……"愚者"先生用一个简单的任务就阻止了真实造物主的巨大阴谋，挽救了整个贝克兰德！奥黛丽望向青铜长桌最上首的眼眸晶亮闪烁，不自觉充满了崇拜的色彩。

这个时候，阴沉内敛的"世界"低笑出声道："是啊，每当我看见和听说十几岁就大批夭折的童工，因为极度劳累和恶劣环境而很少活过三十岁的大部分工人，勉强撑过了前面的考验却因为年迈失业、缺乏保障而不得不在街上流浪并于饥寒交迫中死去的衰老者，我就一点也不怀疑邪神的存在，祂们就在地上，就在东区、码头区和工厂区。

"呵，甚至有调查报告提到过，某些工厂的工人很难活过五年。而在贝克兰德的东区，流传着这么一种说法：住在那里的居民，爷爷那一代肯定属于外乡人，没有例外。

"这句话的真实意思是，那里的人不会有第三代，没法拥有孙子。贫穷、饥饿让他们的孩子非常瘦弱，很难适应辛苦的工作，迅速就会凋零在贝克兰德，更别提结婚和拥有下一代了。"

第一次听"世界"先生说这么多话的奥黛丽顿时陷入了深深的震撼和迷茫。

我怎么一点都不知道有这样的事情……我看的报纸和杂志只是提过东区的居民过得很辛苦……这何止是辛苦……奥黛丽的眼睛有那么一瞬间明显失去了焦点，她感觉自己对王国、对世界的认知似乎被彻底颠覆了。

突然之间，她深刻明白了"愚者"先生为什么要发出那样的感叹，为什么要说这样的时代，这样的贝克兰德，这样的东区、码头和工厂区，是邪神降临的温床。

不能再这么下去了！否则总有一天，贝克兰德会因此而毁灭！"正义"奥黛丽霍地涌现出强烈的冲动，想回去做更多的了解，想提醒父亲霍尔伯爵，想用"观众"和"读心者"的能力暗中引导可以改善东区、码头区、工厂区那些可怜人的生活状况的法案和政策。

青铜长桌最上首的"愚者"克莱恩静静地观察着"正义"小姐的反应。

他刚才故意感叹那么一句，并用小号"世界"先生做详细的讲解，就是要让身为贵族、还残留着单纯的"正义"小姐认识到问题的严重性，通过她侧面推动王国的变革。

在成为"无面人"之前，我必须清楚地记住，我不能亲自掺和这种事情……他默默地为自己设了这么一条界线。

"谢谢您，'愚者'先生，谢谢您挽救了贝克兰德，您的感叹也让我明白了问题的根源。谢谢您，'世界'先生，您让我知道了很多以前不了解的事情。"奥黛丽收敛住情绪，诚恳地向分坐古老长桌最上方和最下方的两位先生道谢。

挽救了贝克兰德？"倒吊人"阿尔杰对东区、工厂区和码头区的状况并不陌生，更多是诧异于"正义"小姐口中的描述。

这究竟是弄出了多大的事情？他非常迷惑地皱眉想道。

"太阳"戴里克则相当认真地听着，虽然他全部听不懂，但还是认真地听着，想借此更多地了解"倒吊人"先生、"正义"小姐和"世界"先生所在区域的情况。

对于"正义"小姐的感谢，克莱恩只是笑了笑，没做更多的回应，转而将视线投向了"倒吊人"。

阿尔杰顿时明白了他的意思，迅速将承诺的最后一页罗塞尔日记具现了出来。

克莱恩凌空接了过去，状态随意地望了一眼。

> 1月14日，我发现了一个问题，无意识的高序列物品如果没被封印，会不自觉地吸引同一条途径的低序列者来到附近，与相应物品出现交集。原本的序列越高，这种情况越容易发生。
>
> 不过，这种情况似乎不是一直存在，而是间歇性的。

这则日记顿时让克莱恩变得精神起来，因为他之前有过类似的猜测。

他来到贝克兰德之后，发现自己很快就与密修会、与"占卜家"途径的非凡者有了交集，从而陷入极端被动极端危险的处境，但也因此获得了对应的序列7、序列6和序列5魔药配方。当时，他猜测自己的穿越隐藏着秘密，让自己具备了一定的复活能力，会间歇性地吸引与"占卜家"途径有关的人和物，比如安提哥努斯家族的日记，比如密修会的成员。

看到罗塞尔大帝的这则日记后，克莱恩顿时有了新的想法。

他用余光扫过下方浓郁的灰色雾气和虚幻的深红星辰，暗自咕哝了两句："难道制造那种吸引的不是我，是这片灰雾，是灰雾之上的神秘空间？这也算是我穿越那件事情里隐藏的秘密……"

没有更多线索和情报的克莱恩很快收敛住思绪，阅读起第二则日记。

> 1月16日，"魔女"的滋味还真不错啊。

"……"克莱恩嘴角微抽，简直不知该用什么表情来面对。

大帝，我太小看你了……你真是能人所不能……你都不在乎对方以前的性别吗？都不在乎她在"欢愉"阶段的经历吗？

压制住想缓缓吐气的冲动，克莱恩看向了手中日记的最后一则。

> 1月20日，我做好了第二张亵渎之牌。
> 让我想想，让我想想，我该把它藏到哪里？
> 嗯，我打算把它伪装成书签，夹在一本很有价值的书里。获得者如果不是有缘之人，将很难想象到，在价值颇高的书里，最有价值的其实是那张不起眼的书签！
> 不错，这个想法不错！

大帝，你怎么不说清楚？那张"书签"具体夹到了哪本书里啊？看完之前，我还满心欢喜地以为我能按图索骥，得到一张蕴藏着神灵奥秘的亵渎之牌……克莱恩颇为失望地让目光停留在了末尾。

希望大帝之后的日记包含了具体的信息……他安慰了自己一句，往后缓靠，微微笑道："你们可以自由交流了。"

这时，"太阳"戴里克学着"正义"小姐，举了下手道："'世界'先生，你给予的那件非凡武器超乎我预料的好，我已经攒够功勋，兑换到材料，晋升序列8了。我这两天就会用剩余的功勋雇用帮手，去获取迷雾树人的真实根茎和汁液，我很快就能完成交易。"

他说得非常详细，担心自己守信的形象被怀疑，被破坏。

当然，他说的全部都是真话，那柄斧头虽然不符合他对非凡武器的某种期待，但它的强大让他震惊。

那柄斧头几乎两三下碰撞就能制造出一道杀伤性很强的闪电，再加上"歌颂者"能力对自身的临时提升，我完全可以与序列7层次近身战斗型的怪物对抗，如果遇到害怕闪电的那种，我甚至能轻松解决……我现在已经是"祈光人"了，拥有一定的法术，我的实力获得了本质的提升，可以对抗更多种类更加强大的怪物了……戴里克·伯格觉得自己已经喜欢上了那件非凡武器。

在白银城，强力就是喜欢的理由！周围浓郁的黑暗和黑暗深处的怪物逼迫他们一代又一代遵守着这条规则。

"好的。"阴沉的"世界"在克莱恩的操纵下轻轻颔首道。

他旋即环顾了一圈，又一次问道："女士，先生，你们有邪纹黑豹脊髓液和精灵之泉髓质结晶的线索吗？"

"正义"奥黛丽没有犹豫地摇了下头，"倒吊人"阿尔杰在沉吟几秒后，却突然说道："苏尼亚海上近期将有一场海盗间的盛大聚会，四位海盗王者和六名海盗将军的船队都可能参与。呵，应该是七名海盗将军，又有人加入了这个行列。

"在这样的盛会上，必然有非凡材料的交易，很大概率出现不算少见的邪纹黑豹脊髓液和精灵之泉的髓质结晶。

"我有机会参与这场盛会，可你能付出什么来交换？我想你现在肯定没有'风眷者'的魔药配方，之后也很难得到。"

很大概率出现……克莱恩操纵着"世界"，阴沉地低笑道："是的，我确实还没有'风眷者'的魔药配方，短时间内也找不到获得的办法。

"不过我手上有一份序列4魔药的残缺配方。虽然是残缺的，但我想你应该很清楚它的价值，它至少能换取一万金镑，而且绝大部分时候，捧着溢价甚至翻倍的钱也买不到。这是人类发生质变的关键一步。

"怎么样，有兴趣吗？邪纹黑豹的脊髓液价值在五百到七百镑之间，精灵之泉的髓质结晶三百到四百镑，我想你还需要额外准备九千镑现金或者等值的物品。"

克莱恩很早就猜测过，"太阳"途径的序列4"无暗者"可以和"水手"途径、"阅读者"途径的同等序列互换，而这个猜测陆续从A先生的要求和罗塞尔的日记里得到了侧面证实，甚至延伸出了"秘祈人"和"观众"途径也可以加入这个互换行列的怀疑。所以，他相信"无暗者"的残缺配方对"水手"途径的"倒吊人"而言，是一份难以拒绝的诱惑。

一时拿不出价值九千镑的事物没关系，可以在"愚者"先生的见证下分期付款，慢慢偿还嘛……克莱恩在心里默默地补了一句。

他目前就缺邪纹黑豹的脊髓液，所以不介意对方赊账，反正不用担心会出现跑路这种事情。

呃，也有隐患，要是"倒吊人"先生突然死了，那我就亏大了……面对如此重磅的交易，克莱恩忍不住还是有些忐忑。

序列4魔药的残缺配方？通往半神半人之路的残缺配方？这可是拿钱都买不到的！"正义"奥黛丽眼睛一亮，抢在"倒吊人"之前难掩好奇地问道："'世界'先生，我能问一句是哪条途径的序列4配方吗？如果不方便回答，就当我没有说过。"

"世界"先生竟然拥有一份序列4的魔药配方，即使是残缺的，也非常惊人……难怪"愚者"先生会将他拉入塔罗会！他不是一个简单的非凡者……呃，休和佛尔思的考查任务已经结束了，"愚者"先生也不提让不让她们加入的事情，嗯……祂肯定还有别的考量，或许还要再观察一段时间，我不能主动问，这显得不够礼貌……一时之间，奥黛丽想了很多。

"正义"小姐的问题正符合克莱恩的需求，他让"世界"沙哑着嗓音回答道："我本来就准备说出来。那是'太阳'途径序列4'无暗者'的魔药配方。"

"太阳"途径？戴里克霍地望向坐于青铜长桌最下方的"世界"先生，眸子里瞬间迸发出热切和渴望。

不过，他还是保持住了沉默，因为他知道自己距离那扇半神半人之门还远，有限的资源首先得拿来强大自身。

"只顾眼前"是白银之城的行事风格，因为对他们的居民而言，随时都可能没有未来。

"无暗者……""正义"奥黛丽优雅地颔首，欣喜道，"谢谢您的回答，'世界'先生。"

她感觉自己又知道了很重要的信息。

"无暗者……""倒吊人"阿尔杰低声缓念了一遍，平静地回应，"很抱歉，我不需要。"

不需要？克莱恩一下怔住。

这和他想象的反应、预设的剧本截然不同！

他的愣住间接让"世界"表现出了不可置信的呆滞，过了好几秒才道："你可以先欠一部分，有'愚者'先生见证，我相信你肯定会补齐的。"

"不，我确实不需要。""倒吊人"阿尔杰摇了摇头。

不需要……真的不需要……他很有信心将来一定能得到风暴教会的青睐和重视，直接被赐予对应的魔药？或者说，他其实有"水手"途径的序列4魔药配方，名称是"灾难主祭"的那份？克莱恩迅速想到了两个可能性。

这怎么办？难道拿"女巫"或者说"欢愉魔女"的配方和他换？克莱恩无声自嘲了一句，故意让"世界"沉默了几秒才道："别的魔药配方，或者我知道的一些秘密？比如……序列顶层的秘密。"

"倒吊人"阿尔杰稍微改变了下自己的坐姿，斟酌着回答："我本来就知道一些序列顶层的秘密，你该怎么确保两者没有重合，怎么确定你说的秘密有等于邪纹黑豹脊髓液和精灵之泉髓质结晶的价值？"

"我们分别把知道的序列顶层秘密给'愚者'先生，由祂比较是否重复，并确认价值。'愚者'先生，可以吗？"克莱恩操纵"世界"，自己问了自己一句。

旋即，他用俯视般的姿态道："可以。"

阿尔杰缓缓点头道："我没有问题了，开始吧。"

好想知道序列顶层的秘密，可我最近没什么额外的钱来购买……"正义"奥黛丽艳羡地看着"世界"和"倒吊人"分别具现出一张羊皮纸，从小到大没为钱发过愁的她，终于体会到了"贫穷"的滋味。

很快，克莱恩就拿到了两位成员书写的内容。

他先看的毫无疑问是属于"倒吊人"的那张羊皮纸，发现上面的内容非常简单，只有一句话：序列顶层藏着成神之路。

呼……还好，要不然就得换另外的知识了……克莱恩认真审视了"世界"那张羊皮纸几眼，低笑道："并不重复。"

"对于大部分非凡者而言，'世界'先生提供的秘密并没有什么价值，但在某些人眼里，它至关重要，不是金钱可以衡量的。"

听到这个结论，"倒吊人"阿尔杰一下陷入了为难的情绪里。

对他来说，同时拿下那两件非凡材料，也是不小的负担，必须卖掉许多值钱的物品才能换取。付出这么大的代价，就为了听一个可能对自身没什么用处的秘密？阿尔杰思考了十几二十秒道："'愚者'先生，能再多一点提示吗？我现在无法抉择。"

无法抉择？克莱恩嘴角微动，明白自己刚才为维持形象说的话语有了反效果，发挥了不好的作用，忙斟酌了一下，微微笑道："他描述的内容，是你知道的那个秘密的详尽补充。"

详尽补充？成神之路的详尽补充？"倒吊人"阿尔杰再没有一点犹豫，转头望向"世界"，简短有力地说道："成交。"

他旋即补充道："我会在这周内为你换取邪纹黑豹的脊髓液和精灵之泉的髓质结晶，当然，前提是海盗盛会上出现了它们。虽然这概率很高，但我们依然得相信什么事情都可能发生，那样一来，或许会推迟到下周，下下周，甚至下个月。请你放心，我肯定会履行诺言。"

"没有问题，有'愚者'先生见证，我不需要担心什么。""世界"嘶哑着回答。

等他们确认了交易，克莱恩将一张羊皮纸具现至"倒吊人"的面前。

阿尔杰迫不及待地低头，如饥似渴地阅读起每一个单词：

"序列1之上还有序列0！

"序列0就是真神所在的序列！

"这同样可以通过对应的魔药和仪式来晋升。"

序列0？真神所在的序列！"倒吊人"阿尔杰先是错愕、震惊，旋即释然而喜悦地无声自语道："原来是这样……我明白了，我明白它的意思了！"

他悄然吸了口气，往后靠住椅背，像是什么事情都没有发生过。

那个秘密肯定很惊人……"倒吊人"先生都有点失态了……"正义"奥黛丽留恋地移开视线，望向斜对面的"太阳"道："'太阳'先生，我记得你说过，白银城有巨龙途径的序列9、序列8和序列7魔药配方？"

"是的。""太阳"戴里克老实地点头，"序列7的魔药名称是'精神分析师'。"

"如果我想获得，需要付出什么代价？"奥黛丽矜持地问了一句。

"'太阳'途径的序列7魔药配方。"戴里克不假思索地回答。

"正义"奥黛丽轻轻颔首道："我尽量搜集。"

嗯……休和佛尔思提过，A先生的聚会里有一位"太阳"途径的非凡者，至少序列7，擅长净化和驱邪，等最近的事情过去，可以试着从这里入手……另外，多参加那个位于医学院废弃教学楼内的聚会，想办法接触心理炼金会的成员……两条腿走路肯定比一条腿稳当……一个个念头在奥黛丽心里闪过，但她忽然发现即使有了配方的线索，自己也拿不下，因为她这几个月处于财政危机当中，只能勉强支撑。

序列7的配方价值在四百镑左右，凑一凑还是能凑出来的，嗯……已经10月份了，快到新年了，到时候我就正式成年了，能自由支配的财富会多不少……或者，用"愚者"先生教导的那些知识去交换？不知道祂对这种行为持什么态度……奥黛丽的思绪逐渐发散开来。

她决定等配方的事情有希望后，再询问"愚者"先生。

交易部分到此结束，克莱恩本想用掌握的知识换一件隐患不大的神奇物品，但察觉了"倒吊人"的肉痛后，就知道对方为那两件非凡材料会付出不小的代价，估计不会有什么额外的东西，只能遗憾放弃。

自由交流环节刚一开始，"倒吊人"阿尔杰就主动提道："'飓风中将'齐林格斯的船队被收服，一位新的海盗将军诞生了。"

第十五章
CHAPTER 15

✦ 魔术师 ✦

"正义"奥黛丽对海盗将军的事情颇感兴趣，配合着问道："他叫什么？现在的称号是什么？贝克兰德还没有类似的消息流传。"

"倒吊人"阿尔杰缓慢地点头道："她是一位女士，以前就是很有名的海盗，'疾病少女'特雷茜，你应该听说过吧？"

"没有，我对这方面了解不多。"奥黛丽诚实地摇了摇脑袋。

我也是……高踞最上首的"愚者"克莱恩在心里附和了一句。

阿尔杰沉默两秒，没浪费时间解释，直接说道："总之，她在上个月收服了齐林格斯的船队，用实际行动证明自己拥有海盗将军的实力，她将齐林格斯的船只改名为'黑死号'，自称'疾病中将'。

"她过去以独行为主，擅长使用诅咒、黑火、冰霜，和她敌对的人总是会突发疾病，各种各样的疾病，目前没人知道她属于哪条途径，但都确定她位于序列5这个层次。"

"正义"奥黛丽听得津津有味，眨了下眼睛，好奇地请求道："'倒吊人'先生，你能详细介绍一下四位海盗王者和另外六名海盗将军的情况吗？我只听说过他们的名字和外号，不清楚他们具备什么非凡能力。"

阿尔杰环顾一圈，见"太阳"和"世界"都摆出了一副倾听的姿态，于是轻轻颔首道：没问题。

"最强大的海盗王者是'五海之王'纳斯特，他自称是第四纪所罗门帝国的后裔，不仅自身是高序列强者，还拥有帝国遗留下来的恐怖幽灵船黑皇帝号，他擅长利用秩序，能够将敌人拉到自身最擅长的领域战斗，并制造出种种匪夷所思的效果……

"他同时也是年龄最大的海盗，据说在一百多年前、在后罗塞尔时代就已经活跃于五海，没人知道他具体有多少岁。

"当然，比起另一位海盗中的王者，他流传出来的信息足够多。对于黎明号的主人，我们只知道她是一位美丽的女性，曾经是'巫师'，现在同样进入了半神半人的领域，她的称号是'神秘女王'。

"……"

介绍完"四王"，"倒吊人"阿尔杰将话题转向剩余的六位海盗将军。

"黑色郁金香号的主人路德维尔曾经是'五海之王'的下属，后来独立了出来，自称'地狱上将'，传闻说他与灵教团建立了某种程度上的联系。他是强大的通灵人，能驱使各种灵界生物，既恐怖又诡异，据说还拥有一枚古代死神遗留的戒指。

"'星之上将'嘉德丽雅曾经追随过'神秘女王'，但双方在很久之前就近乎决裂了。对于这件事情的原因，海上的传言是，她加入了某个隐秘组织，惹怒了'神秘女王'，而根据我收到的消息，这个隐秘组织是摩斯苦修会。"

摩斯苦修会……"窥秘人"途径……隐匿贤者……克莱恩霍然想到了老尼尔的失控，想到了会在同一途径低序列非凡者耳畔低语诱惑的那位邪神。

这是他第一次在现实，而非书本上，知道摩斯苦修会的消息！

接着，"倒吊人"阿尔杰又介绍了疑似恶灵并非人类的"血之上将"塞尼奥尔，拥有部分海怪血脉的"深海中将"哈尔·康斯坦丁，自称"冰山中将"的艾德雯娜·爱德华兹和"黄昏中将"布拉托夫·伊万。

"很感谢您的分享，我听得都开始向往大海了。""正义"奥黛丽满是期待地说道，"不知什么时候，我才能真正地出门旅行。"

"不，'正义'小姐，这绝对没有你想象中那么美好。在我看来，这是血腥、混乱、杀戮、欲望、恐惧的结合体。"阿尔杰沉静地泼了盆冷水。

奥黛丽点了下头，转而说道："贝克兰德最近发生了一件连环杀人案，共十一起，但其中有一起被证实为模仿作案。这起连环杀人案的特点是受害者都是做过站街女郎但目前有正规职业的女性，凶手会剖开她们的腹部，掏走所有的内脏。"

"这听起来与崇拜恶魔有关，拜血教的人做的？""倒吊人"阿尔杰瞬间就有了猜测。

"我不知道，目前还没发现凶手。"奥黛丽恨不得化身侦探，带着苏茜，将那可恶的家伙抓出来。

就在这时，"太阳"戴里克直愣愣地脱口道："我知道这种仪式。"

他知道？也是，大灾变之前，尤其第二纪元的时候，恶魔是活跃于现实世界、活跃于地上的，是巨人、巨龙两大势力都憎恨的对象，白银之城有相应的记载很正常……他们的历史可没有被隐藏、被篡改，也未出现断代……克莱恩若有所思地望向"太阳"，等待他说出更多的内容。

"你知道？""正义"奥黛丽欣喜地反问。

戴里克点了点头："我们《恶魔学》的教材上提过，它相当古老，是恶魔用来辅助自己晋升的仪式，往往出现于序列6升序列5。"

"不是取悦恶魔的仪式，是恶魔用来辅助自己晋升的仪式？"奥黛丽颇为诧异地问道。

戴里克非常认真地回答："对，'深渊'途径的序列6就叫'恶魔'，这也是它们一族名称的来源。"

"深渊"途径？在大灾变之前，"恶魔"途径被称为"深渊"途径，"恶魔"只是序列6的名称……难道……序列0是"深渊"？克莱恩再次发现了"太阳"同学的价值。很多已经消散于历史长河里的知识和秘辛，白银城里还有！

"这样啊……"奥黛丽微不可见地颔首，"'太阳'先生，你清楚这个仪式的具体内容吗？"

戴里克点了下头道："最低限度是十三个人，最高是四十九个，仪式越完整，越有希望晋升。两次杀人之间，至少间隔三天，否则很容易失控，但间隔也不能超过九天，那会让仪式重置。

"每一次杀人，每一部分仪式后，恶魔都会吃掉被害人的内脏，从这里开始，他将一直处于暴躁嗜血、想伤害他人的状态里，直到那种欲望再次得到满足。"

"真是可怕……"奥黛丽由衷地感叹了一句，觉得自己甚至不忍心去想象。

克莱恩坐在浓郁的灰雾里，默默地听着，记在了心里。

讨论完连环杀人案后，"正义"奥黛丽望向阿尔杰，组织了下语言道："'倒吊人'先生，有件事情，我一直有些疑惑。我参加了好几次非凡者聚会，发现很少有人卖魔药配方，就算有，也很难成交，为什么呢？"

"倒吊人"阿尔杰低笑一声道："因为魔药配方很容易造假，而非凡者聚会又相对隐蔽，没太大的约束力，所以，没有谁敢拿自己的生命去冒险。难道你还能准备两份非凡材料，先用动物做一次试验？这代价太高了。"

"……"奥黛丽突然有点心虚。

"而且，额外的成本还不止这一点。动物服食魔药之后，比人类更容易失控，你必须再请几位非凡者保护自己，免得死在试验里。所以，对大部分非凡者而言，即使有配方出现，也不敢买。"阿尔杰补充道。

"……"奥黛丽更加地心虚了。

"倒吊人"阿尔杰没注意到她的反应，继续说道："正因为这样，除非聚会的主人或某位成员具备鉴别魔药配方真假的能力，且自身已经赢得了大部分成员的信赖，否则配方的交易很难进行。"

嗯，"智慧之眼"老先生就可以……A先生是"牧羊人"，应该也行……克莱恩后靠椅背，不张嘴巴地无声自语了两句。

"正义"奥黛丽则念头一闪，顺口问道："不能通过订立誓言的方式来完成吗？"

"尊敬的小姐，这是地下聚会，以七位正统神灵的名义订立誓言，你觉得合适吗？这不是单纯的发誓能够解决的，必须有对应的仪式。""倒吊人"阿尔杰低笑一声道，"至于隐匿贤者、真实造物主等邪神恶魔和隐秘存在，不是祂们的信徒，谁敢以祂们的名义发誓，嫌弃自己死得不够快吗？"

说到这里，他忽地叹了口气："再加上在不懂扮演法的情况下，魔药容易导致失控，容易让人变成怪物，而相应的材料很难获得，颇为昂贵，所以，只要七大教会不让类似的交易获得官方认证，不需要刻意控制就能让魔药配方无法大规模流传，更别提普及了。"

"原来是这样……"奥黛丽低声自语，解开了心头一大疑惑。

难怪……克莱恩也是一阵恍然。

七位正统神灵？"太阳"戴里克则很想问一句究竟有哪七位，但最终还是谨慎地忍住了。

他考虑了一下道："白银城最近组织了一次对黑暗深处的探索，发现了一座半毁灭的神庙，里面供奉的神像是一个倒着被钉在十字架上的赤裸男人，他身体表面还涂抹着不少血迹。你们知道这是哪位神灵吗？"

这是……真实造物主！神弃之地竟然有真实造物主的神庙！而且听"太阳"的意思，大灾变之前，应该不存在真实造物主，否则，白银城不可能认不出来！克莱恩用"小丑"的能力控制住表情，不让惊愕外露。

"正义"奥黛丽和"倒吊人""世界"各自对视一眼后，皆摇了摇头道："我们不知道。"

他们话音刚落，就听见灰雾里的"愚者"先生低沉的声音："这是堕落造物主。"

"堕落造物主"？"太阳"戴里克顿时皱起了眉头。

白银城的居民们始终信仰着"创造一切的主，全知全能的神"，听到类似的名号被冠以"堕落"这个单词后，难免有发自本能的排斥和不适应。

堕落造物主……这是"愚者"先生对真实造物主的称呼……原来这位邪神还有这种形象……可为什么祂的神像和神庙会出现在白银城的探索范围内？那里疑似为神弃之地！或者说，在被众神遗弃前，那里就已经有真实造物主的信仰……极光会一直宣称的"圣所"难道真在神弃之地？"倒吊人"阿尔杰一下想到了很多事情，却又无法做出确切的判断，因为大灾变之前的历史早衍变为神话与传说，这已经无法单纯用"笼罩着迷雾"来形容了。

他沉吟两秒，故意说道："我们对堕落造物主还有另一种称呼，真实造物主。

信仰祂的势力掌握着'秘祈人''倾听者''隐修士'这么一条非凡途径，后续有你提到过的'牧羊人'。"

"牧羊人"？沉默的"太阳"戴里克霍然坐直，眼睛里满是惊骇的色彩。

他对"倒吊人"提及的非凡途径并不陌生，只是在某些序列上，白银城用的是相近的单词，比如"耳语者"和"倾听者"。

原来那古怪邪异的神像代表着"秘祈人"途径……洛薇雅长老已经是"牧羊人"……她表现得越来越不对劲了……戴里克忽然担忧起六人议事团那位新晋长老，担忧起白银城的安全。

在以往对周边区域的探索里，白银城发现过几座毁灭得很彻底的城市，在那些地方，只有少量碎石背后铭刻的单词证明着曾经有这样一个文明。那些单词都属于巨龙语、巨人语、精灵语的变种，绝大部分在重复描述一种存在。

那种存在叫作"邪神"！

白银城有份参与行动的居民都在猜测，那些城邦是被邪神摧毁的，所以，发现洛薇雅长老所在的途径疑似被一位邪神掌控着，"太阳"戴里克如何不震惊，不担忧，不惶恐？

他恢复了沉默寡言的状态，让一直等待着听更多白银城故事的"正义"奥黛丽颇为失望。

——经过这么多次聚会，经过上次购买巨龙一族情报的事情，她对白银城的兴趣是越来越浓厚。

他的反应和我想象中有点不一样……"倒吊人"阿尔杰冷静地观察了一阵，却没有额外的收获。

一时之间，他找不到更好的话题切入点，而如果直接询问，他怀疑"太阳"会要求支付报酬，这对背负上了两件非凡材料的债务的他来说，并不是什么简单的事情。

就在这个时候，他们同时听见了桌子被轻轻敲动的声音。

浓郁灰雾里的克莱恩掩饰住疲惫，轻声笑道："这次的聚会就到此结束吧。"

"您的意志就是我们的意愿。""正义"奥黛丽当即起身，虚提裙摆，行了一礼。

"倒吊人""太阳"和"世界"相继用类似的语言回答。

克莱恩挥了下手，切断了联系，安静地看着"正义"小姐等人的模糊身影化光而散。接着，他让小号"世界"瞬间消失，自己则拿起那枚得自兰尔乌斯的小型徽章开始研究。

"持有此物，即可加入。"克莱恩诵念出了徽章背后的单词，却发现手中的物品没有任何变化。

他想了想，谨慎地将灵性灌注入内。

一层微芒朦朦绽放，飞快凝聚成光束，向着灰雾之外射去。但是，它又被那漫无边际的灰雾反弹了回来。

这光束霍然散开，化作巴掌大小的虚幻羊皮纸，上面书写着一行古弗萨克语：1350年1月4日傍晚八点，巴布尔河谷。

神秘学领域的简单通信装置？发射信息，请求同步，得到最新的聚会时间和地点？克莱恩回忆着刚才看见的画面，对徽章的作用有了初步的判断。

"1350年，也就是明年……巴布尔河谷位于塔索克河进入贝克兰德之前的那段区域……时间很详尽，但地点很模糊，那可是近百公里的河谷……也许，到了那里，这枚徽章还能做定位工具……"克莱恩饶有兴致地将手中的徽章翻来覆去，想研究清楚相应的符号、咒文和标识，看能不能自己也仿制一个。

可惜，由于脱离了值夜者队伍，他的神秘学知识依旧处于原本的水准，还未获得更进一步的学习机会。所以，研究了几分钟后，他只能无奈放弃。

至于"持有此物，即可加入"这句话本身，克莱恩的打算是暂时不去考虑。

如果今年年底前我能成为"无面人"，那可以伪装去瞧瞧，否则就算了……克莱恩无声自语了一句，将注意力转至晋升"魔术师"这件事情。

"太阳"那里的迷雾树人真实根茎和汁液应该是稳当的……运气不算太差的话，邪纹黑豹的脊髓液这周也能入手，序列7，中序列，已经看得见摸得着了……嗯……"魔术师"该怎么扮演呢？想着想着，克莱恩就开始考虑具体的问题。

因为死而复生前后的遭遇和经历，他一下领悟了"小丑"的真谛，所以，这一个多月里，他只用在日常生活里不断扮演，就可以逐渐消化，并不需要另行总结，再根据反馈修正。等到杀死兰尔乌斯，完成初步复仇，笑中带泪的那一刻，"小丑"魔药自然而然就彻底消化了。

这和克莱恩最早消化"占卜家"魔药的具体过程并不相同，算是比较特殊的情况，而现在，"魔术师"的扮演将回归以前那种。

"魔术师的真谛，以假乱真？嗯，按照大帝日记里查拉图的说法，虽然这条途径的主流不是命运，但终究还是有一部分属于它，所以，在这里，也得有相应的内容？比如，看起来能一定程度地改变命运，但最终发现那只是幻觉，只是魔术，只是欺骗？"克莱恩揉了揉额角，用残余的灵性包裹自身，坠入了灰雾之中。

…………

圣乔治区，一间两居室的房屋内。

"还好我又额外准备了这么一个地方，否则都不知道该躲去哪里了。"佛尔思盯着镜子，拨了下头发。

"是啊……"休躺在床上，有气无力地回答。

"我刚才看报纸上说兰尔乌斯已经死了，不过，这件事情涉及神性，肯定没那么快结束，我们还得躲一阵子。

"呃，不对，是你要躲，不是我，我是正直的诊所医生、畅销小说作者！"佛尔思对着镜子，简单地化着妆。

休一时没有语言应对，慢悠悠地坐起道："还好我足够聪明，有丰富的经验，找人通报的时候，没直接说涉及真实造物主的神性，只描述为'似乎很危险''目标的变化很大，有祈求邪神的感觉'等等，要不然，我都不敢在贝克兰德待了。卷入高层次的斗争真是很辛苦、很危险，我再也不想接奥黛丽小姐的任务了！"

"是吗?"佛尔思头也没回地反问道。

"呃………"休默然几秒，转而说道，"其实，我们也没必要提神性的事情，既然奥黛丽小姐那边能查出来，女神教会肯定也可以……他们应该已经杀掉那个'巨人'了吧?"

"我可没办法确认。"佛尔思一点也不委婉地回答。

休怔了怔，慢慢地长叹了一口气。

佛尔思停下手中的动作，侧头望了她一眼，道："这次的任务基本都是你自己完成的，我就不和你分享赏金了。一共两百镑，加上你的积蓄七十镑，即使扣掉抽成，离'治安官'魔药第一种非凡材料的价格也很接近了！"

"可是，警方那一百镑没那么快能拿到。"休抿了下嘴唇。

这不是说警方给悬赏不爽快，而是她没法直接去拿，得通过帮她递交线索的那位朋友，那才是官方认可的赏金获得者。而她相信这件事情肯定闹得很大，所以，短时间内是没那个胆子去找那位朋友的。

至于那位朋友会不会吞下丰厚赏金的问题，她还是比较有信心的——对方帮太多见不得光的赏金猎人做过类似的事情，抽成归抽成，要是敢直接私吞，早就不知道死在了哪条阴暗窄小的巷子里。

"但那终究会属于你。"佛尔思顿了两秒，认真地问，"等凑够了钱，你就会联系那个面具男，帮他做事，从他那里购买相应的材料?"

"不，除非从别的地方完全弄不到，没有希望。"休给出了自己的回答。

…………

皇后区，霍尔伯爵的豪华别墅内。

奥黛丽还在回味今天的聚会，忽然看见贴身女仆安妮拿着一张纸过来。

"小姐，您的电报。"安妮微笑道，"来自拜朗东海岸。"

阿尔弗雷德的? 奥黛丽欣喜地接过，认真地阅读起来。

昨晚到的？那最早今天，最迟明天，应该就能送到我的庄园里……奥黛丽侧头望向正和零食搏斗的苏茜，浅浅一笑道："苏茜，我给你准备的礼物快到了。"

"汪？"苏茜迷茫地看向女主人。

叮当！

克莱恩骑着雷帕德刚完成的脚踏车，在他房屋后面的草坪上转了几圈。

"还不错，和我预想的一样。不过，没必要单独弄一个摇铃，遇到状况的时候，骑行者很难抽出手，完全可以把铃铛和车把手结合，这样更方便，更简洁，更符合事物的发展规律。"克莱恩右手握住刹车，让脚踏车迅速变慢，停了下来，与此同时，他把左手持握的摇铃放回了原本的位置。

雷帕德沉思几秒道："对，确实应该这样。我只是单纯地模仿马车摇铃，忘记了我们这是全新的交通工具。"

说到这里，他略显疑惑地看着克莱恩熟练下车，弄好了支架："你给我的感觉是，你曾经骑过类似的交通工具，而且骑得很好……我确信市面上别的脚踏车都存在很大的缺陷，和我这辆有明显区别。"

共享单车了解一下……作为"小丑"，我其实该骑独轮车……克莱恩无声吐槽了两句，微笑道："这和经验没有关系，出色的平衡能力和运动能力才是关键。"

他旋即岔开了话题："但听你刚才的介绍，成本相当高，和我们产品的定位有不小的矛盾，你必须尽快拿出方案，降低成本。

"你要知道，贵族、富豪等有身份的上流社会人士肯定不会自己骑车，这有失体面，年入三百镑以上的中产阶级也一样。我们的目标是小职员，是邮差，是所谓工人贵族，也就是年入七十到三百镑之间的阶层。"

"这只是'原型'，嗯，罗塞尔大帝发明的词汇，成本高很正常，后续的工厂化环节如果顺利，我认为降到六镑以下不成问题。如果能找到可以替代天然橡胶的便宜材料，那就更好了，这是最昂贵的一部分。"雷帕德早有思考地回答道。

可惜，这个世界还没发现石油……也不知道究竟有没有……提炼的煤焦油能代替它在这方面发挥某些作用吗？我完全不懂啊，我既不是学这一行的，也不是"通识者"……克莱恩想了想，道："成本如果能控制在四镑以下，那我们就发财了，至于代替天然橡胶的便宜材料，你可以去翻一翻罗塞尔的手稿，也许他记载了一定的想法。"

雷帕德轻轻"嗯"了一声，突然开口道："说起这件事情，我才想到下周有一个罗塞尔大帝纪念展览，就在王国博物馆！由蒸汽与机械教会主办，据说会有罗塞尔大帝的发明原稿和各种遗物。"

发明原稿和各种遗物？克莱恩听得怦然心动，当即追问道："具体在什么时间？我很感兴趣。"

"下周二到下周五，每天上午九点到下午六点，虽然罗塞尔大帝曾经是王国的敌人，但他传奇人生的魅力不会因此而减弱一点。"雷帕德道。

"我会抽空去看这个展览的。"克莱恩掏出鼓鼓的钱包，拿了两张10镑两张5镑的钞票出来，"这是第二期的款项，你用它研究怎么降低成本，并到专利局做最完善的申请，如果你没有熟悉的律师，我可以介绍一位。最后的那二十镑下周给你，用来寻找新的投资者，完成产品的工厂化。当然，我也会帮忙接触有兴趣的人。"

他没想过独占自行车的利润，首先是他缺乏大规模投产的钱，其次是他认为自己在工厂、推广和销售三部分都没有足够的人脉，勉强自己做或雇人做，费时费力还未必成功，甚至可能亏本。既然这样，不如引入有类似资源和渠道的新投资者，专业的事让专业的人做。

另外，更重要的一点是，这么一来，他有机会提前变现一定的股份，为之后晋升"无面人"所需的资源积攒部分现金，免得到时候遇上了却没钱买。

而且我也没想过做自行车大亨，我身份敏感，在成为"无面人"前，得远离可能变成社会焦点的事情……我将扮演的是魔术师，而非商人或工厂主……克莱恩在心里感叹了两句。

"我认识好几个事务律师。"雷帕德嘟囔了一句，接过了第二期投资，"为什么不去银行申请贷款？等拿到专利，我相信肯定会有银行借钱给我们，比如贝克兰德银行，比如巴伐特银行。"

"我们引进的不仅仅是投资，还有渠道、关系和能力，明白吗？"克莱恩笑着解释了一句，接着戴上帽子道，"等申请好专利，寄一封信给我，你知道我地址的。"

…………

苏尼亚海上，有一座耸立着死火山的岛屿。

一条条竖着桅杆、挂着风帆的船只陆续靠岸，挤满了不算小的码头。海盗们的歌声、吼声、笑声、怒骂声、欢呼声，不绝于耳，让这里似乎变成了狂欢的海洋。

"倒吊人"阿尔杰·威尔逊走下幽蓝复仇者号，登上不远处的峭壁，安静地眺望着这一切。

"除了四位王者和七大将军，别的海盗都是一周前才得到这次盛会的消息，大部分根本赶不过来，这也是在防备各国海军和各大教会的强者突袭。"阿尔杰精神并不集中地看着那些海盗搬出一桶桶麦酒。

他知道鲁恩王国已经有了划时代的铁甲舰，但并不担心会在这里遇上，因为那才过去了四个月，而宣传中的无敌舰队还需要更多的铁甲舰，需要不同类型的船只配合，需要培训军官、水手和炮手，没有一年以上的工夫，根本形成不了真正的战力。

就在阿尔杰思绪发散之际，船只和码头上那些海盗突然发出一声声惊呼，有的奔向岛屿深处，有的匆忙驾驭船只远离码头，就像在躲避恶魔和瘟疫。仅仅几分钟，之前热闹喧嚣的场景就只剩下狼藉与安静。

阿尔杰转头望向海上，看见了一条通体刷成黑色的船只，它的桅杆上飘扬着一面巨大的绘有头骨的白色旗帜。

那头骨以漆黑为底，眼窝里燃烧着幽蓝色的火焰。

"黑死号……"阿尔杰低语了一句。

他明白之前那些海盗为什么要躲避了："疾病中将"特雷茜所过之处，总会有人莫名其妙生病！

黑死号缓缓靠岸，一道穿着白色亚麻衬衣、披着暗红外套的身影出现在了船头。

这是一位相当美丽的女士，同时也是一位英气勃勃的女士。她乌黑妩媚的卷发高高盘起，缠绕着白色的头巾，双腿穿着合身的米色长裤，身姿修长，却不乏妙曼。

而这位女士最吸引人目光的却是她那又长又直的眉毛和锐利明亮的蔚蓝眼睛。她顾盼之间，眸子偶尔会失去焦距，显得迷迷蒙蒙，分外诱人。

一位混迹在海盗里的吟游诗人不知什么时候也来到了峭壁边缘，用呻吟般的口吻道："她永远都是少女。她果然带来了疾病，噢，我生病了，我的脑海里都是她。"

部分离开的海盗又重新聚拢，痴迷地望着"疾病少女"特雷茜。

阿尔杰忍着鄙夷的情绪，望了那些海盗一眼，在心底嗤笑道："真是一群没有前途、没有意志的家伙，刚才还知道躲避，现在就被美色魅惑了。

"虽然'疾病少女'确实很美丽，但也没到他们表现出来的这种程度啊，嗯……有魅惑方面的非凡能力？"

他思绪转动间，"疾病中将"特雷茜离开了黑死号，向着岛屿深处那座漆黑宫殿行去。

这时，海平面上又出现了一条巨大的帆船，旗帜上是一只被十颗星辰环绕着的眼睛，没有睫毛的眼睛。

"'星之上将'嘉德丽雅……"阿尔杰轻轻颔首，无声自语。

因为码头上已停靠了黑死号和别的船只，那巨大的帆船没有近岸，转而绕到了避风的峭壁位置下锚。

紧跟着，阴沉的天空忽然发亮，一点点璀璨的星辉洒落，于半空中凝聚出一道透明的长桥，从巨大帆船通往深处宫殿。

一位女士登上了长桥，就那样漫步于半空。她穿着黑色的古典长袍，上面绘有许许多多的象征符号和魔法标识，最为明显的则是一只神秘的眼睛，没有睫毛的眼睛。

这位女士腰间还悬挂着星象仪、短权杖等物品，就像民俗传说里活跃于第四纪的强大巫师。

阿尔杰仰头望了一阵，突然微微皱眉，在心里疑惑自语道："那个星象仪，给我的感觉很熟悉啊……

"就像是，就像是……我之前得到的那个不知什么用处的古怪玻璃瓶，在我被'愚者'先生拉入聚会后就破碎掉的那个古怪玻璃瓶……"
…………

皇后区偏北的郊外，奥黛丽带着女仆们，领着金毛大狗苏茜，进入了属于自己的那个庄园。

"小姐，恩马特港送来的货物就在前面。"负责这处庄园的管家毕恭毕敬地说道。

"好的。"奥黛丽轻轻颔首，半开玩笑地对身旁的金毛大狗道，"苏茜，这是你的礼物。"

说话间，她们拐过了弯，看见了那份"礼物"。

那是皮肤会随着光照而变换不同色泽的巨大蜥龙，长足三米，即使趴着，高度也和奥黛丽的膝盖平齐。

那是两条庞然大物，足以吓哭小孩子的庞然大物！

"汪？"苏茜迷惑又愕然地叫了一声，侧头望向主人，发现她的表情和自己一模一样，显然也没料到礼物会如此夸张。

在奥黛丽心里，一直有这么一个潜在的认知，"七彩蜥龙"等于"七彩蜥龙的脑垂体"等于"巴掌大小，表面柔软有丘壑感，不断变化着色彩的非凡材料"，所以，这和面前长达三米、高近膝盖的庞然大物有什么关系？

一时之间，她有些蒙，等听见苏茜的叫声才清醒过来，故作满意地对管家道："这正是我需要的动物标本。嗯……只是比我想象中要大那么一点，就那么一点。

"你带领仆人把它们搬到仓库去，我空闲的时候再研究。"

"是，小姐！"管家当即吩咐周围正偷瞧主人的男仆们干活。

奥黛丽环视一圈，不再多言，领着苏茜进入了庄园主屋内的书房，并借口要专心给哥哥写回信，将她带来的女仆们全部留在了外面。

等解剖出来，就是两份七彩蜥龙的脑垂体……一份用来换法尔斯曼兔的脊髓液，正好能调配成一瓶"读心者"魔药……奥黛丽逐渐摆脱了刚才的错愕和茫然，开始思考该怎么让苏茜晋升的问题。

这个时候，她才想到了一个严重的问题，那就是她不知道苏茜究竟有没有消化掉魔药！

如果还没彻底消化，那服食"读心者"魔药很容易造成失控……她不比人类，可以强撑过去……等等，她第一次就是强撑过去的！而且她现在的智商不会比十岁左右的小孩差，她，她都在学鲁恩语的单词了，她说她想看报纸杂志，想阅读书籍……奥黛丽默然几秒，瞄了蹲在旁边不明所以的金毛大狗一眼："苏茜，你彻底消化掉魔药了吗？"

"消化？"苏茜字正腔圆地疑惑反问。

奥黛丽已经告诉过她，她之前服食的是魔药，并叮嘱她不要告诉别人，以及别汪别喵等有一定智力的动物。

奥黛丽重而慢地点了下头："那是一种很奇妙很独特的感觉，体内似乎有什么虚幻的东西破碎了，与自身的精神融为了一体，你隐约能看见一颗又一颗的虚幻星辰，而你自身就属于其中一颗，这些星辰彼此吸引着，似乎想聚合为一体。"

苏茜安静地听完，轻快地回答道："那我应该已经彻底消化了，我有过类似的感觉。"

啊？苏茜彻底消化掉"观众"魔药了？可是，可是，没人教过她扮演法啊！我顶多偶尔提示她，要多观察，要放平心态……奥黛丽愕然地问："你什么时候消化的？"

"上个月，上上个月，或者更早……"苏茜努力回忆了一阵，见主人的表情越来越古怪，忙摇起尾巴，怯怯地补了一句，"我记不清楚了……我只是一条狗，我不会刻意去记这些事情的，汪。"

只是一条狗……但你消化的进度只比我慢那么一点……难道以后和别的非凡者交流时，我要说，在消化魔药这件事情上，我比狗强一点……呸，奥黛丽你想什么呢！奥黛丽保持着优雅的笑容，礼仪性地赞美了一句："很好，我是说，在消化魔药这件事情上，你做得很好。"

…………

从雷帕德那里回来后，克莱恩悠闲地睡了个午觉，但没过多久，他就被虚幻层叠使人烦乱的祈求声吵醒了。

男性？"倒吊人"先生，还是小"太阳"？我魔药的主材料终于要获得一种了吗？克莱恩仔细辨别了几秒，迅速忘记了被打扰的愤怒，飞快起床，逆走四步，进入了灰雾之上。

他发现象征"倒吊人"的那颗深红星辰在收缩和膨胀，于是将手一伸，蔓延灵性，触碰了过去。

惯例的"愚者"尊名后，"倒吊人"祈求道："……我已经搜集好邪纹黑豹的脊髓液和精灵之泉的髓质结晶，请允许我举行献祭仪式，请您转交给'世界'先生。"

进度很快嘛……"倒吊人"说最近会有一场海盗间的盛会，看来并非最近，就是现在……他说话总是有些藏藏掩掩，不尽不实……克莱恩微不可见地颔首道："可以。"

一场简单的献祭仪式后，阿尔杰忍住了内心的冲动，没有向"愚者"先生询问"星之上将"嘉德丽雅身边的星象仪是否和祂有关。

而这个时候，克莱恩已经将他抛到了脑后，正在欣赏摆于青铜长桌表面的两件非凡材料。

邪纹黑豹的脊髓液是一管看似透明的液体，可若仔细观察，会发现它的澄清度也是分层次的，越往下越透明，一节一节，完美分割，充分满足了强迫症患者的审美。

精灵之泉的髓质结晶则类同于褪色的鸡蛋，壳似乎很薄，一碰就有可能破碎，不用摇晃都能听到里面有哗啦啦的流水声。

"应该可以从'药师'那里换到三百镑的现金和配方的线索……我的'魔术师'只差迷雾树人的真实根茎和汁液了，不知道小'太阳'什么时候能完成任务……"克莱恩满是期待地想着。

至于其他辅助材料，他早就在不同的店买齐了。比如，水形宝石需要去珠宝店购买，自己磨成粉末，一颗五克重的大概两镑半。

"太阳"戴里克并没有让克莱恩等待太久，周三傍晚时分，他就小声祈祷，告诉"愚者"先生自己准备好迷雾树人的真实根茎和汁液了，并请祂转交给"世界"。

迷雾树人的真实根茎呈心形，褐色，巴掌大小，正面皱巴巴的，仿佛老者的皮肤，背后则光滑细腻，宛若宝石。它正轻微地膨胀和收缩着，似乎还有一定的生命力。它的汁液则浅绿晶莹，一看就很好喝的样子。

克莱恩就那样望着它们，竟有点踌躇满志。

在当代，序列7就是中序列的门槛。这意味着非凡者终于告别了只在某些方面比普通人强一些的状态，即将拥有相对丰富的超凡能力！

呼……克莱恩缓缓地吐了口气，回到卧室，以自己召唤自己的方式，将非凡材料带入了现实世界。

他没有额外准备器皿，刷洗了厨房的铁制炖锅几遍，就开始按照先辅助后主体的顺序调配魔药。

以"小丑"对身体的控制力，他很快完成了前奏，陆续把邪纹黑豹的脊髓液和迷雾树人的真实根茎放了进去。

嗞！

让人牙酸的声音里，一阵浅白色的迷雾霍然腾起，又被无形之力强行拉回了铁锅内。

等到一切平静下来，克莱恩忙将里面的液体一滴不剩地倒入了早就准备好的透明玻璃瓶内。

那液体相当特殊，就像一直有烟火在里面绽放，红橙黄绿等颜色不断外散，不断消失，又不断出现。

这就是"魔术师"魔药！

克莱恩将1镑面额的金币夹于左手拇指盖和食指之间，铮地往上弹起，然后摊开手掌接住——他这是在用占卜的办法确认自己调配的魔药是否获得了成功。

啪！

金币落下，人像朝上，表示肯定！

克莱恩不再犹豫，收起金币，提上魔药，走出了厨房。

此时，天色已深，房间内的煤气灯尚未被点亮，四周一片漆黑，仅有靠近凸肚窗的地方有些微外来的光明制造出昏暗的场景。

克莱恩坐到沙发位置，用冥想的方式平复了内心的悸动，让所有的情绪短暂远离了自身。做完这一切，他举起玻璃瓶，脖子一仰，将"魔术师"魔药喝了下去。

咕噜！咕噜！

冰冷的魔药一路沿着喉咙往下，时刻都有无数的气泡在炸裂。

克莱恩正体悟着这种刺激，脑海内霍然涌入了庞大的信息流，化成一朵又一朵的烟花绽放。

他额头的青筋高高凸起，脑袋似乎快要被撑裂甚至撑爆了！

不过，这对克莱恩来说不算太难以支撑的状态，进入灰雾前的恐怖呓语和真实造物主的邪恶怒吼比这可怕多了。

"霍纳奇斯……弗雷格拉……霍纳奇斯……弗雷格拉……霍纳奇斯……弗雷格拉……"

缥缈虚幻的诱惑又一次回荡，克莱恩脑袋膨胀收缩，收缩膨胀，逐渐找回了思绪，开始能有意识地约束想法，勾勒光球，一点一点地靠近冥想状态。

过了不知道多久，他的视线恢复了，同时感觉全身都痒痒的，其中以双臂为最。

克莱恩忙挽起衣袖，愕然看见自己一条手臂皮肤深皱，宛若百岁老人，另一条则失去了颜色，变得透明，能直接看见里面的血管和肌肉。

这……难道还是有点失控？不，应该没有，这是残余的影响……

克莱恩坐在黑暗里，坐在沙发上，前倾身体，警惕地注视着双臂的异常，就像那里在孕育怪物。

他听见外面的街道上有行人路过的声音，听见斯塔琳太太在迎接晚归了大半个小时的丈夫，听见萨默尔先生在抱怨街上马车太多、路面太窄，造成了拥堵。

而这一切都与克莱恩无关，他安静地坐在黑暗深处的沙发上，看着手臂皱起的皮肤和透明的状态一点一点恢复。

五六分钟后，一切终于恢复正常，克莱恩无声叹了口气："还好这个时候没人来敲门拉铃……我彻底消化了序列8魔药才选择晋升，都有这样严重的残余影响，那些靠时间打磨的非凡者，要想渡过这一关，肯定相当困难。

"难怪队长用了九年……难怪恶龙酒吧的老板、前代罚者队长斯维因一直都不敢服食序列7的'航海家'魔药……"

又静坐了十几秒，克莱恩慢慢地站了起来。

此时此刻，他已经是中序列的非凡者。

此时此刻，他已经是"魔术师"。

前行两步，越过茶几，克莱恩活动了下身体，抖了抖手腕，未再发现异常。

他望向凸肚窗外照亮了昏暗与阴沉的煤气路灯，若有所思地自语了一句："双手更灵巧了，动作更敏捷了，就算没有非凡能力，只要用心钻研，我也能成为顶级的魔术师。"

这是他对自身变化的第一印象。

而和值夜者内部资料记载的一样，如果魔药会提供一定的法术能力，那服食之后，非凡者自身将有所察觉，把握到具体有哪些，就像对应的知识通过神秘的方式灌入了脑海内，拓印于精神中。

"刚才知识差点撑爆我的脑袋……"克莱恩微笑着摇头，仔细回忆起先前的感受和相应的法术。

不得不说，"魔术师"确实算得上强力的序列7，拥有不少神奇能力，而且都可以快速施展。

其中，克莱恩最重视最喜欢的有三种，位居首位的是"伤害转移"！

只要没有直接死亡，只要双手还能动，他就可以把要害位置的伤口转移至手臂等不太重要的地方，化致命伤为轻伤。这是实战保命时非常有用的超凡能力，唯一的问题是，在序列7这个阶段，伤口只能在自己身上转移，而且机会只有一次。

也许随着自身序列的提升，还可以往物品、往别人身上转……真的有一种魔术般的感觉……克莱恩畅想了一下未来。

第二种法术是"火焰跳跃"，三十米范围内，他可以在自身留下的火种和原本就有的火焰之间闪现，类似于瞬移。这似乎借助了灵界的特殊。

嗯，可以很好地用来表演魔术……克莱恩在心里非常满意地自嘲了一句。

更为重要的是，随着他对魔药的消化，随着他序列的提升，"火焰跳跃"的范围还会明显变大。

第三种类法术的超凡能力就是克莱恩曾经在密修会那个燕尾服小丑处见过的"空气弹"。

"魔术师"可以通过打响指、模拟声音等办法，制造威力和速度都不比特制左轮手枪射出的子弹差多少的空气弹，而且，它的效果同样会跟随魔药的消化进度和自身序列的发展提升。克莱恩怀疑，到了序列5或者序列4阶段，自己没准可以手搓炮弹。

"这样一来，我就没必要再买手枪和子弹了，不，还是得再买一把，很多事情完全不需要暴露我的非凡能力，可以用枪解决的问题都不算问题。"克莱恩微不可见地点头，转而审视起另外的法术和类法术能力。

第四种是"纸人替身"，关键时刻，"魔术师"可以短暂将携带的纸人变成自己，并与自身调换位置。这是一种相对简单的替身法术，除了能挡下致命一击，还可以有效地削弱诅咒伤害。

原来这就是"秘偶大师"罗萨戈携带的那些纸人的作用……他肯定很遗憾，因为他是被真实造物主污染，根本没办法也没机会用替身……这个法术最大的问题是，需要提前准备材料，也就是剪裁相对精致的纸人。在第五纪早些时候，带着类似物品的非凡者毫无疑问会被视为黑巫师，现在若是被发现，也多半会被怀疑……克莱恩仔细思考了下"纸人替身"的用处和限制。

第五种是类法术能力，叫作"操纵火焰"，顾名思义，就是能通过简单的一个动作，操纵周围三十米范围内的火焰，也可以直接点燃这个范围里的某些物品；等魔药彻底消化或序列得到晋升，还能凭空召唤焰流。

第六种是"制造幻觉"，通过影响周围的环境，营造出具备色彩、声音和气味的近乎真实的幻觉，达到以假乱真、欺骗敌人的效果。

这算是魔术师的看家本领……克莱恩低笑了一声，走到凸肚窗前方，踌躇满志地欣赏起街道夜景。

第七种为虚假的"水下呼吸"，它的原理是制造一根无形的、看不见的空气细管，让处于水底的"魔术师"可以借此自由呼吸，看起来似乎变成了"鱼人"。

它的问题是，空气细管有长度限制，目前阶段的克莱恩顶多能维持五米左右的长度，也就是说，水深一旦超过五米，他就有可能淹死。当然，魔药的消化和序列的提升，都会给空气细管的长度带来实质的增长。

第八种是类法术能力"骨骼软化"，这能帮助"魔术师"挣脱手铐、绳索以及箱子的束缚。

同样是看家本领啊！克莱恩心情不错地想道。

第九种是小丑化纸张为飞刀那种能力的进化，叫作"抽纸为兵"，它不仅可以把纸张化成锋利的物品，还能短暂变成棍棒、砖头等武器。

这就是"魔术师"主要的九种法术或类法术能力，虽然没有攻击和防御都特别强力的类型，也缺乏足够诡异的种类，但胜在神奇和多样，让克莱恩的实力瞬间上了不止一个台阶，在保命和逃跑的方面更是有所精进。

而且，"魔术师"是具备快速施法技巧的。这个序列的非凡者不需要念咒，不需要灌注灵性，只用简单的一个动作，就可以施展对应的法术或类法术能力。

除此之外，魔药还让克莱恩获得了一些小戏法，但它们都没有太大的实用性。

"勉强可以算一个还不错的非凡者了……"克莱恩无声感叹了一句。

就在他打算出门溜达，顺便去勇敢者酒吧一趟，补上左轮手枪和子弹时，凸肚窗外被煤气路灯光芒渲染着的绯红月华突然变深变浓了！

克莱恩愕然抬头，发现半空的阴云和薄雾已然散去，比半圆多一些的红月清晰显露了出来。它的轮廓飞快变得丰满，短短一两秒的时间就变成了满月，赤红如血的满月！

而这距离上一次满月才过了两周多！

按照正常的历法，按照天文学的内容，下一次的满月应该还有十天左右！

这是血月？克莱恩嘴唇微动，有所释然地自语了一句。

在这个世界，月亮的变化是规律的，也是不规律的。普通时候，它和克莱恩上辈子经历过的一模一样，但每年总有那么几次，它会突然变圆，殷红似血。类似的情况毫无逻辑，有时一年只有一次，有时一年会发生四五次。

不管天文学家，还是神秘学家，都无法解释这种现象，也根本总结不出规律，只能暂时忽略这个问题，将之视为疑难之一，并开玩笑地说，也许只是女神突然心情不好，而女性的情绪变化毫无疑问是没有规律的。

当然，不知道原因，弄不清楚实质，不代表没有相应现象的描述。在神秘学里，这种情况被称为"血月"，认为它会带来负面情绪的攀升和爆发，认为它会让冥界、灵界的力量变强，死者即使没被唤醒，也可能爬出坟墓。

"这是今年的第二次吧？"克莱恩立在凸肚窗边，欣赏着澄澈干净的天空，欣赏着形如圆盘、鲜红欲滴的满月，觉得自己的状态相当好。

乔伍德区的某栋房屋内。

今晚参加聚会，来不及返回圣乔治区那个两居室房间的佛尔思·沃尔正盘腿坐于客厅的沙发上，边啃夹肉夹菜的新式面包，边披头散发地构思下一本小说的剧情。突然，她皱起了眉头，丢掉了手中的食物和钢笔。

窗外照入的月色越来越浓，越来越红，佛尔思的表情则越来越痛苦——每当满月，她都会听见那让人疯狂的呓语！

扑通！

她跌下了沙发，身体扭曲地挣扎着。

过了一阵，她猛地抓下了一大把头发，可这样的疼痛却没有缓解她脑袋快要炸开般的症状，没有平复她想一刀结束自己生命的躁动。

"又来了……"佛尔思痛苦地低语，双腿抽搐着绷直。

她非常艰难地诵念出自己信仰的那位神灵的尊名，想获得救赎：

"伟大的，蒸汽，与机械之神……

"您是本质的，化身……

"您是工匠的，保护者……

"您是技术的光辉，光辉……"

一遍遍的诵念里，佛尔思的痛苦始终未得到减弱，反而越来越强烈。

砰！

她剧烈翻滚之时，不小心将茶几撞倒了，上面的书籍由此散落于地面。

再也难以忍耐的佛尔思疯狂地用指甲抓挠起茶几的木腿，抓出了一道又一道的深痕，抓出了让人牙酸吱嘎吱嘎声。

啪！她的指甲硬生生地折断了！她的头发在诡异地变长！

此时此刻，佛尔思感觉自己今晚就会失控，就会变成怪物，她刚才已经诵念了好几位神灵的尊名，但都未得到拯救。

"要死了……我要死了……"她扭曲地翻滚着，忽然看见了一张写着古赫密斯语单词的纸。

那是休从《鲁恩王国贵族史》里发现的神秘咒文，她的默念甚至招惹来了疑似邪灵的存在！

哪怕，邪灵……只要能，帮我……我都愿意，接受……佛尔思脑海里不太清晰地闪过了这么一个想法。

她挣扎着望了过去，用尽全身力气地小声念道：

"不属于，这个时代的，愚者……

"灰雾之上，的，神秘主宰……

"执掌，好运的，黄黑之王……

"救救我，救救我……"

"……"

克莱恩刚披上双排扣长礼服，拿起半高丝绸礼帽，正要往门口走去，忽然听见了层层回荡的虚幻祈求声。

谁？他微皱眉头，侧耳倾听了一下，只能确认祈求者是一位女士，而且嗓音断断续续，似乎蕴藏着极大的痛苦。

想着也没特别紧要的事情，新晋"魔术师"克莱恩随手一扔，让半高丝绸礼帽准确无误地挂回衣帽架上，自身则返回卧室，逆走四步，进入了巍峨雄伟的宫殿。

这一次，他没有看见哪颗虚幻星辰的深红光芒正在膨胀收缩，但古老而斑驳的青铜长桌尽头，"愚者"座椅的侧方，有明澈的光华正一圈圈荡开。

"非塔罗会成员的祈求……休，还是那位有一头微卷褐发的女士？"克莱恩有所猜测地坐到了属于自己的位置上。

因为他已经取空了不记名账户里的钱，所以，他没有怀疑是有人在企图窃取他的财富。

往后微靠，克莱恩左手一点，蔓延出灵性，触碰向了那荡起阵阵涟漪的光圈。

四周的场景霍然变化，他看见了翻倒的茶几，倾斜的沙发，满地的书籍和纸张，以及一位垂死挣扎般的褐发女士。

与此同时，克莱恩听清楚了对方的祈求：

"不属于，这个时代的，愚者……

"灰雾之上，的，神秘主宰……

"执掌，好运的，黄黑之王……

"救救我，救救我……"

"救救我"？看她的样子有些像失控啊，头发在以肉眼可见的速度变长，皮肤的角质层已经蒙上了一层邪异的白芒，我怎么可能救得了……克莱恩仔细观察了好几秒，相当为难地自语了一句。

就在这时，他从那位女士饱含痛苦的祈求声里分辨出了一丝微弱的虚幻的不明显的呓语。

对，呓语！

这类同于进入灰雾之上的宫殿之前的恐怖呓语，但感觉一点也不疯狂，一点也不邪恶，并且不蕴含明显的恶意。

"看来这位女士接近失控的状态是因为听见了那呓语……如果听不见，是不是就能平复和好转？"克莱恩若有所思地将手伸向了不断荡出涟漪的光圈。

紧接着，他任由自己的灵性疯狂外涌，与对方建立起了稳固的神秘的联系——晋升为"魔术师"后，他的灵性充裕了许多，这方面的负担相应降低了不少。

　　……………

　　佛尔思的脑袋愈发迷糊，感觉自己的思绪就像煮沸的开水一样，不断冒着气泡，想要冲开头部的束缚。

　　"我快死了吗……我不要，不要，变成怪物……"她脑海内刚悲哀地闪过这么一个念头，潮水般的痛苦就淹没了过来。

　　突然，她一下清醒了，之前深切入骨的痛苦、烦躁、疯狂和绝望似乎压根儿不存在，只是一场幻觉。

　　今天这么快就撑过去了？血月的时候，时间不是都有延长吗？佛尔思疑惑地睁开刚才不自觉闭上的眼睛，看见自己的下方是无边无际的灰白雾气，身前则有一张古老斑驳的青铜长桌。

　　这是哪里？她愕然四望，看见了一根根高耸的石柱，看见了石柱撑起的巍峨宫殿。紧接着，她发现青铜长桌的最上首，有一道被浓厚灰雾包裹着的似乎在俯视一切的神秘异常的身影。

　　这是什么地方？他是谁？佛尔思警惕戒备地再次于心里发出疑问。

　　旋即，她想起了自己刚才做的事情！

　　她在极度痛苦之下，诵念了休从《鲁恩王国贵族史》里找出的那段神秘咒文，疑似指向某个邪灵的神秘咒文！

　　不，不只是邪灵！他竟然能让我暂时摆脱那可怕呓语的侵害……而且把我拉入了这奇怪的世界……这……佛尔思强忍着内心的恐惧，半起身行了一礼道："请问您是……"

　　就在这时，她忽然记起了咒文的具体内容，脱口而出道："你是'愚者'！呃，先生。您是'愚者'阁下？"

　　克莱恩微笑着颔首道："直接称呼我'愚者'先生就行了。"

　　说话的同时，他发现佛尔思坐的那张椅子背后，璀璨群星构成的象征符号和神秘花纹正在飞快变化。短短一两秒的工夫，那里就勾勒出了一扇内部层层叠叠的门，由无数虚幻的同类重合而成的门！

　　"门"？克莱恩一看到这象征符号，就瞬间联想起了罗塞尔日记里提过的"门"先生。对方会在满月的时候，靠近现实世界，发出求救的呼喊！

　　难道刚才的呓语和"门"先生有关？嗯……今天是血月之夜，属于满月的加强版……这位女士对应的是"门"，之前那位休小姐座位背后的象征符号则类似于审判之剑……克莱恩微不可见地点了下头。

他就此确认了一点情况，那就是一旦建立了稳固的联系，而对方又属于非凡者，相应座位背后的象征符号就会随着对方的实际情况出现变化，并非一定要加入塔罗会或定期来到灰雾之上。

这个时候，佛尔思心里却掀起了惊涛骇浪："愚者"……果然是"愚者"……那段尊名果然指向着一位强大存在！他要做什么？会不会让我用灵魂进行交易？

呵，至少，至少这比在那可怕的呓语中失控要好……我算是捡回了一条命，之后不管怎么样都等于赚到……

她思绪纷呈之间，突然听那位"愚者"先生含笑问道："每次满月的时候，你都会听见不知来自哪里的呓语？"

他怎么知道？佛尔思愕然望去，呆愣地回答道："是的。"

话音未落，她猛然想到了一个可能，脱口追问道："你，您，知道那呓语的来历？您知道是谁在侵害我？您知道该怎么彻底解决这个问题吗？"

那是一个迷失于黑暗里、被困在风暴中的可怜虫……克莱恩本打算用这很能塑造自身形象的话语回答，可想了想，又觉得自己无法肯定眼前女士听见的呓语确实来自"门"先生。

为了不出错误，为了将来不丢脸，他略过了对方的问题，含糊地笑道："他未必想伤害你，也许，他只是在向你求救。"

所以，呓语才不含恶意，不疯狂，不邪恶。

"向我求救？可是，那呓语让我越来越接近失控，如果不是您帮助了我，我现在或许已经变成了怪物。"佛尔思难以置信地说着。

克莱恩笑了笑道："那是因为你太脆弱了。"

"我太脆弱？"佛尔思又错愕又茫然。

克莱恩略略解释了一句："你的生命层次和对方差得太远，也许，他只是正常呼吸，带起的风暴就能将你撕成碎片，也许，他只是看了你一眼，你就会当场死去。

"当然，他如果刻意控制自身的力量，也不是不可以与你正常交流，不过，他的声音也许得穿过层层阻碍才能到达你的耳朵，刻意控制往往意味着呼救失败。呵呵，我是说，假设他在呼救。"

生命层次相差太远……看我一眼，我就会当场死亡……佛尔思听得一愣一愣的，好半天才挤出笑容道："这让我想起了一句话，不可直视神……"

克莱恩微笑地看着她，没有正面回答。

难道那可怕的呓语真是来自某位接近神灵的存在？"愚者"先生可以帮我排除对方带来的影响，并且始终在以一种相当平淡的口吻谈论这件事情……这是否意味着他和那位存在的生命层次等同？佛尔思越想越是震惊，身体出现了止不住的战栗。

克莱恩等待了几秒钟，转而问道："每次满月的时候，那吆语会维持多久？"

"三到五分钟，如果是血月之夜，会超过七分钟。"佛尔思收敛思绪，老老实实地回答。

听到这里，克莱恩越来越觉得那吆语的主人就是"门"先生。他暂时按下这件事情，微笑道："再过几分钟，你就可以回去了。解决问题的方案只有一个，那就是让自己的生命层次得到提升。"

佛尔思犹豫了下，问道："每当遇见满月，我是否可以诵念您的名？我，我会做您的虔诚信徒！"

"不，不需要。"克莱恩含笑摇头，"不过我不介意顺手帮一帮你。"

"真是太感谢您了！"佛尔思虽然怀疑自己是在和邪神做交易，但她再也不想经历类同于先前的那种痛苦了。

确定好这件事情，她放松了许多，注意到青铜长桌周围还有许多座位，于是试探着问道："'愚者'先生，您这里似乎还有别的人经常往来？"

不，也许不一定是人……佛尔思默默地补了一句。

克莱恩态度轻松地笑道："是几位和你差不多的人，基于各种各样的原因被我拉入了这里。

"他们希望我能定期召开聚会，进行配方的交易、材料的买卖、消息的交换和任务的委托，我答应了他们。"

佛尔思听得怦然心动，想着自身已经陷入此地，于是大胆问道："'愚者'先生，我能加入这个聚会吗？"

"可以，每周一，下午三点，排除掉干扰。"克莱恩微笑着指了下青铜长桌表面突然具现出来的纸牌，"他们决定以塔罗牌的名称为各自的代号，你可以自行挑一张。以下这些牌已经有主人，不能选……"

佛尔思点了下头，一边饶有兴致地洗牌切牌，一边嘟囔了一句："让命运来安排我的称号吧……"

很快，她抽出了一张牌，看了眼道："魔术师！"

第十六章
CHAPTER 16
❖ 灵舞 ❖

躺在客厅地上的佛尔思睫毛抖动了几下，眼睛缓缓睁开，看见窗外明月高悬，宛若攒满赤辉的圆盘，往日轻薄朦胧的绯红之纱，则尽数变成了浓郁的血光。

我没死，没失控……刚才不是在做梦……真有一位神秘强大的"愚者"先生拯救了我……佛尔思翻身坐起，检视自身，发现除了头发变长变密一些，其余部位并不存在别的异常。

"但与之前相比，我的人生已经完全不同……也不知道这是好是坏……"无声自语中，佛尔思就那样抱膝坐在地面，怔怔出神，时而彷徨，时而忐忑，时而心酸，时而茫然。

…………

灰雾之上，克莱恩望着背后象征符号为层层叠加之门的椅子，若有所思地低语道："不知那呓语究竟蕴含着什么信息……等她有了序列7，或者序列6，应该就可以抗衡负面影响，听清楚呓语的内容了。

"如果她还没掌握扮演法，就让'正义'小姐她们帮我教导。我以圣物为凭依，对女神发过誓，不能在不懂扮演法的人面前提类似的事情……

"等我晋升序列5，成为'秘偶大师'，也许可以借助相应的仪式和这片神秘空间的特殊，远程操纵她，直接看见她看到的场景，听见她听到的声音，那样就可以确认是不是'门'先生了……

"这可是一位见证了第四纪历史的先生，年龄很可能比活了一世又一世的阿兹克先生还要大。也不知道他的实力和层次相当于序列几，2？甚至1？"

考虑了一阵，他感觉到灵性的不稳，忙坠入灰雾之中，回到了现实世界。

这是刚晋升没多久的正常现象，所以克莱恩放弃了出门的打算，耐心在家里冥想，收束散逸的灵性。

…………

清晨时分，佛尔思乘坐最早那班蒸汽地铁返回了圣乔治区，然后转乘公共马车，抵达了她和休现在住的那个两居室房间。

刚开门进入，她愕然发现往常会睡到很晚的休正在那里烤面包片。

"昨晚突然有血月，弄得我都有点没睡好，很早就醒了。佛尔思，你没怎么样吧？那奇怪的呓语有没有变强？"休抬起脑袋，关切地问了一句。

佛尔思的视线突然模糊，她扭头望向旁边，挤出笑容，用惯常的打击对方的语气道："你脑子呢？我不是说过吗？血月的时候，呓语肯定会变强！

"但这对我没有任何影响，嗯，没有任何影响，你看我，现在多精神！诶，给我也烤一片面包啊！"

"你不是不爱这种吃法吗？"休理了下自己的金色短发，小声咕哝了一句。

…………

完成初步复仇并获得了晋升的克莱恩一觉睡到了天明，悠闲地出门买了份费内波特面当早餐，并配了个迪西馅饼，外带了一杯甜甜冰茶。

满足地享用完美食，他放下刀叉，拿起报纸，心情非常放松地开始阅读。

一眼扫过，他发现《塔索克报》的头版头条写着："血月之夜，杀人魔再现！"

又来了？克莱恩忙翻了下其他报纸的头版，看见了不少类似的标题——

"真正的第11起！警方束手无策！"

"冷血杀人魔再次对警方做出挑衅！"

"恐慌的气氛正弥漫于贝克兰德！"

这……值夜者和代罚者肯定都很头疼吧？克莱恩在心里由衷地感慨了一句。

老实讲，他很有抓出那个凶手的冲动。在地球的时候，没有能力的他，时常也会幻想一下自己主持正义、惩罚邪恶的场景，而如今，身为序列7的非凡者，他觉得不做超级英雄简直对不起过去。

哎，可惜，这件案子已经得到高度关注，我再掺和进去，不是等着暴露身份吗？做人还是要有理智……而且，按照"太阳"同学的说法，凶手很可能正处于序列6升序列5的阶段，获得了那么多法术和类法术能力的我虽然不会怕他，但也未必能抓得住他，风险较高……

思前想后，克莱恩还是选择遵从内心最强烈的想法，做一位普通市民。他相信以几大教会的实力，凶手如果再继续作案，被抓住的可能性不小！

翻完相关的新闻，克莱恩又瞄了眼《贝克兰德早报》，发现第五版再次出现了恩斯特商行收购货物的广告。

"明晚八点有聚会，正好，可以把精灵之泉的髓质结晶卖给'药师'……"克莱恩边嘀咕，边记忆着报价的前四个数字。

大半个小时之后，他看完了面前那沓厚厚的报纸，认真思考起自己将来的计划。

"长期计划是晋升高序列，成为半神半人的强者，并谋划向因斯·赞格威尔复仇的事情。

"中期计划是找到扮演魔术师的方法，逐渐总结出相应的守则，一点点消化掉魔药。这个过程里，搜集'无面人'需要的人皮幽影特性、深海娜迦头发、千面狩猎者脑部异变垂体和血液，以及怎么去除物品内邪神精神污染的办法。嗯……序列6层次的非凡材料，每件在一千五百镑左右，真贵啊！

"另外，获得一件偏攻击或控制的神奇物品，'魔术师'虽然很强，但非凡能力更多集中在保命、逃跑、适应环境上，最强的攻击也就相当于特制的左轮手枪，只是胜在出其不意，而且也缺乏控制敌人的手段。

"短期计划，短期计划……呵，等等得去裁纸剪'人'，为能力的发挥做好准备；下午去趟马戏团，既当作放松和娱乐，又可以通过观摩普通的魔术师表演寻找扮演的灵感。嗯，我看报纸讲，贝克兰德有好几个固定的马戏团……"

理清思路后，克莱恩当即收拾餐盘，清洗刀叉，投入了忙碌的准备工作里。

临近中午，他放下剪刀，看着面前较为粗陋的三个纸人，叹了口气，小声嘟囔道："这大概是我前后两辈子第一次这么认真地做手工活……

"还好，只是剪纸人，不是剪窗花，不是做刺绣，有个人形就可以了！哎，要不是双手已经变得灵巧，我今天恐怕会失败……"

——克莱恩刚才已经用额外的纸人试过能力，确认无误。

将纸人折叠，藏入一沓便签后，克莱恩收起它们，放了衣兜。

就在他准备出门去较好的餐厅享受美食，然后到最近的马戏团观看表演时，门铃突然被拉响，叮当叮当的声音悦耳回荡。

"委托？我刊登的广告应该快下架了吧……"克莱恩穿着领口笔挺的衬衣和材质薄而暖的毛衣，来到门边，握住了把手。

与此同时，他脑海内自然浮现了访客的形象——

那是一位年近四十的男子，身体相当肥胖，站在那里都显得颇为吃力。他的眼睛被脸上的肉挤得很小，皮肤粗糙但很白，手里杵着一根绅士杖，头上戴着顶非常高非常大的礼帽。

虽然10月的贝克兰德已称得上寒冷，但这位男子的额头明显有汗水在滑落。他的身旁还有两位穿鲜红外套的侍从，正一左一右地扶着他。

不认识……克莱恩嘀咕了一句，在自身灵感未有反应的情况下，打开了大门。

"中午好，这天气可真热啊。"肥胖的中年男士掏出手绢，擦了擦额头的汗水。

他说话的同时，一阵寒风吹过，吹得他旁边的两位侍者颤抖了几下。

"中午好，请问您有什么事情吗？"克莱恩礼貌地问。

"你是夏洛克·莫里亚蒂侦探吧？我有事情想委托。"那中年男士勉强笑道，"忘记自我介绍了，我是洛戈·卡罗曼，一位珠宝商人。"

"请进。"克莱恩笑笑，让开了道路。

洛戈·卡罗曼脚步沉重地入内，一屁股坐到沙发上，让那个有些年头的家具发出了抗拒的呻吟。

"具体是什么事情？"克莱恩拿出一枚铜便士，熟练地让它在指尖翻滚和旋转。

洛戈叹了口气道："我想请你保护我的孩子到明天下午，他惹到了一些疯子。"

"直到明天下午？你找到解决的办法了？为什么不报警？"克莱恩语速不快不慢地问道。

洛戈默然了两秒道："亚特鲁认识了几个坏朋友，被他们领着做了些不好的事情，嗯，不算太严重，但也会进监狱的那种，不是实在没有别的办法，我不想报警。

"他最近和那些坏朋友闹翻了，整个人突然就崩溃了，一直嚷嚷说那些人要来杀他。我很担心，所以找安保公司请了六位资深的安保人员做外围警戒，然后又雇了四位私家侦探，轮流跟着亚特鲁，哪怕睡觉也在旁边看守。但其中有位侦探家里突然出了事情，需要明天下午才能返回，我只好临时再请一位。

"很抱歉，只能雇用你一天。嗯……报酬十镑，如果遇到危险，我会额外再加，绝对会让你满意。"

这样啊……一天十镑，相当于隔壁萨默尔先生一周多的薪水了……克莱恩从对方的情绪颜色里初步确认他没有撒谎。

客厅内短暂的沉默里，他手指间不断翻动的铜便士忽地跃起，又铮的一声落在掌心。

克莱恩瞄了一眼，屈起五指，微微笑道："成交。"

西区，格林公园街。

嘴巴周围已有一圈浅须的克莱恩戴着金边眼镜，拿着半高礼帽和黑色手杖，跟在洛戈·卡罗曼的身侧，进入了宽敞而明亮的客厅。

这里的天花板上悬吊着一盏巨大的水晶灯，墙上、拐角、桌面则装饰着各种金色的浮雕和饰品，整体显得华丽、精致、奢侈。

"不愧是珠宝商人，住在西区的珠宝商人……"克莱恩扫过旁边的几幅油画，暗自感叹了一句。

洛戈每走一步，身上的肥肉都会抖动一下，让人忍不住恶意地猜测他的衣服和裤子什么时候会绷裂。但很显然，作为一名珠宝商人，他有足够的金钱购买质量最好的衣物。

316

"莫里亚蒂侦探，这就是我的孩子亚特鲁。"洛戈停在地毯的边缘，指着坐在单人沙发上的十五六岁男孩道。

因为房屋内每一处壁炉都已经点燃，又有金属管道传输热量，所以客厅相当温暖，弄得克莱恩都想脱到只剩一件衬衣和一条长裤。但是，那男孩却裹着厚厚的皮毛大衣，腿上还盖了一条看起来就很热的毛毯。此时此刻，他正低着脑袋，紧紧环抱住自己，不断地瑟瑟发抖，深蓝色的头发似乎也失去了光泽。

洛戈忧虑地看了一眼，低声喊道："亚特鲁，这是今明两天负责保护你的莫里亚蒂侦探。"

听到这句话，亚特鲁抬起脑袋，露出了苍白的脸孔、发青的嘴唇和没有焦点的双眼。

"保护我，保护我……他们要杀了我！他们要杀了我！"他的声音越来越尖，到了最后，竟用双手捂住耳朵，大声嘶喊。好几秒之后，他才渐渐平复下来。

而这个过程中，克莱恩已轻叩牙齿，悄然开启了灵视。咦……他忍住了已到嘴边的诧异，又仔仔细细审视了两眼。

他看见亚特鲁的气场颜色染上了深黑带绿的光泽，这是有怨魂幽影缠身甚至附体的表征！

亚特鲁的坏朋友已经在报复他……或者，根本没有所谓坏朋友，他是遇上怨魂，出现幻觉了……克莱恩悄然伸手，握住阿兹克先生那枚铜哨，并蔓延出灵性，然后，他若有所思地移开视线，望向客厅内的其他人。

靠近凸肚窗的位置站着位穿黑色外套的男子，他魁梧高大，不苟言笑，腰侧鼓鼓的，似乎藏着一把手枪。

这应该就是六位安保人员之一……克莱恩刚要打量另外的人，洛戈·卡罗曼已介绍道："卡斯兰娜侦探，她的助手莉迪亚。"

"斯图亚特侦探。"

说到这里，洛戈半转身体，指着克莱恩道："这位是夏洛克·莫里亚蒂侦探。"

卡斯兰娜三十来岁，黑发蓝眼，眉毛浓密。她年轻的时候似乎是位不错的美人，现在却因为两颊肌肉略微下垂等原因，看起来不太好相处。

她的助手莉迪亚是个红发女士，二十来岁，身材极好，长相倒是颇为一般。

这两位女士都穿着类似贵族骑手服的衣物，收腰的白色衬衣配较为贴身便于行动的长裤，只是衣领袖口做了百褶造型，与男性的有所区别。另外，她们毫不遮掩地将两支左轮别在了腰间。

这让克莱恩想到了于尔根律师的一句话，那就是对私家侦探来说，非法持枪是一查就准的问题——以全类武器使用证的获得难度，不是贵族，不是议员，不是政府高级雇员，很难将它申请下来。

斯图亚特坐在卡斯兰娜和莉迪亚的对面，脸庞没什么肉，却长着大片胡须，那双浅绿色的眼眸异常有神。他和莉迪亚的年纪应该差不多，身高则接近克莱恩，一米七出头，体重一百四十磅的样子。

斯图亚特有个腋下枪袋，里面装着明显是特制的左轮手枪。

互相之间矜持地问了下好后，克莱恩脱掉外套，摘下帽子，递给旁边的女仆道："放在我可以很快拿到的地方，里面有些重要物品。"

其实他早已将纸人、便签、符咒、火柴盒等转移到裤兜内，外套里面只有草药粉末、纯露精华和钱包钥匙，以及钱包里那两百零六镑纸币。

斯图亚特坐在那里，侧头打量了克莱恩几眼，呵呵笑道："你没带枪？"

"枪？这就是我的枪。"克莱恩笑着举起了手杖。

与此同时，他鼓起腮帮，模拟发音。

乓！

一声枪响霍然传出，斯图亚特想都没想就前翻下滚，卡斯兰娜和莉迪亚则迅速离开沙发，各自找了个地方躲避。

洛戈和旁边的仆人又惊讶又茫然，不明白发生了什么事情，亚特鲁则依旧低着脑袋，瑟瑟发抖。

等看清楚克莱恩手里只拿着一根黑色手杖，明白什么事情都没发生后，卡斯兰娜等人才恢复镇定，同时皱眉问道："刚才是怎么回事？"

"自从我捡到一把手枪上交，我就在学习模拟发声的技巧，看起来效果还不错。"克莱恩半开玩笑地回答。

"这不是一件有趣的事情，莫里亚蒂侦探。"卡斯兰娜沉声说了一句。

我只是想给你们表演下魔术……克莱恩吐槽一句，将手杖交给女仆，郑重点头道："我会注意的。"

刚才最狼狈的斯图亚特却没什么生气的表现，饶有兴致地拍了拍衣物，起身问道："莫里亚蒂先生，我怎么没听说过你？我的意思是，我在侦探这行认识不少人，但以前却不知道你。"

"我9月初才到贝克兰德。"克莱恩略略解释了一句。

"这样啊……"斯图亚特笑道，"今晚我们两个人一组，负责凌晨到明天早上，没问题吧？"

"没有。"克莱恩以同样的笑容回应。

"好的，等用过晚餐，你们就去休息，然后凌晨轮换。"卡斯兰娜在旁边补充了一句。

克莱恩深深地望了埋头颤抖的亚特鲁一眼，认真地点了下头。

…………

整个下午都没有事情发生，担忧的男女主人为侦探先生和安保人员准备了丰盛的晚餐，但不含酒精饮料。

吃饱喝足，克莱恩与脸上有络腮胡的年轻男士斯图亚特一块儿，往属于他们的二楼客房走去。

眼见四下无人，斯图亚特摇了摇脑袋，开口说道："夏洛克，你应该已经看见了，亚特鲁的问题不是有人要报复他。"

兄弟，你很自来熟嘛……克莱恩表情不见变化地反问道："怎么说？"

"他的样子就像精神出了问题，或是，或是，按照乡下的说法，被鬼魂邪灵缠上了，坦白地讲，我很害怕这个。"斯图亚特叹息道，"卡罗曼先生应该带他去看心理医生，如果还没有用，就找风暴之主的教士，让他们洒圣水，做仪式！"

"你可以向他提出这个建议。"克莱恩中肯地说道。

"过两天，如果亚特鲁还没有好转，我会考虑的。"斯图亚特侧头望了克莱恩一眼。

克莱恩笑笑道："这是你们的事情，我明天就结束委托了。"

这时，两人到达了目的地，分别进入了自己的房间。

…………

凌晨一点，亚特鲁的卧室内。

克莱恩坐在摇椅上，握住"阿兹克铜哨"，安静地看着被保护者，斯图亚特则于书桌位置喝着咖啡。两人没有说话，怕惊醒好不容易睡着的亚特鲁。

时间一分一秒流逝，房间内忽然有一阵阴冷之意卷过。亚特鲁霍地坐起，睁开了双眼。

"怎么了？"斯图亚特略有些紧张地问道。

"去，盥洗室……"亚特鲁声音低沉而飘忽地回答。

他的脸色似乎更苍白了，嘴唇愈发青紫。

斯图亚特刚要说话，就看见夏洛克·莫里亚蒂站了起来，对自己颔首道："我跟着他。"

"好。"斯图亚特暗中松了口气。

克莱恩双手插兜，落后一步地走在亚特鲁的身旁，跟随他来到两个房间外的盥洗室门口。

亚特鲁刚要随手关门，忽然看见一道人影闪了进来。

"我不能让你脱离我的视线。呵，你该做什么就做什么，当我不存在。"克莱恩笑着依靠到墙角。

亚特鲁保持着沉默，目光没有焦距地扫过，望向了洗漱镜。他拧开龙头，任由水流哗啦啦地流下。

这个时候，克莱恩掏出一盒火柴，唰地点燃了一根，似乎想抽烟。但是，他没有这么做，而是轻吹一口气，让火柴转入熄灭的状态。

啪！

克莱恩随意地将那根火柴丢到身前，重新拿出了一件物品。

背对着他的亚特鲁突然身姿笔挺，镜中的人影苍白得如同死尸。

呜！盥洗室内阴风呼啸，亚特鲁腰不动，腿不移，直接那样转了过来，目光死死地盯着克莱恩的左手，盯着那枚被不断上抛又接住的精致铜哨。

呜！

一阵冷风猛然吹向了克莱恩的面门，他微笑不变，啪地打了个响指。轰然之间，一道火焰从地上腾起，点燃了无形的人影。那人影只挣扎了两下就彻底消散，火焰随之熄灭。

克莱恩收起手中的"阿兹克铜哨"，平和地看向眼睛逐渐有了焦距的亚特鲁。

亚特鲁似乎做了一场漫长的噩梦，此时终于清醒了过来。他茫然地看到几步外站着位穿白色衬衣、深色长裤、戴金边眼镜的年轻男子，看到对方正倚着墙壁，噙着微笑。

然后，他听见了一道温和的声音："你究竟遭遇了什么事情？"

"究竟遭遇了什么事情？"亚特鲁低声默念着这个问题，竟回忆不起最近几天自己做过什么。他梦游般地环顾一圈，害怕、惶恐、迷茫地问道："你是谁？这是哪里？"

"这是你家的盥洗室，难道你认不出来吗？我是负责保护你的私家侦探。"克莱恩看着对面还未弄清楚状况的大男孩，低笑一声道。

"我家……保护我的侦探……究竟发生了什么事情……"亚特鲁愕然四望，呢喃自语。

突然，他停顿下来，本就苍白的脸色又染上了难以掩饰的恐惧："也许，也许这个世界上真的有鬼魂！真的有鬼魂！"

他的声音颇为颤抖，克莱恩却听出了害怕、兴奋两种截然不同的感觉，而这和他呈现的情绪颜色完全吻合。

兴奋？这是一个为了寻求刺激故意招惹怨魂的男孩？真是年轻胆大不怕死啊……克莱恩初步有了一个猜测，表面却迷惑地反问道："鬼魂？"

成为"魔术师"后，他的灵视又有提升，但幅度不大，依然无法看见以太体深处星灵体表面，无法借此判断目标是否为非凡者。

亚特鲁苍白的脸色忽然有些涨红："是的，鬼魂！"

他挥舞着手臂，补充道："在我们的感官之外，还有更为广阔的世界！真的，死亡并不是一切的终点！"

这台词……果然是青春期少年……但类似的话语，我好像在哪里听见过……克莱恩笑笑道："我更相信另外一句话，在比古老更古老的时光面前，哪怕死亡本身也会消逝。"

不等亚特鲁再说，他掏出金壳怀表，按开看了一眼，道："所以，你究竟是怎么把自己弄成之前那个样子的？就像一个精神崩溃的患者。"

"我……"亚特鲁偏头思索了几秒道，"我加入了一个社团，这不是普通的社团！我们都相信死亡不是终点，利用密契甚至能直观地感悟到死亡，明白一切都是可以扭转过来的。是的，我们认为死人是可以复活的！"

才从坟墓里爬出来一个多月的克莱恩干笑两声道："你们在尝试复活死人？"

死亡不是终点……感官之外的世界……一切都可以扭转……密契感悟……这不就是灵教团的教义吗？这都是为复活死神创造出来的……他有所恍然地在心里自语了几句。

"嗯！"亚特鲁眼睛发亮却难掩恐惧地点头。

"你们的尸体是从哪里弄来的？"克莱恩追问道。

"我们，我们会，偷偷挖坟，刚埋没多久的，或者从医院买……"亚特鲁回忆着说道。

果然是会被送进监狱的罪行，难怪洛戈·卡罗曼不想报警……玩得可真大胆啊……克莱恩保持着温和的笑容，转而问道："那你们有成功过吗？"

"还没有……那次聚会上，他们看我的眼神，就像，就像在看一具死尸，似乎在想哪个位置可以安放对应的密契……接着，我们跳灵舞，沟通感官之外的世界，后来，后来我就没有记忆了……"亚特鲁的身体控制不住地颤抖了起来。

灵舞？真是灵教团啊……这家伙成了同伴的试验品？克莱恩微皱眉头地问道："从那之后，你的记忆就到现在了？"

根据值夜者内部资料记载，"灵舞"来源于古老的祭祀舞蹈，流行于南大陆，是死神钟爱的仪式方法。

灵舞是用节奏、韵律、动作来调和灵性，使它与自然环境、与祈求的对象产生一定的交互，再结合简单的祭台和相应的尊名，达到类似较为复杂的仪式魔法的效果。

"嗯。"亚特鲁低低地回应，忽然抬头，"今天周几了？现在几点？"

"周五凌晨一点十二分。"克莱恩凭着刚才的记忆回答。

亚特鲁下意识地吸了口气，道："我错过新一次的聚会了……他们每周周五的凌晨三点，会在格林墓园外面举行复活仪式。"

格林墓园因与格林公园街相距不远而得名。

"你还想去？你忘记这段时间的遭遇了吗？噢，你确实不记得，但你该问问你的父亲、母亲和仆人。"克莱恩提醒了眼前的少年一句。

而且我未必还能帮助到你……他在心里默默地补充道。

经过这次的事情，他又发现了"魔术师"的一个短板，那就是缺乏对付怨魂幽影类生物的能力，只有操纵火焰可以算一个。在对方附身人类后，驱除和净化更是成了难题，除非打算连人带鬼一起干掉。

当然，克莱恩在这方面也不是全无办法，他可以布置仪式魔法来完成类似的事情，但那样会非常麻烦，很容易暴露自身，不适合实战。

经过思考，他最终选择用"阿兹克铜哨"将怨魂诱出来，然后操纵火焰，完成净化。但这种伤害并不强，要是遇上厉害点的怨魂，也许就解决不掉了。

我还缺对付死灵类生物的物品或符咒，要是有封印物3-0782那枚"变异的太阳圣徽"就好了……克莱恩的思绪短暂有所发散。

亚特鲁一下想起了记忆的缺失，脸色再次苍白下来，战栗着回答道："不，我不想去了！我再也不想去了！"

"很好。"克莱恩微笑着赞扬了一句。

亚特鲁看着他不含半点恐惧的脸庞，下意识问了一句："我说了那么多，你都不害怕吗？"

克莱恩不再依靠墙壁，慢慢站直身体，语气轻松地回答道："对一名侦探来说，除非有确切的证据，否则宁愿不相信。"

说完，他开门往外面走去，想着要不要接触下灵教团，毕竟这可能涉及阿兹克先生的身世之谜。

亚特鲁呆滞地望着眼前私家侦探的背影，好一会儿才发现盥洗室除了自己已空无一人，而外面月光昏暗，照得里间影影绰绰，如有无形的事物在潜伏，在注视。

他猛地打了个寒战，忙喊了一声："等等我！"说话间，他加快脚步冲出了盥洗室，紧紧跟随在克莱恩身后。

知道后怕，知道畏惧，还有救……克莱恩咕哝了一句，双手插入了裤兜。

返回卧室后，斯图亚特并未发现亚特鲁已经好转，依旧被自己想象的鬼故事吓得满脸凝重，不敢乱走。

等到亚特鲁再次睡着，克莱恩拿出一枚铜便士，让它在指缝间旋转徘徊。

当时间接近两点五十分，他抛了下硬币，并稳稳接住，然后站了起来，低声对斯图亚特道："我去阳台抽根烟。"

"快一点。"斯图亚特有些紧绷地叮嘱了一句。

克莱恩穿上了自己的长礼服，慢悠悠地出门，来到走廊尽头的阳台，藏入了阴影里。然后，他掏出了一个剪裁得相对粗陋的纸人。

啪！

克莱恩猛抖手腕，抖得纸张发出脆响，抖得它迅速膨胀，化身为人。

那个假人与克莱恩一般高矮，五官完全一致，衣着更是没有区别，远远望去，就像一尊精雕细刻的仿真蜡像。

这是"纸人替身"术的一种应用。

紧跟着，克莱恩凝聚好精神，右手握拳，在身上轻敲了一下。

无声无息间，那假人有了活着的感觉，嘴上还叼了一根头部发红的卷烟，烟草的香味弥漫而出。

"以假人为凭依，这幻景能维持半个小时……真是魔术师啊！"克莱恩戴上手套，一按一撑，隐蔽地滑下了阳台，避开了巡视的安保人员。

…………

格林墓园外，一处僻静的树林内。

克莱恩站在树冠之中，眺望着不远处相对开阔平坦的地方。他的身边是常绿的树叶和褐色的树枝，但它们表面都沾染了灰白的尘埃。

克莱恩视线所及之处，七八个穿黑色长袍的少年男女正围着一具尸体跳着略有点抽搐、略有点癫狂的奇怪舞蹈。那舞蹈节奏感十足，似乎带着某种神秘的味道。

少女甩动长发，男孩跪地伸手，这一幕幕场景与周围的环境有了某种微妙的联系。

那是自然的韵律。

他们跳了三四分钟后，周围十来米范围内的一切事物全部染上了狂放迷乱的气质，氛围逐渐变得邪异，并夹杂着几分神圣。

确实是灵舞……哪怕普通人也可以参与的仪式魔法……克莱恩移开视线，望向尸体侧方正埋头诵念咒文的黑袍男子——刚才就是他在指导那些少男少女怎么跳灵舞。

他应该是灵教团的成员，大概率为非凡者……克莱恩微不可见地颔首，打算先旁观下对方怎么举行复活仪式。

这时，舞蹈进入了高潮，那名成年的黑袍男子抬起脑袋，取下假发，露出铭刻在光头上的几处诡异刺青。

他双手上举，高呼道：

"死神！

"尊敬的死神！

"即将归来！"

他喊完之后，舞蹈停止，那七八个少年男女各站一方，表情既迷离，又期待，既亢奋，又畏惧。

紧接着，黑袍男子弯下腰，打开了脚旁的铁笼，从里面抱出了一团黑色的事物。

克莱恩凝神望去，发现那是一只碧眼黑猫。

这，这也行？他明显愣了一下，旋即想到了有关黑猫的种种民俗传说，比如象征邪异象征地狱使者的黑猫跳过尸体后，那具死尸将被唤醒。

克莱恩这还是第一次见到有人在仪式里使用类似的方法。

黑袍男子上前一步，制止住怀里黑猫的竭力挣扎，将它抛向了那具尸体。

喵呜！

那只通体漆黑的猫炸开毛发，大声叫喊，跃过了死尸。

这一刻，克莱恩觉得自己听懂了对方的猫语，他相信对方肯定在说三个字："MMP！"

"喵呜！"

黑猫的叫声回荡在被僻静树林包围着的开阔地带，无论是成年的黑袍男子，还是只有十五六岁的少年男女们，都同时将目光投向了躺在中央的那具死尸。

一阵阴冷的寒风吹过，黑猫落到地面，死死盯住刚才将它扔出去的人类，不断横扫着尾巴。

突然之间，它的毛发又一次炸开，然后双脚用力，跃了起来，往另一个方向飞快奔逃。

可惜，它做的这一切并未引来丝毫关注，在场的人类皆目光专注地望着那具一动不动的尸体。时间一分一秒流逝，那具死尸并没有发生任何值得期待的变化。

"又失败了吗？"一个少年靠拢过去，蹲了下来，用手指戳着死尸的皮肤。

"没反应。"他半转身体，对黑袍男子和其他同伴说道。

就在这个时候，他感觉一阵风由下往上地吹到了自己的脸上。

唰的一下，那具死尸坐了起来！少年吓了一跳，旋即惊喜地欢呼道："成功了！成功了……"

他话音未落，那具死尸突然抓住他的肩膀，将他按到了自己怀里，然后张开嘴巴咬了下去，咬出了噗的一声，咬得他鲜血横流。

"啊！救命！"少年惊恐地惨叫，用尽全身力气后退，却无法挣脱。

死尸抬起脑袋，露出白森森的牙齿，以及挂在牙缝间的碎肉和顺着嘴巴流淌的血液。

黑袍男子先是一怔，旋即拿出一枚黄铜色泽的哨子，含在嘴里吹了一下。接着，他用赫密斯语道："我以死神的名义命令你！"

声音回荡之中，那具死尸停止了啃咬，竟短暂僵硬在了原地。

脖子和肩膀被咬得血肉模糊的少年同样瘫软于那里，似乎失去了灵魂，下身位置的泥土则一片湿润。

"真的可以……"黑袍男子惊喜地低语，指着死尸，再次用赫密斯语道，"起身！"

死尸猛然站起，然后甩开膀子，噔噔噔跑向僻静树林的深处。

"回来！"黑袍男子惊讶地高呼，却未发现死尸有任何停顿的迹象。

他忙又吹了声哨子，威严深重地喊道："我以死神的名义命令你回来！"

伴随着他的话语，死尸的背影消失在了树木掩映中。

"我让你回来……"黑袍男子呆愣在了原地，傻傻地自语着。

树林内，克莱恩一手握着"阿兹克铜哨"和火柴盒，一手不断点燃火柴，又抖腕甩灭，扔于地上。伴随着这个过程，他以绕弧形的方式，向后退着。

噔噔噔！

脸色青白、恶臭四溢的死尸冲了过来，没有神采的眼睛直直盯着那枚古老而精致的铜哨。

克莱恩边后退，边鼓起腮帮，瞄准死尸，模拟出声音："乓！"

死尸霍然摇晃了一下，胸口位置出现了一个贯穿伤。

"乓！"克莱恩再次鼓腮吐气，打出了一枚空气弹。

噗！死尸的脑袋破碎了小半，里面有腐烂的液体不断往下滴落。

但是，这对它而言，并非致命伤，噔噔噔的奔跑只是稍有停滞，很快就再次出现。

见此情状，克莱恩退后一步，打了个响指。

啪！

一道明亮的火焰从地面腾起，正好笼罩了那具死尸，点燃了它的外衣。

噔噔噔！死尸冲过火焰，继续前行，宛若疯牛。

啪！啪！啪！克莱恩连打响指，让地面腾起了一道又一道赤色的火焰。

死尸没有疼痛感地冲过了这些火焰，身体逐渐开始燃烧，且越来越剧烈，给人一种蜡烛在熔化的诡异感受。

终于，变成了"火把"的死尸冲到了克莱恩身前，一爪抓向了对方。

与此同时，一道火焰腾了起来，将它和克莱恩同时包裹。

死尸抓住了克莱恩的肩膀，却只捏出崩散的火星。克莱恩的身影消散在了赤红的焰光里，出现于最远处的那个火堆。

而死尸似乎终于用尽了所有的力气，不再挣扎，于染上了些许阴绿的火焰里飞快消融，变成了灰烬和油蜡。

"他比我之前遇上的所有活尸和怨魂都要强，嗯，不如阿兹克先生的后裔……要不是我，他们今天都要死在这里。"克莱恩摇了下头，穿过树林，往那片开阔地走去。

这个时候，那名黑袍男子早察觉到树林内的变化，毫不犹豫地转身逃跑了，而那七八个少年男女先是一哄而散，可跑着跑着，发现周围只有自己一人后，又胆怯地停住，返回原地，聚拢在一起。

刚经历了死尸被唤醒，甚至啃咬血肉的他们，实在不敢一个人于深沉的夜色里奔逃，这会让他们觉得脖子后面凉飕飕的。

他们你看我，我看你，竟没一个敢搀扶那名脖子和肩膀位置血肉模糊的少年，害怕对方随时会变成活尸。

让人心跳如同打鼓的短暂沉默中，他们愕然看见树林内走来一位穿浮夸衣物、涂红黄白油彩的小丑。

这是克莱恩直接制造的幻觉。

他环顾一圈，没去追赶黑袍男子，嗓音嘶哑地问："刚才主持仪式的是谁?"

谁? 少年男女们仿佛还没回过神来，隔了好几秒才推出一个瑟瑟发抖的大男孩回答："他，他是我们的古弗萨克语老师考普斯蒂·瑞德……他自称对死亡有很深的研究，要带领我们寻找永生的奥秘。"

原来是学校里的老师……永生的奥秘? 真是吹牛不用交税啊……从刚才的表现看，这家伙不会是"通灵者"，顶多是"掘墓人"，甚至可能只有序列9，只是"收尸人"……当然，他也许不是死神途径的，仅仅是因为崇拜才加入了灵教团……克莱恩问清楚考普斯蒂住在哪里后，想了想道："你们回去吧，不要再参与这种事情了，不要泄露出去。否则，你们全都会死。"

接着，他又强调了一遍："全都会死。"

已被刚才的事情吓破胆子的少年男女们疯狂点头，彼此依靠着准备离开。

这时，一位头发顺滑披下的少女指着地上痛苦呻吟的同伴道："他，他没事吧?"

"暂时死不了，但必须带去看医生，就说是被常吃腐肉的鬣狗咬的。"克莱恩不再理睬他们，往树林内返回。

少年男女互相对视了一眼，有人脱口问道："请问，请问，您，该怎么称呼?"

克莱恩笑了笑，以误导对方的语气低沉地说："我只是地狱的一个看门人。"

他说话的同时，有雾气忽地弥漫开来，他的身影随之消失在了原地——当然，这都是幻觉。

"地狱的看门人？"少年男女低声重复着这个单词，一时各怀心思。

但是，一阵浸入骨髓般的冷风吹过之后，他们再次瑟瑟发抖，搀扶起同伴，头也不敢回地离开了这里。

这就是灵教团的成员？真是让人失望啊……如果他没有舍弃现在的身份，我就抽空半夜去拜访他一下，看他知道些什么事情。嗯，得给他一个教训，让他不敢再祸患学生，灵舞和复活仪式是能乱玩的吗？克莱恩习惯性地以值夜者的思维做出评判。

很快，他回到了洛戈·卡罗曼那栋豪宅外，耐心等待起安保人员移动。刚找到机会，他立刻翻过围栏，沿着阴影快速靠近房屋，悄然爬上了阳台。

这个时候，伪装成他的假人还在抽烟。

啪！克莱恩轻打了个响指，眼前的人影立刻变成了薄薄的一张纸，飘到了他的掌心。

这张纸和之前相比，布满了锈红色的痕迹，已是没法再用。克莱恩不敢乱扔，折叠收好，塞入了衣兜。

做完这一切，他悠闲地踏足走廊，回到亚特鲁的卧室内。

"怎么去了这么久？"斯图亚特嗓音微颤地问道。

他刚才去门口打探过，发现夏洛克·莫里亚蒂吸了一根又一根的烟，但职责所在，他没敢离开卧室。

克莱恩笑笑道："休息一下，放松一下，你也可以去，我不介意的。"

"我……"斯图亚特正要答应，忽然想到，这样一来，阳台上将只有他一个人，周围是深沉的夜色，是不够明亮的光芒，是阴冷的寒风，是总让人想起鬼故事的环境，于是强行笑道，"没事，我不需要。"

克莱恩笑而不语，重新坐了下来，让安乐椅在黑夜里轻而缓地慢慢摇晃。这一摇就摇到了天明，什么事情都未再发生。

亚特鲁清醒过来，坐于床上，怔怔出神。

克莱恩什么也没说，和卡斯兰娜与她的女助手交换了位置，慢步去客房补眠。

正睡得迷迷糊糊之际，他听见洛戈·卡罗曼又惊又喜地高声喊道："噢，我的孩子，你好了？风暴在上，我要向教会捐赠三百镑！

"你，你说，他们不会来杀你了？是你误会了？"

三百镑？真奢侈啊……克莱恩翻了个身，拥住轻软暖和的被子，嘟囔了一句，然后继续熟睡。

中午时分，克莱恩下楼用餐。

卡斯兰娜坐到他的对面，微皱眉头地问道："昨晚有发生什么事情吗？"

"没有。"克莱恩简洁地回答，旋即笑道，"亚特鲁醒来去盥洗室算吗？"

旁边的斯图亚特放缓动作，附和着点头。

卡斯兰娜的目光扫过他们的脸孔又收了回来，沉声回答道："不算。"

克莱恩嘴角微勾，熟练地切割起牛排。

用过午餐没多久，之前请假的那位侦探就返回了格林公园街，这意味着，克莱恩接受的委托到此结束。

因为亚特鲁的情况出现了明显好转，洛戈·卡罗曼在结算他的报酬时相当慷慨，于十镑这个基础上溢价了整整百分之五十。

"不愧是珠宝商人，出手真是大方，不过相对西区、皇后区的其他人来说，他又算不上那么有钱。格林公园街临近郊区，甚至距离墓园不远，我全力跑动十分钟就能抵达……呃，保镖小姐，不，莎伦小姐大概率是序列5的强者，收费标准是三天一千镑，而我作为序列7的非凡者，一天仅仅十五镑，差距还有点大啊……

"当然，如果每天都能有这样的任务，我的年收入将超过五千四百镑，属于中产阶级的顶层。贝克兰德银行的第一经理每年也才五千镑……呵呵，这只是单纯的幻想，实际上对大部分侦探而言，真的是一周不开张，开张吃一周……而我晋升序列6需要的非凡材料加起来绝对不止三千镑，想想就让人头疼。对普通人来说，这是一笔巨额财富，可以维持一辈子不错的生活的巨额财富！

"好消息是，就算掌握了扮演法，消化序列7的魔药也得六个月到三年，即使我能很快总结出'魔术师'的规则，也顶多比最低限度提前一两个月。我还有足够的时间攒钱，搜集材料的线索……

"等等，'正义'小姐好像还欠我，呃，我的眷者五千镑……不过她最近的财政状况不是太好，几个月内很难再拿出这么大笔的金钱……"

克莱恩拿着那三张5镑面额的钞票，思绪发散地离开了西区。

返回明斯克街后，他赶紧烧掉用过的纸人，又额外补了两张。

等到傍晚，他乘坐蒸汽地铁来到贝克兰德桥区域，按照报纸上提供的数字，敲响了聚会房屋的大门。

与之前几次一样，他戴好只能遮住上半张脸孔的铁面具，套上带兜帽的黑色长袍，在侍者的引领下，进入了只有一根蜡烛在静静燃烧的起居室。

一眼望去，克莱恩发现这次聚会的非凡者比以往少了接近一半。

我都是掐着时间来的，其他人这是迟到了？克莱恩这次没去改变自己的走路姿势和习惯动作，挑了角落的位置缓缓坐下。

过了几分钟，"智慧之眼"老先生清了清喉咙道："开始聚会吧，其他人应该是不会来了。"

　　说到这里，他略略解释了两句："因为那件连环杀人案始终没能找到凶手，值夜者、代罚者、机械之心和军情九处的大部分非凡者都被派了出来，正在做大规模的排查和搜寻。在这种局势下，那些朋友不愿意出门，不愿意参与聚会，是很正常很能理解的事情。

　　"坦白地讲，今天来的人比我想象的多。"

　　果然，非凡者圈子不是孤立的，同样会受时事影响……克莱恩环顾一圈，看见胖乎乎的"药师"并没有缺席，心里顿时放松了不少。

　　"药师"推了推脸上的铁面具，不抱什么希望地喊了一句："求购精灵之泉的髓质结晶，价格可以商量。"

　　"我有。"克莱恩毫不犹豫地开口道。

　　他担忧别人也找到了这种非凡材料，导致自己的"货物"积压——虽然非凡材料稀缺，单独的圈子里很少出现重复的情况，但这种事情不怕一万，就怕万一。

　　"求购精灵之泉的髓质结晶……""药师"似乎没听到有人在回应，说到一半才突然愣住，猛地扭头望向克莱恩，眼神炽热地脱口问道，"你有？"

　　"是的。"克莱恩有点承受不住对方那火辣辣的目光。

　　他边给出肯定的回答，边卷起黑色长袍，取出一个铁制卷烟盒。啪！他打开卷烟盒，让里面褪色鸡蛋般的精灵之泉髓质结晶展露了出来。

　　"你如果不放心，可以让'智慧之眼'老先生做个鉴定。"克莱恩沉声补了一句。

　　这其实没太大必要，因为是不是非凡材料一目了然，而拿到手后，有没有被污染也是能很快发现的。

　　不过，要是神秘学知识不够丰富，非凡者也很容易将相似的材料混为一体，这种时候，就需要鉴定了。

　　"药师"就像在看一个垂涎许久的美貌女郎般痴迷地看着克莱恩手中的非凡材料，好几秒后才摇头道："不，不需要！就是它！就是它！"

　　克莱恩微勾嘴角，开出了价格："三百镑，以及'药师'配方的线索。"

　　"'药师'配方的线索……是你啊！""药师"愣了一下，终于明白了对面那位是谁。

　　是让他带着镇静剂空跑了一趟的家伙！

　　旋即，他痛心到极点、后悔到极点地感叹道："你果然是个幸运儿！我当初为什么没选那条幸运之路……"

　　毕竟我是执掌好运的黄黑之王……克莱恩自我吐槽了一句。

　　"药师"长吁短叹了一阵，改变坐姿道："这太贵了，两百镑加配方的线索。"

"配方的线索只是附带的，因为我无法确认它的真假，所以，三百镑，一个便士都不能少。我想别的地方应该也有人需要。"克莱恩笑笑道，"这个价格其实很公道，换作别人，或许会开价四百甚至五百镑，而你说不定都会接受。"

"我不会那么愚蠢，我还能等待……""药师"嘟囔了两句道，"线索可以让老头，呃，'智慧之眼'老先生鉴定。"

"只有客观存在且细节详尽的事物，我才能鉴定，单纯的线索不在这个行列。""智慧之眼"老先生出口提醒了一句。

而占卜可以大致判定线索是否有效，在不涉及比自身高两三个层次的力量的情况下……克莱恩无声自语了一句。

但是，他不会在非凡者聚会上暴露自身擅长占卜的事情。

"好吧……三百镑加线索，你赚了！""药师"吸了口气，摩挲着拿出一沓厚厚的现金，点数出了对应的金额，然后让侍者取来纸笔，埋头书写。

唰唰唰，他写好线索，将纸张胡乱揉成一团，和现金以及另外的几件物品一起递给了侍者。

等侍者过来，克莱恩望了一眼，忽然有点呆愣。因为除了现金和线索，还额外有四支玻璃细管，里面装着看似纯净的液体。

"这是什么？"克莱恩疑惑道。

"你忘记了吗？你要的镇静剂，我特制的镇静剂！每支十苏勒，四支两镑，所以，现金是两百九十八镑。""药师"回答道，"如果你对我的镇静剂不放心，可以申请鉴定。"

我真忘了……我那都是为了取信莎伦小姐，而现在她又不在这里。嗯，也好，常备镇静剂说不定可以应对某些意外情况……

克莱恩不再开口，抖出精灵之泉的髓质结晶，接过那些事物，当着所有人的面点数起现金，并就着微弱的烛光辨别真伪。

一共两百九十八镑……对的……见钱夹已经放不下更多的现金，克莱恩只好卷起那些钞票，将它们塞入了衣兜。

收起镇静剂后，他展开纸条，瞄了眼线索："大桥南区，月季花街，丰收教堂，找乌特拉夫斯基主教。

"只要你能帮他完成一个任务，就有可能得到'药师'配方。"

丰收教堂，这是大地母神教会在王国不多的教堂之一，而这个教会掌握着"耕种者"和"药师"两条非凡途径……线索很吻合……克莱恩若有所思地重新折好了纸条。

聚会往下推进，那位背后有"工匠"的女性非凡者不知是没有来参加，还是未拿到新的超凡武器，始终未曾发声，让克莱恩的期待落了个空 —— 他现在有五百零九镑现金，可以想一想装备了。

诸多交易流产之后，有位坐在高脚凳上的男子低沉地开了口："我有个朋友很不幸地在这次的大排查里被发现，被代罚者关入了某座风暴教堂的地底，我想请几位帮手共同营救他。"

"智慧之眼"老先生当即回应道："'野狗'，放弃这个打算！一座风暴教堂的代罚者和封印物，足以毁灭我们这里所有人。你朋友的结局已经注定，你不要让自己陷入同样的绝境。"

"野狗"环顾一圈，发现无人回应自己，忍不住重重地捶了下自己的大腿，低吼道："可是，他究竟做错了什么？

"他是个优秀的内科医生，他救了很多病人，他从来没有伤害过谁！仅仅是因为服食了魔药，成了非凡者，就要被关押到永远看不见太阳的地方，甚至做代罚者的实验品？为什么？为什么……"

"野狗"痛苦绝望的质问回荡在房间内，就连一向管不住嘴巴的"药师"都保持了沉默。

唉……曾经的官方非凡者克莱恩只能在心里长长地叹了口气。

在不公布扮演法的情况下，野生非凡者都是定时炸弹……但如果普及扮演法，局势可能会变得更加混乱、更加血腥……毕竟非凡特性不灭并守恒……

在这压抑的气氛里，聚会进入了尾声，没有其他收获的克莱恩再次开口道："谁有附加了不同超凡效果的手枪子弹？比如，净化效果、猎魔效果等。"

他没具体要求子弹的口径，因为他现在没有枪，完全可以等买到子弹后再配置。

一片安静里，同样坐在角落的一位女性非凡者低沉地回应道："我可以帮你问一问，下次聚会给你答案。"

似乎就是那位背后有"工匠"的女士……克莱恩吐了口气道："好的。"

等到聚会结束，他并没有直接返回明斯克街，而是去东区换了身行头，前往北区和希尔斯顿区交界的地方。

那是考普斯蒂·瑞德这个疑似灵教团成员的人租住的地方。

（未完待续）